萧十一狼等 著

燃烧吧!少年!

RAN
SHAO BA
SHAO
NIAN

长江出版社

目 录 Contents

当我们同"宅"一起 文：两色风景 漫画 001 重磅！

功夫·狸虫 文：萧十一狼 漫画 005

蛋糕大作战 文：温雅 漫画 043

东土纪事·猎狐记 文：由·得林洛斯 漫画 198

云起青鸾 文：九月九 漫画 089 强势推荐

傲世君少1 文：风凌天下 漫画 220

大王饶命1 文：会说话的肘子 漫画 125

我和我好朋友 互动 258

假如他们也玩知乎 互动 178

猫咪学校 文：苏伐 漫画 261

背后有人 文：马鹿君 漫画 180

次元文库首本燃爆来袭！ 互动 278

逆风飞旋 文：若茗 漫画 182

有一种萌叫次元萌 互动 280

1

某个时期，我跟一个大叔一起租房住，大叔管这叫同居，虽然也没错，但我还是认为一男一女一起住才叫同居。大叔觉得我真的很麻烦，让我把自己当成女的，或者把他当成女的。

于是，在我的想象里，我们是一对同居的姐妹。

不行，好像更离谱了。

当我们同"宅"一起

DANG WO MEN TONG ZHAI YI QI

文/两色风景

2

大叔的朋友很少，因为他以前的许多朋友跟他没有共同兴趣，所以大家渐行渐远，他们甚至会嘲笑他对二次元的痴迷。

大叔悲愤地说："他们根本就不理解二次元的好，凭什么嫌弃我?!"

我连忙安慰他："大叔，别生气了，我非常了解二次元的好，但我还是很嫌弃你这个人。"

大叔受到鼓励，把我按在床上掐。

3

大叔说："蔡康永曾经说过'你可以嘲笑朋友，但不要嘲笑朋友喜欢的东西'，某些人怎么就做不到呢?"

我问："我是你的朋友吗?"

大叔说："当然。"

我问："你喜欢自己吗?"

大叔说："喜欢。"

我说："那蔡康永的话就是悖论了。我可以嘲笑你，也可以嘲笑你喜欢的东西。"

大叔微笑着去厨房拿刀。

4

大叔沉迷网络，经常给我发时事新闻，有时候，听他吐槽也是一种乐趣。

比如他说："一夜之间，微博上的猪精女孩开始自称'佛系女孩'了，真有种八戒修成正果的感觉呢!"

……大叔这么耿直，应该很难交到女朋友了。

5

"其实真要说佛系，我才是佛系，无欲无求的。"大叔得意扬扬地道。

"真羡慕你能从发型开始佛系呢。"我看着大叔逐年上升的发际线说。

大叔抓住我的头发猛薅，简直不是人。

6

大叔还能准确使用各种流行语，至少在口头上跟年轻人打成一片。

我："大叔，你整天不停地说这个了解一下，那个了解一下，而关于你这个人，谁都没兴趣了解一下。"

于是，大叔决定让我先了解一下死亡的滋味。

7

大叔是个上班族，而我是一个自由作家，宅在屋子里的时间其实比他多。

还好，日新月异的科技给我们的生活提供了很多便利，比如说，当年只能在电话簿里老死不相往来的人，现在可以在微信名单里……老死不相往来了。

8

某天，我要开个热血新连载，连载中需要配一点男孩子会喜欢的图。朋友介绍了一个画手，发来的样图都是肉光潋滟、活色生香的……男孩子。

我："……"

他："啊？你不是要男孩子会喜欢的图吗？"

……我觉得他对当代少男肯定有什么误会。

9

虽然我整天宅在家里写作，但我还是有社交的。一次，我跟个编辑见面，我们聊了些业界话题。

编辑赞叹道："听君一席话，胜读十年书。"

我谦虚地说："没啦，其实都是些废话。"

他忙着说："我读的也不是啥正经书。"

……都很客套呢。

10

每个月我都得拖稿，但这个月，我状态好，终于能按时交稿。我想象着编辑打开邮箱就看到我发的稿子，我都替她惊喜。结果呀，我交稿的前一晚，编辑居然给我留言哭诉：本月请不要拖，不要拖，不要拖！完了。这就像是你悄悄地布置了会场，准备了礼物，人家提前来了一句：这周我过生日，要帮我庆祝哟！顿时，你用心已久的主动都变成了经过提醒的被动，心疼自己……

11

我都写点什么东西呢，一般是动漫风格的轻小说，有时候也写点同人，练练笔。

比如——

"你告诉我……我们……是不是再也没办法回到从前了？"

"现在别烦我好吗，大雄？"哆啦A梦一边焦头烂额地修着时光机，一边说。

12

我也写点童话故事。

比如——

天将对着男孩亮出照妖镜："妖孽！你以为你能瞒过……"

"哇……"男孩两眼放光，看着镜中的小狐狸，"好久没看到自己原来的样子啦！"

天将一愣："为啥？"

小狐狸："妈妈要我练习怎么做一个人……可我原来多好看呀，毛多柔顺呀！叔叔，你说对吗？"

"……嗯。"

"镜子可以送我吗？"

"喜欢就拿去啊……"

13

我们的另一个室友叫安娜，他是一个大学生，还是个富二代。富二代为什么要跟我们一起租房？因为他有扮女装大佬的兴趣，租一个房间是用来放服装道具的。刚开始，我们还以为来了个女室友，都很激动，发现真相之后，特别沮丧。

"不然，你们也试试？"安娜拿着一件女性内衣邀请我们。

……等一下！女装大佬居然连内衣都是女款的吗？！

14

我曾和安娜一起乘电梯。电梯里面，一个妈妈抱着一个女娃，另一个妈妈问："你怎么把儿子打扮成小姑娘？"

我这才知道那是个男娃。男娃的妈一脸得意地道："他长大，肯定就不这么穿了！我要现在体验一下养小公主的快乐。"

另一个妈妈意味深长地说："他长大了，未必不这么穿哟……"

出了电梯，我跟安娜说："现在的妈妈真前卫啊。"

安娜微笑着说："你怎么能肯定那两都是妈妈呢？"

……所以可能是爸爸吗？贵圈真乱！

15

安娜的大学生活很自由，于是，他每天就是参加各种活动。跟他聊天，我总是莫名伤感，因为我已经告别了校园。不过，我曾经的舍友里还有几个人考上了专升本，所以还在读书，真是羡慕。

我跟安娜说："珍惜青春吧，等到你毕业了，就要开始为了生存摸爬滚打了！"

安娜说："哦……我再读个两年，家里就会安排我出国，毕业后，直接进我爸的公司做事了。"

……阶层不同，怎么做室友？！

16

我和安娜之间的话题除了动漫，就是猫了，因为我们都是猫奴。安娜自己家里养着猫，所以他住在出租屋里的时候，猫瘾经常会发作。那时，他就下楼去喂喂小区的野猫啥的，不久，他就跑上来兴奋地告诉我们："那几只猫看见我就躲！""我被一只猫挠了！""我被一只猫咬了！"……

……冷静点，你到底是猫奴还是抖M？！

17

因此，安娜会热情地推荐猫片给我们看，比如《流浪猫鲍勃》，他的推荐语是："太美好了！猫奴不看这部片，只配去铲人大便！"

……可以说是非常有力的推荐语了。

18

我们看《变形金刚》时，安娜说："擎天柱这些汽车人对人类的爱简直是无条件、无道理的。仔细想想，也许这些巨型外星铁块看人类时，就像人类看猫，觉得好小、好软、超萌的！就不自觉地想保护啊！人类的愚昧就像猫的蠢萌，人类使坏就像猫发脾气，人类遇难就像猫在流浪……猫就是用来原谅和溺爱的呀！顿时一切都说得通了！打倒虐猫组织霸天虎！"

……真是非常神奇的角度，我忽然觉得自己萌了起来！

19

除了我这两个室友，我打交道比较多的人就是送快递和送外卖的了。有一个经常见到的外送小哥，他很胖，我就打趣说："你每天跑那么多路，怎么也不见瘦呀？"他就很委屈："有些菜闻着太香了！有些菜看名字就觉得很好吃！……这两年，我基本把我送过的店的菜都吃遍了，你说怎么瘦！"

嗯，也算工伤了。

20

楼下的便利店也是我们与外界沟通的重要桥梁。一次，我去店里光顾，看到一个大点儿的娃把一个小点儿的娃弄哭了。老板娘怒吼："我不是叫你不要欺负弟弟吗？！"大娃一听哭了，用力跺着脚，用幼儿能够做出的最委屈的表情大声抗议："我没有欺负他！我只有打他！"

然后，老板娘拉着大娃的手，开始语重心长地讲解"欺负"这个词的意思。

21

夜晚，我们经常一起看电影。我们看各种热门片，不时地重温经典，也互相推荐，眼界得到了很好的拓展。比如我推荐大家看《印式英语》，这是讲述一个传统印度妇女学英语建立自尊、自信的故事，令人意外的是，片子既有趣又感人呢。

"但是更厉害的是它的台版译名，你们知道叫啥吗？"

"叫啥？"

"《救救菜英文》。"

安娜和大叔都表示很想看了。

22

除了吃喝玩乐之外，我们偶尔也会聊点儿正经事，比如大叔这人没有家庭压力，也不思进取，我们看不下去就鞭策他，他就反驳道："比我优秀的人还比我努力，我如果不再懒惰一点，到底还有什么胜得过人家？！"

我们被大叔的上进心感动了。

23

安娜属于那种人生注定顺遂，甚至可以尝试做一些离经叛道的事情的人。我呢，还是个需要不断攀登的半吊子。安娜看我经常患得患失，就会说："只要努力了，就没有遗憾啦。"

而我认为："遗憾是对失败的尊重，而努力，是为了能多原谅自己一点。"

24

很多个夜晚，我们就这样凑在一起，分享喜欢的事物，漫无边际地聊天。这样的日常如果哪天有变，多半是因为我稿子欠太多，必须去赶，要不就是大叔被领导留下来加班，要不就是安娜不得不应付一下学业，以还过得去的分数维持自己的兴趣……

想想我们这种有时热血有时丧、有时荒诞有时杠的室友关系，也是蛮有趣的。

我不知道这样的日子会持续到什么时候，只知道很久以后，我一定会怀念这段快乐而宁静的时光。

功夫狸虫

文/萧十一狼

①

"小风，你这孩子，怎么每次都不跟我们说？"

"就是，要不是我们觉得不对劲，过来看看，你这孩子每次都一个人忍着。你还在长身体，怎么能老吃这些泡面？"

"这孩子真是，和他爸小时候一样犟。"

……

被围在最中间的是个年纪不大的孩子，他满脸冷漠地看着这些人。听到最后那句话时，他才说："我跟他不像。"

"什么？"刚才还在说着"这孩子真是和他爸一样犟"的老奶奶听力并不是很好，愣了一下，听到孩子继续说，"我说，我跟我爸完全不像。我不像他！"

"唉……"这下所有人都不出声了，众人脸上都是如出一辙的无奈和淡淡的怜悯。

又是这种表情。

"谢谢叔叔阿姨，还有王奶奶、李奶奶……"楼小风的面色一丝都没变，他的眼睛里是极其有神的黑色，没有一丝普通孩子的活泼和活跃，因此看上去死气沉沉，带着森森鬼气，他对着一屋子的成年人说，"我可以照顾我自己……毕竟，我一直都是这么过来的。"

他说的这话让本来还想说话的大人们都说不出话来。

楼小风说的是实话，从他出生到现在，一共十二个年头，他短暂的人生记忆大约从三四岁开始，记得的都是饥一顿饱一顿的日子，记得自己饿到低血糖，颤抖着给自己冲一包奶粉，记得自己给自己修改作业，记得基本上都是独自入睡的夜晚。

那个男人消失了，其实对他的人生根本没有什么影响。

因为那个楼小风本该叫"爸爸"的男人，从楼小风有记忆的时候开始，就总是外出，从没有一声招呼就消失半个月的事情有过太多次了，楼小风已经习惯了。

楼小风总有种预感，他觉得那个男人总有一天会彻底消失的，到那时候，与现在唯一的区别也不过是，不会在某天放学回来的时候发现门虚掩着，里面是那鼾声大作的邋遢男人。

这预感并不是空穴来风，因为随着楼小风长大，那个男人离开的频率越来越高，时间也越来越长。

而这一次，楼小风有预感，他的爸爸再也不会回来了。

那些关心他的邻居和长辈们都不知道，还以为这回只是楼常瑞离开得特别久的一次。他们看着这乱七八糟的房子、孩子泡着的泡面，纷纷劝楼小风去他们家住一段时间，等他爸爸回来再回家。

一个十二岁的男孩，在他们看来，完全就是一个孩子，他一个人怎么生活？

可是，楼小风极为强硬地拒绝了，他说："我爸爸只是三个月没回来而已，说不定，他这回是事情比较重要，过几天他就回来了呢？"

他说的是假话，他心里十分清楚，楼常瑞再也不会回来了。

因为楼常瑞虽然常年失踪，但是他好歹也会顾及楼小风的温饱问题，每次离开都会按照计划给楼小风放足够的钱。而这次，他离开的时候，什么都没留下，甚至他的房间里一切都是凌乱的，甚至给人一种仓促、狼狈的感觉。

可这些事情没必要跟这些邻居说，楼小风用这个借口劝走了他们，才沉默地坐下来，打算继续吃已经泡发的泡面。

　　泡发了的泡面味道十分奇怪，任何一个正常家庭的十二岁孩子都不会继续吃这一坨看上去就很影响胃口的东西，但是楼小风一口一口，吃得十分珍惜。

　　他把最后一小口汤一口喝掉，然后开始睡觉。

　　外面还有邻居敲门，大约是想送什么吃的来关心他。他把被子盖在脑袋上，一次都没有应答。

　　而在同一月光的照耀下，在城郊还未开发的山林里，此刻如果有人在，一定以为自己是不是看到什么不对劲的东西——巨大的圆月下，一个背着大剑、绾着双髻的小女孩正站在树顶上，她背后的大剑看上去和她的人一样高，她穿着和剑柄同色的粉色劲装。看上去，光是那把剑就够重的，但是，她却毫不费力地站在树顶上，似乎手上的那张纸让她更纠结。

　　小姑娘在月下努力地看着自己手上的字条，她看着并念出声："……C市旺安区……长永路……玫瑰小区……啊啊啊啊啊啊……这地图到底是怎么回事啊？完全看不懂啊，师兄！"

　　小姑娘急得都快抓狂了，她在树梢上轻盈地跳来跳去，口里发出焦躁的念叨声。

　　半晌后，这似乎对认路有障碍的小姑娘好像做出了最终的决定。她一张圆包子脸鼓起来，看了看山脚下那繁华的城市，跺了跺脚，说："不管了！先进城再说……反正只要不被普通人看到就好了嘛！"

　　说完，似乎对自己的决定十分满意，小姑娘发出了一串得意的清脆笑声，她笑着说："刚好可以多逛逛！这回可是好不容易才抢到下山机会的呢！"

　　这个长了一双圆眼睛、看上去粉嫩天真的小姑娘，要是没有她身后的那把大剑，只怕白天她一个人走在路上，都会让人疑惑不解地问出"小妹妹，你的爸爸妈妈在哪里"。而此刻她做的事情却和自己的长相十分不符合，她气沉丹田，发出一声长啸，然后如同一只飞鸟一般高高跃起，往灯火通明的城市之中冲去。

　　而在她下山后不久，一个腰上插着两把短剑、一身黑色夜行衣的少年从树丛里钻出来。他也站在树顶上往下看，一脸担心地说："小师妹，你搞这么大动静，万一被人发现了，可怎么办啊？！"

　　说完，他鬼鬼祟祟地左看一眼，右看一眼，然后一溜烟往那背大剑的小女孩消失的地方跑去。

　　与此同时，一身仙风道骨、束着长发的年轻男人正对着坐在太师椅上的人拱手，认真地说："徒儿定不负师父所托，此次下山，徒儿定会带……"

　　"不好了，不好了，师父啊！"就在大厅气氛一派严肃的时候，门口突然传来了大喊大叫的声音，被称为"师父"的上首老者看上去不过中年模样，他本是一脸严肃，此时听到门口的喊叫声，也无法再听自己最得力的大弟子说话了，他看向门口，不高兴地问："怎么了？"

　　"小……小……小……小师妹留书私自下山了！"门口回话的是最老实的老五，他欲哭无泪，"……老六也跟去了，这是他留的书，他说怕小师妹下山后，在繁华城市被不良男子勾引，他不放心……"

　　"这两个混账！"老者一听，顿时一拍桌子，再也没有方才的庄严肃穆，开口就是大骂，"老子派你们大师兄下山是干正事的，他们两个去干什么，给老子添乱哪？！"

　　"这……这……"老五不敢说话，偷偷瞄大师兄。

这一干人都是一起长大的，大师兄此刻也焦头烂额，看到老五求救的眼神，赶紧说："师父别生气了，气大伤身……我这就下山，争取早日见到六师弟和小师妹……"

"行，你赶紧出发，在他们弄出乱子来之前，给我阻止他们！"说完，师父的情绪安定下来，他沉默了一会儿，突然怒声说，"……替我看看你师姐……那个没良心的，从小老子说什么她都不听，我就发个火，随口说让她别回来，她怎么就肯听了？！这个不孝女！"

说到最后，老人的声音带了一丝哽咽。

他疲惫地挥手，阻止弟子安慰，低声叹息道："走吧，都出去……"

弟子们都知道他的心结，低声应是，室内瞬间安静下来。

此时，外面虫鸣鸟叫，夏日的朝阳已经慢慢升起来了。

而这个时候，楼小风已经起来一个多小时。

学校的课程其实不算紧，尤其是在"减负"之后，早读从一个小时变成半小时，早上八点后算迟到，楼小风之所以会起那么早，是因为他最近一直都在干的事儿。

把两瓶牛奶放到了奶箱里面，楼小风踩着单车，前往下一家。

这是楼小风最近都在干的兼职，他爸爸这次走得十分仓促，平日会准备好钱和至少短短一两句话的字条，这次都没有在客厅的任何一个角落里出现。虽然楼小风除了吃喝，没有其他消费，手上也攒了一点零花钱，可也顶不住这么久的花费。他又不肯告诉其他人他的窘境，因此只能选择做一些兼职。

这个兼职还是他好不容易求来的，兴旺鲜奶的C市负责人刚好是他唯一的好朋友赵友亮的爸爸。楼小风当时找上门请求做兼职时，已经被赵友亮的爸爸拒绝了，然而他巧遇到刚起床的赵友亮……结果一来二去，大约是赵友亮的爸爸知道了楼小风的情况，又大约是赵友亮死缠着他爸，楼小风总算拿到了早上给这个片区的居民送牛奶的活儿。

这个活儿不算轻松，但是楼小风却做得兢兢业业的。

事实上，这一带他十分熟悉，倒是最近他找了一份晚上的兼职，是给一个小餐馆当外送的服务员……结果，他才上班几天就迷路了。

准确来说，那小餐馆其实不算是个正常餐馆，更像是苍蝇馆子。馆子的卫生条件不是很好，老板总是穿着那两根筋吊带的白色汗衫，切肉时嘴里还叼着烟；老板娘就抠搜地盯着每一个吃饭的人，仿佛盯着犯人，生怕有人跑单，偶尔遇上唯一的服务员小常动作慢点，就开始大声骂骂咧咧起来。

因为老板手艺不错，价钱也是附近最便宜的，因此，纵然馆子门口竖着的两个垃圾桶还常年全满、满地都是油污，甚至还有老板娘随手泼的饭菜污水，空气中都有股馊味儿；纵然整个小餐馆里面只有几台电风扇，大热天的，那风吹得跟烤炉一样，根本不能解暑……依然挡不住这个餐馆里人头攒动。

因为门店用餐的人太多，爱财如命的老板娘舍不得流失客源，火速开了送餐服务。不但如此，因为太过抠搜，老板娘不肯和那些大平台合作，不想让那些平台分自己的钱，干脆就找个廉价勤快的年轻人来帮忙。反正餐馆也只做晚上吃饭时段的外送，大多是口耳相传的生意，多了，就老板一个人也是忙不过来的。

出于这种种原因，楼小风出现在这个餐馆的时候，才没和在其他馆子一样，被和颜悦色地劝走，或是一直被谆谆询问，甚至有人以为他是叛逆逃家的少年而报警。

每天工作的时间是下午五点半到九点半，双休时兼职当服务员，每个月八百块钱……这价钱确实低得不忍直视，可是，对楼小风来说，勉强够了。

楼小风以为这就是他的人生，就这样半工半读。

楼常瑞不是个好爸爸，到底也给楼小风留了套房子，虽然只是老小区的两室一厅，但到底让他有个栖身之处，等他大概念到初中毕业，运气好就念个职高，运气不好就辍学，开始正式打工，然后攒点钱，也许能自己盘个门面……他过的生活就像小区里面很多小孩那样。

虽然这生活太过普通，如同死水，甚至还有些悲惨，但是楼小风觉得这就够了。他那么仓促草率地被生下来，没有任何人在意过他为何诞生，也没有任何人在意他活得如何……这样的人生，对他来说，已经是平凡生活之中最大的梦想。

只是，楼小风没想到的是，在这个傍晚，他一抬头，看到了……大概可以称为命运的东西。

他正低头在陌生的巷子里面找路，顺便看着写着地址的外送单子确认的时候，突然听到头顶围墙上传来吞咽口水的声音。

楼小风愕然抬头，看到了一团柔软的粉色、粉雕玉琢的女孩趴在墙上，她露出一个头来，眼巴巴地看着他单车后面的食物。

"……你？"楼小风觉得自己眼花了，他似乎看到这女孩一副古装打扮，头上绾着两个古时候小女孩的发髻，扎着一对粉色的缎带，缎带下缀着铃铛。女孩伸头的时候，夏夜的晚风把她头上的金铃吹得清脆作响，这一切衬着这古旧的围墙，让人有种时光倒流的错觉。

"……我叫飞蕊，金飞蕊！"小女孩看他一眼，认真说完，然后左顾右盼。这是个十分寂静的老巷子，事实上，如果不是送餐迷路，他一个在C市长大的人都找不到这地方。

似乎是看到周围没人，小女孩认真听了一下，顿时衣袂翻飞，直接一个翻身，利落地坐在了围墙上。

楼小风顿时目瞪口呆！

他看到一个粉装少女，双髻缀金铃，身上的衣服像是唐时胡服劲装，脚上的鞋子绣着和缎带同款的芍药——这些都不是最重要的，最重要的是，她身后居然背着一把大剑！此刻，大剑斜横在她的身后，仰头看过去，视觉冲击力极其强烈。

楼小风沉默一下，突然感慨地说："你这么小就玩COS？"

不等女孩回答，他又真诚地说："你COS得真好，比我同学给我看的都好！"

"COS？"自称金飞蕊的女孩一歪头，一脸迷茫地问，"这是什么？！"

②

"楼小风！你到底是在干什么？！这个时候才回来！"楼小风回去的时候就知道肯定惨了。他这一次送餐送得比较远，自行车来回大概是一个小时，但是他去了快两个小时才回来。这可是晚上用餐黄金期，老板娘肯定不会轻易饶他。

果然，楼小风才推着单车到门口，就被老板娘如鹰一样锐利的眼睛给发现了，接着就是她愤怒的嘶吼。

"路上自行车的链子断了……"楼小风赶

紧把想好的借口说出来，虽然实情不是这样的，但是他知道怎么说才能消减老板娘的怒火。这是楼小风的成长环境给他的馈赠，察言观色，对他来说，就像是与生俱来的本能一般。

果然这么一说，老板娘脸色顿时好了许多，在里面听着的服务员小常也开口了，说："老板娘，你就把你那电动车给小风用一下呗，他骑自行车送饭肯定慢啊，这不耽误您挣钱吗……"

小常和楼小风并不熟，不过，大约同是被老板娘压迫的人，小常对每天骑着自行车，衣服汗湿了又干、干了又湿的楼小风，还是有些兔死狐悲的同情，因此，这时候也忍不住帮他说说好话。

小常不愧是跟在老板娘手下干了好几年，能在老板娘手上拿高达两千块"巨额"工资的人，说的话果然就戳到了老板娘的心。老板娘看看推着自行车、一身臭汗、干瘦的楼小风，再看看她停在饭馆门口，只有早上来饭馆和晚上回家才会用到的老旧电动车，她哼了一声，说："行吧……不过你这死仔给我小心点，别把我电动车给磕到、碰到了！"

说着，她小心地从她那巨大的钥匙串里面拿出了电动车的那一小挂钥匙，朝着楼小风扔过去："还不快去送餐！台子上堆的都是！"

"是！老板娘，我这就去送！"楼小风一手捞过电动车钥匙，麻利地把食盒固定在电动车上，飞快地装箱。

老板娘这电动车只比自行车大一点，跑的速度也不快，但是到底比自行车好多了，又省了力气，除了不用踩踏板，其他和自行车没有什么区别。

楼小风又忙了一个多小时，虽然送得慢，但是那些收餐的人看到他是个满身是汗的孩子，也没有多说什么。送餐中途有个一千多块的大单子，楼小风骑了一个半小时，到了一个叫梨花书院遗址的地方，才发现这大单是一个剧组点的夜宵，难怪能在那么实惠的馆子里点一两千的食物。

楼小风从食物箱里面拿口味虾、辣子鸡等东西的时候，旁边没有戏的配角演员们就欢呼着过来拿食物。

楼小风虽然在同龄人之中个头算高的，但在这群十八九岁的女孩之中，就显得年纪十分小。有个穿着白色连衣裙的圆脸女孩微笑着一边接食物，一边搭话："你年纪可真小，是给家里帮忙的吧？"

楼小风不出声，那女孩还以为他是默认了，笑着说："我家也是开饭馆的，我以前也给家里帮过忙……喏，这个给你喝。我看店子很远，你先回去，剩下的东西放这里，我搬过去就好了！"

"珊珊，你在干吗？哇！这么多好吃的，啊啊啊啊……可我可不敢吃，这时候吃肯定胖三斤……"几个女孩走过来，看着一堆食物眼睛发光，一脸垂涎和纠结。

"你们不吃，都给我吃！"珊珊笑了笑，对楼小风使个眼色。楼小风明白，这像大姐姐一样的女孩是照顾他，免得他再耽误，今天已经很晚了，回去只怕要到十点。他感激地点点头，转身上了车，反正他也不需要收钱，抠门的老板娘都是先收钱才让他送单的。

他远远听到身后的女孩子们还在打闹嬉戏，妒忌地说："珊珊，你最近到底有什么妙招，吃不胖，又不长痘，皮肤还变得这么好？"

"没有啊……可能是最近天气好……"
……

他们只是萍水相逢，楼小风在路上开了那瓶还带着凉意的可乐，他喝了一口，冰凉甘甜，气泡在嘴里撞击，然后流入胃里，让他一下子精神抖擞起来。

楼小风深深地呼了口气，大口喝完这瓶可乐，骑着老板娘这辆旧旧的小电动车，一路往餐馆开去。

回去果然晚了，已经到了十点，又帮餐馆打烊，收拾东西，真正能走的时候已经十点半了，好在楼小风找兼职的时候就找的家附近的，这饭馆离他家小区也就一条马路，他骑自行车几分钟就可以到。

"给！这是客人吃剩的！"老板娘凶着脸丢过来一个大食盒，恶声恶气地说。

"什么，居然是肘子！"小常在一边羡慕地说，"老板娘偏心，我都没有！"

"吃吃吃，一天就晓得吃，干活时怎么不见你这么积极？"老板娘白了他一眼，也丢过去一个食盒。

这就是在饭馆干活的好处。这老板娘虽然抠搜，饭馆环境恶劣又小，但食客还是络绎不绝的，饭馆的食物还真是真材实料的。老板他们从不搞虚的，不管客人点多好的菜，或者有些没吃几口的菜，他们绝不会弄回后厨再加热摆盘，然后给别的客人吃，他们一般留下来自己吃或是给小常。

如今多了楼小风。

楼小风笑着接过来，他开始还不敢要，这几天下来已经习惯了。楼小风正是长身体的时候，六七岁的时候他爸爸开始频繁离家，他曾经狠狠饿过，所以他什么都不怕，就怕饿肚子的感觉。可以说，从能拿得动锅铲之后，楼小风就没敢让自己饿过。

而最近，他一直省着花钱，油水还真是没以前足。有句老话说"半大小子，吃穷老子"，意思就是长身体的娃，可以把一家吃穷，楼小风不知道其他人，但是他的饭量真的比一般同

龄人大很多很多。

这饭馆包一顿晚饭，晚上楼小风吃了三海碗饭，又吃了大半碗的红烧肉，这会儿又饿了。这几天下来，老板娘也大概知道了他多能吃，不然以她那抠门性子，肯定不会舍得给他这么大一个猪肘子的。

"谢谢老板娘！"楼小风接过猪蹄挂在自行车把手上，笑着挥手，骑着单车就赶紧回家。

楼小风骑得不算快，这地方是老小区，人流量大，就算半夜，小区门口一条街还摆着夜市，除了小饭馆到外面这段路有点黑，安全没有太大问题。因此平日回家，楼小风都是慢悠悠地骑车，吹着夏日晚风回去，然后洗澡再睡觉。

今天也是如此。

楼小风骑车进了小区，把自行车锁好，然后提着肘子往家走。

他家在三楼，很快就到了，拿出钥匙开了门，楼小风抬眼一看，就看到门内沙发那里，半个粉色脑袋警惕地躲在后面，只露出一双眼睛戒备地打量着门口。

那双圆滚滚的葡萄眼睛里有楼小风觉得陌生的寒光和锋锐，让他只觉得身体瞬间绷直了，几乎是一刹那间不自觉地做出了防备的姿势。下一秒，那双大眼睛瞬间发出喜悦的光芒，然后，一道粉色的影子唰地从沙发后跳出来，飞奔着来到门口，像是接到了飞盘的狗狗一般，雀跃地看着他，说："你回来了？！"

"……你怎么在这里？！"楼小风只觉得头皮发麻，这个女孩到底是怎么跟着他到家的？！

他不过投喂了她一顿而已！

说来话长，方才耽误的那半个小时，就是因为他在巷子里见到这个奇怪的女孩。楼小风

开始以为她是COS什么动漫人物，结果她茫然地表示不知道什么是COS。

当然，楼小风开始是不信的。但是下一秒，金飞蕊从三米多的围墙上一跃而下，看上去最多一米五的女孩纵身一跃，在楼小风差点惊叫出声的同时轻飘飘地落了地，没有惊起一丝灰尘。

那一瞬间，楼小风瞬间就知道，他好像遇到麻烦了！

而这个不经意露出十分惊人身手的女孩，却对自己做了惊世骇俗的事情一无所知。她眼巴巴地看着楼小风，正确来说，是看着他手上的食物。

"我真的好饿，又找不到要去的地方，也不敢随便找人买食物……"可怜巴巴的小萝莉说着，从怀里掏出一沓……粉红色的大钞来，眼巴巴地看着楼小风，哀求道，"我可以用这个换你的吃的吗？"

那一沓粉色大钞，差点刺瞎楼小风的眼睛，他迅速地左顾右盼，低斥道："快收起来！"

"这个东西不值钱吗？！"金飞蕊却误解了他的意思，生气地说，"可恶，大师兄一定是发现了我偷他的行囊，故意骗我！"

"不……不是！"不管这女孩嘴里到底说的是什么听不懂的话，楼小风只觉得着急得都要疯了，"是很值钱，很值钱，可以买几千车这种食物，所以你要藏起来！"

"我懂了！财不露白！"拿着一看至少有两三万块钱现金的金飞蕊恍然大悟，笑眯眯地说，"那我可以拿这个钱跟你换吃的吗？"

……

总之，心累的楼小风不敢把客人点的单给金飞蕊吃，只能帮这个似乎对一切一无所知的女孩在杂货店买了泡面和火腿肠，然后泡好了给她端回来。

一身精致古风衣服的少女端着老坛酸菜泡面吃得如痴如醉的样子，让人看得精神错乱。不过，楼小风也不是愿意管闲事的人，他办好这一切，就直接跟这女孩说了一句"还有不知道的就去找警察"，然后就赶紧骑自行车送外卖去了。

"等我办好事儿，我会报答你的！"当时，楼小风记得这女孩对他这么喊过。

但是……报答什么的另说，这个来历不明的女孩到底是怎么知道他的住处的啊？！

楼小风简直都要惊呆了！

"我也没想到就是你啊！"金飞蕊开心得在原地蹦跳。或许是错觉，楼小风觉得随着金飞蕊的蹦跳，他家的地板砖似乎裂开了……不对！

"快停下！地板砖裂了！"不是错觉，眼见着地板砖真的裂开了，楼小风顿时着急地喝止金飞蕊的动作。

金飞蕊停下来，不好意思地说："对不起，我功夫还不到家，一开心就没控制住……"

"够了！坐下！"楼小风怒了，这房子是他唯一的东西，也是他的避风港，可以这么说，这是他唯一真正拥有的东西。他在这里长大，在这里生活，此刻，这女孩莫名其妙跑进来已经让他十分抗拒，这会儿女孩还弄烂了他的地板砖。楼小风顿时气急，他大喝之下，金飞蕊瞬间坐在门口的鞋凳上，害怕地看着他。楼小风关上门，深呼吸，压抑自己的怒气，说："你怎么找到我家的，你来我家到底有什么目的，你到底想干什么，这是什么该死的整蛊节目吗？！"

楼小风一连串的质问把金飞蕊吓得小脸发白，这个轻轻一脚踏裂地砖的女孩看了看楼小风，突然哇的一声哭了出来！

"我叫金飞蕊，我是特地来找你的，我是你的师姐，哇……"金飞蕊一声大哭，声如洪钟。顿时，楼小风就听到了对门刘奶奶开门的声音。

"小风，小风，你家怎么有女娃娃哭啊？"刘奶奶最关注楼小风，往日也老喜欢送吃的给楼小风。楼小风怕她担心，整理了表情，打开了门，说："刘奶奶，没事，就是这个姑娘突然来我家，莫名其妙……"

"我不是莫名其妙，我叫金飞蕊，你要叫我师姐！"金飞蕊气得包子脸发红，擦着红彤彤的圆眼睛，恨恨地重申，"你不尊敬我，我要告诉师父！"

"金飞蕊……你姓金？"刘奶奶却问了一句奇怪的话，在看到金飞蕊点头的时候，刘奶奶突然沉默了一瞬。这时候，从楼上走下来的陈婶突然说："姓金？刘奶奶，你说她该不会是……"

"娃娃，你别怕。告诉奶奶，你是怎么来小风家的啊？"刘奶奶听了陈婶的话，转头慈祥地问金飞蕊。

"师父给了我地址，说来这里就可以找到他！"金飞蕊指着茫然的楼小风，气哼哼地说，"但是他不理我，还生气！"

"你的师父是？"刘奶奶耐心地继续发问。

"师父就是师父，是他的外公！"金飞蕊还指着楼小风。楼小风顿时瞪大眼睛，转头看着金飞蕊，愕然地脱口而出："你说什么？！"

"《风流小姐俏王爷》第一场第五镜……Action！"与此同时，C市某个古文化书院遗址，一个小型的剧组正在拍戏。那简单的妆容和衣服，还有破旧的机器，都清楚地表达着这个剧组的穷困。大灯一照，站在镜头下的女主角只是简单装扮，但不知为什么，显露出一种魔魅一般的美丽来。

穿着黑色夜行衣、背着两把短剑的少年正站在不远处，突然被光吸引一般，他转头远远地看着这个剧组，突然低声疑惑地自言自语："……不会吧，这个味道？"

他似乎想过去细看，但是下一刻又轻声说："不行，还是先找到小师妹再说……啧，这城里怎么那么多人？白天根本就不敢随意走动！"

说着，他贴着墙根飞速地跃起，直接跳到了电线杆上，然后蹲下身仔细研究自己抄下来的那张字条，艰难地重复："C市旺安区……玫瑰小区……五单元302……楼小风……就你了！"

他一把捏碎字条，恨恨地说："你最好别是个小白脸！不然，就算你是大师姐的儿子，我也要跟你拼了！"

说完，他一个跳跃，直接踩着电线杆，往目的地前去！

③

而楼小风在今夜知道了一件让他震惊的事情——原来在这个世界上，他还有亲人！而且是他妈妈的父亲，他的外公！

楼小风惊愕地站在门口，听着刘奶奶说他的妈妈也姓金。当年，刘奶奶他们似乎看到过他妈妈的怪异打扮，……难怪他们看到金飞蕊时竟然那么镇定。

那些往事，楼小风不想细听，他的脑子太乱了，他根本不知道自己在想什么，似乎什么情绪都没有，又似乎酸甜苦辣在一瞬间全部涌入了他的心里。

"出去！"楼小风低头，轻声说。

"你说什么？"金飞蕊没听清。

"我说出去！滚出去！"楼小风抬头，他根本没看到，他的眼里有眼泪流出来，他看着金飞蕊，怒声说，"你是什么人？你姓金，你是我的表妹、堂妹？"他猛地露出一个古怪的笑容，半途又变成憋不住的泪水，他恶狠狠地看着金飞蕊，像是看着她身后的仇人一般，他说，"……十二年了，怎么突然又想起我了？"

"我……我……"金飞蕊是偷跑下山的，她怎么可能知道那些陈年往事，她最多是偷听到了师父说大师姐生了个孩子，那孩子大约已经十二岁了……师父说，那孩子如果跟大师姐一样，就赶紧送上山来，别为了斗气，耽误孩子的性命。

其他的，金飞蕊就什么也没听到了。因为她想到那个从未见面的师父的外孙，想到大家口中亲切温柔的大师姐，想到大师兄偶尔回来给她带的棒棒糖和各种好吃的、好玩的东西……金飞蕊想象的是繁华美丽，到处都是好吃的东西的城市，那个城市有大师姐，大师姐肯定和大师兄一样好，等她到了地方，肯定会带她去吃许多好吃的，玩许多好玩的……

她以为她只需要传达师父的一个口信就可以。

可是看着面前这个充满了愤怒，甚至仇恨的男生，和刚才的假哭不一样，她是真的被吓到了。她疑惑地看着楼小风，不明白他为什么这么愤怒，不明白为什么好好的，他突然这么生气。

"金飞蕊是吧？小蕊，你今天来我家睡吧，让小风好好休息一下……"对门的刘奶奶长叹一声，走过来，温柔地牵起金飞蕊的手。

路过楼小风的时候，刘奶奶想摸摸他的脑袋，但是被他躲开了。

刘奶奶叹息一声，轻声说："……小风，你别想岔了，奶奶总觉得这事儿大约有什么误会……总之，你爸妈搬过来的时候，我们就察觉到了，你妈妈大约不是一般人家出来的。你还记得你刘勇哥吗？"

刘勇正是刘奶奶的大孙子，去年已经读大学了，因此最近都不在家。往年他老带着楼小风玩耍，虽然两人差了六岁，但是感情确实好，跟亲兄弟差不多了。纵然楼小风气得身体微颤，听到刘勇哥的名字时稍微好了一些。刘奶奶又低声说："当年你刘勇哥不到五岁，也是这么热的夏天，我怕他晒坏了，看他睡得香甜，干脆就想，只是在门口买菜，我快去快回，也不过是二十分钟，就不带他了……"

哪里知道就是那一闪而过的想法，差点造成了一家人的遗憾。

当时刘奶奶看着大孙子睡得香甜，想着自己动作快些，还能让孙子少被太阳晒。菜市场又挤又热，带孩子的十有八九都会让孩子哭得上气不接下气，大人看也心疼。

却没想到刘奶奶没走多久，刘勇就睡醒了，这还不算，他还自己掀开被子去阳台上玩。三楼虽然不高，但一个四五岁的孩子掉下去只怕也没救了。夏日的早上又闷又热，上班上学的人早就出发了，剩下的闲人也大多在家拉着窗帘闷头睡觉，刘勇踩着刚好洗了晾晒的小板凳爬到了窗栏外面的时候，回来的刘奶奶远远看到，差点吓得惊掉了胆魄。

"就是这个时候，我看到了你妈妈……"刘奶奶似乎想到了什么温柔的往事，脸上带上了淡淡的笑容，"那时候，她站得老远，左顾右盼的。我真觉得快吓死的时候，刘勇那皮小子就松了手……不瞒你说，我当时就想过，如

果我这孙子死了，就是我没给儿子看好孩子，那我这老的还活着干吗……然后就在这个时候，我看到你妈妈飞了起来……"

那其实当然不是飞翔，只是无论多么好的语言，都无法还原真正的"轻功"——轻若漂萍、力若万钧！

刘奶奶只看到，那个平日里怪里怪气的邻居小媳妇一瞬间飘了出去，下一刻她残影凝实，刘奶奶就看到自家大孙子被她抱着。女人脸上带着笑容，大孙子还在茫然地左看右看，显然不懂自己怎么就突然换了个地方……而楼小风的妈妈逗着小刘勇，仿佛刚才几秒内从几百米外纵身接过一个从楼上掉下来的孩子只是一场幻觉一般。

刘奶奶站了好久才缓过神来，疯了一样跑过去，菜都没顾得上提走。刘奶奶上去就哽咽着道歉，抱着大孙子一边拍屁股，一边流眼泪。而楼小风的妈妈笑了笑就跑了，根本不肯接受刘奶奶的道谢和从身上掏出来的所有钱。

"那个时候，我就知道了，你妈妈的来历肯定不一般……虽然她平日注意收敛，但真出事的时候，她总是会出手帮人……你这孩子不说，但是我们都知道，你心气儿高，觉得我们是可怜你……奶奶一直没机会跟你说，其实啊，我们都是承了你妈妈的情。你刘勇哥是你妈妈救的；你陈婶子一家煤气外泄时门撞不开，是你妈妈爬到四楼钻进去救出来的；还有赵丽那丫头，在半夜回来的路上被小混混抓住，差点出事，也是你妈妈睡觉时突然惊醒……当时是隔了一条街啊，你妈妈都听到了赵丽的求救声，半夜从屋里跳下三楼，救了赵丽，把那些小混混揍得半死，扔进了警察局……小风，咱们不是可怜你，咱们是都受过你妈妈的恩。你这孩子，就是心思重、犟啊，

跟你爸真是一个样子。你爸爸也是，你妈妈当初一去世，他就辞职，闷头搞什么运输，一天到晚神神道道，连家都不管了，像是换了个人……"刘奶奶说着，眼里也有了泪花，她轻声说，"小风啊，你别太怪你爸，他心里苦。当初你妈在的时候，他不是这个样子的，他就是和你妈感情太好了，过不去那一关了……"

楼小风是第一次听说关于妈妈的事情。

事实上，那个据说他出生的时候就死于难产的女人，他甚至怀疑她是否真的存在。

只有两张老照片如珍宝一样摆在父亲的房间里，上面的那个女人桃子脸、柳叶眉、到臀部的长发。她脸上带着璀璨的笑容，站在太阳下，阳光照在她身上如镀了一层光晕，她像是某种闪耀的向阳植物，让人看着就觉得心中欢喜。

那是个样貌不比电影明星差的女人，和有些青涩的父亲站在一起，感觉父亲就像是电影主角身边的一个配角。

可是，他们挽着手站在阳光下，显得那么恩爱。那也是楼小风从未见过的父亲，那个终年醉酒、沉默到寡淡的男人，那个总是一言不发、消失在朝阳或夜色之中的男人，一点也不像照片里那个意气风发、透着书卷气的样子。

父亲从不告诉楼小风关于母亲的事，甚至让楼小风觉得父母的那段往事也许并不光彩。可是，今日在刘奶奶的絮叨之中，楼小风却突然愕然地发现，也许一切只是他被表象蒙蔽的错觉。

他声音颤抖着问："……您说什么？"

刘奶奶没明白楼小风问的什么，他继续问："您刚才说……我爸妈很恩爱，父亲受不了我妈去世的打击……"

"哦，是啊！"刘奶奶回答，人老成精，下一瞬间，她就明白了楼小风到底是什么意思，

顿时一皱眉，"这事儿楼常瑞没告诉你？"

"我父亲没跟我说过我妈的事。我只知道我妈生我的时候去世……"楼小风说到这里，心中黯然。刘奶奶忍不住长叹："那楼常瑞，怎么这些事儿都不跟你说？我就说你这孩子……你这孩子，难怪你不肯搭理我们！那楼常瑞把孩子都给带成啥样了，飞白那闺女知道了，肯定得跟他急不可！"

"飞白？"这完全不是个女人的名字，可是，楼小风听他爸喝酒的时候一直念叨着，他知道，这是他妈妈的名字。

"对，金飞白！大师姐的名字，和我一个排行！"一旁听得稀里糊涂的金飞蕊终于听到了她明白的，顿时强势加入话题，眼睛闪亮亮的，一脸得意地说，"现在你相信我是你妈妈的师妹了吧？！"

敢情这丫头到现在还在纠结这事儿呢！

被金飞蕊一打断，楼小风内心中那些煽情的、痛苦的记忆似乎瞬间就减少了许多，而他也第一次明白了，他之所以来到这个世界上，是因为那些真实存在过的美丽过去。

原来那个不负责任的父亲也曾是那么期待他的降生，原来他是被众人期待而诞生的孩子，原来他也曾有机会有一个又酷又美的妈妈，有一个虽然不酷，却文质彬彬的父亲……那像是一个遥不可及的梦，他听着听着，越是沉溺其中，越能感受到自己的悲惨来。

他不知道怎么去面对这些，听完了刘奶奶说的话，他没有出声。只是金飞蕊不肯离开，暗暗蹭着往沙发上坐下来的时候，他假装没看到……他送走了担忧的刘奶奶和陈婶，看着她们担忧的眼神，虽是同样的眼神，他依然不喜欢、不习惯，可是，心底的那种隐秘的刺痛和自卑却好了许多。

他的脑子十分混乱，他僵硬地走进房间，

没有看还赖在客厅的金飞蕊一眼。

他躺在床上睁大眼睛，根本睡不着，他不知道该如何面对现在知道的这一切。

十二年的孤独和痛苦，不可能仅仅因为刘奶奶叙述的一段往事而释怀，楼小风还是恨自己的父亲……天啊，在这一刻，他才发现，他是恨那个男人的——那个把他生下来，从小就不会拥抱他，不会鼓励他，只会自己喝酒，然后痛哭的男人。

楼小风一直给父亲找那么多理由，如今知道了，那个男人是因为深爱着妈妈，所以妈妈去世后，便无法再面对生活……可是，楼小风还是无法原谅父亲。

楼小风甚至想，当年死的如果是自己，这个故事才是圆满的吧？那样的话，妈妈会活下来，爸爸有自己最爱的人，也不会变成一个沉默，甚至疯癫的酒鬼。

……可是，从来没有人给过楼小风选择，他就这么被生下来，然后被沉默地隔离在这个家庭的过去之外。

而十二年过去，爸爸消失了，一个莫名其妙的外公出现了。

楼小风无法理解，如果那个所谓的外公真的很好的话，妈妈为什么会离家出走？为什么过了十二年了，外公才来找他？

这一连串的疑问快把楼小风逼疯了，可是他还没办法问金飞蕊。这姑娘白天三两下就把自己的底细透得干净，根本不需要他开口问，这么个离家出走还路痴的姑娘，这会儿让她找回家去，只怕都够呛。

不过，估计这会儿他外公也不会放心这小徒弟偷跑，一定会把那个大师兄派下山的。

等到他来……

等到那个大师兄来……他要怎么做呢？

楼小风瞪大眼睛，看着黑漆漆的房间，他

的心脏跳得有些快。过了很久，他发泄一般对自己说："别蠢了，你算什么！"

说完，他用被子蒙上脸，似乎觉得蜷缩在被子里，就能逃避一切未知和伤害一般。

与此同时，正赶向玫瑰小区的老六突然感觉到一股锐利的杀气直击后背，他反应极快地侧身，直直地侧飞出去，瞬间抽出短剑开始格挡。

兵刃交击的声音接连响起，两人从电线杆上打到屋顶上，又从屋顶上到了地上。借着昏黄的灯光，老六惊愕地看着眼前的"人"，脱口而出："我去，这是什么东西？！"

面前偷袭老六的这"人"，一身白裙，身段纤细，脸上却全是脓疮，看上去就像是某种不可知的怪物一般，有种让人无法直视的恶心感觉。

老六的话似乎激怒了那怪物，"她"发出愤怒的低喘，直直往老六身上扑过去！

老六动作十分迅速，身手灵敏，那怪物几次攻击都没得手，顿时气得不行，直接贴身冲上来。老六才下山，这会儿有些犹豫，直接动手杀了这东西会不会造成什么问题……虽然这东西已经不算人吧，但是看其样子，怎么都是跟人有些关系的。他头回下山，不知道经常游走师门的大师兄、二师兄和三师姐到底是怎么处理这类问题的，一时犹豫，就给了那怪物反扑的机会。

一瞬间，那怪物发出一声吼叫，直接贴近了老六，那放大的丑脸把初出茅庐的老六给恶心坏了。在老六分神的瞬间，那丑脸竟然还爆开了——那仿若人的皮囊下，炸出了许多的虫子来！

老六的短剑再快，也没办法迅速杀死几千只虫子，他只能飞快地后退，然后拔高身体，几个起落，离开这个地方。

而幸好那些虫子也没有继续跟过来，没过一会儿，地上就什么痕迹都没剩下了。于是，那些虫子窸窸窣窣地钻到花坛里，没一会儿，黑夜就归于平静。

老六远远地看着，只觉得胃里沉甸甸的。他看了看刚才来的地方，那里还开着巨大的白炽灯，拍戏的人还在继续。

有人大叫："蔡珊珊，下场戏就是蔡珊珊了，她人呢？！"

"这时候给我死到哪个角落去了！"大约是场务的人大骂着。但自始至终，但那个叫蔡珊珊的女孩都没有出现。

老六犹豫一下，转身往玫瑰小区跑去！

于是，在这个辗转反侧的夜里，楼小风还没消化完今天听到的关于母亲的一切，接着就听到睡在客厅里的沙发上的金飞蕊突然怒声低斥："哪里来的小毛贼？！"

已经无心吐槽这萝莉偶尔极其古风的、如说电视剧台词一般的说话方式，根本没睡着的楼小风飞速起身，打算看看外面到底发生了什么事，还没打开门，就听到有人喊："师妹别拔剑，是我，金飞侠啊！"

这就是传说中的大师兄？

怎么感觉怪怪的，不是很像稳重的长辈的样子？

楼小风带着疑惑打开了房门，就看到客厅里面，伸手准备拔出身后大剑的金飞蕊旁边站着个一身电视剧中夜行衣、长发胡乱束着、手上两把半臂长的短剑的奇怪少年。

这少年长得五大三粗，和一身古风装扮，不知为什么有种怪异的合适感。少年浓眉大眼，国字脸，怎么看都是老派武侠剧里面会出现的大侠长相，只是因为他年纪还小，所以倒没有太过刚烈，只能说是利落。

他看到楼小风的瞬间，忍不住就问：

"……这就是大师姐的儿子？"

楼小风心情还没平复下来，不知道要怎么面对与母亲的过去有关的人和事，但是他现在能确切地说出来的就是：这种全世界都知道妈妈的过去，就他一个人不知道的感觉，真的很糟糕。

因此，他忍不住皱了皱眉。

金飞侠抖了抖，突然很小声说："师妹，你觉不觉得他皱眉的样子好像师父啊？"

"咦……你这么说，真的很像哦……不对，金飞侠，你身上怎么有狸虫的味道？"说着，金飞蕊炸毛了，小小的一个人身上冒出了寒气。楼小风这次确定了，不是错觉，这小丫头身上有种如实质一般的压迫力，她一认真，自己身上的寒毛都会竖起来！

看着自己身上的寒毛，楼小风没说话。金飞侠似乎有些怕自己这个师妹，赶紧投降说："是离这里不远的那个什么梨花书院遗址，里面有人点着大灯拿着个东西照来照去，我听他们说在拍戏……那里狸虫的气味特别重，我本来想看看的，可是又急着找你……"

"你这头猪！"金飞蕊急了，"狸虫可不是开玩笑的，它们一旦出来，繁衍得那么快，会造成多么可怕的结果，你不知道吗？！"

"我知道，所以我赶紧来找你了！怎么样，你敢不敢和我一起去？！"金飞侠显然跃跃欲试，他一直没坐下，敢情是在这里等着。

眼见着两个人三言两语确定好要半夜出去，楼小风在平日里是肯定不会管这事的，但也许是今天母亲的事情让他的心情动荡难安，也许是这些人和母亲相似的名字和来历，让他无法把这两个人看作路人，他终于忍不住开口了："……你们去之前，能不能抽空跟我说下，狸虫是什么？"

两人对视一眼，同时说道："吃人！"

"食人心！"

"到底是吃人，还是吃人的心？"楼小风觉得自己是不是听错了，这是发生在正常都市里面的事情吗？！

"都吃！"金飞侠得到了话语权，说，"那东西其实非常笨，一般根本没办法寄生在人身上，除非有人自愿吃了那虫子，它才能寄生！"

"不是，那东西吃人，怎么会有人愿意吃它呢？谁会吃活虫子啊！油炸了它，它就不能寄生吧！"楼小风觉得，这一个晚上过得太玄幻了，似乎自己整个人生的认知都要崩塌了。

"那虫子吃人，但是被吃的人会觉得十分快乐……他们的皮肤会变得光洁，整个人的精神变得很好，据师姐说，还能让人散发出一种迷人的气场。当时，三师姐还想用那虫子研究美容药，可是后来三师姐发现，那虫子似乎只能在人体内给五脏六腑注射它们身上的体液，并且不断繁殖，才能达到理想的效果……"显然这段话是金飞侠背下来的，他自己都十分不解怎么会有人赌上性命干这种事情，因此，他不耐烦地总结说，"我也不知道为什么，吃下那东西后，人会慢慢失去理智，最后变成攻击人、吃人的怪物，怎么会有人愿意吃那玩意儿啊！三师姐当时抓了那虫子搞研究，师父提着剑追了她三座山……"

显然，似乎发现自己说多了，金飞侠咳嗽一声，适时地住嘴了。

在现代都市里长大、看了无数狗血电视剧的楼小风疑惑地说："……你是说那些剧组的小明星？那很有可能……"毕竟孩子都知道那个圈子，为了出名，人们能有多疯狂，不过，倒不至于疯狂到不要命的地步吧，楼小风想了想，说，"……不会是有人骗他们那是什么减肥药、美容药，他们才会那样的吧？"

金飞侠和金飞蕊瞪大眼睛，顿时觉得这事

儿不是没可能。

"那怎么办?"两人面面相觑,金飞蕊把大剑往地板上一放,楼小风尽力让自己不要在意地板砖四分五裂的声音。金飞蕊为难地说着凶神恶煞的话:"那怎么办?我们又不能直接杀了被寄生的人!"

楼小风一直觉得自己不算个积极向上的人,但是此刻听了金飞蕊的话,他都觉得他的脑袋里嗡地响了一声,他忍不住说:"不是,你们原本打算直接冲过去,看到谁感染了,就直接杀了?"

"是啊!"金飞蕊冷静地点头,头顶的小金铃叮当作响,却让楼小风听得骨头发寒。倒是身边的金飞侠似乎注意到了,赶紧解释:"师妹不是这个意思,那种被虫子寄生的人……是没有解药的……"他似乎斟酌了用词,但是失败了,只能直接说,"这虫子繁殖得很快,第一只吃进去,就会开始在人的身体里挖洞产卵。它们一旦开始繁殖,那个人看上去好好的,可能还特别精神,但是其实身体里已经伤痕累累了……"

"也就是说,吃下去的那一刻,也许全身就已经开始有虫卵了?"楼小风觉得自己快吐了,看到金飞蕊和金飞侠十分赞同地点头,楼小风觉得全身都痒了起来。

楼小风想到剧组里面那个穿着白裙,笑着给他递了一瓶可乐的女孩,鬼使神差般难得多管闲事地说了一句:"……要不你们先去看看吧?我给那地方送过外卖……那剧组管理不太严,很好混进去的……"

金飞蕊和金飞侠的眼睛顿时亮了,眼巴巴地看着楼小风。

楼小风看着他们的神情,顿时拒绝:"我晚上要送外卖,没空!你们自己去!"

④

楼小风是真的不想去,发自内心的。

楼小风是孤零零长大的一个人,从小没了妈妈,有爸跟没爸一个样。别的孩子还在家里一不顺心就哭闹、发火的时候,楼小风就已经拿着锅碗瓢盆学着喂饱自己。

赵友亮之所以成为他唯一的好朋友,也是因为小时候班上就他们两个被其他人嘲笑——楼小风是因为沉默阴郁,而赵友亮是因为太胖,从小就像是一只移动的小熊一般。

所以时间久了,他们就有了如真正兄弟一般的友情。楼小风性子里面早已经有了孤僻的因子,他也许偶尔会被一些人的温柔和善意触动,这让他在成长的过程之中,虽然经历了那么多,却依然想要做一个普通平凡的好人,而不是去仇恨世界。

可是,也就只是这样了。对于金飞蕊和金飞侠那种看到哪里出现奇怪的虫子,就非得要亲自出手、马上解决问题的这种性格,楼小风完全无法理解。

在他看来,那些都是别人的选择、别人的事情,也许这么说太过凉薄,但是这就是事实,别人的选择就让别人去承担后果,自己管好自己不就好了吗?

"不行!只有我们去,一定会露馅的,而且我们不能暴露我们的来历,一定要伪装成和你一样的,不然暴露了,我们会被抓去关进小黑屋的!"金飞蕊对楼小风的拒绝进行了果断的驳斥,并强烈地表达了他们需要楼小风这个观点。

楼小风不想管他们,事实上,昨夜情绪激动之后,他就已经冷静下来……不管这两个人带着什么目的过来，想要干什么，这是他们的人生，而他的人生，还得自己过下去。

他早上送完牛奶，白天上完课，晚上如约来到餐馆开始送外卖。

然后，他才出餐馆所在的小区街口，就在巷子口被堵住了。

"……你们什么意思？"楼小风看着从围墙里面突然跃出来的两个人，正是金飞蕊和金飞侠。夏天的天黑得迟，金飞侠还穿着一身夜行衣，金飞蕊一身粉色劲装……

楼小风实在忍不住心中的吐槽欲望，说："你们不是说要低调吗？"

"对啊，所以我们蒙面了！"金飞蕊得意地说着，透过那粉色丝绸蒙面巾似乎都能感觉到她的骄傲。金飞侠一身黑衣，在橘色夕阳下更是扎眼，但是他却一脸迷之自信，显然对自己的打扮十分满意。

"你们开心就好，告辞！"楼小风不想和他们继续说话，免得拉低自己的智商，发动电动车就打算走人。下一刻，电动车却被金飞蕊一把抓住了。

这电动车虽然不大，但好歹也是有一定马力的，金飞蕊一个看上去不到一米五的小姑娘，白嫩圆润的小手只是轻轻按在电动车头上，电动车就仿佛被定身一般，无论楼小风怎么加大油门，车子都在原地，一丝也没有移动。

"你们到底想干什么？！我告诉你们，我和你们不一样，我要靠工作才有饭吃，你们两位大少爷、大小姐有闲心到处玩，麻烦你们自己去，别耽误我赚钱！"被触及逆鳞，楼小风顿时怒了。

"不是，小风，我们是想跟你商量，如果今天我们能帮你迅速完成工作，你能帮帮我们吗？"金飞蕊来暴力，金飞侠就好声好气地打

商量，这让人连火都发不出来。楼小风沉默了一下，看着他们，冷笑说："你们能干什么？怎么，觉得送外卖很简单？不说别的，你们这两个大少爷、大小姐认识路吗？"

虽然通过这两人随意显露的一些细节，他就能推测出这两人身手不凡，但是听他们所说的一鳞半爪，他就可以判定他们只怕是在基本与世隔绝的山中长大的，连来C市的路上都迷路过那么多次，怎么可能轻易地找到点外卖的人的地方。

"不是，我们找不到地方，但是我们可以省掉你很多时间！"说着，金飞侠竟然直接坐到了电动车后面，然后说，"说不清楚，你先带着我，等会儿你就知道了！"

……然后，楼小风就经历了魔幻的送餐之夜——他带着金飞侠，每骑车到一个地方，金飞侠就直接拎起餐盒，四楼以下的直接丢阳台或是窗台上；四楼以上的，金飞侠几个起落就爬到人家阳台上，再直接飞身下来。

虽然餐点出现的地点极其奇怪，无法解释，但是确实……今天的单子竟然在九点之前就送完了。

而就是那么巧，那个剧组再次下了个大单，这回快三千块的食物，显然是对老板的手艺十分满意。

楼小风也没有借口，想了想，他半推半就地答应了金飞蕊和金飞侠的要求，至少带他们先去不引人注目的剧组，看看那狸虫到底是什么东西。

而楼小风做的第一件事情，就是让他们换上自己的衣服。金飞蕊的双髻被解开，直接扎成两个丸子头，大大的男生T恤让她显得更加娇小。而金飞侠却一直抱怨衣服小了，他体格极其健壮，T恤把他身上的肌肉块勒得近乎毫发毕现，楼小风不得不让他换上了爸爸的衣

服。

总之，耽误了一整天，这两个人终于如愿以偿。在这个夜里，楼小风骑着电动车，车后坐着一身邋遢打扮的金飞侠，而金飞蕊因为背着大剑，只能在小区漆黑的树木上、电线杆上、围墙上不断跳跃。这是楼小风第一次看到这个古怪女孩的轻功——她背着和她一样大的大剑，却轻盈得仿佛一只鸟。

此情此景，不知道为什么，让楼小风忍不住开始想……妈妈当年，也是这样的吗？

妈妈也是在山中长大，学着这种若非亲眼所见，仿佛是荒谬怪谈的"功夫"吗？

"喂……你们学的这些……和武侠小说里面的是一个东西吗？"楼小风很少好奇，很少发问，因为在这个世界里，他很少得到他人的反馈和回答。

但是，也许是这个景象已经超越了他所认识的现实和世界，也许是匀速行驶的电动车和风让人瞬间有脱离生活的错觉，他就这么突然地开口了。

"武侠小说？你会看吗？我最喜欢《笑傲江湖》！"金飞侠笑着大声开口，然后说，"二师兄骗我们，他说现在武功已经不流行了，已经没有人看武侠小说了……你明明还在看！"

那是因为，家里唯一的小说，只有一排排的武侠小说。无聊的时候，楼小风曾经拿这些书打发时间，电视里面每年也会播各种版本的武侠电视、电影。他以前不懂为什么那个酒鬼会爱看那种宣扬傻兮兮的"侠之大者，为国为民"口号的幻想小说，但是现在，他慢慢明白了。

大约……那个酒鬼是见过真正的武侠世界的，而他深爱的女人就在那个世界里，在那里长大，而后走到他的身边。

想到这里，楼小风忍不住冷笑一声，说：

"怎么，那个虫子是什么东西？你们现在是去行侠仗义？"

金飞侠性格大大咧咧，根本没听出楼小风说到"行侠仗义"几个字的时候，语气里所含着的讥讽，反而认为楼小风真的是有疑问，他认真严肃地说："当然，我们活着的目的就是守着'幽墟'的大门，守护人间安宁！偏偏那些魔教妖人发现了从幽墟的空隙来到人间的东西，不但不会销毁，反而留着为祸人间……"

金飞侠简单的一段话，就让楼小风大概听明白了。听他的口气，那虫子还和"魔教妖人"有关系，楼小风忍不住笑了下，说："魔教妖人能赚多少钱，从古到今都这么兢兢业业地为祸人间？"

这话和笑容就太明显了，金飞侠听出了楼小风话里讥笑的意思，有些生气，说："小风，你这是什么意思？我等习武之人，本就该以侠义为己任，以天下为先！你如此态度，以后又怎能修习好武学？！"

"……谢了，如果学武是为了给全天下人打工的话，那其实也没什么意思。"楼小风一捏刹车把手，冷冷地说，"还有，别叫我叫得那么亲热，我跟你们很熟吗？"

"你！"金飞侠气急，脸都气得发红。

"下车，到地方了！"楼小风打断他的话，然后对不远处打量的保安说，"外卖！需要端进去吗？"

因为这是小剧组，其实从保安待的地方，远远就能看到拍戏的地方了。不过，因为吃夜宵的人都不会靠近还在拍夜戏的导演和主角们，一般都是在这不远处开始发夜宵，小演员们会自己拎进去吃。

"你送进去吧。"保安这回却说，"最近导演发话了，半夜谁都不许出去，这会儿大家都在里面等着呢！"

因为在这个书院里似乎有许多戏要拍，里面的建筑都是要取景的。因此虽没人住在这里，但在这大院子里面，还是搭着三三两两的棚子，当化妆间或是换衣间什么的。

本来楼小风打的主意就是把这两人带到门口晃晃就好了，结果不知这两人是要什么运气，竟然真的就这么堂而皇之地进去了。

楼小风也不在意，他骑着电动车就进去，然后问了放餐盒的地方。

"哇，是上次很好吃的那家谢家厨房！"他一进去，就有女孩子们凑过来，正是上次那群在外面接食物的女孩。

楼小风刚巧抬头，看到空中一道残影掠过……他顿时脑袋上青筋一蹦，那金飞蕊蕊到底是在搞什么鬼？！被人发现了，可怎么办？

而身边的金飞侠已经直接冲到了那堆女孩面前，突然一伸手扣住了一个穿黄色古装裙子的女孩的手，厉声问："谁给你的狸虫？！"

……楼小风的脑袋里嗡的一声，他就知道！

只是相处了短短的一天一夜，楼小风就知道那两个人的脑袋绝对有问题。但是他没想到，还没等他开口，他们两个人，一个直接鬼鬼祟祟地不知道潜到哪里去了，另一个直接抓着人家的手逼供！

"我表哥！他痴呆的！"千钧一发之际，楼小风灵机一动，一把抓住金飞侠，一边对女孩道歉，一边说，"不好意思，不好意思，家里真的忙不过来，我表哥他又一直哭闹，要找什么虫子，我只能把他带着来送餐……"

这一顿卖惨，让那些年轻的女孩脸上都露出了同情之色。而金飞侠还想说话，就被楼小风狠狠瞪了一眼，还被警告："表哥，你出门的时候跟我怎么保证的？你再随便发脾气，我以后就再也不带你出来了！"

金飞侠虽然着急，却还是放开了女孩的手，被轰到一边站好。

楼小风开始给她们递餐点，看了一圈，疑惑地问："咦，上次给我可乐喝的姗姗姐怎么不在？"

他话音一落，才发现这些女孩们的表情都是一变。楼小风心里顿时一咯噔，他说："怎么了？"

"姗姗失踪了……"回答他的是刚才被金飞侠抓着的女孩，她脸上带着担忧，"她的手机落在酒店，人不见了，警察也找了，可酒店根本没拍到她出门……"

说着说着，那女孩忍不住落泪。

"琳琳，你别哭了，姗姗会没事的……"旁边有个鹅蛋脸的女孩就劝这个琳琳。

"哭得可真像，姗姗不见了，她好不容易争下来的女二号让别人捡了漏……要我说，姗姗那时突然一天天变得漂亮，也越来越上镜，有人跟着也得了好处。可怜姗姗人那么好，有什么秘方都给大家分享，结果，转眼还不知道是被谁害了，让别人上位！"旁边有个尖脸的女孩冷笑一声，意有所指地说，把琳琳气得脸色发白，身上颤抖。

"……大家都在聊什么呢？"正在几人气氛紧绷的时候，身后突然传来了一道非常妩媚的声音。

没错，这声音，确实值得用妩媚二字。

而这道声音的主人显然在这里的地位不低，她一开口，刚才还对峙的女孩们就直接分开来，给这个声音的主人让路。

众人都退到一边，那声音的主人出现在众人面前。

这是个魔魅一般的美人，她个子高挑、匀称，即使穿着古代的华服，都让人看出她有一双迷人的长腿。她四肢非常纤细，脸上的妆容比较清纯，却衬着她的一举手，一投足，有种暗含风情的矛盾的美丽来。

总之，这是个娱乐圈都十分少见的顶级美人。

如此美貌，只怕拍个照、发个通稿就能瞬间引爆话题，怎么会在这种穷剧组里面？

这个问题可能会出现在每一个正常人的心里，但是她面对的是楼小风这个什么都不关心的人，还有一副惊恐得如临大敌的样子，完全无法掩饰害怕的金飞侠，顿时就没人关心美人为何会蒙尘的问题了。

连美人自己的脸都有点僵，不过好在那只是一瞬间，很快她就调整好自己的表情，笑着说："两个小孩子……"

显然，她是觉得对于两个少年来说，不懂她的美丽是正常的。

"芬姐！"旁边刚才那个开口挤对琳琳的尖脸女孩看到她，顿时热情地挤上来笑着答话，"芬姐，这是那个送外卖的小孩，就是您上次说小龙虾好吃的那家餐馆！"

"哦？这么小，还在念书吧？真是辛苦。"这芬姐笑了下，说，"谢谢你们哦，你们快回去吧。"

楼小风巴不得快点走，赶紧点头，扯着还露着惊恐表情的金飞侠，想拉着他赶紧离开。而就在这个时候，不远处男主角和男三号正在拍戏的棚子里面，突然传来了熟悉的小女孩怒吼的声音："受死吧！你这个害人精！"

这声吼应当是从丹田之内发出的，绝对不是一般人类能够发出的声音，声音如同古寺钟声一般，一层层如水波一般荡漾出去，震得人耳朵都生疼。

而这都不算什么，更可怕的是，接下来的时间里，这座古文化遗址书院里面突然传来呼啸而过的剑气。剑气所及之处，大片的树木和一堵墙壁直接被削开，静默几秒，那些东西瞬间垮塌，接着传来无数人的尖叫："啊啊啊啊啊啊……陈姐被杀了啊！"

……楼小风看着眼前的烂摊子，觉得他的人生大概和这些塌了的东西一样，要结束了。

⑤

"离奇杀人事件，凶手潜入剧组杀人，为情还是为财？"

"《风流小姐俏王爷》剧组拍戏期间，女主角经纪人竟被凶徒拿刀捅死？"

"开扒《风流小姐俏王爷》剧组，一个烂剧炒作套路的极限是怎样的……"

……

楼小风一打开电视，上面全是这类新闻。楼小风家里没电脑，他也没有智能手机，这会儿看不到网络消息，但是网上肯定都闹疯了。

他这会儿也懒得管那些事情了，他正在家里拍着桌子大吼："快走！离开我家！"

"可是……"

"小风师弟……"

金飞侠和金飞蕊可怜兮兮地看着他，显然很想说话，可是他已经完全听不下去了。他看着他们两人，说："我不管你们是从哪里来，身上有多厉害的功夫，不管你们和我的……我的妈妈……有什么关系，你们给我离开这里，不然我就报警，你们是杀人凶手！"

"我没有……"金飞蕊还想说话……

楼小风却大吼着打断，说："还不快滚！你们这两个惹祸精！"

"小师妹，我们走！"金飞蕊还想说话，委屈得眼泪一串串流出来，而金飞侠却直接抓住了金飞蕊的手，他深深地看一眼楼小风，怒声说，"何必住在他这里，他一点都不像大师姐！"

"那还真是不好意思，我没见过你大师姐！"楼小风气得一笑，大吼着说，然后在他们身后狠狠地砸上了大门。

转身，楼小风就觉得全身的力气都被抽空了，他坐在沙发上，呆坐了很久，突然茫然地低声喃喃说："……我到底在想什么？"

他不懂。

楼小风自己都不懂自己刚才在发什么火，为什么赶走金飞蕊和金飞侠，他只知道他什么都不想听，脑子里一片空白。

他到底在想什么？

他不想知道自己的妈妈到底来自什么样的地方吗？只是看金飞蕊和金飞侠就知道，当年发生在他妈妈身上的事情，应该很有趣吧？

他的妈妈到底是什么样的人呢？

是同金飞侠那样有点憨傻的行侠仗义的人呢？还是和金飞蕊一样，有点暴力，却又有点迷糊的性格呢？

楼小风不知道自己怎么了。

他把头深深地埋在双手之中，抗拒去细想所有事情。

他不知道自己怎么了。

"不管怎么样，他们杀人了……"最后，楼小风低声对自己一遍遍地说。

不是的，应当是有什么原因的，听金飞侠的话就知道，他们不会是无缘无故杀人的人，一定是有什么重要的原因……在内心的最深处，这些声音一直在回响着。

但是楼小风拒绝去听。

他迫切想要回到自己以往的日常生活里

面，那些东西都当作没有发生过就好了，那些陌生的一切，那两个会在电线杆上和树梢上如漂萍一般，使用轻功的同龄人……就当作一切是梦吧。

楼小风这么告诉自己。

一切好像恢复如初。

只是这一次，楼小风偶尔会抬头看向电线杆，回到家中会看到那两块裂掉的瓷砖……在那些街角巷尾可以躲藏的地方，他总觉得随时会跳出与这世界格格不入的两个人来。

只是他们再也没出现过。

楼小风以为自己会很高兴的，他觉得自己会享受这样的宁静和安静，只是似乎并不这样。

他安慰自己：只是暂时不习惯，日子久了就会好的。

只是他没等到这天。

一周之后，在半夜里，楼小风听到了门口的敲门声。他不知道自己的觉怎么那么轻，在敲门声响起的瞬间，他就直接翻身跳了起来，飞快地走到门口。

他整理了自己的衣服，显得不那么慌乱，才装着一副不耐烦的样子打开了房门，然后他就惊愕地看到——面前站着个穿着白色衬衫、黑色布裤子，脚踩蓝色波鞋的长发年轻男子。

和金飞侠那样的少年不一样，这是个真正的成年人，那一身在农贸市场才能买到的衣服并不能抹杀他身上那种温润如玉的气质。

那种极其缥缈的……如同一把利剑的气质。

"……根骨真好。"见面第一句话，那人眯着眼睛看了他一眼，狭长的丹凤眼里闪过一丝精光，然后对方伸手就直接往他身上摸！

接着，就在大门口，楼小风全身上下被摸了一遍，最后那人得出一个结论："根骨比大师姐还好，就是耽误了太久，小风是吧？你要吃苦头了！"

这些话来得又快又急，还有种自说自话的味道。楼小风被又摸又捏、又是把脉又是倒提着捏骨头……被放下来的时候，他脑子里还是七荤八素的。

半晌后，才明白这人说的什么，楼小风茫然地问："……你又是谁？"

"你的大师兄，你也可以叫我舅舅。"这人平地扔出一道惊雷，慢条斯理地左顾右盼，"我饿了，你弄些吃的来。"

"舅舅？！"楼小风茫然地重复。

"嗯。"疑问句被这人当成了肯定句，他好整以暇地点头，随手丢了个东西来，"给你的见面礼！"

"什么？！"楼小风如条件反射地接过来人丢过来的东西，触手温润光滑，低头一看，楼小风险些没把那东西丢掉，"这是什么？骨头？！"

"是吼兽的骨头，你拿着，同门之间可以传话。"说完，楼小风就感觉到了这块骨头剧烈地震动起来。

楼小风吓得将它在手上左右抛动，一边着急地问："这东西为什么动了？！"

"有人在求助。"自称舅舅的年轻男人笑着说，"大约是这附近有我们九幽派的同门遇到了麻烦事。啊，不用怕，你没有本门心法，拿着，一会儿它就会自己安静的。"说着，他从自己的绿色带红星的包袱里翻出了同样的骨头，然后奇妙的事情发生了——随着那骨头被他握在手上，那光洁的白色骨头一点点开始发出莹绿色的光芒，然后，短暂的仿佛电流一般的声音之后，传来了楼小风熟悉的声音，是金飞侠的："大师兄，大师兄！谢天谢地，你终于接了，我和小师妹遇到大事了！"

"嗯……"这边，大师兄慢条斯理地说，"你们又怎么了？"

"小师妹一周前发现了狸虫的变种！一个普通人身体里的狸虫进化了！它大概是吃了其他的同伴，最后变成了一大只，跟人一样大！小师妹杀了那只进化的狸虫，结果她发现，那个普通人身边的人身上，也寄居着这种大狸虫！这大狸虫还会产卵给周围的人吃……这玩意儿不会开始有智慧了吧？！"金飞侠的声音又快又急，"小师妹发现这事儿之后，觉得那狸虫说不定有一窝……我们没杀那个普通人，我们就跟着那个人，结果她坐了什么飞机走了！我们只能一路搭车去那个什么A市……师兄，怎么办啊？如果真的有一窝，那可不像一两只那么好解决的……"

"那地方是哪里？"这大师兄听了半天，突然说，"地址。"

"A市安宁区金茂大厦……"金飞侠被大师兄打断了絮叨，但是十分飞速地报了地址。

"你们先别行动，我会让人来接应你们。"大师兄说完，楼小风突然开口了，他对着那骨头咳嗽一下，突然问，"那个……你们说的那个大狸虫是怎么回事？"

"……楼小风？师兄，你到玫瑰小区了？"金飞侠却不答他的话，问了一句，直接说，"行，师兄你记得派人过来。"

然后通话就断掉了。

楼小风愣了一下，半晌没说话。

"吵架了？"大师兄看了楼小风一眼，笑着说，"是小师妹特别喜欢你？"

楼小风没开口。

"……哦，那一定是你干了什么事情，伤了飞侠那孩子的心。"大师兄笃定地说。楼小风有点不服气，说："你怎么就确定是我？"

"飞侠这孩子是我自小带大的，他性子最

像你妈妈，也就是我的亲姐姐。"大师兄笑笑，轻声说，"最是一根筋，最是固执……但是，也是公认的，最是耿直心善的人。"

"我知道我不善良，我要是跟他一样整天乐呵呵的，我早就死了。"楼小风看着面前的大师兄，才发现大师兄有着和妈妈一样的凤眼……和他一样。

而大师兄也看着他，半晌后，突然叹口气，说："……我来得迟了这么久，也是因为临下山才得知你的近况。我看完了听风楼送来的情报，才来得及下山找你……小风，你……可以原谅你的外公吗？他确实是……这么多年都不知道你的消息。事实上，他在十天之前，才知道你妈妈当年搬家的地方，也是十天之前，他才得知你妈有了身孕，有了你。"

听风楼是专门的收集信息的地方，但是基本都是收集有用的信息，比如异兽与魔教异动。前十几年，九幽门的老头子还在和女儿赌气；十二年后，他终于舍下脸皮找自己女儿的动向，这才拜托了听风楼，结果听风楼的消息分了两批送过来，一批是十二年前的，一批则是后面这十二年的。

十天前才知道自己有外孙的老人，十天后却知道自己女儿十二年前就已经去世，女婿此后一直酗酒，外孙就这么无人问津地长到十二岁了。

"……我原谅他？"楼小风听着所谓的舅舅无奈地说着这些年的阴错阳差，他捏着拳头，轻声地重复这几个字。

他的手在颤抖，他猛地抬起头，看着面前的舅舅，或许因为面对的是成年人，或许因为这个人是和他有血缘关系的舅舅，他不再忍着心中那种极度的憋屈感，他笑了一声："有什么原谅不原谅的，我根本都不认识他……十二年了，什么气可以和自己的女儿赌十二年？自己

的面子难道比自己的孩子还重要？再说……我不稀罕……凭什么你们说不管我就不管我，让我原谅我就原谅。你让我原谅那个外公，爸爸让我原谅妈妈不能陪着我，邻居都劝我原谅那个只会喝酒的懦弱男人……你们什么都不懂，就让我原谅，是我自己选择来到这个世界上的吗？是我自己选择要成为爸爸妈妈的孩子的吗？是我自己想要一个人孤零零地活着、比狗都不如的吗？！你们没有一个人问我！你们没有一个人在乎我的感受，我现在可以自己打工活下去了，我不需要你们，你懂了吗？！"

"……就是这个感觉。

楼小风吼完这些话，全身因情绪激动而颤抖着。他看着面前的舅舅，终于明白了，他对于金飞侠和金飞蕊那种莫名的敌意和抗拒到底来自哪里——他妒忌他们，他讨厌他们！

他本该和他们一样，无忧无虑地长大，开心地练武，整天傻乎乎地想着"侠之大者，为国为民"，整天想着行侠仗义，在山巅和海浪一般的树林之中，身轻如燕地奔跑长啸，自由得仿佛一只鸟。

他本该和他们一样，甚至他们口中的师父和大师兄，本该是他的血亲！在他失去父母之后，他本该还有人陪着，不会在晚上下课后，孤零零地煮泡面吃，不会在早上饿得不行的时候，只能仓促地拿一个前天晚上留下来的冷馒头充饥……

他期待了十二年，哪天眼睛一睁开，他能有世界上最普通的小孩该有的生活，可是那一天一直没有到来。

直到爸爸彻底离开，他的心死了，准备一个人就这么麻木地活下去的时候，他们来了，像是命运对他故意的嘲弄。

而这不让人感动，反而带着一股被嘲弄一般的心酸。

普通人很难感受到这种心情，在此刻之前，连楼小风自己都不明白，心里的那一团怒火到底是什么。

而此刻，他不再压抑，将这股怒火彻底点燃的时候，他才明白，他一直都这么愤怒。这么多年，他一直想如此吼叫着告诉所有人——不管是生了他就离开他的母亲、他的父亲、远在天边的外公，还是这个舅舅……他毫无防备地被带到这个世界上，在他最难过的岁月里面，这些人……没有一个在他身边。

而今，他们那么轻蔑傲慢，简单的几句话就想要得到他的原谅。

他凭什么要原谅？他不会！

"你知道我怎么活的吗？我连小区门卫大爷的狗都不如……人家都能准时有热的三顿饭吃！我呢？我连热水都喝不到一口！你知道我身上这些疤吗？六岁的时候，我饿得不行了，想自己煮面吃，结果力气太小，打翻了锅，要不是我躲得快，开水就不止落在这只手上了！还有我的胃，我只要一饿肚子，或是吃了生冷的东西，我的胃就会绞痛；还有我腿上的这个疤，是我翻墙到校外打工，结果跳下去的时候，磕到石头上了……"楼小风卷起袖子和裤腿，慢慢地说着，他惨笑，"你让我原谅，原谅什么，原谅我生下来却马上被所有亲人遗弃吗？"

他不被祝福地生下来，不被祝福地活着，像是一条腻烦的蛆虫一般，又像是狼狈的过街老鼠，只是过街老鼠会人人喊打，而他还能得到他人的怜悯和施舍的食物。

或许其他人不那么想，真的是关爱他，可是连他的父母都不爱他，连他的父母都没有拥抱过他，他又如何敢相信，这个世界上真的有人会持之以恒地对他好？

所以，他宁可抵抗那些善意，然后告诉自己：是我不要他们的施舍，不是我害怕失去！

这就是他的人生，就是他那不敢言说的卑微和痛苦。

"别哭了，小风……"舅舅一声叹息，温柔地擦着他脸上的泪水。

"我没有哭！"楼小风矢口否认，才发现自己已经泣不成声。

接着，他人生第一次，被一个成年人、自己的亲人温柔地拥入怀中。然后他听到舅舅轻声说："是我没有想到小风这些年过得有多苦……对不起，小风，都是舅舅不好，舅舅应该偷偷溜下山来找你的，这样我就能早点发现你了……"

这句"对不起"轻飘飘的，可还是让楼小风鼻子一酸，再也忍不住了，眼泪根本止都止不住。

楼小风都不知道自己在说什么，他又哭又笑，疯狂地踢打撕咬自己的舅舅。

中年男人一直温柔地拥抱着他，这个怀抱如此温柔，带着温暖的体温，似乎能把全世界最坚固的寒冰都融化一般。

这是楼小风在梦里都不敢想象的……一个如此像是父亲的怀抱的拥抱。

楼小风再次醒来，发现竟然已经是第二天早上了。

他猛地从床上坐起来，才发现自己的眼睛不太对劲。他下了床看镜子，才发现自己眼睛居然肿得老高，还带着红色，看上去就知道是昨天哭了大半夜的效果。

昨天的记忆回到脑海，楼小风顿时如遭五雷轰顶！

他正想着要不要从窗户里爬出去，以免面对昨天让他丢人的人时，房门打开了，香气也随之进来，像是梦境一般。他愕然地看到舅舅围着搞笑的碎花围裙，然后说："起来吃早饭了，小风。"

楼小风觉得自己太脆弱了，他的眼圈一热，死死地咬住舌头，一股血腥味才让他竭力镇定下来。

这是楼小风十二年里，唯有做梦才有的景象。

他睡了个自然醒，家里不再是冷冰冰的，也不再是乱哄哄的。家里有着食物的清香，饭桌上有人和他一起吃饭，还有人笑着跟他说："这可是你舅舅我第一次用这些东西煮饭，我可是研究了大半夜，才搞清楚这些东西怎么用！"

"……好吃。"楼小风扒拉着面条低声说，珍惜地把煎蛋放到一边，等吃完面条再吃煎鸡蛋。

"你说什么？"舅舅似乎没听清。

"……我看武侠小说里面说，习武的人耳聪目明，有些甚至能千里传音。怎么，你功夫那么差？！"楼小风没好气地说。

舅舅哈哈大笑起来，说："哎呀呀，真不知道你像谁，一副别扭性子。"

"哼！"楼小风扒拉着面条，没一会儿就连汤带面吃了个干净，最后一口口吃掉煎蛋，他看了看舅舅，说，"我要去打工了。"

其实时间早就晚了，但是楼小风觉得，大不了早自习和第一堂课不上了，这是一碗很大很多的面条，他吃得很饱很满足，可以让他很快干完早上的活。

"别去了。我这次回来，是接你上山的。"舅舅看着他，直接说。

楼小风沉默了。

半晌后，他说："……我得留在这里。"

"你爸爸不会回来了。"舅舅沉声说。

楼小风恨自己的爸爸，那个不负责任的男人，但是他也深深地感激自己的爸爸，因为他知道，至少那个男人让他活了下来，至少父亲在短暂的清醒时间里，也曾当过一瞬即逝的慈父。

这感情错综复杂，楼小风自己都不知道如何总结，他只是不想离开这里，因为他恍惚间觉得，如果他也离开了这里，那么……他就真的没有家了。

"小风，这是你爸爸的意思。"

舅舅说出了让楼小风惊愕的话。

"你说什么？！"楼小风简直不相信自己的耳朵。

而舅舅说的话，更是颠覆了楼小风的认知。舅舅说，他查到一些信息之后，到了C市就看到了九幽派的联络暗号，用的是楼小风妈妈金飞白的联络牌，上面只写了一句话："把小风带走！"

舅舅把玉牌摊在楼小风的面前，眼前是一首普通的宋词：休去倚危楼，斜阳正在，烟柳断肠处。这看上去十分普通的诗词用奇怪的字体写着，不知道具体怎么解读，但确实是爸爸的字。

爸爸的字十分隽秀，一般人根本无法模仿。楼小风看着这张泛黄的字条，又看着舅舅。舅舅明白他的疑问，叹口气，说："他应当很久之前就想把你送入九幽门，但是因为你妈妈去得早又仓促，他没来得及得到和内门联系的方法。而九幽门因为之前损失惨重，不得不关闭山门，弟子们三年前才开始行走天下，父亲……就是你外公和我身上的伤特别严重，没来得及顾上你……重重巧合，这才耽误了……"

一瞬间，楼小风的心情十分复杂，他还想再说什么，而舅舅身上的那传声骨却又传来震动。

舅舅很快接了，对面传来一个制式化的声音："您好，A市危险动物收容中心，请问您是金飞玄先生吗？"

"是我。"舅舅回答。对面声音顿时一变，怒声说："你们九幽派到底搞什么鬼？你们知道我们这边盯着狸虫这案子多久了吗？你知道狸虫这案子里面到底牵扯到多少人吗？我们一直忍着没动，结果你们倒好，派来一个小学生和一个初中生就想直捣黄龙？！我告诉你，金飞玄，要是你们打草惊蛇，放走了嫌疑人，我们收容中心和你们没完！"

这话劈头盖脸地袭来，舅舅的脸也黑了，他大声说："不是，这位姑娘，你说什么？我家师弟师妹冲进人家老窝了？！"

"可不是，他们老威风了。你打开新闻看看，金茂大厦今天发生地震，整栋楼被削成了两半！我们还得解释为什么金茂大厦是豆腐渣工程，承包金茂大厦的老总还请了记者，要给自己证明清白……老子没空和你说，你的师弟师妹追着人往H市去了，我派人跟着他们，你赶紧替他们把尾巴收好！人家崆峒和昆仑都没惹出这么大的乱子！"

"是是是……好好好……您放心，我马上出发！"舅舅老油条一般答应完，火速挂掉电话，才一脸严肃说："那两个家伙太冲动了，万一敌人是故意引他们入局就不好了……我本来打算先把你送回门内，再去解决狸虫，现在计划改变一下，你先在家里等我，不要去打工

了，这是生活费，等我回来再接你……"

"我跟你一起去！"楼小风脑子里面闪过金飞蕊的包子脸，还有金飞侠龇牙笑着的傻样，脱口而出，然后惊愕地瞪大眼睛，他为什么会说出这样的话？

而舅舅看了他一眼，笑了，说："你不怕吗？你可没有功夫……那些妖兽，可不是一般的东西能杀死的……"

"我不怕！"楼小风捏紧了拳头给自己壮胆，认真地说，"我真的不怕。"

我最怕的，是一个人留在这个空荡荡的房子里面，从白天到黑夜，没有一个人和自己说话，只能任孤独一点点啃噬心脏，活着也仿佛是行尸走肉。

这些话他没有说，昨夜直视自己的内心之后，原本别扭的他似乎开始有了勇气……他要努力走出去，不能只等待别人来敲响自己的门。

他坚定地看着舅舅，而舅舅的反应是笑着摸了摸他的脑袋，然后说："行，那带上你的行李！"

"那……那我的课……"楼小风突然想到这个，舅舅愣了下，才说，"放心，我会委托和我们合作的部门弄好你的转学手续，我们先走。"

楼小风顿时放心了，点点头，飞快地收了几件衣服，就往H市而去。

H市离C市不是特别远，高铁也就四个多小时。上车的时间里，舅舅一直在给金飞蕊和金飞侠传信号，但是那两人一直没接。

舅舅的表情越来越难看。

好在路上，舅舅还能努力用自己的低端智能手机艰难地收发微信，那边似乎一直在给他更新什么信息。

"胡闹！"快到地方的时候，舅舅怒声低

骂。

"怎么了？"楼小风还没办法把舅舅这两个字叫出口，他真在路上了，又有些胡思乱想，舅舅这一声怒喝才把他神志拉回来，赶紧问。

"这两人一路被人溜着跑，现在全网络上都是他们的新闻！"舅舅脸色漆黑，"古武一脉立下誓言，不可自恃武力在人间搅起风雨。他们这一闹，到时候，九幽门被罚款了怎么办？！"

想到刚才舅舅买高铁票时毅然选择二等席的果断，楼小风大概明白了九幽门目前的经济情况。

好在说话之间，他们就出了站。这时候是中午，H市不算大，只是个中间停靠站，但到底是人流密集的地方，让楼小风没想到的，门口有车子接他们。

穿着黑条纹制服的年轻人看上去也才二十多，娃娃脸，看上去十分好说话的样子。一进车子，年轻人就换了副面孔，焦急地说："怎么办？我们监控到他们进了一栋大厦，但他们到现在都没出现，没个准信儿，我们也不敢随便进去……"

"多久之前的事情？"舅舅赶紧问。

"十二分钟……现在是十三分钟之前的事！"年轻人看了一眼腕表，猛地加大了油门。

"你们没拦下他们？"楼小风忍不住疑惑地问。

那年轻人透过后视镜看了楼小风一眼，一脸"你在开玩笑吗"的表情，对舅舅说："这是？"

"我亲外甥，他不知道这些事情。"舅舅温和地解释。

那人一副"原来如此"的表情，才对楼小风说："拦九幽派是不可能的，这辈子都拦不下来的。我们都是通过公务员考试考进来的

文职人员，负责协助你们古武门派处理与各部门打交道的问题……简单来说，我们不会武功，除非上热武器……当然了，我们是同伴，肯定不会这样……"面对大师兄丹凤眼的凝视，这年轻人赶紧笑笑解释，继续说，"再说那个背着大剑的小姑娘，她背的那把大剑，我听前辈说，是当年九幽派大弟子金飞白的武器。那把大剑至刚至阳，是九幽派极阳的心法才能匹配的，她年纪那么小，身手就练得那么强，只怕昆仑这一辈的嫡传弟子才能和她交手，我们根本靠都不敢靠近……"

想到那一脚蹬碎自己家地砖的金飞蕊，没想到她背的那把大剑竟然曾是妈妈的武器。

楼小风一时有些痴了。

没一会儿，车来到了人流更密集的地方，金飞玄的眉头皱得越来越紧："……他们的窝点在闹市区？"

"没错。"那年轻人停了车，看着那金碧辉煌的"北斗经纪公司分部"几个大字，叹了口气说，"之前你师弟、师妹差点把他们全部诛杀，但因为那小姑娘练的是大开大合的功夫，在这闹市区施展不开，才让他们跑了……他们故意选在这种地方，就是为了借助路人拖延时间或是脱身……最糟糕的情况是，这栋大厦里面有很多普通人在上班，他们根本不知道这里发生了什么。所以，请你们一定要尽最大的努力，争取不要伤害任何一个普通人！"

"我知道！"这个要求如此严格，但是舅舅好像已经习惯了一样，楼小风忍不住攥住了舅舅的衣摆。金飞玄一眼看到不安的楼小风，他知道这孩子是多么孤独地长大的，对于亲情多么向往又多么害怕失去，他想好好陪陪这个孩子，起码让这个孩子稍微有安全感，再去执行任务。

可是没办法，他有他应当做的事情。

他看着楼小风，轻声说："小风，你乖乖地和这叔叔待在一起，我进去看看是什么情况……"

楼小风没松手，他看着舅舅，他知道自己应该松开手。可是，这是他唯一知道的，会安慰他、会对他说对不起、会抱着他的血脉亲人。

楼小风有一瞬间的自私，他想，这么危险，就不能让别人去吗？

大约是他的眼神实在毫无掩饰，金飞玄读出了他眼里的信息。金飞玄叹了口气，然后严肃地说："小风，舅舅很高兴你担心我。但是，小风，你是我九幽派掌门的嫡外孙，是我金飞玄的亲侄子，你的妈妈是当年行侠四海、赢了昆仑大弟子的天纵奇才；你的爸爸作为一个普通人，在你妈妈死后，独自调查你妈妈的死因十二年，一刻都未曾休息……楼小风，你记得，你是被你父母那样优秀又坚毅的人生下的孩子，你是看守'幽墟'一千多年的九幽派未来的嫡传弟子，你可以莽撞、可以别扭、可以撒娇……但是，你不可以自私！九幽当年更名九幽，取意就是'看护天下，虽九死而不悔'，知道吗？！"

"你说什么？！"楼小风看着舅舅，他心脏似乎都缩紧了，全身的血液似乎都在逆流。他不可置信地看着舅舅，愕然地说："我爸爸……他一直都在调查妈妈的死因吗？他怎么会……他……妈妈不是难产死的吗……"

"具体的事情，我再慢慢跟你说。只是小风，你记住，你可以怨恨我们，可以对我们撒娇，但是你要永远记得，你身上流着的是什么样的血！在这种情况下，我们九幽的任何人，一步都不能退，未来你要开始学武，也当是这样，知道吗？！"

楼小风愣愣地点头，其实他脑子里一片混乱，一直沉浸在爸爸调查妈妈的死因的震撼里。

楼小风看着舅舅打开车门，然后混入人流中，竟直接往大厦里面走去。

楼小风看着舅舅消失的背影，被刚才听到的一切震得没办法思考。而就在这时，前方传来一声叹息般的感慨声："……你们九幽的人真帅啊……"

楼小风看着这年轻人，茫然，不明白他是什么意思。

"这样说吧，我们这群人呢，算是跟你们打交道最久的。九幽的人，在我们心里，就是这个！"年轻人竖起了大拇指，说，"十年前'幽墟之乱'，九幽护山大阵都差点破了！幸好你们太上长老临时出关，一把长剑杀得满山飘红，才镇下了那场大乱……当时，要不是九幽和昆仑，只怕咱们早就没太平日子过了……"

年轻人看着金飞玄消失的地方，轻声感慨："……所以，每次我和你们打交道，心里都特别开心，感觉我就是默默帮助你们拯救世界的英雄！我儿子今年三岁了，你看，就是这个胖子，等他六岁了，我就送他去九幽派试试，看他有没有那个根骨。其实我更想自己练，可惜就是没那个天分。九幽的武学太难了，我只学了点少林的外家功夫……"

楼小风看着那照片上的小孩，双下巴、豆豆眼，像极了他好朋友赵友亮小时候的样子。听着年轻人絮絮叨叨的，楼小风痴了。

"听前辈说，你妈妈更厉害！不过，我入职时间还短，不太知道……不过偷偷告诉你，你妈妈可是拥有满地爱慕者的，现在说起她退隐嫁人的事儿，我局长还恨得磨牙呢，哈哈哈……"年轻人说笑着，那是楼小风完全不了解的妈妈，年轻人说的妈妈比刘奶奶说得更加鲜活,更加动人。

而这个世界,比楼小风前几天悄悄猜测的还更要瑰丽,更让人觉得……似乎心潮都在涌动。

"啊啊啊……"就在两人一个说得入迷,一个听得入迷的时候,突然传来了尖叫的声音。不远处,从北斗大厦跑出来一个尖叫的女人,她一边叫着,一边吐着绿色的汁,看着十分可怖。

随之响起的是车上的无线电话:"一级警报!所有人马上掩护市民离开此地十公里,地底全是狸虫的巢穴。重复一次,一级警报!所有人马上掩护市民离开此地十公里!这是我司有史以来最为严峻的妖兽事件,我们已经通知附近城市的所有门派人士,所有人掩护市民离开,立刻离开!"

楼小风还没反应过来,刚才还在说笑的年轻人迅速地拿出一个东西,然后直接开始按按钮,一接通,没等人家说话,年轻人就直接说:"市危险动物收容中心吗?一级警报,赶紧通知各部门!"

"怎么回事?"那人身边似乎也是各种铃声和电话声,年轻人一边拿东西往车顶一贴,一边没好气地大吼,"因为狸虫在你们眼皮子底下,在北斗大厦这边搞了个方圆十公里的窝!你们还不趁着普通人不知道,想个借口把人群疏散了!"

对面顿时急了,飞速挂了电话。不知道他们到底用了什么方法,总之,没一会儿,这一带的人就一脸着急地出了门,开车往本区之外赶。

"……我舅舅和飞蕊、飞侠都在里面。"楼小风看着年轻人拉响警报,竟然开始开着车子清理车道,也往巢穴外的方向开,顿时急了。

"……我先开出去,现在最重要的是保护市民安全。你舅舅他们曾遇到过更棘手的事情,增援很快就会到的,我们先离开这里……"这年轻人一边开车,一边安抚楼小风,刚才的尖叫声再次响起。楼小风抬头看过去,就看到刚才尖叫的女人大叫着,像疯了一样开始攻击身边的人。被女人抓住的女孩吓得大哭,旁边男人似乎是女孩的爸爸,他大怒着一脚踢开那个女人,那是没有留力气的一脚,却只阻止了那女人几秒。女人很快张大嘴巴,不断张大,露出尖锐的口器来!

"见鬼了,跑出来的这个是活的!"年轻人犹豫一下,对楼小风说,"小兄弟,你先坐着,我下去干掉那玩意儿再回来!"

说完,年轻人拿起一把像是玩具手枪一样的绿色透明枪,填了几管橙色流动的弹药,咒骂着下了车,逆着尖叫的人流往那里跑去。

第二个逆着人群的背影,让楼小风瞬间想起了刚刚出去的舅舅。

舅舅……他们怎么样了?

楼小风想进去看看,但是他又不敢动,不仅是因为害怕那可怖的虫子,还害怕自己给舅舅他们添乱。

可惜,还没等他想出什么,从大楼里面又冲出几个尖叫的人。

这一回,有男人也有女人。

停在周围的车里陆续下来几个人,拿着和刚才接他们的年轻人一样的枪。

执行员看上去训练有素,很快,几枪就杀死了跑出来的、吐着长长口器的怪物。但是,正当楼小风松了一口气的时候,他看到在往回走的执行员身后,极为可怖的画面——无数四肢着地的人从大楼里爬了出来。他们只有一层皮囊看上去是人,脸上是变形的口器,肆无忌惮地张开着,眼睛已经变成了爬虫才有的竖瞳。

他们已经不是人了,像是真正的虫子,如

潮水一般涌了出来。

"所有人开始撤退，巢穴内被寄生者的数量过多，已经开始预埋爆破线，请所有单位人员全部开始撤退！"

这时候，这条大街上其实已经没了其他人，但有些得知消息晚或是反应慢的人似乎还在房子里面，他们从房子里看到街上的情况就开始尖叫，有人甚至开始拿着手机拍摄。可那些人类的气味似乎刺激了那些爬虫，他们口器上密集的牙齿开始敲击，然后疯了一样往最近的人群冲去。

那些拿着枪的人弹药有限，执行员互相掩护着往车上退，可是情况比所有人想的都严重得多，执行员很快出现了伤亡。

楼小风眼睁睁地看着一个爬虫的口器伸出来，扎到了执行员的身体里。那个执行员看上去比接他们的年轻人的年纪大一点。那口器是圆形的，没一会儿，竟然从那里面传出来一团团绿色的光晕。

"不好，它们在产卵！"

"杀了我，杀了我！"那个三十多岁的执行员似乎是个领头的，他大吼着对同伴说，"这群狸虫似乎有智慧，你看那些被寄生的人，他们还活着，他们在流泪。杀了我，反正被狸虫寄生生不如死！"

随着他的喊叫，大家才惊恐地发现，那些被狸虫寄生的人……他们此刻都睁大眼睛在流泪，可是他们却根本无法控制自己，只能如同虫子一般爬行、产卵和攻击人类。这一切看上去古怪、扭曲又可怖，令人反胃，又令人恐惧。

而就在所有人都紧张得无法言喻的同时，突然，熟悉的大吼之声从大地下穿越出来。金飞蕊的声音越过土地，如同被激怒的狮子，她大吼着："恶心，离我远点！"

然后，大地之下传来闷如擂鼓一般的声音，仿佛天灾一般，地底被一道剑意斩破，大地像是被人当中撕开的布料一般；楼房摇摆着开始倾塌，水泥地面开始往下塌陷，车子、电线杆、路边的车牌都如同泥沙一般往地下那巨大的空洞里塌陷。楼小风只觉得全身一轻，然后一阵突如其来的失重感扑面而来，他尖叫着滚落了进去。

太阳照到了这阴暗的巢穴里面，楼小风落下之后，刚清醒过来，一张放大的人脸就突然啪的一声扑在了车窗玻璃上。

"杀了我……"那个人有爬虫一样的褐色竖瞳，在阳光照不到的地方发出森森幽光。那个人在流泪，他有一张特别熟悉的脸，连楼小风这种不太看电视的人都知道，他的照片被贴在许多地方，连凶悍的饭店老板娘都在饭馆里贴了一张他的海报，在说起他的时候，语调都是温柔的。

"陆子昂……你是陆子昂……"今年大热的新人，只凭一张脸就能让粉丝原谅一切的当红明星，拙劣的演技、上台破嗓、跑调、综艺节目黑脸、耍大牌……对他来说都不是问题。

据说，陆子昂靠着一张脸，出道第一年的收入就超过了一千万。

"杀了我……"陆子昂还在流泪，那张号称价值过亿的脸，此刻还是那么好看，却带着让人不适的鬼魅感，他哭泣着抓着玻璃，一遍遍大喊着，"杀了我！"

看着这一切，楼小风惊呆了。陆子昂见楼小风不搭理自己，竟然扒着开着的窗户往车里面爬。楼小风吓了一跳，眼见着陆子昂越爬越近，只能一咬牙，打开车门，跑了出去。

"回来！杀了我！求求你，我错了，我错了啊……"陆子昂在身后尖叫着，但是楼小风根本不敢回头看，他也不敢留在这里，一路提心吊胆地往外跑，没跑多远，就听到了惨叫声。

楼小风赶紧换了个方向，他仔细回想刚才金飞蕊大吼之声传来的方向，干脆往那个地方跑去。

楼小风不知道自己在干啥，他看似沉着、冷静，其实他快被吓疯了！正常人谁会不害怕这种地方，这里简直比噩梦还要可怕。楼小风小心地往里面跑，还要避过那些荧绿色的管道，路上他还摔了几跤，才发现地上也有黑漆漆的粗大管子，只是如同死了一般，没有那种荧绿色的光芒。

楼小风跌跌撞撞地跑了没一会儿，又听到了人的呻吟声，是十分陌生的声音。

楼小风吓了一跳，第一反应就是转身走，可是他刚转过身，突然想到了舅舅的脸。舅舅说："小风，你可以别扭、可以害怕，甚至可以撒娇……但你不可以逃避！别忘记，你是被多么优秀的人生下来的孩子！别忘记你体内流着什么样的血！"

那一瞬间，楼小风怕得腿都在颤抖，但是他却用力咬牙，强迫自己转身，然后往那声音传来的地方一步步走去。

这巢穴十分大，似乎各有分区，刚才的地裂和崩塌似乎也给了那些狸虫很大的惊吓。它们这会儿似乎已经集中去了什么地方，可楼小风不知道。他战战兢兢地找到传来声音的地方，这才发现，那居然是被石板压住的一个小孩！

那孩子看上去只有四五岁，此刻被吓得小脸惨白，哭都不敢哭，直到楼小风把小孩从那断裂的泥石板下抱出来，小孩才哇的一声哭了出来。

"别哭，这里还不安全！"楼小风赶紧说。

"……嗯……哥哥，哥哥……我怕……妈妈不见了……"这小孩好不容易见到了个活人，还是救了自己的人，顿时就仿佛找到了安全感一样。小孩努力地克制住大哭的欲望，双手则是死死地抱着楼小风，让楼小风有些恍惚，原来看上去软绵绵的孩子也有这么大的力气。

"别怕，哥哥先把你送出去！"楼小风说着，把小孩放到地上，然后说，"来，我背你。"

小孩这才眼巴巴地松了手，然后轻声说："妈妈……妈妈在那里……"

他指了个方向。

"……只有我们进去太危险了……我……"楼小风看到小孩的眼泪唰地一下流下来，正准备好好劝劝这个孩子，却突然听到身后有熟悉的毛骨悚然的爬虫的声音！

他顿时噤声，背起这孩子就一路往里面跑去！

楼小风知道这样很危险，但是他没有办法，回头就是和爬虫大军对上，往前走至少还有遇到舅舅他们的希望！

小孩也被这声音吓到了，他吓得紧紧抱着楼小风，似乎害怕被这小哥哥丢下一般。楼小风当然不可能丢下一个孩子。虽然他也很紧张，好在他长期打工和做家务，体力比一般的同龄人要好，但是这巢穴四通八达，还有地表断裂而产生的沟壑，以及那些无处不在的断裂的管子，像是地底有什么巨大的生物，而他们走在这怪兽的身体内部，随处都是这怪兽的血管一般……体力和精力的双重消耗下，没过一会儿，楼小风就累得开始喘气。

而就在这个时候，他一路有惊无险地转了几个大弯，再一转身，他以为自己看到的是幻觉——漫天都是碧蓝碧蓝的荧光，像是一不小心走入了闪耀着银河之光的大礼堂一般。

这是个极其美的景象，美到让人可以一瞬间窒息的那种。

但是可怕的是，细看的话，会发现那些碧蓝的荧光都在跳动，像是一颗颗成人大小的、透明的蛋。而在那些荧光里面，包裹着如同水一般的东西，散发着蓝色荧光，则是每颗蛋里面会有的一枚拳头大的东西。和外面漆黑的一团不一样，这半个大礼堂里布满如丝罗一般细细密密的管道，管道连接着那些卵，才构成了这仿佛幻境一般的星河奇观。

"呃……"就在楼小风和背上的小孩都看呆的时候，突然传来一道声音。

极为熟悉。

楼小风循声望过去，顿时吓得差点没站稳。他飞快地跑过去，对坐在地上、身体某一块发着蓝光的金飞侠问："金飞侠，你……你怎么在这里？"

他不是和金飞蕊在一起的吗？

金飞侠睁开眼睛，他的眼睛仿佛充血一般，竟然是血红色的。他看着楼小风，脸上全是痛苦，但还是咬牙切齿地说："你这麻烦家伙怎么来了？你快走……我们中计了，这里有狸虫的虫后，它有智慧，它进化了！还看上了小师妹的身体，想融合掉她……哒……你快走……"

"不，先告诉我，你这是怎么了！"楼小风拒绝了金飞侠，怒声说，"我带你一起出去！"

"我可能走不了了……"金飞侠苦笑一声，"……我进来没多久就中了计！你快走，我身上有虫后的卵，我是不会出去的。我找到这里，就是打算和这些鬼东西同归于尽！小师妹一定也做好了这样的打算……"

"你说什么？！"楼小风不能接受，着急地说，"你别这样想，这个什么鬼的卵不是还没孵化吗，你看它还在这里，也许会有办法的。

我是和舅舅一起来的，就是金飞玄大师兄，他大概半小时之前进的北斗大厦，你们没遇到他吗？"

"什么？"金飞侠顿时着急了，看得出来，那个什么鬼虫子的卵还在他的身体里蠕动，让他极度痛苦。他的手臂上有几个血窟窿，显然他想过要把那虫子挖出来，却都失败了。

看着楼小风的眼神，金飞侠苦笑一声，说："……没用，我试过了，这批卵和以前的狸虫都不一样，狸虫似乎进化了，它们学会了寄生和融合……"

不用金飞侠仔细说，楼小风就能明白，他想到那些眼睛变成兽瞳，脸上还在流泪的虫人，他鼻子一酸，突然说："对不起……"

金飞侠一愣，不明白楼小风是什么意思。

"我那天不应该赶你们出去，我明知道你们不是那种随便杀人的人，我就是……我就是妒忌你们……"妒忌你们那么坦荡且大大咧咧，妒忌你们如天之骄子一般长大，"我就是小心眼，我妒忌你们过着我得不到的生活，我本来也有的……"

楼小风说着说着，眼泪一滴滴地掉了下来，他看着金飞侠，把小孩放在金飞侠的身边，然后一擦眼睛，认真地说："对不起，金飞侠，都是我太任性，才造成这个结果……你别说话，总之，你先不许死，你帮我看好这个小孩，我……我去找金飞蕊，我去找舅舅！我让他们来救你！"

说完，不等金飞侠回答，他把小孩放在金飞侠身边，柔声叮嘱小孩："跟这个大哥哥躲在这里，我要去做危险的事情，不能带你！"

小孩懂懂地放下手，眨巴着眼睛说："哥哥加油！"

楼小风点点头，转身打算往更深处而去。

"喂，楼小风！"金飞侠在他身后喊着，

"你这家伙，不许进去，这和你无关，这是我和师妹作为九幽派传人的义务，是我们习武之人必须做的事情！"

"那……"楼小风转头，看着金飞侠，认真地说，"你之前不是一直叫我师弟吗？那我也是九幽派的人，不管我有没有学功夫，我身上流着九幽派掌门的血……你就当这也是我的义务好了！"

说完，楼小风心中豁然开朗，他不再迷惑，一脸坚毅地往深处而去！

"喂！"金飞侠在身后喊，楼小风转头，说，"你不用阻止我……这是什么？！"

原来金飞侠扔过来一个东西，楼小风顺手接过，仔细一看，才发现是金飞侠的剑："这是袖里剑，给你防身。"

楼小风看金飞侠，他咧嘴一笑，说："小风师弟，小心！"

楼小风用力点头。

这就是男人之间的互相认同——当你决定赌上性命去做正确的事情，我为你担忧，但我不会阻止你，我会递给你我最好的武器。

楼小风转身，加快了脚步。

楼小风一路上听到了许多次窸窸窣窣的声音，这地下的爬虫似乎和他去同一个方向。楼小风依然害怕，可是他心中燃烧着一团火焰，他必须要去那里，纵然他是个手无缚鸡之力的人，纵然他不会武功，但是都是因为他的任性，第一次下山、什么都不懂的金飞侠和金飞蕊才会中计，落到如今的下场。

还有舅舅，舅舅到底在哪里……舅舅敢走进去，一定是有自信的，为什么却没了消息？

楼小风一边胡思乱想，一边跌跌撞撞地往前走，甚至遇到了那蠕虫一样扭动、还没死透的虫人们。不知道他们遭遇了什么，似乎一路上都是他们被砍成两段的尸体……楼小风看

得全身都是鸡皮疙瘩，赶紧退了几步。他还没说话，就听到身后传来一道黏腻柔媚的女人声音："……小家伙，你怎么在这里？"

楼小风吓得头皮都快炸开了！他一转身，就看到黑暗之中闪耀着几十双野兽的绿色瞳孔。他还没出声，就被一双手直接倒提了起来。

"咔嗒咔嗒"的口器交击的声音传过来，又是那女人说："不许吃，这家伙似乎和九幽派有很大的关系，说不定也是个好用的材料……带去给王。"

"是……"他们似乎是比地上爬行的虫人更加高级的虫人，他们能说话，那口器合上的时候，他们看上去就是普通人类。

"哎呀呀，早知道你这小家伙和九幽派有关，上次我就该把你抓过来……"这柔美的声音笑嘻嘻地说着。楼小风细听，才猛地发现，这女人赫然就是那什么《风流小姐俏王爷》剧组的女主角芬姐！

楼小风被倒挂在那些虫人的背上，一路往巢穴深处走去。他胸口处的火焰变得冰凉，还没找到金飞蕊和舅舅，自己就出事了，这可怎么办啊？！心里满怀对金飞蕊和金飞侠的歉意——难怪上次金飞蕊二话不说就杀这个芬姐的助理，这个芬姐竟然是高等级的虫人，那么那个助理估计也不是普通人物。

想到那个被人说变漂亮、吃不胖的琳琳，还有失踪的珊珊——那个在夏夜给他递过一瓶可乐的女孩，那个笑起来温柔得像姐姐一般的姑娘……那些带着梦和热爱的女孩，还有如陆子昂一般追梦的男人们……

他们做错了什么呢？

他们不过是带着梦想，那么努力想要焕发光彩的人啊！

楼小风害怕，却心潮起伏，整个人被倒挂着移动，对这些杀人的虫子的恨意越来越强

烈。

"滚开！死臭虫！"楼小风正在沉思，就听到金飞蕊精力充沛的声音，便为之一振。虫人们也愣了一下，其中一人说："……巢穴和外面的族众都已经来了，那小姑娘还活着？"

"不知道！"这些虫人加快步伐，走入了一个似乎极其宽阔，有几十个足球场大的地下暗室。他们一路往前走，在这湿热、黏腻的地下，没多远就看到了一团巨大的、莹莹发亮的绿光。

砰，砰，砰……

什么巨大的声音在地下响起，这群虫人都激动地冲过去，等靠近了才发现，地下结着巨大的网，那些荧绿色的脉络布满整个地下空间。而在半空中，挂着一个巨大的卵，看上去像是巨型的蛋，在那里面，一个如同人的东西正在里面起起伏伏。

说如同人，是因为那东西看上去完全是个人的轮廓，但是它有着一颗蠕虫的头，除此之外，它有一副完整的人类躯体，看上去是个成年女人，甚至身段姣好，只是和那颗头连在一起，不让人觉得美好，而是让人觉得害怕。

而楼小风却没关注那个诡异的东西，他看到金飞蕊正被密密麻麻的虫子围着，有虫子也有虫人。金飞蕊看上去已经非常疲惫了，她挥舞大剑的姿势迟钝了许多，她身上、脸上都是汗水，齐刘海都被汗水打湿，她却死死地瞪着所有虫人，一脸倔强。

"去死吧！"她大叫着挥剑，大剑所及之处，剑风刮过，如同绞肉机器一般，把周围靠近的虫子全部砍成了两段。

楼小风知道路上的尸体是怎么回事了。

"王，我们带来了九幽门的另外一个弟子，他似乎身手很差劲……"芬姐带头靠近了巨大的卵，跪在地上毕恭毕敬地说。楼小风想要挣

扎，却无法动弹。

楼小风心里有些绝望，他看着远处似乎也听到动静的金飞蕊，大声说："小师妹，舅舅已经来了，你别怕！"

金飞蕊听到楼小风的声音，先是高兴，接着又大急："你这个菜鸟，怎么跑来这么危险的地方？！"

楼小风看着金飞蕊娇小得快被虫人淹没的身影，看着她谈笑间又挥起大剑，甚至还想冲过来救自己，赶紧大吼："你小心点！"

在金飞蕊身后，虫人飞到一半，突然啪的一声皮肉炸开，从那皮囊里脱出一只甲壳油亮、如人一般巨大的虫来！

这画面令人恶心，楼小风看着那虫子从金飞蕊身后袭来，顿时吓得尖叫。金飞蕊却以一个利落的侧翻身躲过了这一击，然后大喊："你来的路上看到飞侠没有？我们进来没多久就失散了！"

她还不知道金飞侠的状况，楼小风心中一酸，大吼着："他没事！"

金飞蕊顿时露出一个放心的笑容来，大吼着说："那他还在磨蹭什么？还不快来杀了这些鬼东西！"

"……你这小孩不诚实，和她一起的那小孩不是早已经成为我的子民了吗？"刚才一直沉默，似乎在看戏的巨大卵里面，突然传来嬉笑的声音。

这声音似男似女，似年轻又似孩子，听上去有种诡异的违和感。

"你是什么东西？！"楼小风被这声音吓得寒毛直竖，这才认真地打量这巨大卵里面的生物，看着看着，他就觉得这东西怎么这么眼熟？！

这不是金飞侠所在的地方的卵被放大几千倍的版本吗？！

这个巢穴的构成和那个小巢穴的构成，虫卵寄生的方式和繁衍的方式，还有遍布整个地下、如同血管一般的管道……楼小风看着这东西，脑袋里突然唰唰唰地闪过很多记忆。

心脏跳得很厉害，楼小风觉得自己大概是疯了。但是他真的觉得眼前这个看上去非常可怕的东西，整个地底的管道、它们寄生的方式和它们的卵生状态，似乎都那么像生物老师曾提到过的几种生物进化形态。

只是这东西将进化方式杂糅在了一起，像是卵生动物的无母体生殖系统孕育出来的。

楼小风脑子转得飞快，他觉得背后直冒汗，心脏跳得飞快。他还没做出反应，那东西似乎被他的话激怒了，大声说："把他送过来，我要把他作为我的养分！"

楼小风看着那个东西，用力咬自己的舌头，他强迫自己迅速镇定下来，主动出击："……你快进化成功了？"

然后他沉默了一下，突然说："不对……你进化失败了，所以……你才想要金飞蕊的身体完成寄生！"

金飞蕊还在一边大吼着，一边挥剑斩杀朝她靠近的虫人们。她的力量已经越来越小，但是她咬着牙，看着被抓住的楼小风，不肯放弃。

而楼小风像是忘记自己的处境到底有多糟糕了，他直直地看着那东西，突然说："……其实昆虫科的东西虽然都以雌性为尊，但是你已经进化了，不必执着要一个女孩的身体。"

"你什么意思？"卵里面的虫人艰难地转动自己的头，游到卵的薄膜边，盯着站起来的楼小风。楼小风看着它，脑子飞转，他说："……我的意思很简单，你放了金飞蕊，我可以让你寄生。"

那虫人似乎被楼小风的提议惊了一下，半

响后才冷笑说："你的体质可比不上那个小姑娘。"

"可是，我的天赋比她好，我还是九幽派掌门的亲孙子……"楼小风看着那虫人，像是努力推销的推销员一样，蛊惑地说，"再说，我可是知道你们的能力，你，还有他们……就算你们都进化了，第一步的寄生一定也十分困难吧？看你们弄个经纪公司就知道，你们一定是把你们寄生的卵用什么包装了，然后哄骗别人吃下……如果你们有足够的能力强行地寄生，一定不会那样做……如果你们有一大批同类可以做到强制地寄生、在人体内产卵的话，你们就不会选择那种麻烦的招数……"

根据楼小风对这东西的认识，还有金飞侠说到他被攻击的时候，那个白裙子少女体内的虫子直接炸开，那只有完全繁衍到失控之后，虫子必须离体的疯狂……还有抓住人想寄生的那些虫人们，就只能一动不动被执行员打死……无数的画面在楼小风的脑袋里转动，他飞快地做出总结："而且，你别否认，刚才一路走过来，我看到了很多断裂、不能发光的管道，你身边的这些脉络是给你提供营养的，对吧？孵出一只王虫，对任何一个虫族都十分艰难，所以，你一定需要很多很多营养……而飞蕊刚才的那一刀，肯定也斩掉了你许多主要提供营养的渠道……我看到那些脉络已经在消散，比如刚才我说话的这时候，你看连接外面的这一段就消散了很多，我猜测……你也没多少时间可以等待了，对吧？！"

楼小风一边说，一边整理思绪，慢慢地把他看到的一切都串联了起来——巨大的卵和王虫的胚胎，遍布整个地下巢穴的供给管道脉络……那个满是蠕动的瘫痪虫人的巢穴、那个满是莹绿色球形卵的屋子，还有那些破烂且随地掉着的干涸液体……

所有东西，一旦串联起来，就是一个很简单的结论——这个地下巢穴，核心就是这个王虫！

与生物课中提到的所有聚居的虫子，比如蜜蜂和蚂蚁一样，所有的虫子都必须供养这个"蜂后"或"蚁后"，因为就这个虫后能够繁衍族群，它需要大量的营养和食物，需要族人们不断地供养，才能保证自己活下去，并大量繁衍。它是族群的最根本，也是族群最大的负担。

而这狸虫和其他的蜂后、蚁后可不一样，它已经产生了智慧，不知道它是怎么做到，又是如何来到这里的，但总之，它繁衍的虫子也改变了寄生方式，竟然可以和人的思想共存，这也代表了它繁衍的族虫都拥有了智慧。

有智慧是好事，但智慧也是双刃剑——有了智慧，会让那些虫子更容易诱哄到人类，得到营养。但是对于发育完成前都不能离开胚胎的王虫来说，有了智慧也代表这些虫人不再能被简单控制。

而产生智慧的根源——便是王虫自己……

环顾一周，楼小风心惊胆战地发现，这王虫的心思，只怕是比任何虫子的更为狠毒。

要知道，归根结底，狸虫可不是蜜蜂或是蚂蚁，找人类的食物就能提供营养，狸虫它们的习性是食人！所以那些被寄生的、那些被欲望掌控的、以为自己会得到一切的人，最终都成了那虫子进化的营养。这样就算了，可是楼小风还发现，这王虫太可怕了……它的阴谋和狠辣还不止于此，它甚至连自己的族众都不打算放过！

"……你本来打算慢慢地进化，在最后直接吸收掉巢穴里的所有生物，这么多的能量够你完全进化……就算是按照常识，你自己进化的身体也比融合别人的身体要好用，对吧？可

是现在，你却被打断了，说不定你现在心里正在恨那些下属做事不干净，竟然让人发现了你的存在，提前暴露了你所有的底牌……"楼小风的话让跪着的这几十个高级虫人都震惊了，芬姐和身边的人难以置信地对视，而底下那些厮杀的虫子没有太多智慧，还在拼死搏杀着！

"你在动摇我的族人！"卵里面的人色厉内荏地大吼！

"我刚才进来就很疑惑，飞蕊一剑下去可以砍死几十个虫人，路上我听那些人说，巢穴内能动的虫子都来保护你了……可是，飞蕊杀了这么久，为什么地上的尸山没有变高？我从进来到现在，飞蕊早该被尸山挡住了，为什么这些尸体看上去还一丝没有变？答案很明显……我看到了地上的那些脉络，你在吸收那些死去的虫子！你之所以看着飞蕊杀了这么久，然后一批批地召回你的部众，就是准备一口气完全进化，脱离那个禁锢你的卵！"楼小风大声地说着，不肯让这个王虫打断他的话。

"王，他说的……他说的……啊！"下面跪着的虫人一脸震惊，喃喃地开口道，还没说完，惨叫之声就此起彼伏！

它们直接被地上突然窜起的荧绿色管子刺穿了身体，然后……它们的身体瞬间缩小、委顿，直接被吸成了虫干。

卵里的王虫露出舒适的表情，它微微摆动自己的身体，轻声说："……力量的味道，总是这么迷人。"

那些管道把地面上剩的尸体都吸干净，然后，王虫直接动手，那些还在围攻金飞蕊的虫子也直接蒸发了。

"小家伙，你说你要自愿被我寄生？"王虫干完这一切，才转过头来盯着楼小风。楼小风才发现，它的眼睛是金黄色的竖瞳，看上去冰冷而又庄严。

"是！反正我也逃不掉，你先让飞蕊走！"他认真地点头，这整个大厅的荧绿色管道都是这王虫的武器，他是真逃不掉，再说……他也不一定会死！

楼小风咬牙，豁出去了！

"好，小姑娘，你听到了？你可以走了。"这王虫还真的答应了这个交易，看来楼小风观察得没有错，他稍微放松了一点，微不可察地摸了摸腰后别的那把袖里剑。而王虫说完，撤掉了围在金飞蕊身边的管道，与此同时，楼小风被另一些管道簇拥起来升到空中，直接往卵的方向升去。

"小风！"金飞蕊大急，想要冲过来，但是那王虫确实一直没出手，乃是为了吸收促进它进化的营养。这次它摆动管道如长鞭甩动，直接把金飞蕊扔了下来。

"你不能伤害她！"楼小风大急！

"知道了，你喜欢她？"这王虫笑嘻嘻的，声音突然锐利起来，"喜欢也没关系……马上，你就是我，我就是你了！"

它的触手伸出来了。金飞蕊虚弱地睁开眼睛看着楼小风，刚才被她的大剑砍了无数次而岿然不动的卵的膜，被这个王虫从内部轻轻一划就露出了巨大的空隙，然后那些荧绿色的黏液开始流出来，楼小风整个人被管道拖入了那个巨大的卵之中。

"还带着一把小刀……"王虫发出轻笑声，细一些的管道微微一动，那把袖里剑被管道裹住，直接一甩丢在了地上，发出"当啷当啷"一连串声音。

寄生开始了。

"小风！"就在这个时候，远处呼啸的剑意荡平了所有躲在暗处偷生的虫族，长发的男人拿着一把长剑破空而至，却只能眼睁睁看着楼小风被拖入王虫的卵中。

"大师兄！"金飞蕊看到来人，顿时眼睛一红，像是委屈的孩子终于看到家长，她大哭着说，"小风为了救我，被那只虫子吃了！"

"出来！把小风放出来！"金飞玄眼睛都红了！他怒吼着直接用剑去砍那王虫的卵，但是那卵十分奇怪，方才那么轻易地被王虫划开，此刻任是滔天剑意，也无法动摇其一丝一毫。

想到自己才找到的亲侄子就这么被寄生，将变得不人不鬼，备受折磨后才能死去……金飞玄眼睛瞪得极大，怒急攻心，直接喷了一口血出来。

都怪自己，都怪自己方才被一个长得极像姐姐的人诱走，直到抓住那个女人才发现，那根本不是姐姐！也是，姐姐都去世十二年了，她去得极其仓促，他才知道这个事实几天，他也才知道，那个小时候带着自己到处玩乐的亲姐姐已经死了十二年……他内心其实也是绝望的、痛苦的，只是他不敢表现出来让楼小风看到，只能把痛苦压抑着。

也是因为心中对这一事实有所怀疑，他才会中了虫族的圈套！

金飞玄哽咽着看向手中的长剑，突然说："姐姐，对不起，我连你的孩子都没能保住……我学武这么多年，却连你最后的血脉都没保住……"

就在金飞玄凤眼含泪，痛苦得差点无法自控；金飞蕊大哭，气氛压抑得快让人要窒息的时候，那王虫的卵突然从内部猛然爆开！

哗啦啦……那些卵内的液体从半空中喷射下来。金飞玄和金飞蕊根本不在意被淋了一身，两人都只是警惕地拿起手中的剑，往王虫的卵所在之处看去！

"喀……喀喀……舅舅……"随着汁液流下来两副肉身，王虫那怪异的身体里伸出一根管子，还扎在楼小风身上；楼小风则是用力地拔着，那管子一拔掉，直接喷出一股股血来。

"你……你是……"金飞玄想高兴，但是，他知道这王虫的智商十分高，因此他不敢确定面前这个人还是不是自己的侄子！

"……被寄生的人会有以前的记忆吗？"楼小风看着舅舅，又看着金飞蕊，说，"我是来道歉的，飞蕊，对不起，我不该赶你和飞侠走……啊！对了，飞侠他出事了！"

说到这里，楼小风猛地想起来这个急事！

"会有人救他的。"金飞玄还是难以置信，他问，"你怎么……怎么……"

"……舅舅，真的是我。老实说，你们肯定不知道九年义务制教育，也没有学好生物，对吧！"楼小风看着舅舅紧张的样子，忍不住说，"我刚才才发现，这个王虫的身体构成就跟在生物课上学到的虫子类型一样。而虫子的社会里面，王虫一般是雌性，都是负责生育和繁衍的，它们战斗力极差，有些根本没办法挪动，连肢体都会退化……好吧，简单来说，就是按照群居生物的习性，其实这个王虫的近身战斗能力应该很差，它的卵越是坚硬，其实越是说明它现在很脆弱，所以只能指挥那些吸收营养的管子活动。虽然这种情况也不是一定的，但是我们生物老师跟我们说过，生物进化的时候，都会有一定的缘由，比如这个狸虫的王虫，如果它幼时很强壮，就不会让卵和输送营养的管道都如此强……所以，我赌了一把，幸好我赌对了！我一进到卵里面就直接贴上去掐它的脖子，它怎么扎我、咬我，我都没松手。看它彻底不动了，我才用它的触手划开这个卵，不然，我也要淹死了……"楼小风还在絮絮叨叨，

金飞玄顿时心里一松，能这么说话的，肯定是楼小风。

大喜大悲之下，金飞玄一拍楼小风的脑门，大吼："你这死孩子，你会功夫吗？你就下来！你知道多危险吗？你就不能躲着，保护好自己吗？！吓死老子了！"

说着，他重重地一把抱住楼小风，让刚才还被揍得莫名其妙的楼小风顿时心中一暖。

"我没事，舅舅。"楼小风低声说，"……我看到我身边都是英雄，我也想帮忙啊！"

以前的楼小风只想着管好自己……

以前的楼小风像是一堵拒绝所有人靠近的冰墙……

以前的楼小风绝对不会像现在这样冒险，对任何事情都没有激情……

以前的楼小风从来不说，但是……他其实早对一切都绝望，对人，对活着，对世界……对任何事情。

可是，短短的半个月过去，他似乎完全变了个人。

他会替别人担心，会去冒险，他甚至还用自己知道的那一点点生物知识，作为不算依仗的依仗，如此轻率地、一头热地赌上自己的性命！

"因为我见到过英雄是什么样子的。"楼小风轻声说，"所以……我才不要当懦夫！"

男孩的声音很小，却力若千钧。

金飞玄摸了摸楼小风的脑袋，轻声说："你当然不是懦夫，你已经证明了。"

金飞蕊大哭着飞奔过来，也一把抱住楼小风，说："你又没有功夫，你干吗那么做？吓死我了！"

小姑娘哭得直抽，楼小风安抚地拍拍她，一脸求助地望着自己的舅舅。金飞玄耸耸肩："你自己弄哭的，你自己哄。"

"我没有功夫,但是勇气……是从这里来的,并不是从功夫里来的啊……"楼小风摸摸自己的心脏,对小姑娘一笑。

金飞蕊看着他,眼泪一串串地从大眼睛里掉下来。

楼小风看着她,只觉得从他所触摸的心脏处涌起无数温柔的力量,传递给四肢百骸。

这一路的奔波劳累、惊吓以及最后面对王虫的斗智,楼小风已经很累了,他慢慢地闭上眼睛,笑着对两人说:"真好……"

真好啊,在他对世界真的要完全绝望的时候,来到他身边的是这几个人。

他们带着万丈光芒,照亮了他完全黑暗的世界。

让曾经的楼小风脱胎换骨,变成自己开始喜欢的人。

真好。

他曾经以为这一天,永远不会降临在自己的世界。

可是,楼小风等到了。

此刻,他如此希望,每个人都能等到属于自己的这一天。

文/温雅

1. 神秘的转学生

一阵短促的哨子声响了，武耀扬听见教练喊了一声："两百，自！"

武耀扬今天已经游了两千米了，共四种泳姿，这才刚到自由泳，后面还有蝶泳。

最后一个转身时，他觉得有点儿眼花，从护目镜看向外面，水好像有了重影。每划动一次胳膊，他就想吐，小腿似乎要抽筋，一跳一跳地直疼。

武耀扬与前面的人的距离越来越大，身后似乎有人追上来。他感觉身体好重，快游不动了，全身都在疼，疼得他想沉下去算了。

晃动的水波正变成一片白茫茫的，武耀扬知道，又来了。

这样的情形已经连续一个月了。

每次疲劳到极点，武耀扬就会出现这种幻觉：水会变白，耳朵不停地轰鸣，整个人仿佛要从水池里飞起来，甚至能看见水下面机械地游着的自己，水，好像是在对自己说话。

这也太奇怪了，难道说放暑假会把人的脑子烧坏？

那声音挺低沉的，刚开始，武耀扬还以为是水的噪音，但是嗡嗡嗡的声音一直没有停，听上去好像是个四五十岁的大叔。他试图听清楚对方在说什么，可总是不成功。

武耀扬可以肯定，自己绝对没接到什么魔法学校的邀请函，那么，为什么自己会听见水说话啊？而这，除了证明自己脑袋有问题外，还有什么作用吗？

他一边绝望地向前拼命划水，一边听水底下非常非常细小的声音，不知道怎么回事，以前一直听不清的胡言乱语，今天却变得无比清晰："小虾……小虾……"

……

我还大闸蟹呢?! 水底下那个大叔, 你啰唆了一个月, 原来一直在惦记着这玩意儿啊! 武耀扬想, 真是见鬼了, 他肯定这绝对不是自己神经错乱而产生的幻觉。作为一个吃货, 怎么着, 他也得念龙虾龙虾龙虾, 小虾算怎么回事啊?

这莫名其妙的声音贯穿了武耀扬整个训练。

等他从水里爬出来之后, 教练看着他的眼神像是要把他给吃了:"你没吃饱, 还是不想游了? 不想游的话, 赶紧回家!"

武耀扬在教练的唾沫星子中缩了缩脖子, 默默地等教练说完, 暂时把那古怪的"小虾"丢在一边, 一溜烟地跑去洗澡, 换完衣服就跑回家。

离开游泳馆以后, 他在公车上找了个座位, 掏出手机, 看着上面一闪一闪的提示灯。

没劲, 今天《魔法骑士路加》还没更新。因为明天开学, 游戏公会里也没人了, 估计都在家里赶暑假作业呢。逛了一圈之后, 他终于气馁地打开贴吧, 整个首页都是作业没写完的哭号帖。

不过, 武耀扬发现, 就在第一页的底下, 有一个标题不是跟作业有关: 听说有转学生。

嗯? 转学生? 男的女的, 好看不?

武耀扬点进去, 回帖寥寥无几, 大家知道的情况不比自己知道的多, 瞎猜的小猫三两只, 帖子就很快沉了。剩下就是热爱宣传保护环境的班主任闲来无事就塞在论坛里的那些新闻, 什么《每个人都要看的海洋保护守则》《不转不是人! 物种灭绝大起底》《珊瑚礁被毁! 生灵无家可归》……老师, 您能冷静点儿吗?

武耀扬用手翻着手机页面, 总觉得哪里有些奇怪: 转学生……他心里就像被羽毛挠着, 痒痒的, 但是又实在说不清怎么回事。

看着窗外, 他开始胡思乱想: 珊瑚礁里真的有那么多生物吗? 是跟人一样聪明的, 还是蠢了吧唧的? 如果水里真的有人, 最好自己能住到水晶宫里去, 再也不会有什么作业和训练, 更不会有那些喷着唾沫的大人。只要底下别住的是个吃不起螃蟹, 只能啃虾米的奇怪大叔就好了。

武耀扬伸展了一下酸痛的四肢, 就在公车上睡着了。

诡异的是, 他刚闭上眼睛, 那水下喃喃的声音又隐隐约约地回响在他耳边:"小虾……小虾……"

水底下的大叔, 你还能更执着一点儿吗?

武耀扬绝望地翻了个身, 在座位上滚了一下, 又睡着了。

第二天早上, 武耀扬到教室里的时候, 还没进门, 就觉得要吵死了。

四班传出了比平时至少要高两倍的喧闹声, 还有不少女生尖声尖气的笑, 以及男生乱七八糟的吼叫。

仗着自己个头高, 武耀扬稍一抬头便看到, 喧哗的人群中似乎有一个长发女孩。

转学生? 以前的转学生不都是很低调、很没劲的吗, 今天这个很特别?

同学们一个个跟打了鸡血似的, 来的到底是何方神圣? 武耀扬心里犯着嘀咕, 不过鉴于那个空座位正好在自己的身后, 他只好勉为其难地挤过去, 用胳膊肘把女孩子们都扫开, 好让自己坐下。

女生们发出不满的抱怨声, 但是一看见是一脸不爽的武耀扬, 就只好挪开了一点位置。

等人群给武耀扬腾开一点儿地方之后, 他发现, 这次这个转学生果然是……不一般。

又黑又长的头发落满了整个肩膀，虽然个子不高，但是眼睛特别大，黑眼珠亮晶晶的，在眼眶里滴溜溜地乱转，显得整个人既精神又活泼，配上一张不知为何总在笑的小脸，一下子把全班女生都比了下去。

呼……就算是公认的最漂亮的班长苏雨晴，在她面前也显得土了啊！这转学生简直就像是从动画片里走出来的女主角，简直没得挑！

当然，光长得好看，她还不足以造成这么大的骚乱。事实是，所有围着她的人手里都拿着一块看上去既精致又好吃的点心。

那点心长得圆圆的，上面还有个小红点，看上去不像是外面卖的老婆饼或者蛋糕什么的，闻起来超级香。十来块点心同时出现在教室里，满教室都是甜丝丝的味道。这有多大威力呢？武耀扬刚吃了早饭，但一闻这味儿就饿了！就是这么厉害！

那个转学生的桌子上有个饭盒，里面剩下了些糕点渣，看来就是她从家里带来了糕点，分给大家吃的。啧，真有她的，这下子全班的人都会喜欢她啦。苏雨晴当班长这么多年，连个苹果也没分给过大家。

怪不得他们都跟吃错药一样围着转学生呢。

不过，光长得好看和会做点心有什么用，若是个天生的笨蛋，也没救。武耀扬虽然心里这么想，但是也忍不住瞟了转学生两眼。他吞了吞口水，费劲地拉开椅子，坐在座位上。

班上的喧闹还在继续，直到苏雨晴受不了，大喊了一声"老师来了"，同学们这才算稍微安静了一会儿。可还有人试图跟转学生搭话，原本一开学就死气沉沉的教室里，这会儿就像点了火一样，热气腾腾的，浮在半空中落不下来。

就在一片乱哄哄中，武耀扬突然瞥见，有个小个子偷偷地从门口溜了进来。

现在这个时间，早自习已经上很久了，这小子根本就是迟到。

果然，从进教室以后，因为看到转学生那么受欢迎一直不爽的苏雨晴眼尖，立刻把这家伙给抓住了。

当然啦，武耀扬知道，苏雨晴心情不好，纯粹是因为被转学生抢了风头而嫉妒了。女生的心眼还真小。

她比迟到的男生至少高半头，站在门口，十分威严："富骋！你又迟到了！怎么回事？！"

被抓到的男生吓得一哆嗦，本来就瘦小的身体缩得更小了："没……没有……我……"

"还狡辩！"

苏雨晴最近学了一个新词儿"狡辩"，没事就拿出来用，听上去特别厉害。

她一把揪住富骋的书包："今天我一定要告诉老师！"

虽然苏雨晴嘴里骂着富骋，可是眼睛却看着转学生，那意思是：你可看清楚了，在这个班里，我说了算。

但是，转学生只是微笑着梳了梳头发，似乎完全没把她当回事。

苏雨晴更气了，说出的话都变得尖声尖气的："罚站！富骋你快出去！"

没人想要罚站，富骋被拽得快要哭了。跟苏雨晴比起来，他就像只小羊羔，清秀的五官和单薄的小身板完全扛不住，眼看就要被拖到门外面。

武耀扬看了一下手机上的时间，快要八点了，老师马上来，如果后来的人都要罚站，站一走廊可太难看了。于是，他想了想，狠命从自己桌子里挤出去，来到苏雨晴和富骋的旁边："班长，暑假作业是不是该收了？"

苏雨晴平时对武耀扬还是挺不错的，她觉得这个体育委员长得又高又好看，脾气也温和，比那些只会满走廊乱跑的笨蛋男生强多了。

于是，她下意识地想了一下，一分神，手也就松了："哦！我这就去收……"

于是，富骋趁机从她手里嗖的一下子溜开，用要多快有多快的速度回到了自己的座位上。看到他逃走，武耀扬也立刻扮了个鬼脸，跑掉了。

苏雨晴气得直跺脚，幸好现在班上很乱，没人意识到发生了什么，要是平时那么安静，估计她可就不会让富骋逃掉了。

眼看着她开始气鼓鼓地收作业，武耀扬就回到自己的座位上，戳戳同桌："你怎么回事，开学第一天就迟到？"

没错，富骋正是武耀扬的同桌，不然的话，武耀扬吃饱了撑的，费神去救他干吗？

事实上，没人愿意跟富骋同桌。虽然他长得还算可爱，但是人太窝囊了，总是被欺负，常年迟到，作业写得乱七八糟，字难看得不得了，老被罚站……如果学习差点儿的话，老师可能不会把他放在心上，可是他却偏偏是全班第一，不拿他做榜样，怎么行。这个人性格十分古怪，一罚站就哭，经常一个人哭着在走廊上站一上午，衣服上都是鼻涕，可恶心了。所以，他一直有不同的外号，例如"鼻涕虫""大哭包""小废物""迟到大王"什么的，名字还得往后排。

于是，老师为了照顾他，就把全班最受欢迎的同学武耀扬分给了他当同桌，美其名曰是要他俩互相帮助。武耀扬一看是"鼻涕虫"，心里可不高兴了，但也没办法。

幸好刚分完座位，他们就放假了。不过，一个假期过去，看上去富骋也没什么进步的样子，还是老样子，迟到了二十分钟。

富骋被武耀扬戳得身子一缩，两只大眼睛马上就冒出了眼泪花儿，吓得武耀扬一蹦，就听见富骋吞吞吐吐地说："家里……有事……谢谢你……"

接下来他又絮叨了些什么，武耀扬就听不清。好吧，反正自己也没存心要他感谢什么，就这么着吧。

老师终于出现了，在讲台上开始念叨什么假期结束了，要好好学习之类的废话。说完之后，老师用手指着武耀扬的那个方向："介绍一下转学生，来，你自己介绍一下。"

按道理来说，新来的学生能报出自己的名字就不错了，绝大多数都羞涩得说不出话来，可是新来的那小丫头真不一般。

她三步并作两步，居然还跳上了讲台！然后她拿起一支粉笔，在黑板上写了三个大字，横平竖直的，比一般人的字写得好看多了：聂萦萦。

后面两个字不认识啦！

然后同学们就听见她说："我叫聂萦萦，后面两个字念ying ying，第二声。我是从郊区小学转过来的，我喜欢老师，也喜欢大家，以后我会继续带自己做的点心给大家吃，谢谢！"

她的声音又脆又甜，整个人落落大方。武耀扬想，她不会是上过电视的吧？

老师看着她又惊又喜，一脸陶醉，就差亲两口了："萦萦，你的字写得很好啊，以后加入黑板报组吧。"

苏雨晴是黑板报组的组长，听了这里，脸上黑黑的，明显不痛快。

武耀扬忽然意识到，新学期要在惹是生非的转学生聂萦萦和脏了吧唧的鼻涕虫之间度过，他眼前就是一黑。

漫长的一天勉强要过去了，武耀扬一想到要继续去游泳馆，就觉得心情沉重。

鼻涕虫今天倒很安静，老是趴在桌上走神。而更诡异的是，武耀扬总觉得背后有人在看自己。

有时候，他猛然回头，就会发现那个聂萦萦用那双黑眼睛一眨不眨地盯着他，简直像是被什么刺扎在了背上。

看什么看啊……我后背上被人贴了字条吗？武耀扬纳闷地别过头去，继续不舒服地听课。

终于，下课铃有气无力地响了起来，全班顿时一阵喧闹，武耀扬顺手掏出手机看聊天记录。聊天室里新来了个叫作豆豆的，说话的方式很奇怪。这年头儿像自己这么正常的好孩子，还真是不多了。

他正看着，忽然有人从背后轻轻地戳了他一下。

嗯？他扭头一看，是聂萦萦。

她笑了一下，武耀扬觉得整个教室突然都闪了一下光。

她说话的声音也很轻，甜腻腻的，就像是蘸了蜜的巧克力："嗯……明天的作业，是交给你吗？"

不知怎么，只是个简单的问题，但是武耀扬心里一阵甜丝丝的。

可惜，他只能回答说："呃……不是。"

聂萦萦歪头的动作简直跟动画片里的一样："哦……好吧，你叫什么？"

"武耀扬……"

他还想结结巴巴地说两句，但是聂萦萦又笑了一下，打断了他："好的，我记住了，谢谢。很高兴认识你。"

这算是……说完了吗？

聂萦萦轻飘飘地从座位上离开，走的时候整个人就像是一朵云。

这个人真怪……

但是她走出三步，忽然回头望着武耀扬那边，很自然地问："你喜欢吃什么口味的？"

"什么口味……的什么啊？"

"点心。"

武耀扬忙不迭地回答说："都行。"

聂萦萦终于笑着走出了门，周围跟着好几个她新认识的女生，一个个屁颠屁颠。听她们的口气，聂萦萦要请她们去吃冰激凌。

零花钱还真多……武耀扬一边嘀咕着，一边收拾东西也准备走人。但是，他一转头，却发现聂萦萦的课桌底下有很多水。

那些水就像是有人打翻了水杯，淋湿了地面。

聂萦萦带水杯了？没看见……那这些水是什么？

好吧，这种事情跟我有什么关系。武耀扬摇摇头，甩开奇怪的想法，背着书包也闪人。

他一边走一边摆弄手机，想看看聊天室有什么新留言，忽然背后响起了一道怯怯的声音。

"武耀扬……"

2. 古怪的新朋友

武耀扬吓了一跳，赶紧把手机按掉，塞到包里，这才扭头看过去，发现叫他名字的人，正是缩成一团的富骋。

他就站在离武耀扬大概三步远的地方，抬头看着高大的武耀扬，他至少要矮一头。

那小子回家的方向不在这边吧，平时不都是有汽车来接他的吗？他干吗走到这么远的地方来？难道说……他是从学校门口一路跟过来的？

武耀扬一想到这里，觉得有点儿恶心，赶紧四下环顾，发现周围没有同班同学，才不高兴地问道："干什么？"

富骋见武耀扬回应自己，似乎很开心，一直弯着的背也挺直了点儿："那个……谢谢你。"

他满口说着谢谢，把书包放下来，从里面取出来一个纸包，战战兢兢地递给武耀扬："这个……送给你。"

武耀扬纳闷地看着他，顺手接过来。富骋一看武耀扬接了，整个人一下子精神焕发起来，突然掉头就跑。

难道这里面是什么整人的粉末，或者是恶心的液体，谅那小子也不敢这么对待他的救命恩人。武耀扬带着疑惑慢慢地打开纸包，等他看见里面的东西时，吓得几乎把包丢在地上。

整整一纸包粉红色的百元大钞——非常厚非常厚的一摞。

武耀扬十岁了，从来没见过这么多的钱。爸爸每次找妈妈要钱，都只能拿到两三张，还要被妈妈不停地抱怨。他去训练，爸爸四个月一次给教练十张这样的钞票，那就是最多的时候。

而这纸包里的钱，足足有好几十张。

武耀扬愣了半晌，突然把纸包抱在怀里，撒腿疯狂地去追已经跑远的富骋。他一边追，一边喊："富骋，你给我站住！！！"

富骋扭头看见他追来，更加拼命地跑起来。

但是，富骋哪里跑得过经过训练的武耀扬，作为体育委员，武耀扬替四班拿全校短跑亚军的时候，富骋只能在旁边摇旗助威。

一个追，一个跑，富骋慌不择路，竟然朝着完全陌生的方向跑下去。两个人离开了学校门前的大路，直接跑进了平时很少有人路过的胡同里。

武耀扬花了五分钟跑到富骋身后，一把拽住了他的书包，把气喘吁吁的瘦小男孩拦了下来。

富骋被体育委员拽住后，转过来就是一副快要哭了的样子。

武耀扬看着他的脸，气就不打一处来，凶巴巴地喝道："不许哭！"

被武耀扬这么一喊，富骋收住了快要夺眶而出的眼泪，苦兮兮地低着头，不说话，只喘气。

武耀扬把纸包掏出来，往他手里塞："快点儿收回去！"

富骋死命地挣扎，就是不肯伸手："不要！"

武耀扬气得够呛，就去掰他的手指："你看不起我吗？我不要这个！"

富骋尖声尖气地激烈回击："这是我谢谢你的！我也不要！"

他死命挣扎，纸包突然掉在了地上。武耀扬气得把手扬在空中，就要打他。

富骋倔强地看着武耀扬，一步也不肯后退。

正在这个时候，胡同口有个五十岁的大妈突然路过，她挎着菜篮，狐疑地朝这边看。

在她看来，这似乎是一个初中的坏小子正在欺负一个可怜的小学生。

武耀扬看着大妈，脸顿时涨得通红，只好讪讪地把手放下来，还在富骋头上拍了两下，又挤出一脸笑，这才把大妈哄走。

但是，那个烫手的纸包还躺在地上。富骋被武耀扬挡住去路，但是他赌气似的别着脸，也不捡纸包。最后，武耀扬实在没办法，只好弯腰把纸包捡起来拿在手里，调整了好久，总算心平气和了，对富骋说："富骋，这个我不要。"

富骋看了他一眼，还是眼泪汪汪的："你……不要我的东西吗？"

武耀扬想：我才很想哭，好不好！

"不是，这东西不能当礼物。"

富骋歪着头，脸上露出了困惑的神色："别人感谢我爸爸和我爸爸感谢别人的时候，都送这个。"

武耀扬简直要跪在地上了："那是大人们的事情。而且，无论如何，钱不能这么用。"

"为什么？"

看着冥顽不灵的富骋，武耀扬终于吼叫起来："因为我救你不是为了钱！"

富骋被吼得一愣，终于把脸扭过来，直直地看着武耀扬，原本对抗的表情渐渐变成了委屈："我……我不是那个意思。"

武耀扬把纸包在他的眼前猛晃："你给我钱，就是那个意思。"

富骋这下伸出手把纸包接了过来，吸了吸鼻子，低声说："那……我收回，好了吧？"

武耀扬都快要被富骋气乐了，把书包重新背在肩上，说："这才对嘛，记住了，想要表示感谢的话，不能用钱，很……"他想了半天，想出一个词儿来，"侮辱人。"

说完了，武耀扬看着两眼都是崇拜的富骋，心中得意扬扬，觉得自己真是帅毙了。

接着，他想潇洒地把书包换了个肩膀背，可能是刚才跑的时候把书包的拉链拽开了，"哗啦"一声，书包里的东西都掉在了地上，与书本的沉闷声一起响起的，是一声清脆的"哐当"。

"坏了！"武耀扬手忙脚乱地去捡，那是他的手机。

这下糟糕了！为了这个手机，武耀扬可是向爸爸哀求了半年多，加上在一次游泳业余赛上拿到了前三，又洗了四个多月的碗，可能还得洗八个月……

手机接触到石板地面，立刻四分五裂，电池弹到一边。武耀扬用最快的速度把手机抢在手里，但是翻开一看，他就绝望了。

屏幕裂了。

瞬间，武耀扬的心就如跌进了冰窖。

爸爸说过这个手机特别特别贵，他却把它摔坏了。

这下回去，他一定要被骂死了！怎么办，怎么办？

富骋帮武耀扬把电池和后盖捡起来。在一堆书和作业本中间，武耀扬把手机装好再开机，虽然手机还能启动,但是整个屏幕都花了,根本什么都看不见。

武耀扬颓丧地坐在地上抱住头:"这下完了。"

富骋的眼珠滴溜溜地转着,他想把手里的纸包递出去,但是想了想又收了回去。

忽然,有一个主意突然从脑子里闪过,富骋顿时眉开眼笑,他抓住武耀扬的胳膊:"武耀扬,你别着急,我能把它修好!"

武耀扬的头从胳膊肘里探出来,狐疑地看着富骋:"就凭你?"

富骋蹲下来,急切地解释说:"当然了,你相信我啊!"

武耀扬冥思苦想了半天,逼视着富骋:"先说好,只能修手机,不能偷,不能抢,更不能用钱买。"

富骋顿时笑容满面:"好!欢迎你到我家去玩!"

帮武耀扬把课本收集起来后,富骋非常不好意思地补充了一句:"你是第一个去我们家玩的人,我们家很乱。"

武耀扬打电话跟教练请完假后,富骋就拨出了自己家的号码:"小李哥,你把车开过来,有同学要去我家!……嗯嗯,是同班同学!"

他用征求同意的目光看着武耀扬,小声地说:"对,是我朋友!"

武耀扬虽然觉得很别扭,但最后还是点了一下头。

富骋的眼睛一下子亮了。

富骋家的房子在海边一群别墅的中间,他家的门比学校的都大,周围一个人都看不见。两个孩子走过大厅,走过书房,走过好多好多房间,一个人都没看到。

终于,富骋把武耀扬带到了自己的房间,窗户大得很,从房间里面可以直接看到一眼望不到边际的海。富骋安排武耀扬坐下之后,他就掏出来很多奇妙的小工具,开始摆弄武耀扬的手机。

武耀扬舒展了一下筋骨,百无聊赖地看着窗外,雪白的浪花扑在海岸上,虽然是很常见的景色,武耀扬盯着盯着,还是出了神,也不知道过了多久,他眼前那些浪花似乎诡异地扭动起来,在沙滩上留下了几个歪歪扭扭的大字。

武耀扬揉了揉眼睛,以为是自己眼花了,但是他再次定睛观看,没错,就是字!

他仔细地辨认了一下,原来是:小虾,不能吃。

……

……

有没有搞错啊?最近被小虾缠上了吗?!

武耀扬嗖地一下从窗户旁边蹦起来,富骋被他吓了一跳,呆呆地看着他:"怎么了?出什么事儿了?"

武耀扬急急忙忙地把富骋拖到窗边:"你快看沙滩!"

"沙滩怎么了?"

"上面有字!"

富骋带着莫名其妙的神情仔细地看了半天:"没有啊。"

武耀扬也看了半天:确实……没有了!

……你们是在玩我吗?

"可是我刚才确实看见了！"

富骋辛酸地看了他一眼："那个，这里经常会有游客来玩，大概是他们写的吧……"

才怪，刚刚沙滩上明明一个人也没有，哪里来的游客啊？

不过，既然富骋没看见，也许真的是自己产生幻觉了？武耀扬悻悻地想，回去就让妈妈做点儿螃蟹、龙虾吃，大概是这几天馋的，脑子有点抽筋了。

被武耀扬这么一闹腾，富骋又花了不少时间才把手机修好。

武耀扬拿过来颠来倒去看了一番：嘿，富骋真的很厉害，修好以后跟以前的没什么差别。他由衷地称赞说："富骋，你太厉害了！完全看不出来啊！"

富骋不好意思地挠挠后脑勺："反正大家都不理我，放学后又不带我玩儿，我闲着没事的时候就玩这个了。"

"有这本事，你都能去街上赚钱了呢！"

"我又不缺钱。要不是你，他们让我修，我还不乐意呢。"富骋得意地学着电视里的那样，扶了扶眼镜，叉着腰，神气活现的，此时的他看上去一点都不像学校里那个窝囊的"鼻涕虫"。

两个人笑了一会儿，富骋拿出了自己那些看上去豪华得不得了的大型玩具，很多都没拆过封。

"都是别人送的，可是只有我一个人，玩不起来。"

富聘这么一说，武耀扬想起这空旷的大房子，忽然觉得富骋也挺可怜的。虽然自己只是和爸爸妈妈住在一栋小小的房子里，没什么玩具，还要天天游泳，但是每天都能跟朋友们一起玩闹，还有教练和队友可以聊天，如果让他跟富骋交换生活，他还真不见得乐意。

两个人一起动手拆玩具，富骋忽然很认真地跟武耀扬说："今天转来的那个聂萦萦，好像有点儿怪。"

"有吗？不是俩眼睛、一个鼻子吗？她哪儿怪？"武耀扬心口不一地回答说。

"我总觉得……"富骋低着头努力想了半天的措辞，"她跟人说话的时候，好像不太看人……"

"那些女孩不都这样吗？她们说话的时候一个个的鼻孔都是朝天的。"

"是吗？"富骋半信半疑地看着他。

"当然啦！我们游泳队上那些小丫头，可厉害了。若是吵起架来，她们还会打人呢！"武耀扬吓唬富骋，"就你这样的，一巴掌下去就没了。"

富骋缩了缩脖子："好可怕……我以为苏雨晴那样的就够凶的了……"

"她差得远呢。"

3. 我不要补课

不过武耀扬说是这样说，其实他对聂萦萦还是起了好奇心的，她真的跟其他女生不一样吗？抱着这样的念头，他做了一晚上乱七八糟的梦，眼前总有一堆沙滩字迹晃来晃去。

早上被老妈捶醒的时候，武耀扬一肚子的抱怨：拜托，要发生什么奇怪的事情就赶紧发生吧，不管是猫头鹰还是魔杖，出现什么都好，这么老吊着我，算怎么回事啊……

糟糕的是，因为他不停走神，今天的早自习，只怕可能会迟到。

没办法了，想要赶早自习，就得抄近路。他打算从海边一路跑过去，然后从学校的围墙翻进学校。

武耀扬体育成绩不错，两公里也就十分钟的事儿。早上的海边空旷无人，浪花翻卷着，好似在海滩上徜徉，看上去平静悠闲。

还有几百米就到学校了，胜利就在前方。

但是，本来平静的海滩上，突然爬出来一些黑色的小点，拦住了武耀扬的去路。

武耀扬跑得太快，已经来不及刹车了，等跑到小点跟前，他才发现是一群海星！

这些海星用它们柔软的触角一点点地、整齐有序地爬着，铺满武耀扬的面前，他连蹦带跳，左躲右闪，还是踩到了好几只，差点儿滑到。

咦……今天出门一定是没看皇历，这些海星是吃撑了吗？

他被迫停下来，可是刚刚停下，从海边吹来的风拂到耳边，那种奇妙的声音又来了！

跑步的时候，耳朵里灌满了风声，本来是什么也听不见的，但是海星阻挡了武耀扬的路，从海上传来的话，他就听得格外清楚了。这次武耀扬可以确定，这声音的来源就在远方的海底。

没错，低沉、连绵，像是从遥远的远方传来，不是城市的噪音，也不是自己的幻觉，是真真切切的声音。

对方这次说的是：不要去……不要去……

不要去上学吗……武耀扬苦笑着停下脚步，转向大海，用足了力气喊道："我也想！但是我必须去！"

片刻沉默后，对方只是发出一声悲鸣，之后声音被风冲散，消失了。

是啊，不去的话，就会被老师和老爸共同斥责，那明显是死路一条嘛……

难道说，冥冥中有人提醒我，今天学校要出大事？

想到这里，武耀扬居然不由得兴奋起来，反而加快了脚步向学校冲去——如果出现电影里的那种爆炸场面才有意思呢！

他翻过围墙，赶上第一遍预备铃，可是，爆炸、怪物、外星人、奥特曼什么的，一个也没有。唉……被骗了……武耀扬意兴阑珊地挪到教室，一屁股坐下来。

值得庆幸的是，今天富骋没有迟到，他瞪着一双傻乎乎的大眼睛，自责似的看着武耀扬，说："担心死我了，还以为昨天我们玩太久，害你今天迟到……"

"跟你没关系啦，这不老师还没来呢吗……"

武耀扬话音还没落，就觉得背后有人在戳他。

……喂喂，没事不要老戳人，把衣服戳出洞来，我妈又该抱怨我了……

他没好气地扭头一看，是聂萦萦，她脸上带着一个飘忽的笑容："我还以为你不来了呢。"

"我是想不来，但是，我老爸不同意啊。"

聂萦萦说话的时候，身上散发出一股特别好闻的味道。武耀扬下意识地吸了吸鼻子，嗯，是点心。

聂萦萦发现他吸鼻子，笑得更灿烂了："你猜对了，今天我又带了糕点，不过……基本上被大家抢光了。"

……好吧，看来迟到还是有坏处的！

"但是……"聂萦萦卖了个关子，故意停了一下才说，"但是，我给你留了一块哦！"

"你不早说！我还没吃早饭呢。"这倒是真心话，因为快要迟到了，武耀扬把早饭扔了就跑了。

聂萦萦伸手去抽屉里拿，武耀扬眼巴巴地等着，突然，富骋猛推了他一把，还小声说道："老师来了！"

一句话把武耀扬吓得赶紧回过头来，果然，班主任带着一脸黑气进来了。班主任手里拿着一摞卷子，发出的声音能把屋顶掀掉："你们是存心把我气死吗？昨天不过是一个小测验，我活了四十岁，就没见过这么低的分数！"

……

从苏雨晴到富骋，全班的同学都哆嗦起来。

哎呀，妈啊，原来对方说的"不要去学校"，实际上是预感到今天我们班主任会发飙吗？果然应该装病不来的……武耀扬缩着脖子，再好吃的点心也被他忘在脑后了，赶紧做出一副乖顺小绵羊的神情，免得被老师的怒火烧到。

十五分钟后，班主任开始进入"苦口婆心烦死你"的模式，当所有人都被折磨得快要崩溃，想让老师快点把那些分数低的"老鼠屎"挑出来干掉之时，班主任话锋一转："这样下去，你们是没有机会的！从今天开始，我决定成立课外学习小组，以后放了学，大家都要继续看书！"

……咦咦咦？！武耀扬以为自己幻听。

估计其他人跟他一样，被吓得连惨叫都没来得及发出来。

"按照昨天测验成绩的排名，第一名做学习小组的组长，倒数的十名同学都给我留下来补课！"

武耀扬偷偷看一眼富骋，后者一脸苦涩。

是啊，这小子常年考第一，难道让他留下来，陪那一堆压根瞧不起他的家伙们补课？还不如被分尸呢。

"那么，聂萦萦，就辛苦你了。"

什么？

富骋脸上的表情瞬间由苦涩切换成惊愕。

班上其他同学的表情跟他的也差不多，武耀扬心说：这是……怎么回事？

只有聂萦萦慢慢地站起来点了点头："好的，我知道了。"

接下来老师宣布需要留下来补课的倒数十名名单，出乎意料地，武耀扬正好在倒数第十名的位置上。

这下坏了！武耀扬心想，难道我昨天抽风考砸了？按理说，我的成绩应该在全班中间的位置才对啊，这可咋办？如果我要补课，就不能去游泳班，教练和老爸一定会吃了我！

他惊恐地回头看向聂萦萦，后者无奈地冲他点了点头。

富骋用胳膊肘推了推武耀扬，递过去一个本子，上面写着一句话：你还得去游泳吧？

武耀扬看着富骋点点头，然后苦笑着扮了个鬼脸。

富骋又写了几个字：我帮你，看我的。

武耀扬想：你怎么帮我啊，难道替我去？你都第二名了，还补什么课啊。

果然，他们下课以后，富骋跑去找老师。

武耀扬死死地盯着富骋，就怕他说砸了，老师反而让自己必须留下来补课。

没想到，老师跟富骋简单地聊了几句以后，点了点头。然后，等老师走了，富骋给武耀扬比画了个"搞定"的手势。

哎哟，这小子太神了！

等富骋回来，武耀扬兴奋地问道："你跟老师说了什么？"

"我就说，你已经每天跟我去上文化宫的课外学习班了。你爸爸给你报的名，很贵，期末考试你一定能考好。"

"哇！你这主意赞啊！"

富骋歪着头说："那你期末可真得考好啊，不然可就露馅了。"

"你放心吧！包在我身上！"武耀扬一兴奋，用力揉了揉富骋的脑袋，"其实你知道我的，一般都会考个中等，这回不知道怎么搞的，失误失误。"

"是啊。"富骋心不在焉地回答，"我也觉得很怪。"

"哪儿怪？"

富骋好不容易从武耀扬的"魔爪"下挣脱出来："必须补课的那几个人，跟我印象中的成绩排名靠后的人很不一样啊……"

"嗯？"

武耀扬还没想明白富骋这话是什么意思，就见聂萦萦走了过来，她对着他笑嘻嘻地说："别担心，补课的时候，我会买东西给大家吃的。"

武耀扬还没来得及回答，富骋抢先说话了："他放学以后还有事，老师说他不用补了。"

聂萦萦困惑地看着他："你是……"

武耀扬赶紧介绍道："哦，他叫富骋。"

聂萦萦用力盯了富骋一眼："这样啊……那我知道了。"

随即，她又很惋惜地说："那挺可惜的啊，我本来打算请补课的同学吃杧果布丁的，我自己做的。"

杧……杧果布丁？！

武耀扬开始觉得也许留下来补课是个好主意，但是一想起暴躁的老爸，他就缩了半截，只好把口水都吞进肚子里。突然，他想起上课前聂萦萦说的话，好像还有块点心是留给他的。

他刚张开嘴："对了……"

可是聂萦萦已经走了，她似乎完全把这件事忘了。

好吧……没得吃了！她大概……很想跟我一起补课，不会是生气了吧？

富骋拉了拉正走神的武耀扬："没关系，你在哪个游泳馆游？你出来以后，我请你吃。"

武耀扬摸摸后脑勺一乐，富骋这小子眼睛真厉害，一眼就看出来他脑子里想什么了。

"唉，没什么啦。游完泳，我不喜欢吃那么甜的东西，我们去吃烤串好了，不用你请。"

接下来的几节课，武耀扬都是在昏昏欲睡中度过的，聂萦萦一直没搭他，好像真的是不太高兴。不过，武耀扬也没觉得自己有一定要让她高兴的必要性，女孩子都这样，过几天就好了。

下午第一节课是体育课，是武耀扬上起来完全没压力的课，体育老师也最喜欢他。果然，同学们做完热身活动后，老师就跟他说："你跟那几个踢球去吧，没你的事儿了。"

嘿嘿，真好！武耀扬和其他几个体育好的同学抱着足球，兴高采烈地去踢球了。富骋和其他人还得苦哈哈地跑一千五百米，看上去随时要咽气一样。

他们踢了没十分钟，武耀扬突然想起自己把水壶扔到教室里了。

今天天气特别好，太阳火辣辣的，一会儿自己肯定会很渴的，虽然冲出去喝自来水也没什么，但是容易闹肚子。闹肚子的话，晚上练游泳可真不是一般的痛苦了……思前想后，武耀扬跟兄弟们打了个招呼，决定回教室拿水壶。

他三步并作两步爬上楼，跑到自己的课桌那里拿了水壶，刚要走，忽然一个念头涌进了他的脑海：聂萦萦不是说，给自己留了块点心吗？

虽然她没再提，但是……心里好痒痒，好想吃……

没两秒钟，武耀扬果断地溜到聂萦萦的课桌那里，回忆着聂萦萦拿点心的动作，他将手伸了进去。

她的抽屉里空荡荡的，武耀扬左右摸索，试图找到那个饭盒。

但是，饭盒没有碰到，他的手却抓到了一个湿淋淋、肉乎乎、软绵绵的东西。

一碰到武耀扬的手，那东西就猛然一把抓住，牢牢地缠在了他的手腕上。

啊？！这是什么？活的？

武耀扬忙不迭地把手抽出来，看到自己的手腕时，目瞪口呆，他发现那东西竟然是一条鱿鱼！！！

鱿鱼用自己的吸盘和触手卷住武耀扬的手，它身上还在滴水，怪模怪样的小眼睛像是从很远的地方瞪着他。

哇啊，你开玩笑吧！谁把活的鱿鱼带到教室里来了啊？

武耀扬条件反射般地想要把鱿鱼甩开，但是抖了两下没抖开之后，他反而清醒了，这不会是讨厌聂萦萦的人搞的恶作剧吧？

一定是的！聂萦萦学习好，又长得可爱，还负责补课，招来了别人的怨恨，所以别人趁她不在，把鱿鱼放进她的抽屉，等她回来，一伸手到抽屉里，就会被鱿鱼抓住，然后她肯定会被吓哭、出丑。

她之前打算给自己点心时，抽屉里应该还没有鱿鱼。那坏家伙一定是先把点心偷走，然后把鱿鱼塞了进去。可恶的人！最好别让我抓住，不然，有你好看！

武耀扬当然不能把鱿鱼再放回去，若把鱿鱼直接摔在地上又会有很大的味道，他只好走到垃圾桶旁边撕了一个塑料袋，然后把鱿鱼硬拽下来放进塑料袋里，准备扔掉。

拽这鱿鱼下来的时候可费劲了，它死命地吸住武耀扬的手，恨不得能带下一块皮，他抠住它，用上了吃奶的力气才拽下来，把它塞进塑料袋。

刚进塑料袋，它就不动了。

武耀扬盯着这只外表湿润的鱿鱼，心里盘算：直接扔了的话，有点儿可惜啊……

对了，不如做成烤串！

想到这里，他兴高采烈地又套了一层塑料袋，把它塞到了自己抽屉的深处。

今天晚上游完泳就吃它了！

下午放学的时候，留下来补课的同学们都显得有点儿蔫蔫的。武耀扬慢吞吞地收拾书包，不停地观察他们的表情。

嗯，还没抓住那个把鱿鱼塞进聂萦萦课桌里的凶手呢！按照侦探动画片里的规律，一定是被迫补课的这些人中的一个干的,最恨聂萦萦的那个。

到时候,他帮女孩子抓到恶作剧的罪魁祸首,这可是了不起的英雄事迹哦。

聂萦萦拿着老师给她的名单点名,点到名字的人都懒洋洋地应了一声。

随即,聂萦萦笑眯眯地说:"补完课,大家就有杧果布丁吃!"

顿时,补课的同学们都精神焕发起来,而那些不用补课的人,都露出羡慕嫉妒恨的表情。

当然啦,有布丁吃,谁不爱?

等等……那这样的话,到底谁会恨聂萦萦啦?

很快,有人试探着问:"聂萦萦,我也能留下来补课吗?"

聂萦萦回答说:"好呀,正好还有一个空缺呢。"

"哇!我要补我要补!"

好几个人争先恐后地举起手来,自愿留下来补课。

聂萦萦只好看着大家,抱歉地说:"可布丁就只有十个……"

"我……我……我成绩很差的!"

"我倒数第十五!"

"我倒数第十二!"

……

经过激烈的"竞争",倒数第十一名荣幸地获得了替补武耀扬的机会,心满意足地留下来准备补课和享受布丁了。

聂萦萦有意无意地瞟了一眼武耀扬,他没有把他在她的课桌里发现鱿鱼的事情告诉她。

武耀扬想:等我抓住了元凶,再来向聂萦萦邀功讨点心吃好了,她一定能多给我几块。

想到这里,他果断地拉上书包链,决定先去游泳。当然,他没忘拎走装在黑塑料袋里的活鱿鱼。

跟富骋一起走出校门以后,武耀扬把塑料袋塞给富骋:"拿好这个。"

富骋迷糊地看着他:"这是什么?"

"从聂萦萦抽屉里找到的鱿鱼!"

"啊?"富骋似乎完全搞不清这里面的逻辑,"她抽屉里怎么会有鱿鱼?"

武耀扬信心满满地回答,心中对自己的推理完全满意:"应该是有人恨她,故意把鱿鱼塞到里面的,结果我先发现了,咱们带回去,当烤串吃。"

"你没告诉她吗?"

"等我抓到凶手后再告诉她。"

富骋转了转眼珠,看上去是在飞速地思考:"这样啊……不过,你为什么要去翻她的抽屉?"

咝……武耀扬没想到富骋问了这么一句,赶紧说:"我翻错桌子了。"

"我看不是吧。"富骋可不是好忽悠的,"你一定是想去翻点心。"

"不是!"武耀扬斩钉截铁地反驳。

富骋笑了,没再追问,只是自言自语:"怪了,怎么人人都想吃她那点心呢?"

"因为好吃呗。"武耀扬觉得这没什么好讨论的,"我先去游泳了,你七点过来找我吧,我们把这鱿鱼烤了吃。"

"嗯。"富骋答应了一声。

4. 鱿鱼活了

武耀扬从游泳馆里出来的时候，太阳已经西斜，他今天在水里没听见奇怪的大叔继续要小虾吃，这让他感到略微安生了，但是肚子却格外的饿。想到夜市早就开门了，他开始有点儿不耐烦地想富骋是不是迷路了，连这么大的游泳馆都找不到。

左等也不来，右等也不来，他正要发火之际，就看见富骋呼哧呼哧地从街对面跑过来，但手里什么都没拿。

嗯？不是要一起去烤鱿鱼吗？武耀扬还没发问，就看到富骋脸上的表情就跟见了鬼一样，满脸汗水地说："出……出怪事了……"

怪事？武耀扬觉得以自己现在的饥饿程度，哪怕是空降几船外星人，也就那么回事吧。重要的是，甭管是什么怪事，赶紧吃饭才是正事。

但是看富骋惊恐无比的表情，事情似乎并不算小。武耀扬只好压住性子，耐心地听富骋说："那鱿鱼……那鱿鱼活了……"

"逮住的时候也不是死的，好吗？"

"你听我说！我觉得你一时半会儿出不来，就拿着鱿鱼请夜市的大叔帮忙先烤一下，结果，我刚把袋子打开……"

富骋说，他就眼睁睁地看着那鱿鱼非常自如地迈出两条触手，随即又是几条，就那么舞姿翩翩地站在了冒烟的铁板上。紧接着，它被烫得蹦了好几下。

货真价实、活蹦乱跳的鱿鱼从铁板的一头跳到了另一头！

他跟铁板大叔谁都没反应过来，然后，那鱿鱼一下扎进了旁边装着已经洗干净的鱿鱼的筐里。一堆白花花的柔软肉体挤在一起，根本分不出谁死谁活。

他正在发愣时，更骇人的景象出现了！

那筐里的鱿鱼本来有很多是死了的，而应该很快就会变成香喷喷、美味的鱿鱼们突然都蠕动起来，触手乱舞，身体波浪般涌动。动作最大的几只，竟然三两下从筐里晃了出来，剩下的那些纠缠在一起，扭来扭去，胡乱翻滚，甚至还发出了细小的摩擦声，像是有谁用指甲在挠黑板一般。

大叔惨叫了一声，赶紧蹲下来去抓那些突然"复活"的鱿鱼，富骋也从吓得愣怔的状态中清醒过来，急急忙忙地跟着大叔去抓鱿鱼。可是他们刚抓回去几条，就蹦出来更多。富骋急中生智，一把抄起浅浅的塑料筐，把剩下的那些鱿鱼倒进旁边用来装灭火的水的大桶里，这才防止它们继续往外跳。两个人又是一通忙活，把地上的也抓起来丢进去，就看见那些鱿鱼居然神气活现地开始在水里游起来。

幸好当时夜市刚刚开张，目之所及，还只有富骋和大叔两个人，才没引起太大的骚乱。大叔和富骋面面相觑，完全不知道发生了什么。大叔看着那些挤成一堆，触手缠在一起的活鱿鱼，使劲地掐自己的大腿，简直怀疑自己在做梦。而趁着大叔发呆的工夫，富骋一溜烟地逃走了。

开玩笑，不跑的话，富骋一定会被当成下药的坏蛋给抓起来吧！

听完富骋的话，武耀扬的眉毛向上扬起："你……没眼花？"

"你要不要跟着我回夜市？那一桶鱿鱼还游着呢！"

"可这也……你不如说外星人和魔法师，我倒比较信……"

富骋盯着武耀扬："我说，那鱿鱼真的是从聂萦萦抽屉里拿出来的？"

"我干吗骗你？我亲手抓出来的。"

"这也太奇怪了！我后来还想着能不能再把它抓回来，但是它进了大桶后，就跟别的鱿鱼一样了，我就找不出来了。"

武耀扬挠了挠头，狡黠地笑起来："我们还是去一趟夜市比较好，要真是鱿鱼成精，我就变身成大胃侠，把它吃掉，为民除害。"

富骋愁眉苦脸地说："你还真是啥都不怕，万一全都成精了呢，你有多少胃啊？"

"别的没有，吃几百条鱿鱼、上千个扇贝还是小意思的。"

"吹牛！"

尽管有一百个不情愿，富骋最后还是败给了饿得头晕眼花、食欲大增的武耀扬，乖乖地朝夜市走去。

此时的夜市一如往常，人声鼎沸，烧烤的烟气到处缭绕，香喷喷的烧烤味弥漫在空气里。武耀扬拖着富骋，先是不客气地往肚子里塞了一通，填了个半饱之后，一路寻找富骋说的那个大叔。

但是等他们到的时候，摊子已经空了。

不知道大叔去了哪里，铁板上还冒着热气，但是之前洗好的扇贝啊、海螺啊之类的海鲜都已经不见了，只留下了一个盖着盖子的大桶。

富骋问旁边卖烤串的阿姨："阿姨，刚才在这里的叔叔哪里去了？"

阿姨用奇怪的眼神瞅了他一眼："刚才在这里转了半天的就是你吧，这个摊子根本没有营业呀。"

"……"富骋颤抖着，继续问，"可是，铁板还是热的……"

"你这孩子，虾爬子吃多了吧……我可是在这里出了半天摊了，这摊子确实没营业。"

富骋求救似的看着武耀扬，眼里全是惊恐。

武耀扬也觉得莫名其妙，难道说富骋在撒谎，在说胡话？但是，不对呀，他也摸了那铁板一把，真的挺热的，而且那个水桶就在那里。

"问这个大妈肯定问不出什么来，不如掀开这个桶看看。"

富骋想了想，点头同意。于是，他们两个小心翼翼地掀开了桶。

桶里都是死掉的鱿鱼，灰白的身体在水里漂着。

"这不可能！"富骋脱口叫了出来，"刚才我明明看见它们活过来了！"

武耀扬泄气般地看着富骋："富骋，你确实是在夜市上吃太多东西了吧……"

富骋猛地抬起头来看着武耀扬，一字一句地说："我绝对没有说谎！"

"那你就是没睡够，在做白日梦。"

富骋咬住下嘴唇，大眼睛里几乎都要掉下泪来。他蹲在桶边想了又想，忽然想起什么事情来，站起身跑向了另外一个摊子——那是个卖煎虾的小哥。

"请问，你有没有看见跟我们一样大的孩子刚才来这附近吃东西呀？"

小哥看了他一眼："很多啊。"

"就刚才在那边吃的,有没有?"

"那个摊子就没营业怎么吃……"小哥歪着头想了想,忽然自言自语,"嗯……这么说起来,刚才似乎是有一个跟你们差不多大的女孩在附近转悠来着,也没买吃的,长得挺好看的。"

"真的?"

"我也只是看了一眼啦,小同学,要不要买煎虾?"

富骋立马掏出一百块:"买十五串,你还记得那女孩长什么样吗?"

小哥眼睛发亮地接过了钱。

武耀扬目瞪口呆地看着富骋拿着一大把煎虾回来了。

"你买这么多,吃得了吗?"

富骋摇摇头,一副心事重重的样子,他把虾都递给武耀扬:"你吃吧,我没胃口。"

武耀扬接过虾,吃了没两口,忽然停了下来,他想起了那个奇怪的水下大叔。不过他只经过了几秒钟的思想斗争:大叔不让我吃小虾,可这虾挺大的,不算小……扔了的话,太浪费了……

于是,他开开心心地解除思想警报,大口大口地解决掉了所有的虾。在他吃的过程中,富骋始终是愁眉苦脸的,似乎是发现了很糟糕的事情。

跟富骋一起回家的时候,武耀扬问他:"你怎么了?还在为鱿鱼的事情不爽?"

"不是。"富骋闷闷不乐地踢开地上的石头子,"我就是觉得哪儿不对劲,但是具体说不好,等我想明白了再告诉你。"

武耀扬懒得费那个脑子,他把最后一口虾咽到肚子里:"嗯,好。"

然后,富骋冷不丁地扬起头来问他:"要不,我们加入聂萦萦的课外辅导小组吧?"

武耀扬顿时觉得奇怪起来:"我们不是找借口逃走了吗,现在又去参加的话……你没吃饱,想尝尝她的布丁?"

"不是。"富骋转了转眼珠,"我就是好奇嘛,改天去看看怎么样?"

"可以啊,就怕挤破头呢。"

第二天午休的时候,武耀扬决定厚着脸皮去跟聂萦萦申请参加补习小组。他反正也不像富骋那么别扭,就算出尔反尔,又能怎么样,大不了死皮赖脸一下,肯定能搞定。

但是,聂萦萦最近真的很受欢迎,吃饭的时候也有五六个女生贴身跟着。武耀扬就算脸皮厚,也不想在一群女生面前低声下气,他耐心地等着这帮女生吃完饭各自散去。

果然,聂萦萦吃完后去刷饭盒,便只有她一个人了。武耀扬立马跟在她后面,想要在一个没人的角落里说一下,让她答应他和富骋一起留下来就好。

身材苗条的聂萦萦在前面走,武耀扬就在离她不远的地方蹑手蹑脚地跟着。

眼见聂萦萦走过水房,绕过厕所,几乎避开了所有女生可能去的地方,武耀扬心里开始没谱起来:她到底要去哪里?

聂萦萦上了楼梯,一口气爬上了六楼。

六楼是顶层,上面什么都没有,就只有刮得很猛烈的风。

她到这里干什么?武耀扬心里打起了鼓,但是聂萦萦一直没有回头,他没被发现。

她走到了楼顶，然后打开安全门，走到了安全网的旁边——学校为了保护学生的安全，把楼顶用铁丝网包了起来。聂萦萦用手攥住铁丝网，透过网子看向了很远的地方。

　　武耀扬就站在门口，他顺着聂萦萦的视线，发现那边正是一望无际的海洋。

　　现在，海与天交接的地方涌出无数姜黄色的云，低低地徘徊在两种蓝色之间，整个天空都显得无精打采的。潮湿的海风吹来，把楼顶吹得凉爽，又不知怎么回事，带着点儿说不出的憋闷。

　　过了好一会儿，武耀扬正决定打招呼时，聂萦萦突然说话了："武耀扬吗？你看半天了吧？"

　　咦，她……她早发现我了吗？武耀扬心中一惊，但还是回答说："哦……哦……我有点事找你。"

　　聂萦萦这才回过头，笑着说："我也有事找你。"

　　于是，两个人在楼顶上坐下来，开始说事儿。武耀扬犹豫了三秒钟，很痛快地提出来，要求和富骋一起参加她的课外补习班。

　　武耀扬把话啰唆完后，聂萦萦想了一会儿才说："我当然很欢迎你来啦，不过……富骋有必要参加吗？他是全班第二名呢。"

　　武耀扬心说：就是他想来啊，我才不想呢。

　　"课外小组，大家可以一起讨论吧，平时也没人跟富骋一起讨论，正好他学习好啊。"

　　聂萦萦定定地看着他："说实话吧，武耀扬，我觉得富骋那个人很怪呢。"

　　武耀扬缩了缩脖子，嬉皮笑脸地说："他就是很怪呀。"

　　聂萦萦突然笑起来，显得特别漂亮："我虽然来咱们班没两天，但是就觉得很不对劲呀，他似乎老缠着你。"

　　"那个……"武耀扬一时语塞，他不能把自己摔坏手机这种糗事说出去，只好说，"他就那样。"

　　聂萦萦皱了皱眉头："信不信由你，你跟他比较熟，我也只能说到这里，不过……"她歪着头，冲武耀扬甜甜一笑，"欢迎你随时来补习班。"

　　海风把她的头发吹起来，拂在武耀扬露出来的手臂和脖子上，痒痒的，武耀扬忽然觉得空气都变得舒服起来。嗯，跟漂亮女孩聊天果然比较开心。

　　回去以后，武耀扬告诉富骋补习班的名额已经搞定。富骋忧心忡忡地看了他一眼，嘴里还小声嘟囔着："真是奇怪……"

　　我说你们两个人怎么回事，都看着对方奇怪，我看你们两个都奇怪才是！武耀扬不高兴地撇了撇嘴。

　　但是，事有不凑巧，下课的时候武耀扬接到了教练的电话，他只好忙不迭地收拾东西准备去游泳馆。富骋听说了这事，露出一脸苦相，说："那我岂不是得一个人留下来上补习小组课呀……"

　　"反正也是你提出来要加入的，那就自己去呗。"

　　富骋咬着嘴唇想了想，点了点头。

5. 海瓜子的警告

　　被教练折磨了一大通之后，第二天，武耀扬没精打采地爬到了学校。可是，富骋却没来学校，据说是请假了。

一堂补习课就把他给吓傻了吗？真可笑。武耀扬坐在空荡荡的课桌旁，心不在焉地过了一个上午，下课的时候他感觉有人戳他。

果然是聂萦萦，她托着腮帮子问武耀扬："昨天你怎么没来？我们吃的是杯子蛋糕哦。"

武耀扬咽了口口水："教练那边有事走不开。对了，富骋昨天上补习课了吗？"

聂萦萦皱了皱眉头："上是上了……"

"怎么了？"

聂萦萦露出了很不高兴的表情："感觉像是闹事儿的，我给他蛋糕，他都不吃。"

"啊？"武耀扬顿觉一阵失落，"太浪费了，蛋糕很好吃吧……"

"当然啦！"聂萦萦抓着一支笔，有些不耐烦地转着笔，"我白做了一个呢，做蛋糕很费力的……"

"下次留给我！"武耀扬激动地喊道。

"你来补习班，我就把蛋糕留给你。"聂萦萦展颜一笑，手里的笔转出好几个花样。

不知道怎么回事，武耀扬跟聂萦萦有说有笑地说了一会儿，总觉得有人在看自己，他扭头一看，原来是那几个很黏聂萦萦的女生，她们一直在不爽地看着自己。

为什么啊……我不就是跟聂萦萦说了几句话吗？武耀扬再向其他地方看去，发现好几个男生也那样瞅着自己，可平时自己也没跟他们结仇啊……武耀扬又想了一下，才意识到，那些人不就是参加补习班的吗？以前他们都是性格懦弱、成绩差劲的差生，现在居然会拿这种眼神看自己，补习班不会顺道把他们的胆子也补起来了吧，真邪门。

讲台上的老师讲得唾沫星子四溅，武耀扬拿课本挡着自己的脸，始终觉得那些人的眼神刺在自己的背上，扎得好痛。可是他抬起头去看他们，才发现好他们已经趴在桌子上睡着了——他们原来没在看自己吗？可是，为什么上班主任的课，他们也敢睡觉啊，难道是上补习班太辛苦了吗？

老师竟然也不像从前那样严格，而是放任他们去睡，结果就是，在武耀扬目力所及的范围内，那些上补习班的人竟然睡了好几节课，顶多下课时清醒一点儿，但只要一上课就睡着了。

我干吗要关心他们啊……下课的时候，武耀扬愤愤地在抽屉里玩着手机，一定是他们晚上玩过头才这样，聂萦萦还带着他们补课呢，但是她的精神不是很好吗？肯定没错。

今天正好有一节课是课外活动，武耀扬这两天老在池子里泡着，觉得没意思，于是打算去借个篮球，跟外班的朋友打一场球松松筋骨。他走进器材室里，他是体育特长生，老师就挥挥手让他去后面拿球，也没抬头。结果，武耀扬把篮球刚拿在手里，就发觉背后有人。

这个人悄无声息地跟在他的背后，应该是刚才一直跟着，就被老师当成了他的跟班，顺道被放进来的。

武耀扬直起身子，转过头看着来人，他比来人高出来半个头，毫无惧意。

可是，等他定睛一看，他才发现，他认识来人，是他的同班同学——林牧野。

虽然这听上去像个明星名字，可是，林牧野在班里绝对是个小人物。看上去，他比富骋还要邋遢、窝囊，成绩不是倒数第一，就是倒数第二，身体也不怎么好，能勉强把四百米成绩跑及格，就算是烧了高香了。从老师到同学，看他的眼神都透着怜悯。此刻，他蹲在墙角，显得脏兮兮、傻乎乎的。

这么号人跟着自己干什么？武耀扬略微提高了一点声音："你有事吗？"

林牧野用一种黏糊糊的眼神看着他，说起话来也慢吞吞的："武耀扬，你怎么还不走呢？"

"啊？"武耀扬以为继自己耳聋眼花之后，脑子也不好使了，这算什么狗屁问题啊？

"大灾难就要来了，你赶紧走吧。"

武耀扬觉得，简直没办法用语言来表达心中无数野马狂奔的感觉，只好继续目瞪口呆地看着对方。林牧野见他不回答，就接着说："我觉得你人不坏，如果你现在逃走，还来得及。"

在脑细胞被马踩死了十万八千个之后，武耀扬终于把自己的思路找了回来："神经病！你吃错药了吧？"

林牧野还是堵着他的去路，可怜巴巴地看着他："你借我作业抄过，我不忍心看着你倒霉……"

武耀扬觉得自己再说一句话，就一定会蹦出一些自己这个年龄段的学生绝对不该说的词儿来。于是，他懒得再跟林牧野废话，只是粗暴地把他推到一边，三两步就窜出了器材室。

外面耀眼的太阳光有点儿刺眼，武耀扬拿着篮球往场地里走，但是林牧野那黏糊糊的眼神就像嚼过的口香糖一样，始终黏在他的脑子里，怎么甩都甩不掉。

武耀扬烦躁地摇了摇头，不由自主地将手里的篮球在地上开始拍打起来，在拍到第三下的时候，篮球没有回到他的手里，像是砸中了什么东西，朝一边弹开。

武耀扬下意识地往地上一看，地面上居然有一片密密麻麻的黑色东西，篮球正是砸在了它们形成的一个古怪的形状上。武耀扬眼神不错，他一眼看出来，那是数不清的海瓜子！

这些小玩意儿平时都是武耀扬和朋友们的零食，它们中最大的也不过就是指甲盖那么大，小的就如同米粒一样，紧紧地贴在地上，像面包上的霉斑，周围还不停有水渗出来。

开玩笑吧！这东西怎么能长在岸上，还是操场上？！武耀扬也顾不上捡篮球，赶紧蹲下来查看究竟。在他的仔细观察下，他发现这些海瓜子居然还在缓缓移动。

刚开始，它们还是武耀扬说不清形状的黑斑，渐渐地，它们蠕动成他能辨认出来的形状，好像是……一只虾？

虽然外形很粗糙，但是长长的头部和弯曲的身体，就是一只虾，无误。

武耀扬认出来海瓜子组成的形状之后，几乎一屁股坐在地上。

然后，他看着那些海瓜子随着地上的水，突然就从地上漂了起来，然后它们迅速被水冲散，流向四面八方，眨眼之间就消失在操场干燥的地面上。等他起身去追，才发现那些海瓜子已经钻到了土里，消失得无影无踪。

他纳闷地在地上又刨又挖，试图抓住一两个，但是徒劳无功，而在他百思不得其解之时，背后传来了林牧野的声音，低沉又镇静："怎么样，你信了吗？大难要来了。"

武耀扬心里又气又怕，站起来一把揪住林牧野的前胸："你知道这是怎么回事？你告诉我！"

林牧野被他揪着，脚几乎离了地，呼吸不畅但还是说道："那些人要来了！我们都活不了了！"

"你动画片看多了吧？！真有外星人的话，至少得让我看见几个奥特曼吧，奥特曼在哪里啊？"

林牧野难受地转着眼珠看他："没有……奥特曼……都得死……"

武耀扬还没想好怎么逼林牧野说出点儿像样的实话来，就看见体育老师正狐疑地往自己这边看，他只好把林牧野扔下来，决心不理这个疯子了："离我远点儿！今天这事不许说出去！"

可是，尽管武耀扬出言吓唬林牧野，后者一点害怕的表情也没有，只是用一副同情的表情看着武耀扬，好像被欺负的不是自己，而是又高又壮的武耀扬。

武耀扬被林牧野看得心里发毛，篮球也打不下去了，只好心烦意乱地去把滚走的篮球捡回来，然后把篮球丢给同学，便跑到顶楼，学着聂萦萦吹吹风。

在高一点的地方，他看见海占着半个世界，蓝得幽深，不断变换颜色的表面在不停地动荡。

如果海能像人一样，坦率地说出它想要说的话就好了。武耀扬在风中不知不觉像大人一样叹了口气。

这个世界到底发生了什么事情呢？有没有人说一声啊？

学校的一天快结束的时候，武耀扬在铃响的前几秒钟就整理好了书包，而在放学铃声响起的一瞬间就冲出了教室。跑出教室的时候，他仿佛看到聂萦萦露出了失望的表情，但是他可没心思去哄女孩子开心，一口气就跑到了海边。

海风依然潮湿，带着安抚人心的力量，波浪声在空气中若有若无地传来。武耀扬深吸了一口气，在沙滩上越走越快，终于小跑起来，风和海浪的声音在耳边变得清晰起来。

然后，那声音就又来了。

它就像从极远的远方乘着风浪一直潜进武耀扬的脑子里，在他脑海深处激起无数的回音。开始，所有的声音都混在一起，渐渐地，声音分出了层次，变幻出了清晰的话语："警惕……小虾……"

武耀扬在风中冲着远方喊道："有别的消息吗？我不懂啊！"

那声音沉默了一下，就像回答他的问话，说道："找到……朋友……救救……同学……"

武耀扬猛地站定，难以置信地望着起伏不定的大海："什么？"

但是他得到的只有沉默。他很肯定自己没有听错，这是真的，大海让他找到朋友，救救同学。

我的同学们，他们真的遇到危险了吗？来自小虾的威胁？这……听上去完全不通啊。

但既然大海深处的声音已经回答了自己，那么只好碰运气试了。找到朋友，找到什么样的朋友？武耀扬把自己的朋友想了一遍，发现人数太多，基本不可能一个个找过来问。

这怎么办？总不能今天下午什么事儿都不干，一个一个去找吧？如果跑到朋友家里，自己说什么呢？我想你了，这也太可笑了！

他抱着脑袋想了半天，完全没有头绪，不知不觉就沿着海滩越走越远。

那个声音暂时没有出现，也不知道走了多久，等再抬起头来，他发现在海边的那一处房子，他看着很眼熟。

哦，对了，那不是富骋他们家住的地方吗？

武耀扬想了想，意识到富骋今天根本没来上学，他到底遇到什么事情了，还是生病了？既然已经走到他家附近了，顺便去看看吧。

武耀扬爬上高高的岸边，走到富骋住的豪华小区外面，努力回忆富骋家的门牌号，然后按了门铃。

门铃响了很久才有人接起来，是个成熟女性的声音："我是富骋的妈妈，你是谁？"

武耀扬吓了一跳，只好乖乖地回答说："我是富骋的同学，他今天没来上学，我过来看看……"

富骋妈妈似乎吃了一惊："咦？他没去吗？可是他今天出门了啊……"

什么？武耀扬心一沉，富骋逃学了？富骋平时虽然经常迟到，但是逃学却是第一次，这是怎么回事？

武耀扬赶紧改口："哦哦！他似乎说他去少年宫补课了，我刚才忘记了！"

富骋妈妈沉默了一会儿，说道："我打通骋骋电话了，他马上会给你打过去，那我就放心了，谢谢你。"

"打扰阿姨了!"

不知道富骋用什么借口来说服他老妈的,刚才我那纯属顺口胡编,不知道能不能蒙骗过去啊……武耀扬还没想完,富骋的电话已经打了过来,他接通电话后,劈头就问:"富骋? 你在哪儿? "

电话那头的富骋似乎很累,呼吸时大喘气:"我……我就在学校……"

"你上学了? 为什么我没看到你? "

电话里传来很大的噪音,富骋的声音变得十分模糊:"我似乎看到了奇怪的东西……"

今天就没有正常的东西可看吗……武耀扬只好拼命对着话筒喊:"我也看到了! 你到底在学校的什么地方? 我去找你! "

"……别……别来……他们会动手的……"

武耀扬心里开始着急:"富骋! 快说你藏在哪里,我马上回去! "

"别……别……我在化学教室……他们会发现我的……"

然后富骋把电话挂断。武耀扬再打过去,却无人再接。这下武耀扬更是觉得不妙,可是如果他沿着海滩跑回学校,以他的速度也要半个多小时。思考了几秒钟之后,武耀扬急中生智,冲回富骋家,对富骋妈妈说:"阿姨,富骋把笔记本丢在我这里了,他急着要,您能让司机师傅送我回学校吗? "

于是,十分钟之后,武耀扬从车里冲出来,直奔学校大门。这时,学校里已经没有多少人了,显得巨大而空旷。

武耀扬蹲下身子,从收发室大爷的眼皮底下溜进学校去。他焦急地爬上楼,化学教室离他们的教室并不是很远。可是,富骋在化学教室里做什么? 难道说那里也出现了活着的鱿鱼和会动的海瓜子? 可是这会儿应该是聂萦萦带补习班的同学补课的时候,富骋要是害怕,完全可以叫人来帮忙。

难道说,富骋看到跟补习班有关的奇怪事情了? 不知为何,这个古怪的念头突然浮上了武耀扬的心头,虽然十分可笑,但是武耀扬认为,必须找到富骋再说。

他猫着腰,拿出上课迟到时躲避老师的真功夫,溜到自己教室的后门,悄悄地直起身来,朝教室里看去。

6.放课后的激战

诡异的是,教室里一个人都没有,中间的书桌上却摆着几本书,而更显眼的是,几个可打开的盒子放在书的旁边,里面装着还没吃完的蛋糕。

这就像是补习正在正常进行时,突然发生了什么事件,所有的人被迫逃走了。

这是什么情况? 遇到地震或怪兽听起来都不太像话。武耀扬挠了挠头,转身继续往前寻找。可是走廊上静悄悄的,一个人影都没有。

到了化学教室,平时被锁住的门,此时竟然是虚掩的,武耀扬轻轻一推,门就开了。

教室里面像往常一样,柜子里堆着各种做化学实验的瓶瓶罐罐,桌上是空的器皿……但是,有一张桌子被撞歪了,有几支试管掉到地上摔碎了,就好像有什么人之前一直躲在这里,突然匆忙逃走。

是富骋吗? 武耀扬抱着一丝希望又打了一次富骋的手机,手机打通之后,依然无人接听。但是,他突然听到化学教室里响起了细弱的手机铃声。

富骋把手机丢在了这里？武耀扬赶紧握着手机开始四处寻找，很快，他发现声音是从柜子底下传出来的，但是他伸手却够不到手机，于是他干脆趴在地上，把整只手臂都塞进柜子底下，终于摸到了富骋的手机。

富骋的手机是翻盖的，武耀扬打开一看，就是短信页面，上面显示着几句话：无论如何，不要吃点心。补习班出事了，他们……

后面的字没有了，应该是富骋当时发生了什么事，只能把短信打到这里，并且把手机丢进了柜子下面。

这下真的不妙。武耀扬把富骋的手机塞到自己的裤兜里，整个人都紧张亢奋起来。他想起林牧野那奇怪的眼神……难道说，是林牧野在点心里下了药，聂萦萦他们都被林牧野绑架了？

好吧，这个猜测也不太靠谱。不管是发生了什么，现在最重要的是先找到人。武耀扬紧了紧腰带，把书包牢牢地背在背上，开始一间教室一间教室地寻找。在寻找的过程中，武耀扬多了个心眼，为了增强书包的攻击力，他特意从课桌里拿了两本字典塞在书包里面。书包就变得沉重，如果挥舞起来，估计能起到跟锤子一样的作用。

结果，他找了许久，整栋楼也没有半个人影。

武耀扬气馁得只好抓头发，最后他忽然想起：对，楼顶可以看到整个学校，不如去那里碰碰运气。

他用最快的速度爬上楼顶，一边爬，一边在心里感谢教练平时把他的身体折磨得够给力。

武耀扬从六楼顶上向下望，四周的情况尽收眼底。武耀扬的目光从教学楼扫到办公楼，再扫到实验楼，接着是图书馆、体育馆，能看到的只有紧闭的窗户。而且不知为何，此时此刻，学校变得极为寂静，几乎连根针掉在地上的动静都能被人听见。

最后，他扫到的是办公楼和图书馆之间的小花园，连成一片的灌木丛中夹杂着细长弯曲的椰子树，从上往下看，花园里一片绿荫，仿佛没什么异样。但是，武耀扬下意识仔细地多看了几眼，果然他看出花园里有问题。

就在靠近图书馆的这边最茂密的花丛中，有个小小的人影在那里。

武耀扬揉揉眼睛，以为自己看错了，但是因为他站在高处，看得极为清楚。凭着自己的直觉，他认为那就是富骋。

而再仔细观察，他就发现，整个小花园里其实有十来个人。那群人正在安静地一寸寸搜寻，每一棵草都会扒开来看——那些人在搜什么东西！

搜什么……不如说搜谁——他们在找躲起来的富骋！

武耀扬的脑子一下子爆炸了！难道说，整个补习班的人离开教室的理由就是要去追富骋？他们要对富骋做什么？

他想起来，聂萦萦曾经皱着眉头对他说："富骋那个人，真奇怪。"

富骋难道遇到了什么怪事，结果被整个补习班的人看出异常来了吗？

武耀扬的脑细胞都跟煮开了一样沸腾起来，他扭头冲下楼，一步跨过三级往下狂奔，一边跑一边祈祷在自己赶到之前，富骋不要被抓到。

不知怎么回事，他就是感觉如果富骋被抓，一定会被那些人整得很惨。

小花园就在眼前，武耀扬气喘吁吁地冲了进去，突然大喊道："你们在干什么?!"

花园中的窸窣声一时停下，离武耀扬最近的灌木丛中钻出来一个人，是林牧野。他用责备的眼神看着武耀扬："你在这儿干什么?"

武耀扬还真没想好怎么回答他，只好说："你先说!"

林牧野的双眼里的黑眼珠显得很小，面积过大的眼白成了灰白色，看上去像是爬虫类的眼睛。武耀扬被他看得浑身难受，过了一会儿，他才回答说："我们在找叛徒。"

"叛徒?上个补习课也有叛徒，你开玩笑呢吧?"

林牧野说话开始含糊起来："没错，就是叛徒……快闪开……"

武耀扬后退一步，他觉得林牧野开始变得怪异了，他攥紧了书包，开始寻找逃到富骋那儿的路线。

脸色发黑的林牧野一步步逼近，武耀扬注意到，林牧野的脚下不知为何变得很湿，有一道明显的水线拖在林牧野的身后，他就像是刚从海里爬出来的一样。

而与此同时，从花园灌木丛中又钻出来几个人，都是补习班里的同学，但是武耀扬没在其中看到聂萦萦。

她作为负责补习班的人，居然没在其中吗?不会是被打昏了丢在哪里?这个林牧野脑子似乎不正常，做出任何事情来，武耀扬都不会吃惊的。

既然如此，那自己就得先下手为强!

还没等林牧野靠过来，运动神经发达的武耀扬抢起自己的书包，使出吃奶的力气，狠狠地砸在了对方的肩膀上。

书包本来就重，武耀扬的力气又大，矮小的林牧野被突然袭击后，像木桩一样倒在了地上。还没等其他人反应过来，武耀扬把书包一扔，凭着刚才瞥了几眼的印象，连蹦带跳地奔到花园的角落，一把把富骋拽了起来，连忙向门口冲去。

武耀扬动作敏捷迅速，但门口还是被及时赶来的同学给堵住了，虽然他们都不如武耀扬强壮高大，但是他们人数多，拥有绝对优势。武耀扬带着一个瘦弱的富骋，显然没有办法强行逃走。这时，他低头看了看富骋，后者双眼紧闭，一副被吓坏了的表情，书包也不知道到哪里去了。

到现在，武耀扬居然还有闲心想：完蛋了，明天上课的时候，没书包的我俩肯定被老师骂死……

可是看这架势，别说明天上课了，他俩想今天回家吃饭都困难。

武耀扬拽着富骋慢慢后退，数了数对方的人数，一共有六个人，除了刚才被打倒的林牧野，聂萦萦和三个女生不在其中。果然是男生挑起来的事儿吗?武耀扬的朋友们因为平时成绩都还不错，没一个人在补习班里，现在的这些人跟他平时没有半点私交，连话都说不上。

武耀扬硬着头皮开口问道："你们到底想干什么，富骋怎么得罪你们了?"

为首的一个男生看向他俩，他说话的声音机械呆板，像木偶一样："他是叛徒。"

在武耀扬的十几年生命中，叛徒这个词儿他只在电视里看过，还是爸爸给他解释过这词的意思。不过，那不是两个国家打起来之后才会出现的东西吗?

"那你们倒说说，他怎么背叛你们的啊?!"武耀扬怒吼起来，"平白无故就说人是叛徒，现在又没打仗，凭什么啊?"

说完了，他觉得自己这些话特帅，好多生词，但他用起来一点儿都没卡壳。

那男生看了他一眼，忽然挥了挥手，一群人猛地就冲他俩扑了过来。武耀扬一时没防备，被三个人拦腰抱住，一下子被压在了地上。

武耀扬拼命挣扎，又踢又踹，这才勉强从人堆里滚出来，但是富骋已经迅速地被剩下的那几个人抓了起来。武耀扬想过去救他，但是人被死死拖住，根本走不开。于是，武耀扬眼睁睁地看着富骋被夹在中间，有人往他嘴里塞进了什么东西。

富骋一开始只是害怕，但是嘴里被塞进了东西后，他就开始在地上剧烈翻滚，对方几个人完全压不住他。

武耀扬害怕极了，富骋难道是被灌了毒药？也不知道从哪里来的力气，他一把甩开还拽着自己的几个人，三步并作两步，冲到富骋跟前一看，富骋的脸都被憋紫了。

武耀扬这下真的急了眼，他看到自己的书包就躺在不远处，于是，一只手夹着快要窒息的富骋，一只手抢着书包，大喊大叫，摆出一副要玩命的状态，愣是把还在试图阻拦他们的几个男生都打退了，终于从花园出口硬冲了出去。

庆幸的是，那些人似乎没有追来。

武耀扬连拖带拉地把富骋带到了校门外，才觉得自己浑身都疼。

看门大爷看到他俩，生气地从传达室里远远地吼道："你们俩在学校里打架了吗？"

"没有没有！"武耀扬赶紧洗白，"绝对没有！"

大爷隔着玻璃指着富骋，问道："那他怎么回事？"

武耀扬灵机一动："他肚子不舒服，我送他回家。爷爷，您知道怎么把吃错的东西吐出来吗？"

看门大爷探头看了几眼富骋，估计是老花眼，可能没看太清，就说道："你们这些孩子，总是喜欢乱吃……用指头抠嗓子，就能吐出来。"

武耀扬高声道了谢谢，继续架着富骋往外走，他们一口气走到了最近的海边。武耀扬的手在满是土的衣服上蹭了蹭，对着富骋的耳朵说："你忍着点儿，别咬我，咱们吐在海里。"

随即，他把手伸到富骋嘴里轻轻地抠了两下，然后富骋一把推开他，趴在沙滩上，吐了个昏天黑地。

其实富骋吐出来的，主要是一坨软软的东西，大概是他吃下去不久的东西。虽然吐出来时，食物已经开始散开，但武耀扬一眼就看出，那是一个杯子蛋糕。

那个蛋糕一落地，富骋满脸的青紫就消了下去，他翻身坐起，露出一脸轻松的神情。

武耀扬凑过去，看着富骋，担心地问道："你没事吧？我刚才以为你快死了。"

富骋喘着粗气，摇了摇手，半天才说出囫囵话来："没事，我就是差点儿被这个东西噎死。"

"这就是他们刚才塞给你的？"

"对。"

"我看到手机里准备发给我的信息'不要吃点心'了，这到底是怎么回事？"

富骋晃晃头："具体的，我一会儿给你解释，咱们得好好看看这块蛋糕。"

武耀扬嫌恶地别过脸："好恶心，看它干什么？"

富骋完全没把武耀扬的反应放在心上，反而趴下来，死盯着那东西，一动不动。武耀扬就勉强看了几眼，便觉得胃不舒服，稍微离那坨东西远点，问："到底发生了什么事情，聂萦萦和其他女生呢？"

富骋心不在焉地回答："我没看见。"

"那蛋糕是从哪里来的? 不是聂萦萦做的吗? 是她让那些人追你的?"

富骋想了想, 回答说: "我开始也这么以为……"

话音未落, 武耀扬的手机突然响了起来, 他低头一看, 是个陌生的号码。武耀扬的手机是他爸爸买来紧急联系的, 里面只有他爸爸妈妈及富骋的手机号码。

他想了想, 还是接通了电话: "谁啊?"

电话那头传出来一道有点儿慌乱的女生的声音: "我是聂萦萦! 武耀扬是你吗? 快来救我呀!"

武耀扬惊讶地握着手机, 看了一眼富骋, 用口型告诉他说: 是聂萦萦。于是, 富骋立马凑到手机跟前, 他俩一起听着。

"你在哪里? 发生了什么事情?"

电话里的声音哽咽, 断断续续地传出来: "我……我和几个人……被关……被关在体育馆了!"

然后是嘈杂的人声, 还有女孩子的哭声。

"谁把你关在那里的?!"

"快来……"

电话被挂断了。

武耀扬看着富骋: "我还得回去一趟, 聂萦萦被关在体育馆了。"

富骋盯着武耀扬: "那我跟你一起去。"

"不行, 你跑得太慢了, 我一个人比较方便。"

富骋的脸皱在一起, 看上去在拼命动着脑筋: "我觉得我就要知道是怎么回事了……要不, 你先去, 我搞明白了再过去。"

武耀扬拍了拍富骋的肩膀, 从兜里掏出富骋的手机: "你的手机, 幸好刚才打架的时候保护得很好, 随时联系我吧。"

富骋接过手机点点头, 但是没忘记提醒武耀扬一句: "那些点心很古怪, 你千万不要吃! 林牧野可能在里面做了什么手脚, 你救出聂萦萦后, 好好问问她是怎么回事, 如果实在救不出来, 我们就赶紧告诉老师和警察。"

武耀扬走出去三步, 突然想起什么事来: "那我们为什么不现在跟老师说?"

富骋一脸深思熟虑的表情: "我总觉得, 这事儿老师解决不了, 再说了, 你不想自己搞明白吗?"

武耀扬点点头: "你跟我想到一块儿去了。你到岸上去等着我, 别走太远。"

说完, 武耀扬转身向学校跑去。

一路上, 海风卷着遥远的声音回荡在他的耳边:

不要去……

不要去……

武耀扬抱歉地想: 对不起, 救人要紧! 不喜欢吃虾米的大叔, 我让你失望了。

武耀扬赶到学校时想着, 这次不能再从正门进去了, 他估摸着位置, 从离体育馆最近的围墙那里翻了进去, 正好落在体育馆的后墙边。

说起学校里最熟悉的地方, 对于武耀扬来说, 非体育馆莫属了。虽然他主要是练游泳, 但其他运动项目也都不错, 不论有什么比赛和参加什么活动, 他都会泡在体育馆里。

所以，他知道体育馆除了正门之外，还有四扇其他的门——平时用来通风的后门，两扇安全疏散门，以及一扇通向更衣室的门。

体育馆的窗户都非常高，无论如何他也爬不上去，而后门和安全门都上着锁，唯一能避开正门，不引人注意溜进去的，就只有更衣室的门。他之前把书包落在更衣室的柜子里，便求体育老师帮忙，老师就给了他一把钥匙，而他还没来得及还回去，现在正好派上用场。

他悄悄转到那扇小门旁边，用钥匙把门打开便钻了进去。虽说他并不是特别怕林牧野那帮人，但是，如果他们六七个人一起来，他可真有点吃不消。

如果他看见聂萦萦她们，就悄悄地把她们带出来好了，然后向聂萦萦问清楚，那些男生到底发了什么疯，再把事件直接告诉老师和警察就完了，没准自己还会被表扬，例如见义勇为小斗士，再奖几个本子什么的，搞不好还能奖个游戏机也说不定。

武耀扬一边胡思乱想，一边小心翼翼地从更衣室通向体育馆的窗户里望过去。

真的有几个女孩子东倒西歪地坐在场地中间，看上去都很没精神，可是，他没看见她们周围有男孩啊。

那他们躲到哪里去了？难道还没回来吗？武耀扬伸长了脖子四处打量，终于在体育馆的角落里看到了聂萦萦。她一个人侧着脸坐在地板上，离其他人都很远，头发几乎把她的脸都遮住了。幸好她留了一头别人都没有的超长黑发，武耀扬才把她认出来。

武耀扬又等了一会儿，确实没有看到男生们回来，就尽量小心地打开门，蹑手蹑脚地走到了聂萦萦身后，悄悄地敲了她一下。

聂萦萦吓了一跳，猛然一回头，武耀扬手疾眼快，一把捂住她的嘴："嘘！"

聂萦萦露出了心领神会的表情，冲武耀扬点了点头，意思是：我不会喊叫的。

武耀扬决定先把她带出去，那几个女孩离自己太远，而且她们都挤在一起，如果有一个叫出声来，搞不好就会被发现。

武耀扬拉着聂萦萦跑出了体育馆，一口气绕到了围墙的缺口处。他拽着聂萦萦爬上了围墙，落到墙的另一面的时候，他才小声地问："究竟发生了什么事情？林牧野他们怎么了？"

聂萦萦低着头，似乎是哭了，用手背一个劲儿揉眼睛："我也不知道怎么回事，林牧野把我的蛋糕都抢走了，然后把我们关在了体育馆里……"

"他是不是在蛋糕里面下了很奇怪的药？"

聂萦萦听到这里，抬起头来看着他，眼圈红红的："为什么这么说？"

武耀扬告诉她："他们追到了富骋，非逼着他吃蛋糕。"

"啊，那怎么办，他吃下去了吗？"

"没有。"武耀扬机警地四处打量，"我想办法让他吐了。现在我要回去救那几个女孩。"

聂萦萦害怕地抓住了武耀扬："那富骋在哪里？我不想一个人待着呀。"

武耀扬挠了挠后脑勺，只好说："他就在离学校不远的地方，岸上面。"

"不要，我不要一个人去。"聂萦萦拽着他，死活都不松手。

"好吧。"武耀扬没办法，"我带你走到能看见富骋的地方，然后你就过去跟他待在一起，不要乱动好不好？"

聂萦萦想了半天，这才不情愿地点了点头。

等他们两人转过围墙，果然就能远远地看见富骋，但是，富骋并没有按照武耀扬说的那样到岸上去，而是还待在正涨潮的沙滩上。富骋似乎四肢着地，趴在沙滩上看什么东西。

聂萦萦主动松开了紧抓着武耀扬的手，说："你快去救她们吧，我自己过去，跟富骋待在一起，我就不害怕了。"

"好，那你快去吧。"

看着她深一脚浅一脚地向富骋跑去，武耀扬也安心地转身，准备回到体育馆去救人。

他再次溜进更衣室后，依然没看到男生们。于是，他就大着胆子直接走了进去，正要去拍离自己最近的女生，他忽然觉得有点儿不对劲，虽然那个女生没有回头，但是他觉得自己认识她。

武耀扬还没来得及反应过来到底是谁，女生忽然就扭过了头，他一看，是苏雨晴！

武耀扬终于意识到哪里不对了：苏雨晴自始至终都不在补习班里，她怎么会出现在这儿？

苏雨晴看着武耀扬，却没有发出声音，那眼神就像看陌生人一样，就像是……就像是林牧野一样！武耀扬吓了一大跳，还没等他有所行动，苏雨晴突然一把攥住了他的手。

而这就像是一个信号一样，坐在地上的其他女孩都清醒过来，一下子围了过来。她们把武耀扬团团围在中间，都伸出手来牢牢地抓住他，同时，有个女孩大喊道："找到他了！他在这里！"

之前的六个男孩就像是从地下长出来的一样，从各个方向跑来，彻底把武耀扬困在了中间。

这下可坏了。武耀扬心想。一圈女生围着他，他不能像刚才在花园那样，打倒一个，扭头就跑——不管怎么说，他是不会打女生的。

怎么办？瞅这意思，他们是一定要抓住自己了，跑又跑不掉，这可怎么办？

可是，事情发展到现在，怕，是没有用的，只能硬着头皮来了。

武耀扬吸了一口气，大喊道："你们想干什么？"

听到他这么问，忽然人群散开了一个缺口，有个男生走了过来，他手里拿着一个杯子蛋糕。

金黄色的外表，闪着油亮的光，看上去香喷喷的，非常诱人。拿着蛋糕的人朝武耀扬走过来，那意思是要武耀扬吃下去。

但是武耀扬知道，不管这个东西是不是真正的蛋糕，总之，绝对不能吃下去，一定不会有好结果的。

于是，好几个人用力按住他的肩膀，要强迫他把蛋糕吞下去。

没办法，必须用蛮力了。武耀扬想好之后，赶紧连连点头说："我吃，我吃，你们放开我，让我拿着吃。"

他们狐疑地看了武耀扬一眼，其中两个女生松开手，让武耀扬用右手接过了蛋糕。

武耀扬把蛋糕放到嘴边的时候，所有人都盯着他，看上去都馋到要流口水的地步。武耀扬张开嘴，用余光看四周，等所有人的注意力集中在蛋糕上时，他突然一抖手，把蛋糕远远地掷到了体育馆的另一头。

武耀扬参加铅球比赛拿过全年级第一，掷这一下，他使出了吃奶的力气，把蛋糕扔得绝对够远。趁所有人发愣之际，他就地一滚，从几个人的腿间钻了出去，然后站起来就没命地跑。

只要没人抓着武耀扬，就算他已经跑了一下午，实在是累得够呛了，这些人休想跟上他。武耀扬对体育馆无比地熟，他三两下就钻进了更衣室，把门紧紧关上，拼尽全身力气逃出了学校。

7. 露出了真面目

太怪了！那些人不会是吃了那些蛋糕才变成那种鬼样子的吧！

武耀扬一边跑，一边苦思冥想，林牧野那个家伙，到底往蛋糕里放了什么？

可是，他想来想去都觉得奇怪，既然同学们吃了蛋糕都变成了怪人，聂萦萦为什么没变……

不对！武耀扬总算是明白过来了。

聂萦萦当然不会变，因为蛋糕就是她做的，是她把蛋糕给其他人吃了！

刚才聂萦萦跟着自己逃出来，其实就是在演戏吧！难道，她真正想要找的人是富骋？

这么一想，所有的事情都能解释通了。一开始，聂萦萦就是这些事情的罪魁祸首，她带来了蛋糕，给参加补习班的同学吃，然后吃了她蛋糕的人就会听她的话。但是富骋一直不肯吃她的蛋糕，还怀疑她，所以她就决定报复他，让那些吃了蛋糕的同学把他当作叛徒抓起来，想硬逼着他吃蛋糕。而富骋被自己救出来以后，聂萦萦就打电话过来骗自己到体育馆，然后……

聂萦萦现在跟富骋在一起！

武耀扬顿时觉得寒毛都要立起来了，一想到富骋那可怜的小身板，他就觉得富骋现在一定是凶多吉少了，聂萦萦一定不会放过富骋的！估计因为聂萦萦一直没露面，所以富骋还不知道她的真实打算，自己真是笨死了，居然让一个女生把自己耍得团团转。

可是，那个蛋糕到底有什么奥秘？

武耀扬觉得自己想通了很多地方，但是这一点他实在不明白：一个小小的蛋糕，怎么就会把普通的同学变成不讲理的怪物呢？

武耀扬在沙滩上奔跑，风带起的一阵阵海浪声吹入他的耳朵，这次虽然那个神秘的声音没有出现，但是武耀扬觉得，那些话却反复出现在自己的脑海，徘徊不去。

对方为什么一直在跟自己说虾米的事情？正确的提示难道不应该是"死都不要吃蛋糕"吗？蛋糕跟虾米又有什么关系？武耀扬觉得自己的脑子都要想破了，胸口也因为连续奔跑而累得几乎要爆掉，两条腿像灌了铅一样，随时都可能摔倒。

果然，富骋和聂萦萦不在之前的那个地方了。武耀扬四处寻找，最后他只能拿出手机，抱着最后一丝希望拨了富骋的电话。

电话一打通，对方就接了，里面传来了一道女孩子温柔动听的声音："武耀扬吗？"

武耀扬深吸了一口气，道："聂萦萦。"

女孩子笑了："你反应还挺快的。"

武耀扬只好用上自己最好的口气："你到底想干什么？把富骋放了吧，他跟你也没什么关系。"

聂萦萦的话冷冰冰的："不行。富骋他不听我的话。"

"不就是补习班吗？他不用上啊。你要是想让别人听你的话也不难，让老师安排你当班长不就完了，收作业什么的，都你说了算。"

聂萦萦笑了："你把我当白痴吗？收作业什么的，我可不管，我管的是大事。"

"你管什么大事？"

"我想让所有的孩子都回去告诉爸爸妈妈……"聂萦萦变得镇定，语气异常严肃，"不要再住在这里了。"

"不住这里？不住这里，那住哪里？"

"海水会把这里淹掉的，你们要是不想死就快走。"

"你在开玩笑吧？"

"这可不是什么动画片，不会有奥特曼过来救你们的。你们要是不走，大水会淹死你们的。"

武耀扬有点儿生气了，在电视上看坏蛋逼着好人搬家是一回事，但是在现实中被人逼着搬家可就太讨厌了。

"不行，我们家都住在这儿好多年了，你说搬就搬吗？"

"你不搬，就淹死你们。"

"我会游泳，会把大家都救出去，你算什么呀？"

聂萦萦最后笑了一下："你看着办吧，反正你不吃蛋糕的话，其他人都会把蛋糕吃下去的，吃了蛋糕，他们就会乖乖地搬家了。"

"你太讨厌了！！！"武耀扬觉得自己实在忍不住了，便对女孩子爆出一句狠话，"快把富骋还给我！让大家都恢复正常！"

"那可不行，你要是愿意找，就慢慢找吧。"

说完，聂萦萦就把电话挂了。

武耀扬被气得全身发抖，聂萦萦怎么会是这样的家伙？！真是看错她了！

可是，生气也没办法，富骋到底去哪里了？还有，自己必须报警，还要跟妈妈说学校出事了，让老师和校长去抓那个坏透了的女孩。如果海水真的淹了这座城市，爸爸、妈妈、整个学校的人和自己，还有所有其他的人怎么办？就算能及时逃出去，又能往哪儿去？他十年来都在这个城市生活，他可不要逃走，绝对不要逃走！但是怎么办……怎么才能阻止聂萦萦？

武耀扬愤恨地拖着沉重的双腿回家，他脑子里一点主意都没有，他甚至没问出来聂萦萦把富骋藏到哪里去了，这可怎么向富骋的妈妈交代呢？

回家的路上，路的两边都是高高的椰子树，风一吹就有沙沙的声音。路上寂静无人，本来应该安静美丽的傍晚，武耀扬却觉得心烦意乱，恨不得用拳头砸点什么。

他正垂头丧气地走着，忽然听到有人叫他的名字。

难道，又是不靠谱的大叔……

武耀扬现在的心里全是不满，也没理那串声音，他继续往前走，但是那个叫他的声音越来越清晰，跟大海那种含糊的话完全是两回事。

"武耀扬，别走了，快停下！"

好吧，这肯定是人。武耀扬十分不爽地回头，旁边的树丛中走出来一个人。武耀扬揉了揉自己的眼睛，简直不敢相信，他脱口喊出来："富骋？！"

富骋冲武耀扬摇摇手，那意思是别太大声。武耀扬十分激动，简直不知道说什么好，赶紧跑到富骋的跟前，却被后者一把拖进树丛中。两个孩子蹲下来抓着对方，武耀扬兴奋不已，连珠炮似的丢出一堆问题："你怎么从聂萦萦那里逃出来的？她怎么会有你的手机？你……"

富骋打断了武耀扬的问话："你慢点，我都跟你说。"

原来，富骋早就觉得聂萦萦很古怪，他今天没有进教室，但是一直在其他地方偷偷跟着聂萦萦，看她都做些什么。结果，补习班开始补课的时候，聂萦萦却没有在教室帮大家补课，而是留下了一盒蛋糕让大家吃。

巧的是，不知为何，苏雨晴今天居然跑到补习班来，她大概是想给聂萦萦添乱，却因为一时嘴馋就吃了蛋糕，结果本来还嚣张的她，吃完蛋糕之后，立刻变得比谁都乖。富骋因为过于吃惊，试图叫醒苏雨晴，问问她这是怎么回事，却被其他人逼着吃蛋糕。富骋没有办法，只好逃走，先是躲在化学教室里，可是武耀扬打来的电话把他暴露了。富骋急中生智，在手机上留下短信，再把手机扔到柜子底下，然后跑到了小花园里想躲一躲……

后来的事情武耀扬就都知道了。

然后就是在海滩上，富骋抬头看见走过来的是聂萦萦，立刻就觉得有问题。富骋虽然是个近视眼，但戴着眼镜还是能看清聂萦萦的脸——女孩子一点也没有恐慌的表情，反而透着愤怒和凶暴，一脸杀气腾腾地朝他走过来。聂萦萦那架势，看上去比班主任都威风。眼看聂萦萦走过来，富骋几乎是条件反射般，他甚至都没问聂萦萦是怎么回事，就慌乱地把手里的东西用力向她丢过去，然后扭头就跑。

富骋丢出去的，就是他的手机。

"可是，你只是看聂萦萦的表情就觉得她有问题？"

"没那么简单。"富骋从兜里拿出一包东西来，是纸巾小包，"你看这个。"

"是什么？"

"沙子。你记得我刚才把蛋糕吐在沙滩上了，我观察了一会儿，突然发现了一个奇怪的现象。"

"怎么了？"

"看不太清，但是我肯定，蛋糕里有东西在往外爬，向着海的方向爬。"

"啊？是什么？"

"那些东西一爬进沙子里就不见了，我急了，赶紧用纸巾把那些沙子包起来，就剩了这些，本来我还想拿更多，但是聂萦萦过来了。"

"那接下来怎么办？"

"我要回家用显微镜看看这里面到底有什么。"

"你连这个都有？"

富骋不好意思地笑了笑："平时无聊……"

武耀扬拍了拍他的肩膀："那你快去看，我也要告诉你聂萦萦刚才跟我说的话。"

听完武耀扬的转述，富骋也没办法了。

"要不要告诉爸爸妈妈或者老师？"

"我也想过，但是你觉得他们信吗？"武耀扬摇摇头，"我很了解我爸啦，要是我跟他说海水要上涨，把所有人都淹死，他一定会跟我说'想靠这种异想天开的说法来逃避游泳训练，是没用的'。"

"那补习班的那些同学们怎么办？他们不是会听聂萦萦的话，把海水上涨的这些话告诉他们的爸爸妈妈吗？"

"没人会信的。相信我，如果我爸不信，别人的爸爸也好不到哪里去。你觉得，你爸你妈会信吗？"

富骋泄气地低下头："没戏。"

"是啊，你看，我们至少得有证据，要让爸爸妈妈信我们的证据，才能去找他们帮忙，不然他们一定以为我们是胡言乱语。"

"好。"富骋想了想，也只有这样，"那我们赶紧去我家找证据。可是，学校里的那些人呢？"

"他们什么也做不了，顶多回家被爸爸妈妈训一通。想要让所有人都吃蛋糕，怎么也得是上学的时候，但是明天是周六，我们有一个周末的时间来找证据。"

"好！"富骋振作了起来，带着武耀扬回了家。

富骋跟妈妈简单地解释了一下今天的活动，当然没有说真话，两个人就来到了富骋的房间。他的房里真的有一架很大的显微镜，看上去就跟化学实验室里的一模一样，当然武耀扬他们还小，摸不到就是了。

"你会用吗？"

"当然了。"富骋搭着一把椅子，把装满沙子的纸包小心翼翼地掏出来，撒在了一个装满水的缸子里，等沙子都沉下去之后，他把缸子里的水搅了搅，再用吸管吸起来一点水，滴在两片玻璃上，然后盖好，把装了水盖好的玻璃片放在了显微镜底下。

很快，他惊叫了一声："武耀扬，你快来看！原来是这个！"

武耀扬立马凑过去，在富骋的指点下，他看清了玻璃片里夹着的东西。

在显微镜的镜片里，是一只看起来好大好大的虾。

武耀扬差点儿从椅子上翻下去："好大！"

"其实没这么大啦，应该是非常非常小。"富骋皱着眉头告诉武耀扬，"显微镜能把东西放得很大，所以这种虾应该是我们的眼睛勉强能看见的，但是只有在显微镜下观察，我们才能看得很清楚。"

富骋看着武耀扬："你见过这种虾吗？它长得好怪，一点也不像街上卖的，或者平时海里游的。我查过资料，虽然沙子里可能会有小虾存在，但是我肯定这个是从蛋糕里爬出来的，而不是沙子里原来就有的。"

武耀扬苦着脸说："我也没见过……但是，如果我说我听说过，你会不会觉得我不正常？"

富骋惊讶地看着武耀扬，眼神就跟见了鬼一样："……你先说出来我听听。"

于是，武耀扬就把这阵子总是出现幻听的事情告诉了富骋。

"一开始，那个大叔就反复地跟我说'小虾……小虾……'后来，我还在海滩上看见字，说'小虾不能吃'。我就纳闷了，为什么会拿着小虾说个没完呢，原来指的是这个！"

富骋的眼神一开始是难以置信，后来，他越听，眼睛越亮："你说的是真的？我还是觉得这有点儿……太像哈利·波特了，这事竟然会发生我们身边，简直……"

"简直？"

"简直太棒了！！！"

富骋高兴得在屋子里一蹦三尺高："平时去上学，都没有人理我，一点意思都没有，现在我终于有秘密了，我们可以冒险了！好有趣！武耀扬，你说这些小虾都从哪儿来的啊，是不是有外星人啊？你会不会魔法啊？"

"那种东西我怎么可能会啦。我就是每天都听到，烦都烦死了啊。"

富骋委屈地坐下，嘟囔说："你要是会魔法就好了，咱们就不用上学了……"

"考第一名，你还不想上学？"

"那有什么用啊，还不是没人理我。"

武耀扬同情地看了他几眼："那么，接下来怎么办？"

富骋眼巴巴地看着他："你说呢？"

武耀扬用力抓着头皮，挠来挠去，头顶都快要被挠秃了。他脑子里闪过许多动画片和电视剧的画面，若是那些聪明的主角们遇到自己现在的情况，该怎么办……

当然他除了"认识"一个没什么用的大叔之外，什么超能力都没有，上次试过了爬墙，摔下来还是挺疼的；也没有千里眼，隔三个人以上，他就看不见别人的试卷了；脑子吧，也不能算特别好用，不然也不用考试的时候看人家卷子……卷子……卷子……幸好苏雨晴还让他看看卷子……

突然，武耀扬一拍大腿："啊！我想起来了！"

富骋迷糊了："你想起啥来了？"

武耀扬紧盯着富骋说："我刚才在体育馆里看见苏雨晴了，她是不是也吃了那些有小虾的蛋糕啊？"

"应该是吧，当然我没看见她，追我的都是男生。"

"上次我给她送笔记本的时候去过她家，我们不如去找她，偷偷把她抓起来，看看能不能把她治好。"

富骋皱着眉头："为什么是苏雨晴啊？别人不行吗？我可有点儿怕她。"

"我不怕她，她特听我的话，你放心吧，我不让她罚你的站。"

虽然这个主意没有电视上那些主角的好，但现在看起来还挺像回事儿的，富骋想了一会儿也就同意了。不过想到今天已经很晚了，武耀扬必须回家吃饭，于是两个人约好，明天一早起来就去抓苏雨晴。

回家的时候，武耀扬特意绕远路，走大马路，他有些担心聂萦萦带着一群人在半路上截他。虽然那群人中，若是一对一，没一个能打得过他，但如果发生群殴，他可就占不到什么便宜了，而且今天因为跑来跑去，已经累得够呛，衣服也弄坏了许多地方，书包还扔在学校的小花园里，不敢捡回来，一堆事情够他向爸妈解释一通的啦。

幸好妈妈最喜欢他了，应该不会追问太多。想到这里，武耀扬心里又是一股怒火：那些想让海水淹没城市，害自己一家无家可归的坏蛋，一定不能让他们的计划得逞！

他加快脚步冲回了家。

8. 女孩子讨厌热饮料

第二天早上，在约好的时间，在苏雨晴家的楼下，武耀扬见到了拎着大包小包的富骋。之前他们只是布置了抓苏雨晴的计划，但是用什么抓，武耀扬可没想好，他把这事儿完全丢给了富骋。富骋也不知道从哪里找来的工具，两人把包裹打开一看，什么都有，麻袋啊，绳子啊，棍子啊……甚至还有一瓶怪模怪样的喷雾。富骋说喷雾是他妈妈天天揣在包包里，可以防身的东西。

"这喷雾瓶里装的是什么啊？"

"我妈说是辣椒水。"

武耀扬哆嗦了一下，脑子里浮现出被辣椒水喷到眼睛的场景，吓得汗毛都立起来了："我们只是抓住苏雨晴，不是杀了她啦。"

"那么你说怎么抓啊？"

"她那么瘦小，我一只手就能拽住她了，到时候你捂住她的嘴，我们把她拉走就好。"

最后，武耀扬把富骋带来的东西基本上都退掉了："这些都不能用，太危险了，只有坏蛋才会用这些东西，我们又不是坏蛋。苏雨晴只是个小女孩，我们绝对不能伤害她，到时候看着办吧。"

富骋只好把东西暂时藏在一个地方，两个人空手埋伏起来，等着苏雨晴出门。

说实话，武耀扬也不知道苏雨晴今天出不出门，也许她周六只是在家睡觉呢？他跟富骋等了十分钟，两人都有点儿着急，于是他让富骋继续盯着，自己掏出手机上网，看看有没有什么好主意。

聊天群里没什么人，最后有一个叫作"神奇豆"的，听完武耀扬纯属瞎编的理由后，给了个建议：

你不如在楼下大喊女孩的名字，等女孩的妈妈出来问是怎么回事的时候，就说是老师安排的课外活动。

这个法子不错！

武耀扬拽着富骋，好说歹说，让他跟着自己一起在楼底下大喊："苏雨晴！苏雨晴！"

果然，他们喊了没几声，就有一个阿姨探出头来，问："谁啊？"

武耀扬抬着头，脸不红心不跳地回答说："阿姨！老师让我们来找苏雨晴，要一起去植物园写观察作业！"

"哦，那你等等，她还在睡觉呢。"

好吧，也不知道好使不好使，万一苏雨晴跟她妈妈说根本没有这回事呢？

但是，两个人在楼下忐忑地等了没多久，苏雨晴竟然真的下来了，并且很快地来到了他俩面前。

女孩的个子比富骋高，但是比武耀扬矮一点点，所以两个男孩还算没太输气势。不过，苏雨晴脸上的表情很难看，一点也不像平时见了武耀扬就会笑得很开心的样子。

她一定是吃了小虾才变成这样的，武耀扬想。

不过，既然说要去植物园，不能站在楼下跟她说话啊。武耀扬只好硬着头皮走过去，又不好意思拉手，只好拽着苏雨晴的小臂："我们走吧！"

很奇怪，虽然苏雨晴看起来怒气冲冲的，可是武耀扬一拉她，她又乖乖地跟着他走了。富骋则缩着肩膀，不敢往平时欺负他的苏雨晴跟前靠。

说实话，要往哪儿走，武耀扬自己也不知道，他心想，只要把苏雨晴带到没人的地方，再想办法就可以了。不过大早上的，到处都是早起的大爷大妈，再说办法到底是什么，鬼知道啊。武耀扬一边走，一边气馁起来，他看着跟在后面的富骋，也是一副没主意的样子。

他们走了十几分钟，富骋可怜巴巴地叫武耀扬："要不，吃了饭再想办法吧？"

听富骋这么一说，武耀扬的肚子也咕咕地叫了起来：一大早就跑出来，连妈妈的早饭都没顾得上吃，不饿才奇怪。

不过，平时他都是在家里吃，出来吃早饭的次数比较少，去哪儿吃好呢？苏雨晴对"吃饭"这两个字似乎没有什么感觉，只是冷漠地转过头去，一副毫无兴趣的样子。

最后还是在外面吃饭略多的富骋指了一条明路："那……我们去一个地方吃吧，那儿有早点。"

三个人特意找了一家人少的早点铺。看着菜单，武耀扬的口水都快流下来了，没想到外面的早饭的花样还真多啊！他兴奋异常，什么都想点，可是想起自己基本上就是赤贫如洗，估计又要麻烦富骋，就放弃了，只好说："我就要俩海菜包子。"

富骋看了他一眼，似乎是猜到了怎么回事："多点一点儿吧，没事。"

苏雨晴对菜单看都不看，侧着脸坐着。

"真的? 那我可点了啊！"

武耀扬在心中发誓，就这一次，以后再也不让富骋请客了，大不了以后不出去吃饭。

"小米粥、豆浆、海菜包子、海鲜面条……"

富骋看了他一眼："不如就跟老板说，每样都来吧?"

"那……那多不好意思啊！"

一眨眼，老板摆了满满一桌，那眼神分明是说：小屁孩，你要是吃不完的话，就不许走！

武耀扬无声地对了句台词：最近我忙着拯救这座城市，当然得多吃点儿。

天大地大，填饱肚子最大。武耀扬和富骋两个人开始热火朝天地吃起来，苏雨晴却没动手。

她盯着这一桌子早点，像是很嫌恶，皱了皱鼻子，坐在那儿跟尊菩萨一样，动都不动。

武耀扬还没把他嘴里那个包子咽下去，就被富骋推了一把，差点儿噎着："怎么了?"

"她怎么不吃?"

武耀扬努力地把包子吞下去，看了一眼苏雨晴，说："不饿呗。"

富骋尽量让自己离苏雨晴远一点儿，狐疑地说："不对吧，过了一晚上，她又是刚起床就跟着咱们走了，你我都饿了，她能不饿?"

"谁知道，女生的胃不是都很奇怪的吗?"

他俩毫不顾忌地当面议论苏雨晴，苏雨晴还是没什么反应，就像是个毫无生气的玻璃娃娃。武耀扬看了一会儿苏雨晴，也觉得有些问题，就殷勤地凑过去说："苏雨晴，你不吃个包子?"

说完，武耀扬把手里的包子递给女孩，结果女孩跟被烫到似的，一抖手就把包子扔在桌子上了。

这……武耀扬最讨厌浪费食物的人了，看到苏雨晴这样，顿时觉得很生气："哎，你怎么这样?"

武耀扬二话不说，从桌子上把包子捡起来，然后抓住苏雨晴的手，硬往她手里塞。这下可不得了，苏雨晴尖叫一声，把包子扔下，站起来扭头就往外跑。

武耀扬果断地把富骋和一桌子吃的丢下，追了出去。虽然说他刚吃得半饱，但跑起步来，还是超级不舒服的。果然刚吃东西是绝对不能跑步的，但是追上一个苏雨晴，对于武耀扬来说，还是件易如反掌的事情。她还没跑出十几步，就被武耀扬从后面揪住了衣服，被拖了回来。他非常谨慎地拉着她的胳膊，生怕把她弄疼，让她叫得更大声，就站在路中间跟她说："吃个包子呗，又不是害你。"

苏雨晴拼命地摇头，连句话也不说。

武耀扬脑子转了转："那你喝粥，好不好? 你总得吃东西啊。"

女孩看他那眼神，就跟看猩猩一样，满脸的表情就是：决不! 坚决不吃!

这不对，这很不对啊。武耀扬心想，女生不都是很喜欢吃零食的吗? 就算包子和粥不算零食，也不难吃啊！而且，他记得苏雨晴每天早上都带着包子上学的……吃了聂萦萦的点心之后，她竟然恨起了包子？

啊……难道说……一个匪夷所思的念头浮现在他脑子里。

为了证实自己猜得不错，武耀扬好言相劝，把苏雨晴拉回早餐店后，他指着桌子上的食物说："你想吃什么？吃几口就行，我就不拦着你了。"

苏雨晴还是不回答，就是摇头。

富骋也看出了不对劲，跟武耀扬交换了一下眼色，两个人四处看了看，早餐店老板正在聚精会神地炸油条，刚才吃东西的客人正好都走了，满屋子就剩下他们仨。

于是，武耀扬把苏雨晴按在椅子上，富骋舀起一勺粥，靠了过来："苏雨晴，你就吃一口，一口就行。"

眼看着粥逼到脸前，苏雨晴立刻哭了起来："好热好热……讨厌……讨厌……"

咦？富骋停下了动作："你不是讨厌包子和粥，而是讨厌热吗？"

苏雨晴还是一脸嫌弃的样子，不过，她那意思是富骋说对了。

武耀扬跟富骋说："看来我猜得不错，她吃了聂萦萦的点心以后，正常的食物就吃不下去了。我想可能是……"

"嫌热。"富骋补充了一句。

"我们一定要想办法让她吃口热乎的，看看会怎么样。"

"可是硬来不行，万一她受伤了就坏了，我可不想变成杀人凶手啊。"

武耀扬冥思苦想了半天，最后一拍大腿："好吧，我只好牺牲自己了。"

"牺牲自己"就是，三个人一起跑到了海洋生物馆。他们进去海洋馆之后，哪里也没去，武耀扬带着富骋和苏雨晴直奔企鹅馆。

企鹅馆里有几十只神采奕奕的企鹅，在人造的雪地里快活地滑来滑去。也不知道富骋跟工作人员说了些什么，总之，最后三个人都被允许走进去了，站在玻璃外看企鹅。

为了不让冰雪融化，馆内的温度只有零度，就算隔着玻璃，那也是寒气逼人。他们三个都是穿的夏装，站在玻璃外没一会儿，他们就觉得自己好像是超市冰柜里的三块冻肉，冷得心尖儿都要裂开了。

富骋跟武耀扬说："我们回去要是感冒了，都怪你。"

"你可是心甘情愿来陪绑的，差不多了，把那个拿出来。"

富骋哆嗦着把书包打开，从里面掏出来两杯奶茶，外面用保温套包得好好的。他们刚打开奶茶，热气就顺着细孔飘了上来。

两个男孩一人一杯，迫不及待地喝了起来，肚子总算是热乎了起来。

看着他们喝，苏雨晴不安地挪了挪地方，也开始慢慢地抱紧自己。当然了，女孩子对冷的感觉更敏感，现在苏雨晴就是觉得冰冷刺骨，已经快要撑不住了。可是，她每次想要走，就被两个男孩挡着，这会儿又看见他们在喝热茶……她至少有十几个小时没吃没喝，再加上现在受冻，她本来就不怎么结实的身体开始提出了严重抗议。虽然她脑子里有个声音在说：离热远一点儿！但是全身上下的细胞却在高喊：再冷下去，真的要坏了啦！

武耀扬估摸着冷的时间差不多了，就从包里拿出最后一杯奶茶："要不要喝？暖和的哦。"他特意没用"热"这个字。

苏雨晴拒绝的眼神慢慢消失了，她犹犹豫豫地伸出手，武耀扬痛快地把奶茶塞在她手里，还细心地替她把封口打开。

"喝一口呗。"

苏雨晴低下头凑在杯边喝了一口，富骋和武耀扬紧紧地盯着她。

真的很温暖，温度刚刚好，又不烫，还甜甜的。苏雨晴忍不住又喝了几口，接下来就是咕咚咕咚地喝下去。

富骋一把拉住武耀扬，声音颤抖着说："你看！"

他们就看见，在苏雨晴喝奶茶的过程中，从她的耳朵里，有很细小的东西不停地掉出来。

武耀扬眼尖："是小虾！"

要不是想到这些小虾可能会传染，富骋几乎要贴上去了："比显微镜里的大了很多啊！肉眼都能看到了，难道说它们在苏雨晴的身体里还能长大的吗？"

"好恶心。"

他们两个你一句我一句，居然在苏雨晴面前讨论了起来，而后者也不理会，只是专心地喝热奶茶。小虾们争先恐后地往外跳，它们一接触地面，就开始蜷曲着身体，试图蹦着逃走，最后顺着缝隙逃向了温度比较低的企鹅群里面。

可是这些小虾们刚刚钻进企鹅群里，一直在懒洋洋地四处溜达的企鹅们，突然像发现了新大陆一样，昂着头跑了过来。紧接着，其他企鹅像是受到了召唤，一起挤到了离他们三个孩子最近的玻璃前面，开始抢着啄那些新溜进去的小虾。

武耀扬纳闷地问："企鹅不是都吃鱼的吗？"

富骋扶了扶眼镜："是啊，这么小的虾它们也能看得见！"

于是，他们就眼睁睁地看着那些本来想跑到更冷的地方的小虾，全体遭到了企鹅的"毒手"，被吃得一干二净。从苏雨晴耳朵里冒出来的小虾越来越少，直到最后一只落在地上，钻进馆里被吃掉时，苏雨晴正好喝完手里的热奶茶，茫然地看着两个男孩："咦，我们怎么在这儿？"

随即，她大叫了起来："好冷啊！好饿啊！你们两个怎么回事？我怎么会在这里？！"

武耀扬和富骋对视了一眼：好吧，这是真正的苏雨晴回来了……

富骋哆嗦了一下就躲到武耀扬背后去了。

9. 温泉大作战

他们再来到早餐店的时候，已经是上午十点多了，苏雨晴高高兴兴地要了一碗馄饨，一点也不嫌热。

她一边吃，一边疑惑不解地问："这到底是怎么了？我记得，我只是想去看一眼聂萦萦的补习班，结果醒过来时，就看见你俩了。"

武耀扬趴在桌上看着她吃："这说起来，话可就长了。说起来，你是不是吃了聂萦萦做的蛋糕啊？"

苏雨晴咬着馄饨，脸微微涨红，吞吞吐吐地道："吃……了，又怎么样……"

"快说嘛，不是什么丢脸的事情，就是问问你吃了没有，很重要！"

"嗯。"苏雨晴点了点头，似乎显得很不好意思，"我本来只是想偷看一下的，可是蛋糕就在那里，我忍不住偷吃了一个，但是吃完了蛋糕，后来发生了什么，我就完全没印象了。"

"我猜……"富骋戴着眼镜的脸上露出一副深思熟虑的表情，"那些小虾肯定是聂萦萦之前放进去的，也许当时还不是虾，而是卵什么的，那些东西到了人的身体里，就慢慢地长大。它们虽然能适应人的温度，却不喜欢太热，最好人体能慢慢地凉下去，要是人不吃饭，不喝水，体温就会下降，它们就喜欢了。"

"可是……不吃饭，不喝水，人会死的啊！"

"对的，反正它们在人身体里，搞不好就住在脑子里，强迫人把吃饭喝水的需求都忘了。这样下去，人的身体就会被搞得越来越虚弱，到最后没了体温，它们就可以出来啦。"

武耀扬听着就觉得浑身起了鸡皮疙瘩："好恐怖！这未免也太可怕了！那你的意思是，之前我们被他们打，实际上是小虾在作怪？可是这算是什么？魔法吗？"

富骋摇摇头："这可不是魔法。你知道吗？在海洋里，小虾和小鱼都是成群结队前进捕食的，可是那么一群小东西，它们怎么会有脑子呢？海洋科学家说，这是因为它们虽然个体小，但是数量多，能够传递海量的信息，每一个小家伙都相当于一个脑细胞，这样信息汇集起来后它们处理时，就如同变成了一个大脑，要前进，大家都前进；要后退，大家都后退了。"

"你是说，如果吃进去的小虾够多，那么好好的人，也就变成了虾群中思考的一员？"

"对，我看十有八九就是。你想想，本来是挺正常的同学，怎么上了补习班之后，他们就变成那样了？他们都是吃了聂萦萦的点心，然后才变得奇怪起来的。"

苏雨晴虽然没太听明白，但是听到这里，她附和道："对，没错，那蛋糕很好吃，可是我吃完了，脑子就迷迷糊糊的，后来发生什么事情就全忘了。"

武耀扬一拍大腿："那这样下去可不妙啊，上补习班的人有十来个吧，按照聂萦萦之前跟我说的，他们也许会让他们的爸爸妈妈离开这里呢。"

"我还有个问题不明白。"富骋敲着桌子，"聂萦萦说的话是什么意思啊？你说她让咱们赶紧搬家？"

"对。"武耀扬回忆道，"她说海水很快就要把咱们住的地方给淹了，我们不搬，就都会被淹死。"

"这话太怪了。"富骋的眉毛都拧在了一起，像是调动了所有的脑细胞在思考，"我们必须抓住她，才能问个究竟。"

"抓住她可不容易啊。"吃饱了的苏雨晴总算能插个嘴，"她身边好多人啊，我去看的时候，那些人可听她的话了。"

武耀扬抱着双臂陷入了沉思："想要抓住她，得让那些同学们清醒过来才行。"

富骋歪了歪脑袋："让他们都来企鹅馆喝热茶？"

"那也太难了。"武耀扬坚决否定了这个提议，"首先，不是所有人都能被我们拽过来的；其次，茶太贵了，买十几杯，我可买不起。"

富骋刚要张嘴，被武耀扬拿眼神瞪了回去："不能乱花钱。而且我们时间也不够，一个个来处理的话，就算跑上三天，我们也搞不定。最好有个一下子解决的办法，把那些可恶的小虾全干掉，斩草除根。"

　　三个人在饭桌上开始冥思苦想，当然，苏雨晴只是配合他们而保持沉默。毕竟她连来龙去脉都不清楚，只好充当一下正义伙伴这个角色了。

　　忽然，武耀扬一拍脑门："咱们这里到处都很凉快，哪里热呢？你想想，到处都是热气腾腾的，既温暖又舒服的……"

　　富骋立刻反应了过来："啊！温泉！"

　　苏雨晴眼睛一亮："我也去过，好暖和！"

　　"对！"武耀扬兴奋地看着两个朋友，"我们就在温泉池决斗！"

　　这个主意还没冒出来三秒，富骋提出了个有点儿严肃的问题："可是你怎么肯定他们会去？万一他们怕热，不肯去呢？"

　　"这个……"武耀扬语塞了几秒钟，但是他迅速想出了主意，"我们让林牧野送信给聂萦萦，就说我们知道她想干什么了，而且想出了阻止她的办法，她要是想阻止我们就来，不想就拉倒。"

　　苏雨晴抿紧了嘴唇："你的意思是……骗她？"

　　"这怎么叫骗？"武耀扬得意扬扬地说，"按照我们教练的话来说，这叫适当激励。"

　　送挑战书这件事，理所当然地落在了苏雨晴的头上，她把字条硬塞给林牧野之后，就头也不回地跑了回来。

　　富骋皱着眉说："你说林牧野能及时送到吗？周一就要上课了，温泉什么的，绝对不行。"

　　"如果搞不定这件事情的话，估计咱们都别想上课啦。"武耀扬此时已经是斗志满满，"明天一早我们就赶去温泉，他们一定会来的。"

　　"那他们真的不来怎么办？"富骋还在不停地追问。

　　"那……"武耀扬挠挠头，"就当我们一起去泡温泉好了。"

　　"你还能更不靠谱吗？！"

　　第二天，武耀扬、富骋、苏雨晴三个人起了个大早，跟各自的爸爸妈妈说，他们下午就回来。温泉的门票则是富骋想办法从网上买了三张儿童票。当然，按理说，没有大人陪同，小孩是不能去泡温泉的，于是，富骋家的司机叔叔就承担起了这个光荣的任务。他受富骋妈妈的嘱托，保证一定会看好这三个小家伙，这才让他们都顺利地出发了。至于苏雨晴为什么一定要跟来，她的理由则是：既然我曾经给你添了乱，当然要努力地善后。不过，依富骋的说法，她根本就是来凑热闹罢了。

　　所幸，他们要去的温泉馆离市中心并不是很远。经过司机叔叔的反复叮嘱之后，三个孩子换上游泳衣，结伴跑到室外温泉池，目之所及是一个接一个的热水池，冒着滚滚的热气。不过现在是秋天，还不是温泉最受人欢迎的时候，所以整个温泉馆还没什么人，只有几个工作人员偶尔经过。跟孩子们说好之后，司机叔叔就在室内找了个池子泡着，不时看孩子们一眼，但是他很快就在热气中眯起了双眼。

　　"你说他们会来吗？"富骋还是一肚子疑问。

　　武耀扬只好安慰他："你就别担心了，他们能来就来，不能来，我们就当玩了。"

　　苏雨晴倒是玩得很开心，完全没有像富骋那样忧心忡忡。武耀扬跟在她的后面，四处看了看，没发现太深的池子，也就放心地和他们一起玩了起来——他水性很好，不过带着他们两个累赘，还是相当费劲的。

早上的温度还是略低，热的水蒸气弥漫在空气中，平时能看到的景物都被罩上了一层浓雾，看不清了。武耀扬、富骋和苏雨晴越玩越开心，也不知道过了多久，直到苏雨晴和富骋都有些累了，趴在池子里一动不动了，武耀扬才想起来四处打量。

太阳现在已经到了头顶，武耀扬看到与室外温泉池只有一堵玻璃墙之隔的室内温泉池里，有几个小小的黑影正在晃动。

武耀扬顿时警惕起来，他让富骋和苏雨晴别动，然后偷偷从池子里爬出来，潜到距离玻璃墙最近的池子里。果然，他一眼就看见，那是林牧野和几个补习班的人。

他们穿着泳装，走得小心翼翼，对扑面而来的热气很不适应。

武耀扬仔细看了看，全是男生，补习班的男生都在这儿了，估计女生还没从更衣室里出来。

他们真的全体出动了啊！武耀扬心想，看来小虾们对于说服父母还是很有一套的。

但是聂萦萦在哪里？他有点心慌，只好慢慢退到富骋和苏雨晴待的池子里。他们两个人眼巴巴地看着他，富骋问道："怎么办？"

武耀扬转了转眼珠，努力想了半天，脑海中晃过教练那高大伟岸的身影："我们想办法让他们都下水，就可以逼出那些小虾了。"

"他们要是不下呢？"

武耀扬这次没回答富骋，只是突然从池子里跳了出来，他一边挥手，一边朝那些黑影的方向喊："我在这儿！"

苏雨晴和富骋不知道武耀扬要干什么，也不敢吭声，只好拼命地拽武耀扬。武耀扬挣脱了他们的手，头也没回地冲了出去。富骋只好按住苏雨晴，小声说："他也许是想引开他们。"

"可是……他一个人行吗？"

"他可是游泳班的，大概……行吧？"富骋也没有什么底气。

苏雨晴瞪了富骋一眼："如果他有危险，我们就去救他！"

"那是当然的！"

武耀扬跳出去以后，果然引起了林牧野的注意。武耀扬再一挥手，几个男生从室内来到了室外，呈扇形分开，慢慢地包抄过来，似乎是想把武耀扬活捉。

武耀扬缓缓后退，还试图跟林牧野对话："林牧野，你们这么多人来干什么？我只想跟聂萦萦说两句。"

林牧野看武耀扬的眼神明显是凶恶的："没什么好说的，你吃块蛋糕就行。"

"我又不饿。"

"让你吃，你就吃。"

"我就不吃。"

话音刚落，武耀扬扭头就跑，也不顾穿着拖鞋跑得有多别扭，一眨眼的工夫，他就跑出去了十几米。林牧野和其他人在后面追赶，武耀扬知道自己肯定比那些人跑得快，就一边跑一边回头看，等其中跑得最快的那个人逼过来时，他突然一个刹车，然后呈九十度拐弯，绕过一个小池子，正好来到了最快的"追兵"侧面——这可是千锤百炼出来的超级运动反应神经，绝对不是盖的。

追上来的人一愣，还没等他反应过来，武耀扬猛地把他一推，他正好跌进了小池塘，"扑通"一声，溅起了很大的水花。

热气腾腾的水花往外喷溅的时候，林牧野和其他几个人都哆嗦了一下，赶紧往后退。

被推进池子里的男生就像是进了油锅，开始惨叫，但是手脚打滑，他一时也站不起来。武耀扬曲着膝，他眼尖，果然看到那个男生的耳朵里开始冒出很多小虾，小虾一落到热水里就开始挣扎，没几下就沉了下去。

虾熟了，不应该漂起来吗？

在这个紧要关头，武耀扬脑子里还飘着跟现在完全不沾边的念头。而且，他敏锐地发现，这些人脑子里的小虾没什么思考能力，完全没意识到这个约定的地方其实是个致命的温泉池——对小虾致命，但对人来说，就是个泡热水澡的地方而已。

随着小虾纷纷蹦出来，刚才还尖叫着的男生慢慢平静下来，继而露出迷惘的眼神，他茫然地四下打量，显然不知道发生了什么。

很好，敌军的战斗力下降！武耀扬攥了一下拳，向停住了脚步的林牧野他们反攻过去。

不过，武耀扬大概是被一时的胜利冲昏了头脑，错判了形势。不管怎么说，"敌人"还是挺多的。林牧野只是愣了一下，立刻重新组织"兵力"反扑，几个人蜂拥而上，齐心协力把张牙舞爪、不自量力的武耀扬给抓住了。

武耀扬仗着自己比别人高，刚开始还试图挣扎，但是没想到对方分工明确，抱腿的抱腿，抱腰的抱腰，把他死死地按在地上。林牧野虽然挨了武耀扬几脚，但很快就站了起来，还站着踢了武耀扬两脚，后者疼得差点叫出声来。

武耀扬愤恨地盯着林牧野："你们人多，一群打一个，算什么英雄？"

林牧野斜眼看着他："你又算什么，傻瓜吗？"

说完，林牧野吩咐几个手下："按住他，喂他吃蛋糕。"

林牧野的话刚说完，立刻有人把武耀扬的脸抓住，强迫他抬起下巴，张开嘴。

这时，林牧野从短裤兜里掏出来一个被压扁了的蛋糕，蹲下来，掐住武耀扬的腮帮子："吃了这个以后，你就老实了。"

武耀扬拼命反抗，心里后悔得跟什么似的，早知道就不逞英雄了。眼看着蛋糕逼过来，他心里着急，但浑身上下像是被一百个铁钳子抓住一样，根本使不出力气来。

就在这紧要关头，突然有人把林牧野撞了一下，就听见"扑通"一声，林牧野连人带蛋糕被撞进了旁边的温泉池子里。

武耀扬偏着脸，一眼就看到来人：是富骋！

戴着眼镜的小个子，这一下也不知道他用了多少力气，眼镜都从脸上跌了下来，摔成了碎片。他满脸通红，被反作用力推倒到地上，手脚还在发抖，根本站不起来。

富骋干得好！

武耀扬几乎要喊了出来，这下直接"擒王"，干掉了他们的头儿！这下看他们听谁的。

但是武耀扬扭头一看，摔进温泉池的林牧野并没有像刚才的男生那样坐在池塘里发呆，而是猛然翻身坐起，从水里一跃而出，随之眼神变得更加凶恶了。

怎么回事？虾不是最怕热水吗？

林牧野的动作带起的水花有一些溅到了坐在地上的武耀扬身上，冻得武耀扬一哆嗦：是冷水！

怪不得，根本没有作用嘛！武耀扬绝望地低头，就在地上看见，这个池子的边上写着：冰火两重天。

好好的温泉为什么要设这种奇怪的项目，让人又冷又热啊！？大人们的爱好还真奇怪！

这一下的后果可是比较严重，不但没能解决实际问题，还彻底暴露了富骋。

林牧野的身体虽然不怎么强壮，但是对付比他矮小的富骋还是游刃有余的。他从冷水池里爬起来，一把就把富骋从地上拽了起来。

"你这小子还敢偷袭啊！"

说完，他一把把富骋推出了好远，后者摔在地上，痛得眼圈发红，抽搐着在地上打滚。

武耀扬一下子就觉得怒火冲上了脑门：这也太欺负人了！他开始不管不顾地用力挣扎。

然后，武耀扬眼睁睁地看着林牧野走过去，照着富骋的肚子就是一脚："没用的废物！"

富骋抱着肚子蜷成了小虾的形状，浑身都在颤抖。

林牧野又是一脚："学习好有什么了不起的？还不是个窝囊废？谁看得起你呀！"

富骋缩在地上，高度近视的眼睛紧紧闭着，只是用手臂护住了胸腹。他被踹得就地打滚，后背和腰都挨了好几脚。

再这样下去，他一定会受伤的！武耀扬看着这一切，脑袋轰轰直响：

浑蛋！殴打一个不还手的人算什么本事？他再窝囊，脑子也比你好一百倍！

武耀扬顿时就像被什么注入了强大的力量，热血从下腹部升起，刚才还觉得挣脱不动的四肢上，肌肉前所未有地膨胀起来：

只是为了自己逞强的话，这种感觉前所未有。但如果是为了对抗不公平和帮助别人，那力量要多少就有多少！

武耀扬怒吼一声，首先把抓住自己右腿的男生一脚踢开，这一下相当重，原本抓着他的男生的个头不比他的矮多少，男生看上去还要胖些，却被他踹飞，向后一个跟头栽进池子里——这次可不是冷水池，而是货真价实的热水池。顿时，男生先是发出了连连惨叫，随后就惛惛懂懂地坐在那里开始揉眼睛。

甩开了第一个人，第二个就好说了，武耀扬瞬间把抓住自己右胳膊的男生也扔进了热水池里，然后抛开了左腿上的累赘，最后他左臂上的男生他拦腰提起，直接丢进池中。

事情就发生在片刻间，林牧野踢富骋的脚还没有完全放下来，就听到身后传来一阵阵非人的咆哮，然后他被拎住脖领，提向空中，被勒得连话都说不出来。

富骋感到身上不再有持续的痛感传来，这才睁开了眼睛，可是揉了半天眼睛，也看不太清到底发生了什么，只觉得有个高大的身影揪着一个乱晃的黑影，站在温泉中间，显得无比英勇。

他听见武耀扬焦急地问道："富骋，你有没有事？"

武耀扬？他不是被抓住了吗？他挣脱了？富骋喘着气，高兴地从地上撑起身体，咳嗽着回答："我……喀喀……没事，你怎么样了？"

"我也很好！我抓住林牧野了，要我揍他吗？"

富骋爬起来，踉跄着靠近被提在空中，快要透不过气来的林牧野，他看了几眼，叹了口气，道："算了，他也是被聂萦萦的小虾害的，别打人了，不好。"

武耀扬觉得很憋屈："可是……他刚才踢了你好多下。"

"他打我，我再打他，那我跟他不就一样了吗？而且打人的话，自己还疼呢！得了，快把他按到水里去。"

好吧，确实是这个道理。武耀扬想了想，拎着林牧野走到一个看上去最热的池子旁边，将林牧野丢了下去。

从林牧野的耳朵里钻出了大量的小虾，这些虾已经长到了肉眼能看到的程度，看上去，它们比之前苏雨晴和其他人耳朵里钻出来的都大。

"好了，他不用操心了，其他人也都被我扔了进去，现在的问题是找到聂萦萦……"

武耀扬的话还没说完，就有一个声音打断了他的话："找我还不容易？"

好熟悉的声音。富骋和武耀扬吓了一跳，慢慢转回头，他们就发现，聂萦萦和另外两个女生站在离他们不远的地方。

出乎意料的是，聂萦萦背后的两个女生手里紧紧地抓着垂头丧气的苏雨晴。

苏雨晴一脸沮丧："对不起……本来想躲起来，结果……"

武耀扬看得一咬牙，没想到聂萦萦还用了调虎离山之计，把自己和富骋调开，跑去抓了苏雨晴。

如果硬冲上去抢人的话，也不是不行，但是，一来，对方是女生；二来，最要命的是，不知道聂萦萦从哪里弄来一个非常古怪的东西，正对着苏雨晴的脑袋。

"你们要是敢来硬的，我一按开关，苏雨晴就会变成一条鱿鱼。"

这……这也太凶残了。聂萦萦脑子里一定长了个大螃蟹吧！

武耀扬看看富骋，用眼神问他：你信吗？

富骋用眼神回他：万一是真的，你要一条鱿鱼做班长吗？

当然不行了，那样她会把作业本都打湿的。

而且老师对海鲜过敏，你会把她折磨疯的。

……

……

这种复杂信息的交流靠眼神就能完成，武耀扬也挺佩服自己的。

"好吧，聂萦萦，你想怎么样？"

聂萦萦从她包里拿出一块蛋糕："你，或者富骋把这个吃下去。"

"或者？"

"对，你们俩有之中一个吃了就行。"

武耀扬和富骋对视了一眼，不明白聂萦萦的用意。

"你们俩要是都不吃，我就让苏雨晴变成鱿鱼，然后变成烤鱿鱼，给你们十秒钟。"

富骋想了想，都没跟武耀扬商量，就一步上前，大声说："我来吃！"

武耀扬一把拉住他："不行！你吃了那个，会变成聂萦萦的奴仆的。"

"但是……你不能吃啊。"富骋回头真诚地看着他，"我打不过你，如果我吃了，你还可以救我，但如果你吃了，我没把握能救你。"

"那也不行。"武耀扬不知道怎么表达，急得结结巴巴地说，"她……她知道……你是我们中间最聪明的那个，如果你吃了，她动脑筋来对付我，我不知道该怎么办啊！"

富骋看着他："那也不能让苏雨晴变成鱿鱼。"

然后，富骋一字一句地说："男子汉就应该多承担一些，怎么能让女孩子受罪呢？"

说完，他看了武耀扬一眼，上前接过蛋糕，放进了嘴里。

聂萦萦看着富骋吃蛋糕，眼神略有惊讶，但她站在原地没动。而苏雨晴则惊得瞪大了双眼，尖叫了一声："不要……"

正是苏雨晴这一声尖叫，稍微分散了聂萦萦的注意力。而看到这一机会的武耀扬猛地撞向富骋的后背，把富骋撞得一个踉跄，后者连人带蛋糕栽进了热水池之中。

电光石火之间，武耀扬趁聂萦萦发愣，借着自己前冲的惯性，一下扑过去攥住了聂萦萦的胳膊，然后他使出吃奶的力气从她手里把那个奇怪的东西抢过来。

聂萦萦努力跟武耀扬争抢，但终究是女孩，力气没有那么大。然后，那个古怪的东西发出一声怪叫，喷出了非常奇怪的汁液，而汁液落在水里，立刻变成了一条活蹦乱跳的鱿鱼，随即，在热水之中翻了几下便沉了下去，片刻之后又浮了上来，惨白惨白的，像是已经熟透。

被这个东西打中，搞不好真的会变鱿鱼啊！武耀扬心有余悸，又加了把力，把那东西抢过来，顺手丢进了热水池里。很快，鱿鱼"枪"被热水烫得四分五裂，顷刻间消失了。

眼看聂萦萦被武耀扬缠住，抓住苏雨晴的两个女孩赶紧松开手，想过去帮聂萦萦的忙，反而被蓄足了力气的苏雨晴从背后偷袭，都被挤下了水池。

于是，偌大的室外温泉池里只剩下了还站在池外的聂萦萦、武耀扬，以及没胆过来的苏雨晴。其他人几乎都泡在热水里，一脸困惑地看着四周。

武耀扬甩开聂萦萦的手，挡住她的去路："聂萦萦，别挣扎了，你自己跳下去吧，我不欺负女生。"

聂萦萦冷冷地看着他："你就算救得了她，也改变不了这个城市即将被水淹的命运。"

"总会想出办法来的，但是现在，我们绝不搬家。"

"你们没有办法可想，大海一定会惩罚你们这些人类，你们就等着吧。"

"大海？"武耀扬觉得莫名其妙，便追问，"为什么大海要惩罚我们？"

聂萦萦冷笑着回答他，口气一点也不像一个小孩："你们的船和网摧毁了我们的家乡，我们一定会报复你们的！那些同情你们的海底生物才是真正的叛徒，它们迟早都会灭亡的！"

最后，聂萦萦瞪了武耀扬一眼，便走到一个池子边，果断地跳了下去。

更多的真相，就这样淹没在温暖的、舒服的热水中了。

下午他们回家的队伍变得庞大多了，十几个小孩在公车上又唱又嚷的，让武耀扬产生了一种错觉：其实之前发生的一切都是一场梦吧。

但是他和富骋身上的青紫却时刻提醒着他，这根本不是一场梦。

他身边就是聂萦萦，现在的聂萦萦已经变成了一个懵懂的小丫头，口齿一点也不伶俐，说话还吞吞吐吐的。武耀扬一凑过去，她就脸红，之前她身上那种像大人的感觉彻底消失了。

武耀扬问她："你还记得发生过什么吗？"

聂萦萦摇摇头，那意思是完全不记得了。

唉……她什么都不知道。武耀扬泄气地坐在座位上，这下，可怎么追问"大海""复仇"以及"叛徒"的事情啊？

不过,幸运的是,那些奇怪的小虾都不见了。聂萦萦之前拿出来的是最后一块蛋糕,而现在的她连揉面都不会,就更别提什么蛋糕了。

看到武耀扬坐在那里十分烦恼,富骋凑过去撞了武耀扬一下,说:"你是不是还有地方没想明白?"

武耀扬点了点头,小声地把聂萦萦最后的话告诉了富骋。

富骋把自己的手机掏出来,指着上面的页面给武耀扬看:"如果她真的这么说的话,那跟我之前的猜想就对上了。"

那新闻的题目是《渔船失事:最后一个珍贵珊瑚礁群或消失》。

武耀扬看着手机上密密麻麻的小字,脑袋疼得不行:"我就看这题目眼熟,这不是班主任之前放到贴吧里的文章吗?你还是跟我讲讲得了。"

富骋叹了口气:"后来,我去查了很多资料,那种小虾真的很特别,之前没有被生物学家发现。这里距离我们最近的、被人类祸害过的海洋栖息地就是那个珊瑚礁群了,其他的都离我们很远。我猜,那里也许就是那些小虾们的故乡,它们的家被人类毁了,所以才会到岸上来报复人类吧。真可惜,我感觉它们应该已经像人类一样聪明了……你说,消灭它们,我们是不是做了一件坏事?"

"可是……它们要淹死我们啊。"武耀扬小声反驳道,同学们欢叫的声音在他们耳边回响,"如果它们真的那么聪明,搞不好会知道怎么制造海啸……"

两个人不约而同地打了个哆嗦:淹死你们——这句话应该就是说的海啸,没错的。住在海边的孩子,都听父母讲过海啸。

人类在大海面前,真的是很脆弱的啊。

富骋恍然大悟,他看向武耀扬:"那……我明白了,你听到的那些声音,应该是海洋里同情人类的智慧生物发出的提醒吧?"

武耀扬点点头:"一定是的,并不是所有生物都恨我们……吧。"

两个男孩望向窗户,看着外面微微动荡的大海。

以后一定要对海洋和这个世界好些啊。

因为人类,永远需要朋友。

云起青鸾

YUNQIQINGLUAN

文 | 九月九

❖ 壹 ❖

北灵州。

冬季的小泉镇早早地下起了雪，大雪纷飞，街上人烟稀少。

直到午时，才有一道身着青带蓝衣的身影出现在街头。

若有乡民在此，定能认出这道身影便是镇上颇为出名的洛阁主。

四年前，洛阁主来到小泉镇，在镇尾处盘下了一间店面，做起茶楼生意。茶楼有个规矩——只有下午开楼营业，四年多来，这个规矩风雨不改。到如今，茶楼也不像当初那般门可罗雀。

将到茶楼的时候，洛阁主停下了脚步。

茶楼阶梯上，坐着一个双手抱膝的小男孩。小男孩身上堆满了雪，掩盖着他本就瘦弱的身躯，微不可察的呼吸像是他下一秒就会死去。

阁主眉目微凝，缓步走到小男孩身旁，确认了他周身的气息后，才低喃道："当真是宿命难违。"

她实在不想杀一个只有三四岁的小孩，但却有非杀不可的理由。

她右手微抬，一缕缕肉眼可见的灵气在手掌上跳跃。转瞬之间，一指便已点出，强大的风压直接将原本遮住小男孩前额的碎发吹起，进而露出他饱满的天庭，而在那前额的眉心处有着一滴蓝色小水滴的印记，或许是旁边有许久未清洗的污垢，那水滴显得格外通透亮，如有实质。

也是在那水滴印记出现的时候，阁主原本高举的散发着寒意的玉指猛然停下来，仿佛时间都静止了一般。像是挣扎了很久，阁主双目微垂，因为水滴印记出现时而显出的犹豫，在此刻变成了淡然之色。

原先缠绕在指尖的灵气凝聚成了与男孩眉心印记相似的模样，然后继续点出，似水珠的灵气缓缓渗入小男孩体内，像是在滋润着他的全身，使他生机尽复。

片刻之后，小男孩眉头松动，原先紧闭的双目缓缓睁开，映入他眼帘的，是一个黑发及腰、清雅绝俗的蓝衣少女。她眉似新月，目若秋水，白皙婉丽的面庞上笼着一方轻纱。轻纱虽薄，但在如此近的距离下，小男孩依旧看不清她的全貌。

少女见男孩醒转，轻声问道："我带你回家可好？"

小男孩双睫微颤，落魄道："我……我没有家。"

少女眼神微动，随即指了指小男孩身后的楼阁，坚定道："那，从今往后，这便是你的家。"

小男孩转身看向身后的阁楼，"云生阁"三字映入眸中，使他心中升起了一道亮光。

❖ 贰 ❖

两年后。

随着初晨的第一缕阳光照到小镇上，街上的路人逐渐增多，店面陆续开张，吆喝声此起彼伏。唯有一家店面的门窗依然紧闭，那就是镇上唯一一家茶楼——云生阁。

直到正午，云生阁紧闭的木门才吱呀作响，有了要开门的动静。若是细看，便能看到门缝中一张光洁白皙的脸，五官精致得如同一件艺术品，虽满脸稚气，却充满自信。

此时的洛云生已不同于两年前初到云生阁那般瘦弱，现在的他，一双如黑曜石般的双目炯炯有神，额前系着一根白色金边抹额，充满朝气。

随着店面开张，云生阁开始客似云来。平常此刻，即便是夏季，云生阁的客人也不会太多，今天却有所不同，云生阁第一次迎来了座无虚席的场面。

这一切都因为坐在右边东南处的一名身着墨绿色劲装的男子。男子手持佩剑，腰间别着一块绿色宝玉，玉上刻着"北灵"二字，只是二十出头的模样，浑身却散发着一股凌厉的气息，使人望而生畏。

年轻男子似乎察觉到不妥，周身气息一收，面色柔和了几分，歉然道："抱歉诸位，是在下失礼了。"

坐在男子旁边的乡长缓慢起身，轻抚白须笑道："北灵宗名震天下，弟子能够如此谦和有礼，实在不愧是天下第一宗啊。"

年轻男子讪讪一笑，摇头道："让老人家见笑了。"虽然他面露歉意，但其双眸中的骄傲却并没有被掩盖，这几乎是每一名北灵宗弟子都拥有的神情，因为能进入这天下第一宗门，成为北灵宗弟子的无不是天之骄子，他们有着骄傲的资本。

在这个大陆上，大体分为五州，北灵州位于大陆北面，其他四州分别位于东、南、西、中四个方位。整个大陆武学盛行，万派林立，而灵剑宗在众多门派中脱颖而出，成为天下第一宗门，之后更是直接以北灵为名，将宗门定为北灵宗。

北灵宗不仅在北灵州享有极高地位，在整个大陆上更是执牛耳者。

年轻男子与众人寒暄片刻之后，方明白乡民是想让他介绍北灵宗的收徒条件。毕竟小泉镇地处偏僻，很少有门派中人来往，今日得见北灵宗弟子，自然是引得全镇乡民前来围观的。见来人众多，他也不好推脱，只得向众人简单地介绍了些北灵宗最近的收徒条件。不过，北灵宗每隔五年才会开山收一次徒，每一次的收徒方式都有不同，所以，他也无法详说。

早在青年男子开始详细诉说的时候，洛云生近水楼台，先坐在男子旁边双眼发亮地听着了。成为天下第一宗门的弟子，同样是洛云生一直以来的愿望。这几年，他在茶楼里帮忙，听到最多的就是，六年前北灵宗宗主联合全大陆势力围剿九彩青鸾的传说。

九彩青鸾本是传说中的凶兽，相传青鸾降临世间，整个大陆都会生灵涂炭。

众人原本以为这只是传说而已，但在三十年前，这传说中的凶兽却真真切切地降临到了这片大陆上。天空中充满无上威严的九彩青鸾虚影，让大陆上每一个角落的人感受到死亡的恐惧。虚影只不过持续了半个时辰，却充分证实了传说中的谶语。

在那以后的十几年里，原本就暗流涌动的大陆风起云涌，纷争不断。在九彩青鸾真身出现之前，大陆就已经被鲜血染红，但正是那个群雄逐鹿的时代，能人辈出，其中七个宗门更是趁势崛起，准备整合大陆五州的势力全力围剿凶兽。但让人奇怪的是，已经过去数十年，大陆上却再也没有听到有关九彩青鸾的消息，要不是当年无数人感受过九彩青鸾带来的绝望气息，恐怕其早就被人忘却了。

就在众人怀疑谶语的时候，大陆上突然出现了一名身着青袍的神秘人物，其以超然卓越之资，四处向大陆高手挑战，仅仅一年的时间，便斩杀无数大陆高手。

青帝之名，横压一时！

因为青帝每次出现时身形都隐匿在衣袍之下，所以几乎没有人知道青帝的真实相貌，致使整个大陆上关于青帝的传闻多如繁星，但真正知之甚详者，却寥寥无几。

最后，让人惋惜或者说幸运的是，青帝挑战当时成名已久的北灵宗宗主之时，露出了凶兽的气息。而这则消息像是插翅一般，转眼间传遍整个大陆，未及第二天，青帝就遭到整个大陆势力的联合镇压。

那一战格外惨烈，最终，青帝在整个大陆高手的联合围剿下，最终身死道消。虽然大陆势力同样损失惨重，但能将传说中的凶兽彻底击杀，这一切在众人眼中都是值得的。战后，为首的七大宗门一战便奠定了在大陆上的地位，而当时的领头人物北灵宗宗主更是被人尊称为灵祖，奉为天下第一人！

北灵宗也是那时被追捧为天下第一宗，成为整个大陆人人向往信奉的宗门。

这样的事迹，洛云生不知道在茶楼里听到过多少次。每次听到，他内心对灵祖和北灵宗的敬畏就多一分。

总有一天，他也要加入天下第一宗门，成为那天下第一人！

一直到客人散尽，云生还沉浸在这样的妄想中无法自拔。

"云生，云生？想什么呢？人都走了。"

轻柔的声音唤醒了云生，他仰面望着正带着疑惑之意看着自己的阁主，不由得吐了吐舌头。

"阁主，今天我能不能提前休息啊？昨天没赶到开脉的时辰，今天我想早点去。"

"开脉？"阁主皱了皱眉。

修炼灵气的第一步就是打通经脉、引灵入体，简称开脉。这个步骤极为简单，却至关重要，如果连最基本的引灵入体都做不到的话，就更别说修炼了。

云生一心想要进入北灵宗，成为天下第一人，所以，在修炼一事上非常积极。此时他目睹了宗门中人的气度，更是想早日跻身优秀之人的行列。

许是察觉到了小云生的这番豪情，阁主微微一笑，道："知道了，快去吧。"

洛云生得到了准确的答复，顿时充满活力，干脆利落地收拾完残余的茶具，便飞奔了出去。

阁主望着洛云生离开的身影，脸上的笑容渐渐隐去，良久之后，才发出一声轻轻的叹息。

❖叁❖

天空中乌云正在聚拢，仿佛正在酝酿着又一场大雨。

洛云生呆呆地倚靠在窗边，此刻乌云密布的天空使他本就失落的心情变得更糟糕，一想到自己至今都没有开脉成功，他就心灰意冷。这对他人而言轻而易举就能完成的事情，对他而言，难如登天。

一天之中，只有太阳落山的那一个时辰开脉地才会开启。虽然只有一个时辰，但只要天赋尚佳，一炷香的时间就可成功开脉。就算资质差，只要持续两天，就没有不成功的，而洛云生整整持续半年，经脉却丝毫未通。

洛云生垂下眼帘，紧握双拳，水灵的大眼睛里似有一层水雾，不断在眼眶里打转。正是因为他修炼资质之差，他这半年多来，受到了不少人的冷嘲热讽，就连云生阁的生意也受到了影响。众人都觉得，可能就是茶水的问题才导致洛云生不能开脉，因此，原本生意有所好转的云生阁瞬间门可罗雀了，虽然阁主从未怪罪过他，但他又怎么会不心生自责呢？

每每想到这里，他就会更加想要向别人证明，证明不是云生阁茶水的问题，证明自己不是修炼的废物，结果却是一次又一次的失败。

也是这时，一声巨大的"砰"把洛云生从低沉的心绪中硬生生拉了回来。

不待洛云生回过神来，就有三个大汉出现在了他的身前。其中一个额上有刀疤、满脸胡须的中年大汉一把拎起洛云生，恶狠狠地道："这个月的保护费呢？"

洛云生双眼怒睁，满脸怒气道："阁主可能有事耽搁了，要晚点回来，你们明天来不行吗？"

他自然是认得面前这几个肌肉大汉的。小泉镇因为地处偏僻，疏于管治，所以总是有一些地痞流氓来找当地店家的麻烦。起初，乡长也曾大力清扫过这些地痞，虽然没有彻底赶走，但情况有所好转。

但自从一年前这个刀疤大汉到小泉镇之后，其凭着过硬的实力集合起那帮地痞，一行人在附近的几个镇里强行收取保护费；他凭着一身浑厚的灵气，打得全镇的人都不再敢吭一声，只能每个月按时交贡。而云生阁开门做生意，自然也是免不了的，每到此时都是阁主拿钱让其走人，不想与他们过多接触。

而这次刀疤大汉见洛云生竟还敢出口顶撞，心中怒意滋生。正当大汉要出手时，有一股淡淡的檀香从内阁传来，而后他眸光一亮，像是想到什么，猛然向里面走去，映入他眼中的是一把雕刻得极为精致的木琴。

"果然是云檀木，这可是不可多得的宝贝啊！"

刀疤大汉一边说着一边向木琴走去，脸上的贪婪没有丝毫掩盖。

洛云生看到这一幕，顿时急眼，那可是阁主最喜欢的木琴，是绝对不能被拿走的。他立马弹身而起，挡在刀疤大汉面前，恶狠狠地看向大汉道："这个你们不能拿走。"

大汉脸色顿时阴沉下来："不想死，就滚一边去。"

说着，大汉猛然一脚踢向洛云生，但他想象中洛云生被踢飞的画面并没有出现，随后他定眼一看，竟然发现洛云生撑起双手护在胸前，挡住了他气势汹汹的一脚。

洛云生眉头紧锁，从手臂上传来的火辣辣的疼痛感遍布全身，但他并没有后退一步，只是倔强地苦苦支撑本就有伤的身躯。

刀疤大汉见自己一招被挡，心中怒意更甚，左手忽然灵气汇聚，杀气逼人。

洛云生面色猛然一紧，侵袭而来的杀气让他浑身冰凉，强烈的危机感传遍全身。

刀疤大汉讥讽地笑道："小子，我听说了你的事情，整个镇上都传开了，还真是世界大了，什么样的废物都有啊。老子活了这么长时间，还从来没有听说过有哪个娃娃连开脉都做不到的。"

洛云生本因杀气而发凉的身躯变得更加冰凉，大汉的话语如同一把钢刀狠狠地扎向他的心脏。

刀疤大汉脸上充满嘲讽之色，冷声说道："小子，我警告你最后一次，赶快让开，不然别怪老子不客气。"

洛云生紧咬牙齿，眼中带着极度的不甘。自从开不了脉以后，他不知道看到过多少与大汉脸上相同的嘲讽神色，内心的不甘与怒火让他移不开脚步，依然挡在大汉的前方。

大汉眼角一抽，掌中灵气汇聚，一道凌厉的掌风猛然拍出，重重地打在洛云生的胸前。

洛云生身形猛退，破空而来的掌风还未到时，就刮得他脸颊生疼。当那一掌拍来，他就感觉自己如撞巨山，五脏六腑如同被撕碎一般，最后撞倒在后方的墙壁上，浑身血流如注。

大汉冷冷地瞥了一眼倒在地上的洛云生，冷哼一声，便转身将木琴扛走，但他走了没几步就感觉左脚被什么东西紧紧拉住。他低头回看，赫然看到已经被鲜血浸染得看不清五官的洛云生拖着满是伤痕的身体拉住了他要前进的左腿。

洛云生因鲜血流淌而睁不开双眼，只能从眼缝中看清一点景象，呼吸弱得仿佛停止了。他用尽全身力气嘶喊，却只能发出低低的嗡鸣。

"把……琴……留下。"

大汉怒不可遏，显然被洛云生接二连三的挣扎搞得怒火中烧，心中杀机尽起。这一次，大汉没有留手，带着森然杀意的掌风悍然拍下。

这一掌下去，必然生机尽断！

就在掌风快接近洛云生时，一道清冷的声音在大汉身后响起。

"想死的话，你就动手试试。"

刀疤大汉骇然变色，就在这道声音响起的时候，他发现自己周身的灵气竟然瞬间消散。他缓缓回头，看到阁主面若寒霜地向自己走来，即使戴有轻纱，他也知道那清冷的面孔之上带着罕有的凌厉之色。

刀疤大汉缓缓收手，此时额上已经布满了细密的汗珠。虽然他不明白这个以往每月按时交费、清冷如玉的阁主怎么会突然散发出让害怕的威压，但他知道，现在还是保命要紧。

他恭敬地向阁主行了一礼，颤抖道："是在下失礼了，我等现在就走。"

阁主玉手微抬，一道诡异的光门出现在三个大汉面前，道："是你们自己进去，还是我赶你们进去？"说着，她的指尖便有一缕精纯的灵气奔向三人。

刀疤大汉眼角一抽，望着眼前如丝般的灵气，自己竟然没有丝毫抵抗之心。他瞥了瞥眼前的诡异光门，虽然不知道里面藏着什么，但相比眼前的必死之局来说，或许进入其中还能寻求一线生机。一念至此，他咬牙冲进了光门。

阁主见状，翻手回旋间，灵气消失，光门尽散。在这道光门之后隐藏着一个威力惊人的阵法，一旦进入就断无逃脱之理，之所以没有在这里取了那三人的性命，只是不想云生阁沾染了污秽。

……

阁主看着躺在床榻上面色苍白的少年，眼中流露出一丝悔恨和心疼。像是决定了什么，阁主的面上闪过一丝决绝。

也是此时，洛云生缓缓睁开双目，映入眼中的，是阁主清秀绝丽的面庞，只是那素来平静的面孔上却带有些许担忧。

洛云生轻咳一声，而后像是意识到什么，脸上涌上一丝血色，起身焦急道："阁主你没事吧？云檀琴保住了没有？那几个恶霸呢？"本就虚弱的他，在连续说了这么多话后，大咳不止。

阁主轻声一笑，用手轻拍着云生的背部，道："我没事，你啊，连命都快没了，还管那些干吗？"

"可云檀琴是阁主最喜欢的啊，都怪我，什么都保护不了，就连最基本的开脉都做不到。"说到这里，洛云生的面色不由低沉下来，眼眸

中结出一层薄薄的水雾。

"以后记得先保护好自己，云檀琴还在呢，你就放心好了。"阁主安慰道。

洛云生像是不敢相信自己的耳朵，惊问道："云檀琴还在？那几个恶霸呢？"他深知那几个恶霸的实力强悍，不拿到东西是绝对不会罢休的，而他以前又从未见阁主身上有散发过强大的灵气波动。

提到那几个恶霸，阁主的眼眸中闪过一丝冷意，道："他们已经离开了，以后都不会再来了。"

洛云生心中疑惑更甚，若是那几个人这么容易就离开了，镇上的店家哪还用受这么久的压迫，便追问道："阁主，这到底是怎么回事？"

阁主面上闪过一丝异样，将目光移向窗外，黯然道："其实我曾修习过一门术法，但我立过誓言，不到万不得已，绝不用此术伤人。若不是他们今天做得太过，我也不想出手。"

洛云生面露惊讶，显然没想到阁主还有过这段秘史，而后其眸光闪烁，小心翼翼地问道："阁……阁主，这门术法，没有开脉的人能……能学吗？"

阁主看着眼前小心谨慎的洛云生，眼中露出了一抹带有深意的笑意回道："可以是可以，但是会有危险。"

洛云生连忙摇头道："我不怕危险。"

阁主盈盈一笑，点头坚定回道："好，等你伤势痊愈，我便带你去风岚山，传给你这门术法。"

……

风岚山。

风岚山山路陡峭，树木盘根错节，整个小泉镇上知道登山之路的人也只有阁主和洛云生。风岚山山顶不同于山脚下树木丛生，上面

只有一株古老的菩提树静立。

云生看着这棵菩提树，忍不住问道："阁主，传说中身具菩提子的人，拥有与凶兽媲美的实力，那这棵菩提古树能不能结出菩提子啊？"

"当然不能，这只不过是一棵普通的菩提树。"

"哦……"云生似乎有些失望。

阁主静默片刻，正色道："无用之事不需多想，我说了教你，你可准备好了？"

"准备好了！"云生雀跃着。

阁主看云生这样高兴，似乎心情也变得不错，随即温声道："今天我要教你的是阵法……"

洛云生听到"阵法"二字时，忍不住惊呼："阵法？它不是比修炼灵气还困难吗？"

在这个大陆上，要说最为稀有的职业，那就是阵法师。阵法师又被称为被天地选中的人，只有身怀特定血脉的人才能成为阵法师，和随处可见的修灵者完全不同。

阵法师可以通过自身血脉之力操控天地所有属性灵气，而修灵者只能通过打通自身经脉，吸纳天地中与自己最为亲近的属性灵气，再化为自己的本源灵气进行修炼，也就是说，修灵者只能操控一种灵气，而阵法师却能操控天地间九种属性的灵气，这也是为什么说阵法师是被天地选中的人。

但这也不能说，修灵者就一定比阵法师弱。虽然修灵者只能操控一种灵气，但却能将其吸入体内不断提纯，使其威力成倍增加；而阵法师虽能操控九种灵气，但不能入体，因此很难提纯，所以威力有限，但是阵法师能通过多种灵气构造出威力巨大的法阵。其实很多阵法师都能开脉修灵，但能吸入体内的本源灵气还是只有一种，不过加入本源灵气构造的阵法

威力就要大得多了。

洛云生自然知道修炼阵法的难度，像自己这种连经脉都通不了的人，又怎么会奢望自己会有什么神奇血脉能直接操控天地灵气呢？

阁主摸了摸云生的头发，柔声道："既然我说要教，你自然是能学的。"

"其实你身上怀有阵法师血脉，只是你自己不知道而已，而且阵法师也要通过一个类似开脉的环节来觉醒自身血脉。"

说着，阁主指尖灵气汇聚，在洛云生手掌上轻轻一划，一条血痕顷刻出现。阁主见状也不怠慢，用洛云生手中的鲜血在其手背上画出一个奇异的符文，若是细看，那红色的血字还带有淡金色的光辉。

随着最后一笔画成，阁主轻柔的声音再次响起："云生，盘腿冥想，感应天地。"

洛云生没有丝毫推脱，当即盘腿坐下，双目微闭。当他彻底沉下心来的时候，他猛然发现自己手背上传来了一股极为炙热的感觉，使他疼痛难忍，但他却坚守意志，使得自己不因这股疼痛陷入昏迷。

约莫半炷香后，云生手中的炙热化为一股暖流传遍了全身，使他整个人瞬间清明。于是他顺从心意，双手一合，大喝道："开！"

随着这一声呐喊，洛云生整个身体蒙上了一层淡淡的光辉，眼底灵光流转，使他浑身气息不断翻涌。也是此刻，他似乎能从天地中感应到颜色不一的小小光团。他知道，这就是他以前一直求而不得的灵气！

虽然他不能像修灵者那样将这些灵气纳入体内温润自身，但是他能通过这些灵气直接在外构造出威力巨大的天地阵法，这令他存在了半年之久的心结终于打开。

阁主见状，嘴角勾起了一抹淡淡的笑容，显然对这个结果并不意外，道："血脉已经觉醒，

接下来就是真正开始学习阵法了。从明日开始，每日清晨之际，你就随我到山顶修习阵法。"

洛云生赶忙点着脑袋，血脉觉醒之事，让他整个人都处于一种极度兴奋的状态。

阁主无奈摇头，话锋一转道："午时，还是要回云生阁内帮忙的。"

洛云生嘻嘻一笑，露出一口小白牙道："当然没有问题啦。"

春去秋来，日复一日，五年转瞬即逝。从血脉觉醒之后，云生对学习阵法之事就格外积极，每日清晨练习，在阁主的指导下，每一日都有着明显的进步。

阁主每每见到洛云生势头太过之时，都会故意增加阵法难度刁难一下，但洛云生一一咬牙坚持了下来。这一来一回，倒是成了两人教学中的一些乐趣。

经过五年的修行，洛云生终于迎来了阵法师最为重要的一个分水岭——开天门！所谓开天门，就是冲击天门穴，这个穴位在阵法师觉醒血脉之后才会出现，只不过一直处于闭塞状态。一旦天门开启，阵法师操控灵气的能力就会成倍提升，阵法威力也会随之增加。但很多阵法师终其一生也不敢开天门，因为一旦冲击天门穴失败，很有可能身死道消。

其实在一年前，洛云生就有了开天门的实力，但在阁主的建议下，一直积蓄实力到现在才开始真正闭关。

❖ 肆 ❖

一月后的清晨，阁主静立在菩提树下，眼眸凝视远方，不知在思索什么。良久之后，她似是察觉到什么，轻声笑道："既然成功出关了，还躲什么？"

树上传来一阵窸窸窣窣的声音，一道黑衫人影便出现在了她的面前。

他有着一头及肩的黑色长发，五官有棱有角，透着一股英气，额上系着一根白色金边抹额，额下一双剑眉斜插入鬓，双瞳通透明亮，宛如剑光，散发着淡淡的蓝色光晕，使他浑身看起来犹如利剑出鞘一般。

此时的洛云生早已不是当初的瘦小身板，现在的他体型均匀修长，竟比阁主还高上少许。随着这几年阵法修炼的逐渐深入，他越发发现阵法中的玄奥。虽然现在的他可以算是在阵法上有所成就，但在面临阁主所布置的阵法时，还是每次会有种心惊肉跳的感觉。每每想到这里，他心中对阁主的崇敬都会多加一分。

"都这么大了，还这么贪玩。"阁主摘下插在云生头上的绿叶，弹飞后笑着说。

洛云生嘿嘿一笑，不好意思地挠了挠头，如刚犯错误的孩童，道："阁主，你看我最近几年修炼阵法都没偷过懒，连天门都开了，我能不能求您一件事啊？"

"当初可不是我逼你学阵法的啊，努力点不是应该的吗？"阁主气极反笑道，但洛云生在阁中这么多年，很少有事求她，便回道，"说吧，什么事？"

洛云生脸上露出惊喜之色，道："我听茶楼里的人说，北灵宗五年一次的开山收徒，在三个月后就要开始了。所以，我想……"说到这里，洛云生顿了一下，挠了挠脑袋，不好意思继续说下去。

阁主接话道："所以，你想离开云生阁，去参加北灵宗的收徒比试？"

洛云生面露急色，摆手道："不是真正离开

云生阁，我只是想进北灵宗学习更高深的功夫，这样就可以保护阁主和云生阁了。"说到最后，洛云生的声音越来越小，仿佛没了声音。

阁主脸上的笑容渐渐散去，取而代之的是一抹寒霜，道："我不会同意的。"

洛云生显然没有想到阁主竟然如此快地回绝了他的请求，急声道："阁主，只要一年，我就离开一年。"而后，他又像是感觉不妥，"半年……半年就可以了，阁主。"

但是阁主依然面若寒霜，冷声说道："我说了，不行。"

洛云生一急，悲求道："阁主。"

阁主并未理会洛云生，只是转身离去，但没走几步就被洛云生拉住。她转身一看，少年虽然面露急色，眼中含珠，但却透着坚定，一副如果她不答应，他就不放手的样子。

阁主面上闪过一丝挣扎，但很快就被怒气掩盖，指尖灵气流动汇成一道青芒横在洛云生脖间。

洛云生大惊失色，完全没有想到阁主竟然如此坚决，还不待他反应过来，耳边就响起阁主的声音。

"你若再提此事，我就斩了你。"

洛云生神色剧变，他从未想过阁主竟然会对他拔剑相向。但加入北灵宗是他一直以来的梦想，而且在那里若能学到灵祖的一招半式，就能拥有保护阁主和云生阁的能力，就再也不用感受那种因为自己的弱小而升起的无力感。一念至此，他眼中的光芒更加坚定。

阁主注视着洛云生眼中的光芒，半晌后，脸上的寒霜渐渐消散，浮现出了一抹不健康的苍白，手中的青芒渐渐溃散。

"你知道你这一出去，会面对什么危险吗？"阁主低声道，声音有些无力。

洛云生自然是想到了北灵宗比试时要面对

的对手，认真道："知道。"

"你知道你这一出去，会与多少人为敌吗？"

"知道。"洛云生坚定地回道。

阁主看着洛云生坚定的目光，良久后，最终轻叹一声："走吧，去做你想做的吧。"

说完这句话，阁主便转身离去，只是她高挑的身姿却显得有些飘浮，仿佛随时都要倒下。而洛云生只是咬牙站着，没有动静。

三个月后，天下第一宗门。

北灵宗五年一度的开山收徒在前两天已经正式开始，因为北灵宗在整个大陆有着声名煊赫的地位，所以每到其开山收徒的时候，都会吸引大陆上所有人的目光，因此它算是集中了整个大陆几乎所有天之骄子的热门比试。

经过两天激烈的角逐，只留下了一共十名选手，而这十名天之骄子已经拥有了进入北灵宗的资格，但他们还会通过最后一场比试进行排名。自古以来，文无第一，武无第二。能留下来的人无不是心高气傲之辈，自然想向天下人证明自己，而他们的最后一场比试就是：十强混战。

十强混战，顾名思义，在这场混战中坚持得越久，排名就越靠前，坚持到最后的一人，就是榜首！

北灵宗，虚云间。

虚云间是北灵宗的一件空间灵器，内部广袤无垠，而最后的十强混战就在这里进行。此时，偌大的虚云间里只剩两个人。

万凌天嘴角含笑，得意地看向面前有些狼狈的洛云生，悻悻道："跑啊，怎么不继续跑了？老实说，我是真没想到最后和我决战的人竟然是你，连方家的那个都栽在你的手里了。"

洛云生此时浑身无力，他体质其实不弱，

但和有本源灵气蕴养身体的修灵者相比，还是有很大差距。在经历过刚刚的大战后，此时的他已是强弩之末，但其眼中的战意却丝毫未减。

万凌天虽然嘴上嘲讽，但其实一直注意着洛云生的一举一动，他当然清楚洛云生阵法师的身份。众所周知，阵法师成阵的两个必要步骤就是勾勒阵法雏形和梵音降召，而勾勒阵法雏形一般很耗费时间，所以万凌天一直在注意洛云生的手势，以防后者勾勒成阵。

洛云生自然是察觉到了万凌天的目光，笑道："你还真是谨慎啊，都这个时候了，还注意我的动作，其实我已经没有结阵的体力了。"

万凌天耸了耸肩，丝毫没有在意洛云生的话，谁知道洛云生的话是真是假，他可不会傻到被骗。洛云生看到万凌天的神情，不由一笑，随后挺直了身体，犹如利剑。

万凌天察觉到了洛云生的动作，以为后者要拼死一搏，顿时周身灵气聚拢，准备出手打断其的动作。

洛云生嘴角含笑，眼中光芒一闪，一扫之前的颓然，双手合十，口念梵音，厉喝道："炎极八焰阵，成！"

空间顿时轰然一震，阵法已成！

万凌天猛然变色，洛云生怎么可能跳过勾勒阵法雏形这个步骤，直接口念梵音成阵，就算是最厉害的阵法师，没有勾勒阵法雏形也不可能直接成阵啊！想到这里，他忽然冒出冷汗。除非在他还未到这里时，洛云生就已经布置好了阵法雏形，只等他进入雏形阵中再成阵即可。

洛云生看到万凌天神情变换，淡淡道："看来你已经想到了。"此时空间里阵法已成，万凌天身处阵中，断难逃脱。以万凌天现在的修为，想要抵挡这炎极八焰阵也极其困难，更别

说万凌天现在也不是全盛时期。

洛云生身形隐匿在阵法之中，八条巨大的火龙笼罩整个空间，然后长啸一声，奔向万凌天。万凌天的体力消耗本就接近极限了，在这八条火龙狂轰之下，坚持了不到半柱香，就被送出了虚云间。而这时，整个虚云间终于只剩一个人——洛云生！

十强混战榜首诞生！

三天后，北灵宗后山。

北灵宗后山是所有北灵宗弟子的禁地，就连宗门长老出入这里都要向宗主请示，唯有宗主一人才可在后山畅通无阻。

而三天前夺得十强榜首的洛云生却独自一人出现在后山崖首，这是独属于榜首的奖励——宗主的亲自指点。洛云生看着面前云海翻腾的景象，不禁想起小泉镇中风岚山的景象。

虽然风岚山比不了眼前的剑华山，但是在他心中，却有着不可替代的地位。

他眼神忽然一凝，看向云海深处，只见那里云朵飘动，一名身着黑袍的男子踏空而来。

男子一头黑色短发，只是两鬓有些斑白，一双眼眸像是看透天下苍生，透着沧桑与深刻，只是站在那里，就有一种与天地融为一体的感觉。

这名男子看似只有四十，实则已上了九十高龄，而这男子便是叱咤风云几十年的北灵宗宗主！

看清来人，洛云生更是神色激动，目露精光：这就是有无数传奇加身，被奉为天下第一人的北灵宗宗主。

灵祖——北庭山！

"见过宗主。"洛云生恭敬行礼道。

北庭山缓步一踏，原本还在距洛云生数里的地方，竟在下一秒来到后者的面前。他颔首

轻点，眼中道道灵光闪烁，看着身前谦逊有礼的洛云生，原本有些严肃的面庞不由得柔和了几分：是个不错的苗子。

而后，北庭山忽然眸光一凝，像是察觉到了什么，眉头微皱，浑厚有力的手掌带着阵阵灵光拍向洛云生的肩膀。

洛云生显然被这突如其来的攻势所惊，但他并未惊慌，相反，他放下了周身所有抵抗。北庭山见状，不由得暗自点头，此子心性不错。北庭山故意如此，就是想看看洛云生的反应，没想到洛云生这么快就察觉到了什么。

但他拍出的一掌并未停下，只是轻轻地搭在了洛云生的肩膀上。洛云生并不意外，如果宗主想要杀他，他再怎么反抗，也无济于事。所以，他就干脆放弃抵抗，做个顺水人情。

片刻之后，北庭山脸上初次闪过一丝惊讶之色，原本有些微皱的面容更是眉头紧锁。

洛云生看着宗主面色不断变化，疑惑地问道："宗主，怎么了？"

北庭山面色沉凝，问道："云生，开脉之步，你可曾有过？"

洛云生顿时神色黯然，开脉失败，无法修灵之事一直都是他心中的痛处，即使他现在在阵法已经有所大成，依然向往像灵祖北庭山那样靠自身灵气就能排山倒海的绝世强者。

洛云生眼中闪过一丝低落之色，低声道："我幼时经脉堵塞，导致开脉失败，一直都无法修灵。"

北庭山对洛云生的话并不意外，只是摇头道："你不能修灵，并不是因为经脉堵塞，而是因为体内有一个封印，你才无法开脉，只是你体内的封印过于坚固，我也无能为力。"

当洛云生听到北庭山前半句话时，眼中闪过一丝震惊，听到后半句时，整个人都有些发愣，连灵祖北庭山都解不开的封印，该是何等

强悍！

还没等洛云生回过神来，他就感觉自己被一缕云烟包裹，飘身飞去，耳畔响起北庭山的话语。

"云生，你先回去，七日之后，再来此地。"

北庭山伫立良久，像是挣扎了很久，然后喃喃道："看来还是要找那几个老家伙才行。"

随即他的身影也隐匿在云海之中，只留下云烟倒映天际。

❧ 伍 ❧

七天后，北灵宗后山。

"哈哈哈，北庭啊北庭，你还真是越活越回去了，你不是自诩精通封印之道吗，怎么连个小小的锁灵阵法都解决不了？"一名身着破烂衣衫、不修边幅的红脸老者嘲笑着，同时饮了一口手中葫芦里的酒水。

北庭山满脸黑线，心中暗想，还是不应该请这酒鬼来的。

"好了，楚兄，你也莫笑北庭了，北庭的性格你还不了解吗？不到万不得已，是不会联系我们的。"在那红脸老者旁边，一名颇具仙风道骨的老者正声道。

北庭山正欲开口，旁边一名颜如舜华、玉骨冰肌的罗衫女子将目光移向坐于正中，正陷在冥想中的洛云生身上，插话道："这就是这届北灵榜首？看来确实有些不错的阵法天赋。"说着，她的眼中露出赞许之意。她本是精修阵法

的大师，如今见到同出一源的洛云生，心中好感滋生。

"确实是在阵法上有着不错的造诣，还望蓝门主手下留情，为我北灵宗留下一些后辈。"北庭山无奈笑道，随后环视周围六人，见人已齐至，也不再说笑，眉宇间一股威严淡淡地传出，"具体情况之前已经详细和诸位说过了，还请诸位出手相助。"

随即，北庭山周身灵气一动，环绕着其身躯不断盘旋，最后尽数汇入洛云生体内。其余六人也不怠慢，先后出手，七道颜色各异，但同样精纯的灵气从洛云生天灵盖处缓缓渗入其体内。

随着源源不绝的灵气汇入洛云生体内，原本陷入冥想中的洛云生忽然全身一颤，一道奇异的金色符文从他挺直的后背中渗出。当看到这道金文，众人对视一眼，现出震惊之色。

身处一旁的蓝门主眸光微凝，淡淡道："想来这金色符文应该就是这封印的核心，只要将其击破，这封印这应该就算解决了。封印之道本是无根之水，只要耗时破除即可。"蓝门主一语击中问题核心，但这金色符文中含有的如渊似海般的灵气，即使是他们，也都看得有些心惊。

这样进行了两个月，金色符文才在七人的灵气消磨下变得极为纤薄。北庭山见时机成熟，当即向众人微微点头，其他六人点头回应，六道灵气同时回收。

北庭山眸中精光暴闪，周身气息瞬间暴增，他衣袍一挥，云海倒卷，升空而起，形成一把七尺长剑，剑锋锐意锋芒，透着阵阵威压。转瞬之间，长剑暴射而出，点在了金色符文之上。

金色符文只是抵抗了一瞬便应声崩裂，细密的裂纹遍布符文表面。其余六人见状，嘴角

渐渐掀起了一抹笑容，但身悬半空的北庭山依旧面色微沉，心中不知为何升起了一丝惊慌。

当金色符文彻底爆开时，一股青色灵气从符文内部升腾而起，随后迎风暴增，然后化为七股向众人奔去。众人骇然变色，青色灵气在他们眼中急速放大，一股前所未有的危机感遍布全身。但他们都是一派宗师，在短暂的失神后，便在周身布下道道防御。

"轰……"

巨大的轰鸣声响彻整个北灵宗，北灵宗众人纷纷回头看向发出巨大声响的后山，一个个面露惊容。

漫天的尘埃终于归于平静，七道狼狈不堪的身影在尘埃中渐渐浮现。此时的他们都是蓬头垢面，神色萎靡，面孔之上都带有惊惧，显然是被刚刚的青色灵气给震惊到了。那股青色灵气让他们内心都升起了深深的恐惧，这样的感觉让他们同时想起多年前的某个场面，让他们久久没有回过神来。

也是此时，一道如腰粗的光柱从洛云生体内喷薄而出，直冲天际，而他体内的丹田像是被关数天而没有进食的饿狼，疯狂地吞噬着周遭的灵气。

随着洛云生体内激增的灵气暴增的，还有他的修为。

一重天、二重天……五重天，修为一直暴增，到五重天才有变缓的趋势。

在这片大陆上，修为境界大体分为九个层次，分别是一到九重天，九为数之极，而北庭山就是在顶巅的九重天境界，所以才会在这片大陆上有着那么崇高的地位。

小泉镇，云生阁。

阁主一如往常坐在长桌边，长桌上并不是各类茶具，只放着一把木琴和点燃的檀香。婉转悠扬的琴声从阁主手中的木琴上流出，似珠

落玉盘，似泉水叮咚时急时缓，时扬时抑。突然，琴声戛然而止，四周静谧如初。

❖ 陆 ❖

洛云生缓缓睁开双目，他只感觉源源不断的力量从四肢百骸向自己的丹田汇聚，体内灵气充盈。但也是这时，他的心脏处突然传来一阵剧痛，但又转瞬即逝。还不待他细细感受，眼前就有七道身影凭空出现。

还不待他说话，北庭山就面似寒冰地道："云生，你和青帝是什么关系？"

洛云生神色茫然，疑惑道："青帝，什么青帝？"话刚刚说完，他脑中就在不断思索，总感觉这个名字好像在哪儿听过。

红脸老者怒极反笑道："你个小娃娃，还挺能装。"

洛云生心中疑惑更甚，完全听不懂红脸老者的话是什么意思，道："我真不知道各位前辈在说什么啊。"

北庭山面上闪过一丝不悦，冷声道："你体内的锁灵封印是青帝所为，你和青帝到底是什么关系？"

洛云生无奈摇头回道："我根本就没见各位前辈口中的青帝，至于我体内的封印，我也不知道是怎么回事。"话是这样说，但洛云生还是在脑中努力思索，不过他还是不知道自己是否见过青帝这号人物。

身处一旁的蓝门主像是想到什么，淡淡开口："那你这些年见过什么人？"

洛云生低头无奈说道："这些年，我一直生活在阁主的茶阁里，要说见过的人，基本是镇上的村民。"

"阁主？什么阁主？能具体说一下相貌吗？"

听到此话，洛云生眸光一阵发亮，脸上布满兴奋，如数家珍般地说道："阁主相貌清丽脱俗，就和画中的仙子一样，无论是煮茶的手艺，还是弹琴的技艺，都是我见过的最好的。我这一身本事，也都是阁主所教。"

听得此话，众人都惊疑不定，脸上都闪过一丝犹豫不决的神色。良久过后，北庭山长叹了口气，转身对众人说："各位先行回去，这件事我会继续调查，如有结果，定会第一时间通知各位。今日破印之事，就当北庭欠各位的一个人情。"

众人轻轻点头，也不再停留。这次破印耽误了太多时间，他们也要回去处理一下各自宗门内的事务才行。于是，一道道身形化为霞光，冲向天际。

当偌大的剑华山再度变得沉寂时，北庭山眉间的凝重之色更加浓重，目光深远，像是陷入了久远的回忆中。良久之后，他轻声叹道："云生，你不是想知道青帝是谁吗？"

洛云生连忙点头，他总感觉青帝这个名字好像在哪儿听过，却又想不起来。

北庭山目视远方，眉头带有一丝化不开的忧愁。

"三十多年前，九彩青鸾搞得整个大陆人心惶惶，纷争不断，血流成河。为了击破传说中的谶语，在经过多年的动荡后，整个大陆终于联合起来。"

"那时，我凭借着实力和威望成了大陆势力联盟的盟主，但是那时，大陆上出现了一个极为神秘的人。那人天赋极高，四处寻觅高手挑战，仅仅一年的时间，便斩杀了无数高手，威名盛极一时，世人称其为——青帝！"

"当时，整个大陆势力已经差不多集结完毕，但青帝四处挑战，搞得人心惶惶，我身为当时的盟主，必须要出手制止那一切的发生，便和青帝定下一战。也是在那次交手过程中，我才发现，那个威名盛极一时的青帝并未如传闻所说是一名男子，而是一名未及双十华年的小姑娘。"

"虽然青帝年纪尚轻，但却有一身恐怖的修为。而且，在我们交手的过程中，我隐隐察觉青帝体内还隐藏着另一股气息，那股气息令我也感到深深的恐惧。我回去之后，就发现这则消息不知道被哪个人传了出去，顿时，整个联盟就传出了青帝就是凶兽九彩青鸾的消息。我虽然不怎么相信，但同样疑惑那一股恐怖气息到底是何物。而那时整个联盟的人都认为应该趁当时大陆势力集结完毕，以迅雷不及掩耳之势围剿青帝。"

"所以，未及第二天，青帝就被整个大陆围杀，虽然联盟有不少损失，但却还在接受范围之内。谁曾想，青帝临死反扑，引动天火，袭向整个联盟，每一股天火都携带着恐怖的青鸾气息，威力极其惊人。也是那时，我才确定青帝体内的正是九彩青鸾！"

"为了抵挡天火，整个联盟付出了惨重的代价，大陆上数百万生灵顷刻间化为虚无。而青帝则趁着这个间隙逃出了联盟的包围，那时的她，已经生机尽断，仅剩下最后一口气。战后数年，我也曾派人搜查有关青帝的痕迹，但都没有得到任何消息，本以为她那时就已经身死道消了。"

说到这里，北庭山很有深意地看向洛云生。洛云生浑身一颤，惊道："所以……前辈们现在怀疑青帝并没有死？"

"不是怀疑，而是肯定。你身上的那个封

印最后散发出来的气息就是青帝所拥有的。"

洛云生双目微眯，回想起刚刚众位前辈所说的话，顿时一股寒意从脚底升起，使他全身如浸冰水，颤抖道："宗主怀疑阁主就是青帝？"

北庭山缓缓点头，虽然从刚刚洛云生的话语中，他们还无法确定，但是洛云生口中的阁主确实有着重大的嫌疑，这件事容不得他们不谨慎。如果青帝真的没死，那她体内的九彩青鸾就更不会有事了，到时候九彩青鸾苏醒，整个大陆必然会生灵涂炭。

洛云生猛然摇头，哑声道："不……不可能的，阁主性格那么温和，怎么可能会是杀人无数的青帝，不可能的。"但他越是这样说，心中的恐惧却越是强盛，而后，他又像是想到什么，木然问道，"如果……如果阁主真的是青帝，宗主会干什么？"

北庭山没有直接回答洛云生的问题，只是双手负于身后，目望远方，反问道："你又会怎么选择？"

❖ 柒 ❖

距洛云生离开茶楼已有一年多的光景。

连日来的阴雨，使本就客少的云生阁更加清冷，从前厅传来的冷风不时地吹起阁主闲垂的黑发。

虽然此时云生阁并无客人，但阁主依旧温了一壶清茶，而在她正对面的位置，还放着两盏花茶，茶香飘荡，显然是刚刚煮好。做完这些，阁主手抚木琴，一道清亮的琴音响起。

也是此时，前门被风吹得吱呀作响的木门

突然安静了下来，一名身着墨绿色长衫的少年手扶门框，静默而立。他有着一头及腰的黑色长发，额前的抹额迎风飘荡，黑曜石般的双目却透着复杂的情绪。

他缓步走到长桌前，虽然只有几步之遥，但却像耗尽了全身力气，低声道："阁主。"

"嗯。"阁主点头回应，嘴角微起，轻轻一笑，但她弹琴的动作并未停止，悠扬愉悦的琴音使原本有些凄清的阁楼升起了几丝暖意，"坐下吧，茶是温的。"

站在阁主面前的这个少年正是外出历练归来的洛云生，此时的他，脸上并没有回归故里的欣喜，反而神色黯然。

洛云生并未坐下，只是久久站立，双拳越握越紧，就连指甲陷进肉里，流出的鲜血滴落在地板上，他也并未察觉。

阁主看着从洛云生手中滴落的鲜血，脸上的笑容渐渐消失，取而代之的，是一丝无奈和感伤。

阁主看了看洛云生紧握的双拳，随后又将目光移回到木琴上，琴声渐渐变得压抑，淡淡道："北庭前辈远道而来，何不进来小坐？"

虽然外面轰雷炸响，但丝毫不影响一道浑厚无比、携带无上威严的声音从外面传来。

"果然是你！"

北庭山从数丈之外一步踏进，缩地成寸，转瞬之间来到阁主面前，他面目沉凝，周身气息无比凝实。

"没想到你竟然还活着。"北庭山怒哼一声，咬牙道。

阁主嫣然一笑，琴音一改之前的低沉，极具穿透力，清冷的声音再次响起："运气使然。"

"这一次，你不会再有任何机会了！"北庭山含怒出手，十数年过去，他必须要知道现在的青帝究竟有多少实力。

北庭山衣袍一扬，一把朴实无华的青铜剑悬浮在半空，剑身毫无光泽，但却隐匿着一股劈山裂石的锋利之气，仿佛能将世间的一切斩断。

铜剑如电光一般飞速向阁主斩去，就在铜剑快要刺到阁主之时，一道身影迅速出现在阁主身前，来者不是别人，正是北灵弟子洛云生！

北庭山右手朝空一抓，铜剑崩裂，化为光点，他震怒道："你不要命了！难道你还不清楚她是谁吗！"

洛云生神色痛苦，一言不发。

"她是全天下的敌人！"北庭山面容愤怒，眼中怒火尽起，一掌击碎身旁的石柱，"我再问你一次！让，还是不让？"

洛云生神色痛苦，面容挣扎，想要出声，但却发现喉咙如同被东西卡住一般，发不出声音，只是挡在阁主身前，并未移动半分。

"好！好！好！"北庭山怒极反笑，"既然如此，别怪我手下无情！"

北庭山左手捏诀，周身灵气凭空一荡，如海水倒卷，疯狂向四周涌动，强大的威压便向洛云生扑去。

即使以洛云生现在的修为，在面临如此强大的威压时，内心也不禁升起一丝无力感。他第一次以对立者的身份站在宗主面前，才深切感受到以往宗主敌人所拥有的那种绝望。

洛云生强行压制着内心升起的恐惧，双手合十，灵气汇聚身前，形成一道屏障。

北庭山冷哼一声，屈指一弹，一道精巧的小型剑光迅速朝前奔去。洛云生身前的屏障仅仅阻挡了一瞬，便立即崩裂，化为光点消散了。剑影在洛云生的眼中不断放大，一股前所未有的危机感遍布全身。

"抱歉了，阁主。"洛云生闭上了眼，死在云生阁内，或许就是自己的宿命。

多年前，他在这儿得到新生；多年后，在这儿魂归故里，因缘使然。

北庭山眼中闪过一丝不忍，心中暗叹一声，不禁收了三分力道，顺势瞥了一眼洛云生额前系着的白色金边抹额，以他的眼力，自然看得出这飘带抹额并非寻常之物。

果不其然，正当剑光离洛云生只有一寸之时，那白色金边抹额散发出了一道璀璨夺目的光芒，之后抹额自动散开，化为一道青光笼罩在洛云生周遭，之前势如破竹般的剑光迅速被这道青光吞噬，如泥牛入海一般，消失不见。北庭山心中暗自一惊，定眼看向不远处奏琴的阁主。

北庭山眼中闪过一丝凝重，随后又将目光移向了金光褪去的洛云生身上，俊秀的脸庞逐渐清晰，眉心处的蓝色水滴印记散发着让人心安的光芒，使得他本就英气的面容更添几分潇洒。

当北庭山看到洛云生眉心的水滴印记时，脸上的表情已经不能用震惊来形容了，就算知道青帝未死的消息时，他也没有现在这般惊容。

"雨……雨家？雨家竟然还有后人！"

北庭山一步踏出，来到洛云生的身前，双手死死抓住洛云生的肩膀。以他如今的沉稳心性，双手也忍不住有些颤抖。

洛云生双目微睁，想象中的刺痛并没有出现，反而感觉全身忽然一暖，像整个人陷进了棉花丛中一般，原本一直卡在五重天的修为，在此刻悄然突破，进入六重天境。但他还没来得及感受突破后的喜悦，就感觉双肩一阵剧痛：果然，我还是要死了吗？

洛云生暗自叹了口气，但仔细感觉的话，疼痛似乎并不是剑光造成的，更像是被谁抓住引起的生疼。

他缓缓睁开双眼，看到的是宗主惊喜不已的面庞。老实说，这是洛云生第一次见到宗主这样的表情，心中不禁莞尔一笑。

"云生，云生！"北庭山紧紧抓住洛云生，以宗主的实力，就算不用修为，洛云生也是怎么都挣脱不开的。

洛云生面露疑惑，道："宗主，您这是怎么了？"

北庭山似乎意识到了自己的失态，面色一收，道："孩子，你知道你眉心处水滴印记的来历吗？"

洛云生摸了摸眉心处的印记，一股清凉的感觉从指尖传来，让他原先有些迷惑的心安静了下来，道："似乎一直以来就有的吧。"

北庭山淡淡一笑，回道："那就没有错了！这水滴印是雨家独有的印记，从出生之时便已拥有，如同胎记一般，也就是说，你根本不姓洛，应该姓雨才对。"

说到这里，北庭山面色一寒，双目如电，狠狠地看向盘坐弹琴的阁主。悠扬的琴声在他看来，如同深深的嘲讽一般，让他眼中怒意更盛。

"青帝，你倒是好手段！"北庭山冷笑一声，而后转身看向洛云生道，"云生，恐怕你的这个阁主并没有将你的身世告诉你吧。"

洛云生微微一愣，他只知道自己在很小的时候被阁主从路边带回，别说阁主，就算他自己也不知道自己的身世，阁主又怎会知道？尽管如此，一种不祥的预感还是从他的心底涌出来。

"是啊，她又怎么会将你的身世告知于你，还给你一条金边抹额遮住你的印记。"北庭山心中升起一丝怅然，凝视远方，陷入久远的记忆中，"十几年前，雨家名震一时，阵法更是独步天下，可是仍然逃不过灭门的结局。"

"当年，雨家家主，就是你的父亲，与我是忘年之交。十几年前，你母亲临盆之际，正是当年围剿青帝的那一天，青帝最后挟诸天灵火与整个大陆的势力对抗。那一战，损失极为惨重，你们雨家为了整个大陆的安危，举全族之力，扛下绝大部分天火，但也因此满门牺牲。"

洛云生面色瞬间变得苍白，如同被巨蟒缠身，连呼吸都变得极其困难，他艰难地摇了摇头，声音都变得有些无力，颤抖道："不……不会的，这……这不可能是真的！"他艰难地喘着气，心脏仿佛被人紧紧握住一般，连呼吸都痛得撕心裂肺，但他似乎并没有在意，只是转头看向正在抚琴的阁主，像是溺水的孩子抓住了救命的最后一根稻草，虚弱地说道，"阁主，你告诉我，这不是真的。"

这一刻，阁主终于弹完了琴谱的最后一个音节，无可奈何地抬起头，面上出现了一丝犹豫，美眸中带有悲怜，最终轻叹道："是真的。"

洛云生如同被下了定身术一般，身子直直地僵在那里，脸上露出了前所未有的绝望，豆大的泪珠从眼角不断滑落，仿佛天塌下来一般。

阁主看着面无血色的洛云生，不禁想起二人初遇的时候，现在的他似乎又变回了当初那个孤独抱膝、随时可能死去的小孩，像是在暴风雨中摇曳的稻苗，随时会被连根拔起。

她想要继续说什么，却又欲言又止，伸出想要轻抚洛云生的手又收了回来，神色黯淡地站在原地。

洛云生绝望又凄厉地大叫，五脏六腑像是被人踩碎又缝合起来："为什么？为什么啊？！你早就知道我是谁，当初就应该杀了我！"

洛云生跪在地上，双手撑住仿佛随时要倒下的身体，哭得无法自抑："这到底是为什么啊？"

阁主面色怅然，移步到洛云生身前，虽然只有几步的距离，却像耗尽了她所有心力，声音很轻，道："我……"

话语还没说完，洛云生就咬牙切齿地抬起了头，双目中充满血丝和恨意道："你一定觉得这样很有意思吧？只要在我体内设下封印，我就不能对你造成任何威胁。"他总算知道当初阁主为什么百般阻挠他加入北灵宗了，想到这里，他心中的怒意更加强盛，目光凶狠，仿佛要将眼前之人千刀万剐。

阁主面色变得有些苍白，看着洛云生疯狂、绝望的表情和周身翻腾的灵气，面上闪过一丝不忍和心疼，想要伸手触碰洛云生时，却被其一手狠狠打开。

洛云生嘴角布满了讽刺的笑容，眼神疯狂，充满恨意，身体不断向后退，每一步都颤颤巍巍的，仿佛随时都要栽倒在地，与阁主的距离越拉越大，犹如天堑鸿沟，他颤抖着道："我还曾天真地以为阁主是世上对我最好的人，却怎么也没有想到这一切都是假的……都是假的！"

"要不是宗主戳破，你还想欺骗我多久？"

阁主神色凄凉痛苦地闭上了眼睛，仿佛弱柳扶风一般，门前袭来的冷风都能将她吹倒，原本清冷的声音带有一丝悲凉和决意："你现在就可以杀了我。"

洛云生身形一闪，一身杀气让人生寒，他眼眸血红，凌厉的掌风在手中汇成一把七尺长剑，横在阁主雪白的玉颈处。凌厉的剑芒直接让那肤白如雪的玉肌上出现了一道血痕，只要再深一寸，便可取人性命。

洛云生紧咬牙关，周身气息出现了混乱，仿

佛要暴走一般，一丝淡淡的血从嘴角渗出，紧握长剑的手不断抖动，却再也没有前进半分。

阁主缓缓睁开双目，眼睫微抬，眸光不似刚刚那般凄然悲痛，而是静如秋水。

洛云生面容狰狞，像是在痛恨自己这般弱小，仇人近在眼前，他却依然下不去死手，自责、愤怒、绝望这些负面情绪充斥心头，仿佛要将他头脑撕裂。

阁主嘴角掀起了一抹很温柔的微笑，那是一抹满足的笑容，像是就算现在真正消亡，她也没有遗憾。

洛云生像是挣扎了很久，但终究还是没有动手，手中灵气悄然崩裂，如同他陷入绝望低谷的心，再也没了动静。片刻后，他才向阁主冷声道："总有一天，我会回来杀了你。"

这一次，他的声音冰冷无比，寒冷彻骨，再也没有了丝毫感情波动。随后，洛云生便转身飞速离开，隐匿在阴森的雨夜中。

阁主望着洛云生离开的背影，眼中带有阵阵不舍和心疼，脸上的笑容渐渐消散，取而代之的是一抹真正的寒霜和怒意，她淡淡看向还未离开的北庭山，声音冷淡又凄清："这就是你想要的结果？"

北庭山冷哼一声，衣袍被震得猎猎作响，道："你逃得了第一次，逃不了第二次的。"

随后，北庭山的身影便消失不见，若不是地上的残垣断壁，恐怕没人会知道这里刚刚发生了什么。

阁主并没有出手阻拦，只是目光复杂地望向洛云生离开的方向。

缘起则生，缘尽还无。过往种种，谁又说得清楚呢？

五年后。

"你们最近有没有听到关于大陆通缉榜上第一血修罗的消息啊？最近半年好像完全消失了一样。"

"是啊，那个血修罗也是厉害啊，两年前突然出现，在整个中灵州引起了多大轰动啊！最近怎么突然没影了？不应该啊……"

"我还听说，那个血修罗被那个由魔修组成的结海楼定为下一任楼主了，现在指不定在哪儿闭关修炼呢，到时候出关，恐怕又是一场腥风血雨！"

"你们知不知道那个血修罗长什么样啊？虽说他每次都戴着面具，但我听人说，他只是个少年。"

"不会吧，那血修罗冷血无情、嗜杀成性，怎么可能是个少年？"

"别说血修罗了，你们有没有听说灵祖在几年前就开始召集整个大陆势力，准备再次围剿青帝？"

"是啊，没想到青帝那么厉害，当年都那样的情况了，竟然还能逃出生天！那寄宿在青帝体内的九彩青鸾岂不是也没有事？"

"怕什么啊，当年灵祖就能击败青帝，这一次还不是同样的结果？青帝销声匿迹这么久，肯定是因为实力未复才躲起来的。"

众人皆表示认同，此起彼伏的议论声再次在酒楼饭馆响起，各种大陆异事总是能成为众人的饭后谈资。

❖ 捌 ❖

北灵州，小泉镇。

此时的小泉镇早已荒无人烟，呼啸的冷风从街头扫到街尾。直到午时，才有一道黑袍人影出现，他脚步缓慢，却坚定，直到走到一座两层木制楼阁前才停下脚步。

黑袍男子抬头看向悬挂于大门正上方的匾额，"云生阁"三字隽秀脱俗，却如魔印一般深深映入黑袍男子的眼中，刺得他眼睛生疼。

"云生，你回来了。"一道柔和的声音从阁内传出，随之而来的是这道声音的主人。

她一身衣袂胜雪，明眸皓齿，及腰的黑色长发散于身后，用一根青带束起，额前两绺闲发轻垂肩旁。与以往不同的是，在那白皙的面孔上再也没有了遮颜的轻纱，清秀脱俗的面上有一抹清晰可见的温婉笑意。

黑袍男子注视着身影逐渐清晰的阁主，眉头微皱，藏在衣袍中略微握紧的双拳表明他并没有表面上那般平静。他伸手摘下遮住面孔的兜帽，露出一张有棱有角、五官英气的面庞。他的眉心印记散发着淡淡的蓝色光晕，但双眸却透着这个年纪的人不应拥有的沉稳和深邃，英俊的面上布满寒霜，让人不寒而栗，即使只是站在那里，也会有一股杀伐血腥的气息从他身上散发出来，那是只有经历过尸山血海的人才会拥有的气息。

阁主感受到了那股浓厚的杀伐之气，秀眉微皱，眼中掀起几丝若有若无的波动。

黑袍男子淡淡开口道："洛云生已经死了！"声音带着不容他人反抗的威严。

阁主的愁容更深一分，心中暗叹，看着面前已经高于自己的黑袍男子，眉头不禁紧锁几分。

"这次回来，我不会手下留情。"洛云生的目光犹如两把利剑，仿佛要择人而噬，同时缓慢而坚定地回道。

阁主嘴角微扯，勾出了一抹淡淡的微笑，道："但我现在还不能死。"她吐语如珠，像是在说一件再平常不过的事情。

洛云生眼中怒意喷薄而出，周身灵气疯狂躁动，犹如一座即将爆发的火山，随时会爆发出惊天的威能。

"这由不得你！"

正当洛云生准备出手时，天空忽然阴沉了下来。从不远处传来震耳欲聋的轰鸣之声，若是细看，便能看到一道道身影从遥远的天际处迅速飞驰而来，这样的身影足有数万，声势浩大，如狂风巨浪一般向这里袭来。

只是数息时间，那遮天蔽日的大军便来到小泉镇，人数已达数万，动作却整齐划一，声势滔天，宛如天神下凡，使本就阴沉的天空更暗淡几分。

在那数万大军的前方，数十道人影直立前方，显然是这个军队的领军人物，其中一名中年男子一步踏出，声音如滚滚天雷，带着无尽的威压，说道："青帝，今天便是你的死期！"

阁主看向天空中没有尽头的人影，绝美的面孔上看不出丝毫担忧，喃喃道："果然来了吗？"

洛云生同样注视着天空，他万没想到整个大陆的人竟然在此时前来围剿青帝。他看着浩浩荡荡的大军，每个人身上都散发着淡淡的威压，汇聚在一起形成的恐怖威能，就算以他如今的实力，也被压抑得有些难以呼吸。

身处军队最前方的北庭山昂首挺立，在他身侧，有数十道身影分立两旁，从他们身上散发出的恐怖威压，直接将周围几座高山轰然碾碎。

恐怖如斯的气息如巨浪般扑向下方的青帝，肉眼可见的气浪以极快的速度袭来，所过之处，空间动荡，皆成废墟。

阁主看着侵袭而来的滔天巨浪，眸光似水，面色并没有什么波动，只是看向身前的洛云生，低下眼道："你是要站在他们那边吗？"

她的声音平淡柔和，听不出喜怒，只能隐隐察觉出话语中的几分伤感。话语刚毕，恐怖的威压转瞬即至，却硬生生停在离两人一丈的地方，就再也没有前进半分。

一道青色屏障迎风暴长，直插天际，阻挡住惊天巨浪。屏障看似纤薄，却让巨浪再也没有前进半寸，任凭巨浪如何冲击，也没有在屏障上留下半道裂纹，只是两者碰撞产生的无数光晕，将整个银白色世界渲染得更加绚丽。

身处高空的众人皆是面色一寒，虽然他们并不指望单凭威压就能取胜，只是试探之意，但是经过这一番交手，高下立判。

北庭山没有过多在意，显然这在他意料之中，让他面色凝重的是，他除了感觉到青帝的气息，还察觉到了一股浓厚的杀伐之气，这股气息让他觉得既熟悉又陌生。

洛云生面上闪过一丝挣扎和异样，但稍纵即逝，目光笃定而又狠辣地看向阁主，道："我会亲手杀了你。"随后他向后一飘，来到半空中，向北庭山行了一礼。

北庭山看清来人后，心中不由一痛，这曾是他很看好的北灵弟子。此人不仅天赋极佳，心性更是端正，性格开朗，心思缜密，不卑不亢，这一切都让他很是满意。可时隔五年之后，他再次看向面前的洛云生，竟然有种陌生感，如同看着另外一人。

五年很长，长到可以完全改变一个人，但也很短，短到有人一如往初，不曾变过。

北庭山无奈慨叹道："云生。"似乎话语未尽，想要再次开口，却又停了下来。

洛云生并没有继续等待北庭山后续的话语，他的身形挺立如长枪，身上的杀伐血腥之气大盛，如同从地狱走来的修罗。

他的眼眸中精光璀璨，身具睥睨天下之姿，凶猛而又强悍："我希望众位不要插手我与

青帝的恩怨，还请各位先行回去。"

这虽是请求的言辞，却丝毫没有求人的谦卑，话语透着不容他人反抗的强硬，这不是请求，而是警告！

一名身着劲装的中年男子冷哼一声："你这娃娃，年龄不大，口气倒是不小！今天我就替你父母好好修理你，省得丢了性命！"

话还未尽，他便率先冲了出去。他浑身肌肉扎实，如同一个个鼓起的山包，一拳下去，带起阵阵音爆，周身土黄色灵气包裹全身，使本就凶狠的拳风更加狠辣。

洛云生像是被那名男子的话语击中痛处，眼中凶光尽起，一身杀气迎风暴增，周身红色灵气染红了半边天空。

中年男子的恐怖拳风化为一条数十米长的暗金色巨蟒，巨蟒长啸出声，转眼向敌人奔去。洛云生只是静立不动，左手迎风而上，拳掌相接，爆起惊人的余波横扫四周，掀起数丈积雪。

当众人再度看清楚战况的时候，那名男子还保持着一拳轰出的姿势，只是出拳的手被洛云生死死抓住，动弹不得。

男子奋力挣扎，却发现自己的力道如泥牛入海一般，消失不见，而自己的手如同被饿狼紧咬，完全挣脱不开。这一刻，他的内心才生出真正的恐惧，却仍然强撑颜面，咬牙道："你想如何？"

洛云生冷声一笑，铺天盖地的红色灵气携带着炎热的温度朝他席卷而来。

不远处的一名白发老者急声喝道："不可！"

但是，此时的洛云生哪里还听得进白发老者的话语，滔天的灵气疯狂奔向那名男子，转眼间，男子便化为飞灰，与积雪相融。

洛云生左手朝前凭空一画，一道数千米长

的红光横在大军前方，充满威严的声音再次回荡在这片空间。

"过线者，死！"

众人瞳孔不由得一缩，眼神复杂，震惊、畏惧皆有。刚刚出去的男子，他们都认识，他实力极强，身具八重天修为，即使不及领军的几个人物，也有不低的地位。可是就在刚刚，男子却被这少年毫不留情地瞬间抹杀。

北庭山震怒，须发皆张，喝道："你知道你自己在干什么吗？"

洛云生凛然不惧，身形挺立如一柄初露世间的利剑，锋芒毕现，他淡淡道："只要你们肯罢手，我就不会为难你们。"

刚刚那名出过声的白发老者冷笑一声："此子气息，与那大陆上杀威极盛的血修罗如出一辙，怕就是同一人，今日你倒是敢露出真面目了。"

洛云生冷冷地看了一眼那白发老者，眼神交汇时在空中暴起道道光晕。到了他们这个修为，已经能够随意调动天地灵气，一个眼神便能掀起风云。

北庭山怒喝一声，声音夹杂着天地至理，直接震断两人的灵气波动，道："你竟敢当着我的面，如此肆意妄为！"

听得此话，洛云生垂首默顿，虽然他现在性情大变，但在他内心深处，他依然尊敬着宗主。如果没有北庭山，他定没有现在的修为。

北庭山见洛云生的气息收敛不少，原本凝重的面容缓和几分，冷声道："既然你不想我们插手，那我们袖手旁观便是。如果你能了结仇怨，自然最好；如若不能，我们只能接手。"

北庭山双目微眯，以他如今的修为，都能从洛云生身上感觉到一丝危险的气息。要知道，这才过去五年啊，洛云生就成长到了如此地步，实在让他有些惊叹。此战之后，他定要为

其洗去心魔，不然后患无穷！

洛云生也没有犹豫，当即点头答应，其实他也知道自己不可能逼退联盟大军，现在他已经达到了他的目的。他转身一飘，衣袍被震得猎猎作响，却发现阁主早已悬空而立。

衣袂如雪，静处独世，与他们这边紧张肃穆的气氛完全不同，而是自成一个世界。

两人隔空对望，眼神交汇。

一个双瞳剪水，一个目起杀机。

❖ 玖 ❖

洛云生单手一握，一把长枪逐渐成形，枪头反射着夺目的精光，红缨随风飘荡，枪身通体银白。

这是他的本命灵器，一开始，他就打算用尽全力，没有丝毫试探的心思。长枪朝空一点，锋芒尽现。

原本铺天盖地的红色灵气瞬间散去，取而代之的，是从他身体内逐渐冒出的淡蓝色灵气，这才是他真正的本源灵气！

随着本源灵气不断地溢出，洛云生的黑瞳逐渐转成了淡蓝色，眉心的水滴印记的光芒更胜以往。他长枪一挑，顿时风云变色，原本的大雪天气竟然响起了阵阵雷鸣。

雷声轰鸣，就连整个天地的空气都变得狂暴起来；滚滚雷声，犹如天劫来临一般，原本就阴暗的天空瞬间黑暗了下来，一道道天雷在空中成形，巨大的压迫力从天空中倾泻而下。

不远处的蓝门主顿时花容失色，惊声道："他竟然已经到了这个境界。"说到这里，她

的美目不禁看向身旁的北庭山。

北庭山双目微眯，面色看不出喜怒，只是目光一直没有从洛云生身上离开过。

随着天雷的成形，洛云生自身的气息也持续拔升，终于，一道天雷轰下，他的气息达到了一个前所未有的高度，长枪一指，天雷直接轰然劈在枪尖之上，几乎是一瞬间，他身上爆发出夺目的雷光。

一道振聋发聩的龙吟之声响彻天地，洛云生自身化为一道电光，直射而去，手中的长枪化为一条盘踞天地的雷龙，轰然奔向青帝。

阁主嫣然一笑，美目流露出赞许之色。

她玉指轻弹，整个天地轰然一震，天地间的所有元素灵气像是感受到了召唤，疯狂向阁主的身前一点汇聚。

肉眼可见的灵气如狂流急速倒卷，在阁主面前汇聚成一个指甲盖大的蓝色小球，球体通透晶莹，闪烁着点点蓝光，似海中鱼儿。

阁主屈指一弹，蓝色小球缓缓飞向奔袭而来的雷龙。与雷龙相比，那颗小球看起来极为微小，眨眼间就消失在漫天的雷电之中。

但在众人看来，他们丝毫不敢小瞧那股力量，就在刚刚灵气狂流出现的同时，他们分明感觉自己仿佛与天地隔离，感觉不到丝毫灵气，像是被天地排斥一般。

就算是以北庭山的实力，他也丝毫感觉不出灵气的存在，在洛云生的面前，他还能保持淡定，但是现在的他，内心早已掀起万丈波涛。

他虽然清楚九彩青鸾能掌控天地间所存在的九种灵气，但没想到其竟然能做到如此程度。

正当他惊诧不已之时，天空中的战斗已经分出胜负。当雷龙吞噬了那颗毫不起眼的蓝珠时，原本毁天灭地的气息顿时一泻，像是不受

控制一般砰然爆开，化作漫天残雷，雷光四射，致使北庭山众人立马出手竖起灵气屏障抵挡余波。

在雷光散尽之后，一道身影从空中跌落，在地上砸出一个巨坑。阁主淡然收手，仿佛刚刚的攻击只是她随意而为，她目光平静地看向地上的深坑。

一道狼狈不堪的身影从坑中爬出，此时的洛云生完全没有刚刚的意气风发，衣衫残破不堪，浑身气息萎靡，精致的五官上布满了灰尘，只是一双黑目散发着倔强的光芒。这样的结果，显然不是他能接受的。历经数年的苦修，换来的却是现在的局面，他不甘地抬起头颅，双手勾勒成阵，空中灵气轰鸣，如龙游九州，短短数息时间便汇成了一道威力惊人的阵法雏形。

阁主微微摇头，指尖在空中一点，阵法轰然崩裂，化为点点灵光。

不远处的数万大军看到这一幕时都心神俱震。在这数万之众中，大多数都没有经历过当年的那场战争，心里想着的都是，无论是谁都不可能赢得了整个大陆势力。

但在这一刻，他们的信念开始动摇了，对战眼前的这人，他们真的能够靠人数取胜吗？原来传说中的谶语是真的：九彩青鸾若降临，人间必灭！

北庭山自然察觉出了人心动摇，当机立断，怒喝一声："动手！"

顿时，天空中爆发出五光十色的景象，恐怖的威压再次从众人身上散发出来，整个空间仿佛承受不住这股威压，随时都要坍缩的样子。漫天火雨的攻击，如同山呼海啸般轰向阁主。

阁主双目微眯，面容淡雅，她右手轻抬，像是在空中书写着符文，一个个神秘晦涩的文字

在她指尖逐渐成形。那些文字闪烁着淡淡的金色光辉，仿佛天地至理一般，让人望而生畏。

铺天盖地的攻击转眼即至。阁主眼底金光一闪，并指前划，那些奇异的文字便轰向远处。

"轰……"

天地动荡，世间摇曳。

在这一刹那，仿佛整个天地都要随之崩塌，所有的一切在这瞬间的碰撞中，都要化为虚无。

天空元素动荡，攻击的余波仍然在不停地横扫着一切，一些修为较低的人直接在这次碰撞中化为虚无。

余波足足持续了一炷香的时间，才缓缓归于平静。此时的天地早已变得伤痕累累，联盟大军此时已经损失过半，只是一次碰撞，就造成了这样的伤亡，身为总指挥的北庭山难辞其咎。

北庭山仰天长叹，眼神沧桑而又深邃，而后周身气息收敛，在他旁边的众人察觉到了他的动作，脸上都闪过一丝决然之色。

"结阵！"

只见剩存的大军纷纷站立起来，他们浑身气息收敛，口中念着诡秘的咒语，在空中引起共鸣，然后每个人的眉心处出现了一团红色的火苗。火苗随风跳动，像是世间的精灵迎风起舞。

一缕缕极为精纯的生气从每个人的眉心处喷射而出，最终汇于北庭山双手之上。

北庭山此时已经来到众人的中心，众人所处的站位像是一个诡异的阵法，而北庭山所处的位置，便是这个阵法的阵眼之处，每当有一缕生气汇聚在他手心之时，他眉心的金色火苗就会变得旺盛些。

阁主看着北庭山眉心的金色火苗，美眸中首次闪过一丝异样。

"金火结灵阵，成！"

金火结灵阵是太古竹简上记载的阵法，也是其中唯一一道以人的生命为代价的特殊阵法。

这种阵法的发动需要一个阵眼和至少三千个阵脚，而这些人会以阵眼为首，点燃自身生命之火，启动阵法。虽然这种阵法本身没有威力，却能通过阵法凝聚出一道阵灵，而这道阵灵就拥有着降召天劫的能力，故而被称为金火结灵。

阵眼和阵脚的实力越强，阵灵降召的天劫就越强悍，也就是说，这是一个威力没有上限的阵法。因为这种特殊性，所以这个阵法只能在太古竹简上排名第十。

而像现在这样，以数万人为阵脚，阵眼更是有灵祖之称的北庭山而成的金火结灵阵，任何竹简中都未有过类似记载。

而且这种阵法有一个极为严重的弊端，阵法一旦开启，就绝无中断的可能。阵法会逐步吞噬施阵者的生命，直到所有人的生命本源消耗殆尽的那一刻，才是阵灵凝聚成功的开始。所以，这种阵法，从有记载以来，只发动过三次，但无不在当时引起巨大轰动。

洛云生双目睁圆，死死地盯着北庭山眉心处的金色火苗，他当然知道这意味着什么，他声嘶力竭地喊着："不！"

他忽然觉得自己的内心深处有着什么东西破裂开来，刺得他的心脏隐隐作痛。

他双目赤红，满脸写着绝望与疯狂，看着身悬半空的阁主，扯着有些嘶哑的声音道："都是因为你！如果没有你，这一切都不会发生！"疯狂的杀意不断吞噬着他的理智，脑中仅存的意念就是杀了面前之人，哪怕为此付出生命！

随后洛云生双手结印，自丹田之中升起一

颗淡蓝色灵丹，那是每个修士都具备的本命灵丹，如同修士生命一样重要。但是在下一刻，洛云生的本命灵丹像是受到来自自身灵气的疯狂挤压，砰然破裂，化为淡淡光晕，融入他自身的血脉之中。

随着本命灵丹的破裂，洛云生自身气息再度暴增，比之以前，提升了不止数倍。

一切都发生在电光石火之间，以至于阁主根本来不及阻止洛云生的动作。虽然她不知道洛云生为什么能通过压迫本命灵丹来提升自身修为，但是她知道，本命灵丹一旦破裂，就必死无疑！

阁主轻咬牙关，如古潭深泉般平静的眼眸首度出现一丝慌乱。

洛云生此时的修为已经达到了一个前所未有的境界，他也无法形容此刻的感受，只是感觉自己仿佛与天地融为了一体，天地中最深奥的至理在他脑中逐渐清晰，只是他来不及体会这一切，因为他知道自己的时间没有多少了。

他浑身一震，之前所受的重伤荡然无存，周身气息不断拔升，仿佛没有尽头。他冷哼一声，手中的银色长枪再度出现。

他左手持枪，右手并指在空中画字，口中念着无上梵音，几息之间，一缕缕淡金色的灵光缠绕长枪，枪尖散发着淡金色的光晕，有着刺破苍穹的锋芒。

这一次，他没有过多花哨的招式，只是持枪猛然点出，带着一往无前的气势奔向青帝。金色的光影在空中飞速划过，犹如一颗稍纵即逝的流星。

阁主面目微沉，清丽的面庞上透着一丝愁绪和担忧。看着冲过来的金色长枪，她一指弹出，点在了锐不可当的枪尖之上。

"轰……"

一道响彻天地的气鸣声在这片空间里荡漾开去，方圆数百里，皆被震得荡然无存，但阁主却依旧纤尘不染，云黛如初。

洛云生双目充满震惊，他万没想到自己拼尽全力的最后一击，竟然被阁主如此轻易地阻挡了下来。

随后，他手中的长枪再度化为光点消散，感受着逐渐消逝的生命，他的意识开始慢慢消散，眼前的景象也逐渐模糊。

结束了吗？自己终究还是没能报仇雪恨，手刃仇人。

洛云生身体一软，朝下方跌去，仅存的一点意识让他想起了十几年来的种种过往，那些记忆片段如同走马灯一般在他脑中一一闪过。可笑的是，让他印象最深刻的却是小时候在云生阁生活的事。自己还真是怯懦啊，直到现在都抛不去这样的回忆。

他只想成为有一个有爹疼、有娘爱的人，只想守护自己想守护的东西，到头来，却失去了所能拥有的一切。

洛云生回忆着过去种种，猛然发现自己的前半生活在欺骗里，后半生活在仇恨中。他不禁在心里冷笑一声，绝望的孤独感吞噬全身，带走了他最后一丝生机。

他的意识逐渐模糊，直到完全陷入了黑暗，微垂的双目慢慢地阖了起来，本就微弱的呼吸也完全停止下来了。

❖ 拾 ❖

阁主抱着已经没有呼吸的洛云生，秀丽的面上没有丝毫血色，面色苍白，犹如白纸。她神色痛苦地闭上了双眸，两行清泪不断滚落。她就这样抱着洛云生没有放手，玉手时紧时松，仿佛紧了，担心弄疼怀中少年；松了，又怕他从自己怀中脱出。她没有言语，仿佛天地都陷入了寂静中。

良久过后，当她再度睁开双眸之时，眼中青光流转，像是决定了什么，眼中充满了决意和坚定。

也是此时，洛云生的心脏处突然升起一道火红色的灵气。灵气渐渐溢出，而后迎风暴增，在空中凝聚出了一道形同实质的虚影。

虚影是一只青鸾，与其他青鸾不同的是，它通体火红，有着九个脑袋，每个脑袋都是燕颔蛇颈，唯一不同的是青鸾脑袋上头羽的颜色，分为红、橙、黄、绿、蓝、青、紫、黑、白九种颜色。与头部羽毛相对应的是九根尾羽，迎风摆动。

它有着庞大的身躯，即使相隔千里，也能看到它的存在，明明是由灵气凝聚而成，却又同实质一般，每根羽毛都十分逼真，双翼摆动，都能掀起一阵赤风狂潮。

随着身躯的成形，九声嘹亮的凤鸣响彻整个大陆，声音如同魔音入障一般，使整个大陆上的人民感到深深的恐惧。

如果现在北庭山意识还是清醒的话，他定然会认出这道虚影。

因为这就是让世人恐惧，令人心动荡的绝世凶兽——九彩青鸾！

阁主抬头凝望，似乎并不意外九彩青鸾的出现，清冷的声音带着淡淡威严："总算舍得出来了吗？"

九彩青鸾早在出来之时就已经察觉到了阁主，它眼中闪烁着危险之光，口吐人言，道："汝是何人？"

阁主面带寒意，反笑道："我是何人，你难道看不出来吗？"

九彩青鸾并没有在意阁主的话语，只是眼中闪着惊疑不定的光芒，道："你早就察觉到了我的存在？"

阁主颔首轻点，早在她第一次见到洛云生的时候，就已经知道九彩青鸾寄宿在洛云生的身体里面。

九彩青鸾沉吟道："我知道你身具菩提子，但想要杀我，可没那么容易。"

"所以呢？"

"我可以答应你，只要你让我吸食最后一批生气，我可以永世不侵扰人类。"九彩青鸾将目光移向正在施展金火结灵阵的众人。它能感觉得出那一批人有着超乎想象的生机，只要吸收了他们，它就能彻底治好被天帝打成重伤的身体，回到巅峰时期。

"那他又当如何？"阁主将目光移向怀中的洛云生。

"他刚刚想杀你！"

"我只问你，他又当如何？"

"身为我的……"

"我只要结果！"

"必死无疑。"

说到最后，九彩青鸾心中猛地一惊。说到"必死无疑"四个字的时候，它分明感觉到阁主身上传来了一股疯狂的气息。

她的气息逐步拔升，眼中青光流转，绽放出璀璨光华。紧接着，一股如渊似海的气息从她身上迸发出来，一股强大无比的意念横扫着周围的一切。

那是睥睨天下、唯我独尊的意志，更是让天地也要为之臣服的恐怖威压！

在这一刻，只要她想，一念万物生，一念苍穹灭，执掌天道！

这股主宰苍生的气息直接吓得九彩青鸾抖落了身上无数凤羽，眼中布满了恐惧。它竟然从面前之人身上感受到了比当年天帝身上还要恐怖的威压，当即厉声惊恐道："你可是菩提子化身，不是应该以拯救天下苍生为己任吗？怎可如此自私！你到底是要整个苍生，还是只要他一人？！"

阁主美目微凝，眼眸虽平静如水，疯狂之意却如暗流在涌动，秀雅绝俗的面孔上透着决然之色。她没有回答九彩青鸾的问题，但周身翻滚的青金色灵气却变得更加强盛。

九彩青鸾即使没有得到回复，也从阁主决然的眼神中得到了答案。这个家伙绝对是疯了！但一想到自己数千万年的努力如果付之东流，它内心又极为不甘："你这样会受到菩提子的诅咒，下场会比我的还凄惨！"

阁主身上恐怖的威压顿时一滞，九彩青鸾见状，心中一喜。此人实力更胜当年天帝，莫说现在它实力不强，就算是巅峰的状态，也完全不是阁主的对手，所以，能不与她为敌，自然是再好不过。它是凶兽，却不傻，其中的利害关系，心中自然清楚。

但还不等它再度开口，它就发现不远处的阁主气息再度飙升，就连天地也无法承受住这股威压。

"既然如此，那不要也罢！"

只见阁主双手在胸前一合，一束金色的光晕从手掌处泛出，在空间中荡起阵阵金色涟漪。

几息时间，阁主原本合在一起的双手再度拉开，一颗亮金色的圆珠在两掌之间悬浮。

九彩青鸾九个脑袋上的眼睛同时睁圆，那可是夺天地造化的菩提子啊！整个天地只此一颗！她就这样说丢就丢？而且它从来没有听过菩提子入身后，还可以取出这一说。就算菩提子离身，它也没察觉出阁主的气势有所减弱，相反，它的本能告诉它，如果之前它还有把握从阁主手中逃生的话，那么现在就再无生还的可能。

不会吧？这女的……怎会如此凶悍？

九彩青鸾极度恐慌，而后忽然意识到什么，眸光一闪，急声道："如果吾死了，他也活不了！"

阁主看着手中的金色菩提子，一时百感交集，青色的眼瞳中有着追忆往昔的伤感，但这也只是持续了短短一瞬，下一刻，她望着遮天蔽日的九彩青鸾，淡淡说道："既然你没有办法，那只能用我的办法！"

阁主重回半空，屈指一弹，菩提子随之升入高空中，最终化为漫天的金色光点，随风飘散，遗落在整个大陆。

而后，她双手掐诀，周身燃起阵阵火焰，只是这些火焰并没有烧灼她的身躯。九彩青鸾见状，惊恐之色更甚，立即化为一道火羽朝远处飞去。那女人分明是要以命搏命，想以灵魂之火的力量强行将它与洛云生分离，再将它彻底击杀。而这样的代价就是她正在燃烧的灵魂。

以灵魂为代价，永远比以生命为代价更为沉重。人死了，还可以轮回悟道；而灵魂一灭，就会失去轮回的资格。

此时的阁主，青色的眼眸彻底转变成金色，周身弥漫的青金色灵气渐淡，取而代之的是一股亮金色的灵气。在这金色光晕的映衬下，本就气质绝俗的她更显尊贵，如同世间的女帝。她莲步轻移，来到洛云生身前，每踏一步都会在空中荡起阵阵光华，从而引起天地共鸣。当她来到洛云生的身前时，金色的瞳仁中流露出了一抹温柔，随后一指点在洛云生的心脏处，原本停止跳动的心脏顿时恢复成以往强有力的心脏。而洛云生心脏深处的那一红色青鸾形种子被亮金色火焰包裹着，被燃烧殆尽。

这是洛云生与九彩青鸾的联系，凭着这一

缕联系，只要九彩青鸾未亡，洛云生就很难死亡。但如果九彩青鸾一旦恢复，完全脱离他的肉身，或者是被消灭，宿主也会真正消散。

如今，以灵魂为代价的阁主已经能够斩灭这一缕深藏在洛云生体内的、与九彩青鸾的联系。

完成了这一切，阁主嘴角勾起了一抹淡淡的笑容，金色的瞳仁也温柔下来，只是脸色越发白。她轻吸了口气，微闭双眼。

当再度睁开双眼时，两缕金色火苗映射在她绝美的双瞳之中，这是一双仿佛看透世间一切的眼眸，折射着沧海桑田、日月轮转。

这一刻，她就是世间的神祇！君临天下般磅礴的气息倒卷而出，笼罩着整个大陆的天空，亮金色的光晕在空中不断流转，异象生。

此刻，早已逃去万里的九彩青鸾惊恐地望着天空，它从这金光流转的天空中感到了前所未有的危机。

下一刻，它振翅高飞，巨大的羽翼盘旋而上，掀起一场赤红色灵气风暴，直冲天际，红色的灵气在冲击到金色的天空时，顿时化为九彩之色。与此同时，九道嘹亮的凤鸣响彻云霄。

阁主淡然一笑，淡淡的光辉笼罩着高挑的身姿，像是察觉到了九彩青鸾最后的反抗，她双手合十，口念梵音，目转金光似万法，看尽一切天机。

与此同时，那灵光交错的天空中伸出了一只金色大手，金色的手掌上布满了神秘亘古的符号、文字，像是天地间的所有至理，从天而降。

金色大手缓慢拍向声势骇然的灵气风暴，所碰之处爆出惊天轰鸣，原先冲天的风暴如负巨山，声势越发弱小。被压制到数百米高空时，金色大手猛然一握，五指握拳，九彩青鸾直接被抓得不能动弹。凄厉的凤鸣声响彻天际，带

有极高温度的赤色羽毛竟未能在这只金色巨手上留下任何痕迹。

下一刻，金色巨手爆发出夺目的金光，吞噬着天地间的一切，一声巨大的轰鸣传遍整个大陆。当光芒散尽之时，天空恢复到原来的状态，仿佛从来没有发生过这些事一般，但刚刚的天地异象却给所有人留下了不可磨灭的印记。

阁主看着自身逐渐流逝的金辉，露出了一丝温婉的笑意。原本如瀑般的黑发，瞬间化雪，她知道自己已经走到了尽头。

她的身形摇摇欲坠，当最后一丝灵气散尽时，终于撑不住跌了下来，跌落云层的感觉并没有持续多久，她就感觉自己陷入了一股久违的温暖。

她用尽全身力气，艰难地睁开双目，映入眼中的，是一张泫然欲泣的英俊面庞。到最后，少年像是受了天大的委屈，眼泪再也不受控制地往下垂落，让人心疼不已。

她缓慢伸出了手，虽然极为艰难，但还是触碰到了少年的面颊，修长苍白的手抚摸着少年痛哭流涕的面庞，嘴角掀起了一抹很温柔的笑容，如同以往一样，安抚着这个幼小悲恸的少年。

"所以……我才是青鸾？"

"是。"

"你早就知道了？"

"是。"

少年浑身颤抖，最终再也承受不住，把整个脸庞贴到了她的胸前，呜咽起来。这一刻，少年再也没有了之前血刹弥天的戾气与横压一时的英姿，只是哭得像个孩子。

她感受着温热的泪水沾湿了自己的衣裳，没有说话，脑海中追忆着以往的种种时光，嘴角出现了一抹笑容，那是让天地都为之失色的笑容。

她眼中的光芒越发黯淡，仿佛随时都要熄灭。她舒展着眉目，却气若游丝，声音很轻，仿佛一阵微风就能将其吹散。

"云生……"

"阁主，我回来了。"

"回家了……就……好。"

她像是疲倦极了，最后的话语用尽了她最后一丝生气，本就微垂的双眼慢慢地阖上了，脸上的笑容逐渐消散。

洛云生一言不发，守在阁主身旁，五脏六腑像是被人狠狠捏碎，痛得撕心裂肺。

也是这时，整个天地的温度猛然升高，仿佛要将这片天地焚为虚无。巨大的异变将洛云生从悲痛的思绪中拉了回来，感受着周围猛然升高的温度，他有一丝心悸般的感觉。顺着这种感觉，他定眼望向了远处的天空。

那是一缕迎风摆动的金色火苗，如同舞动的精灵，展示着自己优美的身姿。

在这一刻，洛云生终于知道心悸的原因，那以数万生灵发动的金火结灵阵迎来了真正的尾声！

❖ 拾壹 ❖

金色的火苗在空中不断翻腾，像是在跳着世间终结的舞蹈。

随着焰苗不断升高，一道极具威严的声音在所有生灵心中乍响。

"以吾之名，召天下众灵！"

声音带着天子般的威严，让所有生灵都生不出抵抗之心。下一刻，整个大陆上，忽然有亿万灵魂意念冲天而起，它们像是感应到天地的召唤，纷纷朝天际汇聚，犹如万国来朝，向天子朝拜。

洛云生瞳孔猛地一缩，骇然看天，如同浪潮般的灵魂意念从四面八方向金色火焰疯狂汇聚，华美的光晕一波接着一波，仿佛没有尽头。吸收了芸芸众生意念的金色灵焰，光芒越发强盛，飘动的火苗灼烧着整个天空，仿佛天地都要为之熔化。

重回半空的洛云生面色微沉，双目死死地盯住跳动的金焰。随着时间流逝，金色的火焰缓缓凝聚成了一道人影。此刻，阵灵已经彻底成形！

他是一个身着华丽金装，犹如世间帝皇般的男子，金色的双目带着审判众生的威严。

男子像是察觉到洛云生的目光，威严的双目与洛云生首次相接，他的声音犹如天地真理，充斥着大陆上每一个角落。

"吾乃众生意念汇聚而成，生乃世间帝皇……汝见吾，为何不跪？！"

说到最后一字时，他浑身金光大盛，让天地都要为之臣服的恐怖威压席卷而出。

洛云生顿时感觉如驮巨山，但双目之中却充满了不屈的意志，身形宛如擎天巨柱，岿然不动，反笑道："一道阵灵而已，靠着万人生命、众生意念才能出现在世间，有什么资格皇称帝！"

话语刚毕，一股磅礴的气息从洛云生体内喷薄而出，硬生生扛住了天地威压。

金色男子眼底闪过一丝不悦，也是此时，天地间最后一缕灵魂意念被他吸入体内。随后，他一指擎天，宛如审判众生的神祇。

"汝乃世间罪恶，汇有血腥杀伐之躯，赐汝审判天劫。"

"九字真言，现！"

顿时，原本阴沉的天空响起惊天雷鸣。在这九天之上，九个神秘亘古、充满洪荒之气的金色巨字撕空而下。

那是天地阵法至理的九字真言——临、兵、斗、者、皆、阵、列、在、前！

洛云生面色沉凝地看向天空，他不仅从这九字真言中感到了亘古洪荒的气息，还感受到了芸芸众生意志的恐怖压力。

这一刻，他面临的不是身前如帝王般的男子，而是芸芸众生、千千万万生灵的恐怖意志！

洛云生神色微迷，像是陷入了久远的回忆中。

……

"你知道你这一出去，会面对多少危险吗？"

"知道。"

"你知道你这一出去，会与多少人为敌吗？"

"知道。"

……

洛云生视线变得有些模糊，用手触碰着面庞，才发现眼中的泪珠再次滑落。

他一直以为自己什么都清楚，却什么都不知道。

他不知道自己修炼灵气会面对多少危险，他不知道自己修炼灵气会面对多少敌人，他更不知道自己一旦引灵入体，体内的九彩青鸾就会渐渐苏醒！

他之所以一直没有受到伤害，只是因为阁主替他挡下了所有灾劫，替他背负着全天下最深重的罪责和压力！

洛云生缓缓闭上双目，深吸了口气，强行压下心中的悲痛之意。当他再度睁开双眼时，眼底灵光流转，充满了坚定与决然。

阁主，我明白了，这一次就让我来亲自捏碎自己的宿命！

一股战天斗地般的绝强意志从洛云生心底升起，即使被天地隔绝，即使是孤立无援，他也全然不惧！

金光男子眼中首度闪过一丝凝重，洛云生体内散发出的意志竟然让他感到了一丝惊恐，顿时心中怒意更甚。

"九字真言——临，降！"

天空中一道轰鸣炸响，九字真言中的第一个字席卷而下，恐怖的威压致使整个大地寸寸崩裂，下陷十尺。遮天蔽日的金色文字如同天塌一般，狠狠地压向重回半空、昂首挺立的洛云生。

洛云生脸上闪过一丝决然之色，周身灵气瞬间暴增，迎面顶向侵袭而来的金色文字。磅礴的灵气轰在金色文字表面时，却未留下任何痕迹，丝毫不能阻止其下降的速度。

洛云生面色一凝，周身灵气回卷，蓝金色灵气缓缓从体内渗出。

是的！蓝金色灵气！只有实力在触碰天地至理时，本源灵气才会向金色转变。

如渊似海的蓝金色灵气在洛云生身前不断汇聚，形成了一个数千丈的巨人。

巨人周身散发着蓝金色的光晕，皮肤表面有着亘古洪荒般的气息，像是夹杂着天地中最为古老的元素。洛云生单指前划，巨人脚掌一跺，快如闪电般地向金色文字奔去。

"轰隆隆……"

巨大的碰撞声震慑着整个天地，无数的光晕烟尘笼罩着这片天地。

洛云生双目微眯，眼底闪过一丝惊诧，还不待他有所动作，眼前的迷雾光晕被撕开了一道血盆大口，从中映射出来的金光，让他心神一沉。下一瞬，金色文字已经悍然飞出，此时的金色文字表面布满裂纹，却并没有消散，天地至理的威能没有丝毫减弱。

气势不减的金色文字眨眼间便到了离洛云生不到数尺的地方，也是此时，洛云生的黑眸瞬间化为蓝金色，双目虔诚、稳重似万法，看尽玄机。他口念梵音，整个天地轰然一震。

"破！"

原本一往无前的金色文字如撞巨山，周身裂纹不断蔓延，然后砰然破裂，化为道道光点。

他双手斡旋，指尖缠绕着如丝如缕的蓝金灵气，双眼如浩渺星空。左手一指点出，灵气电射而出，如龙行天下，发出阵阵低鸣，指尖勾勒着神秘莫测的天地阵法。右手空中做符，一道道形状怪异，但透着诡异威能的符文渐渐成形。

在最后一笔画完时，洛云生双手一合，爆发出夺目光彩。

"虚极八剑阵，成！"

"九灵幽炎阵，成！"

……

"太古玄天阵，成！"

若是精于阵法的蓝门主还在旁边，一定会喝彩连连、惊叹不已，因为天空中成形的八道阵法，全是太古竹简内的阵法！

太古竹简是从远古时期就流传下来的神秘竹简，没有人知道它的来历，又是何人所作，却在整个大陆上有着不可动摇的地位。它被称为太古三大奇书之一，更是所有阵法师梦寐以求的至宝！

太古竹简之所以有如此之高的地位，就是因为上面记载着三十道威力惊天的阵法，如果有幸从中学会一道阵法，哪怕是排名最末的阵法，都可以成为一代阵法宗师。

而现在，洛云生施展的阵法更是太古竹简

中排名第二至第九的阵法！

如果是以往的他，莫要说同时施展八道阵法，就连排名前三的阵法，他也施展不了。但是经过劫后重生，心性明悟的他，以往阵法上的疑惑豁然而解，才造就了他现在的阵法造诣。

如若平时，只要其中任何一道阵法施展出去，就足够毁天灭地，但在天地阵法至理第二字"兵"面前，声势却有减弱。毕竟天底下几乎所有阵法都脱胎于天地阵法九字真言，而这八道阵法也不例外。

洛云生身悬半空，淡淡道："阵法，疾！"

只见空中带有煌煌天威的八道阵法，快若奔雷地向九字真言第二字"兵"席卷而去。

"轰隆隆……"

接连不断的轰鸣声不断响起，金光男子注视着碰撞的中心，面色微沉，显然没有想到洛云生的反抗会如此顽强。

男子目含怒意，冷声道："负隅顽抗而已。"

"九字真言——斗，降！"

九天之上，第三字以君临天下之姿裂空而下，这一字与前两字不同，并不是文字形态，而是化成了一条九爪金龙。

九爪金龙盘踞天地，两条龙须迎风摆动，庞大的身躯挡住了整片天空，就像世间唯一的龙神。而那金光男子此时已经站在了如小山般巨大的龙头之上，蔑视着洛云生。

"今日，汝必死无疑！"

这一刻，九爪金龙带动巨大身躯，带起阵阵狂风向洛云生奔去。

洛云生眼神决然，正当有所动作时，胸前突然冒出一道银光。

银光绽放，化为一把直立于天地之间的银色长枪，那是他的本命灵器。

银色长枪枪身轻颤，发出低低的嗡鸣声，像是在责怪洛云生为何不呼唤它。

洛云生垂首摇头，面色怅然道："你会死的。"

银色长枪发出璀璨银光，与洛云生周身蓝金光晕交相辉映，发出嗡鸣。洛云生与长枪本就心灵相通，自然知道长枪要表达的意思。

他露出了一抹温柔的笑容，无奈笑道："我明白了，是我自私了。"

随后，他划破指尖，一滴鲜红的血液冒出，然后点在枪身之上，鲜红的液珠沿着枪身逐渐流下，形成奇异的符文。

"封印，解！"

只见银色长枪爆发出耀眼夺目的银色光芒，直冲天际，就连奔袭而来的九爪金龙的速度都缓了下来。

银色长枪化为一道银光，一只银色巨龙腾空出现，龙眸含威，龙角犹如世间最为锋利的长枪，高高隆起。

洛云生神色凛然，脚踏灵光，落在银龙身上，他身形挺立，像是世间最后的英雄。

两道响彻天地的龙吟震慑万物，然后撕空碰撞在了一起，金银两色不断在空中闪烁。

洛云生脚掌一踏，身形如同电光飞快向金光男子奔去，一拳轰出，空间崩裂。

金光男子冷声一笑，身形暴射而出，转瞬之间，两道身影碰撞产生道道光晕。

灵气风暴席卷而出，两人拳风交错，招招致命，几息之间，两人就已交手上百回合。

洛云生抹去了嘴角血渍，周身灵气不断爆出，但仍掩饰不了身上的道道伤痕。金光男子伤势同样不轻，但他并不在意，口念梵音，原本有些萎靡的金光瞬间大盛。

待金光消弭，金光男子赫然恢复到了之前的样子，就连衣袍都未损一角。

洛云生面色凝重，眼中战意却在熊熊燃烧。金光男子讪讪一笑，道："吾承认，汝有着不错的天资。"随后男子面色一正，眸光暴闪，充满无上天威。

"但也仅此而已！"

"九字真言——者，降！"

"九字真言——皆，降！"

"九字真言——阵，降！"

三字并降，犹如末日降临！

每一个字的威能都比之前提升了不止数倍，这是真正的绝杀之招！

显然，金光男子已经不打算拖延，再次出手已是真正的毁天灭地。

一股前所未有的危机感瞬间遍布洛云生的全身，就连额头上都出现了一层细密的汗珠。

他眼神决然，像是下了什么决定，蓝色的眼眸逐渐转变为赤红色，森然的杀意从体内喷薄而出，血腥杀伐的气息迎风暴增，致使整个天空都笼罩着一层淡淡的暗红色，犹如人间地狱。

金光男子似乎并不意外，反讽一笑："终于露出本性了吗？"

嗜血疯狂的杀意不断吞噬着洛云生仅存的理智，这是他堕入魔道后积蓄已久的杀气，早就根深蒂固，无法拔除。本来他一直压制着股疯狂的杀意，但这一刻，他别无选择！

就在他最后一丝理智要被吞噬的时候，他眉间的水滴印记爆发出了净化心灵的璀璨蓝光。

血红的杀气在这股蓝光出现的时候，犹碰天敌，疯狂败退，洛云生原本赤红的双眼瞬间恢复清明。

具有净化世间一切污秽的蓝光逐渐强盛，最后在空中汇成了一道人影。

那是一名目若朗星的英俊男子，额前几绺碎发迎风吹起，更添几分潇洒，眉心处的一点水珠印记显得格外通透明亮，犹如珍宝。若是细看，这道光影和洛云生有着七分相似，只是身形比洛云生的修长，显得温润如玉。

洛云生一脸震惊地望向那道身影，一股来自灵魂深处的悸动传遍全身，那是来自血脉深处的呼唤，是血浓于水、打断骨头连着筋的感情。

光影男子面色温柔，如晨星般的眼眸却带有阵阵忧伤，他想伸手触碰洛云生的脸颊，但由灵光汇成的手掌却从洛云生的身体中穿过。

"孩子，委屈你了。"

洛云生浑身颤抖，眼中带有阵阵悲意，他强忍着眼中的泪水，想保持最后一丝坚强。

两人眼神交汇，即使没有交流，却胜似千言万语，仿佛这片天地只有他们二人，周围的一切都显得不那么重要。

洛云生多么希望自己永远停留在这一刻，但从天而降的三道金文却残忍地撕碎了他的想法。

像是忍受到了极点，两行泪珠从洛云生的眼角滑落，低声悲然道："父……亲，离开吧。"即使是幻影，他也不想自己最亲的人消散在自己的眼前。

男子轻轻摇头，修长有力又骨节分明的手朝洛云生眉心方向轻轻一点，顿时一道道灵光从洛云生眉心处的水滴印记中飞掠而出。

灵光化形，凝聚成了数百道人影。这些人中有老人，有大人，甚至有只有七八岁的孩童，但他们都面色柔和，眸含善意地看向洛云生。

洛云生浑身一颤，神色激动到双拳不由得紧握，这些人带给了他一种来自血脉的亲切之感。那一道道光影，虽然他们神形各异，但无一例外，眉心处都有着和洛云生一样的水滴印记。

这些都是当年亡在天火之下的雨家魂灵！

洛云生浑身颤抖，就连声音都变得有些嘶哑，道："大……大家……"

洛云生的父亲轻轻摇头，九彩青鸾降临，引动天火，世人皆以为是青帝所为，但知道真相的，却只有雨家众人。

因为九彩青鸾的宿主就是他们刚刚出生数个时辰的少主——洛云生！

那时，天火已经降临，虽然被阁主强行改变了轨迹，轰向联盟大军，但依然有不少天火降临世间。雨家深感愧疚，举全族之力，阻挡了大部分的天火，才使天火对大陆的伤害降到最轻，但也因此，雨家几乎全部牺牲。

洛云生原本和世人一样，以为当年那场天火是青帝所为。但是，当他发现自己才是九彩青鸾之时，结合过往种种，他终于知道自己才是引起那场天火的罪魁祸首。

他是整个雨家的罪人！

当看到空中数百道雨家光影时，他心中的愧疚之意充斥全身，心痛得无法呼吸，大家……都是因他而亡！

洛云生垂首痛哭，周身灵气萎靡，像是身受重伤、舔舐伤口的幼狼。也是此时，那大大小小数百道光影同时围到洛云生身旁。

他们形态各异，音调也有所不同，却说着同样的话。

"我们不怪你……我们不怪你……"

洛云生原本站立的身姿再也支撑不住，猛然跪了下来，他双膝跪地，失声痛哭，声音嘶哑道："是我，对不起大家……"

"你们不该原谅我的。"

"但我们是家人啊……"

这一刻，洛云生再也没有了以往的孤独感。在过去的几年里，他曾以为自己是世间最凄凉孤独的人，没有亲人，没有朋友，连待他最好的阁主都是他的敌人，他怎么还会去信任别人呢？因此，他变得冷漠无情，嗜血疯狂，积蓄了无数怨念。

但这一刻，以往种种都化为泪水，最后消失殆尽，心底深处最后一丝狂暴怨气消失得无影无踪。这一刻，他的心魔已经不复存在了。

原来他一直都不孤单，只是自己封闭了内心，并未察觉。

洛云生眼含泪水地抬起了头，却发现众人的光影变得越发虚幻。原本早该到来的三字金文却迟迟未到，他定神远望，发现从天而降的金文竟被一道光影薄膜阻挡在外。

只是那薄膜已经出现了诸多裂纹，再过少许时间，便会彻底崩裂。

洛云生强行忍住心中的悲意，重新站起身来，眼中精光流转，焕发着道道灵光。

站在洛云生身旁的诸多光影，此刻已经模糊得看不清样子，他只知道他们的面庞上都有着欣慰的笑容。

洛云生的父亲眼绽光华，欣然笑道："去吧，整个雨家都会帮助你的。"

洛云生重重地点头，以表决心，他双手放于胸前，做出祈祷之式，眼神坚定而璀璨。

像是感受到了洛云生的意思，雨家众人重新化为灵光，尽数向洛云生身体汇去，只不过这次不是眉心，而是胸间。

随着一道道灵光入体，他本欲枯竭的本源灵气重新焕发活力，只不过这次并不是蓝金色，而是纯粹的湛蓝色，像是天地间最为纯粹的元素。

他单手一指朝天，开始勾勒神秘的天地阵法，气势雄浑，如万重山，坚不可摧。

天地仿佛都承受不了他的这一指，在极力反抗，发出悲鸣，但在洛云生如万重山般的巨大压力下，仍有着如丝如缕般诡谲的气息不断融入天地。

像是画成了最后一笔，洛云生眼神微凝，虽然阵法的结构他已勾勒完成，但总觉得少了什么，致使这道阵法残缺不全。

洛云生的父亲淡然一笑，眼中闪着道道光华，但在洛云生眼中，他分明感受到了一种决然。

一股寒意从脚底瞬间传遍全身，使他如坠冰窖，还不待他有所反应，他的父亲便化为一道极为精纯的灵念冲向天际。

随着这一道灵念冲进法阵，原本残缺不全的阵法轰然一震，像是彻底成形，向世人展示着开天辟地般的气息。

一切都发生在电光石火之间，当洛云生反应过来时，天地阵法已然成形，只差最后一道梵音就可彻底成形。

洛云生强忍泪意，眼中含珠，双手合十，口念梵音，嘶声厉喊。

"万道囚天阵，成！"

是的！这一刻，洛云生借助着整个雨家的力量，终于完成了这太古竹简第一阵！

万道囚天阵！！！

整个天地发出强烈的悲鸣声，仿佛承受不住这毁天灭地的强大灵阵，这是连天地都能囚禁的绝世阵法！

这是太古竹简上排名第一的绝世灵阵，也是太古竹简自现世以来，第一次有人成功地将其施展出来。

金色男子面露惊恐，金色的双眸充满着骇然，道："怎……怎么可能！"

这一刻，男子再也保持不了风轻云淡的姿态，右手朝空一划，指使着三道金文悍然向成形的万道囚天阵奔去。

九字真言是天地间所有阵法的根源所在，但只有一道阵法除外，那就是万道囚天阵！

它仿佛不是这世界的真理，却又真实存在。

两者轰然相撞，荡起惊天轰鸣。

之前一直以摧枯拉朽之态存在的九字真言，在这一刻，仿佛遇到了前所未有的阻碍。万道囚天阵伸出无数金色触手，每一根触手都显得格外粗壮。

那三道金文直接被硬生生地拉入阵内，不见踪影。

就在金色男子准备降下后面三字时，天地猛然一震，万道囚天阵轰然崩裂。

金色男子见状，面露喜色，反笑道："这道阵法威力过于巨大，反被世间真理排斥，消弭于无形。"也是他为什么不一开始就直接降召所有九字真言的道理。

洛云生显然没有想到会出现这一幕，面色惊愕，他耗费了所有本源灵气汇成的万道囚天阵，竟然会被天地彻底排斥。

金色男子讥讽笑道："这一次，你不会再有任何机会了。"

"九字真言——列，降！"

"九字真言——在，降！"

虽然只有两道金文，但声势却比之前三道金文的威力还要强。

洛云生此时已是强弩之末，本源灵气消耗殆尽，万般手段尽数施展。然而，当他在面对这如末日来临般的天灾时，他并没有心有不甘，反而心中充满释然之感，原本心中最后一丝执念，随着刚刚雨家众人的谅解也消弭于无形。

就算现在身死道消，他也无怨无悔。

他心生死志，如同当年雨家阻挡天火一样，为了阻挡眼前的两道金文，就算身死道消，他也在所不惜。

丹田处的本源灵丹再度升起，这本应该破裂的灵丹在他生机尽复的时候，已被阁主用最后的力量恢复原状。

他心中暗叹了口气：阁主，抱歉了，浪费了您的心意。

他双手掐诀，丹田内最后一丝本源灵气赫然冲向本源灵丹，但在这本源灵气快触碰到灵丹之时，灵丹表面竟然升起了一道青金色薄膜，阻挡着他的本源灵气。

青金色灵气飞快地吞噬了他体内最后一丝本源灵气，而后渗出体外，迎风暴增，化为一道绝美脱俗的女子身影。

她有着如瀑般的长发，闲垂肩旁的两缕秀发被微风吹起，似秋水般的眼眸带着一丝担忧和怒意，像是在嗔怪洛云生的行为，但随之很快化为了温柔与无奈。她的嘴角掀起了一抹淡淡的笑意，仿佛天地都为之黯然。

洛云生愣愣地 望向那道巨大的光影，原本已经干涸的眼眸再次湿润起来，他嘶哑着声音，用尽全力却还是颤抖："阁主……"

阁主眸若清泉，眼角含笑，并没有说话，只是静静地看着洛云生。

洛云生看着阁主的光影，两人相处这么多年，即使只是眼神交流，也明白对方的深意。

原本心中燃烧的死志顿时熄灭，取而代之的，是一股前所未有的求生意志。

洛云生暗自慨叹，他这条命是阁主救回来的，他怎么可以再次辜负阁主的心意！

他要活下去，一定要活下去！

前所未有的求生意志与他自身的气息疯狂融合，形成了一股无法形容的绝强威压。

早在阁主身影出现之时，那金色男子已经骇然变色，如果之前万道囚天阵出现时，他还能保持理智的话，那他现在就如同疯了一般，他声嘶力竭地喊道："怎么……怎么会是你！"

阁主并未理会金色男子，在感受着洛云生周身生生不息的求生意志后，她眼中的笑意更浓了，然后化为一道直冲天际的亮金色灵光。

亮金色灵光如擎天玉柱一般耸在天地之间，岿然不动，最后金光消散，化为一把金色巨剑。

这把金色巨剑仿佛有着开天辟地的绝世锋芒，从剑身上传来的威压令金色男子眉梢不由得一挑。

洛云生眼中生机重燃，脚踏灵光，来到剑柄处。和这把巨剑相比，他的身影显然极其渺小。

洛云生双手握剑，当手心触碰到剑柄之时，他眸中金光大盛，一股绝强的意志从他体内迸发而出。

那是凌驾于芸芸众生之上的恐怖意志，更是凌驾九天的绝世威压！

当这股意志出现的时候，空中的两道金文竟然发出了低低的悲鸣之声。

当这股凌驾众生的意志到达顶点的时候，洛云生猛然发力，双手握剑，横斩向撕空而下的两道金文。

这一刻，仿佛天地之中，只有一剑！

一剑破万法，一剑逆乾坤！

两道金文应声崩裂，消失于无形，斩灭金文的巨剑像是完成了使命，悄然碎裂，化为淡淡金光，充斥着整个天地。

金色男子目中怒意已经达到顶点，显然没有想到洛云生竟然能扛到九字真言中的第七、第八字。

男子嘴角露出了一抹惧意和疯狂，嘶声道："你……必须得死！"

随后，他的身形化为一道灵光，与天空中的最后一字融合在了一起。

洛云生身形挺立，这一刻，天地之间仿佛只有他一人尔。

洛云生周身意志疯狂拔升，转瞬之间便已突破天际，仿佛没有尽头。他眼神坚定，怡然不惧，像是黔驴技穷的顽抗，又像包含万法的从容。

也是此时，九天之上，惊雷炸响，天空中最后一字缓缓降临。

九字真言——前！

洛云生脚掌一跺，灵光璀璨，身形暴射而出，犹如划破天际的流星。

"轰隆隆……"

响彻天际的轰鸣声传遍整个大陆，几息之后，尘埃落尽，万籁俱寂，再也没有了动静。

◈ 拾贰 ◈

战后的数年，一切渐渐归于平静。

奇怪的是，有关那一战的事迹却一直没有被人提及，或许在若干年以后，传说又会再度变为传说。

原本一片废墟的小泉镇，经过数年的恢复，也有了不少生气，虽然地处偏僻，但已不像当年那般冷清。

此时正值春季午时，小泉镇的街头早已热闹起来，街上到处是欢声笑语，稚童嬉戏。镇上唯一一家茶楼——云生阁终于有了开门的动静，吱呀作响的木门像是落了经年的灰，透着过往的沧桑。

从阁内走出的是一名身着青衫的少年，他有着一张清朗俊逸的面庞，飘动的金边抹额掩不住微扬的剑眉，一双如潭般的蓝色眼眸仿佛能看透人心。

明明是少年模样，他的眼眸却带着这个年

纪的少年不该有的沉稳与平静。少年舒展着双臂，额头微抬，午时的阳光将其全身铺上了一层淡淡的金辉。他极目远望，目光所及之处，柳絮纷飞，铺满十里长街，青石白雪、碧水清风，点缀着烟雨小镇。

点点飞絮沾染衣襟，他却并未在意，双目穿透层层阻碍望向远处，似在等待着某人的归来……

大王饶命①

文 / 会说话的肘子

少年的幻想

时值二月，冬日里天边的晚霞从西边向整个世界蔓延，艳丽的颜色如同一幅油画。余晖把所有行人身上都染了色，往来的路人都是笑容满面的。

今天是大年初三，正是逛庙会的好时候。洛城这个小城市，光是举办庙会的地方就有六七处。

"吕树，我要吃糖葫芦，夹核桃的那种。"一个小姑娘拉了拉身前那个少年的衣袖，小手指向路边的糖葫芦车，透过玻璃窗还能看到里面色泽鲜艳的糖葫芦。

小姑娘很小，只有十岁左右的样子，穿着白色干净的羽绒服，一尘不染。

名叫吕树的十七岁少年郁闷地看着卖糖葫芦的车子，然后咽了一口口水，对小姑娘说道："吕小鱼！咱们给你买羽绒服的时候就已经说好了的，买了这件羽绒服，以后咱们就得省吃俭用，不然我下学期上高三的学费都不够了！"

"吕树你变了，你昨天才跟我说上高三的学费是绰绰有余的！"吕小鱼神情平静，声音却是尖厉的。

吕树的脸当时就黑了："你这是跟谁学的？少看点爱情肥皂剧，行不行？！"

然后他又盘算了一下，叹了口气，还是走向卖糖葫芦的老板："老板，夹核桃的这种多少钱？"

"五块，给妹妹买一串吧！"老板笑呵呵的，他早就看出来了，这一大一小到底是谁想吃糖葫芦。

五块……真贵，吕树从兜里掏出来一张皱巴巴的十块钱递给老板，然后老板找了五块钱给他。

糖葫芦这就算是到手了，一串糖葫芦有七颗夹着核桃的果子。吕树把糖葫芦递给吕小鱼的时候，吕小鱼说："我吃五颗，给你留两颗！"

吕树乐了，摸了摸吕小鱼的脑袋："留一颗就行。"

小姑娘这个年纪，个子才到吕树的腰，吕树一伸手，刚好能摸到她的脑袋。

"好。"吕小鱼也不客气。白净的脸，红色的嘴唇，让吕小鱼在冬天里像是一个瓷娃娃。

这个时候从他们旁边经过了几个年轻人，正在兴高采烈地讨论着新奇的事情："你们看到昨天网上的那个新闻没？说是一个大汉徒手推动了一辆轿车，结果这个新闻又被秒删了。"

吕树一边直愣愣地看着吕小鱼吭哧吭哧地吃着糖葫芦，一边在心里嘀咕着，最近这种新闻真是越来越多了。

吕树抬头望天，世上真的有那么神奇的东西吗？可总不至于自己活了十七年，这些东西才慢慢出现吧？什么情况？

总感觉生活好像要跑偏啊！

"走吧，看杂技去！"吕树从兜里掏出门票看了一眼，"还有二十分钟，据说是今年庙会主办方专门请来的杂技团呢，有火焰表演。"

这个时候，吕小鱼已经吃完了六颗糖葫芦，心满意足地把糖葫芦的签子以及签子上剩下的那颗糖葫芦递给吕树："好吃！"

"吃货。"吕树翻着白眼嘀咕。

今年的杂技确实别出心裁，看起来还有点玩魔术的味道。庙会的主办方搭起了巨大的舞台，舞台下面人山人海的，吕树这才感觉有了点年味。

这杂技一开始没啥意思，就是顶大缸、耍飞刀之类的。

然而，到了压轴的节目就有点不一样了，一个年轻小伙子上台表演，一入场，他全身上下就忽然燃起了火焰。

吕树当时就震惊了：我的天，这样表演真的没问题吗？不会死吗？

"吕树，吕树，让我骑到你脖子上看。"吕小鱼喊道。

吕树无奈："我举不动你啊。"

吕树看起来有点瘦削，脸色有点不正常的苍白，这不是因为他可能得了病，而是身体从小就虚。他也偷偷买过六味地黄丸吃了一阵子，结果，吃完好不容易下决心忍痛买的地黄丸后，并没有什么明显的效果。

他的身体还是很虚，不过这样起码证明自己虚不是因为肾了，而这也算是一种安慰吧。

吕树带着吕小鱼往前挤，站得近了也就可以看清楚了。

就在这时，台上表演者的火焰刹那间消失，竟像是随心收发一般。

所以吕树才觉得，今年的庙会一张二十块钱绝对是值得的，既看杂技，又看魔术啊！

台上的表演者一会儿身上带着火焰，一会儿火焰消失，那红色的火焰中还夹杂着一丝蓝色，非常绚烂。

在收尾时，那表演者手中的火焰忽然脱手而出，犹如彗星坠落般向观众砸来，却在快要到达观众面前的时候突然消失。

所有观众鼓掌叫好，这个表演者鞠了个躬就下台了。

只有一个人是沉默的，那绚烂的火焰刚刚离吕树其实是最近的。当火球靠近的时候，吕树忽然感觉自己心里有一阵悸动，那种感觉就像是久别重逢。

怎么回事？吕树有些疑惑，这种感觉真实得让他无可置疑。

"吕树，吕树，我要学这个，你带我去找他学杂技！"吕小鱼拽着吕树就往后台跑。

"你一个小姑娘学什么杂技啊？这是人家压箱底的技能，能教给你才怪了呢，而且咱们也没钱交学费给人家啊！"吕树无奈道，不过他也想去看看那名表演者，如果可以的话，他想让对方再展现一次刚才表演的火焰，看看自己刚才到底是怎么回事。

然而，他刚跟着吕小鱼跑到后台，就看到四五个身穿黑色风衣的人抬手一枪，一个小针管一样的东西扎在了那个火焰表演者的脖子上，表演者没过两秒就躺到地上不动了。

周围杂技班的人没有一个敢说话的，实在是这群黑衣人的气场太过凛冽，藏在黑风衣下的身体仿佛有着巨大的震慑力。

吕树都蒙了，这什么情况？画风有点不对啊！

吕小鱼却不管那么多："你们凭什么打晕他？"

对于吕树来说，他觉得正常人碰到这种诡异的情况，能不吓尿就不错了。但吕小鱼这小吃货平时就轴得不行，眼瞅着自己想要拜师学艺的人躺在地上，立马就不乐意了。

吕树脸都绿了，当时就想拉着吕小鱼转身就跑，结果黑衣人里有个人平静地说道："这个庙会没有申请火焰表演的消防批文，所以要带回去调查。"

我信了你的邪！吕树压根就没相信他们的说辞，就算是违反消防安全，也应该是找庙会的主办方好吧？

而且哪个国家的消防员直接用这种像是麻醉针一样的东西把人弄晕？

有问题！有大问题！

吕树一边思考着眼前发生的一切到底是怎么回事，一边拉着吕小鱼的手，准备随时跑路，至于跑不跑得了……只能说尽力了。

然而身穿黑色风衣的这群人似乎并没有打算跟他们纠缠，更不像是那种电视剧里演的动不动就滥杀无辜的标准的坏人，竟是直接走了。

吕树有点安下心来，难道对方真的是来搞消防检查的？

他忽然想起有些特殊能力的人，难道这个表演者跟那种事情也有关系？

如果对方这个时候忽然出示一个神秘部门的证件，搞不好吕树还真的信了。

遇到这种事情，吕树、吕小鱼这一大一小也没心情继续看庙会了，回家吧。

离开的时候，吕树低头沉思着，有点心不在焉的样子。

吕小鱼抬头看了他一眼："吕树，你在想什么？"

"你叫我一声哥哥能死是吧！"吕树有点火大。

"我们有血缘关系吗？"吕小鱼一脸鄙夷。

吕树："……"

他们确实没有血缘关系，顶多算孤儿院的两个弃儿。

吕树一时间无话可说，胸口正憋着一股气呢，一个年轻人忽然拦住吕树："你们刚刚从后台那边出来吗，能不能告诉我里面发生了什么？"

吕树警惕："你谁啊？"

"你好，我叫知微，很高兴见到你！"帅气的年轻人笑着自我介绍。

"有多高兴？"吕树问道。

知微："……"这要他怎么答？这货怎么不按常理出牌？！

"呃，总之是很高兴吧。"知微继续解释，却看到对面的这个少年理都没理自己，拉着一个可爱的小姑娘就走了，小姑娘还在他身边一蹦一跳的。

"呼！算了，不跟你计较！"知微有点无奈了，还是自己去看看吧，里面应该还有不少目击者，那些人应该会比这个少年更好打交道才对。

吕树走了一段路之后，回头望着那个年轻人的背影，皱起了眉头。

吕小鱼："吕树，你今天有点不对劲。"

"小鱼，如果说这个世界上多了很多比正常人更厉害的人，你会怎么办？"吕树问道，如果说那名表演者真的有问题，那么，自己心中的悸动是不是代表着……自己也有问题？

"当然是要比他们更厉害呀。"吕小鱼理所当然地说道。

吕树听了之后，沉吟片刻，然后像是想通了什么事情一样开怀一笑："你说的虽然简单，但很有道理。走吧，回家。"

吕小鱼自顾自说着："吕树，你身体这么弱，肯定不行。跟同学打个五分钟篮球，你就喘得不成样子。不过没关系，你不行，但我可以啊，以后我保护你，你就专门做饭给我吃就好了！"

"呵呵。"吕树黑着脸，"莫名其妙的自信。"

吕树和吕小鱼住的地方是洛城行署路四号院，这里是传说中的市委家属院。但那已经是几十年前的事情了，现在的四号院是公认的贫民窟，一层破破烂烂的小平房，没有燃气，也没有暖气，也不怪别人说这里是贫民窟。

吕树他们是在这里租的房子，一间八十平方米的小平房，在这三线小城市里每个月五百块钱房租，不包括水电费。房东没有卖房子的打算，纯粹是想等着拆迁的时候得一笔不错的补偿金。

这里早就说要拆掉了，结果说了好几年也没拆，因为院子里的住户都比较难缠。

很多人嫌弃这里，但吕树倒是挺喜欢。因为这里每家平房前都有一个小院子，大概有十来个平方，能种点大蒜、韭菜之类的东西，这些东西虽说不贵，但到底也要花钱。

吕树缺钱，因为他是孤儿，打小就被扔在孤儿院门口了。

吕小鱼也是。

一般情况下，在孤儿院的孤儿长到十六岁还没有人领养的话，就得进入社会自力更生了，吕树就是这种情况。

他从小身体就比较虚，哪个家庭愿意领一个病秧子回去？

而吕小鱼是自己偷跑出来的，孤儿院的负责人对此已习以为常。在这个时代里，小孤儿受不了孤儿院的生活偷偷跑出去，然后偷东西、抢东西、当乞丐的情况多的是，所以现在孤儿院的负责人连报警都懒得报了。

孤儿院的人也没电影里那些模范孤儿院的那么有责任心，孤儿跑出去了是死是活，谁管这么多？

吕树是把吕小鱼送回孤儿院的，毕竟她条件不错，年纪也还小，肯定有人愿意领养她，但她每次都会再次跑出来找他。

久而久之，吕树也习惯了。

吕小鱼有点不正常，相比同龄的孩子，她有点早熟。当然，吕树也未必有多正常，平常不怎么明显，今天跟知微的那段对话也只是一个缩影罢了。

吕树他们租的屋子在一排平房的最里面，路过其中一间平房的时候，一个邻居大婶正在熬中药。

吕树知道这家里有一个老人，常年处在疾病的折磨当中。大婶是那个老人的儿媳妇，吕树叫她林婶。老人的病好像是会遗传的，老人还没走，儿子先被病痛给折磨走了。

儿媳妇倒也算孝顺，这么多年一直照顾着老人。林婶虽然看起来四十多了，脸上也有不少皱纹，可吕树还是能从她脸上看出，她年轻时是如何风华绝代。

这样的女子竟愿意守寡照顾丈夫家的老爷子，在如今的社会里，这样的人真的不多见了。

"林婶，晚上好啊。"吕树笑着跟林婶打招呼。

"小树和小鱼啊，你们回来啦。"林婶笑着应答。

然而，就在吕树准备拉着吕小鱼回家的时候，吕小鱼忽然蹲下身子，眼巴巴地看着小煤炉上的药锅："林婶，我能喝点吗？"

林婶乐了："这是药呀，小鱼。"

吕小鱼想了想："那我就喝一小口！"

吕树当时就黑脸了："走走走，添什么乱呢你，别人的药你也喝！"

太丢人了啊，吕树这年纪，正是少年自尊心最强的时候呢，带着这么个小吃货，简直了！

那中药闻着就不是好喝的，好吗！

"噢。"吕小鱼心不甘情不愿地继续往里面走，一步三回头，明显还有点惦记那一锅中药。

林婶身后的屋子里传来低低的咳嗽声，有老者叹息道："年轻真好啊。"

林婶笑着应道："是啊，年轻真好。"

吕小鱼不再回头看那一锅中药了，而是眼巴巴地看着吕树："吕树，我想吃泡面，红烧牛肉的！"

"吃什么泡面啊，我给你煮面条吃。"吕树不情愿了，这么冷的天还得出门去买泡面，这大过年的，想要买泡面都得去隔着两条街的24小时便利店才行。

"你煮的挂面一点味都没有，我不吃，你去给我买泡面！"吕小鱼不乐意了。

"我不去。"吕树说着就要换鞋了。

"那你把你脖子上的小核桃敲了给我吃！"吕小鱼眼睛里闪着光。

"敲你个大头鬼啊，别惦记这个了，成不成？"吕树整个人都有点不好了，自己脖子上戴的玩意儿不是什么核桃，只是上面的纹路看起来像而已。

它和一般的核桃不一样，它更加黑，也更加圆。这个东西是跟着吕树一起到孤儿院的，他被遗弃的时候, 脖子上就戴着这个东西了。虽然吕树经常诟病那个孤儿院里的员工, 觉得他们都有点不负责任, 但吕树必须承认他们的品行还是端正的, 不然这玩意儿也留不到现在, 还在他脖子上戴着。

这东西虽然没什么用, 可对吕树来说, 算是一个不大不小的念想。

万一, 他是说万一, 万一他的父母想通过这个找回他呢, 这不就是一个线索吗?

虽然他对父母这个词并没有什么概念, 自己这么多年一个人也活得好好的。

当初有夫妇来孤儿院, 想要领养孩子, 院长牵着他的手走到那对陌生夫妇面前时, 他还对父母有过一丝期待。

然而在对方嫌弃他体弱多病之后, 那一丝期待也随之烟消云散。

自己好像真的不太需要父母了吧, 吕树偶尔会这样想想。

但是真的要扔了它, 他还是有些不舍得。

"我再说一遍, 这玩意儿肯定不能吃!" 吕树没好气地说道。

"别人的中药我都敢喝, 这有什么不敢吃的!" 吕小鱼不服气, "吕树, 你变了, 你以前不是这样的! 去年你还帮我。"

吕树的脸当时就黑了: "吕小鱼你够了啊! 我跟你说, 你再看爱情肥皂剧, 我就砸电视了!"

"那你得赔房东八百块钱。" 吕小鱼冷静分析道。

"我去……我去……我去给你买泡面!" 吕树转身就出门了。

站在门口的吕树紧了紧自己的领口, 洛城的冬季确实有点寒冷。

眼皮上忽然感觉到了一点湿润, 吕树抬头看去, 不知道从什么时候开始, 天空中飘起了细细的雪花。

细碎的雪像柳絮, 缓慢地从天空向大地坠落着, 飘零在地面上、屋檐上、吕树的身上。

自己和吕小鱼的关系为什么会这么好? 吕树站在门口看着天际落下的雪花, 心里想着, 其实他也不太清楚。

大概是因为十四岁那年过年时, 自己在孤儿院发烧的那天, 吕小鱼给自己倒了一杯热水; 或是因为自己被孤儿院里的其他人欺负时, 吕小鱼总是替自己喊来院长?

或许, 因为她和他都无依无靠, 所以抱团取暖?

又或许是因为吕小鱼毫无道理地信任他、依赖他, 让他有种莫名的责任感?

"管他为什么呢!" 吕树笑了, 既然这世上他已经没有父母、没有亲人, 多一个妹妹又有什么不好的? 即便这个妹妹整天给他闹幺蛾子。

冬季的天色暗得比较早一些, 因为是大年初三, 街上已经没什么行人了, 只有一些偶尔路过的货车, 过年还在跑车, 大家的生活都不容易啊。

不知怎么, 吕树又想起今天白天那个杂技表演者被带走的事情, 那个表演者会是现在网上大家猜测的超能者吗? 修道的人是不是真的存在?

为什么这一切在过去都只是个幻想, 今年却像是要马上走进人们的生活一样?

今天还有一件让吕树记忆深刻的事, 就是自己出了后台后遇到的那个叫知微的年轻人。

吕树想着那个有可能存在的、更加璀璨的世界, 有点走神了。

就在此时, 寒风犹如破碎了一般, 在吕树身前席卷着, 漫天的飞雪在两束突兀的灯光下显得格外动人。

那灯光来自吕树身后，当他回头望去时，刺目的灯光让他有些晕眩。

他没看清路，摔了一跤，就在他落地的一瞬间，他胸前的吊坠外壳骤然间化成了灰尘，露出了里面状似星辰的果实。他还来不及反应，状似星辰的果实就化为一道光飞进他的身体，并随着血液一路流淌，最终停在了他的手掌之中。在吐出一股暖流之后，它就彻底消失在了吕树的感知之中。

那股暖流犹如太平洋上由南向北而去的洋流，汇入吕树的心脏里。

咚！

咚！

咚！

强健有力的心跳声响起，心脏中有一团白色的火苗重新燃烧了起来。

有一种久别重逢的炙热火苗在吕树的体内燃烧，仿佛这炽烈的火苗本就该属于他，仿佛这强烈的归属感是亘古不变的道理。

啪的一声，吕树摔在了地上，一时间，天地间再无声息。

大魔王属性

吕树甚至身上连疼痛的感觉都没有，但擦破了手臂、身上的血迹是真的，那股热流也是真的，手心里一棵树苗的标记也是真的。

刚才可能发生了一些吕树自己都不太清楚的事情，而他近段时间一直都在琢磨那些关于奇异事件的新闻，甚至也想拥有那样的能力。

此时此刻，一切征兆都好像在告诉他：他与普通人不一样了。

虽然害怕，但此时吕树的心里更多的是兴奋和激动。每个少年都希望自己与众不同，如果在十七岁的时候，他们面临一个能选择是否拥有匪夷所思的力量的机会时，恐怕90%会选择是。

吕树转身就走，着实是白天杂技表演者被抓走的一幕太吓人，谁知道对方会不会很快就出现在这里。

他原本是打算直接回家的，想了想，继续朝超市那边走。这片区域里，大年初三晚上还在营业的，也只有那家张东来超市了。

"老板，两包红烧牛肉面。"满手是血的吕树递了一张五块的纸币过去，超市的中年老板张东来惊疑不定地看着吕树。

吕树从货架上拿了两包红烧牛肉面就走，他也知道自己的模样太吓人。

雪还在下，当雪花飘过昏黄的路灯时，这一幕场景就像是熟悉的某个电影片段。

吕树在一层薄薄的积雪上行走着，留下了一串长长的脚印，白色的雪与黑色的地面，昏黄的灯光与深邃黑暗的天际,突兀又和谐。

忽然他回头看了一眼刚刚经过的马路,仿佛生命里有什么东西开始变得不一样了。

……

"吕树! 你怎么了?"在吕树打开家门的那一刻,吕小鱼惊慌地问道。

实在是这一身的血污太过显眼,刚才在路上,两个行人也是被他的样子吓得躲得远远的。

"没事,摔了一跤,不过没有受伤。"吕树解释道。

吕小鱼看吕树就像是在看一个智障,这一手臂的血还叫没有受伤?!

他不再跟吕小鱼解释什么,因为他知道这事儿压根就解释不清楚。

热水冲洗着吕树的身体,吕树站在莲蓬头下审视着自己,弥漫的水汽把卫生间的镜子蒙上了一层水雾。

"并没有什么不同……"吕树小声嘀咕了一句,此时他的身体跟原来没什么两样,起码从外表看是这样的。

如果不是手心多出的一棵树苗纹路,他恐怕真的以为刚刚发生的都是一场白日梦。

吕树凝视着手心的浅白色树苗印记,骤然间,他的脑子里打开了一个界面:主菜单。

主菜单下面还有三个选项:购物商店、抽奖中心、收入记录。

吕树在脑海中点开购物商店看了一眼,列表里面只有一个商品是亮着的,其他全都灰蒙蒙一片,连东西是什么都看不清。

而那个可购买的东西就有点神奇了。

星辰果实,售价1000。

然后商店下面则是一行小字:余额,697。

吕树有点纳闷了,这697是怎么回事? 这商店里的货币又是什么? 自己在里面怎么会有余额呢?

结果就在这个时候,697忽然跳动了一下,变成了701!

吕树记得主菜单还有一个收入记录选项,他赶紧点进去看了一眼,原来那里面是一些收入的明细。

张东来的负面情绪增加131点、增加27点、增加5点、增加1点、增加1点。

这玩意儿好像是持续变化的,可那个来自张东来的负面情绪是怎么回事啊? 张东来不是那个超市的胖老板吗? 难道是因为自己吓到了他,所以他的负面情绪就变成了自己的收入?

话说这不是传说中别人越恐惧,他就会越强大的大魔王属性吗? 只是人家是直接就强大了,自己还得买东西练级才可以?

吕树往下看去,来自曲洋的负面情绪加了10多点,来自李林的加了10多点,这应该是自己遇到的那两个路人。

来自吕小鱼的100多点,估计是自己刚才吓到了她吧。

这时候,吕树重新把记录的列表拉回最底下,又看到一行小字出现:知微的负面情绪值增加1点。

吕树觉得很莫名其妙。知微不是下午的那个年轻人吗,自己不就怼了他一句,怎么到了现在还有怨念呢? 那人是有多记仇?!

不过这么看来,不仅恐惧能增加自己的收入,好像只要是负面情绪就可以——怨念也可以啊!

想到这里，吕树忽然松了口气。如今世道好像忽然乱起来了，自己要是扮个鬼，忽然跳出来一个维护正义的超人，然后拿雷劈自己一下，那可就不好了。

既然异能都有了，恐怕除魔卫道的人迟早会有的吧。

至于让人产生怨念……这事吕树在行啊……

吕树明白这收入是从哪儿来的以后，点开最后一个选项：抽奖中心，里面是一个转盘，有指针，有按钮，按钮旁边是一行小字：每次抽奖100。

这吕树就开心了，起码现在就能试一试啊。他点了一下开始，转盘开始转了起来。他在脑海里一喊停，转盘便减速——

谢谢参与!

苍天啊! 吕树当时差点就把浴室里的洗脸盆砸了。这是什么啊?! 你是神奇的系统啊，怎么还会有"谢谢参与"这么坑的选项，还能不能玩?

这还转个什么啊!

吕树总共就701的负面情绪值，这就挥霍了100。然而真要他现在停手，他也不甘心，毕竟在这个系统里，这是他现在唯一能做的事情。

呵呵! 抽了!

转盘又转了起来……

谢谢参与!

谢谢参与!

谢谢参与!

吕树连续点了五次，都是谢谢参与!

他的运气这么差吗? 谁能告诉他，这个系统中"谢谢参与"出现的概率到底是多少?

吕树现在连转盘上是什么东西都不知道，只看见谢谢参与了，这是个多坑的系统啊!

最后一次，转盘转了起来。吕树毫不犹豫地喊停，当转盘停下来的时候，他赫然看到转盘指针所停的位置，迷雾渐渐散开，不是谢谢参与，而是一枚红色的果实，长得特别像李子。

"洗髓果实已存入物品栏，物品栏内物品可凭意念随时提取。"

"提取。"

吕树的意念中才出现这个词，手上就出现了洗髓果实的实体。他瞅着出现在手心的这个看起来就很好吃的果子，话说洗髓果实是吃下去就可以易筋洗髓的意思吗?

吃还是不吃? 根本就不用犹豫，吕树把果子放进了嘴里，那颗果子入口便化成一股热流进入了吕树的身体里。

原本这小平房没有暖气，所以冬天洗澡还是有点冷的。结果吕树吃完它，瞬间一点都不觉得冷了，只觉得身上热烘烘的，还开始出汗了，就好像自己的身体通透了一些，很神奇!

往日里，因为身体虚弱所缠绕着吕树的感觉已经荡然无存，仿佛这颗果实帮吕树打开了身体里所有的枷锁。

且不说自己是否能成为传说中那些移山填海的超人，仅仅是改善了他虚弱的身体，就已经让他喜出望外了。

平日在学校上体育课，老师都会主动让吕树站到一边休息；同学之间打个篮球、踢个足球，吕树都不好意思参与。

他病恹恹的样子，跟女同学说话都有点底气不足。这个时候，吕树再次点开自己的余额，只剩下1了，来得快，去得也快啊。

忽然，里面多了1：知微的负面情绪值增加1点。

那人还真是记仇啊……吕树觉得这个系统也挺神奇，起码知道是谁对自己有怨念，不是吗？

"吕树，出来吃面！"吕小鱼在外面喊道。

吕树下意识喊了一句："记得帮我放点葱花。"他们自己院子里就种了葱，不放白不放。

然后吕树眼瞅着收入记录：吕小鱼的负面情绪值增加10点、增加10点、增加10……

吕树倒吸一口冷气，忽然就有点郁闷了……要是一般人，恐怕得赶紧出去哄哄外面的小姑娘，但吕树不是一般人……

"再放点香菜！"吕树大吼一声。

吕小鱼的负面情绪值增加10点、增加10点、增加10……

吕树琢磨着，吕小鱼这熊孩子估计能承包自己日常生活里一半的负面情绪值！

想着想着，吕树就乐呵呵地出去吃泡面了，他瞅着吕小鱼板着的脸，心里偷着乐。

"吕树，以前都是你煮泡面给我吃的！"吕小鱼黑着脸。

"没事，以后都让你煮。"刚说完，吕树看着自己的收入记录里又增加了20，乐得不行。

不过，他也不能老欺负这孩子，毕竟这偌大的世界，只有他们两个相依为命的。

窗外的雪越下越大，整个世界变成了白色的，寂静的雪花慢慢落下，就像是一声声叹息。

是啊，全世界也就只有他们两个相依为命了。

"吕树，我们等会儿去堆雪人吧？"吕小鱼试探道。

"好啊，"吕树笑道，"堆个什么呢？"

"等会儿再说，还没想好呢。"吕小鱼低头继续吃泡面，她愿意从孤儿院里跑出来跟吕树待在一起，不是因为吕树对她有多么好，就是觉得跟吕树在一起时就像是一家人一样。

最终两个人也没堆起来什么像样的雪人，这一大一小都没什么艺术天赋，人家堆雪人都是好看得不行，还有各种动漫造型的，结果到了他们这里，小栅栏围起来的院子里只有两个一大一小的雪人，歪七扭八的，勉强能看出个人形。

一大一小两个雪人紧紧地挨在一起，孤苦伶仃地伫立在这个寒冷的世界里。

"吕树，我怎么感觉你好像一点都不累啊？"两人堆完雪人回到屋里的时候，吕小鱼有点疑惑，平时吕树出去买一袋十斤的米都要累得气喘吁吁的。

吕树想了一下，好像还真的不太一样了。小说里总是写根骨好的人才能修炼得更快，那自己现在吃了洗髓果实之后，是不是就算有好的根骨了？

想到这里，吕树自己先笑了，他还不知道那个不一样的世界到底是怎么回事呢，就开始异想天开了。

谁知道未来怎么样呢，走一步看一步吧，眼下自己得到的这个新系统也得继续研究。

回到屋里，吕树窝在沙发上乐呵呵地玩着手机。吕小鱼好奇地看了一眼，结果啥也没看到，便问："吕树，你在干吗？"

"聊天啊。"吕树继续盯着手机。

"让我看看，"吕小鱼扒着吕树的手，正好看到吕树在发微信，聊天窗口上是三个字：漂流瓶。

吕小鱼鄙夷道："吕树，你竟然玩漂流瓶！"

吕树懒得理她，捡起一个漂流瓶：有可爱的肥宅小哥哥吗？

吕树：大哥哥，要不要？

对方：……

吕树：你是肥宅吗？

对方：嗯。

吕树：肥宅不减肥，还有心情在这儿捡瓶子？！

对方直接崩溃了：你是不是有病？！

而吕树则乐呵呵地看着自己的收入记录：卢孟宇的负面情绪增加50点。

可以可以，收获不小，吕树乐呵得不行。通过这玩意儿，负面情绪值来得很快啊！要说吓人，吕树可能还没什么头绪，但怎么能让人产生怨念，他简直就是行家里的行家！

接着他又捡了一个漂流瓶，对方上来就问：睡不着，谁有片子发来看看。

吕树：我有，胸部特写的。

对方：快发来，好人一生平安！

吕树从网上搜了一张拍胸腔的X光片给对方发了过去。

对方：？！

李明乐的负面情绪增加20点。

吕树抱着他去年忍痛花了几百块钱买的国产神机玩得不亦乐乎。先甭管这收入最后能买到什么，抽到什么，当下的他是很快乐的，就像是自己的才能有了光明正大可施展的地方一样，如果这也算是才能的话……

吕树自从离开孤儿院以后，在洛城外国语学校高中部上学有两年了，到现在也没太多朋友的原因，可能就是他的性格有点不正经，容易噎死人。

知微的负面情绪增加1点。呵呵，吕树算是服了他，忒记仇了。

他努力了一晚上，眼瞅着就快凑够自己负面情绪值的巅峰700了。一颗星辰果实是1000值，吕树想试试这个果子是个什么效果，但转念一想，话说自己还不懂怎么修行呢，这玩意儿都不晓得到底有个什么用处，也不知道有没有保质期，会不会放坏。

眼下好像只有洗髓果实对自己的用处是最大的，抽奖到底能抽出什么东西来？会有秘籍这种东西吗？想到这里，吕树的内心有点发热了。

他已经猜到，自己所拥有的东西恐怕和别人是不一样的。毕竟当初为了寻找自己的身世时，他上网查了无数资料，但没有人知道他脖子上戴的是个什么玩意儿，它好像就是一个独一无二的物品。

而且那些视频里的人，有些说能力是忽然出现的，有些又说能力是受到刺激以后出现的。

还有人拍到道士在山巅吞云吐雾与吸收日月精华，由此看出，大家获得能力的方式好像都不大一样。

但看起来，明显已经有人比自己先行一步，吕树很想知道自己的这个系统会不会给自己修行的功法，这样自己才能迈出在新世界的第一步。

不过，如果真的是灵气复苏这种原因的话，那么就算那些人是比自己先行一步，估计也差不了太多吧，毕竟出现异常事件的时间也才几个月而已。

吕树吞下洗髓果实，也不过是迈出半步而已，没有修行的方法，一切都是竹篮打水一场空。

凑够700负面情绪值，吕树把吕小鱼攥回了自己的屋子，然后一鼓作气，连抽七次！

吕树面无表情地看着转盘连出了五次谢谢参与，脸已经黑透了。

别人都是直接获得能力，传闻中有的人受到刺激就能唤醒强大能力的这种属性，简直太让人羡慕了。

他现在也被刺激了，可人家受了刺激就能得到能力，自己受了刺激只能得到谢谢参与！

然而霉运不总是在吕树这一边，第六次，他抽中了洗髓果实。一眼见到洗髓果实的时候，吕树已经陷入了巨大的狂喜，这玩意儿的效果是显而易见的，既然出现了第二颗，那就说明它出现的概率应该不低吧，而这也意味着自己瞎琢磨出来的"根骨"能够继续提升。

第七次，在转盘上出现的竟然是一张金色的纸，上面写着吕树耳熟能详的句子，甚至让他唱了出来——"一闪一闪亮晶晶，满天都是小星星……"

吕树：这是个啥？！

谁能告诉我这是个啥？！我好不容易大半夜捡了那么多的瓶子，扔了那么多瓶子，结果抽奖抽出这么一个玩意儿？

得亏自己的怨念没法化成系统的负面情绪收入，不然他已经天下无敌了，好吗？

吕树当时就迷糊了，他觉得现在自己就已经受到了巨大的刺激，为什么还没唤醒强大的能力？这系统就是来刺激他的吧？一定是这样的！

可是他再往下看去，歌词好像有些不一样了：

一闪一闪亮晶晶，满天都是小星星。

远浮于世烟云外，似若钻石夜空明。

烈阳燃尽宙合静，落日不再星河清。

漫漫长夜路何寻，直到炽焰长歌行。

吕树试着把整段都给唱出来了，这金色的纸也没有什么不同的地方，他又正正经经念了一遍，也没什么反应。

虽然词不同了，可你再不一样，也是《小星星》啊。吕树手里拿着这张金色的纸，有点无力抱怨了。

此时，隔壁的吕小鱼忽然隔着墙大喊："吕树，吕树，雪停了！"

吕树听后，望向窗外。

此时窗外雪后的天空，星辉璀璨，星河灿烂。寂静无声的夜晚，银白色的星光透过透明的玻璃窗户照进屋子里，那张金色的纸在星光的照耀下燃起了白色火焰。

那火焰跳动，如最炙热与丰盛的时光。金色纸在火焰中化为纯白色的灰烬，而这灰烬却直接奔向吕树手心的树苗印记，最后与之融合在了一起。

吕树忽然感觉，自己这个时候再唱这首不同寻常的《小星星》，也许会出现什么不同寻常的事情。

世界太冷漠

虽然觉得有些别扭，可是在金色纸张化成灰烬，与手心的树苗印记合为一体之后，吕树惆怅地望着窗外犹豫了好久，终于唱了出来："一闪一闪亮晶晶，满天都是小星星……"

仅是第一句刚结束，吕树便已感受到这夜晚冰冷的空气中有些异样，它们仿佛成了吕树与头顶浩瀚星空连接的媒介物。

歌声向浩瀚的星空飞去，寒风将地面上的积雪一吹，便扬起一片雪沫，而无边无际的银河则像是一条真正的生命长河，永不停息地流向远方。

这首儿歌竟是连接吕树与星河之间的一种渠道。

雪已经停了，可在吕树的眼中，星河忽然洒下如同大雪般的光辉，且朝他而来。

星辉犹如雪花般轻飘飘向人间坠去，轻盈而精致，如同这世界上最美丽的艺术品。

星辉穿过了冰冷的空气，穿过了稀薄的云层，穿过了屋顶与窗户，最终落在吕树的身上，然后转瞬消逝。

吕树自觉身体内竟多了一点点星光，它们正在急速向着他身体内的某一处汇聚，最终在胸腔之内交汇，似乎于身体之中开辟了一片巨大的星图。

说实话，吕树心里有些惊慌，他没想到这张不知名的金色纸上记录的东西，竟然能引起这么大的动静。

虽然他有想过自己一定得修炼，然后去见识更大的世界，可当这一切到来时，他还是有点慌张。

因为没人告诉他到底该怎么修炼，他也不知道该怎么面对即将到来的一切。

唱完一曲《小星星》，吕树隔着墙喊道："小鱼，你刚才看见窗户外面飘落什么东西了吗？"

吕小鱼隔着墙吼道："你别想骗我，我一直看着窗外呢，根本什么都没有。"

吕树忽然松了一口气，既然吕小鱼这么说，那就肯定是什么都没有发生了。原来那星辉别人是看不到的，它不是表象，而是内在的能量。

如果吕树一唱歌，头顶就有一条星河连接星空的话，他估摸着不到一会儿，就该有人找上门来了。然而比起这个，人形自走、卫星定位什么的都弱爆了，好吧！

不过此时吕树还是倒吸一口冷气，不知道他想到什么了，之后脸就有点黑了。

合着这功法只能唱着歌修炼吗，不唱歌就会停下来？创造这个功法的人不觉得羞耻吗？

人家是无敌剑诀，喊一声就召唤出上万柄神剑，又是什么道家气法的，怎么到了他这里就得唱《小星星》?!

吕树差点就把手边的杯子摔地上了!

这要是自己以后有了孩子,人家问:爸爸,你会唱《小星星》吗?

吕树怎么说?

呵呵,会啊,我唱给你听。

不过就在这个时候,吕树意识到商品列表里的星辰果实到底是干什么用的了,如果没猜错的话,恐怕就是专门与这个功法相结合的修炼资源。

在这个正在慢慢发生变化的世界上,吕树不知道其他人的修炼资源是什么,但按常理来说,总不会是什么唾手可得的东西。

就在此时,吕树看到窗外的夜色里燃烧起了一片火红色的光亮,这光亮在大年初三的晚上显得如此突兀。

那不是烟火的模样,烟火应该是一抹光亮向天空激射,随后炸裂成巨大的花朵。

此时天空中的光亮反而像是地面的一种映照,犹如一面旗帜在千米高空摇曳。

火灾吗?吕树心中惊疑,红色的火光还在不断晃动。不久,吕树就听到了消防车的鸣笛声,确定是火灾无疑了。这大半夜的,怎么会发生这么大的火灾?

更让吕树觉得疑惑的是,那火焰的气息让他有种亲近的感觉,心口那团火苗正随着那片光亮跳动。这还是车祸以来,吕树第一次明确感受到心口那白色火苗的动静。

他并不知道自己心口的火苗到底意味着什么,也不知道它从何而来,更不知为何它会让自己有久别重逢的感觉。

好像一夜之间,世界就变得陌生起来。

吕树到隔壁对吕小鱼说道:"你老实待在家里,我到房顶上去看看。"

"我也要去……"吕小鱼说着就开始往外走,不料吕树哐的一声就把门给关上了。

"不行。"说着吕树就出门了。

吕小鱼的负面情绪增加50点。

吕树又开始郁闷了,这小姑娘怎么这么容易对自己有怨念?不过,这收入记录真的可以让他随时知道别人是否对自己有怨念,程度是多少……就是不知道有没有能够屏蔽自己身上这系统的人……

吕树轻手轻脚地爬到自己住的平房上面,平时这里他们会晾点萝卜干什么的。之前下雪了,吕树都没想起来要把竹筐里的萝卜干给收起来,现在正好收一下。

春秋时节,吕小鱼倒是很喜欢拉着吕树来房顶上躺着。

那时候,两个人枕着胳膊就能看到广阔的天空,天上时而有鸟飞过,那样的时光总是温柔又安逸。

吕树站在平房顶上看向火光之处,他很好奇造成今晚这场大火的是不是他想的那些身怀能力者。

忽然,他看到一道黑影在院子里这一片平房上面跳跃着,好像是两个人,正快速地朝着自己这个方向奔来,他们身后则是巨大的雪浪——那是风卷起的气浪。

黑影身手极为敏捷,虽说平房之间的距离并不大,可他们在房顶上奔跑,却如履平地般轻松。

黑影好像也发现了吕树，慢慢停住了脚步。在这个过程中，来历不明的两个人已经分开，形成巨大的夹角，像是随时准备从两面夹攻吕树的意思。

一边是刚刚爬上房顶的吕树，一边是来路不明的高手，双方竟然有点对峙的意思。

夜色太黑，隔着十几米距离，吕树看不清对方的长相，但隐约间看到对方两人身上随风摇曳的黑色风衣，以及紧绷的肌肉，还能感觉到他们身上凛冽的气场。他们蓄势待发，犹如随时要跳起来伤人一般。

对方好像也不清楚吕树的底细，大半夜有个人站在屋顶上，怎么看都有点不正常。

吕树犹豫了一下，就打算顺着梯子爬下去了，毕竟对方身手看起来很好，而且大半夜的在房顶上跳来跳去，怎么看都觉得有点不正常……

而且最关键的是……黑色风衣。

这触碰到了吕树的敏感神经，虽然黑色风衣有很多人穿，但在这种时间、这种地方忽然遇到，还是让他不由想起下午的那一幕。

对方好像没有想到吕树会有这么的反应，竟是愣住了几秒……

不根本不行啊，吕树现在有苦自知，从出生到现在，自己最接近那个奇怪世界的时刻，也就是刚刚而已。

如果说现在的吕树有什么不同之处，那就是脑子里的商店系统、手心的树、心里的火还有胸腔里的星图。

再深究的话，还可以把他吃过洗髓果实的身体给算上。

除了这些以外，他真的是一点战斗能力都没有啊，这么多东西说起来好像还挺唬人的，但要真打起来，他百分之百就是一秒就倒下的选手。

反杀这种事情，在吕树这里压根就是不存在的事情，打不过就跑才是常理。鬼才知道今天下午在杂技团后台被带走的那个人到底怎么样了，吕树不想落到那样的下场。

他不是什么英雄好汉，也不是什么怀揣着超级英雄梦想的热血少年，就是一个已经趴在井口，想要看一眼外面更广阔世界的高三学生而已。

吕树还要去研究自己身体里的那些秘密，也要照顾好吕小鱼，直到她有独立生存的能力，就像是哥哥守着妹妹长大一样，虽然她从来都不承认他们是兄妹，但她给自己起名的时候用了一个吕字。所以吕树不能在今晚就出事，他要做的事情还有很多。

吕树抱着竹筐慢吞吞地爬下屋顶，然后看着正在与自己对峙的那两个人甩了甩头。

对方有点疑惑：甩头是什么意思？

吕树有点无奈：兄弟，你们赶紧走吧，你们在这儿杵着，我有点慌啊……他又指了指对方原本要走的方向，意思就是：你们走吧，我把路让开了。

这个时候，吕树已经准备随时跑路了，鬼知道这到底是些什么人。

今天晚上诡异的事情实在太多了，吕树都感觉自己有点跟不上节奏了。

先是一场火点亮了洛城的天空，然后自己又在屋顶上遇到了下午遇见的黑衣人。

然而吕树虽然让开了，但问题是，对方好像并没有打算就这么算了，他们一步一步谨慎地朝吕树走来，然后身手敏捷地连续越过了两个房顶。

夜深人静，月光映照着房顶的积雪，格外刺眼，脚踩在积雪上嘎吱作响，那房顶上的脚印是黑色的，看起来无比突兀。

话说，那两个人不会跟火灾有什么关系吧？吕树现在再回想对方刚才的样子，还真有点像是在逃命的感觉。

"你是谁？"其中一人站在屋顶上，居高临下地俯视着吕树，黑色风衣犹如大氅一般，衣袂在凛冽的风中哗哗作响。

"我住在这里，你们是谁？"

屋顶上的两人对视一眼："大半夜的，跑房顶上干吗？"

"下雪了……收萝卜干……"吕树举了举手里的竹筐，把竹筐上的积雪扫开，露出了里面的萝卜干。

屋顶上的两人面面相觑，这小子还真是上来收萝卜干的？！大雪都已经停了，他才想起来收东西，怕不是个智力障碍者吧？！

"回家吧，这里不安全。"一人开口说道。

吕树腹诽：就是你们在这儿，我才不安全好吧？他哦了一声，转身就掏出钥匙回屋里了。

直到他掏出钥匙打开门的那一刻，来自头顶的压力才骤然消失。

对方竟是直到这时候才终于相信他没有异常。

吕树把门关上后轻轻喘气，这个世界，果然不正常了啊。

之前他还有些担心，万一自己身上所发生的那一切能被感知到，那该怎么办？

他有这个顾虑是因为在火灾发生的时候，他能隐隐约约感觉到那个方向有异常。

这不是直觉，而是感觉，是实实在在的东西。

此时此刻，他心脏里的白色火焰跳动不息，星图缓慢地以莫名轨迹运转，如果这些被对方感知到的话，他恐怕也逃不掉被带走的命运吧。

但眼下看起来，对方好像并没有这个能力？又或者说，自己身上的这一切，他们感知不到？

就在这两次接触的过程中，吕树发现对方虽然行事诡异，但好像并不是什么滥杀无辜的人，起码在整个过程中，对方并没有对自己采取任何暴力手段。

吕树靠在沙发上沉思着，那个世界到底是怎么样的呢？

此时，正在向远处奔袭的两人低声交谈着："确定他没有问题吗？"

"没有任何波动，普通人。"

"那就好。"

"吕树，你刚才在外面和谁说话呢？"吕小鱼趿拉着拖鞋从房间里出来。

吕树也不知道该怎么跟她解释，他准备找一个合适的机会告诉她，让她知道他现在已经不是一般人了，以后别没大没小的！

不知道这个系统会不会出其他的修行功法，要是有适合吕小鱼的好像也不错。

就在吕树考虑如何回答吕小鱼的时候，他们门外的院子里忽然传来咚的一声，像是有什么重物掉在了地上。

吕树骤然间回头，今天晚上怪异的事情实在是太多了，由不得他不上心。

他悄悄往门口靠去，透过门上的猫眼看了一下，门外竟有一个人躺在雪地上！

现在室外温度恐怕有零下四五度了，这人要是在雪地里躺一晚上，肯定得废了，搞不好还会出人命啊！

"你待在屋里，我出去看看怎么回事。"吕树小声跟吕小鱼交代。

结果他刚说完，自己的衣角就被身后的吕小鱼给拉住了。吕小鱼也不说话，就是死死地看着他。

"松开松开！"吕树低声吼道。

吕小鱼的负面情绪值增加50点。

噗，你这是闹哪样？现在外面很危险的，好吧。

吕树想了想，开口说："你跟在我后面别吭声，不许不听我话。"

吕小鱼赶紧点头，小脑袋点得特别快。

两个人偷偷摸摸打开门钻出去，吕树第一时间就去打量那个人的模样，结果这一看就发现，他竟然是下午那个被黑衣人带走的表演者！

这就很有意思了，前面刚刚跑过去两个黑衣人，结果这个人就倒在了自己的门前。吕树发觉地上这人脸上煞白一片，看起来很虚弱的样子。

怎么办？

这人不是被带走了吗，怎么跑出来的？吕树不认为那群自称消防大队的黑衣人会好心把这人给放出来。

此时此刻，他心中十分确定，远处的火灾一定与这人有关，因为这人的能力应该就是与火有关的。大年初三，一场能够照亮城市的大火忽然燃烧起来，而这个表演者刚刚从不知名的地方逃离出来。

吕树甚至猜测，这人也许就是为了脱身才在市中心烧起了一把大火，前面的两个黑衣人很有可能就是在搜捕他。

这人的心还真是狠啊，竟然为了自己逃命，放了那么大的一把火，也不知道火灾有没有造成人员伤亡？

当然，吕树知道这一切只是他的猜测罢了。

他现在最担心的，就是自己和这些人扯上什么关系。

有人说能力越大，责任就越大。吕树觉得这种观念有点扯，自己管好自己的事情就行了，人活着，本来就得自私一点，真无私到把自己都给无私没了，也没人发抚恤金给你。

在这世上，随着时间的流逝，一个个英雄出现，然后一个个英雄又在被取代后消失，这好像是一种荣耀。

其实，在这个世界上，从不曾有一个人能取代另一个人的位置。所谓的取代，只是以前的那个人被遗忘了。

此时此刻，如果黑衣人又回来的话，吕树就头疼了。

"怎么办？救他吗？"吕小鱼仰头问吕树。

"我也不会人工呼吸啊，不过好像人工呼吸用在这里也不合适。"吕树惆怅地看着地上的人，"咱们打120吧，你去给他煮一碗姜汤，说不定还能有点帮助。不过听说120出诊是要收钱的，咱们不掏这个钱，就说完全不认识他，让他醒了以后自己掏。"

对于吕树这种人来讲，钱能干很多事情，肯定不能随便花在路人身上。帮这个人打一个120急救电话，再煮一碗姜汤，已经是仁至义尽了啊。

梁澈的负面情绪值增加70点。

吕树意识里收到这个收入记录的时候明显愣了一下，眼下最有可能对自己产生负面情绪的人不就是地上躺着的这个人，可晕厥的人能产生负面情绪吗？

合着他躺在地上是装的啊……

吕树当时就黑脸了，这碰瓷都碰到院子里来了啊！这你能忍吗？这是在利用自己的同情心啊！

"搭把手，抬他一下。"吕树轻声对吕小鱼说道。

吕小鱼问了一句："要抬到屋子里去吗？"

吕树想了想，做了决定："抬到院子外面去，不管他了。"

吕小鱼："什么？！"

梁澈的负面情绪值增加470点。

吕树在心中大呼厉害，简直赚大了，好吗！这还是头一次有人给他贡献这么多负面情绪！

此时，地上的梁澈不得不悠悠醒来："水……水……"

哎哟，吕树乐了，这人装得还挺像。

对方应该是真的挺虚弱，这个伪装不了，但没有刚才装得那么严重。

吕树殷切地蹲下身子："没有水，吃点雪吧。"

梁澈的负面情绪值增加170点。

地上的梁澈当时都迷茫了，从什么时候开始，民风变得这么不淳朴了？进屋喝一口水都这么难？

他挣扎着起身："能扶我进屋吗？"

梁澈心想这孩子可能是因为没遇见过这种情况，所以没理解自己的意思，那就明说好了。

然而他身子刚坐起一半的时候，吕树就把他按回了地上："不行。"

梁澈的负面情绪值增加800点。

我的天，吕树乐呵得不行，这个人竟然能给自己加这么多负面情绪呢，好有意思！

眼瞅着买第一颗星辰果实的钱都有了啊。

此时梁澈终于明白了一件事情，眼前的这个少年哪里是没明白自己的意思，他就连打120都要说不认识自己，自己主动要求进屋，他也不同意，这是怕自己讹上他们吗？！

梁澈脸上的表情渐渐变得平静。

吕树心里一紧，这是想要杀人灭口？

吕树原本就推测这人或许是在逃命，若是今天救了他，说不定风声传了出去，自己就是黑衣人组织的下一个目标了。可是不救他，他的样子又像是要杀人灭口。虽说吕树今晚好像窥探到了另一个世界，但在此之前，他生活的世界是正常的，他自己也是正常的，身边没有血腥，没有战乱，也没有逃离制裁的法外狂徒。如果这人真要杀人灭口，他还真不知道该怎么办。

一时间，吕树脑子里乱糟糟的，想了一大堆东西。此时梁澈身上发力，想要坐起身来，结果梁澈刚刚起身到一半，就又被吕树给按了回去。

梁澈瞪着吕树，而吕树无辜地看着梁澈。

梁澈的负面情绪值增加100点。

梁澈再起身，吕树再把他按回去……两个人就这么你来我往了五六次，梁澈终于发现，这少年的劲儿还挺大的……

而吕树看着自己账上新增的负面情绪值，就差眉开眼笑了——第二颗星辰果实都快有了啊！

梁澈不得不承认他确实被这少年按着起不来的这个事实，脸色已经非常不好看了："你按着我干吗？"

"你需要休息……"

梁澈："……"

你见过有人在冰天雪地里躺着休息的？梁澈觉得自己不能再浪费时间了。他从那个地方逃出来并不容易，这个时候，那个部门的人恐怕还在搜捕他，所以他不能继续在这里冒险了。

原本他是想随便找一家民居躲一躲的，经过这里时，看到院子里有两个一大一小的雪人，他心里想着这么有童心的人，搞不好也会有爱心吧？

然而，就是这个判断让梁澈现在躺在地上起不来了……

一失足成千古恨啊！

在这零下四度的寒风里，竟有一股温热的气息从梁澈的手掌里奔涌而出，传至吕树的胳膊上时变成了炙热！梁澈希望以自己的能力震慑到吕树，倒不是为了真的伤人，实在是被吕树按着，他真的站不起来了……

这一瞬间，吕树心里一惊，这是对方的能力。没想到梁澈在这么虚弱的情况下，还能使用其能力。

不过吕树还是发现了，在下一刻，梁澈的脸色更差了。

使用能力会透支梁澈的精力吗？吕树在想，梁澈身上并没有什么伤痕，可见他被黑衣人带走之后，并没有遭受什么非人的虐待。

可他为什么这么虚弱呢？是因为他在市中心放了大火，所以透支了精力？

如果是这样的话，梁澈来自己家门口碰瓷，很有可能就是想随便找个地方缓口气，他还有恢复过来的把握。

刹那间，黑夜里地面上的积雪骤然被一团火光映照成了危险的红色，光的倒影在雪地上不停摇曳，风也改变了方向。

吕树刚想松手迅速脱离梁澈身边，却发现梁澈已经抓住了他的手臂。

梁澈手上的火不知道怎么的，噗的一下竟然熄灭了。

气氛忽然变得诡异起来，吕树瞪着梁澈，梁澈则一脸茫然地看着自己抓着吕树手臂的手……

梁澈再次启用自己的能力，一簇炙热的火焰再次燃烧起来。

此时吕树心脏内的那朵白色火焰轻轻跳动了一下，梁澈手上的火焰再次熄灭……

梁澈的负面情绪值增加150点。

白色火焰跳动的幅度极其小，就连吕树自己都不曾察觉到异常。

而这一切对于梁澈来说简直是晴天霹雳，是因为自己的精力已经达到上限了吗？使用能力的时候，他确实有点后继无力的感觉，而且他觉醒的时间其实很短，还没有完全掌握自己的能力。

所以，梁澈根本没明白这到底是发生了什么！

他还有点不信邪，燃烧！

噗，熄灭……

梁澈的负面情绪值增加150点。

燃烧！

熄灭……

梁澈的负面情绪值增加150点。

“嘶……”梁澈倒吸一口冷气，尴尬道，“如果我说刚才是跟你开玩笑的，你信不信？”

“信啊，没事，你继续啊。”吕树看着来自梁澈的负面情绪就乐呵，这人竟然虚弱到伤不到自己了，在这种情况下，能多赚一点负面情绪就是一点啊。

现在吕树的负面情绪值已经达到了1900多，眼瞅着第二颗星辰果实都能买到了，他也想知道吃下星辰果实，再唱《小星星》是个什么感觉……

梁澈一听吕树这么说，心里想着这个少年的心还真是大啊，然而他又使用了两次能力，一样是瞬间熄灭的结果。

梁澈不敢用能力了，再用的话，自己估计连走路的力气都没了！眼前这个笑眯眯的少年简直就是他的灾星啊，也不知道这家伙为什么笑得这么开心，看起来跟捡到钱了一样。

梁澈的负面情绪值增加291点。

梁澈一脸生无可恋：“好汉，放我走吧……”

“我帮你打电话叫救护车？”吕树好心道，此时他还有点意犹未尽，不过他也清楚，万一黑衣人真的回来，自己也有点不好收场。

“不用不用。”梁澈听到救护车三个字时好像有点慌。

“哦，那你走吧，路上小心一点，早点回家，别让家人担心。”吕树点点头就松手拉着吕小鱼站开了，他没有理由留下这个人，也不觉得留下这个人对自己有什么好处。

即便现在自己身上也有了巨大的秘密，能够去窥一眼那个世界了，吕树还是觉得，这个秘密还是只有自己和吕小鱼知道最好。

他本身就是这么孑然一身长到了十七岁，以前自己的身边只有吕小鱼，以后也不太需要其他所谓的伙伴。

不是吕树冷漠，是这个世界足够冷漠啊。

梁澈有点欲哭无泪地站起身来，转身就走，自己真是倒了血霉，闲着没事干，非要倒在这家门口，换一家不行吗？

吕树瞅着梁澈虽然离去了，但来自对方的负面情绪值还在不停地以个位数或者十位数增加，感觉这一次真是赚大了。

他也不担心这家伙会闲着没事回来报复他，毕竟梁澈是泥菩萨过江，自身难保，逃命都来不及呢，哪里有空来管他？

吕小鱼拉着吕树的衣角返回屋里："刚才那个人是下午表演杂技的那个吗？"

"应该是他吧。"吕树点点头。

"他不是被带走了吗，怎么会出现在这里？"吕小鱼歪着脑袋问。

"可能是……为了自由？"吕树想了半天也只想出这一个答案，对于他而言，如果是他处在梁澈的境遇里，恐怕也会不遗余力地逃出来吧，还有什么比自由更重要的呢？

"他刚才是不是想烧你？"吕小鱼问道。

"看样子是的。"吕树点点头。

"那怎么又不烧了呢？"

"可能……他比较虚吧……"吕树解释道。

"那吕树你以后肯定不会觉醒了，或者就算觉醒了也没什么用，因为你比他还虚，从小就虚。"吕小鱼笃定地说道。

吕树当时就炸毛了："你在这儿胡说八道什么呢？我有能力的，好吧！我已经觉醒了！"

"是吗？让我看看？"吕小鱼冷笑。

吕树一下就被噎住了，自己哪有什么能力给这小姑娘看啊，都还没开始练呢！

吕树有点恼羞成怒了："赶紧回去睡觉，说了不让你出来，你偏要出来！"

"呵呵。"吕小鱼笑。

神秘刀大佬

一场前所未有的大火，足足烧了一天一夜才终于结束，当白昼来临时，几乎所有市民都能看到城市中心腾空而起的黑色浓烟。

那高达几十米的黑色浓烟冲天而起，触目惊心。

发生火灾的地方是位于纱厂路429号的购物中心，整条商业街都被烧成了斑驳的黑色，烟熏的痕迹给人一种恐怖的感觉。

有人说着火的时候，整个商场都是巨大的火焰，临近商场的整个世界都陷入了红色的恐慌之中，没人知道该怎么办，这么大的火想要扑灭都已经不现实了。

当大火蔓延至整个商场，就如同山林火灾一样，只能控制，无法熄灭。

消防部门所能做的也只是让火势不再扩大而已。

昔日里洛城人最喜爱的商场一夜之间灰飞烟灭了，这种事情发生在大年初三的晚上，简直是给整个洛城人新的一年一个不好的兆头。

好在商场在大年初三晚上七点就关门了，而火灾是在夜里十一点左右发生的，又是大年夜，就连路上都没什么行人，否则后果不堪设想。

幸好没有事。

然而这也只是此次火灾里的一个小枝节，最大的事情不是火灾本身，而是有人说拍摄到了某个人夜晚凭空释放火焰，点燃了整个商城的视频！

视频中那个人就站在人群中间，不少人都围上去看了，确确实实是在昨晚的商场外面，一个人抬手便能释放火焰。

场景就是这个商场，视频拍摄得很清楚。拍摄者躲在角落里，看视频时甚至能听到他紧张的呼吸声，仿佛看到了匪夷所思的事情。

如果说这个视频是后来别人制作的，那时间也太过仓促了，根本不够整理素材。

所以人们一看到这个视频就相信了。

他们不知道这到底是通过什么方式做到的，难道异能真的存在吗？

有些事情距离人们太遥远的时候，人们会无所谓它是否存在——有没有美国队长，有没有绿巨人，好像都无所谓。

然而得知昨晚的火灾就发生在自己身边的时候，人们忽然开始骚乱了——如果这件事情是真的，那之前的那些视频是不是也是真的？有人恐慌，因为不知道该怎么面对存在异能的世界；也有人欣喜，因为他们过惯了平凡的日子，向往绚丽多彩的世界，即便那个世界很危险。

只是稍微不留神，提供视频的神秘人就消失不见了，视频也没有了。

然而关于异能的消息，却口口相传，迅速向外传播着，像是星火燎原一般。

这个冬天里的一场大雪，忽然燃烧了。

吕树在家里带吕小鱼看着新闻，新闻里只说这是一场火灾，事故的具体原因还在调查之中，疑似商场内部的易燃易爆物品存放不当。

如果说老百姓只是通过视频来了解一切的话，那么吕树觉得自己很有可能属于知道真相的人之一。

吕树从这场大火里嗅到了一丝不安，其实自己就是个普通人，就算有了与众不同的能力，自己偷着乐就好，万一那个世界太危险了，他又能怎么办呢？

但不知道为什么，他总觉得那个光怪陆离的世界到来时，谁都无法置身事外。

如果真是这样的话，那他必须尽快掌握自己身体里的秘密，必须尽快！

现在他手里的负面情绪值已经达到了2493，买一颗星辰果实已经绰绰有余了。

买两颗，或者是买一颗，剩下的再抽奖试试？

吕树现在除了想要知道星辰果实到底会对自己有什么助力以外，还想知道抽奖系统里还能出些什么东西。

晚上，吕树坐在沙发上，一边陪吕小鱼看重播的春节联欢晚会，一边思考着自己的负面情绪值该如何抉择。虽然2000多看起来是很多了，但吕树觉得自己还是应该慎重，要想好如何花这笔经验值。

现在商店系统里只显示了一样商品，谁知道以后还会出现什么。

电视里主持人笑容满面地说道："'2010年我最喜爱的节目'投票评选将在明天零点结束，希望大家踊跃投出自己宝贵的一票。"

吕树瞥了一眼吕小鱼："你都看三遍了，还没看够呢，晚会有什么好看的……"

"你管我！"吕小鱼的视线都没离开电视屏幕。

吕树打开自己国产神机里的聊天软件，守着班级群准备随时抢红包，班里还是有几个出手阔绰的同学的。

他忽然看到有个男同学发了条信息："我到家了，大家路上注意安全。"

"我也到了，哈哈！"

吕树一抬头，忽然发现吕小鱼已经不看电视了，反而盯着他的手机："同学聚会，他们又没喊你，是不是？"

吕树无所谓："他们也知道我没那个钱去跟他们AA啊，不喊我也很正常。"

吕小鱼鄙视地瞥了他一眼："这你也能忍得住。"

"你是不当家，不知柴米油盐贵。你以后还得上学，学费得花大一笔钱呢。"吕树认真道，"现在要是不存钱，到时候就只能哭了。电也要钱，水也要钱，要不是院子里还能种点菜，咱俩冬天连蔬菜都吃不起。"

吕树靠在沙发上枕着脑袋，也不知道自己什么时候才能赚到钱呢。

"吕树，我们买彩票吧？"一提彩票，吕小鱼的眼睛就亮亮的，自从上次看新闻说有人中了几千万，她就这个样子了。

"你想钱想疯了？那怎么可能！"吕树一脸鄙视。

"万一中了呢？"吕小鱼不服气了，别人能中，凭什么自己不能中啊？"到时候我就可以买好多薯片了。"

在吕小鱼眼里，钱就是吃的，现阶段她最爱吃的就是薯片了。

听到薯片俩字，吕树起身回屋，自顾自地拿出一包番茄味的薯片，然后撕开了包装袋，从里面拿出薄薄的一片放到嘴里，咔嚓咔嚓地嚼着。

吕小鱼的眼睛都直了："吕树，薯片脆不脆？"

吕树瞥了她一眼："那我再吃一片，你听听。"

吕小鱼的负面情绪值增加299点。

噗，吕树差点把嘴里的薯片给喷出来，这小女孩怎么这么大的怨念……

"给你，给你，上午出去给你买的零食，本来就是给你吃的。"吕树把薯片递给吕小鱼。上午他抽空去了一趟纱厂路的那个商场，其实商场距离他们住的地方也不远，坐公交车也就三站路。看完现场也没发现什么事情，他就回来了，还顺带给吕小鱼买了一包她最爱吃的薯片。

这个孩子最大的毛病就在于，电视里播什么食物的广告，她就想吃什么，最近电视上就一直播薯片的广告……

两个人相依为命，偶尔能让吕小鱼开心一下，吕树觉得还是挺满足的。

更何况让这个小姑娘开心是如此简单——有好吃的就行。

大多数人想要快乐越来越难，只因为欲望在不停地膨胀。

吕小鱼能够始终如一地对食物如此喜爱,有食物就能快乐,吕树觉得她是一个不一般的小姑娘。

班级群里忽然有人说道:"你们听说新都汇那场火灾没?"

"听说了啊,怎么了?"

"那场大火真是可怕啊,把整个商场都烧没了,好在听说只死了四个人,三个夜晚没来得及跑掉的保安,还有一个仓库管理员。"

"停停停……"一开始提起这个事情的男同学说道,"我说的不是火灾的事!"

"不是你自己说的火灾吗?"

"你们知道火灾是怎么引起的吗?"男同学神秘道。

"不是说仓库有易燃易爆物品没有看管好吗?"有人好奇了,"难道不是?"

"当然不是,我爸早上就在那里看到了一个人手里的视频,视频拍得清清楚楚,是一个拥有超能力的人随手就释放巨大的火焰,不是什么特技表演,就是空手释放火焰!"这个男同学说出了自己的见闻。

"真的假的?"

所有正在看群的同学都震惊了。

"不会是伪造出来的视频吧?现在伪造视频的技巧很高超的啊。"

"怎么可能,昨天晚上燃起的大火,今天早上就拿出了视频,你们觉得谁有这么快的速度制作一个这么逼真的视频?我觉得现在世界顶尖特效团队都不可能做到吧。"

"也是啊……时间太紧促了,也没必要这么做啊。"

"真的有异能吗?"

这句话问出来之后,大家都陷入了短暂的沉默中。

谁小时候没有做过一些天真烂漫的梦啊?如果说异能真的存在,那么最近网上频繁爆出的关于异能的话题,还有那些被删除却被人们记住的视频,就不是空穴来风了。

同学中有人看过视频,里面有人曾经提到一句让人印象深刻的话:未来或许有很多拥有异能的人会在各种各样的环境下觉醒,也许是极度喜悦时,也许是极度愤怒或者悲伤时,甚至是以修行的方式觉醒,一切皆有可能。

"哈哈,你们说咱们班会不会有人觉醒啊?"

"这事儿谁也说不准啊,谁要是觉醒了,提前给我说一下,我抱个大腿……"

"你还别说,我真有预感,觉得咱们班至少会出现一个异能者!"

"你预感是谁啊?"

"就是我自己啊,哈哈哈!"

"拉倒吧,我觉得还不如遍访名山、寻找高人、拜师学艺靠谱,不是有人看见道士在山巅吞云吐雾吗,我觉得这事儿更靠谱!"

吕树看着聊天记录,一句话都没说,仿佛置身事外。这群同学从来没有想过要接纳他进入这个群体,他也从来没有想过要融入进去。

他们彼此就像是熟悉的陌生人一样。

异能对于这些同学们来说或许还有些遥远,然而对于吕树来说,已经近在咫尺了。

那是个更广阔的世界，似是一步便能踏出十万八千里，直上凌霄。

班级群里忽然有人说道："大年初八开学，我以为还能等到正月十五呢。"

"别做梦了，咱们是高二啊，石头还等着鞭策我们呢，好吗？"有人笑着调侃，石头就是他们的班主任，名字叫石青岩，是个戴着黑框眼镜、不丑也不好看的中年男人。

"马上要开学了，天天做卷子的日子什么时候才能结束啊？"

"是啊，我哥说他们在大学特别爽，不去上课都没事，做作业什么的都是浮云！"

"我爸说，只要我考上二类本科，就奖励我两万块钱！"

"土豪啊，你好好学习，兄弟们日后跟着你，吃香的，喝辣的！"

"哈哈，但愿这天天累成狗的日子早点结束！"

吕树瞥了一眼群里的聊天记录，忽然发了一句话："其实，狗并没有你们这么累啊……"

群里本来特别热闹，大家在春节期间的晚上都没有什么事情，就是聊聊天，玩玩游戏。

这个时候，亲戚都来家里串门了，大人们都在喝酒吃饭，小孩子也没什么事情可干。

到了读高二的年纪，大家也都不怎么喜欢玩鞭炮了。

结果，在吕树这句话发出来的一瞬间，群里又陷入了短暂的沉默……

大家瞬间就有点心塞了，心想吕树净说什么大实话。

大家天天说累成狗，累成狗，其实狗并没有他们累啊！

陈博康的负面情绪值增加51点。

周方的负面情绪值增加82点。

来自……

班级群里总共有60多个人，就这一瞬间，吕树竟然收获了来自30多个人，合计1900多的负面情绪值！

原本吕树还在考虑怎么选择，2493的负面情绪值是买一颗星辰果实，剩下的抽奖，还是直接买两颗星辰果实。

结果现在好了，可选择的余地大多了……

吕树忽然觉得自己好像找到了某个适合自己的方向，这人越多，自己的收益越大啊！

这样一看，好像捡漂流瓶这种手段都稍微有点落后了啊，一对一聊天的方式还是太慢了。

当然，今天这种机会还是很难得的，吕树觉得自己得往这方面琢磨琢磨。

眼下看来，星辰果实很有可能是一种修行资源，虽然吕树对未来世界到底是个什么样子不太清楚，但修炼资源这种东西应该不管什么时候都不会嫌多吧。

吕树看的小说里，修行资源不都是要用抢的吗。

那自己恶心恶心人，也不需要去火中取栗什么的，就能拥有自己的修行资源，想想也是美滋滋啊。

吕树瞬间感觉很安逸了，他也不管自己说话到底有多呛人，反正自己活得好好的就行。

其实当初一直没有家庭愿意收养他，也有一部分这方面的原因。

大部分时间里，吕树还是很正常的，就是偶尔会冒出来两句神补刀的话，给人戳得透心凉……

因为当初吕树是转学过来的，所以高二中途入班，又因为要忙着养活自己，所以跟同学们也就不怎么熟络。

一开始，大家有活动还会喊他，但他没有时间，久而久之，大家也就不喊他了。

渐渐地，吕树也就成了班里的一个边缘人物。他上的是文科班，成绩倒是挺好的，也没落下过功课。

这是因为吕树明白，虽然现在自己勉强能养活自己，可如果不上学，以后很难有什么真正的出路。

他也会羡慕同学们不用为自己的生计奔波，羡慕他们有个和睦的家庭，羡慕他们可以出去玩。

偶尔他也会想象一下自己的父母是什么样子，想他们其实是逼不得已的，才把自己放在孤儿院门口了。

但有些事情，越想象，就会越觉得孤独。

吕树曾经想过，也许自己这辈子就这样了吧，好好学习，天天向上，然后等吕小鱼十六岁了，再回孤儿院给她办一下手续，送她继续上学。

自己未来会工作、结婚、生子。

这样好像也没什么不好的。

然而所有事情都在一夜之间改变了。

吕小鱼看完联欢晚会的重播，又打开洛城的电视台，里面正好在播昨天晚上火灾的后续报道，先是说了一下火灾原因还未查明，然后再通报了一下死亡人数确定是四，最后则是上午记者在现场对围观群众的采访，问这种事情会不会影响大家过春节的心情，再问问大家对于日后这个商场的重建有什么看法。

吕树时不时瞟两眼电视，忽然看到了一道熟悉的身影，是昨天下午在杂技团后台外面遇见的那个叫作知微的年轻人！

不知道为什么，吕树对那个年轻人的印象深刻，也许是因为当时的那件事情让吕树印象深刻，因此吕树顺带记住了知微，又或许是这个知微本身就有点与众不同的地方，不然吕树怎么在人群里一眼就看到了他？

吕树心里有点犯嘀咕，这个知微不会也是个异能觉醒者吧？不然怎么哪里出事，哪里就有他？

所以说，昨天对方去杂技团后台很有可能也是有目的的。

这些事情吕树也说不准，总之以后再见到这家伙就要小心点了。直到现在，他的收入记录里还时不时会出现来自知微的+1负面情绪值，这是有多记仇啊？

看着新闻，吕树忽然有一种知情者的爽快感，在别人都被蒙在鼓里的时候，他就已经接近真相了。

这是一种暗爽。

而这边同学们还在讨论着异能，调侃着大家也能觉醒的时候，他已经踏入那个世界了。

吕小鱼瞥了吕树一眼："人家都不待见你，你还眼巴巴地看群干什么？"

"吃你的薯片……"吕树还在思考怎么做才能增加负面情绪值呢，在找到合适的方法前，一是要继续捡漂流瓶，二是要时不时地盯着班级群。

等到晚上吕小鱼回房间之后，吕树躺在床上默默地打开脑海里的商店系统，毫不犹豫地买下了一颗星辰果实。

星辰果实出现在他手心，磅礴的力量从果实内部向外发散，这种感觉极为明显，让他明白，手里这颗果实拥有着怎样的星辰之力。

星辰果实闪烁着璀璨的光芒，就像是天上的星辰一样。吕树犹豫了，这玩意儿到底能不能吃啊？一点都不像水果啊。

可商店既然把它叫作果实，它应该是可以吃的吧？

以前他是井底之蛙也就罢了，此时此刻，他终于趴在井沿上了，没道理不纵身一跃。

吃！

吕树将星辰果实塞进嘴里，果实入口即化。

刹那间，星辰之力奔腾而下，直冲他胸腔里的星图。

直到这一刻，吕树才看清那星图的模样——由七团大小不一的晦暗星云组成，里面的星辰都暗淡无光，似乎在等待着什么。

每一团星云里面有七颗主星，此时星辰之力正奔向最小的那团星云里的一颗晦暗的星辰。在星辰之力融入星辰的一刹那，那颗星星亮了。

吕树感觉那颗星辰已经被注满了力量，于是，星辰之力就奔向下一颗，直至第二颗也完全被点亮！

直到这时，星辰果实里的星辰之力才消耗殆尽。

吕树睁开眼睛，他能清楚感觉到星辰在体内熠熠生辉，就像是另一种不一样的生命力！

这力量，是可以为他所用的！

吕树因为从小体虚，可以说是弱不禁风了。此时此刻，他觉得自己的身体从来没有这么好过，像是蕴藏着巨大的力量。

一颗星辰果实就点亮了最小星云里的两颗星星，虽然后面需要点亮的星星一颗比一颗大，但吕树觉得只要自己肯下功夫，迟早是能把所有星星点亮的。

到那个时候，他又会有什么变化呢？

体内被点亮的星辰犹如可以呼吸般闪烁着，每闪烁一次，吕树都觉觉自己身体内有一股暖流淌过，舒服极了。

这就是星辰之力吧，这就是超现实的力量！

吕树试着去抬自己的床，以前抬不起来的床现在可以抬起来了，他又深吸了一口气，挥起拳头向地上砸去！

胸腔之内的星云中骤然迸发出一股力量，如同奔腾的浪花般向着吕树的手臂汇聚，而如尘埃般的星辉填满了他每一根血管与每一块肌肉，甚至直达细胞。

咚的一声，地上发出一记闷响，声音极大。

哟！真疼！

吕树挥拳往地上砸是怕砸坏了家具，到时候房东会找他赔钱，然而他还是有点高估自己的力量了。他的力量比往日里大许多是肯定的，但问题是，他的拳头还是硬不过地面啊。

吕树对自己的力量有点数了，现阶段的他就是比正常成年人稍强一点。

现在他跟梁澈那种一觉醒就能放火的肯定是比不了的，他只有羡慕了。

但这并不意味着他的修行毫无用处，至少他现在点亮了最小的那两颗星，他还是很开心的。

未来会是个什么样子，谁也不知道啊。

吕树又买了两颗星辰果实吃下，星辰之力填满他体内的第三颗星星，然后就消耗殆尽了，这点吕树倒是没想到。

点亮前两颗星辰用了一颗星辰果实，而点亮第三颗星星竟然用了两颗星辰果实。

吕树感受着身体里的力量，居然增长了两倍。

可是他的身体从外表上看仍旧没什么变化，还是惨淡少年的模样，只是不再虚弱而已。

吕树估摸着自己算是有两个成年人的力量了，不管怎么说都比以前强太多了，生活好像一下子就有了希望。

以前吕树憧憬未来的自己是什么样子时心想，正常人是什么样，他就什么样，毕业以后朝九晚五地工作、结婚、生子，这就算完事了。

光是想想，他都觉得未来的日子有些无趣啊……

这是大多数普通人的生活，可对于有些人来说，普通本身就意味着一种悲剧。

人活着到底是为了什么？这是个伪命题，谁都得不到统一的答案，因为每个人都不一样。

对于吕树来说，他活着就是为了更加自由。

这个自由不是说无法无天，而是有更多的选择权，想去哪儿就去哪儿，想吃肉就吃肉，想在家宅着就在家宅着，不用为生计担忧。

有些人赚了一辈子钱，好像也就是为了这个。人的生活层次越高，自由度也就越高。别人买不起的豪车，他能随便买，这也是一种自由啊。

其实吕树能够理解梁澈的行为，虽然对于对方放火的事情不太认同，但他设身处地地想，如果自己也被抓起来研究或是被迫为谁效力，那他也会不遗余力地反抗，直到自由或者死亡。

吕树觉得，这是原则问题。

嗯，确实是原则问题。

此时此刻，吕树觉得很快乐，因为他的修行并不用仰仗谁，自己慢慢玩就可以了，反正这种事情大家好像都没什么经验，他也不用费劲去跟别人交流什么。

与其冒着被抓走的危险去探索外面的世界，不如自己慢慢玩。

现在他只剩下1800多的负面情绪值，如何继续赚取负面情绪成为当务之急。吕树还没想好要干什么，现在他已经明白了星辰果实的作用，那他以后是直接兑换一颗星辰果实，还是抽奖呢？

如果抽奖，吕树想起谢谢参与四个字，脸就有点黑啊……

就在这时，在黑暗的房间里，他扔在床上另一边的手机亮了起来，竟然是班级群里有人发消息：快打开我发的这个网址，太震惊了！快快快！你们看完也一定很震惊，这玩意儿搞不好过一会儿就被封了！

吕树好奇，什么玩意儿竟然让这个同学这么激动啊？他点开一看，手机进入了一个黑色的界面，边际是繁杂的花纹，好像有什么含义，又好像没有含义，只是点缀。

网站的上方只有三个字：基金会。

基金会出现

就在洛城这边异能的事情快要遮掩不住的时候，一个名叫基金会的网站出现了。

网站的内容很简单，吕树打开页面以后，就看到网页上的视频竟然全都是之前他们关注过却又被删的异能视频。

吕树估摸着这网站恐怕很快就要完了吧，然而有一点不同的是，这个网站里关于异能的视频，并不仅仅是华国的，甚至还有外国的。

之前吕树一直都没有考虑过这个问题，现在想想，既然大家都在一个星球上，没道理其他地方不出现这样的事情啊。

这会给世界带来什么影响吗？吕树对这个问题的答案不太确定，毕竟现在热武器杀伤力那么大，谁知道以后会发生什么。

以后大家会怎样？吕树觉得一切都没有那么简单。

觉醒者想要真的自由……起码要具备真正能够对抗热武器的实力。

当这样级别的觉醒者多到一定程度的时候，恐怕真的要出乱子了。

当然，也不是说所有的觉醒者都要闹事吧，毕竟在和平年代，就算实力忽然大增，也未必就真的跑出来兴风作浪。

比如像自己这样的，只想闷声发大财。

吕树点开最上面的视频，正是昨天发生在洛城的火灾现场，一个偷拍到梁澈纵火的场景。

就在这个时候，吕树忽然发现了每个视频上面都标着一个英文字母，从D到E再到F不等。例如梁澈就是标的E，在山崖上吞吐云雾的那个道士标注的D，另一段视频里，一个年轻人忽然变得力大无比，便标注的F。

难道这个基金会能对觉醒者的能力进行分级？吕树查看了所有视频上面的英文字母，发现了一个很奇特的规律：例如梁澈那样的觉醒者，都是E以上的字母，而跟力量有关的，则都是F。

他返回首页想看看还有没有其他规律的时候，发现首页的内容更新了，正是对于级别的解释。

这个等级是从A到F，也就是A、B、C、D、E、F六个等级把所有觉醒者区分开来。

觉醒后只是增加力气的，是F级，而例如梁澈那样直接是元素觉醒的，就是E级。

吕树想了想，这么区分好像有点道理。就算你力气很大，也打不过会放火的选手啊，那已经是超自然力量了。

E级，拥有超现实力量。

D级，可有效躲避热武器。

C级，可对抗热武器。

B级，可借用天地力量。

A级，可与天地共鸣。

与天地共鸣,听起来就很厉害……这打起来还得了!

吕树一边看着这些级别,一边想着自己什么时候才能到达A级。

按照现在的等级来看,他也就是一个小小的F级,还是F级里面比较弱的那种。

人家力大无穷,可以直接抬车,他一拳也就只能打出几百斤的力量吧。

不过这个有关分级的说明还强调了一下先天觉醒与后天修行的区别,先天觉醒的想要登顶更难,因为缺少循序渐进、慢慢提升的方式,只能依靠一次次的觉醒。

而那些后天修行的、有完整修行功法的人,则容易登顶一些。

这分析好像挺有道理的,就像吕树自己,即便知道自己只是个小F,他对未来也很憧憬,因为他看到了自己的可成长性。

然而觉醒之后的人想要继续觉醒恐怕是凤毛麟角了。

基金会这个网站里的视频,最高也不过D级,而且翻遍了也才找到十来个,还遍布在全球各地。

这是不是可以理解为,再上面的C、B、A三个等级,人数更少?

也许是在灵气复苏的初期的缘故吧,所以强者并没有多少。

一旦C级以上的人多了,那些可以以自身力量对抗热武器的人,恐怕就真的很难管了,到时候会出现什么变数呢?

就算是只有力量觉醒的那些人,当力量大到一定程度后,也会很可怕吧。

吕树觉得觉醒的种类,或者是修行的种类,都不是定数,世界本身就是多元化的。

且不管别人,吕树现在心里很热,他只想赶紧提升自己的实力,看看再点亮几颗星,甚至点亮整个星云会出现什么变化。

他该怎么做才能快速增加负面情绪值呢?

与天下为敌倒是最快的,那时候负面情绪值妥妥地进账,但问题是,吕树没有与天下为敌的实力啊。

说实话,吕树并不怎么介意与天下为敌的感觉,但前提是要有那个资本啊。

现阶段,他好像只能利用自己最擅长的方式去赚负面情绪了吧。

不知道为什么,吕树总感觉自己要在恶心人这条路上越走越远了……

只有恶心到越多的人,他才能够快速成长起来……

此时夜深人静,窗外的积雪还没有化去,外面的整个世界都是银白的。

吕树看网页看到这时候,忽然他大喊:"吕小鱼,你吃薯片吗?"

隔壁传来吕小鱼欣喜的声音:"吕树,你还藏有薯片吗?"

"没有!"吕树转而淡定地回道。

来自吕小鱼的负面情绪值增加199点。

可以可以,吕树现在看到这负面情绪的收入记录就觉得开心,平时吕小鱼天天气他,现在反过去气一下这小姑娘,他真是没有一点心理负担。

当下班级群里,同学们在看了那些视频之后简直震惊到不行,之前大家还只是开玩笑,没想到这么快就出现了一个这样的网站,甚至还对觉醒者分出了等级。

看上去,一切都无比真实。

视频是许多人看过的，基金会只不过是汇总了一下，让它们重见天日。而觉醒者的等级，看起来有理有据。

难道，那个想象中光怪陆离的世界真的要到来了？

班级群里，同学们开始讨论起来……

"这种网站肯定要被封的吧？"

"肯定的啊，之前这些视频都被删了。不过现在我才发现，原来今年出现了那么多觉醒的人啊。这下子，我更感觉咱们班里可能要出一个觉醒者了……"

"你们觉得会是谁？班长吗？我觉得班长骨骼清奇啊。"

"我倒是觉得你很有可能啊！"

"哈哈，真的吗？我等会儿给我爸妈说一下，让他们离婚。这样就能刺激一下我，说不定我就觉醒了。"

"你完了……"

一群人在群里讨论了半天，一会儿这个像要觉醒，一会儿又变成另外一个，热闹得不行。

最后有人忽然问："吕树有没有这个可能？"

大家沉默了一下，谁也不会当面得罪人啊，毕竟吕树还在群里呢。

大家都觉得吕树没有这个可能，先不说资质，就说吕树那体虚的样子，也不像是能觉醒的料啊。

还有一件更深层次的事情，现在来看，除了那个自己修行的道士，其他人都是在受到刺激的情况下觉醒的。而吕树是一个孤儿，这么多年受了多少刺激都没觉醒，以后还有可能吗？

不可能啊。

在不知不觉中，大家好像都认同了基金会对于觉醒者的分级，也确认这世上确实有了觉醒者。

然而对于他们来说，这一切都是未知的，大家不知道异能者怎么觉醒，也不知道异能者到底有多厉害，又会对整个世界造成什么影响。

所以大家也就在这里瞎聊着，都做着一场自己也能觉醒的梦。

说到吕树这里，大家也就不聊了，感觉有点聊不下去。

有人忽然说道："吕树每天得自己赚钱，成绩还稳列班级前五，怎么做到的？"

这就是在转移话题了。大家都觉得，即使全班同学都觉醒了，吕树也不可能，那就不再讨论这个话题了吧。

"哈哈，说不定人家在家里很用功呢。晚上回到家里，人家复习到半夜，你们却在玩！"有人说道。

确实，吕树的成绩一直很稳定。平日里上课都会睡觉的人，却有那么好的成绩。

难道吕树就是传说中那种当面偷懒、背后学习的人？

吕树看到这里撇撇嘴，想到班级群现在就是自己最大的负面情绪收入来源，果断发消息："有些人表面上很轻松，你们却不知道，实际上，他们背地里……更轻松……"

班级群再次安静。不少成绩中等，每天很努力读书却依旧赶不上吕树成绩的学生当时就郁闷了。

你能不能不说话！

来自周方的负面情绪增加77点。

来自刘洋的负面情绪增加81点。

就这一下子，大家就又给吕树增加了500多的负面情绪值。买星辰果实用掉了3000，现在他手里还有2000多。

吕树感觉自己现在发家致富什么的，就得依靠自己这群可爱的同学了！

吕树没有说假话，他白天上课时经常睡觉，是因为晚上老熬夜。但他熬夜从来都不是为了学习，而是跟吕小鱼一起看电视连续剧。

他的学习好是因为他的脑子确实好使一点，不得不承认，这个世界上就是有这么一种人啊。

吕树之前保证学习成绩是为了未来有一条生计，现在重新考虑未来的话，他估摸着自己可能要在修行上多下点功夫才行。

他想在不依靠星辰果实的情况下，看看自己修行的速度。

那就得唱《小星星》了啊，兄弟……

吕树试着不用原来的曲调去唱，然而半点反应都没有，哪怕错一个调都不行！

这要是一个五音不全的人，不是就卡在这儿了吗？这是歧视五音不全的人吧？！

当然，吕树也想过，可能就是因为这些词和曲契合了某种韵律，再加上现在灵气复苏，才有了神奇的功效。

或者是因为那张金纸化为尘埃飘进自己体内，原本手心的树苗纹路是无光无色的，现在已经变成了白色。

吕树抬起手掌看了一眼，发现原本光秃秃的树枝上竟然长出了三片小小的树叶。

这是因为自己点亮了三颗星星吗？

吕树感觉自己这几天的经历太神奇了……但是要唱《小星星》才能修行，还是感觉很羞耻好吧！

"一闪一闪亮晶晶，满天都是小星星。

远浮于世烟云外，似若钻石夜空明。

烈阳燃尽宙合静，落日不再星河清。

漫漫长夜路何寻，直到炽焰长歌行。"

歌曲唱完，遥远的星河仿佛和吕树建立了某种联系，只吕树一人可见的星光从苍穹之上飘摇而下，仿佛轻盈的银色雪花，然后穿透云层、屋顶，一一落在吕树身上后，便化为暖流从身体四肢向胸腔之内的星图汇聚。

如果说星辰果实是奔腾的洪流，这洪流不由自主地就会向着星图汇聚，那自身的修行就是涓涓细流，需要吕树去引导它们的方向，不然它们就会乱跑。虽然比较慢，却胜在长久。

星辰果实未必常有，但修行却可以持久。吕树估算了一下第三颗星星点亮的进度，大概半个月的修行时间抵得上一颗星辰果实。

也不知道这速度和根骨什么的有没有关系。吕树现在吃了两颗洗髓果实了，如果再吃几颗呢？

吕树觉得这个想法值得尝试！

现在一切都是摸着石头过河，吕树不知道别人的修行到底是怎么样的，也不知道正确的做法应该是什么，只能一次又一次地尝试。

他忽然有一个大胆的想法：继续抽奖，直到某一天，他吃了洗髓果实后再也没有变化。

地基打得越牢，自身基础修炼得越好，日后就能走得更快更远，这么简单的道理，吕树还是懂得的。

既然有洗髓果实这样的存在，吕树觉得自己当然是吃得越多越好。

还是得有负面情绪值啊！

吕树盯着班级聊天群，半天都没找到合适的机会，于是默默地重新打开了漂流瓶。

"小姐姐，你瘦吗？"

"瘦啊！"漂流瓶对面发过来一张身材照，确实很瘦。

"好瘦啊。"吕树感慨道。

"哈哈，还行吧。"对方美滋滋地回道。

"我能打你十个！"吕树回复。

对方："？！"

刘萍的负面情绪值增加17点。

吕树放下手机，今天已经没有捡瓶子的机会了，他还觉得有点意犹未尽。

再看自己的负面情绪值，已经从2300多变成了2520，只增加了100多的负面情绪值，效率有点低啊。

毕竟套路也不总是好用，又是一对一的情况，效率低也正常。

此时此刻，吕树无比怀念自己的同学们，他从未觉得自己的同学们如此重要过……

想象一下，光是在群里就捞了那么多负面情绪值，这要是到了开学，那是个什么情景？简直无敌！

吕树现在哪里还顾得上什么同学情之类的，反正之前也就没多少，他恨不得那些同学人人化身吕小鱼，然后天天给他提供负面情绪值。

那些同学哪能想到，在他们还做着成为觉醒者的美梦的时候，已经有觉醒者开始打他们的主意了！

吕树决定把手里这2500多的负面情绪值全都用作抽奖，洗髓果实就是他现在最主要的目标，如果有其他的什么东西，就算是意外惊喜。

然而他点开抽奖系统，迎接他的却是七次谢谢参与……

呵呵，真刺激！

不过有了前面两次抽奖的经验，吕树大概了解抽奖到底是个什么概率了，他觉得哪怕是1000负面情绪值，能换到一颗提升自身资质的洗髓果实也是划算的。

然而……全是谢谢参与啊！

吕树当时都迷惘了，你是有多坑啊，抽了二十四次都是谢谢参与，还能不能行？！

他感觉自己心脏有点受不了，这是最后的家底啊。

虽然已经换了四颗星辰果实，把自己体内星图的两颗星辰给点亮了，吕树已经很知足了，但问题是，他总有一种被这么蛾子系统坑的感觉。

只剩最后一次抽奖机会了，吕树点了一下抽奖。在转盘停下来的那一刻，吕树看到的是六个字，而不是谢谢参与四个字,刚要松口气,结果看完上面写的是什么后,脸直接就黑了!

"还是谢谢参与。"

吕树当时差点就把手边的枕头撕了,谢谢参与就谢谢参与吧,还是谢谢参与是什么鬼?!这就好像是有人在问:意不意外,惊不惊喜?!

你是有意识的还是怎么的,调戏谁呢?

嗯?你调戏谁呢?

吕树忽然觉得,这系统很可能有问题!

原本对这抽奖很有耐心的吕树已经有点头疼了,手里只剩下20负面情绪值,什么都干不了。

吕树心疼得眼前发黑,想要继续捡漂流瓶,与人聊天恶心人,然而今日漂流瓶的使用次数已经用完了。

他打开基金会的网站,想再研究研究其他人的异能。吕树是抱着侥幸心理打开网站的,因为他也不知道这个网站什么时候会被封掉。

然而令他惊讶的是,过了这么久,这个网站依旧完好地存在于网络里。

难道网警什么的还没反应过来?不应该啊,吕树现在看朋友圈,大家都是在说这个网站上的异能者的事,这已经到了尽人皆知的地步啊。

或者说……这个基金会本来就有别的背景?!

这变化太快了,之前黑衣人还在偷偷抓觉醒者呢,怎么现在就像是公开了一样?

媒体对这件事情没有任何的报道,像是集体噤声了一样。但许多论坛里面都炸了,大家一开始觉得,反正聊聊也没事,删帖就删帖,总不至于被抓走吧,结果大家发现,一直到现在,帖子也没有被删。

忽然间,这一切就变成了胶着的状态,吕树觉得这其中肯定有什么转折出现了。

如果说这个基金会真的有官方背景,那么后面一定会有其他动作。

然而不光是这件事悬在吕树的心上,还有一件事让吕树有点纠结:该开学了!

自己该如何协调好学业、修行、赚钱养家这三件事呢?

虽然他想起这事就有点头疼,但开学就意味着他要见到那群可以给自己"送分"的同学们了,他忽然有点期待……

吕树一边琢磨一边昏昏沉沉地睡着了。

剩下的几天时间里,吕树一直都在关注那个名叫基金会的网站,想要看看它到底会不会被封,然而让吕树惊奇的是:并没有。

这件事情不是吕树一个人注意到了,是所有人都注意到了!

以往的那些视频,虽然说是与觉醒者有关的,但从没有人或者组织像基金会这么明确地提出觉醒者的概念,还进行了细化和分级。

就算做到这种程度,它依旧存在着。

这个风向让所有人忽然兴奋起来,几乎是一夜之间,全国人民好像都在讨论觉醒者的事情。

最兴奋的当然是年轻人,就连一些大叔大妈心里都有点热热的。

成为觉醒者意味着什么?意味着从此自己平凡人的生活就会与众不同了!

大年初七的下午，吕树去菜市场买菜的时候还听两个大妈说："哎呀，我觉得你家那小子就能觉醒啊，哈哈，一看就是那块料！"

"哪里，没有的事，现在他就安心学习吧！"另一个大婶矜持道，其实心里是美滋滋的。

从这段对话中，吕树听出来了，这是两个思想的碰撞。一方面，大家觉得觉醒者确实厉害，哪怕以后出了名啥的，去表演一下也能赚钱不是？这是最朴实的小市民道理了，谁能跟钱过不去？

另一方面，大家还是觉得这玩意儿虽然好，但学习还是不能落下啊……

卖菜的大妈看到吕树，也算是熟人了，就问："小树觉醒没？"

呵呵……在大妈嘴里，觉醒者都快成大白菜了！

吕树看了一眼天色，冬日雪后晴空的夕阳如火一般，终于要开学了。

大年初八一大早吕树就醒了，六点开始在厨房倒腾，等到七点才忙完，背着一大堆东西就去上学了。

临走的时候，他交代吕小鱼："饭就在桌子上，赶紧起来吃，吃完了再睡。给你的课本要好好复习，我晚上回来了抽查。如果你到处乱跑，我就把你送回孤儿院去，听到没？"

吕小鱼趴在床上捂着被子不说话，吕树重复问道："听到没？"

"听到了……我等会儿再起床吃。"吕小鱼不情不愿地说道。

"等会儿就凉了，赶紧起来！"

吕小鱼一生气，腾地一下就从床上坐起来了。

来自吕小鱼的负面情绪值增加299点。

吕树眼睛一亮，原来每天叫这小姑娘起床都能获得负面情绪值，这岂不是赚大了？

吕树早早去学校是有原因的，他要去赚钱。

吕树读书的学校跟他住的这个院子就隔了一条街，他读小学、初中、高中都在这个学校里，名字叫作洛城外国语学校。

吕树每天早上要去出摊：卖煮鸡蛋。

一个鸡蛋煮五分钟，在开水里浸泡两分钟就全熟了，提前捞出来就是溏心蛋。将煮好的鸡蛋捞出来后，马上放进凉水里，鸡蛋的壳会好剥一些，口感也会更好。

吕树煮的鸡蛋很讲究，配上他调的料，十分好吃。

调料的配方也不是什么稀罕东西，一个小碟子，一半酱油一半醋，几滴香油。

去年他刚开始在学校门口摆摊的时候，只有小学生才会来尝尝。一个鸡蛋也才一块五毛钱，不贵，小学生都吃得起。

吕树每天大概能赚个几十块钱，勉强能养家糊口了。

后来大家知道吕树这里的鸡蛋好吃，有些人去吃早餐的路上，会来他这里买一两个鸡蛋；也有人知道吕树是勤工俭学，就会特意来帮他一把。现在这条街道上的人几乎都知道，有一个孤儿学生自己卖鸡蛋赚钱交学费。

要说这世上好心人其实不少，所以吕树的生意一直都还算不错。

今天是大年初八，不少成年人要开始上班了，他就到路口去卖鸡蛋。这片是早餐店聚集区，城管是不会管的。

等卖完鸡蛋之后，他还能赶紧去上学。要是能早点收摊，说不定他还能把工具都放回家里再去学校，毕竟拎着这些家伙去学校，还是有点怪。

当然，有时候时间真的赶不上了，他也没办法。

这条路上经过的学生基本上都是他的同学，这也是大家后来渐渐不再喊他参加聚会的原因之一。

阶级、阶层这种东西，不是一开始就明文规定谁要跟谁玩，谁不跟谁玩，而是大家有选择地聚在一起。

百万富豪和百万富豪玩，他们绝对没法跟着亿万富豪凑热闹，也许亿万富豪一天的开销就是百万了。

这个例子放在吕树身上也合适，现在的年轻人去一趟KTV或者主题公园，动不动就花几百上千。吕树真的不舍得这么花钱，以后要是有钱的话，他会去体验一下，但他懂得推迟享受这个道理。

吕树一直觉得，"推迟享受"是一个不错的词。

同学们刚开始见到他在路口卖煮鸡蛋还有些惊奇，他倒没什么心理压力，凭本事赚钱养活自己，没必要见人就抬不起头来。

后来，反倒是同学们觉得有些尴尬，路过这里时，就当没看见他一样。同学们总觉得打招呼不合适，不打招呼也不合适，就干脆视而不见吧。

慢慢地，吕树就被边缘化了。

所以在班级群里，大家讨论谁最有可能觉醒的时候，想到了所有人，唯独没想到吕树。

吕树面前的一个盆子里放着刚煮好的鸡蛋，一张可以折叠的小桌子，上面放着小碟子、醋、酱油、香油，桌子旁边则是一摞塑料小板凳，顾客可以在这里吃，也可以带走。

"小树，这么早出来卖鸡蛋啊……"一个大婶路过这里时笑道，"来两个鸡蛋，带回去给我儿子吃，他还没起床呢，要是他能像你这么勤快就好了。"

"好嘞，两个鸡蛋！"吕树用塑料袋了两个鸡蛋，然后递给大婶，"三块钱。"

一个鸡蛋一块五，一天除去成本，大概赚个五十多块钱，一个月一千五百块保底，生意好的话就多一些，这就是吕树和吕小鱼两个人的生活费了。

当然这笔生活费也不能全花完，每个月还有五百的房租、一百的水电费，他还得省吃俭用攒点钱出来，留作吕小鱼未来上学的学费。

其实吕小鱼也很懂事，虽然贪吃，但很少要东西吃。就算吕树不买零食给她，她也不会哭闹。

吕树时不时会买点零食逗逗吕小鱼，每天早上煮的鸡蛋，吕树也会留着两个，要求吕小鱼吃完，吕小鱼也爱吃鸡蛋。

以前吕树身体太虚，有时候生病了，吕小鱼会慢吞吞收拾工具，然后煮了鸡蛋去卖。煮鸡蛋的流程她都熟悉，不知道看吕树煮了多少遍。

可能是吕小鱼人太小，又长得可爱的缘故，有人会问她吕树去哪儿了，她就说吕树生病了，只能她来卖鸡蛋了。她一副可怜巴巴的样子，十几分钟就能把几十个鸡蛋卖完。

两个人就像是院子里他们堆起的雪人一样，一大一小在寒风肆虐的世界里相互取暖。

对于吕树来说，一个人太孤单了，真的太孤单了，孤单得他想说话的时候，发现身边没有一个人。所以，吕小鱼偷偷跑出孤儿院来找他，他感觉很暖。

对于吕小鱼来说，吕树是唯一一个关心她未来会怎么样的人。不管生活是好是坏，她总觉得跟着吕树，未来就挺有意思。

两个苦兮兮的人心里其实并没有多苦，这才是他们能够继续存活在这个世界上的根本。

有时候吕树想，这样也挺不错啊，不用有什么父母，他们自己也能活得好好的。要是以后他抽奖能抽到修行的功法，就给吕小鱼用，这样两个人就可以继续做伴了。

吕树的鸡蛋差不多卖到一半的时候，一个老太太带着小朋友过来了，估计是寒假期间老人帮忙带孩子，早上带着出来吃早饭的。

小孩子吵着要吃鸡蛋，老太太就拉着小朋友过来吕树这边："你都已经吃过早饭了，吃一个鸡蛋就乖乖回家，把今天的寒假作业做完。"

"好。"小朋友点点头。

结果吃完一个鸡蛋，小朋友还想吃。这鸡蛋确实是挺好吃的，结果老太太不允许，七八岁大的孩子吃太多鸡蛋不好。

"奶奶，我吃多点才能觉醒啊！"小朋友认真说道。

旁边的吕树震惊了，这么小的孩子都开始考虑觉醒的问题了？那个叫作基金会的网站现在是有多大的影响力啊？

边上的老太太倒是没什么特别的反应，哄小孩嘛，就得幼稚一点才能哄得住："吃得太多，最后变得很胖，可能也觉醒不了啊。"

吕树有点忍不住了："小朋友，你为什么想要觉醒啊？"

"我要维护世界和平！"小朋友认真说道。

呵呵……维护世界和平都来了，吕树言不由衷地说道："真有志向啊……"

其实小时候看动画片时，大多数孩子会有一个做梦的时期。不过吕树没这个机会，孤儿院里就一台电视，放的都是院长喜欢看的节目。

"哥哥，你要是觉醒了，会干什么？"小朋友反问。

吕树一下子愣住了，这话问得，他还真没仔细想过呢。

吕树想了想，说道："大概会先想办法赚点钱，然后去逛逛自己想去的地方吧。"

他上学的时候就特羡慕别人在寒暑假期间跟父母出去玩，而他却出不去，所以世界那么大，他也只在洛城待过。

小朋友好奇："然后呢？"

"然后就宅在哪里吧。"吕树的回答也挺认真，这就是他的心里话，有时候想想，每天和吕小鱼打打闹闹的，无忧无虑地看看电视剧什么的也挺有意思。

"真没出息，你这样的人肯定觉醒不了！"小朋友觉得从思想层次方面来讲，自己已经赢了！

吕树当时就黑脸了："你寒假作业写完了吗？没写完的话，赶紧跟着奶奶回去写！"然后转头对老太太说道，"现在外面总有卖寒假作业答案的，您可一定要看好，如果小朋友的寒假作业都是抄别人的答案，可起不到复习的效果！"

老太太惊讶了："有这事儿？"

小朋友一脸茫然，都不知道怎么回事就天降横祸了！

来自余立的负面情绪值增加90点。

小朋友最终也没能吃到第二个鸡蛋，他直接被奶奶带回去写作业了。

其间，吕树看到好几个同学路过这条路。不过双方都没有打招呼，就像是真正的陌生人一样。

这样的距离对于大家来说刚刚好，都不用有什么负担。

今天是节后上班的第一天，所以吕树的生意还不错。鸡蛋卖完后，离上课还有二十分钟，他五分钟回家放东西，五分钟走到学校，时间绰绰有余。当初他就是因为这里的房子离学校近才租的。

吕树回到家里，看到桌上的饭菜已经被吃完了，才放心收拾东西上学。其实他也很想知道，在基金会网站事件之后，现在的学校会是个什么样子。

走在路上的时候，他听到有人在大声讨论关于觉醒的事情，有的人则纯粹是羡慕和向往，还有数据帝理性地分析该如何觉醒……

而那些分析，基本上是以基金会网站公布的那些视频为基础对觉醒种类和方式进行的 汇总。

整个校园里似乎都热闹了起来，即便只有高二、高三的学生开学了，仍旧热闹得不像样子。

当基金会网站迟迟没有关闭，甚至引发了全民讨论，大家终于明白觉醒已成为一种事实的时候，所有人的心就热起来了。

尤其是血气方刚的青年，此时正是有点叛逆、渴望自由的时候，于是他们便成了最渴望觉醒的那一批人。

因为觉醒意味着他们拥有追求自由的机会。

他们其实不清楚，拥有他们所谓的自由以后自己要干什么，他们不会想那么远，只觉得觉醒是一件很厉害、很炫酷的事情。

吕树一边走一边听，他忽然想到自己的星图在白天是否能修行。

虽然晚上才能看到星星，可现代人都很清楚星星到底是什么东西，就是天上的恒星罢了。

白天看不见星星，可不代表它们就消失了啊。

吕树偷偷摸摸拐到一个没人的地方，小声唱了一下《小星星》。在下一刻，他果然感受到自己体内的星图与天际再次连接了。

然而这次没有星辉坠落，而是片刻间他似乎被阳光穿透而过。在阳光穿透他的身体的过程中，他身体里出现了星星点点耀眼的光芒，那些光芒朝着他的心脏汇聚而去，不用引导，它们自己会选择方向，目标竟是他心脏处的那簇火苗。

好奇怪，白日里修行竟然是另一种效果！

明明这火苗是先出现的，自己之后才拿到那页金纸，为什么感觉这金色的纸天生就是自己的功法？难道是因为它们都来自自己脖子上的那个吊坠？

有时候吕树也在想，那吊坠到底是谁给自己的，为什么会藏着这么神奇的秘密。

可他注定是想不通的，连父母是谁都不知道，怎么想？

白色跳动的火苗好像强劲了一些。

吕树觉得既然白日修行是这个样子，那么一定有它的道理，而且好像并没有夜晚那样费事，还得引导着星辉。

那自己放任不管就行了呗，这倒是省事啊。

吕树注意观察了一下旁人的神态，也没人发现自己在修行，他这才放下心来。

不知道为什么，吕树身上的秘密好像很隐蔽一样。之前梁澈身上的波动他能感觉到，黑衣人的也能轻微感受到，但对方好像都没感觉到自己身上的奇怪之处。

是因为修行功法的问题？

谁在掌控世界

如果说他是在吸收那些恒星的能量，那没道理不会被人感知到，而且能量传递过来也不可能这么简单，那么自己吸收的那些星辉到底是什么？

这东西跟别人玩的好像不太一样啊。

单独修行有一个最大的毛病——没人可以讨论，所以也没人能够教授他什么，全靠他一个人摸索。

但不管怎么说，不会被人察觉也是一件好事，虽然现在有关觉醒者的事情好像被公开了一样，但吕树也不知道黑衣人们还会不会继续抓人。

吕树到教室里看见同学的时候，从不曾感觉如此亲切过。

洛城外国语学校开学第一件事就是摸底考试，意思是先让学生们考试回一下魂。放假玩了半个月，心都野了，等大家看看考试成绩，心估计就凉了。

吕树倒是不担心考试方面的事情，在学习方面，他确实一直都不太担心。

这就好像上天对他的补偿一样，他从小体虚，脑子却意外好使。

第一门是考语文，考试进行到一半的时候，外面走廊忽然传来了巨大的喧哗声，有一个学生在咆哮："你凭什么说我作弊？"

声音之大，这栋教学楼里的人全都能听见。

这栋教学楼共七层，四、五层是高二，六、七两层是高三，吕树他们就在第五层。以往吕树上个楼都要气喘吁吁，现在他吃了洗髓果实，仿佛身体里的病根没有了似的，爬上楼，一点都不费劲。

而且现在点亮三颗星星之后，他的身体已经比正常成年人的好得多了。身体看起来虽是瘦瘦的，但力气却很大。

吵闹的地方分明就是同一楼层，吕树心想：这是哪个班的学生啊，这么鲁莽……

紧接着，所有人都听到一声巨响，是木制品摔在地上的声音，好像是什么东西从高空中坠落，被摔成四分五裂了。

走廊外面开始喧哗起来，嘈杂至极，吕树班的班主任走了出去，也顾不得监考了。

班主任石青岩刚走到门口就脸色大变，朝走廊的另一端冲了过去。

这下子，吕树他们高二（3）班也沸腾了，到底出了什么事情，竟然让班主任石青岩脸上出现这样的表情？

忽然，教室外面的走廊上，石青岩大喊："住手，你竟然敢打老师！"

全班哗然，所有人面面相觑，就连吕树都愣住了。谁啊，这么冲动，竟然开学第一天打老师？

作弊被抓住，不是很正常的事情吗？反正这是个小考试，就算真的作弊了，学校也不会给什么处分，但打老师的话，情况不就严重了？

班里有人贴着门边看了一眼："快出来看，别做试卷了，其他班都出来看了！"

这下子，所有人都跑出去了，看到底发生了什么事情，吕树也不例外。

走廊上已经挤满了人，高二（3）班的出来晚了，就问其他班的同学这到底是怎么回事，结果一个男生转头一脸惊讶地说道："高二（7）班有个男生觉醒了，单手就能拎起讲台。他作弊被抓，直接把讲台扔到了楼下……"

觉醒？！

这个词太震撼了，他们身边竟然真的有人觉醒了？

玩笑开着开着就成了真的，而且就在自己的身边。

有人想起来基金会那个网站上关于觉醒者的介绍："这个就是力量型觉醒者，我双手都抱不动讲台啊！"

"是。在那个班里，我有个老同学，我问他了，他说那男生真的是一只手就拎起了讲台，虽然有点吃力，但这已经不是正常人可以做到的了。那个男生说自己觉醒了，没跑儿的事儿。"

吕树陷入了沉思，今天这事不是对方背景大到可以打老师，而是体内的力量忽然觉醒，导致心态失衡。也许那个男生以前就对那个老师有怨气，现在自己忽然变厉害了，变成了传说中的觉醒者，于是心态一下就炸了。

那个男生大概是想着，反正已经成了小超人，也没经历过吕树见到的梁澈被抓走的那一幕，所以觉得自己不用上学也可以，以后直接去维护世界和平好了。

这跟乞丐忽然拿到巨额财富的感觉有点像——暴发户心态。

吕树也发现了，这种纯粹的力量型觉醒者自己是感受不到能量波动的，恐怕直接就是力量加强了吧。

吕树感觉，这种力量型觉醒者，以后恐怕是最无能的那一种啊！

除非蹦出一两个异类来，不然单纯地依靠肉体的力量，怎么跟那些元素型的选手打？

吕树朝前面挤，今天这场闹剧注定收不住了，他想近距离看看力量型觉醒者到底是什么样子的。

此时此刻，来自太阳的阳光依旧在他身上汇聚着，再变成他心脏里火苗的养料，他根本不用操心。

他想看看同为觉醒者，对方是否能感受到自己身上的能量波动。

吕树现在的力量比成年人还要厉害一倍，要从人群中挤过去，轻轻松松。

在推推搡搡时，前面有人被挤恼了，回头怒视着吕树骂脏话："你挤个鬼啊！"

吕树愣了一下："一个啊。"

这次旁边的同学全都愣住了，女同学腹诽，男同学全都听乐了。

吕树也不管那么多，他现在就是想要挤到前面去看看。吕树前面的那个男同学是真的恼了，抬手就要推吕树，然而那个男同学的胳膊刚抬起来，就见到吕树的一只手掌已经快速地按到了他的胸口上，然后一股巨大的力量从那只纤细的胳膊上传来，他就被推了一个踉跄，一脸不可思议，倒在了旁边人的身上。

张铮的负面情绪值增加70点。

男同学好像完全没想到吕树的力气竟然这么大，让他毫无反抗的能力，速度又很快，让他根本来不及反应，连站都站不稳。

不过吕树的力量并没有超出普通人的认知，所以男同学也没有细想。

等男同学站直了身子想要追上去时，吕树已经消失在走廊上的茫茫人海里了。吕树能挤过去，男同学可挤不过去。

然而就在吕树往前挤的时候，他忽然感受到了一股能量的波动。他不经意间回头，竟发现这波动来自隔壁班的一个女同学。

那个男生、那个女生再加上自己，一个学校里有三个觉醒者了？！

吕树隐藏在人群中静静地打量着那个身上有能量波动的女同学，对方则是很冷静地在观望这一场闹剧。

吕树感觉那女孩好像比那个扔讲台的男同学聪明多了，起码在一切还未知的情况下，保持沉默才是理智的做法。

这样也给自己多留一点余地，以后怎么选择都可以，而不是现在扔了讲台，然后把自己的命运交给别人。

吕树能感受到对方身上的能量波动，但感受不到对方到底是个什么种类的觉醒者，不过她起码是E级以上的吧。

他自己至今还是F级的，真是惨，得赶紧想想怎么尽快增加负面情绪值了，先用洗髓果实提升根骨，再使劲提高自己的实力。

吕树观察了一会儿，发现那女孩完全没注意到自己身上的异常，他这才放下心来，原来自己身上的能量波动，别人真的感受不到。

吕树没管那个女孩，自顾自继续往前挤。直到挤到了高二（7）班的门口，吕树才看到那个戴着眼镜的男生已经站在教室门口了。石青岩扶着高二（7）班的班主任，那个班主任已经被揍得快不成人样了。

吕树觉得，现在很可能没其他觉醒者到场，老师与那个觉醒的男同学争斗得厉害，又没人能把那个男生怎么样。

同是觉醒者才能感觉到，那种力量确实容易让少年膨胀，因为把觉醒者放到普通人中间，就像是把猛虎放进了羊群。

猛虎吃不吃羊是一回事，猛虎本身就有得天独厚的优势则是另外一回事。

青春期里的少年，在没觉醒的时候就在梦想着成为超级英雄，更何况觉醒以后！

也不知道那个男生是个什么性格，反正就这么突然觉醒了。

吕树就是过来旁观一下，没有打算干任何事情，只听男同学说道："你们可以叫我家长啊，看能不能找到他们！"

吕树琢磨着，这话的潜台词怎么像是他母亲跟他父亲不见了一样？

这时候，吕树的班主任还是挺冷静的："保安一会儿就到，你这么做是要承担法律责任的。我们不用找你家长，直接把你交给警察就行了！"

男生笑了："我才十七岁，还未成年，就算打了他又怎么样？这学校我早就不想来了！"

吕树听得一脸茫然，这没文化是真可怕啊。这是个赚负面情绪值的好机会啊，于是他忽然出声："那个……"

吕树一说话，所有人的注意力全到了他的身上，四周一时寂静得可怕，但吕树还是硬着头皮说道："刑法中犯了八大罪的，只要年满十四周岁就要承担法律责任。在民法中，至少要十六周岁才开始承担责任……"为了增加自己话的可信度，吕树直接把八大罪也给说了一下，"八大重罪是指故意杀人罪、故意伤害罪、强奸罪、抢劫罪、放火罪、贩卖毒品罪、投放危险物质罪和爆炸罪。嗯，你这个是故意伤害罪……"

那个叫作李齐的男同学听完后，脸就黑了，一脸惊疑的样子。

李齐的负面情绪值增加481点！

天哪，这么多……吕树有点害怕了，这个人这么暴力，突然有这么高的负面情绪值，万一他要冲过来打自己怎么办？吕树扭头就往自己班级那边挤去。

旁边的同学也有点蒙，这人挤了半天过来就为了说这个，说完扭头就走，是有多？！

其实单手扔讲台，现在的吕树也能做到了，一个木制讲台也就几十斤而已，所以吕树并不怕他。

但问题是，他们没必要在这种场合打架啊，到时候黑衣人来了，简直喜出望外啊，一次就抓了俩觉醒者！

吕树走了，场面恢复了寂静，谁都不知道该开口说什么好。

本来石青岩说把男同学交给警察也就是吓唬一下男同学的，这种事情一般能校内解决就校内解决，结果吕树出来闹了这么一出，搞得他也没有什么头绪了。

而李齐原本以为自己就算打了人，也不用接受法律制裁，结果现在有人忽然莫名其妙地给他背了一通法律，搞得他也有点害怕了。

怎么办？所有人都在脑子里想这三个字，怎！么！办！

吕树正往回挤呢，就接到收入记录：石青岩的负面情绪值增加179点。

李齐的负面情绪值增加212点。

刘典——高二（7）班班主任的负面情绪值增加111点。

……

不仅仅是当事的三个人，就连其他围观的学生也有点不知所措。他们正看着热闹呢，场面咋就突然安静了？那还打不打了啊？不打的话，他们就回去做试卷了。

吕树之前是想着，自己说那一番话，铁定能赚到那个觉醒男生的负面情绪值，他这么一个连漂流瓶里寂寞的少男少女都不放过的人，怎么可能放过这种好机会。管他是谁呢，负面情绪值最重要啊！

结果就来了这么一波大丰收，合计收获2700的负面情绪值。

吕树眼前一亮，果然开学以后有大收获啊，老师同学们真是太客气了！自己又可以血拼抽奖，吕树真不相信自己还会什么都抽不到，那洗髓果实是他势在必得的东西！

吕树回班级的路上无意间和那个觉醒的女孩对视了一眼，他没有什么特殊的反应，继续往前走，对方也没有再关注他。

这个时候教务处处长、副校长等一大堆老师上来了，但大家听说学生觉醒了在闹事的事情后，一时间都不敢靠近。

打老师这种事情还是发生过的，但觉醒这种事情，大家谁也没有处理过啊！

前几天过年的时候还是饭后谈资的事儿，今日他们就遇见了。

其实吕树还挺佩服自己的班主任石青岩的，第一时间就冲上去了。在觉醒者面前，这真的算是见义勇为了。

回到班级门口的走廊上，吕树发现所有同学都在讨论着关于觉醒者的事情，毕竟这事已经在身边发生了，搞不好真的每个人都有可能成为觉醒者啊。

吕树发现这群人不只是讨论觉醒者事件本身，而是开始讨论，如果大家成为觉醒者以后会干什么……

不光是维护世界和平，全班人还要组团维护世界和平！

其实到了高中这十七八岁的阶段，说维护世界和平就是一句玩笑话。

这个时候，大家已经有了懵懂的世界观，明白未来的世界也许会是个什么样子。有的人仍旧怀有一腔热血，但也明白不是所有事情都可以依靠一腔热血来完成的。

所以维护世界和平是大家凑在一起的一句玩笑话，大家心里想过觉醒以后真正要干的事情其实都没有那么伟大。

这些同学现在只是看着别人觉醒了，有些羡慕，而真正已经获得超凡力量的吕树则开始真正思考未来的人生了。

"我觉得会不会是这样，网上也有人说了，现在是出现了灵气复苏的情况，那大家会不会都成为觉醒者？还是只是时间早晚的问题？"

"哈哈，那就好了啊！"

吕树有点听不下去了："既然说是复苏，那历史上有没有出现过全民超人的时代？好像没有吧……全民觉醒是不可能的。"

李耀的负面情绪值增加40点。

……

就这么一句话，竟然又给吕树加了一波负面情绪值。

说实话，吕树这次真的不是故意给他的同学泼冷水的，这都是大实话啊，全民觉醒这种事情想想都不可能，最多也就是觉醒的人数比较多罢了。

怎么正经说话还被埋怨了？真是的。

吕树懒得管他们，继续回去做试卷了。

他亲自去看了一眼力量型觉醒者，好像也没发现什么特别稀奇的事情。倒是隔壁班的那个女孩，吕树非常好奇她的能力是什么。

与那个暴打班主任的无良男同学类似的觉醒者，恐怕还会有许多吧，也许是抢劫，也许是其他什么，总之当一个人压抑已久的时候，忽然得到难以想象的力量，大部分情况下都会出问题。

1974年，"行为艺术之母"玛丽娜进行她的表演：她将自己头部以下麻醉后，坐在椅子上，观众可以用桌上的七十二种工具任意作弄她，这些器具包括菜刀、枪、鞭子等。

在表演的六个小时里，观众一开始踌躇观望，然而当他们意识到，玛丽娜真的不会动的时候，他们割开她的衣服，用相机拍下她赤裸的照片，用刀割开她喉咙的表皮，让她扮演吸血鬼。

表演结束后，玛丽娜说："如果将全部决定权交给他人，那你，离死就不远了。"

人性本善还是本恶，人们争论很久了，吕树管不了那么多，他只想保持自己的本心。

现在想想，如果黑衣人真的是在某种背景下对事态进行控制，这对普通老百姓来说可能真是一件天大的好事。

但吕树不愿意被控制着，他喜欢自由，讨厌被控制。这种心情大概就是他胸腔里的那团火焰，也是人的一种本能。

有坏人，就有英雄，但吕树选择既不当坏人，也不当英雄。

李齐暴打班主任之后半个小时，警察真的来了，直接带走了李齐。

吕树站在教学楼走廊上看着那群人的背影，总觉得事情并没有这么简单。

上午结束了语文科目的考试，班主任就通知大家，下午的考试推迟一天进行。因为下午全体学生要进行体检，即使是没有开学的那些学生，也要在下午返校。

这个体检来得太突然了，竟然连考试都推迟了，而且是真正意义上的全体都要参加。

怎么回事？所有同学都有点不理解。

而且最关键的是，这还是学校第一次组织体检，还不用学生掏钱。

对于吕树来讲，不用掏钱就挺好的，不过他在想，这体检会不会跟黑衣人有关？

如果有组织早就掌握了第一手的信息，那么对于未来发生的事情，他们肯定会有许多应对的方案。

也许李齐这件事情导致某些计划提前了，可这和体检有什么关系呢？

他以前在孤儿院的时候也体检过，就是简单地测试视力、听力、血压、心电图，这也没什么啊。

然而随着时间慢慢流逝，吕树才意识到自己犯了一个常识性的错误。

因为下午的体检是要抽血的！

以前他在孤儿院做体检时从来就没有抽血化验过，这导致他根本不知道大部分体检是要抽血的。

孤儿院是有多穷啊，抽血化验都不舍得做一次！

就因为没经历过，所以吕树压根就不知道有这么一回事。

抽血这种事情他就相当抵触了，鬼知道在自己点亮第三颗星星以后，自己的血液有没有发生什么变化。

班主任石青岩组织大家到操场上集合的时候，吕树瞅了一眼隔壁班的那个女孩，发现对方也是一脸纠结的表情，他瞬间稍微平衡了一点……

吕树有心想避过这一次体检，反正自己身体健康着呢。两颗洗髓果实吃下去，再加上点亮了三颗星星，吕树身体状况前所未有地好，并不需要体检。

然而他发现，这体检的把控也是非常严格的，负责体检的人是完全按照花名册进行的，点一个名抽一个……

那群穿白大褂的护士也特别奇葩，竟然都是男性，谁见过全是男护士的医院？

这不会又是黑衣人吧？！吕树心里有点犯嘀咕。

如果是不知情的人，当然不会多想，可他知情啊，就会忍不住往那方面想。

吕树对石青岩说道："老师，我想上个厕所，有点急。"

人有三急，他们总不至于逼着自己体检吧？

就在这时，吕树身后一个负责体检的男护士说道："你急着上厕所，就先给你抽血，来吧，不到一分钟的事……小刘，先抽他的！"

顿时吕树整个人都不好了，呵呵，这人还真机智啊！

抽血是十个人一组进行的，结果就在吕树想说自己有点晕血的时候，旁边一个同学真的晕血了，看到血以后直接躺在地上。

然而……

让吕树吃惊的一幕发生了，那群男护士竟然不管那个同学晕不晕血，就把他的血给抽了……

这倒霉的……

就在看别人抽血的过程里，吕树在他身后的那个穿白大褂的人身上感受到了能量的波动，现在要是有人跟他讲，这群人不是黑衣人那边的，他都不信了好吧！

谁见过这么强制性抽血的？谁见过一个觉醒者当督导的体检？那其他男护士……是什么身份？

吕树不能再磨蹭了，搞不好对方看他反常就直接怀疑他了。

抽吧，吕树一脸悲壮。他把体内星图里的星辉全都锁得紧紧的，白日修行的功法也给停了，这才伸出自己的胳膊。

这时候他发现，自己完成了这一系列操作，那群男护士看他的眼神也没有什么不同。

难道他们真的感受不到？

血液从自己的胳膊里被抽出去，起码暗红色的血液看起来是没有什么异常的。吕树觉得在抽血之后，这群人恐怕还会有下一步动作。

吕树忽然警觉起来，这群人竟然已经聚集了这么多觉醒者，看样子准备工作做得非常超前啊。

那现在来看，事情的发展好像都在对方的掌控之中啊，但是……会一直在掌控之中吗？

未来的世界瑰丽异常，可能存在的美景，吕树憧憬一下都会觉得有些窒息。如果觉醒者是C级、B级甚至A级的，那他们已经拥有与当世热武器抗衡的能力，还会甘居人后吗？还会去接受普通人的号令？

每个人都是有野心的。

下午抽血之后，学校也没有提前放学，而是要求所有人在教室里自习。

吕树闲着没事，拿起自己的国产神机逛了一下论坛。现在的论坛还挺有意思的，全都在讨论觉醒者的事情。

有一个点击率极高的帖子引起了吕树的注意，标题是：今天下午，我发现三个城市竟然同时开始进行体检。

帖子的楼主是一个高三学生，下午的课忽然取消了，变成了体检，然后他在他们以前高中老同学的群里发现，其他人所在的高中那边也是这样的，甚至其他城市的也是这样！

然后帖子下面一群人回复：坐标邢州，这里的高中也体检了！

坐标影川，这里的高中也体检了！

……

下面几千条回复，竟然都在说他们那里的学校也体检了。

有些不用那么早开学的，还在外面旅游赶不回来，家长就接到通知，下一次的统一体检在一周后，如果无法按时参加体检，会对学生的档案有影响。

这就有点霸道了。

吕树心中忽然有点激动，该来的总会到来。这次搞如此大动作的体检很有可能为未来世界揭开真正的帷幕！

吕树的同桌是一个叫叶玲玲的女孩，因为嘴比较碎，爱说闲话，所以人缘一直不太好。结果，人缘不好排第一的吕树就和这个排第二的女孩成了同桌……

叶玲玲倒是老找吕树聊班里的八卦，但吕树比较烦这些，八卦什么的，大家又不熟，他对这个也不感兴趣啊。

叶玲玲瞅了一眼已经低头继续做试卷的吕树："吕树，你觉得觉醒者这事儿靠谱吗？你要是觉醒了，想拥有什么能力？"

吕树手里的笔顿了一下，合着觉醒者的能力都是自己挑的吗？

他转头，一本正经地对叶玲玲说道："自由、平等、公正、科学、民主、文明、和谐、敬业、诚信、友善……"

叶玲玲当时就蒙了："……"

我问你觉醒者，你不信就不信，这是在跟我扯什么？！

叶玲玲的负面情绪值增加76点。

吕树心里却乐开了花，今天开学第一天，自己简直是大丰收啊，看样子，自己的负面情绪值能破4000了，晚上回去要好好倒腾一下那个系统。

结果就是，叶玲玲的嘴确实碎，在大家正热情讨论觉醒者的时候，班里同学都知道了一件事情：吕树好像还不相信有觉醒者这样的事情。

大家就笑了，已经摆明的事实，不能说你没有机会觉醒，就选择不相信啊。

不管是基金会，还是暴打班主任的那个李齐，都是最好的证明。此时此刻，大家在各自的脑海里给吕树贴上了一张固执的标签，而且觉得吕树自己放弃了能觉醒的机会。

"信不信由他呗，反正我感觉他也没希望觉醒，就让他继续活在自己的世界里好了。"

"吕树学习确实好，但真要是大家都觉醒了，以后恐怕学习好就没什么用了吧。"

大家好像都默认吕树是不能觉醒的那一个了，就算全民觉醒，他也估计是最后的那一个。

原本就处在班级边缘的吕树，彻底被排斥在了圈子外面。

而这个圈子里是自认为可以觉醒的那一拨人，圈子外面则是他们认为不能觉醒的那一拨人。

原本和和气气的班级，就因为觉醒者的事情，出现了一个巨大的分水岭。

就好像是只要成为觉醒者，就能一步登天了一样。

吕树也听到了一些，但他并不是很在意，也并没有把同学对他的评价放在心上，他只想自己过好自己的，他现在最该做的不是去争辩什么，而是要尽快获得洗髓果实，把自己的体质给提升到上限，然后突破E级！

纯粹的力量固然很让人欣喜，但那些天生就是E级的元素觉醒者也让吕树羡慕。

小星星在突破第一层星云之后会有什么样的变化，他拭目以待。

相同的愿望

等到放学已经是晚上了，天边的夕阳刚刚落下，在蓝黑色的天幕边际还能看到一抹红色向上蒸腾着。

春节一过，也就意味着春天真的不远了。

吕树比较喜欢秋天，因为秋天温度适宜，气候干爽。

他小时候身体虚弱，最怕的就是冬天，孤儿院发的棉衣保暖性不错，但被子就有点薄了，宿舍也没有暖气。

早上睡醒的时候，鼻尖是冰的，脚也是冰的，所以那个时候他就特别容易生病，也特别讨厌冬天。

所谓凛冬看雪这种事情，得是那些富人家孩子吃饱穿暖了才能做的。

那时候，吕树会偷偷带着吕小鱼到街上买烤红薯吃，他们身上的钱不多，就两块或者五块，大多是来孤儿院的好心志愿者给的零花钱。

一个红薯也不贵，两块钱的就够两个人吃了，吕树少吃点，吕小鱼多吃点。

吕树在回家的路上就遇到一个卖烤红薯的大爷，糊着土的炉子看着就很暖和，炉子上面已经放着几个烤好的红薯了。

他跟老板打了声招呼，直接掀开土炉的盖子往里看，这是要挑一个烤得最好的。

吕小鱼喜欢吃烤红薯，最好是已经烤成金黄色、流出糖汁的那种。

老大爷拿着红薯一称："两块六毛钱，你给两块五吧。"

吕树乐呵呵地掂了掂红薯，心想晚上回去得逗逗家里那个小姑娘。

他回到家，院子里的两个雪人已经融化得差不多了，自己搭的塑料棚里的番茄看着似乎要转红了，这是一个好消息。

他拿钥匙开门："吕小鱼！闻到味道了没？"

没人应答，吕树觉得奇怪。按理来说，那小姑娘闻到红薯的味道，应该第一时间蹦出来才对。

他往里面走去："吕小鱼？"

打开吕小鱼的卧室门，他竟发现吕小鱼正窝在被窝里，脸色苍白。

吕树一下就急了，摸了摸吕小鱼的额头，好烫！小姑娘发烧了！

此时吕小鱼才悠悠转醒："红薯烤出糖汁了吗？别买没烤好的，不好吃……"

吕树一下就乐了："还惦记烤红薯呢，你怎么突然发烧了？"

"我把你攒了一个星期的衣服洗了，水有点凉……"看着小姑娘病恹恹的，完全没有了往日的活泼可爱，倒多了几分小朋友应该有的脆弱。

"这么冷的天，你洗什么衣服啊！"吕树埋怨道，他从床头柜里找出了一支体温计，"塞胳膊底下。"

吕小鱼乖乖听话，过了五分钟，吕树拿着体温计一看，顿时皱起眉头，三十九度！

他刚准备去拿家里备的常用药时，忽然意识到自己好像已经不太需要用正常手段来解决这样的问题了。

吕树之前也考虑过这个问题，如果说他有能够让吕小鱼修行的办法，他会不会让吕小鱼修行？

答案是会，肯定会。

万一修行可以延长寿命，他能活很久，吕小鱼却只能活到几十岁就早早离开，这种场面他不太想看到。

如果吕小鱼也能修行的话，两个人做个伴会是很有意思的。

虽然现在他还没有其他的修行功法，可他以后可以帮吕小鱼去弄啊。

不管是视频里那位道士的修行方法，还是其他的什么，吕树都可以去弄。

而现在，吕小鱼应该可以吃洗髓果实了啊，且不说提升不提升根骨，起码可以让她身体健康。

健康这两个字就是吕树吃下洗髓果实后最大的感受！

吕树今天因为特殊的遭遇获得了4109的负面情绪值，这对他来说就是一笔巨款，给吕小鱼和自己都抽一个洗髓果实吃吃，应该是绰绰有余的吧。

吕树现在就有点暴发户有钱没地方花、花钱就是爽的感觉……

星辰果实可以缓一缓，就算没有星辰果实，他也可以正常修炼来积累力量。

而洗髓果实则是不可替代品，吕树没有其他手段达到这种效果。

抽！

然后吕小鱼躺在床上就看到吕树的表情开始阴晴不定，感觉他好像随时会摔东西一样……

"吕树，你的脸为什么这么黑？"

"可能我运气差吧……"吕树咬牙切齿地回答道。

我可能遇到了一个假系统，竟然前十次全都是谢谢参与！直到第十一次的时候，才终于出了一个洗髓果实！

抽奖这玩意儿的最低配就是出洗髓果实吗？那如果以后自己和吕小鱼都吃到上限以后，是不是可以拿出去卖啊？提升根骨这种事情，恐怕很多人都会需要的吧？

用自己不需要的东西去换生活中所需的金钱，并没有什么毛病啊。

就是不清楚这抽奖系统还会不会出类似唱《小星星》这样的修行方法，虽然唱起来很羞耻，但只要能修行，羞耻一点算什么？

也不知道这洗髓果实有没有什么保质期啊，当然，吕树现在还没有奢侈到可以随便拿洗髓果实做试验的地步……

他拿着一颗洗髓果实递给吕小鱼："吃了，给你的。"

吕小鱼一看到洗髓果实，眼睛都直了，实在是这玩意儿卖相太好，看着就好吃啊。

她抓起果子就塞进了嘴里，然后惊呼："吕树，你给我的是什么，怎么进嘴里就没有了？！"

吕树没有理她，而是仔细观察着她身体的变化。吕小鱼吃下洗髓果实没多久，她身上的汗就已经冒出来了，神奇至极！

这就证明，他兑换出来的果实别人也可以吃，那就可以卖，就算不卖给觉醒者，也可以卖给那些重病的人，就是不知道这洗髓果实能治多少病。

再量一下体温，已经恢复正常了。吕小鱼像是意识到了什么似的，亮晶晶的眼睛看着吕树："吕树，你觉醒了吗？"

虽然他没听说谁的异能是产果子的，但这么神奇的东西，肯定跟觉醒者有关啊。

吕树想了想："我也不知道我这样算不算觉醒，但肯定不比他们差吧，你想当觉醒者吗？"

空气似乎安静了一秒，吕树倒不担心吕小鱼不同意，他太了解吕小鱼了，这样的事他既然做了，吕小鱼肯定也会做。他这么问只是想确认一下，毕竟这是吕小鱼的人生，他必须尊重吕小鱼自己的意见。

果不其然，吕小鱼只沉寂了一秒，立刻大声答道："想！"

"我会想办法的，放心。"吕树笑了起来，"起床吃红薯吧，给我留四分之一就行。"

吕树没说自己要怎么想办法，吕小鱼也不去深究，双方的默契不是一朝一夕的事情。既然吕树说他会想办法，那就一定会想办法，吕小鱼坚信这一点。

现在的吕小鱼就是她有史以来最健康的状态了。如果没有那颗洗髓果实，恐怕吕小鱼这发烧得持续一个星期，然后打针、吃药才能好个彻底，这也是一笔不小的开销。

吕小鱼开开心心地抱着烤红薯看电视去了。吕树看了一眼阳台上晾着的衣服，也真难为这小姑娘有这份心思。

小姑娘很懂事，比她的大多数同龄人都要懂事，不然也不会去帮吕树卖煮鸡蛋了。

虽然吕小鱼什么都不说，但是吕树很清楚，两人相依为命，吕小鱼内心很想为他做点什么，而不是总让他照顾她。

一方付出，而另一方总是索取，这样的关系是难以持久的。

他们都是苦兮兮的孤儿，最懂得世间的人情冷暖。

"小鱼，如果你成为觉醒者，你会想干什么？"吕树忽然好奇地问道。

"应该是……先赚点钱，然后出去逛一逛，最后找个地方宅起来吧。"吕小鱼思考了半天后回答。

吕树笑了，她的答案竟和他早晨跟小朋友说的答案一样，也许这就是他们能凑到一起的原因吧。

此时他手里还有3000多的负面情绪值，他要继续探索那个系统了。

吕树的设想是，自己持续吃洗髓果实，然后每吃下一颗洗髓果实，就去修行一下小星星，看看修行的速度有没有什么变化。

只有这样才能证实他的想法：洗髓果实到底和资质有没有关系，资质在修行里的地位到底是什么，真的是一个人修行的根基吗？

他很清楚这个世界并不公平，也许他吃下两颗洗髓果实之后的资质，不过是别人的起跑线而已。

但正因为他清楚这种不公平的存在，才会更加努力去争取一切他能争取到的东西。

别人在睡懒觉的时候，他在卖煮鸡蛋；别人晚上可以玩游戏，但是他得出去打工，在烧烤摊儿上当服务员，一忙就忙到凌晨两点。

不过这些过程都不重要，重要的只有结果。

吕树继续抽奖，经历过之前的十次谢谢参与以后，他觉得自己已经变得很平静了……

然而让他意想不到的事情发生了，抽奖系统竟然连续给他出了三颗洗髓果实，没有一次谢谢参与！

抽到这里的时候，吕树手一抖就不敢继续了。概率这种东西他还是学过的，连续中奖有多么不容易，他很清楚啊。

有时候玩扑克牌也是这样，你不信概率真的不行。吕树是真的害怕，要是这幺蛾子系统等会儿就给他来十几次的谢谢参与，那就是暴击了啊！

缓一缓，缓一缓，吕树觉得自己手握三颗洗髓果实，已经不需要再冒险了。剩下的2700多负面情绪值，买星辰果实不好吗，何必给自己增加伤害呢？

吕树从系统里先取出一颗洗髓果实，红色的果实上面犹如裹了一层晶莹剔透的蜂蜜。吕树将果实吃了下去，果实其实是没有味道的，但它能给人的身体带来舒服的感觉，简直直戳心灵。

上一次吕树修行《小星星》的时候，他估算的是自己大概修行十五天，就能抵上一颗星辰果实的效果。

所以这次就以这个作为参照，来衡量洗髓果实对于提升资质的帮助。

吃完果实之后，吕树回到房间偷偷地唱《小星星》。为什么要偷偷地唱？这要是被吕小鱼听到了，他还不得被笑死？

窗外月光倾洒，没有雪，没有风，却有如飘雪般的星辉从苍穹快速坠落下来。

吕树抬头望去，这道星辉将自己与黑暗的幽空连接起来，仿佛是一条巨大的龙卷星河。

他引导星辉进入第四颗星星，现在点亮星辰的速度竟比之前提升了一大截，心中骤然大喜。

上一次是十五天修行才能点亮一颗星星，现在只需要九天了！

果然！

吕树难以压制自己心中的兴奋，如果自己能将修行的速度继续提升，那么有时候就算没有负面情绪值，也不会耽误他的修行速度。

这样一来，星辰果实和自主修行就能迅速形成互补，恐怕他突破第一层星云达到E级的时间也就不远了！

就在他的同学还只能讨论觉醒事件，却没法真实接触觉醒者的时候，就在所有人认为他无法觉醒的时候，他已经摸到了更高层次的门槛！

再吃一颗洗髓果实，九天缩减成六天。吕树抬头看向窗外，只见那龙卷星河加速流动起来，星辉坠落的场景仿佛大雨倾盆般。

再吃一颗洗髓果实，六天缩减为两天，龙卷星河便绽放出耀眼的光芒，宛如星云。

每吃一颗洗髓果实，他头顶的那条龙卷星河就会变亮几分，而他体内星辉积累的速度也会再快几分。

到这个时候，吕树已经确定洗髓果实对于资质的影响，这恐怕真的是能够改变一个人根基的东西。

修行两天就能点亮一颗星星，这感觉赚大了。现阶段来讲，只有洗髓果实才是吕树最需要的东西。

吕树觉得自己得缓一缓，哪怕想继续抽奖，也等明天吧。他觉得这个时候自己该好好沉淀一下，今晚的收获颇丰。

修行未必天天都有惊喜，他要让自己进入修行的状态中，扛得住枯燥，耐得住寂寞。

F级是力量级，在这个级别里，大家都只是拥有力量而已。如果他能够突破E级，那他会不会像元素觉醒者一样拥有超凡的手段？

其他人修行恐怕也是这样吧，不是说修行之人到了更高的层次，是可以飞剑千里的吗，那自己呢？

吕树对此充满了期待。

吕树一晚上都在修行《小星星》，甚至已经忘记了自己是需要睡眠的。

人之所以会睡觉，是因为精力有限，不睡是要困的，长时间不睡还会猝死……

然而对吕树来说，修行能补充他的精力，他也就不会犯困了。

不过吕树觉得，其实睡觉也是一种乐趣啊，也不能太玩命修行了。

有些人为追求长生不死，甚至可以放弃自己人生的所有乐趣，但是吕树不会，修行不就是为了快乐吗？他觉得如果不快乐，长生不死也没有什么用处啊。

他把剩下的2700负面情绪值分为两部分，其中700情绪值再次用在抽奖轮盘上，来测试自己的运气，然后七个谢谢参与就迎面而来……

这系统……简直让吕树气得脑充血！

知道洗髓果实的巨大功效之后，吕树觉得有必要赌，但不至于把全部身家都押上去。

所以他还留了2000用来购买星辰果实。

点亮星图里的前两颗星星的时候，吕树只吃了一星辰果实，而点亮第三颗星星的时候，却用了整整一颗星辰果实。

这一次，他一口气兑换了两颗星辰果实，将其直接吞下后，只点亮了星图里的第四颗星星。

那么往后，每点亮一颗星星都会需要更多的星辰果实和枯燥的修行，但吕树觉得这一切都是有意义的。

在体内第四颗星星被点亮的那一刻，星辰之力再次如同洪流般淌过吕树的身体，他的骨骼、肌肉、经脉就像是海边的礁石被温暖的海水冲刷了一遍又一遍，舒爽至极。

此时此刻，吕树觉得自己身体里的力量恐怕比之前大了一倍还不止，大概可以媲美四个成年人的合力了吧？

如果是这样，就算单手扔讲台，他也未必会吃力，对阵李齐那样的F级觉醒者，也是稳赢的。

"好像距离E级又近了一步啊。"吕树看向窗外，漆黑的天色已经变得明亮起来。

今天早上，吕小鱼倒是醒得很早，乖乖地跟着吕树一起吃了早饭，然后主动要求跟吕树一起去卖鸡蛋："咱俩一起去卖，这样一来，快到上学时间的时候，你直接去上学，我把东西带回来就好了，你能省很多时间。"

吕树愣了一下，虽然吕小鱼平时蛮懂事的，但这还是她头一次主动要求帮忙卖煮鸡蛋。

吕小鱼看着吕树的表情就知道他在想什么，给他解答了疑惑："你别用这样的表情看着我，我就是觉得我也得为咱们这个家做点什么。"

咱们这个家……这五个字让吕树心里触动很大。他从孤儿院里出来以后，坚持租下这么一个小小的院子，为的是什么？就是为了一种家的感觉。

没有失去过家的人不会明白一个孤儿对家这个词有多么渴望。

这个家可以没有父母，但是它得有点家的味道，有点家的温度。

现在有了。

吕小鱼想了想，矜持地说道："如果你觉得我确实能替你分担一些压力的话，你可以经常给我买点烤红薯吃吗？"

吕树瞥了她一眼，她这是挖了坑，在这儿等着他呢？

他乐呵呵道："呵呵，不行。"

吕小鱼的负面情绪值增加30点。

吕树知道吕小鱼不会把自己的玩笑话当真，所以才敢直接拒绝，而吕小鱼知道吕树是在逗自己，所以怨念并不是很大。

这就是两个人的默契了。

烤红薯是要买的，就算吕小鱼不帮他分担家里的压力，他也会经常给吕小鱼买烤红薯。

他的童年就是在孤儿院里度过的，没吃过什么新鲜东西。既然有机会给吕小鱼创造比自己曾经要好一些的生活条件，他没道理不这么做。

不是说吕小鱼吃他的，喝他的，就欠了他的。

两人相依为命，如果他还计较这个，那就没意思了。

早上两人一起卖煮鸡蛋，卖到只有一半煮鸡蛋的时候，吕小鱼表示自己一个人在这里卖也没问题，吕树可以上学去了。

吕树想了想，他早晚是要走的，反正这条路上的街坊邻居多，大家都相互认识，他没什么不放心的，于是拎起书包就走了。

假如他们也玩 知乎

试读到了这里，大家是不是觉得很不过瘾，还能再看两百章？沉迷知乎的鹿茸突然想到知乎上的一个提问，它太适合让《大王饶命 1》里的各位同学回答了！于是乎……

@一个高手吕树@吕小鱼不是鱼@知微@班长刘里@想换同桌的叶玲玲匿名用户的提问等你来答，如果你能得到超能力，你希望是什么？看一下他们都是怎样回答的吧！

吕小鱼不是鱼
有好吃的，一定要叫上我

666 人赞同了该回答

谢谢鹿茸姐姐的邀请，我喜欢这个问题！

如果我能拥有一种超能力，我要——心里想到的食物都能出现在我面前！！！

蒸羊羔，蒸熊掌，蒸鹿尾儿，烧花鸭，烧雏鸡儿，烧仔鹅，卤煮咸鸭，酱鸡，腊肉，小肚儿，晾肉，香肠，什锦苏盘，熏鸡，白肚儿，清蒸八宝猪，江米酿鸭子，罐儿野鸡，罐儿鹌鹑，卤什锦，卤仔鹅，卤虾……（鹿茸：停！停止！你已经把我说饿了……）

看看我这个可怜的吕小鱼，好吗？吕树只会做西红柿炒鸡蛋，让我得到这个超能力吧！

编辑于 2018-09-01

 ▲ 666 ▼　💬收起评论　✈分享　★收藏　❤感谢 …

> **2 条评论**
>
> 一个高手吕树　　　　　　　　　　　　　　　　5 分钟前
> 吕小鱼！你已经失去了我的西红柿炒鸡蛋！
> ___
> 不二心　　　　　　　　　　　　　　　　　　　3 分钟前
> 抱住我的小鱼，超能力会有的，西红柿炒鸡蛋也会有的……

知微
基金会成员

1 人赞同了该回答

谢邀。

但是为什么要邀我？我已经有超能力了。

编辑于 2018-09-01

 ▲ 1 ▼　💬收起评论　✈分享　★收藏　❤感谢 …

> **3 条评论**
>
> 鹿茸　　　　　　　　　　　　　　　　　　　5 分钟前
> 知微大佬，你知道唯一给你点赞的就是我吗？
> ___
> 一个高手吕树　　　　　　　　　　　　　　　3 分钟前
> Hello（英语），bonjour（法语），こんにちは（日语），illāc（拉丁语），来回复我吧！
> ___
> 知微 回复 一个高手吕树
> 呵……呵……

一个高手吕树

有群请拉我

2333 人赞同了该回答

我已经有了超能噎人力，再来一个超能力的话，我希望是……超级分身术！这样我就拥有噎人的 N 次方能力了！负面情绪值成倍增长，星辰果实还会远吗？一年内点亮星图不再是梦想！所以，能给我吗？

编辑于 2018-09-01

▲ 2333 ▼ 　💬收起评论 ✈分享 ★收藏 ♥感谢 …

4 条评论

 班长刘里　　　　　　　　　　　　　　　　　　　　5 分钟前

所以，你是要进化成 5.1 环绕声？我撤了……

粉肠与亨利　　　　　　　　　　　　　　　　　　　3 分钟前

不，吕树你够了，你的一个嘴巴都能放鞭炮了，再来几个的话……

吕小鱼不是鱼　　　　　　　　　　　　　　　　　　3 分钟前

那吕树，你上学的时候可以留一个在家陪我吗？

一个高手吕树 回复 吕小鱼不是鱼　　　　　　　　3 分钟前

那肯定的，监督你在家自学。

班长刘里

高二（3）班的班长，为同学排忧解难

56 人赞同了该回答

看完吕树的回答后，我放弃了我之前所有的想法！如果给我超能力，我只有一个愿望！自动屏蔽吕树说的话！只要他开口，我的耳朵就自动消音，这是一种多么让人感到幸福的能力！@ 想换同桌的叶玲玲你说是不是？

编辑于 2018-09-01

▲ 56 ▼ 　💬收起评论 ✈分享 ★收藏 ♥感谢 …

2 条评论

 一个高手吕树　　　5 分钟前

哔哔哔哔哔哔，我手动消音。

 想换同桌的叶玲玲

太对了！　　　　　　3 分钟前

想换同桌的叶玲玲

我的 ID 就是我的心愿

121 人赞同了该回答

我想要的能力很简单，美梦成真。
比如，我在梦里换了同桌，第二天，石老师真的给我换了。
比如，我在梦里中了彩票……

编辑于 2018-09-01

▲121 ▼ 　💬收起评论 ✈分享 ★收藏 ♥感谢 …

1 条评论

 一个高手吕树　　　5 分钟前

那你还是别醒吧，我怕你接受不了现实。

大家的回答果然没有让我失望！本期《大王饶命 1》的试读就到这里啦！想知道后面的故事就赶紧买书去吧！《大王饶命 1》现已全国高燃爆笑上市！

背后有人

文/马鹿君

❶

背后有人。

我知道，背后不远处有人。

我好害怕。

❷

时间是夜里十一点半。

地点是晚自习放学后回家的小路上。

这一段路的路灯间隔很远，还有几盏是坏的，因此特别黑，时常还有醉鬼和流浪汉横在路边。

就在这样的地方，我发现，自己背后有人，真是全身的汗毛都要倒立起来。

❸

这不是我第一次发现自己背后有人。

事实上，转学第二周，我就察觉到我背后有人，到现在已经十天了。

那人也不干什么事，就不远不近地跟着。我走，他也走；我停，他也停；我快，他也快；我慢，他也慢。

之所以用"他"，因为我猜测那大抵是个男性。

我经过的墙角处有一盏斜灯，总把那家伙的影子照出来。从影子看，那人肩膀很宽，可以确定不是女孩子。

❹

…然而，我并不能确定他是不是人类。

毕竟有的时候是看不到影子的。

而我每次看到他时，那影子并不是一样长的。

我不能细想，细想更害怕。

❺

可总是怕也不是办法。

今天，我决定，无论如何也要查出个所以然来。

我在墙角停下。

果然，我身后的他也停下了。

背对着脚步声传来的方向，我拿出包里藏着的铁锤，检查了一下贴着腿藏好的锉刀，把脖子上挂着的叫人的哨子叼进嘴里。别看我是个柔弱的小个子姑娘，兔子急了，还咬人呢！

三！

二！

一！

我猛然转身，向那方向冲去……

❻

"同学！别动手！是友军！"

高大的黑影从角落里走出来，对方双手举过头顶，做投降状。

我一愣。

是一张熟悉的面孔。

是班上的男生,他就坐在我后面两排的位置上。但我刚转学过来,还叫不出他的名字。

"你跟着我干吗?"

我质问。

语气急而且坏。

"我……我……"

他憋红了脸。

"快说!"

我从剪破的裤子口袋里抽出锉刀。

"我送你回家!"

"哈?!"我蒙了,"不,那个,高三,呃……同学,我不搞战时恋爱的……"

"想什么啊!我就是单纯地送你回家而已啊!"他的脸更红了,站在路灯下,像一轮小小的太阳。

"啊?!"

我更蒙了。

"……你的意思是,这是全班男生都参与的活动?"

"没有都,就一七五以上的。太矮的来了,也没有震慑力。"

"就每天晚上送我回家。"

"是。"

"因为你们觉得我们晚自习下得太迟,而我家太偏,我一个人回家太危险……"

"对!这条路太黑了,又时常有流浪汉什么的,女生一个人走不安全。"他强调。

"那为什么不告诉我呢?"

"说了啊!班长说了一次,你同桌说了两次,我也说了一次,你不都无视了吗!"他竟有

点生气。

哦,似乎是有这么回事。

但我刚转学来,有点不太好意思和男生说话。

"啊……这个,抱歉。"我理亏。

"没事没事!"他倒很大方,"你安全就好啦。"

所以,的确有人天天跟着我。

影子有长有短,是因为每天是不同的人跟着我。

"呃……"我不知该怎么回应这突如其来的善意,挠了挠头,"……那个,谢谢。"

"甭客气,本来也不是图你一句谢。"

……的确,都自以为藏得挺好呢。

❽

我背后有人。

就在五米开外的地方。

我走,他也走。

我停,他也停。

我快,他也快。

我慢,他也慢。

不过,这一次,我不害怕了。

NIFENG FEIXUAN

逆风飞旋

文/若茗

"喂，苏哲，这样就能导热？"江涵看着乱糟糟的电线问。

那个叫苏哲的少年蹲在地上，正埋头整理交叉的线路。他细瘦的身子蜷成一团，白皙的脸上戴着一副细框眼镜。

他推了推眼镜说："只要通上电就没问题。"

"好！那我来通电！"江涵把金属丝捏在手里，兴奋地向插座伸去。

突然，苏哲高声叫起来："放下！还没包绝缘皮！"

然而已经迟了，金属丝发出"啪"的脆响，江涵只觉得像被人狠狠抽了一鞭子，从头到脚酥麻、剧痛。苏哲下意识地去拉江涵，却被电流牢牢吸住，瞬间，灵魂仿佛抽离了身体。

"嘭！"两人被甩开，重重撞在地上，背部着地，昏厥过去。

不知过了多久，江涵的肩膀被一双手捏住，用力摇晃。

"江涵！江涵！"

谁在喊自己？江涵拼命地睁开双眼，只见一张离他很近的模糊的脸，眼前像是蒙了一层翳。

"糟了！快醒醒！"

那人大声喊着，粗鲁地把他拉起来，将一副眼镜挂在他鼻梁上。

江涵终于看清了对方的那张脸，健康的小麦色皮肤、大而亮的眼睛、细挺的鼻梁……无比熟悉、无比亲切——是每天早晨都能在镜子里看到的自己！他瞬间惊出一身冷汗。

据苏哲推测，触电的瞬间，两人的灵魂同时离体，在电流的持续刺激下，两人的灵魂顺势进入对方身体里，通俗地讲，两人灵魂互换了。

"原来是这么回事。"江涵跷着腿坐在椅子上，嘴角露出一抹坏笑，"这下可有意思了！想想我顶着一张乖学生的脸，然后……"

"喂！"苏哲打断他，不安地来回走动。

"你根本没有意识到问题的严重性！万一被学校发现我们的灵魂交换了，接电路的事就会暴露，到时候，我们被处分可不是什么有意思的事！"苏哲说。

突然，响起一阵炸裂似的敲门声，苏哲浑身一抖，开始原地打转。

江涵起身开门，原来是乒乓球社的经理韩晓静。她一眼便扫到苏哲，大声叫道："江涵！"

苏哲怔住了，远远地站着，不知所措。

"搞什么？"韩晓静皱眉道，"打你电话也不接。下周末就是决赛了，你还玩失联？"

"决赛？"苏哲的脑子一片空白。

"就是全省中学生乒乓球大赛的决赛呀！"还没等韩晓静开口，江涵便抢先道，"你前两天不是还发誓要全力以赴的吗？"江涵对着苏哲挤眉弄眼。

"哦！决赛！"苏哲慌忙改口。

"别掉以轻心！虽然只有周越一个对手，但他可是体育特长生……"

"你放心，跟周越比了无数次，我不会轻敌的。"江涵打断她。

"你？"韩晓静莫名其妙。

"啊……"江涵尴尬地挠头，"我是说江涵肯定不会轻敌的。"

"我看你们不太正常，算了，我来送参赛证，喏。"韩晓静晃晃手上的证件。江涵接过参赛证。

韩晓静狐疑地打量着他们，她将目光定在江涵的脸上："你今晚话怎么突然变多了？"

"有吗？哈哈，我话一直挺多。"江涵干笑。

韩晓静瞥了二人一眼，然后转身离开。两人长舒一口气，瘫在地上。

"糟了！"江涵猛地从地上弹起，"下个星期我要比赛！"

"比就比……"话说到一半，苏哲也从地上弹起。

两人瞪着彼此熟悉的脸，面面相觑。片刻后，苏哲叹了口气："要不……这次算了？"

"不行！"江涵高声道，语气很坚决，"我从小学开始练球，这个冠军是我十年来的梦想。明年就毕业了，这是我最后一次机会！去年因为腰伤，在半决赛时，我被周越干掉，他对我冷嘲热讽了一年。这次我一定要赢周越，杀杀他的锐气！"

"可是你这样子怎么比啊？"苏哲皱眉。

江涵神秘兮兮地看向苏哲。

"干吗？"苏哲叫起来。

"拜托了！救救我！"江涵弯腰合掌，可怜兮兮地望着苏哲。

"我……"苏哲左右为难，乒乓球是他的梦魇，而江涵是他的挚友。

"那就再电一次！"江涵说着，拿起金属丝。

"喂！"苏哲连忙从后抱住他，像是下了很大决心，"我替你。"

"英雄！"江涵叫道。

"别太乐观，我……我不一定行……"苏哲说。

江涵伸了个懒腰说："担心什么？那么难的物理题，你一看就会，打乒乓球还不是小菜一碟。"

"学习和体育是两码事。"苏哲抱头坐在椅子上，面色十分焦虑。

隔天，江涵将苏哲拉进乒乓球馆。盛夏的热气烤着球台，几十只小球在空中飞跃，密集的击打声不绝于耳。

"决赛从下周末开始，每隔三天比一场，一共三场，只要赢了，就是这届的总冠军。"江涵说。

从进馆的那一刻起，苏哲的心便止不住地狂跳。恍惚中，他看到几十只乒乓球劈头盖脸地砸来。

江涵递给苏哲一个球拍："先打几个试试。"说着，他从筐里拿出一个球，然后挥拍向苏哲送去。

"啊！"苏哲踉跄着躲开。

"不要躲呀！再来。"江涵完全没有意识到苏哲的异常。

苏哲又要躲开，奈何球速太快，球撞在他的指骨上，发出"锵"的一声脆响。

"不要用手！用拍啊用拍！"江涵气急败坏地叫起来。

他这一叫不要紧，整个场馆瞬间安静下来，几十道目光齐刷刷地投向他。

"苏哲？"韩晓静的声音传来，她打量着江涵，"刚才是你喊的？什么叫用拍？"

江涵猛然想起，这个时间恰好是乒乓球社的训练时间，韩晓静作为经理，无疑会在场馆出现。

"啊……我是说'You pay'！我陪他练球，他请我吃饭。"江涵悄悄抹掉额角的冷汗。

"你哪儿会打啊？"韩晓静笑起来，"我来！"她走到苏哲对面，跃跃欲试。

"不用不用！"苏哲连忙推辞。

话音未落，球已飞了过来，苏哲恐慌地后退，眼看就要露馅，球却被一双手挡开。

"你干什么？"韩晓静瞪眼。

"江涵已经练了三个小时，他得休息一下。哈哈，你们慢慢练。"江涵忙道。说罢，他拉起苏哲，飞快地逃出场馆。

"三个小时？不是一小时前才开馆吗？"望着两人仓皇而出的背影，韩晓静疑惑道。

周一傍晚，天气出人意料的热，水滴在地上，瞬间便蒸发，没了踪迹。

吃过晚饭，苏哲提出给江涵补习物理，这都源于老师的一句话："苏哲，上午的测验太不理想，上课还走神，心思得放在学习上啊！"另外，老师还不忘表扬一番"进步明显"的"江涵"。

"真的不用帮我补习物理啦！"江涵在自习室门口挣扎。

"想不被别人发现我们灵魂交换了，就得付出代价。"苏哲不由分说，将江涵拉了进去。

"这不公平！你那么聪明，打乒乓球肯定不在话下，但是我就惨了，物理简直反人类嘛！"江涵哀号。

自习室里空无一人，只有满桌的参考书。两人在后排挑了一张干净的桌子，摞得半人高的书本将他们包围。

江涵瘫在椅子上发呆，他想起下午老师点到"江涵"时，满教室的同学发出惊讶的赞叹声。

他推了一下奋笔疾书的苏哲，露出得意的笑容："话说，交换未必是件坏事。托你的福，江涵这个名字竟然能在物理课上出出风头，而你，也因为江涵的皮囊受到老师特别的褒奖。"

"嘘，别这么大声。"苏哲提醒。

"又没人。"江涵满不在乎。

话音未落，就听到前面传来一阵窸窸窣窣的声音，高高的一摞书本后面，露出韩晓静圆圆的脸。

"交换？"

两人顿时面无血色，险些从椅子上跌下去。

"你干吗偷听我们讲话？"江涵惊恐道。

"谁偷听了，我一直在这儿。"韩晓静说。她一直悄无声息地趴在桌子上，那堆书本做了很好的掩护。

苏哲的手颤抖着，喉咙好像哽了一块烙铁，他无助地看向江涵，祈求这次也能瞒过韩晓静。

江涵站在空调下，背脊处不停地冒冷汗。

"到底什么意思？"韩晓静又问了一遍。

"就……就是……"江涵慌得张口结舌。

"完了。"苏哲默念。

突然，江涵高声叫道："我们有事，先走一步！"说罢，他拉起发愣的苏哲准备跑。

"站住！"韩晓静抓住两人的后脖领，一把将他们拽回，"我上次就觉得你们俩不对劲，苏哲教江涵打乒乓球？江涵教苏哲物理？简直荒谬！"

两个人老老实实地站在原地，一动也不敢动。

"刚刚你说江涵的皮囊……"韩晓静绕到两人面前，指着江涵说，"难道……他不是江涵，你才是？"她的声音骤然提高，带着惊恐的意味。

灵魂交换的秘密一经识破，两人如钉子般定在当场，脑子里嗡嗡作响。

"喂！说话呀，不会……是真的吧？"韩晓静后退一步。

"唉！"江涵咬咬牙，决定豁出去，将自己与苏哲灵魂交换的事和盘托出。

韩晓静怔怔地听完，过了半晌，才吐出一句话："……这么劲爆。"

江涵苦笑着点头。

"你会帮我们保密吧？"苏哲再三确认。

"放心，我绝对保密！"韩晓静拍着胸脯道。

接着，她皱眉道："乒乓球比赛怎么办？"

"有苏哲呢。"江涵脱口而出。

"他能行？"韩晓静质疑。

"当然，苏哲还有什么不行的！"江涵自信道。

苏哲低头不语。

韩晓静显然没有那么乐观,她思考了片刻,然后说道:"我来拟一套训练计划,还有一个星期,咱们拼一拼!"

　　"拜托你了,咱们明天开始训练,大家一起努力!"江涵诚恳地对苏哲说。

　　"我尽力。"苏哲郑重点头。有些痛苦,纵使无法遗忘,也要尽力克服。他心中暗暗决定:决不能辜负江涵的信任,就算赢不了,也不能输得太难看!

　　韩晓静趁着月色摸进乒乓球馆时,江涵和苏哲已经等在那里了。他们用一块巨大的黑布将窗户挡住,以免馆内的亮光被夜间巡逻的保安发现。

　　这是训练的第二天。根据韩晓静的计划,今天,最迟明天,苏哲必须掌握所有基本动作,包括正反手攻球、推挡、搓球等,然后用两天实战演练。但前一天的训练效果很不理想,苏哲对乒乓球怀着一种本能的抵触情绪,或者说是畏惧——球向他飞去时,他会不由自主地躲开,仿佛飞过来的不是球,而是手雷。

　　苏哲用手支着球台,低头喘气,江涵颓然地坐在椅子上,汗从鬓角的发丝滴下,显然在韩晓静到来前,他们已经进行了失败的训练。

　　"别垂头丧气,我感觉今晚形势会逆转!"韩晓静鼓舞道。

　　"对,再来!"苏哲提起精神,将球向空中抛起,手臂大幅度地向右挥动,随着手腕内收,球向对面飞去,力道十足。是干净利落的左侧上旋球,这是他掌握的唯一动作。

　　江涵叹了口气,捞起球走到台前。他很疲惫,腿像灌了铅,这都拜苏哲令人担忧的身体素质所赐。

　　"注意看球,不要再躲了。"说着,他一个正手高抛发球将球送了出去。

　　球在案上弹了两下,然后直直飞出去——苏哲又躲开了。

　　"对不起。"苏哲低头捡球。

　　"打过来!"江涵喊道,声音因为怒气而发颤。他实在无法理解,为什么会有人恐惧乒乓球。那弹跳的小球就是灵动的生命力,是他倾注了心血与梦想的寄托。

　　苏哲抬手,又是一个左侧上旋球,江涵反手推回,接着,球又弹了一下,直直地飞出台面。

　　"别躲了!"

　　江涵被无力感包裹着,机械地接球、发球,听苏哲的道歉……周而复始。不知多少次了,球又径直飞出台面,看着苏哲弯腰捡球的动作,江涵再也无法控制自己的怒火,眼前的景象变得模糊、摇晃,他恨不得把这一切撕碎。他用力将球拍摔在地上,吼道:"别捡了!"

　　苏哲一怔,抬头望向他,只见站在球台前的他双眼血红,脸色白得瘆人。

　　"只会发球,连一局都活不过!"他吼着,青筋从苍白的脖颈处暴起,身体因为用力过猛而微微晃动。

"我可以练……"苏哲嗫嚅道。

"练什么? 你只知道躲! 不想练就直说, 我看你就是应付! 我把你当作最好的朋友, 你竟然这么敷衍我, 我真是看错人了!"江涵完全失去理智, 口不择言。

"江涵!"韩晓静腾地站起来, 瞪着江涵, "你瞎说什么!"

"没事的, 确实是我不对。"苏哲连忙说。他明白江涵发火的原因, 乒乓球的攻击性根本不足以令人害怕到一直躲避的地步, 江涵一定误以为他是在故意和自己作对。

江涵冷哼一声, 上前去扯挂在窗户上的黑布。韩晓静冲过去将他推开, 质问道:"你有什么资格对着苏哲发火!"

江涵将头偏向一侧, 并不理会她。

她怒视着江涵, 歇斯底里地喊道:"他是在替你练习, 你能不能搞明白! 是, 你喜欢乒乓球, 可这并不代表别人也得喜欢。苏哲学习很好, 但不代表体育也能轻易上手! 他很努力地配合你练习, 你为什么不能关心一下他在害怕什么!"

韩晓静的声音在空旷的乒乓球馆内回响, 气氛沉寂、压抑。窗上的黑布被拉下一角, 无力地垂着, 露出暗淡的天色。

"晓静, 别怪江涵……我没事的。"苏哲的声音响起。

"你真的害怕?"江涵走到苏哲面前。

苏哲低头不语。

"怕什么? 告诉我, 我们之间有什么不能说的?"江涵拍拍苏哲的肩膀。

"我……"苏哲轻轻咬了咬下唇。

小学时, 他内向孤僻, 因为不肯加入班里的"帮派", 被一群高大的男生关在器材室里, 他们用乒乓球狠狠地砸他。

"书呆子, 哭什么, 真没出息!"

从此, 飞来的乒乓球与粗鲁的笑声夹杂在他最黑暗的记忆中, 屡屡闪现。

说完, 苏哲捧着头, 身体颤抖着。

"苏哲为了你克服那么大的心理阴影, 你刚才还不分青红皂白地指责他。"韩晓静道。

"是我浑蛋!"江涵搂住苏哲的肩膀说, "你放心, 你现在有我罩着, 谁敢对你不客气, 我饶不了他!"

"让你道歉, 装什么大哥?"韩晓静笑道, "放心苏哲, 我也罩着你!"

苏哲跟着笑起来, 脸色缓和许多。

"我想再试试。"他深吸一口气, 拿起球拍走到台前。

"好, 再试试! 记住, 我们都罩着你哦!"江涵勾起嘴角笑道, 然后发出一个左侧上旋球。

谁也没有想到的事情发生了——从未接到过乒乓球的苏哲竟然打出一记漂亮娴熟的推挡!

"怎么做到的!"韩晓静震惊地从椅子上跳起来。

苏哲对着自己的手臂凝视了片刻,恍然大悟:"我明白了!"

"这是应激反应!"苏哲解释道,"肌肉是有记忆的,江涵的身体能对飞来的乒乓球做出反应——就像缩手反射、膝跳反射一样!"

"也就是说,在这个基础上,你能很快运用搓球、削球等技法,再对步法加以训练,水平很快就能提高。"韩晓静说。

苏哲兴奋地点头。

"有希望了!"江涵终于反应过来,激动地摇着苏哲的肩膀,"我就说你行!"

江涵重整旗鼓,将自己打球的经验、教训梳理一遍,一一告诉苏哲,他一面讲解,一面亲身示范,还会找一些经典的比赛视频向苏哲分析。

接下来的几天,苏哲的球技突飞猛进。周六夜里,他已能与江涵对拉。

午夜时分,灯火通明的乒乓球馆内,三人席地而坐。

"来不及教你扣杀了,先过了第一场再说。"江涵说。他心里清楚,苏哲现在只是能接住飞来的球,根本无法通过主动进攻来赢球。

"这样行吗?"苏哲皱眉。

"没问题。你不用想着赢,只要能接住他打过来的球就行。把时间拖住,消耗他的体力,没准还能绝地反击呢。"江涵笑道。

"没错。"韩晓静附和道。

"拉锯战?"苏哲问。

"这叫战术、策略!"江涵纠正。

第一场比赛在周日下午三点,地点是周越所在的省实验中学的乒乓球馆。江涵三人很早便到了球馆,他乒乓球社的诸位同好也来帮他加油助威。

"好好发挥,把周越打个落花流水!"社里的一个男生殷勤地替苏哲捶背,其他人也纷纷附和。

看到苏哲愁眉苦脸的表情,韩晓静体贴地上前解围:"你们先去观众席,让江涵调整好状态。"

众人走后,苏哲低声说:"怎么办,我心里还是没底。"

"没事,别紧张,把平时水平发挥出来就行。昨晚状态那么好,我看你小子怕是要赢啊!"江涵安慰道。

"别取笑我了。周越他们来了吗?"苏哲问。

韩晓静指着休息室远处的座位说:"喏,那就是周越。"

苏哲望去，只见远处的凳子上坐着一个面无表情的少年，一对浓眉横在棱角分明的脸上，透出一股冷峻。周越注意到三人，投来十分不友好的眼色。接着，周越收回目光，从包里翻出一瓶眼药水，朝右眼滴了几滴。

"他眼睛不好吗？"苏哲问。

"他右眼视力很差，戴了隐形眼镜，眼睛容易干涩。"江涵解释。

"该上场了！"韩晓静看了一眼表，推了推苏哲，道。

苏哲慌忙站起来，同时，周越也站了起来，往比赛场地走去。

"加油啊！"江涵拍拍苏哲的肩膀鼓励道。

赛事制度是三局两胜，抽签决定发球先后顺序，每两分换一次发球权，先得十一分者胜，如果两个人都是十分，连续得两分者胜。首局抽签的结果是由周越先发球。

周越站在苏哲对面，向苏哲睨了一眼，挑衅道："还想尝尝去年的滋味吗？"

周越自幼练球，经过无数磨炼才有如今的成果。他在球场上，一直所向披靡，直到遇见江涵——那个实力超群的业余选手，他觉得自己作为职业选手的自尊遭到了践踏，他一向引以为傲的球技被江涵击得粉碎。他清楚江涵去年失利的原因，但还是忍不住出言讽刺，唯有这样才能维护自己的尊严，保持自己的优越感。

苏哲的心"扑通扑通"地在嗓子眼跳动，比赛还未开始，他的手心已满是汗珠。

"糟糕！"他暗道。他开始出现耳鸣了，场馆仿佛在摇晃，他甚至没有听到裁判喊开始的指令，球就已经飞了过来。

身体果然自动做出反应，从冰冷、麻木的指间，一股神秘力量牵动着他的肌肉。

可惜"砰"的一声，球过界落在地上。周越轻松拿了一分，他挑衅般地向苏哲抬了抬下巴。

周越快速捡起球，一记奔球过网。球急速旋转着向苏哲左侧冲来，他连忙挥拍推挡，球却擦过拍的边缘飞了出去。

只差一点！苏哲心道。对江涵来说，落在右半台的球，回击起来要比落在左半台的容易得多，但只是依靠此时江涵身体的自动反应，根本来不及回击周越发出的奔球。

周越看见江涵的这一漏洞不禁冷笑，心想：想不到这才一年，江涵的球技竟然退步了这么多。

轮到苏哲发球，他想发自己熟练的左侧上旋球，手却不听使唤地颤抖，接连两个球都没有过网。

馆内响起一阵阵叹气声。

四比零了，苏哲绝望地抬眼便对上周越得意的表情。

"江涵，打起精神啊！"乒乓球社的同学按捺不住地叫起来。

一片嘈杂声中，苏哲听到江涵和韩晓静的声音。

"接住球就行，不用想太多！"

苏哲朝着江涵的方向点头，勉强提起精神。

周越身子下蹲，发出右侧上旋球，苏哲吃力地飞身去接。紧接着，周越打出一记爆冲弧圈球，苏哲被打得毫无招架之力。

不行，太快了，我连他一个球都接不住。苏哲恨恨地想。

观众席传来嘘声，周越压倒性的优势太明显，苏哲输得毫无悬念。两人对战没有拉球的干脆爽利，没有推挡的铿锵有力，实在缺乏可看性。

最终，比分是十一比零，周越拿下第一局。比赛暂停，苏哲获得两分钟的休息时间。

"没关系，别有压力。"江涵一边用力搂住苏哲的肩膀，一边说。

"很棒了，如果是我的话更屄呢。"韩晓静开玩笑地说。

苏哲低着头，用一只手按住自己剧烈跳动的心，可无济于事。

"发挥有些失常啊……"周越站在不远处嘲讽道。

"谢谢关心。"韩晓静气哼哼地道。

周越不屑地转身走了，他要趁机好好教训一下江涵。

第二局开始，球卷着风，像中了邪一般以极快的速度冲向苏哲，他来不及用拍回击，甚至来不及躲避，便被球狠狠砸中肩膀，一阵灼热的痛感袭来。

周越发球过界，苏哲得一分，可他明白，周越绝不是失误，而是有意为之，因为周越的第二个球就重重击向他的下颌。

他浑身颤抖，剧烈地喘息着，儿时的画面无法遏制地涌来。他感到一阵眩晕，喧哗声中，他隐约听到江涵与韩晓静的呼喊声。

"加油！我们罩着你！"

苏哲抬眼，对上周越轻蔑的冷笑，那笑容仿佛在说：我让你得分而已，有问题吗？

苏哲被对方的笑容激怒，他低吼一声，用力握紧球拍，发了一记左侧上旋球。球却被周越用力抽回，猛烈地，像甩鞭子一般地甩向他。球再次砸中他的肩膀，剧烈的痛感在身上炸开，他闷哼一声，向后跌去。

全场发出阵阵嘘声，突然，一道声音刺破喧器。

"够了！"

江涵不顾众人阻拦，冲上赛场。他一把夺过苏哲手中的球拍，将飞来的球用力掷在地上。

"够了！周越，你这不是在打球，是在打人！"

说罢，他扶起苏哲气冲冲地离开赛场。

"输不起还打什么球啊！"周越扬声嗤笑。

第一天的比赛由于苏哲中途退场而变成闹剧。茶余饭后，同学们谈论着江涵弃权认输的大新闻，纷纷猜测江涵能否在第二场扳回一局。

又是午夜，三人聚在乒乓球馆内商量对策。

"还有三天时间，咱们得改变策略。"江涵说。

"第一，想提高反应速度，要手眼并用。"说着，他来到球台前。

"对方发球时，你要注意他手的动作，这样才能更有效地推测打击点，只注意球的方向是不够的。"

"第二，你缺乏实战经验，尤其是面对周越这样经验丰富的对手。"江涵说，"他击球用力，以速度取胜，而这是你的弱项，所以不要跟他拼速度。晓静，你发个球过来，用你最大的力。"

球"嘭"地撞在江涵的拍上，却没有马上弹开，而是向后移了一段才飞回去，力度小了许多。

"你卸下球飞过来的劲，对方再想将球的速度带起来，要费更多体力。"江涵解释。

"第三，教你扣杀，你要瞅准时机，扣球得分！"

"另外，紧张是一码事，发挥是另一码事。你放心比赛，我们都在旁边守着你。"江涵说。

第二个比赛日很快到来。通过夜以继日地苦练，苏哲的水平有了质的飞跃，比起上次的手足无措，他已有了几分信心。

周越依然站在对面用眼睨他。

苏哲低着头，轻轻摩挲着球拍，心中不断给自己打气。

比赛开始！

周越再度猛攻，但他没有料到，短短三天，苏哲的球技突飞猛进，无论是奔球还是爆冲弧圈球，苏哲都能从容化解。终于，周越凭借一记高球拿下第一分，他舒了口气，向观众席挥拳，宣扬自己的胜利。

苏哲沉下心来与周越对峙，他一心放在击打上，同时伺机扣球，就在这时，周越一个闪身，脚步有些踉跄，他趁势打出一记扣杀，夺下一分。

第一局，周越以十一比七胜出。

紧接着第二局，苏哲表现得更加沉稳，周越以再大力发球，他也能从容地卸力回击。焦躁之下，周越露出的破绽便多起来，而苏哲严防死守，滴水不漏。

球在彼此的拍板前撞击、摩擦，两人推挡、拉球，得分、失分，令人眼花缭乱。苏哲以退为进，竟反超周越一分，打成十比九的局面。

周越一脸愤恨，瞪着苏哲，恨不得将他生吞活剥。

我怎么会让这小子抢了先机！他心想，手上更加忙乱，江涵已经赢了十个球，如果这个我再输，就——

嘭！趁着他踌躇的空当，苏哲猛力扣杀。场内响起一片欢呼声，苏哲以十一比九取得第二局的胜利。

周越狠狠地将球拍摔在台面上。

"苏哲太棒了！"韩晓静跳起来，用力与苏哲击掌。

苏哲的手仍在抖，冰冷、湿润。

"你还在紧张？"韩晓静惊呼。

"看不出来啊，刚才那么淡定。"江涵笑道。

"紧张是一码事，发挥是另一码事。"苏哲重复江涵之前的那句话。

两分钟很快就过去了，双方回到台前。周越将手按在球台上，指甲泛白，青筋暴起，眼神狠戾。

"走着瞧！"周越从紧咬的牙缝里挤出三个字。

第三局开始。

周越球风突转，由锋芒毕露变得绵软无力，打得苏哲措手不及。

"他也在拖时间。"江涵低声道，"两个人在进行一场拉锯战，现在就看谁先沉不住气了。"

"你的体力怎么样？"韩晓静问。

看到江涵困惑的神情，韩晓静补充道："我是说你那副身体的体力能让苏哲支撑多久？"

江涵苦笑："我没这么打过。"

球慢悠悠地在苏哲与周越两人之间来去，一人失分，另一人就会撵上，不知不觉间，比分已追至十平。

这样一来，恐怕真的会无休止地打下去。苏哲感到双腿越来越沉，腰也隐隐作痛。他记得江涵说过，腰间有一处旧伤，如果疲劳过度就会疼痛不已，近来的夜间训练一点一滴地消磨这副身体。

不行。苏哲一边擦了把汗，一边想，得想个办法。

苏哲双腿一软，身体一个趔趄，就在这时，周越冷笑一声，猛然挥动球拍发出一记爆冲弧圈球。苏哲急忙欠身还击，却失去平衡，胯骨磕在球案边，痛得他弯下腰来。

"不行了？"周越挑衅道。

苏哲用球拍撑着台面，勉强直起身子，从滴着汗珠的散乱的发丝间露出倔强的眼神。

只要他再得一分，比赛就结束了，那一切就完了！冷汗从苏哲背后冒出，想到这儿，他强迫自己冷静下来，现在的局势已经无法依靠江涵，只能自己想办法。

突然，苏哲注意到周越的一个小动作——他用手背轻轻揉了揉右眼。

对了！他右眼视力不好！只要找到他视线的盲区，我就能逆转局势！苏哲瞬间清醒，他强忍腰部的剧痛振作起来。

他尽量打左旋球，暗暗观察周越接球时的角度。

最多不超过八十五度。苏哲心中测算，一旦球的轨迹与中线的夹角超过八十五度，他就会很吃力，那是他的视线盲区。如果我在这个界限以外发球，他迟早会失手。

这样想着，他瞄准界外一点，用力扣球。

砰！球被击了回来。

什么！不对吗？苏哲心下一惊。

周越又揉了揉眼睛，然后直勾勾地盯着苏哲的手腕。

他在看哪里？我的手腕？苏哲心道，如果想找破绽，不是应该看我的腰吗？

突然，在他脑中闪过一个念头，那是江涵传授的技巧——周越并非在找破绽，而是在判断击球方向！

必须出其不意才行！苏哲心道。

他一连打出几个右侧上旋球，将周越向左半台带去，紧接着，他刻意夸大手部动作，做出继续打右侧球的架势，突然，他猛地一翻手腕，以迅雷不及掩耳之势将球用力向右半台的五度夹角扣去。

十一平!

苏哲抹了把额头上的汗珠,松了口气。

接着,他乘胜追击,利用周越的盲点打出两记扣杀,一举夺下两分,最终以十三比十一获胜。

江涵与韩晓静冲来,三人激动地交谈着,带着意想不到的喜悦。

周越站在不远处,冷酷的面庞因为愤怒皱成一团。

"浑蛋!"他恶狠狠地骂道,"给我等着!"他狞笑,心中冒出一个恶毒的想法。

苏哲完全没有料到他还有进入第三场的机会,第二场获胜令三人看到胜利的曙光,而一比一的大局之下,即将到来的决胜局显得尤为重要。

接下来的三天,苏哲缩短了夜间训练的时间,留下时间养精蓄锐。到第三个比赛日,苏哲已经信心十足,拿到冠军也不再是奢望。

韩晓静与乒乓球社的人先一步到赛场,江涵和苏哲出发稍晚,赶往检录处报到。他俩快到乒乓球馆时,只见一个穿马甲的志愿者站在门口。

"江涵对吧,检录处临时有变动。前两天校庆时,校方租借了一些贵重设备存放在那里,所以这次比赛换到别的地方检录,我带你们过去。"他笑眯眯地说。

志愿者带着他们绕到场馆后门,在旁边的一间小屋前停下,说:"就是这儿。"

小屋是半陷入地下的结构,地势比周围低很多,三个人迈开步子,从狭窄的楼梯往下走。

志愿者拉开沉重的铁门,江涵与苏哲进入室内,灰尘被骤然掀起。苏哲掩着鼻子咳嗽了一阵,这才看清里面的景象:各种球、橱柜、垫子,还有一台荒废已久的跑步机——原来是一间器材室。

可唯独没有人的影子。

"同学……"江涵叫道,正欲回头,只听"砰"的一声,门被关上了,接着是一阵"哐啷哐啷"声音,门外长满铁刺的插销被插上了。

"糟糕,上当了!"苏哲恨恨地道,他连忙掏出手机,却发现这个地下的器材室里根本收不到信号。

"你手机有信号吗?"他急忙问。

江涵拿出手机,手机右上角分明显示着"无服务"。

"浑蛋!"江涵将手机摔在地上,然后用力朝门上撞,"开门!有没有人!"他的身体撞在门上,发出一声闷响,门却纹丝不动。

"苏哲,快想想办法!"他去拉苏哲,却发现苏哲的手异常冰冷。

"你手好凉……"江涵说了一半,猛然想起器材室在苏哲的记忆里意味着什么,他拍拍胸脯,"没事,有我在呢，我……"

"你罩着我！"苏哲不禁笑起来，"我没事的。"他抽出手，环顾四周。

与此同时，赛场内，韩晓静正焦急地等待两人。

"就剩半小时了，他们怎么还没来？"她一面向门口张望，一面拨打江涵的电话。

"对不起，您拨打的用户不在服务区。"礼貌的女声从听筒里传出，韩晓静气急败坏地挂断，"搞什么！"

志愿者回到场馆门口，远远向周越打了个手势，周越立刻心领神会。

"哼！"周越冷笑，"看你这次怎么办。"

器材室内异常闷热，江涵的汗顺着脊背直淌，太阳穴"突突"地跳。苏哲皱着眉头思考，门根本撞不开，也没人听到他们的呼救声，难道他们要眼睁睁地等时间耗尽吗？

突然，江涵看到铁门上透气用的小窗，镂空的窗竖着装了十二片窗叶。他猛地从地上弹起："咱们试试从那个小窗翻出去！"

两人将橱柜搬到门前，拖来几张垫子。江涵爬上去，尝试着掰断窗叶，有一片发出一声脆响。

"过来帮我一下。"他朝苏哲喊。

苏哲应声爬了上去，两人用力拽住那片窗叶，拼命向后拉。

"使劲……"江涵从牙缝中挤出两个字。

"嘭"的一声，窗叶被掰断，两人身体顿时失去平衡，重重地摔在垫子上。江涵先落下，苏哲撞在他身上后，滚到一旁。他们被撞得眼冒金星，浑身的骨头跟散了架一样。

"我的脚好像扭到了。"苏哲哑着嗓子说。

"啊！严重吗？"江涵忙问。

苏哲用手按住脚踝，痛苦地皱紧眉头。

"我看看！"江涵从地上爬起来，抬头的瞬间，正对上苏哲痛苦的脸，准确地说，是苏哲本人的脸！

"啊！"他难以置信地惊叫，快速赶到苏哲身旁，伸手去捏苏哲的脸。

"你干什么？"苏哲莫名其妙。

"换回来了！苏哲，换回来了！"

江涵捡起摔在一旁的眼镜，颤抖地挂在苏哲鼻梁上，语无伦次地喊道："脸，我们换回来了！"

苏哲怔住了，用力揉了揉眼睛。

"换……换回来了，真的换回来了！"他兴奋地跳起，却痛得跌了回去。

原来，刚刚的剧烈撞击使两人的灵魂回到各自身体里。

"太好了，我可以自己比赛了！"江涵爬上橱柜，用力掰剩下的窗叶，却怎么也掰不下来，窗叶如同铁铸。

"刚才被掰断的那片本来就有破损。"苏哲捡起掉落在一旁的窗叶，说，"你看，这里还有毛刺，剩下的……恐怕没那么容易掰断了。"

"那怎么办啊？"江涵垂头丧气地坐在橱柜上，"难道把冠军拱手让给周越吗？"说着，他又尝试着掰了掰，还是无济于事。

苏哲抬头看了一眼屋顶的风扇，那风扇显然很久没用过了，上面落了厚厚的一层灰。

"我们用风扇的动力试试。"说着，苏哲挣扎着站起来，将身上的衬衫脱下来，用牙咬着，撕成一条条的布条，再将布条缠在一起，拧成一股又粗又长的绳子。他踮起脚去够电扇，却痛得出了一身冷汗，跌在了地上。

"你别动，负责指挥就行。"江涵从橱柜上爬下来。

"把这个绳子穿过所有的窗叶……系到扇叶上，要系紧！"苏哲握住脚踝，咬牙道。

江涵照做。

"电扇开到最高档。"苏哲说。

江涵将电扇开关调到最高档，可扇叶纹丝不动。

"怎么回事？"苏哲站起来，靠着墙稳住身子。

"太久没用过，为了电路安全，学校把电线切断了。"江涵懊丧地说。

他看了一眼时间，离比赛开始仅剩十分钟。

"完了，这下真的完了。"他绝望地瘫坐在地。

乒乓球馆内，韩晓静正与负责人申请延迟比赛。

"他们因为意外的事耽误了，绝对不会弃权，比赛能不能推迟一点，就一点！"韩晓静恳求道。

"这个我决定不了，规则就是这样。你再联系他们一下，让他们快点。"负责人摆摆手就离开了。

韩晓静狠狠地跺了跺脚，又打了一遍江涵的电话，仍旧是"不在服务区内"的回应。

苏哲靠在墙上，太阳穴紧贴着墙面，他在思考如何才能找到办法从这间小屋出去。

江涵露出一个比哭还难看的笑容："你的脚怎么样？我帮你捏一捏，之前我学过一点按摩手法。"

"还有多久？"苏哲问。

"不到五分钟。"江涵说。

苏哲垂着头，一言不发。

"喂，你不会是哭了吧！"江涵叫道。

"安静点，我在想办法！"苏哲吼道。

"这几天真是神了。"江涵在苏哲身边坐下，"我教你打乒乓球，你竟然赢了周越。如果不是我们在宿舍里偷偷接电路……"

"你说什么？"苏哲猛地抓住江涵的肩膀。

"接……接电路。"江涵结巴道。

"有办法了！"苏哲顿时两眼放光。

"快点，来不及了，帮我把跑步机的电线扯出来，我要再试一次！"苏哲催促道。

"试什么？"江涵疑惑道，尽管如此，他还是去扯跑步机的电线。

"再接一次电路！"

苏哲跪在地上，将江涵扯出的电线和风扇断掉的电线捻在一起。时间一分一秒过去了，他的额头上布满汗珠，终于，线路接好了，他小心翼翼地裹上绝缘皮，双手颤抖着将电线插入插孔。

"开到最高档。"苏哲极力克制颤抖的声音。江涵的手开始转动开关，他的心一下子提到嗓子眼。

"轰"的一声巨响，窗叶崩开，灰尘扑簌而下，凉风从窗外吹进来。

江涵激动地蹦起来，他冲过去紧紧抱住苏哲，两人在满是尘土的屋子里欢呼。

江涵从窗口翻出去，拉开那条生锈的插销，门终于开了！

距离比赛开始只剩一分钟，韩晓静在门口徘徊，眼中蓄满泪水。

"两个人哪儿去了？"她决定再找一次负责人，哪怕胡搅蛮缠，也要为他们争取一点时间。

"就剩一分钟了。"周越低头看表，想到裁判马上就会宣布江涵的弃权与自己的胜利，他阴鸷的眼中露出兴奋的光芒。

裁判拿起话筒，清了清嗓子，然后宣布："鉴于选手江涵还未到场，本次比赛……"

"等一下！"

韩晓静正欲开口阻止，便听到有人喊了一声。

全场的人顿时齐刷刷地向门口望去，只见江涵搀着苏哲走了进来，两人俱是灰头土脸的模样，十分狼狈。

"怎么可能！"周越腾地站起，紧绷的脸上写满难以置信。他感到天旋地转，吃惊、恼怒、羞耻、愤恨将他折磨得大脑中一片空白，他颤抖地屈起冰冷的指节，慢慢攥成拳。

江涵扶着苏哲来到韩晓静身边，他还没开口，便挨了她一拳。

"苏哲交给你了，我去比赛。"江涵说。

"苏哲交给我？你们换回来了！"韩晓静惊呼。

"嘘……我跟你解释，先扶一下我，行不行？"苏哲说。

江涵朝周越微微一笑，抄起球拍站到台前。周越咬牙切齿地走到他的对面，恶狠狠地瞪着他。

"怎么，没想到吗？"江涵直视着周越，锐利的目光如同锋利的刀子，刮得周越脸皮生疼。

这个狂妄的业余小子！周越恨恨地想，让我好好教训教训你！

周越蹲下身子，将球轻轻抛起，右手腕用力上旋，球在拍上剧烈摩擦，猛地冲向江涵。

下蹲发球。江涵心道，嘴角勾起一丝信心满满的笑容，身体向左侧去，趁周越还未完全起身，使劲向前扣杀，他迅猛的攻势令周越猝不及防。

"什么！他的速度……"周越惊骇地抬头，对上江涵犀利的眼神。此时的江涵与前两场判若两人，无论是战术还是速度，都异常猛烈，且带有攻击性。

真正的江涵回来了！

"要速度吗？我奉陪！"

周越捞起球，大幅度挥动右臂，仿佛将全身力量运于拍上。随着一声呼喝，球以极快的速度冲向江涵——正手高抛发球，他想凭借这一高难度动作挽回颓势。

江涵没有与周越硬碰硬，而是选择以柔克刚。他将身子后移，重心降低，球飞来撞在拍板上，发出"咝咝"的摩擦声。紧接着，他正手一拉，将球攻回。

周越见自己的攻击被破解，怒火中烧，急躁地挥拍扣杀，哪知江涵攻过来的球已卸去力道，他贸然扣球，结果球堪堪下网。

"唉！"周越握拳砸向台面。

比赛刚开始，周越连失两分，他感到浑身滚烫，暴躁与狂怒冲昏了头，精神上的跌宕起伏更令他接近崩溃。面对江涵越战越勇的状态，他越来越吃力，结果频频失分，最终连输两局。

大局二比零，江涵获胜！

震耳的掌声与欢呼声响彻全场，江涵终于实现了自己十年来的梦想。他绕过球台，准备与周越握手，但对方已经离开了。

"乒乓球是神圣的，输赢固然重要，但诚心更重要！"他对着周越的背影喊道。

韩晓静与苏哲赶来，三人激动地拥抱彼此，庆祝最终的胜利。

就在这时，不知是谁喊了一句："大家一起把冠军举起来！"刹那间，从看台上冲下来的人如潮水般拥着江涵，众人不顾他的推辞，将他高高抛起，笑声在场馆上空盘旋，响彻云霄。

文/由·得林洛斯

1

　　"自东土始有文字记载之时，五元三神之力由神灵托与八国皇族。才、桦、平、昌、录五国皇族掌握金、木、水、火、土五种自然元素之力；京、申、优三国皇族掌握光、风、雷三种神创之力。八国互相制衡，人类在皇族们的维护下共享和平盛世。"——《东土纪事·上古篇》

　　"其实这是很久远的历史了……"一只白皙的手合上了陈旧的古书，"什么五元三神制啊，都是传说。在这块叫作'东土'的大陆上，目前只剩下几个国家彼此的倾轧争斗而已。"

　　"此时正是乱世，公子。"旁边一名侍女模样的人轻轻拨了拨灯芯，让灯光再亮一些，

那个看书的佳公子俊秀的脸庞在变亮的灯光下变得更加清晰了。

　　真是一个绝世佳公子啊！公子抬眼有意无意地看了一眼对面的屋檐，那里似乎有个人影，但是人影很快隐去了。公子旁边的侍女立刻伸手握在了剑柄上，却被他按住，他微微摇了摇头："不急。"

　　而在千里之外的平国边境，也有着小小的波动。

　　一轮残月挂在天边。费水里涌着黑色的波浪，并不断拍打着河岸。岸边静静地泊着零星的几只小船，没有一丝声响。

　　"今夜要起风……"边境城墙上的守军吸了吸鼻子，似乎闻见了远处翻滚的黑浪中带来的鱼腥味。吸了吸鼻子的那个士兵打了个呵欠，再过一刻，就是他们换班的时间。

　　打呵欠的同时，他抬头朝天空呼了口气。

　　一团黑云罩住了如弓残月。是错觉吗？他怎么感觉有一团东西以极快的速度从头上掠过。那东西体积很大，绝对不是鸟类，他甚至没有听见翅膀扑扇的声音。天地之间依旧一片黑茫茫的，只听见远处费水的波浪声。他感觉额上有一滴冷汗滑落。他回头看旁边的同伴，同伴也在看他。

　　"听错了吧……"

　　"你也觉得是你听错了？"

　　两个人同时擦了擦汗，呼了口气。

　　费水边上的临川城，是平国最北边的城池。这座城池平时就负责管理本国与邻国的人的出入境及通商事宜，从来没有动用过任何武力——因为平国北边从来无战事。

　　"队长大人！好像刚才有东西……"士兵跑得上气不接下气，冲到队长的面前后才记得扶住摇摇欲坠的头盔。

　　"闭嘴！我也听到了！"执勤队长冲到城

墙边，依稀看见刚刚从黑云中现身的残月照射之下，一团黑影在高空中迅速朝南边移动，"管他是什么，用弓箭把它射下来！"

弓箭手立刻出现在城头上，铁箭破风而上，但是高空中快速移动的黑影没有片刻迟疑。

"飞得倒挺高，但是这个距离，这样的面积，绝对不是鸟！莫非是……飞兽？"队长紧张起来，"这种速度和体积的飞兽只有皇家军队才有……"他回过神来，大叫，"用夜明弹！我就要看看那究竟是个什么东西！"

三发夜明弹呈品字形从城墙出发，拖着长长的尾巴，在高空中爆炸开来，一瞬间临川城的夜空亮如白昼。队长和士兵们在刺眼的光线中戴上了用血蜘蛛的丝网织成的眼罩，纷纷仰头在夜空中寻找刚才那可疑的黑影。

夜空中空荡荡的，什么都没有，没有任何蛛丝马迹。

"难道我们都看错了？"队长拉下眼罩。

他冲下城楼，冲到临川城空荡荡的大街上。士兵们不敢怠慢，也紧随其后。而空荡荡的大街上什么都没有。他摸了摸自己的鼻子，感觉鼻尖凉凉的。下雨了吗？但是天边明明挂着一轮残月。旁边的士兵也摸了摸自己的鼻子和脸颊，感觉凉丝丝的。

"水吗？"

不是水，是冰！队长感觉寒从脚起，无数不易察觉的冰晶悄悄地从天空中落下来，但这只是很短时间内发生的事情。那些细微的晶体一接触到地面便立刻融化，然后消失不见。

为什么这个季节会有这种东西？这是夏天啊！这种时候怎么会出现这种寒冷季节的使者？

"京国人？"就是那个位于东土大陆最北的边境，向来很少和周边国家打交道的京国吗？

在这个时候，他们南下做什么？

在这天夜里，训练有素的士兵们悄无声息地搜索了临川城的所有大街小巷，但是一无所获。看看已过四更，他们就悄无声息地撤回去了。在某个小巷里，无人注意到地上凭空出现了一大团黑影。士兵们收队后，那团黑影越来越大，渐渐以令人吃惊的速度蔓延开来。

"无影，看来把你带上是正确的。"

"嘻嘻……你们不要小看术士的力量……"

那团黑影像某个巨大的野兽的嘴巴，然后从里面"呕"出一个人影来。他穿一身黑衣，滚地出来之后，立刻警惕地张望四周，俯身握紧腰间的兵器。很快，那团黑影里又呕出一个人影……人影越来越多，最后竟然是一个小分队。最后，那团黑影痛苦地蠕动了一下，呕出一只形状特异的、高大威猛的兽。它哼哼了几声，一双巨大的翅膀立刻从它身后展开，翅膀上带着闪烁的微光，随即四下飞散的是带着寒气的冰晶。

"该死！无影，你怎么把它放出来了！"

黑影里哼哼道："一下子吞了那么多，我怎么坚持得过来！"

"辛，你快回去！"

"首领，它好像不太愿意回去……"

"它看起来好像要打喷嚏了……受不了这里的潮气吗？"那只叫辛的飞兽仰头冲向天空，似乎真的要打喷嚏了。黑影急忙迅速挪动，朝它张开了巨大的嘴巴……

一切归于平静。只是那天晚上，临川所有的马匹都瑟瑟发抖，十分不安。它们感觉到空气中压迫的气息。

那天晚上，整个城静得有点不正常。

那队神秘的人马就这样顺利地穿过平国

的国境，直接到了昌国。到了昌国之后，那些人还是马不停蹄地往南走，沿途花重金通过了昌国的各个关卡，以惊人的速度横跨了昌国国土，一路往南。东土的最南边，就是潮湿闷热、有大片土地未被开发、拥有大片雨林的优国了。

❷

"术者，源于天生拥有超能力的人类，或称异能者。自小修炼而拥有之力，经历代异能者总结创造，终于使普通人类也拥有了掌握术的方法。然按各国法令，修习术者，皆为违反法令者也。"——《东土纪事·法制篇》

优国的皇族所代表的力量就是五元三神中的雷，也不知道是不是和这个有关系，在优国，雷雨天气屡见不鲜，尤其是在夏天。

在下过一场雷雨之后，庭院里池塘里的水都满了。屋檐上的水珠一滴一滴打在地上那排装雨用的小碗上，还发出悦耳动听的滴答声，让人的心绪一时间平静下来。

几百年来，神灵的存在似乎已经被人们遗忘了。人们不见神力显灵，单靠王权来维护这个世界的平衡。神力逐渐衰微的今天，各种术士、战士、商人大行其道，人们都要靠自己的力量来争取自己想要的生活。神力渐渐就变成传说中的东西，各种江湖上的术士逐渐受到贵族们的青睐。神灵的传说已经遥远，人们只在乎当下的事情。

"所以说，连贵族们都堕落到养大批异能者和术士了。"远行的商人旗风对着珠帘后

的微醺主人敬酒。这南国的酒和中原地区的就是不一样，淡雅清香，透着一股凤凰花的味道。

微醺主人弦月用宽大的袖子挡住嘴咻咻地笑了起来，好像那些俗世中的事情在他听起来就像个笑话一样。旗风看着主人双目含春的样子，不由得一时呆住了。微醺主人是弦月给自己起的名字，这个隐居在优国深山里的富豪，也不知道平时靠什么营生，就爱些风雅之事。人长得纤细瘦弱，一张粉脸证明他的风流本性。此时，他横卧在水晶珠帘后的榻上，一条雪白的小腿慵懒地从薄衫中伸了出来，有一下没一下地拨弄着那帘子。这场景让旗风看得心猿意马，他只好低声训斥旁边同样看得有点眼直的随从说："看什么看！无礼！"

弦月哈哈大笑，搂着旁边帮他倒酒的宠姬雨姬说："看得看得，有什么看不得！"

这时候，一支竹箭从夜色中破风而来，擦着弦月的脸颊而过，"叮"的一声，稳稳地钉在他身后的木屏风上。

雨姬娇叱一声，抄起旁边放着的剑就飞了出去，池塘上空顿时传来兵器相交的声音。她站在屋檐上看清来人的身影后，突然把剑一收，指着池塘里的水叫了声："起！"

池塘里的水顿时形成一道水柱直冲而上，她一挥手，那水柱拐了个弯，直直地朝犯者打去。那人没想到对面的女子竟然能操控水流，完全没有防备，被水流劈头盖脸地砸中了，然后只觉得眼前一花，一把明亮的银剑迎面砍来。

雨姬心想拿个活口问话，所以，眼看剑就要砍到那人的时候，砍向那人的肩膀。不料，一剑落空，那人居然片刻之间将速度提升到令人匪夷所思的地步，她不敢大意。听见身后有风声，她扭身避开，看也不看，一剑挑过去，又

落了个空……

"雨姬小心! 对方是个术士!"弦月看见半空中有两个巴掌大的纸人飘然落下,顿时醒悟,怒道,"谁,居然敢骚扰我的弦月山庄? 来人! 拿下!"

顿时,山庄沸腾起来,家养的护卫纷纷飞身上房,要抓住那名不知好歹的刺客。旗风接过弦月手中的纸人看了看,冷笑道:"这个人道行很低,弦月公子不必操心,由小人代劳。"他咬破手指,将血涂在纸人上,口中念念有词,突然大喊一声,"燃!"手中的纸人立刻燃烧起来,而在屋檐上不同的地方也突然燃起了火。雨姬一看,正是几个化身为人的纸人,燃烧片刻后化为灰烬。

旗风接过一个护卫手里的火把,伸手抓住燃烧着的火焰,吓得弦月忍不住开口阻止:"旗风兄……"

"无碍。"旗风微微一笑,那火把上的火焰竟然到了他手上。他对着火焰念了个咒,那火焰分成五团凌空而起,快速飘向院中那棵巨大的凤凰树,五团火焰将凤凰树紧紧围起来。雨姬看得真切,娇叱一声,挺剑飞身冲了过去。弦月在下面喊道:"长得帅的留下,不好看的直接杀了!"

刺客很快就被抓住了,因被雨姬砍了两剑,不停地流血。家丁知道主人爱洁,急忙用布条把伤口绑住,顺便把刺客捆了个结实。这是个年轻的刺客,也就十六七岁。刺客被抓住,心有不甘,只是瞪着弦月的脸,心想:刚才莫不是这张脸过于美貌,让自己的竹箭失了准头?

弦月看看刺客的脸,对在一旁擦拭剑上血迹的雨姬说:"还好,你没杀他。这个长得不错。"

雨姬哼了一声,旗风素知弦月言语轻佻,微微一笑,也没放在心上。

被抓的刺客听到弦月这么说,脸上闪过一丝难以言喻的表情。他皮肤稍黑,浓眉下有双长得好看的双眼皮的眼睛。弦月双手藏在长袖下,笑盈盈地说:"你来行刺我,是为了钱吗? 真是岂有此理呀!"

看来那年轻人被雨姬的剑刺得不浅,咬牙忍着剧烈的疼痛。他觉得弦月浑身妖气,笑脸背后不怀好意,咬牙说道:"既然被你抓住,要杀就杀,何必废话?"

旗风拔出刀搁在年轻人的脖子上:"私闯民宅,谋害主人,就算立刻杀了,也不犯法!"

弦月捂嘴制止旗风,笑道:"算了,一个小刺客,年纪轻轻的,我这种老人家何必和他计较? 绑着放到我房间里,以后陪我好好玩玩,不要回去了。"

旗风略微好奇地看了弦月一眼,后者明明皮肤细腻,容颜精致,哪里有"老人家"的样子?

那年轻人听到这些话之后目眦尽裂,剧烈的疼痛又侵袭全身,一下子就晕了过去。

雨姬在旁边冷冷地说:"哦,我那剑是放了毒的。"

弦月挥手叫下人把年轻人拖了下去,然后叫人再次摆上酒具,准备下半夜继续饮酒作乐。旗风看弦月有这个兴致,也只好跟着坐了下来。下人正收拾地板上燃烧纸人留下的灰烬,弦月看着那些灰烬,又看向旗风。

旗风见状急忙说:"我学过一些操纵火焰之术,显然还不能登大雅之堂。但是你知道,像我这种长期在各国游走的商人,学点东西防身是必要的。"

弦月笑道:"旗风兄这控火之术甚是厉害,我还以为你是昌国的皇族呢。普天之下,不是只有昌国的皇族才有操纵火焰的神力吗？"

旗风哈哈大笑："弦月公子此言差矣。区区控火之术，我还要加上血咒才能施展，比起真正的昌国皇族的火之神力，真的是相差甚远。你久居深山，也许不知道，在民间，各种各样的术早就悄悄流行了。至于神力，两百多年都未曾见过神力真正的力量，人们都已经说神力衰微，现在已经是人力的时代。"

弦月脸上露出孩子般的天真神情："神赐予我们人'气'的力量，不是足以对抗妖魔吗，为什么现在还有人要学那旁门之术？"

旗风喝了口酒，叹息道："'气'的修行实在太需要时间和毅力，而'术'的掌握相对来说快捷得多，人类已经不满足于对'气'的使用。由于越来越多的异能者出现，人一旦见识到这样的力量，总是会生出贪心……就拿我来说，从小体质虚弱，要我修行'气'，太费时间和精力，而'术'不是更适合我吗？"

弦月盯着旗风说："东土各国的法令有一条共同的……"

"非天生异能者，不许习'术'。"旗风笑道，"就像往这酒里掺水，也是不允许的，但还是有商家往酒里掺水。"

弦月眼睛一亮："对啦，所谓神力，又有几人能见？恐怕那皇族都已经想不起使用神力的方法了。说什么不让人们掌握'术'，不过是怕威胁到皇族自己的权威罢了，谁又能肯定，那皇族掌握的神力，不就是一种'术'呢？"

旗风身体一震，涩声道："弦月公子，你这话有点……大胆了。"

弦月笑道："旗风兄你何必那么紧张？这种话就你和我在深山里说说，不会有人留意的啦。喝酒！"

旗风赔笑般喝了一口，突然想起什么似的，说："弦月大人，这个可能也不是冲着你

来的。最近外面有些流言，他可能和那个有关系……"

弦月问道："什么流言？"

"听说有一队从北方来的客人来南方捉拿逃窜在外的国宝——玉狐狸，说是有重金。最近，优国一带的年轻人都疯了似的，开始搜索玉狐狸的踪影。"

"北方？"弦月微微一怔，"平国？"

"不是，是京国。"旗风看着他的眼睛说，"京国的国宝玉狐狸从北边一路逃到南边来了。"

弦月脸色一变，随便喝了两口酒，沉默不语。而旗风又说道："对了，不知道弦月公子对前些日子的'平申大战'有什么看法？"

"吃饱了没事干的事情，有什么看法？"弦月心不在焉地回道。

"其实，据说这不是八国之间的唯一一次战役……许多年前，京国和昌国不是也打过一仗吗……"

弦月突然起身，说身体不适，要回房休息，让雨姬安顿好旗风一行人。旗风看着那个瘦小的身影消失在回廊的尽头，把玩着手里的酒杯，沉默不语。根据山民们所说，弦月公子似乎在他们出生的时候就在这里住着了。刚开始他颇为神秘，但是他为人乐善好施，渐渐也就得到周围山民的赞扬，大家便不去管他的怪脾气。七年前，旗风见到他的时候，他是这个样子，现在他一点都没有变。而且村子里的老头说自己年轻的时候见过弦月公子一眼，顿觉惊为天人，他那个时候就是这个粉雕玉琢的样子了。可想弦月这人凭借手里不可估量的财富，寻得什么驻颜养生之术，也尚未可知。

弦月到底在这里住了多长时间呢？几年，十几年，或者几十年？旗风站在原地，注视着乱战后的池塘沉思着，直到侍女请他到客房

休息才回过神来。

旗风说得没错，最近玉狐狸的传闻让优国这一带的山民们都沸腾了。

对优国来说，京国是遥远的北方岛国，据说那是东土各国中最富有的国家，礼法严谨，极少与外界沟通。优国人生长在棕榈树下，各种礼法散乱，连在官府里工作的官员也是随随便便、游手好闲的，最多就是处理一下突然扰民的妖怪。最近，弦月山庄突然热闹了起来，来了许多外来人员，这让当地的县令颇为头大。

"我实话告诉你，这是你的责任！你负责把他们给我赶走！"大清早，弦月穿着一身上好的丝绸睡袍，怒气冲冲地冲着站在门口的里正普云吼道。

也难怪弦月公子会生气，大清早就有管家向他报告，山庄外面来了很多奇怪的人。他推开门一看，几乎要晕倒：靠在大门白玉台阶上的是一个凶神恶煞、袒露上半身的彪形大汉；把视线再往前移一点，就是一伙看起来好像是猎户的人，背着弓箭，拿着捕兽器，腰间还缠着皮草——这些白痴不知道优国的天气很热吗？

弦月翻了一下白眼，然后抬头往上看，就看见树上倒吊着一个贼眉鼠眼的家伙，脸上好像戴着面具一般，惨白惨白的，看起来又哭又像笑；还有两个一黑一白的家伙，不知道什么时候已经站到他身后的庭院里，对着里面的凤凰树指手画脚。除此之外，还有一些附近

的山民。

听说，有很多外来人员纷纷挑了当地的小吃到他家门口来兜售，顿时，他家门口变成集市一般。

素来附庸风雅的弦月公子看到这样的情景，几乎要背过气去，普云在他旁边赔笑道："最近也不知道怎么回事，国内到处传闻京国的狐妖流窜到我们这里，而且有目击者表明就在你家。不是说昨晚才抓了个送上门的除妖师吗？公子，来者都是客，你招待几天，抓不到玉狐狸，他们自然会回去……"

"什么除妖师，那个是上门刺杀我的刺客！"

"那公子完好无损，显然不是冲着公子来的，再说，公子久居深山，哪里来的仇家……"

"我家公子这里不要说狐狸，连根狐狸毛都没有！"管家愤怒地叫道，但是实在不敢直接赶这帮奇形怪状的人走。要知道，他家公子手无缚鸡之力，万一弄个不好，伤了他家公子，他的饭碗就不保了。

"任伯，这些垃圾都不需要理会……"弦月进去的时候低声对管家说，"只是……站在远处围墙边的那些家伙，你注意到没有？"

管家任伯低声回道："注意到了，公子说的是那几个穿黑衣服的家伙，他们看起来很有组织，气息也很稳。"

弦月从袖子里抽出一把扇子来："门外的那些人你多费心了，我要去找那个小朋友玩玩。"他用扇子掩着嘴巴，踱到后院，来到一个房间前，看见丫鬟刚好端了一盆水从房间里面出来。丫鬟看见弦月公子便含羞道："公子，已经帮他洗过了。"

弦月点点头，只身踏进房间，就看见昨晚那个被俘的少年正在床上安睡。

"别装了！快起来，我有话问你。"弦月在旁边找了一张长椅坐下，摇着扇子。

少年睁开了眼睛。

"你抓了我，又给我治伤，有什么企图？"少年知道弦月没有武功，单独面对他也不害怕，干脆坐了起来。

"第一个问题，你叫什么？第二个问题，外面那些人，哪个是和你一伙的？第三个问题，你们到底想干什么？"弦月一口气说完，然后随手拿起旁边的茶水喝了一口。

少年咬牙不作声。

"你应该是雇佣型杀手，你的术还不够成熟。"弦月摇着扇子，慢条斯理地道，"术不太适合你，你要提升自己应该有更好的方法。"

少年咬牙不作声。

弦月凑近少年说："气法。"

少年眼睛一亮，随即看着弦月："我没有师门。"

气法的修行需要非常艰苦的基本功训练，并有名师指点，这个少年显然没有这个条件。

"我看你是可塑之才，我给你推荐老师怎么样？"弦月笑着说，"我送你去，然后你回来保护我。"

"哼。"少年没作声。

"别拒绝我了，与其做一个无根之人，不如投入我的山庄。你看你昨天被擒，连一个帮手都没有，他们只是派你过来试探我的。"

少年犹豫。

"你看，他们一点消息都没有透露给你，只是叫你'去刺杀那个公子'，也根本没调查'那个公子'身边有什么帮手。他们就是把你扔过来，试探我山庄的武力值，你就这么成了牺牲品。"弦月循循善诱。

少年脸上露出一丝失落。

弦月继续引导："你是孤儿吗？一个人？没有兄弟姐妹？"

"很早以前就是一个人了，我的族人都死了。"诚棠说，"当雇佣杀手是想找机会为我的族人报仇。"

"你仇人呢？"

"不知道，灭门之案已经过去了六十年，按说，仇人应该也死了，真相也无从追查。"

"可怜的，从小是孤儿，那术学得也不够系统吧！"弦月脸上露出怜悯的表情，"不如留在我山庄吧。"

少年犹豫片刻，然后答道："我叫诚棠，外面的人我不认识。我的雇主要我来这里袭击你，甚至并不要求我取你性命。反正现在被你抓到了，随你处置。"

弦月微微一笑："那你也算完成了任务，之后要不要考虑追随我？"

"你身边的护卫都比我强，你要我干什么？"诚棠说。

弦月站起来，在房间里走了两步，然后又在诚棠身边坐下："我要是告诉你，我也经过一场灭门之难，而且到现在我都不知道原因，还在追查，你会不会觉得我们挺有共同点的？"

"你？不可能！"诚棠觉得弦月养尊处优，根本不像受过大难的样子，但是看弦月脸上闪过的寂寥之色，似乎的确有埋藏了很久的心事，不知为何有点同病相怜起来。

"不然，你觉得我在这鬼地方待着干什么呢？"弦月收起失落，重新摆起了那副玩世不恭的样子，笑嘻嘻地说。

诚棠的耳朵突然微微一动，听见上面似乎有瓦片松动的声音，脸色一变，扑上去抱住弦月，往旁边一滚。

几乎是在电光石火间，弦月刚刚坐的椅子变成了两半，飞溅的木屑弹得他的脸生疼。诚棠把弦月护在身后，左看右看，看见自己的上衣和布袋挂在床头，赶紧上前拿自己的布袋。只听一声惊叫，弦月整个人竟然离开了地面，悬空起来，他的脖子好像被什么勒住了，脸涨得通红。

诚棠大气也不敢出，仔细看看周围，发现在窗外月光的照射下，地面上除了弦月的影子外，还有一道黑影。此时，那个黑影一只手正扼着弦月的脖子，另外一只手举起兵器要往弦月的后心刺去。

正在这个时候，雨姬破门而入，挺剑就朝那黑影刺去。那黑影依然掐着弦月的脖子不放，举起兵器挡住雨姬的进攻。

雨姬感觉虎口吃痛，但是看见弦月处于危险中不敢怠慢，"唰唰唰"就是三剑。那黑影举着弦月挡在前面，雨姬不敢贸然进攻，只得停住。黑影似乎非常得意，居然开始膨胀起来。雨姬吃惊地发现地上的黑影正在吞噬弦月的影子，不仅如此，弦月的身体也渐渐消失！雨姬大惊之下，手足无措，用剑去砍地上的影子，但是除了地面被砍出几道痕，毫无用处！

攻击影子是没有用的，看来只能根据影子所在的方位来攻击实体……雨姬大概明白了对方的术，但是攻击实体，谈何容易！看着地上的影子来攻击实体，不仅方位会差许多，速度也肯定受影响。雨姬的进攻慢了许多，因为不能伤到主人，于是招招落空。弦月大半个身体已经消失了，突然从后方袭来一把剑，那黑影慌忙躲开，同时，弦月的身体便被黑影"吐"出来，摔在了地上。只见雨姬站在黑影的后面，举着剑冷冷地看着。

黑影转身正要攻击的时候，左边又是一剑砍来，黑影急忙闪过，滚到地上，终于露了真身。原来是早上悄无声息地潜入弦月庭院的那

两个人中的黑衣人，其脸色苍白，头上包着黑色头巾。此时，他又惊又怒地看着四周，在他的前后左右，有四个一模一样的雨姬举着剑冷冷地望着他。

"怎么会这样！"他扭头看见站在床边的诚棠双手打着手印，不由怒道，"是你小子！"他正要朝诚棠扑上去，就被四个雨姬团团围住，不得脱身。

眼看那黑衣人要落在下风，诚棠和雨姬同时感到眼前一阵光亮。弦月似乎被那团流动的光芒卷起身来，随之破窗而出，迅速跳上屋顶。一气呵成的动作，让人目不暇接。那黑衣人趁两人分神的时候，结束了三个纸人变成的雨姬，然后跳出窗外。

雨姬和诚棠对望一眼，然后追了出去。

屋顶上站着一黑一白两个人，白衣人的肩膀上扛着弦月。他们狡黠怪笑道："玉狐狸我们收下了！"两个人说话几乎像出自一人之口，他们背着光，让人看不清他们的脸。

雨姬大怒，指着庭院池塘里的水叫了声："起！"池塘里的水几乎全部冲向半空，形成一条巨大的水流，卷向那两个人。

黑白俩人不料对方居然操控水流到了这个地步，想要逃走，但已经不能，便被急速翻转的水流紧紧包围，顿时感觉到呼吸困难。

"你再这样下去，你家公子就没命了！"黑衣人怪叫。

雨姬怒道："把你们的手松开！否则要你们一起死！"

白衣人见势不妙，将弦月往那水流里一抛，叫了声："去死吧！"

说也奇怪，那水流像有生命一般，弦月掉在水流中的时候，水流就变缓和了。那水流缓缓回到池塘里，几近消失的时候，就看见雨姬抱着弦月，将弦月放在池塘边上。那半空中残

余的水像雨一样落了下来，把在场人的衣服都打湿了。

"公子！公子！"雨姬不顾湿淋淋的头发，轻轻拍打着弦月的脸颊，看他缓缓睁开了眼睛，"公子，你吓死我了。"

弦月微微一笑："我是逗你的。"

屋顶上湿淋淋的两人破口大骂道："好一只狐狸精化作人形，在此逍遥！外面的人都是来抓你的！你逃得过这一次，逃得过第二次吗？"

雨姬站起来叉腰回骂："我家公子怎么可能是狐狸精？你们这些人，觊觎他的美貌也就算了，还敢杀上门来，有没有王法？"

"嘻嘻嘻嘻……狐狸精家里养的术士，还真的是够忠心的呢。"阴恻恻的笑声从凤凰树上传来。雨姬抬头看见一个脸上似乎戴着面具的人倒挂在树上。那人长得特别瘦，眼睛眯成一条缝，血红的大嘴巴往上扬，露出一个夸张的笑脸。他的皮肤是惨白的，其惨白的程度可以和屋顶上的那个白衣人媲美。那人伸出舌头舔舔嘴角，雨姬这才肯定那张脸不是面具，真的是他的脸，顿时觉得一阵恶心。

那人继续舔着自己的嘴角，似乎意犹未尽："刚吸了你们家四个婢女的血，味道还不错哟！现在我血滴子的功力可是达到了十分旺盛的状态哦。"

弦月闻言奇道："你杀了我家的婢女？"

血滴子怪笑道："不光婢女，你那些家丁啊，管家啊，什么七七八八的，也被人杀得差不多吧！现在，你的弦月山庄都被包围起来了哟。"

"普云呢？"弦月怒道，"竟敢纵容你们在此放肆！"

"嘻嘻嘻嘻……还说什么里正呢。里正查过这里的人口登记，你弦月公子的记录可是

没有呢！村民们说，你六十年前莫名其妙地出现在这里，到现在容貌都没有变化。当地官府管理松散，容你混了那么长的时间，可是……嘻嘻嘻嘻，如果不是有修为的狐狸精，怎么会活那么长时间？我们现在来抓你，只能算是除妖，官府管不了！"

自己都是只半妖，居然还把除妖讲得那么理直气壮。弦月拧了拧衣服，冲血滴子冷笑一声。

雨姬站起身来，指着池塘的水叫道："起！分攻！"两道水柱朝凤凰树上卷去。只见两道水柱绕紧那凤凰树，那人却嗖地一下没影了。水流停止后，剩下的只是湿淋淋的凤凰树，还有漫天大颗大颗的水珠像雨点一样砸落下来。

血滴子如鬼魅一样绕到了雨姬身后，尖尖的指甲朝她后颈抓去，雨姬反手一剑，对方嗖的一下又不见了。雨姬的后颈被抓出三道血痕，感觉又疼又麻，不知道对方指甲上是不是有毒，惊怒之下，四下张望，便看见血滴子正立在不远处的假山上舔着指甲上的血迹："小姑娘，你的血的味道还不错哟。"

回廊那边突然传来震耳欲聋的声音："血滴子，你想抢我的狐狸？"袒露上半身的彪形大汉手里提着两个家丁血淋淋的头颅，往血滴子的方向扔去，被血滴子轻易闪过："庄贪，你不要太激动，等我们干掉庄里的这个女术士，再慢慢商量怎么分玉狐狸，如何？嘻嘻嘻嘻……"

"捕捉狐狸本来就是我们猎户的责任，轮不到神出鬼没、见不得人的影子术士，吸人血的半妖，还有满身臭气的蛮力武士插手。"四个身材高大、腰间缠着皮草的猎户举着带了铁钩的铁网从门外走来。

"那么……冲着玉狐狸来的人，只剩下

我们这几个了吗？"屋顶上的黑白双影喃喃地说。

"当然了，其他的都被吓跑了，没跑的也被我吸干了血，或者被那边那个暴脾气的仁兄扭断了脖子，嘻嘻嘻嘻……"血滴子怪笑着，轻松地说道。

"看来得到玉狐狸，只有最后的阻碍了，咱们先干掉她再说。"黑白双影刚才在雨姬手里吃了亏，一心想除掉她为快。黑衣人慢慢化成一道影子，而白衣人则变成一道光芒；半妖血滴子也龇着尖尖的獠牙，佝偻着站在假山上面，慢慢抬起尖尖的指甲；彪形大汉狞笑着扔掉另一只手上的两个头颅，握紧的拳头发出咯咯咯的响声："先说好，慢慢玩死她！"

那边四个猎户则张开了布满铁钩的铁网。他们站的位置，刚好把雨姬和弦月他们围在中间。

雨姬将剑缓缓地横在胸前，冷冷地说："有一句话，我要说在前面……"

"遗言吗？说来听听也无妨。"白影人几乎要忍不住，想第一个冲下去，但是吃过她的苦头，不敢轻举妄动。

"我不是什么术士，我是用'气'来操控水流的，是个真正的武士。"雨姬说完最后一个字，池塘里的水慢慢地浮起来，在空中形成一个一个大小不一的水滴。那些晶莹剔透的水滴浮在她的四周，并越来越多，渐渐布满了整个庭院，所有人都被笼罩在这些水滴之下。这些圆形的水滴在空气中静止不动，但是给人造成很强的压迫感。叫庄贪的彪形大汉第一个忍不住，一脚踏裂地板，吼了一声，巨大的身躯朝雨姬冲去。

别看他身形巨大，但是动作很快，飞身而上的时候带出巨大的气流，冲那些水滴朝雨姬卷去。与此同时，屋顶上的黑白两道影子也

蓄势而起，朝雨姬冲去。假山上的血滴子身形稍稍移动，暗叫一声："不好！"

那些水滴仿佛有生命似的，突然以极快的速度朝四面八方迸射开来，同时朝四个方向下了杀招！

血滴子反应极快，他动的时候，就感觉到形势不妙。他一个倒转躲在了树后，但是其他人就没有他那么好运了。庄贪和黑白双影身上鲜血飞溅，那些美丽的水滴居然是可怕的杀人武器。他们分别躲向不同的方向，但是还是躲不过水滴来自四面八方的攻击。

"这是一种阵法！只要你们不动，就不会受到攻击！"血滴子倒挂在树上，对他们喊道。

其余三人只好勉强在原地站着，恶狠狠地瞪着雨姬。白影受伤最为严重，全身的白衣几乎被鲜血染红，突然哇地吐出一口血，歪着倒了下去。黑影见状急忙叫道："哥！"

"嘻嘻嘻嘻……被打中了要害，死啦。"血滴子冷笑道。黑影盯着雨姬，双眼几乎要喷出火来。

"公子，你快走。我先牵住他们。"雨姬扭头对弦月说，再对一直站在弦月旁边的诚棠说，"我家公子就拜托你了。"

诚棠看看情况，雨姬以一敌四，就知道会十分凶险，便点点头，抱起弦月，足尖一点，朝墙头那边跑去。弦月扭头看着被包围在水滴中的雨姬和敌人，似乎犹豫着想说什么，但是没说出来。

"猎物被抱走了。"一直站着没有动的猎户之一开口了。

"我不想对付这个女人，我们的目标是玉狐狸。"猎户之二说。

"如果她使用的是'气'，估计这个阵法支撑不了多久，太耗费体力了。"猎户之三

说。

"所以，我们稍微等一下，让她的'气'衰竭之后，就可以去追那只狐狸了。"

倒挂在树上的半妖血滴子一边磨着指甲一边看着下面全神戒备着的雨姬，欢喜地笑道："再过一刻钟，我就要吸干你的血啦！"

雨姬觉得脖后那被抓的地方已经完全麻木，这种麻木的感觉慢慢开始蔓延，而水滴渐渐失去了攻击的状态，摇摇欲坠。那边的黑影慢慢消失在空中，渐渐融入地面上的那一大团影子。庄贪喉咙里发出不耐烦的咕咕声，全身关节咯咯作响。

这个时候，雨姬觉得不能坐以待毙。她一挥手，那些雨滴首先朝她认为实力最弱的庄贪方向激射过去！

但是雨姬动作快，血滴子动作更快。他怪啸一声，身体化作一道红光飞向雨姬。这个时候，庄贪冷笑一声，运起全身的气息，在身体周围筑起一层防护气罩，那些水滴刚刚触及他的气罩便立刻化为蒸汽。

那边血滴子已经回到树上，手上多了一块人皮，狡黠怪笑着。

雨姬忍住背上被血滴子抓掉一块皮的剧痛，咬牙挺剑而上，攻向庄贪。那些雨滴已经失去了控制，纷纷下坠，庭院里下起了瓢泼大雨。这个时候，雨姬身后阴风袭来，她来不及做出反应，钢叉已经插入她的肩胛骨。她反手一掌，那团黑影已经迅速挪动，闪到一旁。

那四个猎户冷眼旁观，然后悄悄离开，他们的目标始终只有玉狐狸，对无谓的杀戮没有兴趣。

又中了黑影一掌的雨姬，整个身体从空中落下，掉进池塘里，溅起一大片水花。

瓢泼大雨继续下，水渐渐被染成了红色。

血滴子冷笑道："真是条忠犬，但是，我没

时间陪你玩了。"他要尽快解决掉她，不然那只玉狐狸会落入他人之手。

4

诚棠背着弦月，没命地往外跑。一路上，诚棠看到许多山庄仆人和护卫的尸体，也不知道背上的弦月是何心情，他忍不住问道："你真的是京国的狐狸精吗？"

弦月趴在诚棠的背上叹道："我是又怎么样？你只是个杀手，还负责除妖吗？"

"我不喜欢杀人，如你所猜，我就是被人雇来探查敌情的，是最末流的那一类杀手。"诚棠一边跑一边说。

"难怪你身上有很多旧伤，都是探查敌情的时候被抓住、被拷打的痕迹吧？"弦月叹息。

"我要活下去，为我的族人报仇……"

"你说什么……"弦月好奇。

诚棠背着弦月跑了一段路，躲在后山的树林里休息的时候，诚棠轻声说："这次我背叛了组织，如果你被抓住，我也是死，告诉你我的身世也无妨。我是昌国人，六十年前，一支京国军队秘密潜入昌国，就在我所在的村庄与昌国士兵发生激战，听说昌国太子也是那个时候死的。后来那伙京国人不知去向，昌国根本没有证据证明这件事情。但是总会有什么遗留下来，否则，最近怎么会有那么多人来优国寻找京国的玉狐狸？极北之国的妖精怎么会来到这南蛮之地？难道和六十年前那场血战没有关系？"

说到这里，诚棠感觉身边的弦月似乎有所

震动，忍不住回头："你不会真的是京国国妖吧？"

"是的话，你会杀了我吗？"

"妖精的话也不过是一只妖罢了，我不是除妖师。"诚棠又把弦月背起来，往上托了托，"你要是妖，我就放了你。"

弦月伸手搂住了诚棠的脖子，诚棠顿时觉得心中一暖：弦月的身体软软地趴在自己背上，还真的像极了一只温顺的小狐狸。

在这个世界上，人类最大的敌人不是妖，而是同类。

诚棠想起父亲对自己说过的六十年前村庄被京国军队血洗之事，不寒而栗。这样惨烈的事情，甚至不允许被写入史书，连太子的死也是对外称"病卒"。这一切，就是为了维持五元三神表面的和平。讽刺的是，多年之后，中原战争照样爆发了。

"这个……你先放我下来。"弦月打断了诚棠的思绪，用手指了指前面，"你怎么背着我一直在这片雨林里绕。我记得按这个速度，我们应该走出去了啊。"

诚棠放下弦月，才发觉有些不对劲，眼前那些阔叶的植物看起来几乎是一模一样的，他们好像是在这里绕了不少圈子。诚棠摸摸口袋，从里面掏出几张符，然后咬破手指，在上面涂了个符号，一扬手，那符便如铁片一般朝雨林中的氤氲飞去。

只听两声微弱的"噼啪"声后，那些符突然自行燃烧起来。

"出来吧！"诚棠冲那个方向喊道，说着慢慢从腰后拉出两柄短刀——他原本的长刀在被雨姬擒下后被她夺走了。他将双刀格在面前，矮身护在弦月前面，双眼警惕地望着前方。但是密林深处一片安静，只剩下燃烧的符纸发出一两声"噼啪"的轻响。

越安静，也就越危险。

"你现在已经算是投靠我了吗？"弦月站在诚棠身后，这样问他。

"神经病啊你！死到临头还关心这种问题啊！"诚棠突然跳起来，双刀"唰唰"两下，朝前放了两记杀招。但是他很快退了回来，手背上多了两道新的伤口。

"我们在捕捉有些猎物的时候，会使用'障术'。"一道声音响起。

"这片树林就成了我们专门打猎用的园囿。"另外一个声音响起。

"没有我们的解除令，猎物将永远迷失在这片园囿里。"第三个声音响起。

"所以，那守在狐妖旁边的人类快点退下，否则你会被我们当成障碍除掉。"第四个声音响起。

弦月叫道："诚棠，是那个皮草四人组。""我知道！"诚棠舔了舔手背上的伤口，心想幸好没毒。

浓浓的雾气中，皮草四人组，哦不，猎户四人组出现了。在氤氲散去之后，弦月他们才发现四面八方都缠上了铁丝网，上面还有铁刺。

"所谓的猎户，用一些下三烂的障术，再缠上些看起来十分累赘的装备……"弦月十分不屑，冷笑道。

"请猎物注意自己的言辞！"猎户之一不能忍受猎物的鄙视，怒道。

"注意保持警觉，别被猎物的挑衅迷惑！"看起来比较沉稳的猎户之二沉声道。

猎户之三二话不说，从随身的皮囊里拿出一个球状物朝弦月扔去。诚棠正要在那东西近身时用刀砍回去，不料那球状物突然爆炸，一股浓烟朝他们二人冲来。诚棠一闻那气味就知道是迷药，急忙用袖子掩住鼻子，同时用手捂住弦月的鼻子。这时，一张巨大的铁网当

头罩下！

诚棠挥起削铁如泥的短刀正准备砍向铁网，突然瞥见铁网上有寒光一闪，想起上面有倒挂的铁刺，不由得心中叫苦，转手抱住弦月护在自己身下，拼死受了那张铁网上的铁刺。幸好那些猎户也不打算要只死狐狸，虽然诚棠被刺得鲜血淋漓，但是网并没收紧。

猎户之四走近他们俩，说道："你如果想和这只狐狸在一起，那就跟我们一起走吧。"

猎户之三有点疑惑地说："大哥，我不明白，既然是一只狐妖，京国皇族怎么会把它当国宝呢？我们拿着它真的能领到赏钱吗？"

猎户之一说："我不打算把它送到遥远的京国，我们可以把它就近卖给昌国，我听说他们对这只狐狸也很有兴趣。"

猎户之二说："不如把它打回原形，再用符定住，以免中途它用幻术逃跑。"

猎户他们围住铁网里的两人，只见诚棠全身是血，护着弦月，一动也不动。

"要我说，这只狐狸可真够弱的。"猎户之二从皮囊里掏出一道符，甩手打在弦月身上，叫了一声，"现形！"只听"嘭"的一声，一阵烟雾过后，铁网内只剩下两个纸人。

"不好！刚才被那小子骗了！"猎户之二悲愤地大叫。太过分了！连他这种老实人都要骗！

"没关系，只要我们没有解除障术，他们就逃不出去！"猎户之三从皮囊里拿出带着链子的铁钩，涂上随身带的狗妖的血。这东西能帮助他准确无误地抓到他想要的猎物。

黑黝黝的铁钩像条行动迅捷的蛇，飞快绕过那些阔叶植物，朝目标袭去。本来拉着弦月奔跑的诚棠挥舞着短刀，试图格住铁钩，但是那铁钩像有意识一般，绕过他的刀抓向他后面的弦月。弦月慌忙躲闪，肩膀上的布料被钩下

一大片，还没回过神来，那铁钩又朝其面门抓来……

⑤

雨姬吐出一口鲜血，再度被打回水里。庄贪收回掌，冷冷地看着她的身体随着水面冒出一串气泡沉进池塘里："这女人还挺顽强的。"他觉得已经玩够了，双手做成环抱状，吼叫一声，雨姬无力的身体顿时又被他的"气"提出水面，她的血混合着水，一滴一滴顺着衣服往下淌，原本握剑的右手如今也软绵绵地垂在身边，大概是被折断了。

血滴子怪笑着："你丝毫没有武士精神哪，庄贪，不愧是黑暗武士排名前五十的人哟！"

黑影从地上站起来，现出真身，他很希望能亲手杀掉他的杀兄仇人，但是看起来，庄贪玩得很高兴，其实力又在自己之上，所以只好恨恨地待在一边。

庄贪运起全身的气息，集中在右手上，全力推出，准备一下打穿雨姬的心脏。巨大的气形成利剑一般的攻势，但是……但是！他的眼睛难以置信地睁大了。

任何事情都有意外。那股凌厉的杀气在距离雨姬的身体三寸远的时候，被另外一股"气"挡了回来。雨姬也从半空中掉下来，落在了不速之客的手上。雨姬最后的意识中，看见的是熟悉的面孔——弦月山庄的管家，白发苍苍的任伯！

任伯如今目光如炬，全身散发着凛然之气。

"雨姬……"任伯沉声说，"接下来，就交

给我们吧。"

我们？血滴子他们惊讶不已，不知道何时身周站了两个黑衣人。他们就是早上在山庄墙角徘徊的那群黑衣人中的两个。这时候他们扯掉黑色外衣，露出的是雪白的战服，胸前还绣了个银色的图案。

庄贪看见格住自己攻势的居然是个老头子，不由得大怒，足尖一点，迅速朝老头子冲去。任伯慢慢往旁边一闪，一只手托住雨姬，一只手在面前画了个圆。庄贪凌厉的攻势到了那个虚无的"圆"前居然化为乌有。还没等庄贪反应过来，任伯的手已经按在他的脑门上。庄贪最后听到的话就是任伯沉声说的："'气'是要这样用的。"

看到庄贪的头颅迸裂、鲜血四散的时候，血滴子突然想起那银色的标记代表着什么："你们！你们是京国的……"

"哟，算你有点见识！"穿雪白战服其中的一个青年男子道，"我们是京国的皇家护卫队。"

"京国皇家护卫队？！为什么会出现在这里？"血滴子记得，那个极北之国的人很少在中原走动，更何况到这南蛮之地。

青年男子缓慢地在自己手上戴上一双银色的手套："你应该为自己考虑一下吧。我们这次出来还特别带了名除妖师。"男子笑了笑，"我是除妖师姜容。告诉你名字，免得你这只半妖死得不明不白。"

血滴子伸出指甲，冷笑道："你就那么有把握能抓住我……"话未说完，他的声音已经终止。姜容站在血滴子后面，然后收紧那根缠绕在后者脖子上的丝线，纠正道："我不是抓你，我是要杀你。"姜容的手一发劲，血滴子的头颅应声而落，姜容用一个丝袋收起其头颅，然后将丝袋扎紧挂在了腰间，"完事。"

黑影早就见势不妙，使用影术要飞快逃离此地，但是，一转身，前面一道更大的影子投在了他面前的地上。

只是一团黑影，什么都没有。

只听那团黑影笑道："我听说黑白双影也是使用影术的术士，可是今日一见，实在是侮辱影术啊！"那说话的影子突然膨胀，像猛兽一般吞噬了黑影。

"啊啊啊啊啊啊啊啊……"黑影惨叫着，渐渐没了声音。

姜容皱眉说："无影，你不要那么恶心，好不好？"

那说话的影子渐渐从地面上站起来，恢复成原本那个穿白衣的男子。而地上完全没有黑影的尸体，只留下一摊血。姜容知道白衣男子肯定用了什么方法把对方弄到什么空间里去了，这个人就是有点变态的爱好。本来皇族护卫队是不会要这种术士的，但是他们这支队伍要千里迢迢地从北到南去，没有这个人的话，还真不好隐藏这样的小分队。姜容叹了口气，摆手道："好了，咱们现在快去后山去吧，也不知道我们要找的人现在怎么样了。"

铁钩钩到了猎物，猎户之二不由得心中一喜，急忙收紧，要把那猎物慢慢拉出来。

慢慢拉近，慢慢拉近……猎户之二终于看清楚从树后走出来的，一只手抓着涂满狗妖之血的铁链，一只手摇着扇子的人，竟是一个身穿红袍的翩翩公子。

"旗风！"弦月和诚棠跟在旗风后面，

"你怎么会出现在这里？"

旗风抓着铁钩，似乎想起什么难过的事情一般，低头沉默了一会儿，然后抬头说："我真希望你不是，可是，你是。"

"我不是什么？我是什么？"淳朴的猎户之二看见自己的得意兵器被一个看起来很斯文的年轻书生抓住，十分不忿地叫道。顿时，他还感觉到手中的铁链像在炉火里烧过的铁一样烫，急忙撒手。

"我不是说你……"旗风扔掉铁钩，收起扇子，转身指向弦月，"我是说你！"

弦月拉拉破烂的衣衫，不作声，等旗风说下去。

"你还真会躲啊，在这里躲了六十年。我见过你那么多次，始终不能确定就是你。"旗风挥一挥扇子，弦月的外衫居然燃烧起来。诚棠吓得急忙扑向弦月身上的火，但是怎么扑都扑不掉。

"京国的公主，弦月殿下。"旗风收起扇子。弦月身上罩的外衫已经被烧得七七八八，但是身体毫发无伤。他，不，应该说是她，冷冷地看着旗风。

"狐狸精变成女的了！"猎户之二大叫。

"好厉害的幻术！果然是只妖精！"猎户们叫道。

弦月用剩下的衣服把自己的身体包好，冷笑："那些什么京国玉狐狸的事情，估计也是你放出的消息吧。"

"聪明。"旗风说。

"你也不是普通人，能操纵火，不是普通的术士。"弦月道。

"我当然不是什么术士，我是昌国的皇子，本名炎风。"旗风，不，炎风淡淡地说，"林子外面来了几个京国皇族护卫队的人，让我确认你的身份。不过，我也带了我们皇城的高手来，现在他们应该收拾得差不多了。"

弦月朝后挥了挥手，说道："诚棠，你先走，这个人……"话未说完，一把短刀已经插入她的后心。她眼睛睁大，慢慢地回头，看见诚棠松了手。诚棠慢慢后退，颤抖着说："炎风殿下就是我的委托人……你要是狐狸，我不会杀你；可你要是京国的公主，我必须杀了你！我是昌国人，我的族人，当年就是被你带领的京国远征军杀死的……"

弦月凄然道："是吗？连你这种昌国的小屁孩都在传，当年我带领京国军队远征昌国的事情吗？"

炎风叫道："杀了她！当年，这个人带领军队千里迢迢地来侵略我们昌国的国土，如今隐姓埋名在优国逍遥多年。你看她，宁可庄里死那么多人，宁可让她的贴身护卫浴血奋战，都不肯暴露自己的身份，如此卑劣的人，就是来自京国的皇族！"

弦月冲着炎风吼道："应该是你们昌国人伏击了我和我的护卫队才是！六十年前，我只是为了整理散落在各国的远古书籍，为了验证我心里对于神力的猜想……是你们！当我们路过昌国的时候，你们对我和我的护卫队斩尽杀绝，害我流落到这个地方六十年！害我损失我的族人，没脸回去见我的父王！"

她眼睛里含着泪水，这种悲愤的表情是诚棠绝对想不到的。诚棠脑子里突然闪过饮酒作乐的弦月的模样，懒散逗乐的弦月的模样，嘴里说要凌辱他，却医治他的弦月的模样，他一时语塞，想把另外一把短刀举起来，却动不了。

他想起弦月一眼看穿他孤儿的身份，要收留他的样子，不禁怀疑这个公主当时是否对他真正动过怜悯之心，不然，此时她看着他的眼神为何如此失望？

刚才弦月那句"你先走"，让他此时突然醒悟：她刚才对他是真的关心。

诚棠脑子里乱乱的，国仇家恨一时理不出个头绪来，眼看弦月双眼充满失望地望着自己。她的伤口突然结出细细的冰晶，那柄短刀立刻被冰冻起来，上面爬满了晶莹的冰晶。诚棠刚想拔起那把刀，就被迎面而来的铁钩缠住了手。

"不准碰我们的猎物！"猎户之二怒道。好一个占有欲强的猎户，凡是看中的猎物，不准别人来抢！

诚棠受不了内心的矛盾，突然狂叫一声，甩开了铁链，朝林子外面飞奔而去，再也不回头看。四个猎户看着诚棠跑得没影了，回头就瞪着剩下来的要和他们抢夺猎物的炎风。

"不是跟你们说过了吗，她是个公主，不是什么妖精。"炎风淡淡地说。

"作为优国的世袭猎户，我们绝对不会被猎物的手段迷惑！你其实也是想和我们抢狐狸的吧！"好一个，哦不，好四个耿直的优国男人，信仰方面绝对不动摇！

"公主殿下！"浑身是血的三个白衣人从庭院方向飞身过来，原来是无影、姜容和任伯。姜容手里还抱着奄奄一息的雨姬。

"弦月公主，昌国在附近布下了埋伏。其他人都战死了，只剩下我们三个了。"任伯说，"对不起，因为太久不见，我刚开始实在不能确定他们是京国来的……"

"但是，昌国那些所谓的高手也被我们砍得很惨，死的人比我们的多得多。"无影补充。

远处传来呐喊声，是昌国剩余的杀手正朝树林这边逼近。无影咧嘴一笑，突然瘫在地上变成一团大黑影，然后从里面咆哮着冲出一头似狮似虎的怪物来，浑身雪白长毛，脖子上一

圈鬃毛，身上有着翅膀。它好不容易从无影的影术中滚出来，扇动着翅膀解放似的大叫了一声，翅膀上落下好多冰晶。

京国皇族的飞兽——雪狮！炎风脑子里顿时出现了六十前，他还是小孩子的时候看过的画册上的记录。

"公主，我们要出去挡一阵，你乘雪狮辛回国去吧！你父王快不行了，你一定要赶回京国去！"说着，姜容把雨姬放了下来，"这孩子为了保护你豁出性命了，如果可以的话，你也带她回京国吧！"

三个京国战士拿起兵器，迎着对方的叫声传来的方向冲了出去。无影大笑："没想到来到了优国，我可以大开杀戒了！太爽啦！"

"你太变态了。"姜容抽出手里几乎看不到的细丝，一挥手，首先缠住了树上两个企图偷袭的杀手，一甩手就带下两颗头颅。

任伯大喝一声，以排山倒海的气势将面前几棵大树连根拔起，一个回手，大树成为不可阻挡的炮弹，冲向林外。只听惨叫声连连，三个勇敢的战士已经来到林外。

地上横七竖八地躺着杀手的尸体，还有京国自己战友的遗骸，任伯三人对面站着的是一排装束整齐的昌国战士。无影冷笑："看来优国还真的没点忧患意识啊，竟然能让穿着制服的昌国士兵在自己的国土上横行霸道。"

"你不要这样讲我们国家！"

"我们国家只是比较随和而已！"

四道人影不知道什么时候站在任伯他们三人背后，他们回头一看，原来是皮草四人……哦不，猎户四人组。

猎户之一说："猎物说，她可以单独对付那个和我们抢她的男人，所以，叫我们先来驱逐其他和我们抢的人。"

猎户之三说："说实话，我也不喜欢在自

己的国家里看见别国穿着制服的士兵走来走去！"

猎户之四看了一眼身穿白色战服，由于战斗浑身是血的任伯三人，道："不是说你们。"

任伯眯眼道："那……你们和我们并肩作战吧。"

公主竟然不肯逃走……她就是这个脾气，才会流亡优国那么多年吧……

任伯看看面前人数明显占优势的敌人，豪气直冲脑门，大吼一声："杀——"

"弦月公主于东土纪年313年离宫，云游各地，收集与神力相关的各种古籍。次年，路经昌国之时失去联系，随从30人，无一有消息。昌国使者声称，公主一行遭到山妖袭击，仅寻获随从尸体29具，全部尸骨埋藏于昌国境内，仅送回信物若干。东土纪年315年，有人送回弦月公主所用之兵器至皇宫，众人便知公主已经无碍。如若有时机，必然请可靠之人迎回国！殿下切记不可贸然发难于昌国，冒天下之大不韪，违反天命必遭神弃。"——（京国辅臣奏章·东土纪年315年春）

弦月把雨姬放在辛的面前，辛歪着头看看雨姬，又看看弦月，不知道后者是不是送这个人来给它吃的。这人浑身是血呀！不是给它吃的，那是干什么用的？但是，弦月身上皇族的气味让它不敢随便下嘴。京国皇族身上总是有一股让它们雪狮很畏惧的气味，即使是在这个已经脱离京国多年的什么公主身上，气味也是

一样的。

"你好好看着她，等我打倒对面那个人，再来骑你。"

什么？骑？即使是皇族，雪狮也不是说骑就能骑的呀。一头雪狮一辈子只会为一位皇族服务。它还从来没有被人骑过呢，就凭这个看起来很弱的，衣服还那么破烂的女生，想骑它？辛趴了下来，无聊地舔了舔爪子，不打算参与那两个人的战斗。好讨厌，被拉到这么热、这么潮湿的地方，还天天被关在一个黑漆漆的，不知道什么空间的地方，它需要的是寒风、飞雪，还有飞翔的快乐！

弦月叮嘱完毕，回头看着那个全身火红的炎风，慢慢站直了身子。那柄插在她背上的刀上已经凝结了厚厚一层冰晶，似乎暂时冻结了她的伤口。

作为皇族，寿命本来就比一般人的要长得多。而从六十年前起，时间已经没在她身上留下任何痕迹了，就像六十年前，炎风还是个小孩子的时候，看见了那个不可一世的，骑着飞兽的公主飞过他面前的天空。

当时，他旁边的卫兵叹道："这是我第一次看见京国人！"

他道："好美丽的公主，要不要请她来我们皇宫做客！"

他父亲笑道："你等着，我亲自去请她！"

他在皇宫里兴奋地等着父亲带回异国的客人，却等回了……等回了父亲的尸体。

那些素未谋面的京国人，原来是入侵者！

他把手里的扇子打开，扇子自燃起来，火焰越来越大。

"这是你的扇子。"他突然对着她的脸一丢，"还给你！"

燃烧的扇子打在了弦月的脸上，然后掉到了地上。而已经被烧得只剩一副骨架的扇子，

掉到地上的时候居然结了厚厚的一层冰。

"操纵火的术士？"弦月嘲笑炎风的谎话，她脸上已经爬上一层细细的冰晶，周围的温度也开始急剧下降。

炎风也不敢怠慢，伸出指头轻轻碰了一下自己的额头，额头上顿时出现了一个火焰的标记。在五元三神中，"火"之神力，就是由位于优国北部、平国南部的昌国所掌握的；而京国掌握的，则是三元中的"光"。来自遥远的极北之国的"光"，究竟是一种什么力量，世人根本无法了解。听说，就连京国的皇族，也有很长一段时期对"光"的具体含义了解不清。

大家只知道，这个国家所代表的，就是极度的寒冷。

冰晶慢慢蔓延，本来到处都是湿润的雾气渐渐消散了，地上的水结成了冰，那些阔叶植物也慢慢被冻起来。辛对自己熟悉的温度感到十分舒服，欢乐得"呜呜"地低叫了两声。

炎风感觉到自己的脚渐渐失去了知觉，身体也逐渐被冻住，冰冻感渐渐地爬到他的脖子上了。他开口说话了："你当年为什么要侵略我的国家？"

弦月冷笑，并不回答炎风的话，看着他的头逐渐被冻结，才转身要去抱地上的雨姬，准备爬上辛的背。身后突然一股热焰袭来，她急忙跳身闪开，踏着树干，一个转身落到了地上。

地上的冰块迅速融化了，炎风完好无损地站在原处。他全身散发着炙热的热度，道："这里是最南边的优国，对于你其实相当不利。"他突然从红色的长袍里拔出一柄像是刚从炼炉里拔出的，全身通红的剑，直直朝弦月刺去。不仅如此，那剑还带着两条火龙，一上一下卷向弦月。弦月手里一抖，一道寒光就出现在手上，她挥舞着手里那道寒光，擦着炎风的宝剑而过。而那两道火龙把弦月缠住，热浪扑面而来，她大喝一声，那两道火龙突然断成数截，渐渐消散。

"你还认得它吗？"炎风举着手中的剑，冷笑道，"它就是当年你杀死的昌国太子手里的'烈焰'啊。"

"纪风？他是你什么人？"弦月认得那把剑。

"是我父亲！"炎风怒喝一声，左手食指在"烈焰"上轻轻一抹，涂上自己的鲜血。那"烈焰"像得到了上好的食物一样，变得异常兴奋起来。弦月暗叫不妙，"烈焰"绝对不是手无寸铁的她可以对付的。她慢慢往后退，退到辛身边。辛站起来，不知道这个初次见面的皇族要不要骑上它逃跑。弦月拍拍它的头，对它说："你把雨姬带离这里远一点。"

"没有用的。"炎风举起手里那把剑对准天空，"我们昌国皇族掌握着自然界中最原始的火的力量，你根本逃不出去！""烈焰"饮了他的鲜血之后燃烧了起来，他脚下陡然生出一簇火焰，火焰渐渐如同涟漪一般向外扩展，周围的树木开始燃烧起来，渐渐地整个树林开始燃烧起来。在炙热的温度下，人影都好像开始晃动。

外面激战中的无影吐了口血："弦月公主，你能撑过去吗？"正说着，他大腿上又中了一箭。这是燃烧着的火箭，该死的昌国狗腿，居然用密集的弓箭来对付他的影术！他眼睛变得血红，怒吼道："来吧！我把你们全部吞下去……"

"去死吧！弦月！"炎风举剑全力下劈，巨大的火龙怒吼着扑向弦月。弦月来不及闪躲，迎面受了这雷霆万钧的一剑，随着火光，她的整个身体被冲开。巨大的火龙吼叫着，吞噬着一切有生命的物体，原本绿意盎然的热带雨林也被摧毁了大半。辛衔着雨姬飞到空中往下看，下面一片火海，树木燃烧时发出毕毕剥剥的呻吟声。烈焰在地面上留下一道道焦黑的沟壑，一直延伸到林子旁边的山脚处。山脚的岩洞口已经焦黑一片，旁边是被波及的碎石。

"刚才那一响是……"姜容收拾掉两个杀手之后，猛地回头看向身后的火海。

"没错，是烈焰的威力……"任伯看见空中停着不动的辛，它拍着翅膀惊惧地看着下面的火海，大概是被吓住了。

炎风提着"烈焰"慢慢走向洞口，看着洞口旁边的植物还在燃烧，"烈焰"也在他手中燃烧，周围的树林也在燃烧。

"若是皇族，还是要把头割下来比较保险吧。但是都烧成这样了，能不能找到尸体还是个问题。"炎风慢慢走近，突然眼前一闪，刚刚停留在空中的辛出现在他面前。辛把雨姬放下，冲着炎风愤怒地龇着獠牙，翅膀也非常具有威慑性地拍打着。

"要救你的主人吗？很可惜，她现在已经被烤熟了。"炎风注意到辛脚下的泥土开始凝起冰晶来，又是之前见过的冰晶。它身上的寒气被周围的热浪渐渐制住了。

辛用爪子凶狠地刮着地面，脖子上的鬃毛竖立起来。"吼——"它大声吼叫着，声音震耳欲聋，连山上的碎石也滚落下来了。它周围的寒气越来越重，地面和周围的植物也开始结冰，寒气渐渐蔓延到炎风那边，但是"烈焰"的炙热本能地抵抗着寒气。炎风看着地面的冰层越来越厚，道："你这畜生，还真有两下子嘛……"他的眼睛睁大了，心道：不对……这股寒气不是从辛身上发出来的，而是从它身后的山洞里！

原本已经焦黑的洞口，现在已经结上了晶莹的冰层。弦月冷冷的声音从里面传来，而且语调平缓，吐息自然："这就是昌国所谓的神力吗？不过是稍微高级一点的纵火之'术'罢了。"

弦月慢慢地走出来，她已经全副武装，全身闪烁着冰晶的光芒，身上银白色的盔甲，看起来像由来自遥远北国的千年冰层铸造而成的。炎风以前只在史书里看过，京国那边有一种传说中的"冰之盔甲"，也是传说中有生命的盔甲。盔甲平时无影无形跟随主人，必要的时候可以迅速武装主人的全身，是京国一个高明的工匠献给京国某位战功显赫的将军的礼物。但是今天，他才见到实物，原来……这么美。

"你说什么瞎话，我可是拥有昌国皇族血液的皇子，我拥有的可是天赐的神力啊！"炎风举剑反驳。

"哈哈哈哈，什么天赐的神力！哪个国家的皇族不是用一些高明的术来自欺欺人？你这种操纵火的能力，和我家雨姬的有什么区别，不过是场面大些罢了。"弦月将手伸进辛的鬃毛里，抽出一副做工精巧的弓来。她很怀念似的抚摸那张体积不大、十分轻巧的银弓，随即拉了个满，"很久不用了。"

就是那张弓！当年，炎风看见自己父亲心口上插着有京国皇族标记的箭！就是它！传说中擅长用箭的京国皇族——光之使者！炎风的眼睛瞬间变得血红，那没有箭袋的弓，能敌过他手里的"烈焰"吗？他决定先发制人，举起剑就要砍过去。不料，弦月一个翻身就到了辛的背上，辛长啸一声，直接往天上飞去。弦月空拉那张弓，指尖和弓弦之间顿时现出一支晶莹剔透的冰箭，她拉紧对准下面一个与任伯缠斗的杀手，然后一松手，箭破风而至。杀手喉咙中箭，立刻毙命。昌国杀手还来不及反应，随即而至的几支冰箭又结果了几名杀手。

"离开我的人！"弦月拉满弓对准下面剩余的杀手，叫道。她身披银甲，威风凛凛，语气是不容反驳的。

已经杀红了眼的猎户之二抬头看见骑着怪兽，停在空中的弦月，吼道："那只狐狸又变身了！大哥！三弟！四弟！为了保卫我们的猎物不被抢夺，杀呀！"

炎风一挥"烈焰"，火龙再次袭来。辛被那炙人的热浪逼得痛呼一声，闪到了一边。炎风挥舞着火龙，一波又一波地攻击着天上的飞兽，嘴里叫道："弦月！有本事你从飞兽上面下来！"辛躲避着火龙的攻击，盘旋在炎风上头，既不下来也不打算逃离。炎风看准时机，将"烈焰"画了个圈，大叫，"去死吧！"

仿佛从地面破土而出一般，比原先增大了数倍的红龙狂叫着，冲向半空中的飞兽。地面在震动，发出巨大的轰鸣声，好像从地底涌现出来的岩浆，吞噬着地面上的一切生物。昌国的杀手们纷纷抱头鼠窜，任伯他们也感觉自己快要熔化在这人间地狱里。

辛眼里映照出来的全是火红的世界，红龙向它扑来，那种压迫感让它连飞向更高的天空的本能都忘了。

炎风的眼睛由于重重杀气变得通红：弦月，你去死吧，让我为我父亲报仇吧——他的眼睛映照着这火红的世界，他要亲眼看见弦月被烧成灰烬。

他亲眼看见一支晶莹的箭穿破了火海。

随即而来的，还有好几支箭。

它们穿越火焰破风而来，一支插在他心口上，一支插在他握剑的手上，一支插在他的肚子上，一支插在他的大腿上。

在这样的情况下，她怎么能这样准确地判断出他的位置，她怎么能抵挡住他这样的攻势？这个是炎风特别想知道的问题——直

到火龙散去，他还是想问，但是他只是张了张嘴，便倒在了地上。

弦月乘坐的飞兽停在他面前，她全身的盔甲轻轻碰撞，发出声响。她收起了弓箭，已经变成浅色的头发在风中轻轻摆动。她垂下眼帘，十分怜悯地说："你和我不过是从小从更高级的老师那里学到的'术'和更高级的'气'，是术士和战士们积累的经验罢了，并不是什么神力。"

不是的……操纵火的力量，真的是我与生俱来的……炎风感到原本牢不可摧的世界观轰然坍塌：难道真的是皇族自欺欺人的一种手段吗？真正的神力，谁又见过？神的时代，早就已经过去了。

"六十年前，我因为在想这个问题，曾经想踏遍东土去寻求答案，所以带了一队人马，违背父王的命令南下。"弦月突然想起六十年前的事情，心中难过，"可惜，那些人除了任伯，都死了。我没脸回去，所以就留在优国了。"

你为什么要杀我父亲……为什么要侵略我的国家？炎风趴在地上，想吼又吼不出。

"但是，我不明白你父亲为什么要派人追杀我，还杀光了我所有的随从。怀疑我是来这里侦查你们地形的探子吗？可笑！"她冷笑，手上的弓闪耀着耀眼的光芒。

胡说……我父亲是要迎接你……炎风的眼睛被她弓上反射的光芒刺得睁不开。

"我连累了那些人……但是不能说没有收获……"弦月看着湛蓝的天空，喃喃自语，"或许，神的传说过后，已经是人的时代？上天留给人的，其实就是人本身的力量？所谓的神力……或许……会有另外一个答案……"她仿佛醍醐灌顶一般，看到了一些东西，但是又不真切。那边带伤的任伯他们已经走了过来：

"公主，我们誓死跟随你。"

"我要带你们回到京国，不管遇到什么困难。"弦月全身一抖，身上的盔甲发出细微的响动，然后慢慢收了起来，化为她手里的一个闪亮的吊坠。她把它系在脖子上，然后回头对趴在地上的炎风说："虽然觉得多余，但我还是要说一句，我是和你父亲交过手，那是因为他袭击我在先。我并没有杀你父亲，更没有杀诚棠他们的族人。"说罢，她把雨姬抱起来放到辛的后背上，然后带着她的人走了。

什么！什么！炎风眼睛睁大了，没有侵略我们国家？没有杀我父亲？

残余的杀手在弦月他们走后，跑过来扶起炎风："殿下，我们已经惊动优国本地官府了，还是快点走比较好……"

炎风的脑子迅速在转：是啊，当初参加那场战役的人全部死了，没有一个活口……为什么……为什么最后昌国人全部相信是弦月杀了父王呢？

他觉得伤口剧烈疼痛，但是那并不是致命伤……他摸摸伤口，只有血，没有箭头……对了！传闻中，京国皇族是使用弓箭的。但是刚才亲手和弦月交手，他才知道，那是来自冰雪之国的无形之箭……可当年父亲身上有那支刻有京国皇族标记的铁箭，也许那根本不是从弦月公主手中射出的！

"公主，那些猎户一直跟在我们后面呢……"无影悄悄地说。

"不要管他们！"弦月哼哼。

"你的背……"任伯走了一段路，实在忍不住要说。

"哦……忘记了……"弦月反手摸到了还插在她背上的那柄短刀，想起那对漂亮的眼睛。他那么容易就去刺杀一个人，那么容易就又转变想法去救她，然后，又那么容易就决定下杀手……人类的心，真的是脆弱又善变。她握住刀柄，上面的冰晶渐渐消失。她闭上眼睛，用力将刀拔出——

"公主！不要啊！"

鲜血汹涌而出，弦月倒在绿色的草丛里。

"公主！您为什么不等找到了医生，再……"

"姜容，先帮公主做紧急处理！"

"我们有治疗猎物用的特效药！"

"皮草四人组，你们给我死开！"

一阵热风从天上卷过，任伯他们抬头便看见一匹通体鲜红的飞兽，上面坐着威风凛凛的炎风皇子。他们大惊之下，急忙拿起兵器护卫在弦月公主身边。炎风丢下一瓶药："我们皇宫里的特效药！我和她的事情还没有结束！"

任伯接住药，看炎风还想说什么，但是他身上的伤似乎还在给他带来某种痛苦。他忍了一下，大声说："我想过了，如果真要入侵，京国人不会只带一支护卫队深入我们国家的。最近平申大战，与六十年前京昌两国的冲突类似，想必应该不是偶然的。"

"殿下是怀疑有人要挑拨各国关系，故意挑起误会？"任伯说。

"我会查清楚的，但是，也不排除你们是凶手的可能！如果让我知道，当年杀害我父亲的凶手就是你们，我同样不会放过你们的！"他的飞兽化作一股火红的旋风，盘旋在他们头上，瞬间离去。

弦月脑子里想起诚棠，想起六十年前那场

莫名其妙的战斗，或许，她和他的国家，都落入了一个他们看不见的阴谋。

诚棠是对的，对人类来说，最可怕的不是妖，最要敬畏的，不是神，而是同类——同类的贪婪和野心。而依靠神的威严建立起来的和平的格局，恐怕已经到了岌岌可危的地步，将来如何走下去，取决于神，还是人本身呢?

AO SHI JUN SHAO

风凌天下◎著

FENG LIN TIAN XIA

— ◆ 第一章 邪君君邪 ◆ —

君邪突然醒了过来。

他甚至还没睁开眼睛，右手下意识地一拍地面，就要跃身起来。此乃是非之地，生死一发，不可久留！

他身子跃到半空，突然手臂一软，居然完全不能支撑住自己身体的重量，"砰"的一声，又重重地摔了回去！

一时间，君邪惊骇欲绝，这是怎么回事？随即他突然发现，自己的身下居然是一张软软的床铺！举目四顾，原来自己置身在一间装饰得颇为华丽的房间，只是屋内空空如也，除了一张四方桌子，就只剩下自己躺的这张"巨床"——真的是一张"巨床"，这张床能睡下七八个人，而且不会有很拥挤的感觉！

这是怎么回事？我不是在与人战斗吗，怎么会到了床上？

"少爷，你……你怎么了？"一个怯生生的声音在旁边响起，声音的主人似乎被他的举动给吓坏了，还有股想要哭的意味。接着，一只冰凉的小手就摸上了他的额头。

少爷？我现在是在做梦？也不是到了地狱吗？君邪一个激灵，猛地睁开了眼睛，接着，一股陌生的记忆突然从心底冲了上来！一段段陌生的记忆信息潮水般涌进脑海。君邪如同被雷击中了一般，怔住了！

为什么这个声音会这样叫我？我这是怎么了？

君邪愣愣地瞪着眼睛，半天也没明白眼下是怎么一回事，半晌没动。

就在旁边那只小手惊慌地在君邪的眼前晃来晃去的时候，他突然狂喜地叫起来："果然是好人有好报！不管是怎么回事，反正老子没死，居然有这么好的事情，看来本大爷上辈子肯定是大善人，甚至有可能是功德无量的那种！哇哈哈哈……"

一声惊叫，身边一个十来岁的小女孩哆哆嗦嗦地躲到了一边，俏丽的大眼睛惊慌地眨动，死死地盯着眼前梦魇一般的"少爷"，娇小的身子簌簌颤抖，脸色愈显苍白，仿佛一只受到了惊吓的小鹌鹑。

又一声惊叫，声音很是凄厉，只是这声惊叫却是发自君邪自己的口中。因为他突然发现自己刚才的声音又尖又锐，就像一个女孩子，难道自己……不要啊！

刚才可吓死我了，老子还以为自己变成了小姑娘！君邪抹了一把冷汗。

定了定神，君邪开始查看自己的这副躯体。

经脉郁结，浑身肌肉松弛，关节僵硬……

这哥们儿咋混的？身子可实在够弱！真是够糟糕的！君邪暗暗嘀咕，不过不要紧，只要经脉没给我弄碎了，有个三五年，本大爷一定能再以此站在世界的巅峰！

打定了主意之后，君邪这才想起来，自己如今所在的貌似是一个完全陌生的世界！

自己在这里可是真正的举目无亲，什么都不懂得，什么都不知道！这个世界是什么规矩？这个世界有什么事物？

看着古色古香的家具和床铺，还有身上完全陌生的特殊衣服，在得知自己没有死的欣喜慢慢平静下来后，随之而来的，是一阵心乱如麻……

这个本来令人振奋的念头才一冒上来，霎时间又从心底涌上许多的失落和痛苦，那是一种无根浮萍的微妙感觉，让他的鼻子发酸，眼睛也有些酸涩，心口发堵。君邪自嘲地勾了勾嘴角，前半生都没有流过泪的他，险些落下泪来。

故国难舍，故土难离！我原本以为我能够很洒脱，原本以为我能够轻易放下，怎料事到临头，一切成了现实，才突然发现，我放不下，我真的放不下啊！

原本我以为在世上早已无牵无挂，可是现在才发现，自己的牵挂，居然多得数不清！最重要的是，在这片陌生的土地上，自己再也找不到那种归属感！归属感……

事实上，我始终是外人……

君邪静静地闭上了眼睛，轻轻侧了侧头，在无人发现的时候，一滴泪水无声地滑落……

这是他自有记忆以来流下的第一滴泪！

男儿有泪不轻弹，只因未到伤心时！

怔怔地看着面前铜镜之中这张年轻得近乎稚嫩的面孔，脸容稍见瘦削，薄薄的嘴唇，长长的眉毛斜飞入鬓，显得一双眼睛细长、锋锐，君邪苦笑一声，喃喃地道："不得不说，这家伙长得还是不错的，蛮清秀，就是太小白脸、太娘娘腔了。"

想想自己曾经是何等的威风？虽然长得也不是特别招人喜欢，眼睛小了些、细了些，鼻梁也低了点，总体形象也大众化一点，可自己是标准的男人啊！那些小白脸，虽然男子汉大丈夫有的他们也有，可是自己就是看不起他们，怎么也没想到，自己忽然就成了一个标准小白脸，尤其这小白脸儿长得还挺漂亮……

"伙计，是你把我带过来的吗？"右手轻轻地抚摸着左手手腕上一个小小的宝塔形的图案，那个宝塔图案很像一个文身，君邪脸上浮起一丝骄傲——纵然我现在远离了故国，这东西也还是在自己人手里，可不能让它落到其他毫不相干的人手中去！

这个宝塔形的图案，可不正与君邪拼命抢夺的那个玲珑小塔一模一样！虽然它已经变作了自己手上的一个小小图案，但君邪很肯定，这就是那个小塔！他自己也说不出为什么，但心中就是有这种感觉，很实在，也很玄妙。

看到这唯一能够为自己带来故国慰藉的图案，君邪心中如巨浪翻滚，自己也不知道那是一种什么样的感觉。只是，他一向沉稳的心性使得他脸上什么也没有表露出来。

依然是一片淡漠！沉静！

突然，正被君邪轻轻抚摸着的小塔图案发出了一阵蒙蒙的黄光，然后他感到一阵头重脚轻，接着就感到自己脑海里似乎多了一件什么东西，而手上的那个图案突然消失不见了……

"怪事！"君邪晃了晃脑袋，啧啧称奇，这玩意儿还真是够奇怪的，先从一个巴掌大的小塔变成了自己身上的文身，接着又奇迹般地消失了。难道这玩意儿真的是什么传说中的神仙宝贝？

"少爷，老太爷请您过去一趟。"就在君邪想要查看一下自己头脑里多了什么东西的时候，突然一个声音响了起来。

"请我过去？"君邪挑了挑眉毛，"干什么？"凭啥老东西让我过去我就得过去？当我是他孙子啊？这句话还没问出来就被他咽了下去，这才想起来，貌似那老东西还真是他的爷爷，起码是这个身体的爷爷来着……

"这……奴婢不知。"小女孩惊恐地看了他一眼，然后低下了头，长长的睫毛轻轻地颤动，两只脚一前一后，小小的身子微微侧转，一副随时准备狂奔而逃的样子……

君莫邪，现年十六岁，天香帝国君氏家族小字辈的唯一嫡系子孙，一个游手好闲、好逸恶劳、混吃等死祸害人的超级纨绔子弟！简单一句话，他简直是活着都没有一点价值的典型寄生虫！

这便是君邪的新身份的一般性资料。

怪不得你会被我替代，我外号邪君，名叫君邪，你却叫莫邪，这不天生犯克吗？你不冤呀。

脑海中大致回顾了一下这位君大少以往的所作所为，君邪叹了口气，这种人渣，若是在以前，必然会是自己狙杀的对象。而自己什么人不好上，居然上了这么一个垃圾人物的身，真可说是冥冥之中自有天意。常听人说因果循环，这一世杀的猪多了，下一世就会托生成猪，这话貌似还是很有道理的——自己上一世杀的纨绔恶少着实不少！

纨绔小子的祖父君战天，乃帝国军方头号实权人物；父亲君无悔，曾经为帝国大将，十年前战死沙场；其母于九年前郁郁而终；两位哥哥君莫忧、君莫愁，均在三年前一场大战中壮烈战死！

他还有一位叔叔君无意，同样在十年前的大战中身负重伤，虽然捡回了一条命，但腰部以下瘫痪了……

如此一个庞大的家族，当真可说是满门忠烈，可惜却已经沦落到了即将后继无人的地步！只余下君莫邪这一根独苗，还被君邪顶替了。幸亏身体还是君家的，君邪如果以后有儿子，理论上还是君家的血脉，这也算上天对君家的一点恩赐吧……

既然老天爷如此，也看在大家都姓君的分儿上，本大杀手就勉为其难替你活上一世吧。君邪咧咧嘴，耸耸肩，其实老子真的不想，就这破皮囊、破名声，得让我挨多少骂！

一推房门，君邪迈步出来，阳光满地。对着灿烂的阳光出了一会儿神，君邪叹了口气，太阳还是那个太阳，而我，已经不是我了。君莫邪终究不是君邪！

可我的心，还是君邪的心！异世又如何？

门口站着两名仆妇，躬身道：“少爷好。”

君邪淡淡地点点头，看着不远处正在忙碌着什么的另外四名仆妇，再看看身边，不由得摇了摇头。

瞧瞧身边这些人，别的公子哥儿身边都是千娇百媚的美女伺候，而自己身边这几个都是大妈级的，唯一一点亮色还是个十一二岁的萝莉！印象中，这似乎是自己那位强势的爷爷的安排。这些个仆妇都有一个特点，就是很健康，也很健壮，看那一条条腿，都跟杠子似的……

“她们在干什么？”抬抬头，用下巴点着远处那几个仆妇，君邪问道。

“她们……在帮少爷喂鸟和狗，还有那些斗兽……”年长的仆妇低着头，有些瑟缩地回答。

“哦？”君邪踱了过去，嗯，还真是琳琅满目，花架上整齐地挂着七八个鸟笼子，几只不同颜色的鸟儿在里面跳来跳去，很是活泼。不远处，几条大狗伸着舌头趴在那里，一只只脑满肠肥；再远处，几个小竹筒里，蟋蟀发出的声响颇为清越，貌似还是很名贵、擅斗的品种……

嗯，这位公子的爱好还真是广泛，旁边一个笼子里居然还有两条嗞嗞吐信、色彩斑斓的毒蛇。

君邪厌恶地看着这一切，皱了皱眉头：“一会儿找个人来，把这些玩意儿能卖的卖掉，不能卖的扔出去！要不就杀了吃肉！别放在这里恶心人了，这儿是住人的地方，可不是动物园！”

啊？

听到这番话，顿时，六个仆妇和跟在君邪身后的小萝莉都瞪圆了眼睛，惊讶地抬起头来，看着自己的少爷，一瞬间，七个人的脑中都浮现出同样的一个念头：这位爷今天又是发什么疯？这些可是您花了大价钱买回来的，您可是一直当宝贝的啊！今天扔了？明天再买？

“呃，那两条蛇别卖了，等我回来炖汤。”走了两步，君邪头也不回地道。

听了这话，奴仆们集体无语了！

穿过一个花园、几处楼阁、一个操场，再绕过一个大大的鱼塘，沿着栽种了两排树的道路又走了几乎半个时辰，才到君老爷子的住处。君邪这才发现，自己所住的房子与君老爷子所住的地方，正好是一南一北，若是算直线距离，也足足有五六里路！

看来自己眼下的这个家族还真是够大的！如果自己没有记错的话，这里应该就是这个国家的京城，能在京城拥有方圆数十亩的巨大宅院的，除了皇族之外，恐怕也真没有几家了。

君老爷子坐在书桌后面，虽然已年过六旬，但须发仍乌黑发亮，看起来只有五十多岁的样子，方正威严的脸上尽是无奈，看着自己的孙子懒洋洋的，似乎有气无力地进来，几乎又要忍不住自己的脾气暴跳起来。

君战天老爷子乃穷苦出身，少年为将，纵横天下，令各国敌军闻名丧胆，不仅文韬武略超卓，而且还是天香帝国仅有的几位天玄级高手之一，性格沉稳坚毅，一向喜怒不形于色，胸中自有丘壑。

一般穷苦人家的孩子，何曾有人能够坐到将军这个位置，更何况，还是少年为将？

君战天从一个卑贱的贫民到现在的军方头号实权人物，只用了不到四十年光阴，虽说是时势造英雄，但纵观整个大陆历史，像他这般的也寥寥无几！就这份经历便已足堪自傲了，但他一见到自己现在硕果仅存的这个孙儿，就一肚子无奈，还有恨铁不成钢！

老爷子实在想不通，以自己家族的血统和高压管理，怎么会生养出这么一个孽障！这小子文不成武不就，一拿起书本就犯晕，一听到练功就比兔子跑得还快。别人家的子侄要么已经胸有锦绣、小有才名，要么是玄气修炼已经进入正轨，起码也在五品了，而自己这个宝贝孙子却已经先后打跑了五位教书先生，而玄气修炼至今只有可怜的三品……

就这么一个不争气的东西，偏偏日日沉溺于声色犬马之中，吃喝嫖赌样样无师自通，在这些不务正业的方面堪称天才。可怜自己英雄一世，到头来只有这样一个孙子……

君老爷子无力地叹了口气，忍不住想：若是自己的儿子和那两个孙子也都还在的话……

想到这里，他又自嘲地笑了一下：若他们都在的话，还能将这根独苗娇惯成这般模样？当年得到儿子无悔阵亡的消息，自己硬挺着没有落泪，自诩老子名将儿英雄；两个孙子莫忧、莫愁捐躯沙场之时，自己也强忍住了痛心的泪水，儿是英雄孙好汉；再后来，无意终身残废，自己有生以来终于第一次落下了泪水，但心中还有一丝侥幸，自己还有一个孙子，君家香火能够延续下去……可是，如今看来，这个孙子就是一个小浑蛋，一个烂泥扶不上墙的浑蛋！

自己能怎么办？

"听说你昨夜从床上掉了下来，而且还摔晕了过去，是吗？"收起心中的感慨，君战天淡淡地问道。

"嗯？"君邪抬起头，心底有些疑惑，也有些释然。若是问其他的事情，君邪凭着脑中遗留下的记忆，都可以搪塞过去，偏偏就是这件事，他却不知道。还有就是，这件事情其实也是君邪心中的一大疑惑：今早醒来发现这副躯体没有什么异常之处，那自己是怎么成了君莫邪的？此刻从老爷子的问话中他才隐约猜到，敢情这家伙是睡觉的时候掉下床来摔死了……

真是纨绔强人啊！睡觉也能掉下床来摔死！

君邪心中表示了由衷的敬仰之情，这样的高人实在需要仰视。

"嗯什么嗯？"君老爷子一拍桌子，吹胡子瞪眼，看见他这惫懒的样子气就不打一处来，"混账东西，被人暗中下了黑手都不知道！若不是老夫早有防范，你这个时候早已经去见了阎王！你说说你，就不能有点出息吗？"

原来那小子是被人下了黑手！君邪极为隐秘地撇了撇嘴，心道：您老那所谓的"早有防范"也不过如此，您那孙子早已经在您的"防范"之下转世投胎去了。

见他始终没说话，君老爷子心中倒是有些诧异起来：以这家伙的草包性子，怎么会这么安静？若是放在以前，听到有人对他下了黑手，早已经蹦了起来，现在却是神色淡淡的，似乎不以为意，而且……隐隐有一种冷峭之态。

我不是看错了吧！君老爷子实在难以相信这样的冷峭之态会出现在自己这个不争气的孙子身上！

"罢了，虽在一家，但你为了躲避我，刻意住到了府邸最南边，唉……明日你就搬回这里来吧！"君战天深深看了君邪一眼，痛惜道。再怎么纨绔、再怎么不争气，也是自己的孙子，而且，也是君家唯一的血脉……

眼下，虽然外事靖平，但几位皇子都已经慢慢长大成人，正是暗潮汹涌的时候，自己身为军方第一人，就好像一棵参天大树，每个人都想靠过来或者等着自己靠过去，而对自己唯一的血脉下手，正是栽赃嫁祸的绝顶好计！若君莫邪不搬回来，恐怕以后这样的事情会层出不穷。

"我住在那里挺好的，不用搬了吧！"君邪一口拒绝。开玩笑，他正要见识见识这个世界的杀手同行是什么样子，若搬回来岂不就丧失了这个机会？在君老爷子说起这件事情的时候，他心中就有隐隐的兴奋。

杀手……那已经是很遥远的事情了，可那也是他最亲切的记忆……

"你……混账！"君老爷子为之气结，扬起了大巴掌就要抽下来，掌到临头却又顿住，长声一叹，目光复杂，"你……去吧。"

这是这小子第一次拒绝自己吗？他……今日居然敢拒绝我，而且还拒绝得如此干脆？

君邪躬身一礼，随即站直身子，转身就走。

"哦，还有一件事，以后你不得再去缠着灵梦公主，这桩事情，没有商量的余地，就此作罢！"君老爷子的声音之中有着难以言喻的颓意，还有隐隐的心灰意冷！

这几年来，君家虽然看似权势熏天，几乎就是当朝第一家，但始终有一个致命的缺点，就是后继乏人！第三代唯一的后人也只有君莫邪这个纨绔小子而已！君老爷子是已近七旬之人，心态何尝不老，洞悉世情，早就算到万一哪天自己撒手人寰，君家只怕会在很短的时间之内被人彻底从这世上抹去。以目前君莫邪的情况看，这种可能性相当大，甚至这已是可以看到的最终结局。

所以，君战天曾经舰着老脸，向皇帝提出希望君莫邪能够迎娶皇帝陛下最为宠爱的灵梦公主为妻。他想着，若此事能成，就算自己西去，那么君莫邪有自己的余威庇佑，又占着一个公主夫婿、皇亲国戚的名头，只要不太出格，再怎么混想来也能保全君家香火不致断绝。

公主夫婿看似风光，其实却在朝野上下最为尴尬，凡是甚有权势的大臣家庭，都害怕皇帝突然赐婚，让自己儿子娶个公主回家来，公公婆婆却要对儿媳妇行跪拜之礼。尤其是除了公主特许，驸马是绝对禁止纳妾的，万一公主性格乖张、妒忌心很重，那一家子想过好还真的很困难。可是，对像君莫邪这样的纨绔小子来说，这是一个极大的保证，至少为君家香火计，是一个最好的方案！

所以君战天提出这桩婚事，也真是迫于无奈。

皇帝陛下自然了解自己这位老战友也是老大哥的心意，闻言之下也有意动，但在仔细了解了一番君莫邪的所作所为之后，思虑良久，再加上灵梦公主抵死不从，终于还是拒绝了。

"君大哥，非小弟不愿意卖大哥脸面，可小弟也是为人父啊，灵梦又是小弟最心爱的女儿，如何能够将自己的女儿委身于……唉！"皇帝陛下放低了姿态未说完的这句话，让君战天一口气几乎上不来。

身为人父？为女儿考虑？若是在十年前，我君家最鼎盛的时期，就算莫邪纨绔十倍，只要老夫提出婚事，你还不是大喜若狂？人情冷暖，如人饮水！这是君老爷子心中的怨念。

"哦，我知道了。"君邪在门口站住，淡淡地道，语气之中，无惊无喜，平淡得像一碗白开水，随即便一步迈了出去。

自从君老爷子表露出这层意思之后，君莫邪便一直以灵梦公主夫婿的身份自居，对灵梦公主一味地死缠烂打，让她不胜其烦。君老爷子此刻见到自己孙子这副不咸不淡的样子，却颇有些惊讶、意外。君邪或是怒发冲冠，或是歇斯底里，甚至是泼妇骂街，老爷子都不会诧异，唯独他这样的淡然，让君战天大感意外。

"摔了一下，怎么变了性子？"君老爷子捻着胡子，看着出门去的君邪的背影，目光深邃。

良久后，君战天一拍手，道："多派几个好手，日夜护卫在少爷身边，不得再有任何闪失！若是再有不开眼之人，就地格杀！无须有任何顾忌！"这种事情，一而不可再，我君战天的孙儿，怎能容你们加害？君老爷子双目中闪过一道寒光。

空荡荡的大厅内，君老爷子似乎在和空气说话，但，随即不知从什么地方传出来一个缥缈的声音："是！"

君邪迎着朝阳走了出来，温和的阳光照在他略显苍白的面孔上，漫步向着自己居住的小院子行去。一路上不断有下人诚惶诚恐地行礼，君邪一概不理，径自在想心事。

没有人知道，这位君三公子此时此刻正在想着什么。

只见他嘴角露出一丝笑容，喃喃地道："生在现在这种家庭，我就是一个混吃等死的二世祖！"

突然一个声音冷峭地道："错！你不是二世祖！我才是二世祖，而你，是三世祖！"

君邪眼前出现了一张轮椅，一个三十多岁的瘦削中年人斜斜倚坐在上面，两条腿上盖着一条厚厚的缎子，一双似浑浊、似清明的眼睛正玩味地看着他，双眉如剑，斜飞入鬓，自然而然地带有一种莫名的冷厉和杀伐之气！眼如鹰隼，厉光闪烁，目光深处尚有着隐隐的鄙夷，虽然不多，但十分明显！

这人如不残疾，必是一位玉树临风的伟丈夫，铁骨铮铮的真豪杰！只从眉宇之中残留的威势来看，必然曾经是一位杀伐果决、号令千军万马的大将军!

"三叔?"君邪停住了脚步,看着这位端坐在轮椅上的三叔君无意。在君莫邪原本的记忆中,这个三叔就是一个坐在轮椅上,什么都不能做、混吃等死的废人,全无半点用处,但此刻,君邪敏感地从这位长年坐轮椅的三叔身上感到了一股熟悉的气息,这股气息让人毛骨悚然!

那是杀气!足以让君邪都动容的杀气!

唯有常年征战,从尸山血海之中拼杀出来的铁血军人,才会具有这等独特的锋锐!就像一把纵然断折也绝不会被尘土埋藏了锋芒的绝世利剑,散发着咄咄逼人的光芒!

而这把绝世利剑,此时却藏于鞘里!

纵观君邪平生,如此等人物,他也只见过两三人而已,而任何一人都是手握重军的大人物。事实上,这样的铁血悍将是君邪最欣赏的人物!其实君老爷子也是这一流的人物,只是老爷子随着年岁的渐长,自身修养已近返璞归真的境地,深藏不露,君邪又与老爷子相处甚暂,一时忽略!

但君无意还没到这等韬光养晦的地步,整个人如锐剑在匣,锋芒虽藏却尤有凛然剑气外泄,当然,也需要有君邪的眼力才可以分辨,等闲人,如君莫邪之流,打死他也是分辨不出的!

绝世宝剑虽然闲置匣中,空悬墙上,但寂寂深夜犹作龙吟低啸!

"难得你还叫我一声三叔。"君无意抬起头,深邃的眼睛讥诮地看着自己这个唯一的侄儿,"莫邪,你很有兴趣做二世祖吗?"说完突然叹了口气,暗道:今天自己这是怎么了,怎么会对这样一摊扶不上墙的烂泥有了说话的兴致?

君邪看了他半天,却是着重在看他残疾的腰腿,突然笑了起来:"三叔说笑了,您才是货真价实的二世祖,我充其量也只是三世祖吧。侄子做个平安喜乐的三世祖就已经很满足了。"

嗯?这小子今天怎么用这种口气说话?虽然话中有刺,但完全没有了往日的骄横跋扈。

对君邪答话大感意外的君无意眼睛一睁,刹那间眼中闪出一道锐利的光芒,就像一缕夺目的闪电突然划破了阴霾的夜空!他突然哈哈大笑,边笑边摇头,道:"你可知道,二世祖和三世祖的区别?"

"哦?还不一样都是混吃等死,有区别吗?"君邪挑了挑眉毛,话中有刺。看到君无意目中锐利的光芒一闪,君邪倍觉如此铁血男儿,如此消沉下去,实在是尘世的一大遗憾!

君无意眼中闪过一道苦涩和不甘,旋即隐没了下去,干净的右手抚在自己的残腿上,抬头道:"此言大谬。如何没有分别?个中分别几近天差地远!二世祖,乃父辈打好了天下,子辈坐享其成即可,完全没有什么难度,只要有一张嘴会吃,就一定死不了,而且最少也能够安享一生的荣华富贵!所谓的三世祖却不然。"

他看着君邪的眼睛,嘿嘿笑了笑,还击道:"所谓的三世祖,却并不一定特指第三代人,乃第三世的传人,也就是说,爷爷辈的打下了天下,而中间父辈却出现了断层,这才叫三世祖!若你父亲还健在,那么你和我,都应该是二世祖,只不过我是从你爷爷那一辈算起,而你是从你父亲那一辈算起。这里有所不同罢了。"

"但你爷爷如今已经老了,所以你就算有心做一个三世祖,只怕也做不了多长时间了;而你上面,除了你爷爷，已经再没有别的大树可以乘凉，所以，你这个三世祖，之后的人生只怕会是非常艰难的！想要做一个合格的三世祖，如果没有几分本事和心机，是万万不成的。所以，我这个二世祖，比你这个三世祖要幸运一些。"

君无意说着，本来是为了还击君邪的那句"混吃等死"，但说到后来，心中不由得生出悲凉之意：偌大的君家，难道就这么完了吗？曾经鼎盛一时，一家之威令各国不敢正目视之的君家，眼下竟已到了这般地步吗！大哥、二哥先后战死沙场，自己残疾，唯一有点盼头的两个侄儿，也同样战死沙场，尸骨无存，君家血脉，就只剩下这一个草包废物一般的君莫邪！

突然间，君无意兴致全无，顿觉百无聊赖，连话也不想说了。

君邪沉默着，突然展颜笑道："其实我也可以做二世祖的。"君无意的话，君邪何尝不懂，他之所以要君无意说出这番话，目的在于他后面的说辞！

君无意咳了两声，饶有兴趣却又有些懒洋洋地问道："哦？"

"若三叔你为我做大树，撑起一片阴凉，我不就依然可以做二世祖吗？"君邪笑吟吟地道。

君无意眼中闪过一丝怒色，声音低沉地道："莫邪，你又在嘲讽你三叔吗？"

君邪打量着他，突然道："腿可尚有知觉？"

"无！"君无意把头扭到了一边，心中对这侄儿越来越讨厌，他明知道自己最忌讳别人提及自己的残废，却再三提及，之前还是隐晦说到，现在竟当面直问，如此不懂得尊敬长辈的后人，当真有不如无！

"之前腰骨可有碎裂？"

"无！"君无意大怒，"混账东西，若是腰骨碎了，我还能活到今日吗？"

"也就是说，三叔你顶多只是经脉受损？是被人下了阴手？"君邪眼神一亮，看来是经脉被人截断或者是用阴毒的功夫侵蚀，以致萎缩，若真是这样的话，只要气血未亏，倒还有几分希望，以自己的医道，应该还有机会救治。再怎么说对方也是他现在的的血脉近亲，而且那一份铁血男儿的峥嵘锋锐打动了他！

君邪觉得，既然自己有能力，这样的一个铁血男儿，自己就应该让他站起来，不管他是不是自己的三叔！

君邪看着他，慢慢地道："我听说你是在战场上受的伤，可在战场上下这样的阴手比直接杀了你要困难得多，为什么会这样？是不是你以往的宿敌故意要整你，才将你变成这副不死不活的样子？"

被这一句话捅到了痛处，君无意牙关一咬，额头青筋暴跳了几下，呼哧呼哧地大喘了几口气，才勉强控制住激动之情，冷声道："这关你什么事？"

知道自己猜对了，君邪得意地一笑，伸手扶住轮椅，凑过头去，神秘地道："三叔想不想报仇？"

"我这副样子，还谈什么报仇？"君无意瘦削的脸上现出一丝潮红，脸上神色变幻，目中恨极的光芒一透而出，良久后，才颓然一叹，道："如今的我只是个废人罢了！"

君邪笑了笑，轻声道："若我有本事能够令三叔你重新站起来呢？"

这句话，如惊雷炸响！

君邪这句话的音量虽然低，但听在君无意耳朵里无异于晴空惊雷！

蓦然间，君无意双目大张，浑身出现了一层朦胧的黄光，身上透露出一股异常强大的气势，令人不敢直视。他一把抓住了君邪的胳膊，急切地道："莫邪，难道你有办法治好我？"

看来，君无意养伤的这些年，也从未停止过玄气心法的修炼，这层黄光已经表明了，他已经有地玄高手的修为，虽然还只是初阶，但以他的年龄而论，已经是非常难能可贵的了！

整个天香城里，一共才几位地玄高手？君无意能在三旬之龄就冲到地玄境界，可说是天纵奇才！更别说他的下半身经络有严重缺陷，若没有缺陷，他的实力势必会进入另一个更高深的层次！

君邪胳臂咔咔作响，几乎被君无意强大的力量抓裂，他脸上神色却是一片淡然，似乎那不是自己的皮肉，一点也感觉不到疼痛一般，微笑道："希望不大，但可以试一试。"

君无意突然反应过来，连忙松开了手，看着自己的手，脸上却突然泛起一股疑惑之色，看着君邪："你不痛？为什么不叫？"

"痛！"君邪淡然道，"叫出来就能不痛吗？若能不痛，我肯定会大声叫出来，可惜，不能！"

看到君邪脸上的淡然，君无意大大一怔，深深地看了他一眼，突然爽朗地大笑："哈哈，我现在居然有点相信，你有本事能治好我了。"

这个侄儿，似乎和从前不一样了！君无意暗暗地对自己说。

"眼下要做的是，每天早中晚各一次，让下人给你按摩全身，最好是有武功底子的下人，顺着经脉按摩，不放过任何一处；然后每天晚上用滚烫的水浸泡一个时辰，不能有间断。在这段时间里，我准备一下，就可以开始为你治疗了，如何？"君邪笑了笑。

君无意情绪慢慢平静下来，重重地道："好！莫邪，三叔我信你一次！"君无意双手慢慢地握成了拳头，道，"纵然不成，我也认了。"有一句话没有说出来：纵然你是在耍我，我也认了。

有一线希望，总比没有希望好！

"这些年来，难道三叔你就没有求过医吗？"君邪有些奇怪，在为君无意检查了一遍之后，发现君无意的情况还真是不容乐观——整个腰部经脉已经完全被封锁，而且，似乎还有一种邪恶的药物在慢慢地侵蚀体内的经脉，若不是因为保养得好，恐怕肌肉早已彻底萎缩了，那可就彻底废了，再没有恢复的可能了！可是，对于这种病症，高明的医生，就算无法对症下药，也是可以看出来的。

"何止！帝国知名的郎中几乎都来看过。我这是被人用阴毒手法封住了经脉，更被暗中下了一种非常诡异的无名剧毒，让我生不得，死不得……"君无意恨恨地道，"父亲曾经几度尝试，可是始终无法解开那阴毒的封脉手法，至于那种无名剧毒更是无药可解，唯一的能做的只是用至强的玄气将它逼出来，这或许是唯一可以治愈我的方法。"

"那为何……"君邪问了一半，又住了嘴。

"当年暗算我的人，十年前便已经是天品高手了，要想解开他的封印，逼出剧毒，非得至尊神品的高手全力出手不可！而至尊神品的高手本就是神话般无敌的存在，平常便神龙见首不见尾，难得一见，更何况治疗我的伤势之后，受剧毒所致，便会丧失一半的实力，而且永远不能恢复！"

君无意惨笑起来："有哪一位至尊神品高手会为了我做出这么大的牺牲？莫邪，修炼到至尊神品如同登天的难度！有谁会为了别人将自己的修为生生砍去一半？"

"真够狠的！让你明知道有救治的希望，却又等于没希望……"君邪摇了摇头，啧啧叹道，"看来这人对你不是一般的恨，用这等阴损的方法来折磨你！他的目的只怕就是要让你求生无门，求死不甘！"顿了一顿，他出其不意地问道，"那人是我君家的世仇吗？"

"莫邪，你……从何处得知治疗我的方法？"对君邪的问题，君无意目中掠过一抹痛色，刻意回避不提，只是看着君邪，上下打量着，"今天的你，怎的好像变了一个人！"

"三叔的病，其实日夜都记挂在我心头。"君邪顿了一下，道，"我也是无意之中得知一种偏方，而且很有效，就想试一试。三叔千万别说那些外道的话，说实话，我希望三叔早一些好起来，也是为我自己打算。我可是希望在三叔的庇佑之下，安安稳稳地做一个二世祖呀！我这人，就是这么的实在！哈哈。"

"臭小子！"君无意笑骂了一句，突然神色郑重，道，"莫邪，无论成与不成，三叔都承你的情！"这句话说得掷地有声。

"三叔，你就等着给我遮风挡雨，让我做二世祖吧，哈哈……"君邪检查了一遍，心中大定：只要自己的内力能练回来一点，再配以自己独门的针灸之术，找齐另外两种药材配药，三管齐下，治疗君无意的伤势完全不在话下。

之所以让君无意先用那几种方法慢慢恢复，是因为现在他半点内力修为也没有，而金针刺穴是需要精湛的内力修为支撑的。

君无意眼睛一亮，听出了他话中强大的自信之意，微笑道："莫邪，你只有区区三品玄气修为，比之普通人也强不了哪里去，却经受住了我的一抓之力，甚至脸上毫不变色，这样的忍耐力，可不是一般的二世祖能有的呀。"

刚才那一抓，无意之中虽然没有使出全力，但地玄高手的一抓岂是常人所能够忍受的？恐怕就算是金玄高手，也要为之皱眉。但君邪这个明显只有三品玄气的不入流人物竟然承受了下来，甚至完全没有动用本身的低微玄气抵抗！

其中要承受多大的痛苦，君无意心知肚明，而且是在毫无防备的情况下承受这一抓，脸上却不变色！这份心性……

可惜了！看着君邪，君无意心中长叹一声，可惜君邪此时的年龄已经偏大了，再能吃苦，今生修习高端玄气也是无望了，要不然，以他这份坚忍来看，只怕君家还真有可能出一个强大的高手！

"三叔，关于你的病，特别是那些帮你做全身按摩的人，一定要用你信得过的人，最好先不要让别人知道，到时候万一不成，你我叔侄脸上不好看。"想了想，君邪还是慎重地叮嘱了一句。

"哈哈，就算真好了三叔也不会说出去！你三叔不是蠢人！你是怕会给你惹来麻烦吧？再说，如果你能治好我的腰腿，对我君家来说，无论你我都是绝妙的底牌！这一层我如何不知？你这小鬼头，偏偏还扯到三叔的脸面上去了。"

君无意哈哈一笑，捏了他的脸一把，突然怔住，心想这个小子曾经也是自己最疼爱的侄儿，自己到底有多久没有和他这么亲昵了，或者正是因为许久未曾亲近，今天再见到他才会有那一种陌生的感觉。

这么多年的纨绔外表下面，难道还隐藏着另外一副面孔不成？君无意看着君邪转身走远的背影，心中不由得隐隐有些期待。

他期待着自己的伤能够治好，更期待着自己的侄儿是真的有——另一面。

第二天一早，君莫邪又来到了君无意的住处。

"三叔，你已经是地玄了吧？"君邪似笑非笑地道。

"贼眼！"君无意呵呵一笑，感觉心中无比地畅快，道，"今年才刚刚进入这个境界，还未稳固。"

"谦虚。"君邪一撇嘴，"地玄之上呢？"

君无意脸色一正，道："玄气初分为九品，九品之上便是银品、金品、玉品，品级到此为止，再往上便是地玄、天玄、至尊神玄！"

"一到三品，玄气显于外，依次是淡红、粉红、大红；四到六品是紫色，同样也是三个阶段；七到九品是黑色！莫邪，你若出门在外，一定要好好看仔细了，一旦看走了眼，可是要吃大亏的！"

"是的三叔，我知道了。"君邪一笑，脸色淡然。

君无意心情大好，吟道："银玄始，金玄起，玉玄青青开如意，九玄之下尽蝼蚁；地玄裂，天玄空，至尊神玄无影形，一入九霄便化龙！"

"这便是玄气品阶歌诀！唯有到了银玄，才算是开始！而你……"君无意看着君邪，眼神显得很温和，"你自有你的路，男儿，不一定非要亲手杀人的。"

君邪笑了笑："我知道，我一般不会杀人的。"心中补充道：没有代价，我是不会随便杀人的，不过前提有一个，别惹我！

—◆ 第二章 开天造化功 ◆—

君邪现在对玄气根本不感兴趣，所以也没有多做了解。送君无意回房之后，君邪缓步往回走，半途却一转身，钻进了藏书阁。

君邪之所以走入这里，实在是以前那位君三少脑袋里的货太少了，除了声色犬马、吃喝嫖赌就没有别的，一脑袋糨糊，君邪就算想从中理出什么有用的信息，也是不能，所以他需要花一些时间理顺脑海中的一切。这位君三少的脑袋里头虽然没有多少有用的东西，但他至少了解君家上下的一切。

君邪一进入藏书阁，就是整整一天没有出来。

"老爷，少爷从您这里出去之后，只是跟三爷在院子里说了会儿话，看上去，三爷好像非常高兴的样子，近年来三爷如此开心实在是很少见的。"

在君战天的书房里，一个老者躬身在君战天面前汇报着君邪的行踪。

君战天一阵愕然。这叔侄二人这几年来一直水火不容，见了面也是互相冷嘲热讽，一人看另一人从来都是怎么看怎么不顺眼，今天怎么会凑在一起聊天，而且还聊得很高兴？老三居然还会开心，这实在是太出人意料了，几乎可说是诡异！

"他们聊什么了？"君战天喝了口茶，似乎很是随意地问道。

"近年来，三爷残而不废，玄气修为精进，已臻地阶初段，属下不敢靠近太多，故而没有听到他们说话的内容，只是看到三爷和少爷确实都笑得十分开心，聊得非常投机的样子。"那老者恭敬地回答。

"投机？"君战天一吹胡子，"这怎么可能？他们两人在一起久了，不出人命就已经是天大的好事了，居然还会很投机？"

"此事却是千真万确的！老爷，而且少爷和三爷分开之后，径直去了藏书阁，到现在还没有出来。藏书阁少有外物，想来并无甚事，只是少爷与三爷相谈甚欢，实在是不寻常，我自是赶紧向老爷禀报这事！"

"你做得对，只是那小子去了……藏书阁？"君战天胡须一阵抖动，两眼大张，"你确定你没有看错？君莫邪那小子居然去了藏书阁，而不是万花阁、飘香阁之流的……那啥？"

老者用力地点点头："就是藏书阁！没错的，老爷。"

君战天腾地站了起来，在房里踱步，平日的沉稳儒雅霎时间不知去向，扯着自己的胡子皱眉沉思："老庞，你说这家伙去藏书阁干什么？"突然一怔，"他不会是去放火吧？"

"少爷在里面看书，一直很安静，只怕一时还不会走，我这才放心回来的。"老庞嘴角抽了抽，想笑。

"看书！"君老爷子一声惊叫，却将自己的胡子揪了一缕下来，犹自未觉，咧着嘴道，"真的是看书？"

"是的，老爷。"

沉吟了半晌后，君战天一摆手："看书也是好事，那就暂时不要打搅他，等他离开之后，将他看过的书都给我拿来，我倒要看看，他到底要做什么。他不是在找那啥吧？嗯……就算找那啥也没关系，小子大了，看看那玩意儿也没什么大不了的。想当年……老庞，禁止任何人打扰那小子！"

"是的，老爷。"

君战天踱了两圈，仰首向天，翘着胡子沉思起来，暗暗道："莫不是……难道这小鬼居然真的突然醒悟了，来一个浪子回头？"随即他摇了摇头，长叹一声，"若真是那样，老夫就真的要烧香膜拜告慰祖宗显灵了……"

到了晚上掌灯时分，管家老庞前去收集君邪看过的书，居然抱了几十本过来。

君战天将书一本本放在桌子上，皱着眉头。"《玄玄大陆风云录》《大陆见闻录》《大陆山川录》《风云人物榜》《奇花异草图志》《论大陆战争》《玄玄兵法录》……哒——"君老爷子整整一夜翻看着孙子读过的这些书，神色有迷茫，有惊喜，时而叹气，时而吐气，又是摇头，又是点头，估计半辈子的表情这一晚全用了……

接下来的几天，君邪依然没有出门，早晨一起床就直奔藏书阁，然后一待就是一天，而无一例外地，凡是他翻看过的书，君老爷子照例都会搬过去，再分析一次，然后又是摇头、点头、叹气、吐气、迷惘、惊喜，原来表情还是没用光的……

另外，君家的下人们发现这位小少爷又多了一个古怪的嗜好：白天钻进藏书阁不出来也就罢了，晚上却偏偏喜欢在院子里坐着，哪里最黑暗，他就坐在哪里……真是邪门！

不过，仆人倒也不是很在意，比起这位少爷以前的作为，如今可是好太多了！

这一晚，君邪再度坐在一棵花树下，享受着浓浓的伸手不见五指的夜色，心中突然升起一种安全的感觉。是的，就是安全！对君邪这个曾经纵横天下的杀手之王来说，最安全的，就是漆黑的夜晚！唯有夜色，才是君邪最好，也最可靠的伙伴！

仰望星空，君邪突然有了一种自己正在做梦的微妙感觉。这几日，君邪将与这个世界有关的书大致地看了一遍，或多或少了解了一些这个大陆的情况，但越了解，君邪就越迷惑。

若不是那白纸黑字清清楚楚的记载，君邪几乎以为自己是回到了古代社会，太像了！同样的肤色，同样的口音，差不多的文化，差不多的服饰……

君邪呻吟一声，将脑袋埋在了自己的两腿之间，两只手紧紧抱住后脑勺，痛苦地消化着自己从书中看到的一切内容。想：玄玄大陆，这到底是什么鬼地方啊？金玄、银玄、地玄、天玄……玄气……唉！

君邪脸色如同冷硬的石头，腮边肌肉痛苦地鼓起一道棱，有一种指着苍天大骂一场的冲动！

突然，就在这一刻，由于情绪极度激动，君邪突然感觉一阵剧烈的头痛，即使以君邪那种常人难以想象的忍耐力也承受不住，他闷哼出声，头重脚轻，接着，便感到天旋地转……

抬眼看去，似乎整个世界都在剧烈地旋转，连那迷蒙的夜色也似乎变作了疯狂吞吐的离散的氤氲，整个世界突然间又变得如此虚幻、不真实……

君邪痛苦地喘着气，死死地咬着牙，嘴唇已经沁出血渍，两眼几乎瞪出眼眶，他却死死地忍住，不让自己发出一丁点的声音。

孤身来到这世界，所有的痛苦都应该由自己来承受！在这个陌生的地方，我不能依靠任何人，也不会依靠任何人！

君邪神思恍惚间，似乎觉得自己的脑海中突然出现一点光芒，光芒似乎遥远，却又在缓缓地接近，越来越近，越来越亮，越来越大，越来越清晰，最终化作一个流光溢彩的宝塔，在他的脑海中不停地旋转着，每一次旋转，都扫射出一道蒙蒙的圣洁的白光，却都要带给君邪不啻于在十八层地狱轮回一次的巨大痛苦！

君邪身体早已麻木了，四肢早已麻痹了，意识也慢慢开始模糊了，唯有一双眼睛变得血红，死死地瞪着这天，瞪着这地，瞪着这陌生的世界，一眨不眨！……

也不知道过了多久，一阵冷风吹过，君邪突然感到了寒冷。

初秋的夜晚，果然还是有些冷的。君邪心中想着，突然醒悟过来：我感觉到了冷，就是有了感觉，我不是已经……他猛然站了起来，才知道浑身的冷汗已经不知道将身上的衣服浸透了几次，浑身湿答答的，难受得很。

他突然竟似又有了一种新生的古怪感觉。

在这次的痛苦经历之后，他觉得自己这才真真正正地与这副肉身融合为一，君邪也真正成为了君莫邪，这副肉身的真正主人！

再也顾不得整理身上的狼藉，君邪第一件事便是盘膝而坐，闭上眼睛，神识沉入思海，细细地去体悟着什么。先前的巨大痛苦，君邪已经知道，完全是已经融入自己身体的那小塔搞的鬼，所以君邪断定，那小塔必有奇异之处，若只是单纯地融合肉身，不至于有这么痛苦，必然还有更多的古怪。这座小塔几乎已经是君邪存在的唯一凭恃，不搞明白这件事情，君邪是不会甘心的。

君邪真实地感觉到，在自己的意识中，竟然有如目见一般清晰地"看"到了一座造型优美，上有七彩流光的小小宝塔，它就在自己的意识海上空悬浮着，缓缓地旋转着。君邪分明感觉到，那小塔每旋转一圈，就是自己身体的气血顺时针流动一遍，周而复始，循环不息……

这是怎么回事？君邪惊疑地看着这座小塔，这个玩意儿实在是完全超出了常识，让君邪这个坚定的无神论者陷入了深深的迷惘之中。

不知道我是否能近距离看看呢？君邪刚刚这样想，突然发现那小塔似乎慢慢地变大了，紧接着最底下的第一层大门突然打开，一股浓郁的白雾呼地冲了出来，霎时间君邪的整个意识海都被这白雾所包围，白雾浓郁得几乎成了固体，君邪深呼吸了一下，感到浑身舒泰，说不出的舒服，连灵魂也有一种快乐得想要唱歌的感觉……

君邪游目四顾，才发现自己不知何时已经来到塔门前，头顶上有三个若隐若现的中古文字：鸿钧塔！

君邪走了进去，里面空空荡荡的，只有浓浓的白雾氤氲氲氲。突然白雾滚动起来，慢慢地眼前出现了两行大字：玲珑九层塔，亘古第一功！

接着，白雾翻滚得愈加急切，突然，一句朦朦胧胧的口诀出现在君邪的意识之中，君邪刚刚一怔，突然有数不清的字符、图形在眼前急速旋转起来，然后一股脑儿地犹如填鸭一般硬灌进他的意识之中，就像一辆疾驰的火车突然冲进一座小小的茅屋！而且，竟然冲进去就没动静了……

霎时间，君邪头晕目眩，脑袋如要炸开一般，一跤跌倒在地。

睁开眼睛，他才发现自己依旧躺在之前的那块又湿又冷的土地上，而脑海中却清晰地浮现着一部修炼法诀，与之相配的，还有人体线路图，以及一个个的人形动作……

"开天造化功！"君邪喃喃着，眼中闪出一道精光，双拳不由得紧紧握了起来！

君邪知道，自己因缘际会，遇上了旷世难遇的奇缘！这"开天造化功"如此神秘莫测，成效必然不同凡响！而这九层玲珑塔，想来更是一件了不起的宝贝！

君邪再无知，也听说过神话传说中的鸿钧老祖。传说这位大神可是太上道君、元始天尊和通天教主这三位大神圣的师父，那可是厉害到不得了的人物！这座塔既然冠以鸿钧之名，又怎么会差到哪里去？

君邪几乎迫不及待要开始修炼这开天造化功了，但总算他心性沉稳，勉强克制了下来，这才有时间查看自己的身体，不由得大吃一惊。

只见自己皮肤表面罩着一层黑黝黝、黏糊糊的无比恶心的东西，还不停地散发着令人作呕的恶臭，居然有厚厚的一层！

一个存在于传说中的名词突然出现在君邪脑海中：洗髓伐毛？难道我就这么痛苦了一次，却将身体内的杂质全部排了出来？君邪顿时欣喜若狂！若早知道会有这等效果，那……刚才多痛一会儿也行啊！

诚然，以君邪的心性而论，只要自身实力可以提升，受些痛苦算什么，即使这些痛苦是那么的难以忍受，也是无所谓的！

君邪兴奋地站了起来，强忍着身上散发出的恶臭，一溜烟跑到家中的水塘边，"扑通"一声跳了下去。

突然，好几个声音同时喝问道："什么人？"

君邪哼了一声，道："是我！少爷想洗澡，谁都不许来烦我！"

"哦，原来是少爷。"就此无声无息。

书房中，君老爷子皱着眉头："什么声音？"

管家老庞迅速出去，随即又进来，躬身道："是少爷，说是跳到落月湖里洗澡去了。"

"洗澡？大半夜的跳到落月湖里洗澡？"君老爷子顿时鼻子都气歪了，声音都差点走了调，气急突然大吼一声，"这孽障！"然后就拂袖而去，睡觉去了。这几天来一直盼望孙子改邪归正的幻想突然就此消失无踪，他只觉得胸中闷闷的，说不出地不舒服。

世事就是如此，希望越大自然失望越大，君老爷子真的恨不得现在就将那孽障抓过来，一顿棍子打得他屁股上桃花朵朵开，让这个不争气的孙子知道花儿为什么这样红……

君邪静静地仰面漂浮在水面上，整个身体平躺，只靠着两手两脚不时地轻轻做着动作，使身体不致沉下去，不禁大感惬意。

完全洗去了身上那厚厚的污垢后，君邪感觉自己仿佛从粪坑里爬了出来一般，一阵神清气爽。唯一有些遗憾的是，现在的自己虽然真正地与这副肉身合而为一，但自身的修为还远远达不到能够内视的地步，但一次性能排出如此之多的身体杂质，眼下身体筋骨的承受力绝对会令自己大吃一惊吧？君邪想着想着，不由得嘴角微微地翘起来。

远处的侍卫远远看到少爷就这么漂浮在水面上，一动不动，却沉不下去，不由得纷纷瞪大了眼睛：少爷修炼的这是什么神功啊，居然就这么漂在水面上？这若是按照玄气修为来解释的话，最少也达到了玉玄的境界才能做到啊！

泡了一会儿，君邪便赶紧上了岸，身体确实是清爽了，但是随之而来的是虚弱，极度虚弱的感觉！毕竟原来的君三少几乎将这身体搞得只剩下一副空架子，现在再经过这么激烈的洗经伐髓、灵神归一，君邪没有直接晕过去已经算是意志力超人了。

君邪强自支撑着回到房间，换上一袭轻柔的白袍，然后端起娇俏的小萝莉可儿送来的一碗燕窝粥，嘴角浮起一丝玩味的笑容。

不管在什么世界，实力都是第一位的！人，可以没有势力，但决不能没有属于自身的实力！君邪从没有像现在这样急切地渴望提升自己的实力！

孤独一人在这个世界，君邪觉得，唯一能够让自己彻底安心的，就是自身强大的实力，足以掌控众生生死的巅峰实力！

而现在，君邪自信自己已经掌握了另一个宝库，那个神秘的宝塔，就是君邪今世最大的倚仗。君邪绝对不相信，这么一个神秘莫测的宝塔，里面就只有这一篇开天造化功的功诀，定然还有别的作用！而这些作用，都要等着君邪慢慢地一点一点去挖掘！

还有，那号称"亘古第一功"的开天造化功，更是让君邪心中隐隐有了底气！如此玄异的功法，岂会是平常之物？

慢慢地回忆了一下那开天造化功第一重"光照大衍"的运行线路后，君邪盘膝坐在房间的地上，心神合一，宁神吐纳，缓缓地运行起来……

"灵光性动，光照大衍；意上九霄，足踏仙泉；乾坤自握，心即宝山；神魄九炼，不堕黄泉……"

运功一遍后，君邪很意外地毫无感觉，也没有出现半点所谓的气感，然君邪并不气馁，又一遍运行起来，紧守灵台，毫不放松。

也不知道过了多久，君邪已经按照开天造化功的介绍运行了不下于两百周天，依然毫无反应！经脉之内始终死气沉沉的，而长时间地盘膝而坐，让君邪的两条腿都麻了起来。这副肉身虽然经历了洗髓伐毛，但肉身的负荷能力还未得到真正的开发。甚至连头脑也感觉晕晕的，有即将晕倒的迹象了。

君邪再度深吸了一口气，努力保持脑中的清明，心中也发了狠劲：我就不信练不出气感！论邪，我才是第一！谁能邪过我这个邪君？老子偏不信这个邪！

再一次进入漫长的吐纳之中，良久后，君邪感觉到自己的身体似乎已经完全不听使唤了，全身肌肉几乎僵硬，按照开天造化功的线路又运行了不下于三百个周天，依然毫无所觉！

君邪闭着眼睛，强行忍住身体的疲惫，心中只有一个执拗的信念：再来一个周天……再来一个周天……再来……

终于，不知道又过了多久，君邪突然隐约感觉头顶泥丸宫微微一跳，接着一热，经脉之内突然出现了一点点感觉，但那感觉微若游丝，若非全神贯注，几乎不能察觉。这道气息几乎是若有若无的，但本质是异常实在的。这样的内息真的很古怪，因为初习内功之人，虽然可以修炼出气感，决计不会如此凝实。只是，眼下处于浑浑噩噩之中的君邪完全没有意识到这点。

就在这缕细若游丝却异常实在的气息刚刚出现的时候，在君邪的思海之中，那座七彩流光的小小宝塔突然缓缓飞了起来，在半空中慢慢地旋转着，每一次旋转，都有一大蓬浓郁的白雾喷薄而出，白雾缓缓地飘在半空，有无数肉眼无法发觉的白色雾丝突然浮现在君邪的身体表面，再慢慢地渗入君邪的肌肤之中，渗入君邪的经脉里……

此刻的君邪依旧浑浑噩噩、无惊无喜，继续保持运功状态，似乎全然没有察觉到这一切。

说起来，这开天造化功固然神秘莫测，为亘古以来最上乘的功诀，可是天道有常，修炼一事本就是逆天而行，最为考验个人的心性，而这门功诀的入门功夫最是难练，除了需要大毅力、百折不挠之外，还需要有大机缘！

所以亘古以来，即使有人有机会修炼这开天造化功，有成者是极少的！试想，若是寻常的心志不坚之辈，恐怕运行百十个周天不见反应也就放弃了，毕竟这般的枯燥不是一般人受得了的，而且若神魂稍弱，根本不能坚持下来。像君邪这样能够一口气运行几百上千个周天的怪胎，以从未有修炼经验的人来说，根本就是绝无仅有的！

就算有人有这样的毅力，也会因为神识不够强大而在这个过程中走火入魔！

但君邪偏偏具备了修炼开天造化功的所有条件。君邪本就是一个性格极为坚韧的人，认准了一件事情便绝不改变过初衷。这种性格说得好听一点是执着，说得难听一点就是死脑筋，不撞南墙不回头，但君邪是即使撞了南墙、撞破南墙也不回头的主！如今他这世上第一难练的开天造化功，就好像是为他量身打造的一般。

除了心性之外，君邪本身的福缘也起了很大的作用。鸿钧塔正是君邪最大的福缘，本身并无大机缘之庇护的人，也是决计没有希望入门的。

此外，君邪神识本就不弱，又得鸿均塔之助，与君莫邪的肉身形神归一，神识更强大。以上种种，竟然让他在一夜之间一举突破了第一重难关！

这份成就，不但是空前的，只怕也是绝后的！

头顶泥丸宫跳动得越来越厉害，到后来更是有规律地跳动起来，且越来越热，君邪白皙的脸庞慢慢地变得通红……

这一坐，竟然一直到了凌晨天色微明之时！君邪明显感觉到，身体内运行的那细细的如同丝线一般的气感越来越活泼，更逐渐地连成了一条线。

就在这条细线首尾连接起来的时候，君邪蓦然间感到眼前五光十色、色彩斑斓，似乎全世界的花朵一瞬间在眼前绽放，所有的七色彩霞都围绕在自己身边一般，同时头顶似乎雷声阵阵，霎时间电闪雷鸣，隆隆作响。

但君邪现在眼睛还是闭着的，也就是说，这些都发生在他的思想感应之内！这，正是开天造化功第一道难关：定心！

君邪虽然明明"看到"了这些奇异景象，但始终牢牢记着，自己修炼的时候，是闭着眼睛的！也就是说，自己本应是看不见的，但现在偏偏看到了，这代表什么？这说明了这一切是虚幻的！

所以君邪毫不在意，紧守灵台那点清明，继续运功。

"轰！"就像一颗炸弹，在君邪的脑海之中突然爆炸，君邪身躯一震，突然感觉自己失却了分量一般，神魂飘飘荡荡，随即"哇"的一声，吐出了一大口鲜血，远远喷了出去，紧接着便晕了过去。

这口鲜血喷在雪白的床单上，竟然诡异地呈现乌黑的颜色，宛若固体一般，居然并不流动，看上去简直就像一块漆黑的炭。

君邪晕倒在地，没有了知觉，身体轻轻抽搐着，肌肤之中再度慢慢地渗出点点乌黑的汁液，将他身上轻柔的白袍一点点慢慢地浸湿、染黑……

这才是真正意义上的洗髓伐毛！

先前身体内渗出的污渍，只是肌肤或者肌肉里面的大部分杂质，而眼下排出的，才是真正属于骨骼内部的，至于君邪吐出的那一口浓黑的血块，则是五脏内的杂质，亦是人体最难排出的污浊之物！

君邪现在的状况，若用修道之人的话来讲，是为"脱凡"之境！也就是说，从现在开始，他脱离了凡夫肉体的桎梏，正式迈进修道者的行列！

要知道，每一位修道者达到"脱凡"境界，都要经历一段相当痛苦而又漫长的过程，用时短者数月，长者数年或者数十年，更有甚者，终其一生也无法达到这个境界！而君邪居然只用了一个晚上！这实在是奇迹之中的奇迹，若说出去，只怕没有一个修道者肯相信！

这当然不是因为君邪的体质特殊，也不是因为君邪现在的精神力强大，其中自然另有原因。那白雾便是其中重要的因素，那本就是最为纯净的天地灵气！只不过君邪此时还不知道而已。

君邪曾经虽然是一个武功高手，但从未接触过修真领域，甚至在他的认知之中，所谓的修真成仙根本就是无稽之谈！所以，就算他明明白白知道自己身上的变化，也只会以为自己是走了大运罢了。

君邪再次醒来的时候，发现自己到了一个大木桶里，被温暖的热水包围着，还有人正在努力为自己擦洗着身体。

他睁开眼睛一看，却发现小侍女可儿头发也被汗浸湿了，脸被热气熏得通红，小手中正拿着一块柔软的布巾，气喘吁吁地在为自己清洗着身体。她小小的嘴唇紧抿着，脸上是一副窘困得要哭的表情，一双明亮的眼睛刻意地望着头顶上，唯有需要换一个地方擦洗的时候才会低下头来看一眼，紧接着却又把视线移开……

小丫头害羞的表情可实在是可爱！这么一想，君邪神思顿时回归，这才发现自己身上竟然一丝不挂，不由得有些不好意思，干咳了两声，道："还是我自己来吧。"说着就要去接过可儿手中的毛巾。

一声惊叫，可儿抓着毛巾退出老远，哆哆嗦嗦地看着君邪，眼睛里满是惊慌："少少少……爷，你你你……醒了？"

君邪无奈地叹了口气，道："如果不是我醒了，难道跟你说话的是鬼？"

"鬼啊！"可儿又是一声惊叫，君邪突然发现自己可以清楚地看到这个小丫头脸上的细细汗毛都竖了起来，一张小脸煞白煞白的，真如见了鬼一般。君邪不由得叹了口气："别叫了，就算是真见了鬼，也不过就是你现在这个脸色了，你的演技实在是很到位。"

"砰"的一声，房门突然被撞开，一个魁梧的身影大踏步地走了进来："莫邪，你醒过来了？发生了什么事？"来人正是君战天君老爷子，身后还跟着几名侍卫。

君老爷子的声音很愤怒，刚才他已经将守卫君邪的三十六名侍卫都痛骂了一遍。昨天的事情可以说是意外，想不到今天又来了这么一次！老爷子气冲斗牛，快要爆炸了：难道我君家看起来就这么好欺负？

看来老子不发发威还真不行了！要是人人都打上我孙子的主意，这日子还过不过了？

老爷子将君邪的晕倒当成了有敌人刺杀……

君老爷子自然没有想到，今天晚上的异常根本就是他的孙子得了一项天大的好处，根本没有什么人来刺杀，只一味地联想到其他方面去了。他听说君邪大半夜地跑到落月湖里去洗澡，气愤地去睡觉，没想到睡得正香的时候却又被一阵鸡飞狗跳的动静惊了起来，一问居然又是君邪这边出了事，登时火就冒了出来。

"我没事，好得很，真的好得很。"君邪下意识地一把将毛巾抓过来捂在了裆部，满脸窘迫。赤条条地在水里，却突然闯进来了十几个大老爷们儿，人人居高临下地看得通透无比，饶是君邪的脸皮厚得很，心境也够沉稳，也还是有些受不了。

"捂什么捂？就你那点东西，在爷爷面前还有什么害臊的？"君战天一句话让君邪几乎一口气憋晕了过去。

君战天背后，那几个五大三粗的侍卫双肩耸动，每个人大毛脸都憋得通红，个个喘着粗气，挤眉弄眼地互相做眼色……

"谁干的？"君战天一张脸沉了下来，面色冷如寒冰，杀机隐现。

"嗯？"君邪有些糊涂，转眼就明白过来，做出一副惭愧的样子垂下头，"没看清，我就倒了。"

"废物！"君老爷子气哼哼地骂了一句，语气中满是失望。

他仔细看看孙子，确定没什么事情，也就没了在这里看孙子裸体的兴致，就自己孙子的小身板，一点也没有兵家子弟的素质，大姑娘身上都没这么白！哼！实在是……老爷子无奈地点了点头："你好好休养吧。"说完他就转身走了出去，一众侍卫也纷纷跟了出去。君邪这才长出了一口气，将捂在胯下的毛巾取了下来，一头冷汗。

翌日，君战天老爷子便在皇帝的金銮殿上大发脾气，指着几个国舅、太师什么的皇亲国戚、首辅大臣的鼻子一顿破口大骂，情绪异常激动，并扬言，若再有人去行刺自己唯一的孙子，每一家都要拿出一条人命来再说别的！

沉寂了十年的老元帅一旦发飙，满朝文武噤若寒蝉，连当朝皇帝也轻声细语地连连安慰他。

不过也有不识相的。大皇子的老丈人，也就是当朝御史大夫宋世谊，本是新晋贵族，借着大皇子的势爬到了如今的位置，对这位老元帅认识不深，又自恃身后有大皇子撑腰，便顶撞了君战天两句，并向皇帝陛下参了一本，却当场被君战天打得脸如猪头，还掉了两颗牙齿。

大皇子硬着头皮出来劝解，却被老爷子一脚端在小肚子上，成了滚地葫芦。顿时没有一个人敢动了。最后还是皇帝陛下和稀泥、打圆场，亲自担保君三少今后的人身安全问题，君战天才愤愤不已地拂袖而去。临走时，他还一个个扫了一眼各位皇子的支持者，让那些人人人两腿颤颤如面条……

老爷子已经有十年没有发过威了，十年不动，一朝发威，却令得满朝文武顿时屁滚尿流！在金銮殿上居然大打出手，连皇子都敢动，还有什么是不敢的？

唯有皇帝陛下看着君战天离去的背影，却在心中长叹。君战天今日这一番发飙，虽然威风，但皇帝陛下已经知道，君家的那位仅存的三少爷已经让这位老爷子彻底失望！再联想到君战天曾经向自己请求迎娶灵梦公主，现在想来，那应该就是君战天为了保全君氏家族血脉而做出的最后的努力，而自己当时却无情地拒绝了。

君莫邪但凡有一点出息，君战天都不会这样在金殿上暴跳如雷，今日之所以如此失控，只因为老爷子已经看不到君家有任何的未来！君战天和君家在国家内外树敌无数，只要他撒手西去，仇敌们谁都不会放过他的子孙。

所以，老爷子现在绝不介意强势到底：谁敢动我君家动我孙子，我就先动谁！反正我君家已经如此了，我何必还要忍辱负重？

难道烜赫一时的君家，曾经是天香帝国保护神的君家，就这么没落了下去？皇帝叹了口气，心中突然感到了极度的后悔。或许当年，不应该……

见识了老元帅的强势后，军方老部下们人人眉飞色舞，所有暗中打着主意的人也纷纷打消了原有的计划，即便是被当场抹了面子的大皇子，也没有更多的怨气，说到怨，他也只会埋怨自己的老丈人不知好歹，自取其辱，没看见这老东西已经半疯狂了吗？

当然仍有不少人心中不忿：难道你这老东西还能长生不老不成？等你咽了气，当日就让你君家绝种断后！

但，他们也就是心中想想，在天香帝国，没有任何势力有胆量在君战天老爷子有生之日明目张胆地对抗于他！

唯有……

当朝太师、首辅大臣李尚一直冷眼旁观，不发一言，但等君老爷子离去之后，很是隐秘地皱了皱眉头，随即脸上露出了笑容。看来，君战天对自己那个不争气的孙子还是维护得很啊。既然如此，那么，君莫邪就是君战天的弱点？这么一个弱点，可实在是太好掌握了。一个人有了明显缺点之后，无论这个人本身的实力多么强大，又拥有多么强盛的底蕴，都不再足畏……

无人注意的角落，李太师与对面的护殿将军孟如飞互相看了一眼，各自嘴角牵出一丝神秘的笑容。

且说君家，君邪的房间里。

门被关上，可儿羞红着俏脸，扭身也要逃出去。

君邪赶紧穿上衣服，来到可儿面前，微笑道："睁开眼睛吧，没事了。"

可儿慢慢将手挪开了一条缝，偷偷看出来，发现君邪确实已经穿上了衣服，这才放心地将两只手拿了下来，俏脸红红的，煞是可爱。

君邪看着小丫头着实可爱，忍不住伸出手，在她头上轻轻拍了拍。可儿顿时又是一惊，抬起头来看时，却发现君邪眼睛里一片温煦，就像看着小妹妹的大哥哥一般，不知为何心中一定，竟然不再害怕了，想道：现在的少爷，看起来倒也挺顺眼的。心中刚一这么想，突然又是一惊——我怎么会这么想？他明明还是那个好色之徒、纨绔恶少！我决不允许他玷污我的清白！若他用强，唯死而已！她不由得倔强地又退后了一步，满脸警惕之意。

→ 第三章 脱胎换骨 ◆—

君邪一瞥之间，已然洞悉了小丫头的心思，不禁哀叹，自己竟成了个连贴身丫头都不待见的主，实在是失败极了，叹了口气，道："这里不用你伺候了，你出去吧。"

可儿一躬身，心道：只要我不靠近你，你就做不了什么坏事，再说你现在接连受伤，身体虚弱，也抓不住我。她这才退了下去。

君邪走到窗前，深吸了一口气，任由体内气流转动，对自己的身体进行检查。

他刚一醒过来，就已经发现自己和前几天有了非常明显的不同，只是一直没有时间查看罢了，此刻用心检查，顿时大吃一惊：眼睛明显能看到更远的地方，三丈之内，哪怕是地上的一只蚂蚁，他能看得到有几条腿，整个世界在自己的眼中似乎也变了样子，树木草丛无不葱翠欲滴、生机盎然。

太阳刚刚升起，君邪瞪着眼睛看着初升的朝阳良久也没有刺眼的感受，只是一团温暖的大火球……

耳朵也清楚地听到几丈之内草丛里有小虫在爬来爬去，甚至还能听到地下蚯蚓蠕动的声音。他顿时感觉这个世界无比地奇妙。

记得自己以前内力大进，迈入先天之境的时候，只有在突破的那一刻才有如此奇妙的感受，而且也没有如万物一体、天地一息的超然境界，君邪不由得大喜欲狂：难道一晚上的工夫，我就已经再度达到了先天之境不成？这也太神速了吧？他运起体内气息一看，不由得怅然若失。

体内还是那微弱的气流，只不过连贯了许多，像这等气流，切切菜还成，根本还不能用来动武，如果真到达了先天之境界，断不至于如此微弱。

但转念一想，若不是到了先天之境，而能出现这等惊人效果，那便定然是这开天造化功有奇妙之处了！他想到这里，微微失望之余，精神愈显振奋。

君邪将起衣袖一看，顿时无奈：这，这还是一个大老爷们儿的手臂吗——肌肤白嫩，就算是大姑娘也绝对比不上自己肌肤的细嫩。君邪忙不迭地走到铜镜前面，终于死了心——脸还是原本的那张脸，不过明显白嫩了许多，这样的面孔，本是以前的君邪最看不上的类型：奶油小生、超级小白脸，而且还是身体貌似非常弱的小白脸！

真是活见鬼了！君邪嘀咕着，不由得哑然失笑：自己来到这异世界，本就是活见鬼了，再发生一些比较奇异的事情，又有什么值得奇怪的？

不过经过昨天一晚上的练功和洗经伐髓，自己现在对于开天造化功，应该稍窥门径了吧，怎么身体素质还这么差呢？

心念一转之下，君邪再度检查身体，这一查之下，真个大吃一惊，原来自己的身体若只看表相，当真孱弱至极，实则肌肉组织之间韧性十足，便是以前的自己，只怕也要有所不及，而周身骨骼、经络目前的素质也已经达到了非常高的地步，如今的身体，当真可谓得天独厚，相信对之后的武道进程，必然是一个最佳的载体！

而且，以眼下的面目出现，绝不会有人愿意相信，这样一副孱弱身体的主人，居然会是一个绝世的高手，这实在是一个极佳的天然伪装面具！

这么一想，君邪自然更加努力练功，以求早日恢复原本的实力。

接下来的一个月，君府发生了一件让所有人都觉得不可思议的事情：本朝有名的纨绔子弟君莫邪大少爷居然一个多月没有出门胡作非为，没有去眠花宿柳，也没有去斗鸡遛狗，更没有去杀人放火，就算待在家里，也是规规矩矩的，不是待在自己小院里，就是去藏书阁，居然没有调戏哪个侍女！

他竟然对所有的下人也变得很和气！

这让君府的所有人都感到匪夷所思：难道是太阳从西边出来了？又或者太阳从南边、北边出来了，反正肯定不是从东边出来的！

苍天啊大地啊，您终于开眼了，君三少总算有改邪归正的迹象了啊！

看着孙子的变化，君战天老爷子老怀大慰：这小子，貌似有点改邪归正的迹象呢！

在一个月的时间里，君邪终于将第一重开天造化功练得入了门，境界也稍有巩固，对这个所谓的玄玄大陆的了解也深入了几分，虽然依旧不能跟一些所谓的史学家相提并论，但比起原来的君莫邪，现在的君邪实在已经可以说是专家的级别了，说一个天上、一个地下半点也不过分……

唯一让君邪感觉到不爽的，就是他脑中的那座七彩九层鸿钧塔，整整一个月的时间始终在第一层徘徊。他曾经无数次想要开启第二层，只要是感觉到功力稍有进步，便去尝试一次，但每次都是吃一次大大的苦头，脑海中犹如千万根针一起扎过来一般痛苦！

这实在让君邪心痒难熬。第一层已经有这么逆天成果的开天造化功，第二层、第三层岂不是会有更多的好东西？但……进不去啊！

进不去，怎么办？

君邪一次又一次地尝试，可就是不行，即使以他的韧性，也顶不住了。到了最后，君邪终于确认，想要以普通状态开启第二层，肯定是不可能了。估计跟第一层一样，机缘到了，无意中就进去了；若机缘未到，撞得头破血流也是白搭。这与尝试多少次无关，他还是老老实实地练功吧。

当然，君邪也将家传的玄气了解了一下，发现这个世界的玄气与内力修炼很接近，但在性质上又偏向于斗气一样的类型，属于介于两者之间的一种练气法门。不过这玄气每修炼到一阶，玄气就会因为质变而产生颜色上的微妙变化，这一点，倒是与君邪遭遇过的五毒功夫类似。不过玄气肯定是没毒的。

有开天造化功在手，君邪自然看不上这所谓的玄气，不过为了掩人耳目，还是象征性地练了练——勉强提升到了四品玄气，君邪认为也就够了，便停止了继续练习。

在玄玄大陆，玄气的品阶从一品到九品，然后是更高层次的银玄气、金玄气、玉玄气、地玄气、天玄气、至尊神品。一品到三品是红色，依次是淡红、粉红、大红；四品到六品是紫色，依次是淡紫、中紫、深紫；七品到九品是黑色，依次是紫黑、灰黑、黑亮。银品是银色，金品是金色，玉品是绿色。地品是黄色，天品是蓝色,至尊神品无色。

玄气每一品的进步都是非常艰难的,而且进阶的时候,都会伴随有极大的痛楚,很有些内功修炼、伐毛洗髓的意思! 君邪现在能够发出的,是淡紫色四品玄气,对世家子弟来说,这实在是一个极为可怜的成绩!

这一日,君邪闲着没事在逗可儿说话。这段时间以来,由于君邪行为、性格皆是大变,小丫头终于不再像从前那样害怕他了,虽然还是不肯接近他的身边,但已经不再极度排斥他了,更不排斥他讲的故事。每到这时候,小丫头便两只小手托着香腮,大眼睛一眨一眨的,安静地坐在君邪面前,聚精会神地听故事,唯恐漏过了哪一句,更随着故事中人物的遭遇或悲或喜,或哭或笑,或俏眼圆睁,紧张不已……

君邪讲了一个男女主角被迫分开的故事,直接让小丫头感动得泪水如同江河决堤,抽抽噎噎地哭了一天……在那之后,君邪心中对自己赌咒发誓不再对女人讲悲剧故事!

眼泪……淹死人啦!

"少爷,唐公子来了。"君邪正讲到孙猴子被关在了八卦炉里,面前的小萝莉托着香腮眼睛一眨不眨听得正入神,小手绞在一起,显得心中对孙大圣的遭遇紧张至极,突然一名侍卫急急地进来禀报。

"唐公子?"君邪愕然抬头,随即便翻出了有关此人的记忆,"快请。"

远远地,一个肉球从院子里滚了过来,一边滚一边喊,声音甚是凄惨:"三少,莫邪兄弟,救命哇,这下可了不得了!"

君邪瞪着眼睛,大张着嘴巴,错愕地看着滚来的肉球,实在难以想象一个肉丸子居然会说话! 直到这肉球来到近处,君邪才发现这是一个人!

此人是决计没有脖子的,至少以君三少的眼力没看出来——肩膀既宽且厚,手臂极短又粗,圆圆的头颅以下呈流线型发展,两条大腿长不过尺许,粗却有一抱,走起路来浑身的肥肉"波澜壮阔"。总而言之,除了竹竿说他像什么都行,不过就是不大像人。

从院门口走到这里,貌似也没几步路,他居然已经气喘吁吁,不住地抹汗,显然很是劳累。此人正是天香城中与君家齐名的另一大家唐家的大少爷——唐源!

的确很像,就是大了几号。君邪心道。

"哦……唐大少爷,你这是怎么了? 怎么闹到了要救命的地步? 哪个不开眼的家伙招惹您了?"君邪看着眼前这个君莫邪的死党,强忍住内心中的笑意问道。

"哼,还不是李家和孟家、宋家的那几个家伙!"唐大少很是愤慨,努力将眼睛从肥肉之中撑开一条缝,"这几天在我们那千金堂里,哥哥我十天没出来,输了整整十五万两银子。三少,你可要救救我,要不然我……我回去之后非得让老头子打死不可!"

"十五万两银子!"君邪吓了一跳,"怎么输了这么多? 你哪来那么多钱!"

唐源唉声叹气:"开始的一天我还赢来着,我赢了整整五万两……"

"不让你赢,你会继续赌吗? 到底玩啥输的? 你也真敢玩!"君邪瞪着他。

唐源不敢反驳,嘴里嘟囔:"上个月你不也输了十万两? 我就比你输得多一点,你还说我……"

"说那些有什么用？唉，我说区区十五万两银子，你唐大少也不是输不起啊，至于来找我喊救命吗？"君邪顿时想了起来，眼前这几个货可不能用常理揣测，这都是一些极为典型的败家子！"就算这样，你爹也绝不会因为区区十五万两银子就打死你吧？这数字你又不是没输过……"

"可是，可是我到后来没银子了，我说回家去取，李峰就激我，说大家都累了，我要是走了就散局好了，我一狠心，就……"唐源可怜巴巴地看着君邪，满脸后悔莫及。

"就什么？"君邪突然感觉有些不妙。

"输人不输阵……我一着急……就把玉佩和宝剑都押上，押了三十万两银子，寻思很快就能赢回来，没想到……没想到最后也输了。"唐源哭丧着脸。

"你这叫输人不输阵？我记得你的剑是你爹高价拍回来的那柄名剑吹雪吧？那可是削铁如泥的神兵利器！加上你那极品暖玉制成的玉佩，我记得这两样东西当时花费了一百万两才购得的吧？你居然两样加在一起才押了三十万两？就算是甩卖也没这么卖的吧？"君邪有些无语，这哥们儿……也太能败家了吧？

"我不是没法吗？当时僵在那儿了，也不知怎的，脑袋里面一犯迷糊，就……"唐源嘟嘟囔囔。

"就算你输了这两样，当时也说的是抵押，之后赎回来不就行了，你爹那么疼你，顶多也就训斥你几句，还能杀了你不成？反正你家有的是银子！百八十万两的银子，你会真当回事？"君邪哼哼两声。

"废话啊，这两样东西可是宝贝，我难道不想当场赢回来啊？"唐源有些愤慨了，"老爷子的家法你又不是不知道，上次你还看着我领略过一回……那可是能打掉一层皮的！"

"所以你就继续赌了？这次你押的又是什么？你值钱的玩意儿也不少，但值个百八十万的可就没有了！"君邪可是阅历过人的，尤其熟悉赌徒的心理，这胖子定然是把最不该押的东西押上去了，要不然不会这么着急。

"是啊，我当时身上真的没有太值钱的东西了，最……最后，我一急眼……我我我……我就把老婆押上去了……"唐源哭丧着脸，懊丧得想要自杀的样子，"那可是我还没过门的老婆啊！"

"啊？"一边的可儿一声惊呼，睁大了眼睛看着唐源，眼中满是不可思议，眸子深处还有着淡淡的厌恶，心中埋怨：少爷好不容易变得好了，这帮狐朋狗友又来了！

"啥？你把老婆给押了？这种事你还带着老婆过去？"君邪差点从椅子上摔了下来，几乎晕了过去！太震惊了！简直是匪夷所思！

唐源的未婚妻可不只是他老婆而已，还是刑部侍郎孙成何的女儿，大家闺秀、名门千金来着！这桩事要是传了出去，那笑话可就大了。

户部尚书的儿子赌博，将刑部侍郎的女儿输了……这要是传出去，唐家老爷子非将这胖子一身肥油全抽出来不可！

"我……我没带她去……"唐源都快哭了，"可是我写下了借据，用她抵押了一百万两……白纸黑字，这个那啥……还有我的画押……"

"猪！你就一猪！"一个刑部侍郎的女儿，户部尚书的儿媳，这等关系到两大家族名声前途的大事，居然只抵押了一百万两！君邪气极反而笑了起来，"你居然还画押！……那一百万两呢？"

"输了……也输了……"唐源一屁股坐在地上，号啕大哭，地面顿时一颤，"他们说要是三个时辰之内我没有把一百五十万两拿过去，就钱也不要了，人也不要了，要把这借条公布于众……"

君邪无语了："怎么会是一百五十万两？不是一百万两吗？"

"这……这是宽限我三个时辰的条件……"唐源一把鼻涕一把泪，"三少，你可一定要救救我，我……已经走投无路了啊！"

"我救你？你让我怎么救你？我哪有那么多的银子？"君邪断然拒绝。开玩笑，这种人老子杀还杀不完，居然还要拿出银子支援一个这样的赌徒？莫说没有，就算有也不会借！

"你不用银子！"唐源顿时来了精神，小眼睛一眨巴，道，"李峰和孟海洲提出条件，说是君三少好久没来了，只要我将你带去跟他们赌几局，借据就能还给我。"

"我居然有这么大面子？"君邪摇了摇头，以自己附身的这位纨绔少爷以往的所作所为来说，恐怕在赌场上也高明不哪里去，至于声望……恐怕恶名是登峰造极的！

"千真万确啊！三少！"唐源一把抓住了君邪的手，他顿时感觉自己的手被包裹进了一层肥油之中，"他们的确就是这么说的！说只要三少你到场，就马上将借据还给我，什么事都没了。"

"哦？他们真这么说？"君邪一皱眉，眼中瞬间闪过一丝阴霾。他已经察觉了不对劲的地方！怎么听着听着事情有些变味了呢？本来是这胖子输了老婆，怎么却慢慢地所有事情都转移到自己身上来了？似乎，这里面有什么诡秘，而目标就是自己？

这绝对是一个圈套！别的不说，就以原来的君莫邪那超级草包的脾气，一听到自己的弟兄受了这等欺负，马上就会火冒三丈，再听到对方如此给自己面子，登时会飘飘然而不知所以，一定会不加考虑就趾高气扬地前去，而这一去，正好落进对方早已布置好的圈套！对方既然有本事如此耍胖子，貌似对付以前的君莫邪也不会有什么难度！

如果说这是针对君莫邪的一个局，那么设置这个局的人对君莫邪的性格倒可以说是了如指掌！

不对，相信针对君莫邪只是表面现象而已，没有人有兴趣对一个完全无害的纨绔子弟动这样的心计，他们真正针对的应该是君老爷子！而在他们身后，或许还另有人指使，毕竟君家、君老爷子不是什么人都招惹得起的！

君邪审视地看着眼前的胖子，暗自盘算着这胖子在这个局中充当了什么角色，到底是敌是友。看着唐源此刻表现出来的几乎屁滚尿流的样子，君邪暗中下了定论：若这胖子不是装出来的，那他实在是一个超级傻瓜！如果这胖子现在是装出来的，那么，估计是一位超级演技派选手，而且还是一个隐藏得非常深的危险人物！

去，还是不去？

君邪瞬间就做了决定：这么好玩的事情，不去怎么行？凭自己的赌术，难道还能输了不成？再说了，若是不去，怎么能知道究竟是谁想要对付自己？君邪向来没有任由敌人隐在暗处的习惯！抓出来干掉，才是他一贯的作风。

暗中运转了一下体内的造化神功，君邪嘴角露出一丝笑容：就算是赌博，我也是不会输的，凭这股内力想要作弊实在是太简单了……

　　"咱们还有多少银票子？"主意打定后，君邪转身问可儿。

　　听到君邪问话用的是"咱们"这两个字，可儿心中突然泛起一股羞喜，心中莫名地有些小甜蜜，红着脸儿道："自从上次老爷克扣了少爷的开销之后，目前少爷的银箱里还有银票十二万两、金票三万两、金叶子三百两、白银一百锭、碎银子……"

　　"够了够了。用不了这么多。"见可儿还要细细地数算下去，君邪赶紧打住，要不然这个死心眼的丫头可能还会数出有多少枚铜钱……

　　"取出五万两银票，另外多预备十来两碎银子就行了。"君邪道。

　　"这么点怎么够？"唐源几乎跳了起来，满脸哀求，"兄弟，三少，这些连零头都不够啊，你这不是要活活逼死哥哥我吗？哥哥求你了！"

　　"胖子，你刚才不是说了，我到场，你的欠条不就完事了？我们是去赌博，又不是去送钱！唐大少，带那么多干什么，多累赘啊！难道你还不相信我独步天下的赌术？"君邪正色道。

　　"你独步天下的赌术？"一双细细的眼睛出奇地瞪得浑圆，这对满脸肥肉的唐源来说，绝对是个高难度的动作。唐源嘴角抽了抽，若不是心中实在惶恐、烦闷，几乎要大笑出声，腹诽了一声：什么独步天下的赌术，貌似从来就没见你赢过……若从输钱这方面来说，你自称独步天下还真是差不多。

　　不管了，反正你只要去了就行，只要我将那借据拿了回来，就什么都不怕了！当初我怎么会一时头脑发热将老婆押上了？这件事情可真是奇怪。少带点钱也好，起码不会输太多！

　　君邪揣上银票，吩咐备了两匹马，唐源早已迫不及待，圆滚滚的身子"唰"的一声就"滚"到了门口，小眼睛四处睃巡，很是害怕的样子："快走啊三少，若是正好碰到你家老爷子回来了，那可就真的完蛋了！你都不知道，哥哥我每次到你家来找你不知道要顶着多大的压力，唉……"

　　君邪笑了笑，跳上马背，斜眼道："我看你今天来也没有多害怕啊。"

　　唐源腾地一下跳上马背，压得那匹健马长嘶一声，四蹄一软，几乎趴下，努力一挺，才站直了。可能这马心中也在纳闷儿：我可是驮过不少人了，就算驮着顶盔带甲、手拿兵器的将军，我也能奔跑自如，怎么今天这个人这么重？一时失算，差点害得本马失了前蹄！

　　君邪忍不住笑了出来，两腿一夹，马蹄如飞，八名侍卫人人虎背熊腰，各自挎着刀剑紧跟在后面。

　　唐源胯下的那匹马也艰难地起步，一路打着响鼻，跟了上去。

　　出门便是东风大街。此街在天香城可算是最为奢华的街道，人来人往，川流不息。唐源哪里还顾得上马儿受不受得了，一马当先冲了出去，遥遥领先，还不住地回头望，一脸着急，显然是嫌君邪走得太慢。

　　转眼已经出了东风大街街口，往南走不远便是一座酒楼，千里飘香楼，正是李家的产业；酒楼后面是一座闲置的大院子，便是唐源口中的"千金堂"了。这里地形隐蔽，正是贵族少爷们一掷千金的销金窟！只要是能够想到的玩意儿，这里都能赌！

君邪正要策马前进，突然路边过来几个人，当先的是两个少女，其中一人气鼓鼓地走在前面，似乎很生气的样子，口中大叫："不要再跟着我啦！烦死人了啊！"另一人一路小跑追着，口中不住地劝解。在两人身后，同样是八个面无表情的侍卫紧紧跟随，看起来那像是某个豪门的千金小姐。

君邪一眼看去，见那少女嘟着嘴，一脸的刁蛮，长得却甚是漂亮。那少女本就正在气头上，一眼看见君邪目不转睛地盯着自己，不由得啐了口唾沫，又起腰来骂道："看什么看？登徒子！"这女孩正处在心情最烦闷的时候，却又看到了君邪这个臭名昭著的花花公子，而偏偏花花公子又正盯着自己看，不禁生出了"正好拿他出气"的念头。

君邪心中一震，突然想起自己也曾遇到过一个这样骂自己的少女。回忆到这里，他不由得有些怅然。

此刻的君邪宛如历史回眸，心中不禁一暖，再看这少女也莫名其妙地感觉亲切了许多，索性微笑道："这位姑娘，我们似乎在什么地方见过，我对你甚是眼熟。"

那少女咬着牙瞪着他："呸，本姑娘对你这败类也很是眼熟！君三少，今天你又想要什么花招？扮初遇吗？"

嗯？原来还真是认识的。君邪迅速地从记忆中调出了面前这刁蛮女的资料，不由得尴尬一笑，没话找话道："真是有缘啊，原来我们竟然认识，独孤小姐。"

这样就是有缘？这是什么话？

那独孤小姐错愕地瞪着眼睛，身后那名少女却忍不住"扑哧"一笑。这时，唐源见君邪没有跟上来，也兜马回头，听到君邪这句话，不由得佩服得五体投地，原来君三少与美女搭讪如此在行。不过，其胆量更是值得佩服，敢跟天香国第一刁蛮女独孤小艺这么说话的，相信在整个天香城都找不出几个！

那少女瞪着眼睛看着君邪，眼中慢慢地泛出凶光："君莫邪，是不是上一次挨打还没挨够？正好本姑娘今天心情不好，可以亲自帮你松松筋骨！"

君邪一怔，这才想起来这位独孤小艺姑娘是君莫邪最为害怕的一人，好像是曾经做了什么事情被独孤小艺暴打了一顿，之后养了差不多半个月才能下床……

"独孤小姐别来无恙，咳咳……我是说啊……小弟其实还有事，就先告辞了，回见了。"君邪准备脚底抹油。看这小辣椒的架势，好像张牙舞爪地又要扑上来大打出手。在君莫邪的记忆中，这个小辣椒年纪不大，手段却很高明，再有几个君莫邪也不是对手。君邪固然不惧怕，可此刻无论如何也不能过早暴露自身实力，自然要非常明智地选择保身，嗯，好男不跟女斗！

"给本姑娘站住！"独孤小艺下巴翘得高高的，用一种睥睨天下的眼神看着君邪，"你们要到哪里去？是不是又要去做什么坏事？告诉你君莫邪，既然遇上了本姑娘，你什么坏事也别想做，给我乖乖的！让本姑娘消了这口气，就放你走！"

唐源脸上大汗淋漓，一个劲地跺脚，心中连珠似的叫苦：我说君三少，这位姑奶奶躲还来不及，你咋挑选了她去招惹呢？长得再漂亮也不如自己的小命重要不是？

看着面前这少女睁着一双明亮的大眼睛，却又摆出一副跋扈嚣张的样子，君邪心中突然生出一个主意，故作躲躲闪闪地道："独孤小姐，我们要去的地方，这个……女孩子去可是非常不合适的。"

"难道你们要去逛窑子？"果然彪悍，连这种话都能张口就来！

随即独孤小艺冷哼了一声，鄙夷地看了两人一眼："下流无耻的坏子！"

"哪个说我们去逛窑子？你当谁都像你一般的想法吗？"君邪顿时做出怒气冲冲受了冤枉似的表情，"我们只不过是去千金堂，赌两手罢了……呃……"似乎突然发现失言，君邪急忙住嘴。

"千金堂？赌博？"独孤小艺听到君邪前面的话，本更愤怒，不想又听到了后半句，不觉双眼一亮，接着眼珠一转，眯着眼睛一笑，一对可爱的小虎牙露了出来，"我还真没去过，带我去！"她命令似的口气，不容拒绝，让人实在不能不佩服，女人思维的跳跃性之大实在让人吃惊。

"小姐……"她身边的那少女显然是她的贴身侍女，怯怯地拉了拉她的衣袖，表示劝阻。这实在很合理，天香城两大纨绔要去的所在，十有八九不是什么好场所，她家小姐乃名门千金，如何可以与之厮混？

独孤小艺丝毫不理会，兴冲冲地道："放心，我那两个哥哥天天都说千金堂，想来那是个特别的所在，这次本姑娘可要好好地去见识见识！"说着一把揪住君邪的耳朵，"快带我去！只要你带我去，我今天就放过你！"

君邪要想躲开本是轻而易举，但心念一动，还是没有躲，只是苦着脸，任由她揪着自己耳朵向前走去。

君邪身后八名侍卫人人面带苦笑，相对看了一眼，然后跟了上去。他们与独孤小艺的八名侍卫倒是很投机，不投机也不行，因为这十六人处境基本一样，跟着君邪这个纨绔大少自然心中憋屈，而跟着独孤小艺也未必就能好受多少，其实人人心中都憋屈得很，当然容易说到一起去。

唐源长吁短叹：怎的半路杀出这么一个母老虎？若我的借据不小心被她看到了……唐源打了个哆嗦：这位可是很有把握在半天之内将消息传遍帝都，两天之内弄得举国皆知的主……那我还不如利利索索地自杀来得痛快。

一行人浩浩荡荡地来到千里飘香楼，穿庭过院，来到后面的大院落，唐源急不可待地冲了进去，大叫一声："君三少来了，快点把那啥……还给我。"

随着一阵得意的笑声，正厅门口出现了六个青年，一露面，还未来得及说话，便看到了正拧着君邪耳朵进来的独孤小艺，顿时人人面色骤变，脸如土色。

目前在皇子之间保持中立的两大派系，一是独孤家，二是君家，偏偏这两大势力无论在朝在军均有举足轻重的地位。

而这位独孤小艺小姐正是独孤世家唯一的掌上明珠。独孤世家男丁颇旺，共得七个男丁，却只有这一个女娃娃，物以稀为贵，自然宝贝得不得了，自幼便娇纵惯了。不过这位小艺姑娘非但天赋极高，小小年纪，玄气修为就颇有造诣，更兼极富正义感，在天香城里可以说是声名远扬，被誉为"纨绔克星"，今日在这里，包括君邪在内的八个大少，个个都吃过她的苦头。

说来独孤家的老爷子独孤啸天，也是一位超级玄气高手，据说其造诣已然达到了天级境界，更是帝国唯一一个能够与君战天当面叫板的老家伙，职位也是相当，亦为帝国大元帅；至于独孤小艺的父亲独孤无敌和三个叔叔，如今都是帝国大将军，她的七个哥哥均在军部任职，因此，独孤家可说是权势熏天，就现在来说，与君家相比犹有过之。

◆ 第四章 独孤小艺 ◆

偏偏这独孤世家一家人从老到少都有一个不是特别好的习惯，就是极为护短，尤其是独孤小艺的父亲独孤无敌，护短护到了蛮不讲理的程度，堪称帝国第一滚刀肉。若有人胆敢欺负他的女儿，他甚至能够马上调遣大军前去报复。

这样敢随随便便调动军队的、无法无天的滚刀肉，谁敢招惹？君莫邪有君老爷子罩着，独孤小艺照样敢修理，倒不是君老爷子奈何不了独孤无敌大将军，实在是只要老爷子兴师问罪，那边的独孤老爷子肯定也会站出来对阵，因为无敌大将军的护短秉性根本就是继承自他老子的！所以在君莫邪的记忆中，最畏惧的人第一是爷爷君战天，第二就是这个独孤小艺，不对，第一是独孤小艺，第二才是自己爷爷，毕竟爷爷也就是对他说教，还不舍得真打他，可是落到这位姑奶奶手里，肯定是一顿暴打啊，而且被打还是白打！

连君莫邪都招惹不起的"大"人物，其他纨绔子弟就更加不用提了！

而现在，这位独孤世家的小公主竟然来到了这里……

"我也没法。"君邪斜着脑袋，摊摊手，指了指仍在自己耳朵上拧着的白嫩小手，"看这架势，能有啥法？你们要是谁有想法，大可自己下逐客令，反正千万别说我就是了！"

"怎么，你们不欢迎我来？难道本姑娘没银子吗？"独孤小艺一瞪凤眼，哗啦啦掏出了钱袋子，得意地晃了晃，挑了挑极为好看的眉毛，"姑奶奶我有的是银子！"

一干纨绔子弟避之不及，屁滚尿流：您是有的是银子，可问题是，谁敢赢您的？谁赢了您的银子，您老子第二天便会带着大军上门讨债。这还是好的，若是独孤老爷子来了兴致，到我们家溜达一趟，那……还让不让我们活了？

唐源可不管他们心中怎么想，两眼早已经冒出了火光："先别说那些没用的，赶紧把我的那啥还给我！君三少已经来了又跑不了。这可是你们答应我的！大丈夫言而有信，人无信，何以立于天地之间！"

即使以君邪的沉稳，听了胖子最后的说辞，都差点吐了：就你的为人、作为，还敢自称大丈夫，你可别埋汰大丈夫这个名词了！

那六个青年里，其中神色沉稳的青年叫李峰，乃太师李尚的孙子，他身后两个青年分别是李振、李林，都是他的兄弟。而在他身边站着的那个身材瘦削的青年，留着两撇小胡子，神色深沉，是孟海洲，吏部尚书孟江湖的大儿子，为人甚有才干。他身后两人一个叫孟良，一个叫孟飞，也都是孟家人。

李峰满脸堆笑，道："独孤小姐芳驾光临，我等欢迎还来不及，快，快请进。"说着侧过脸去，"好好伺候独孤小姐！若独孤小姐不满意，我就扒了你们的皮！"转过头来，又是一脸笑容，对孟海洲使个眼色，道，"既然君三少已经来了，那这个玩笑也该结束了，看唐大公子急得，都出汗了。丈夫生于天地间，岂可言而无信，还是先将那东西还给他吧。"

孟海洲点了点头，向着唐源道："唐大少，东西可以给你，不过那一百五十万两银子，可绝不能少！"唐源只求拿回借据，至于那一百五十万两银子，虽然不是一笔小数目，但他没放在心上，闻言连声答应。

君邪冷眼旁观，心中只是冷笑：这件事情唐源固然害怕，然而这两人未必就全然没有顾忌！就算唐源不把自己请来，他们也绝不敢贸然将唐源那张借据公布出去，因为那样势必会引起唐家和孙家全力反扑，更会被这两家引为死仇，最终也只能是玉石俱焚的结局！所以这件事情看似很大，其实只要想透彻了，也没什么大不了的，他们的目标，大抵还是在自己身上！

只不过等唐源拿回了借据之后，就没有了这方面的顾虑，势必会谣言四起，用谣言来打击唐家。这是可以预见的事情。

"什么东西能让唐大少这么着急？给我看看，也好开开眼界！"独孤小艺显然不甘寂寞，好奇心极强。见唐源手里拿到一张字条，满脸如释重负的样子，顿时大感好奇，伸出了白嫩的小手。

唐源脸色一苦，以迅雷不及掩耳之势，将那张字条"啪"地扔进了嘴里，嚼了两下，然后一伸脖子咽了下去，还咂了咂嘴，满脸无辜。难为他一脖子肥肉，居然瞬间就能伸展得如同长颈鹿一般！

"死胖子，你敢玩我？真是好大胆！"独孤小艺顿时大怒，张牙舞爪地扑上来，一把揪住了唐源的衣领，竟然将他将近四百斤的身体拎了起来，怒气冲冲地大喝一声，"赶紧给我吐出来！"

其余七人包括君邪在内，一个个看得眉眼不住地暴跳，暗暗咽了几口唾沫，嘴歪眼斜，唇青脸白。

"那个独孤小姐，其实那字条也没啥。君三少这段时间被君老爷子禁足，出不来，大家很是想念，刚才就跟唐胖子打了个赌，纸上面写着'来不来'三个字，要是君三少不来，那么这张字条就由我吃下去；若君三少来了，那么就是唐胖子吃。嗯嗯，就是这样简单的事情，唐胖子不愧是男人大丈夫，果然言出无悔，哈哈。"孟海洲干笑了两声，急忙出来打圆场，此人倒也算有几分急才，只言片语便圆得天衣无缝。若万一唐胖子真将那字条呕了出来，又让独孤小艺看到了其中内容，那事情可就真变成大事了！

君邪眉梢一挑，暗暗看了孟海洲一眼，心道此人能在极短的时间内想出这么一个天衣无缝的理由，更脸不变色心不跳地说出来，有条有理有据，倒的确是个不简单的人物。说实话，刚才那一瞬，君邪几乎打算暗中出手令胖子呕出字条，彻底借独孤小艺之手引爆这场风波。不过唐胖子虽然不肖，但始终是君莫邪的好朋友，再说要整治眼前的几个纨绔，君邪自信随便几下就可以让他们灰头土脸，终于还是恋恋不舍地打消了这个念头！

独孤小艺半信半疑地看着众人，众纨绔顿时纷纷点头如鸡啄米："就是这样子，没错的。"她这才将唐源放了下来。

唐源刚才被她勒得脸几乎发紫，接连干呕了数声，但唯恐自己呕出纸团，终于勉强忍住了。

"诸位里边请。"李峰是这宅院的主人，做出肃客之态。

君邪嘿嘿一笑，摆出一副嚣张跋扈的样子，大步走了进去，然后"啪"的一声坐在一张太师椅上，二郎腿已经跷了起来，一晃一晃，看他这样子，当真是一副标准的流氓架势，典型的浪荡姿态。

独孤小艺眉头大皱，顿时觉得极不顺眼，差点又要上去踢他两脚。

"你们不是想我吗？正好我也想你们……的银子了。"君邪邪邪地一笑，"想要怎么玩，就划下道来吧。"

"三少果然爽快！"孟海洲挑起大拇指，赞了一声，"不愧是君家三少，当真是豪气冲天，真有君老爷子当年的风范！"此言似褒实贬，个中讽刺意味十足，不过若是原本的君莫邪，当真未必能听出来！

说话间，孟海洲斜眼看着唐源："刚才我们就是跟唐大少小玩了一会儿骰子，唐大少就支撑不住了，不如我们仍在骰子上一决胜负如何？不知道三少有没有这个胆量？"唐源顿时脸红过耳，哼了几声，却不说话。

"骰子？"君邪念了一句，"就赌这个，难道本少爷还会怕了你们？"心中又是一叹：又来一个激将法！若是原来的君莫邪，不被人家牵着鼻子走才怪了！

"我也算一个！"独孤小艺兴致勃勃地开口。闻言，孟海洲顿时头大如斗。

"来人啊，还不给贵客上茶？"李峰急忙开口。

几杯茶水送了上来，每人面前摆了一盏，唐源端起茶杯，一饮而尽，抹了抹嘴，道："三少，哥哥可全指望你了，你可要替我出口怨气啊！"

君邪张狂地大笑一声，端起了茶杯，眼角余光却迅速地在众人脸上游走一遍。

就在这一刻，君邪敏感地感到李峰和孟海洲都是一喜，不由得心中疑惑，低头打量一下茶水，凑在嘴边了闻，而后道："这等劣质茶水也能拿来招待人吗，档次实在太低了！"说着，他便将茶杯重重地墩在了桌上。

君邪一闻就已经闻了出来，茶水里面有着极重的迷幻草味道，这种古怪的味道跟迷药的味道类同，想来功效也是差不多的，喝下去之后未必会对身体有什么大碍，但对人的神志只怕有些影响。再看孟海洲身上衣服色彩鲜明，图案却有些乱，让人一看之下便觉得古怪，而且身上还有一种味道，与这迷幻草的香味一混合，顿时让人心旌荡漾。

看来这茶、这衣服、这香味，都有问题！而且是一环扣着一环！看来，在这些人背后，还有一位极为强大的药剂师！

难怪唐源之前居然连老婆也押上输了，原来如此！

再看独孤小艺手中的茶水却是清澈见底，毫无异样，显然没有放药。毕竟，独孤世家，他们还是不敢得罪的。

"还不快给三少换一杯茶！"李峰不动声色地喝道，见君邪没喝，顿时又生一计。

"算了，这么麻烦干什么。来这儿是赌钱的，又不是喝茶的，真要喝茶就不到这儿来了。"君邪懒洋洋地道，"就这杯吧，不用换了。"他仰头将那杯茶一饮而尽，"来吧赶紧开始吧，我都等不及了。"

李峰和孟海洲等几人都面有喜色，道："就依三少之言。"说着命令仆役带路，几人鱼贯而进，来到一个空荡荡的大厅里。里面除了一张大大的石桌和数十把椅子之外，再无别的东西。一路上，君邪竟然没有发现别的人！看来为了对付君莫邪，今天这里暂停营业了……

走在路上的时候，君邪突然仰天打个喷嚏，顿时都喷在了唐源的身上，鼻涕、唾沫都有，袍子上顿时湿了一片。唐源怪叫一声，急急忙忙擦拭。

君邪揉揉鼻子，"呸"的一声吐了口唾沫，而后自言自语道："怪事，怎么晕晕的老想打喷嚏？"李峰与孟海洲两人对望一眼，都是一脸喜色：药效已经开始发作了，哇哈哈！

太师府中，太师李尚半闭着眼睛倚在软榻上，悠然听着幕帘前的歌女婉转悠扬的美妙歌声，微笑着问道："这次的事情，怎的交给了李峰、李振那几个不成材的东西去做？若当真办砸了，岂不是错过了大好机会？那君家小鬼自不足惧，但他背后的君老鬼是极难对付的，若让他知晓，我们虽然不怕，但始终也是麻烦！"

他话语里似乎有怪责之意，但口气显得轻松自如，虽是疑问句，但他神情中表现出了对对面的人很放心，很有把握的样子。

在他的对面，是一个面目英俊、轻衫白袍的俊朗青年，唇红齿白，眉清目秀，身形颀长潇洒，好一个翩翩美男子。他身子端坐如山，一举一动均从容不迫，透露出优雅高贵的风度，闻言轻轻一笑，轻声道："爷爷行事从来都是如此的小心，孙儿佩服。不过那君莫邪只是一个彻头彻尾的纨绔子，对付这样的人，若还要出动重量级的人物，未免将他看得太高了，就算一计不成，以其为人，我们必然另有更多的机会，实在不必过于重视。再说，若让较高层次的人与这等不入流的纨绔子混在一起，反而会显得格格不入，更易败露行迹，误了大事。君莫邪虽纨绔，可也自视甚高。若让一些清高多智谋之辈去对付君莫邪，只能弄巧成拙。"

他长眉一挑，嘴角露出一丝嘲讽："李峰、李振两人行事虽然不肖，却可以与君莫邪臭味相投，这就是每个人都有每个人的用处！以纨绔对付纨绔，尤其是如君莫邪这般的无脑纨绔，以他们二人为主，反而会收到意想不到的奇效。若对付君莫邪这种人还要动用我们的核心实力，恐怕君莫邪反而不会买账，更何况，呵呵……"他轻轻笑了笑，余下的话，不说出来，但所有人都全明白：杀鸡焉用宰牛刀？

高手就是要对付高手的！好钢当然要用在刀刃上！让绝顶高手去对付手无寸铁的普通人，他们非但不会感觉任务容易，还会有一种备受侮辱的感觉！

阳春白雪若弹奏给屠夫听，非但奏曲者憋屈万分，就连那屠夫也如坐针毡，抑或昏昏欲睡。

"说得也是！"李尚赞赏地看着自己的大孙子李悠然，对他的说法给予了肯定，对这个孙子当真是越看越满意。长孙悠然作为自己家族年轻一辈的领军人物，无论举手投足还是言谈表情，尽显领袖风范，当真是无懈可击；不但心机智谋出类拔萃，而且玄气的修为也是天才般的超卓俊杰，才不过二十五岁就已经进入金玄高手的境界。这样的速度，就算在整个天香国，也绝对是独一份！

而最难能可贵的是，李悠然心性甚是沉稳，不骄不躁，更兼为人低调，极善于暗中筹谋，布局一切，年纪轻轻便已经有了运筹帷幄之中、决胜千里之外的雏形，便是当年的自己也远远不及！可以想见，李氏家族若要腾飞，下一代的希望便在这李悠然身上！有孙如此，自己委实值得骄傲！

李悠然最大的优点就是从不会小看任何人，就事论事，就人论人，就算是评价君莫邪这样的下三烂，李悠然也口气淡然，没有半点鄙夷、不屑，只是单纯地评论而已。

这样的人物，不论放在哪里，都是人中翘楚！

"这次计划虽也算周全，但也要以防万一，若能一次成功，自是最好！"这次的计划是由李悠然亲自策划的，而且是通过唐源迂回过去的，以君莫邪的草包心性若能逃脱才是怪事！只要君莫邪落入局中，李悠然自然有进一步的计划，让他永远无法脱身！而那时候，君战天那一系就算不倒下来，也势必会因为这个不争气的孙子而分崩离析，不能再构成任何威胁！

"万一？"李悠然皱了皱眉，所有计划瞬间又在心中过了一次，自信地摇了摇头，"不会有万一的！更何况，此次还有孟海洲在旁边看着。孟海洲虽然并不算是什么人物，但对付君莫邪还是不在话下的！君莫邪，逃不出我的手掌心！"

"若他逃出来了呢？"李尚分明是将这句话当作了一个笑话。

"逃出来了？" 李悠然却认真地思考了一下，终于失笑，悠然地看着门外，道，"那，他就不是君莫邪了！"

诚然，任谁也不得不承认，李悠然对君莫邪的设计针对了君莫邪的性格，面面俱到，可谓相当到位，几乎可说完美无缺，然天意弄人，这个完美的布局，眼下有一个很特别的缺憾。若他们布局的对象是君莫邪，成功肯定是板上钉钉的事实！

然而如今的君莫邪已然是君邪，计划是否还会顺利呢？

……

千金堂中。

"就按三少的习惯来如何？是一千两起，还是……再大一些？"众人围着桌子坐下，李峰开口笑道。

"一千两起？"独孤小艺惊叫一声，白嫩的小脸涨得通红，"你们赌得这么大啊？"她虽然是独孤世家唯一的千金，但平常吃穿用度都被准备得妥妥当当，她一个女孩子除了兴之所至买点金银首饰之外也没什么太大的花销项目，身上出来装着百八十两的银稞子已经是多的，却怎么也想不到，到了这里居然一把就是一千两！荷包里的银子总共加起来也只得十分之一……

其实，这才正常，千两纹银有几十斤的分量，就算是暴发户也不会当真带着几十斤的银子四处乱逛，毕竟这个世界还有银票这个物事……

"一千两？那得玩到什么时候去？本少爷可没那么多的时间，痛快点，每注一万两打底，上不封顶，就这样好了。"君邪哈哈一笑，"本少爷有的是银子，区区数目，何足挂齿！"

唐源吓了一跳："一注千两已经不小了，三少。"他可是清楚地知道，君邪一共就带出来了五万两，若当真万两为底，上不封顶，运气不好的话，分分钟就输干净了，但转念一想，早点输光了也好，今天已经输了不少，再说字据已经拿回来了，可不能再把兄弟也搭上，若只输个五万两，倒也不算太大的事，如此一琢磨，也就不阻止了！

"还是君三少为人爽快！我就最喜欢骰子这玩意儿，大家各凭运气，一翻两瞪眼，公平又公道。"孟海洲哈哈一笑道。

"少废话，赶紧的，怎么玩？比大小，还是猜点？"君邪有些不耐烦的样子，细心的人便可以看到，君邪的眼睛似乎已经红了，这表示药力已经开始发作了。

机会接近了！

孟海洲不动声色地看了看君邪的眼睛，道："就赌简单一点，猜大小，如何？"

君邪点点头："行！"

公平起见，凡是参与玩的都拿出足够的银票，然后轮番掷骰子，谁的点数最大，谁坐庄。按人头数，若是七个人，那就是一庄七把骰子。若是六人，就是六把。结束这一轮之后，便有最后一把，谁胜了谁坐庄。

众人谦让一番后，计有君邪、孟海洲、孟飞、李峰、李振五人参与赌局，唐源现在身上一穷二白，只有旁观的资格。独孤小艺气势汹汹地前来，身上带的银子却不够，银子不够，就算是天皇老子也没情面讲，也只好沦为看客，一张俏脸气得通红，显然是觉得丢了面子。

君邪心念一转，如此大靠山岂能不利用一二，便道："独孤小姐乃女儿身，自然不能跟我们凑在一起胡闹，依我看，独孤小姐不如飘红如何？"

"什么是飘红？"独孤小艺眼睛一亮。

"所谓飘红，就是局外赌。就是说你不参与赌局，但还是可以押注！比如说你押五两银子我胜，我若输了，是我拖累了小姐，则你这五两银子也就拿不回去了，算是公共注，为另外的赌客平分；但若我赢了，则是小姐带旺了我的运气，你就可以连本带利合共拿回十两。"君邪细细解释。

"好！"独孤小艺顿时兴致勃勃，"那么第一把我押你五……五两！"

君邪大笑："美人押注，大涨运气！我必胜无疑啊！"

李峰等人冷笑着看着他，人人心道：笑吧，笑吧，马上你就该哭了！

众人都掷过了骰子，只剩下君邪一人。现在是孟海洲点数最大，乃一个六点、两个五点、共十六点。以三枚骰子而论，这已经是相当大的点数！若不出十八点的祖宗豹子，就只有十七点能赢他。

李峰等人脸上都露出得意扬扬的神色。只要是孟海洲做他庄，就有把握一口气做下去，让君邪这傻小子输得连裤子也脱在这里！先让这小子输红了眼，就能顺利地继续事先定的计划了。

君邪将三粒玉石骰子拿在手里一掂，脸上似笑非笑，心中却不由得大骂：光在茶水里搞点名堂也就罢了，居然骰子也做了手脚！里面分明灌了别的东西，轻重分外不好把握。

此中灌的肯定不是铅，因为若是铅，会偏重，但现在里面分明很平均，唯有灌注水银一类的流动性物质，才能使个中玄机变化莫测，只有熟悉其中奥妙之人，才能投出理想的点数，若是常人，就算发觉其中有诈，也无可奈何，至于自己……

君邪吹了一口气，手腕一旋一提，三粒骰子哗啦啦掉落骰盅，碰撞着发出悦耳的声响。同时，君邪右手贴在桌案上，一缕细如针尖的气流，神不知鬼不觉地从指间发出，绵延到了骰盅之中……

众人不约而同地屏住了呼吸，张大了眼睛看去。

三粒骰子滚了几滚，然后停了下来。

"这……这怎么可能？"李振瞪着眼睛惊叫出口，一脸懊丧。

孟海洲一方众人纷纷发出失望的叹息声，唯有唐源高声喝彩，手舞足蹈，哈哈大笑。

两粒六点、一粒五点、十七点！正好比点数最大的孟海洲大了一个点。

孟海洲一方希望落空，人人目瞪口呆：君莫邪这家伙今天真是走了狗屎运啊！

君邪喜出望外地叫道："哇哈哈，独孤小姐果然好运气，把我带旺了，真真是天遂人愿，今天合该老子大杀四方！"说着合上骰盅，在手中不住地摇晃，催促道，"下注，下注，快下注！"一副急不可待的模样儿。

"啪！"君邪将骰盅砸落在石桌上，随即松手，一只手却轻轻地扶在了石桌边上，一脸紧张，但内力已经潜到了骰盅底部，蓄势待发！

李峰等人纷纷看着孟海洲。在这些人里，孟海洲赌术最精，对听骰也有一些火候，尤其这本是他自己准备的特制骰子，自然颇有把握，人人都憋着一股劲，非要让君邪尽快输光不可！

孟海洲闭着的眼睛突然张开，胸有成竹地道："大！"说着拿起五万两银票押在"大"上。李峰等人纷纷效仿，都押在了"大"上，一脸等着看好戏的表情。

唐源见状不觉一惊，他可知道君邪如今一共只带了五万两银票，若输了，只怕连这一铺也赔不起，这可如何是好！

内力一催，骰子瞬间无声无息地翻了个个儿，君邪慢悠悠地吆喝："买定离手——开啦。"骰盅被揭开，三粒骰子一个二点、两个一点，合共只得四点，小！

孟海洲脸色大变！这怎么可能？自己明明清楚地听到三颗骰子至少有一颗是六点，大的机会占了九成，可是开出来竟没有六点，难道是自己疏忽，将一点听成了六点？

君邪可是老实不客气地将众人面前的银票都收了过来，先递给独孤小艺十两银锞子，又抽出一张一千两，递给了她："独孤小姐，恭喜发财喽！多谢你的好运气，飘红之外，另给你吃红一千两！"

独孤小艺小手拿着银票，不由得眉开眼笑，大眼睛眯成了两条线，非常哥们儿义气地拍了拍君邪的肩膀："好样的，君小子，下把我还押你！连这一千两，全押了！"浑然忘了面前此人是一个自己非常讨厌的超级纨绔……

李峰干巴巴地笑了笑，道："三少运气真好，旗开得胜。"他暗中却向孟海洲打了个疑问的眼色。孟海洲脸色沉重，摇了摇头，显然也不知道是怎么回事！

君邪已经吃了迷幻剂，骰子又是自己惯用的使了"水玉"的骰子，难道只是偶然？不过自己这听骰子的本领确实也未臻极高的水准，听错也是有可能的，反正只是一把，只要后边赢回来就是，时间、本钱都有的是……

可是接下来的几局，君邪仍稀里糊涂地大杀四方，连连得胜，面前银票霎时间开了会，高高的一摞，已经有三百来万两，带着独孤小艺已经赢了整整两万两银票，至于那李家兄弟和孟家兄弟，人人面如土色。

"你你你……你耍诈！你出老千！"李振满脸通红地站了起来，他押得最狠，身上的七十多万两银票已经只剩下了可怜的几张，他指着君邪，愤怒至极。

莫说李振，连孟海洲也狐疑起来：怎么自己居然会连连猜错？而反观君邪，似乎一双眼睛越来越迷乱，却为什么财神附体一般连赢不输？一把两把的巧合或许是有的，可是这么多把的巧合，实在是说不通的！

"没钱就下去！输不起就别玩！"君邪看也不看他，鼻孔朝天，鄙夷地道，"捉贼要捉赃，捉奸要捉双，你哪只眼睛看到我使诈了？独孤小姐可是位大行家，就坐在我旁边，我有做什么手脚吗？"

李振狠狠看着君邪，似乎要将他一口吞下肚去，但他扯上了独孤小艺，再加上他们心里本就有鬼，即刻哑巴了！

独孤小艺其实不是很懂其中规矩，更加不是君邪口中的什么大行家，但她一直押注在君邪身上，这几局下来，已经赢了两万两，正是高兴的时候，闻言不由得小嘴一撇："真没劲，赢了就笑哈哈的，赶着人家去搬救兵，输了就说人家耍诈，你们李家可真做得出来！我就在君小子旁边，他就是很平常地投骰子，这玩意儿怎么做手脚，什么叫出千？"

"谁……赶着人家去搬救兵了？"李振有些底气不足。

"他！"独孤小艺一指唐源，"他去把君莫邪叫过来，若不是搬救兵才算怪了！更何况赌得这么热闹，出名好赌的唐大少居然只是看着，这就说明了你们几个早已把他赢干了！他身上没银子了才会不赌！真以为你家姑娘我傻？"

众人都有些意外，没想到这平常风风火火的小辣椒居然有这等缜密的心思！

……

太师府。

"报告公子，君莫邪已经进入千金堂，不过，他还带着独孤世家的独孤小艺小姐。"一个侍卫禀报道。

"独孤小艺？她怎么会去千金堂？"李悠然微微皱眉，讶然问道。

"应该并无预谋，他们确实是在路上巧遇的，独孤小姐甚至将君莫邪打骂了一顿，最终也是她逼着君莫邪带她到千金堂去的。"那侍卫隐在暗处，将过程看得清清楚楚。

"纵然并无预谋，奈何变数已生，君莫邪……这小子的运气还真不错！"李悠然吸了一口气，淡淡笑道，"既然如此，你马上去通知李峰、李振和孟海洲，今天计划取消，让他们找理由脱身，就算输上一些也无妨，一定要与君莫邪另定后会之期。去吧。"

"是！"那侍卫答应一声，随即如飞奔出。

"不错！当机立断，正是大家风范。"李尚呵呵一笑，"有独孤小艺在，君莫邪若按照原计划落入我们的圈套，独孤小艺回去一说，那些老家伙就能反应过来，打草惊蛇，反为不美。所以，放弃是最正确的选择！而且，被那纨绔小子赢上一点也没什么，更可助长其气焰，方便下一次的计划！"

李悠然淡然一笑，心中一动，暗想君莫邪会不会是故意将独孤小艺带去的，转念一想，顿时自己也觉得滑稽——以君莫邪那猪头，怎么可能有这么灵活的头脑？

看来，这家伙今天的运气真的不错呀！

李悠然却不知道，此刻，已经迟了！

此刻，已经不是输一点就可以解决的事情了！

千金堂里。

接下来，由于李振的抗议，众人连续换了三次赌法，而君邪也继续狂妄至极地叫嚣着，将六大纨绔气得七窍生烟，最后将几大纨绔赢得一个个嘴歪眼斜，荷包空空如也！

君邪得意扬扬地与眉开眼笑的独孤小艺旁若无人地忙着分，一大堆的银票，对面几个人面面相觑，呆若木鸡地坐着，看到君莫邪夸张至极地一张一张数银票，几乎将肝也气得疼了。

那可全是我们的！

趁着君邪不注意，独孤小艺两眼一转，猛地抓了一把银票，有十来万两的样子，以迅雷不及掩耳之势塞进了自己怀里，哼哼道："君莫邪，你这次能赢，完全是我在你身边带旺你的缘故，我多拿一点，你不会介意吧？"

你都揣进怀里了，我一抢就是耍流氓，我怎么介意？他摸着鼻子苦笑道："不介意，我怎么会介意！若不是独孤小姐带旺了在下的运气，怎么能大杀四方？应该的，应该的。"

独孤小艺眼睛一亮，小虎牙又露了出来："那……我再抓一把？"

君邪吓了一跳，瞥了她一眼："姑奶奶，你飘红的赌注收了，我的吃红也收了，做人不能这么无耻啊！"

"哈哈哈……本姑娘就是逗你一下，就那点小钱，瞅你的小气劲！"独孤小艺笑得十分开心，只感觉自己今天真是出来对了，不仅过了一把赌博的瘾，而且还一下子有了如此丰厚的收入！自己的押注加上刚才强抢的一把，现在纯收入将近二十万两！真是快乐呀！

小钱？好几十万两还是小钱？一旁的胖子也有心分一杯羹，可是眼巴巴地看了一会儿，实在没好意思下手，只可怜兮兮地看着君邪，可君邪连正眼也不看他，他顿时无比郁闷：自己怎么说也是个男子汉大丈夫，不能学一个小姑娘一般，硬抢来着，我哭，我为什么不是小姑娘！

君邪心中也郁闷：你说你一个四百多斤的大胖子，做出这副幽怨小媳妇的表情，本来还想给你几个零花钱，但一看你这脸……收回了！

试读结束，《傲世君少1》2019年即将全国上市，每月一本，敬请期待！

微博超级话题 # 我和我好朋友

我们这一生会遇上各种类型的朋友，我们会商业互吹，会扎心互黑，甚至会心照不宣、默契十足。我们期待能遇到一颗可以碰撞在一起的心，我们的愿望很简单，我们的友谊很简单，所以，你愿意晒一晒你和朋友之间的故事吗？

全部　原创　图片　视频　音乐　文章　　　　搜索我关注人的微博　🔍

骑单车的小哥哥
1 分钟前　　　　　　　　　　　　　　　　　　　　　　　　　＋关注

我和我的好朋友 # 和我最最最好的朋友骑着自行车走在乡间上学的小路上，突然，我的车筐前伸出一只邪恶的小手，吓得我失去平衡，把自行车撞到路边的电线杆上，我和自行车一起倒在路边。朋友跑过来，立马扶起了……自行车，看车有没有被刮坏，倒在路边的我绝望地看着这个担心车子的人。话说，能不能给我一个重新找朋友的机会？但是，我也要感谢他拖着伤残的我回了家！

痛饮一杯苦酒

☆ 收藏　　　　　　📤 8881　　　　　　💬 2181　　　　　　👍 9249

脸大不是病
2 分钟前　　　　　　　　　　　　　　　　　　　　　　　　　＋关注

我和我的好朋友 # 大晚上的，饿意来得很突然，我想吃鸡排、烤茄子、米线、鸡公煲、螺蛳粉……终于受不了我的胃对我良心的谴责，我拿出手机，点开外卖软件，最后却默默地放下了手机。因为室友跑过来对我说了一句："还吃呢！你都长这么胖了，还有脸吃，估计抽脂都拯救不了你！"拿什么来拯救你——我的胃！

☆ 收藏　　　　　　📤 8881　　　　　　💬 2181　　　　　　👍 9249

迟到天王 +关注

3 分钟前

#我和我的好朋友# 我们班制定了各类事物的班规，违反规定的就会被开罚单，并乐捐五元，班干部还要翻倍。我作为一名经常迟到的高中生，每天战战兢兢地上学。我最最最亲爱的同桌会在我每次交完罚单后的第一时间跑过来安慰我："听说你又快乐地捐钱了呀！真好，班费又充裕了，可以叫班长去组织活动了。"我……一点都不伤心，一点都不，真的！

☆ 收藏	☑ 8881	▭ 2181	👍 9249

风妞的君莫邪 V +关注

3 分钟前

#我和我的好朋友# 我叫君莫邪，你也可以叫我君邪，我来自玄玄大陆。曾经的我是一名纨绔子弟，虽然我决心改头换面、重新做人，但我的好朋友——很可能以后就不是了，隔壁唐大爷家的圆滚滚的大孙子唐源@圆滚滚的唐圆圆——大家也可以叫他唐圆，硬是要做我改头换面路上的绊脚石。去赌博就算了，还把钱输光了；把钱输光了就算了，还把老婆输进去；把老婆输进去就算了，听说他老婆家里条件还不错……好了好了，这都不是重要的，重要的是，他把我也搭进去了对方一定要我去赌博，才会把他输了老婆的借据还给他。我君莫邪难道是那种看见朋友见死不救、会插朋友两肋的人吗？对于他，我可能真的是的！不不不……我亲爱的作者大大——风凌天下是不会让我成为这般无情无义的人的，我二话不说，拿上银子就走上了拯救唐圆圆的英雄之旅！

☆ 收藏	☑ 8881	▭ 2181	👍 9249

 啊喵喵呀：作为风凌天下大大笔下这么帅气的主角小哥哥，竟然百忙之中跑过来吐槽好友，该打！
今天 14:52

 嗯哼哼：活捉损友一枚！
今天 14:53

 千张大：支持我风妞！
今天 14:53

风妞忠实老粉：所以呢，说了这么多，你成功了吗？
今天 14:54

风妞的君莫邪 V：你想知道我拯救成功了吗？不告诉你，想知道就去书里找！《傲世君少 1》
今天 14:54　　**2019 年即将全国上市**，所以，你们一定要来哟！

文/苏伐

① 人生越微小的愿望越难实现

丁一白的班主任刘老师曾在课上讲过：有时候，这世上越微小的愿望，越难实现。丁一白不记得刘老师是在讲哪篇课文时说的，但他对这句话印象颇深，因为他深有体会，深有感触。

作为全校闻名的不靠谱班长，他每天的愿望其实只有一个，就是安安生生地在课间晒会儿太阳，任何人都别来找他，尤其是带着麻烦的那种。以他这种当班长的态度，到现在还没被撤掉班长之职，只能证明现在时代不同了——班长没人当。

"说得好像大愿望就容易实现一样。"何夕颖弯腰看丁一白，遮住了他脸上的太阳。

"至少努力点，没准还是可以的。比如每天都去催班费的话，总有一天能收齐的。"丁一白打了个呵欠，"我猜，你不是来晒太阳的。会长大人。"

学生会会长大人、干练的校园精英何夕颖同学直截了当，并且语出惊人："我要你负责！"

就没人告诉过你，这么说话很容易引人误会吗？

何夕颖调整了措辞，又说了一遍："你得对我负责。"

会长大人，你真的很需要好好学一下语文，要不要来我们班听一下优秀的语文老师刘老师的课？丁一白在心里吐槽。

何夕颖手里是一份报告，看封面，怎么那么眼熟？

"这是我这个月向校长提交的活动方案。"她说，看上去很想用眼神把丁一白杀死。

丁一白知道她是说什么事要他负责了。

学校每月至少有一次活动，而活动方案是学生会负责。这个月的活动本来何夕颖已经做好了方案，甚至都交到了校长的桌上，但没想到……

"你就跟那程咬金一样半路杀出来，硬

逼着校长改了方案。"何夕颖指控。

丁一白当时非常需要在学校办另一场活动,他闯进了校长办公室,说服校长采用了自己的活动方案。他本以为这是一件皆大欢喜的事,对他自然不用说,对学生会也没什么损失,反正活动每个月都要办的,这个月没办,下个月办就是了,还能少写一次方案。

不过,看何夕颖这个样子,恐怕她这活动不是能顺延到下个月的。

"我觉得你对我有深深的误解。"丁一白躺在地上说,"我真的没有程咬金那么丑。"

何夕颖看上去很想拍桌子。

丁一白一点也不担心她会拍桌子——操场上哪来的桌子!

"还有……"他躺在地上仰视着弯腰看他的何夕颖,"女生这样看人可能不合适。"

何夕颖确认了一下自己的穿着:"我今天穿的不是裙子。"

"我是说弯腰容易显赘肉。"

于是,何夕颖把报告甩到了他脸上。

"把我砸丑了,你是要负责的。"丁一白捂着脸哼哼。

操场上是没有桌子可以拍,于是何夕颖狠狠地跺了跺脚。看上去,她很想一脚踩在丁一白的脸上。

"砸丑了,我负责!"女王霸道又霸气。

丁一白立刻翻身坐起来,对着手机照来照去:"还好没丑。既然我还是如此英俊,这件事就到此为止,咱们就此别过。"

真不愧是传说中神通广大的班长。何夕颖阴着脸想,在磨砂手机壳上都能照出脸来。

以及,这种说话方式……他最近古装电视剧看多了吧。

"只是武侠小说看多了而已。"丁一白纠正。

他边说边跑,一句话没说完就跑没影了,比他一百米考试时跑得都快,仿佛背后有老虎追着一样……呃,还不一样,老虎追他,他就不跑了,因为再快也跑不过老虎啊,不如直接躺下装死。

他希望何夕颖别追上来,要是她真追上来……不如干脆请个假吧,她总不能追到他家里去。

他跑到教室时,正好被班主任刘老师堵在门口。刘老师看着他,笑得和蔼可亲。

丁一白没来由地打了个哆嗦。

"你怎么来了?"刘老师问丁一白,笑容亲切,让人如沐春风。

丁一白只觉得这春风如寒风一般,让他还想多打几个哆嗦。

刘老师当然从来都是一个和蔼可亲、笑容亲切的老师,不过,他每次这么对丁一白的时候,丁一白从他的笑容里只能看到四个字——笑里藏刀。

"上课?"丁一白指着教室,不确定地反问。他是个学生,学生来教室,不就是来上课的吗?

"来上课啊。"刘老师笑道,"我不是给你放假了吗?"

放假?

他好像还没请假吧,刘老师是什么时候学会读心术的?

还是他丁一白其实也是一个"什么事都写在脸上"的单细胞动物?他真能在脸上表达出"何夕颖找我麻烦,请给我放假吧"这么复杂的意思来?

这个发现太可怕了,下次学校组织演出,刘老师会逼他演默剧充数的。

刘老师的笑容让他觉得,这时候请假,绝对不是个好主意。

"可是老师……我没请假啊。"他溜着门边往教室里挤，"我要留在学校里，好好学习，天天向上。"

他还没蹭进去，就被刘老师的胳膊拦住了："是何夕颖帮你请的。"

"啊？"不好的预感在他脑子里直跳。

"就是学生会的会长何夕颖。"刘老师解释。

难怪会长大人不急着追他呢，原来早知道他跑也跑不掉。

"她跟我说这次的学生会活动需要你协助，今儿上午最后一节课是自习课，你就跟她一起去吧。"

所以，只要一节课的时间就能搞定？

似乎麻烦还在可以容忍的范围内……

"你好好协助她，但以后就不要用上课时间了。"刘老师笑着拍着丁一白的肩，"不要耽误学习，你刚不还说要好好学习，天天向上的吗？"

他就知道麻烦之神从不肯放过他。

以及，在刘老师面前一定不要随便说话。

说话间，何夕颖已经悠悠闲闲地追了上来，手背在身后，踱着小步子，脸上连一滴汗都没有，和跑得鬓角都湿了的丁一白形成鲜明的对比。

你下次就不能早说你找了刘老师吗？丁一白愤愤地想，早说他就不跑了，就躺地上装死狗了，何夕颖还能真拖着他走？

会长大人背着手，歪着头看他。日光从她身后照过来，逆光中的她神色凛然，仿佛漫画中那些与召唤少年一同拯救世界的女主角。

"跟我走！"她向他伸出手。阳光在她身上镀上一层金色的轮廓。

丁一白不由自主地拍了拍袖子。

"嗯。"

人生需要提前看点剧透，不过看了也没什么用

何夕颖带着丁一白走出教室，走下楼梯，穿过操场，走出学校，穿过街道，坐上公交车……丁一白终于忍无可忍："你们学生会……还是只管学校的活动吧。"

女王大人，不，会长大人根本懒得理他，扯着他跳下了车，走了五十米，拐了一个弯儿，又上了另一辆公交车。

要去的地方是有多偏僻！丁一白边刷手机边想。这种把人拐到偏僻地方的剧情，放小说或电影里都是要劫财劫色的吧。他在身上摸了一遍，除了公交卡，身上就只有十五块七毛钱，绝对够不上劫财的标准。

"你知道的吧，这世上的人都是越缺什么，越说自己有什么的。比如，说自己有钱的往往没钱，说自己英俊的往往丑……不，没帅到惨绝人寰。"

"所以……"丁一白总结，"我其实也没有那么英俊啦。"

女王大人终于赐他一个眼神，里面写满了"白痴离我远点"。

"我是说，我其实也不英俊，没有被劫色的资本啦。"

何夕颖非常纠结，不知道要不要一脚把他踹下车。

下车后又穿过了两条巷子，何夕颖带他进了一个小区。不是那种高楼林立、绿树成荫的小区，而是那种老式的、六七层楼的砖混结构的小区，没有电梯，甚至走廊的灯都不亮，楼梯的墙上黑黢黢的，布满看不清字迹的涂鸦。

何夕颖带着他停在二楼的一扇门前，防盗

门还是带纱窗的，至少是十几二十年前有的那种。这小区、这栋楼、这扇门让他几乎有种感觉：他在门后见到的将是需要帮助的孤寡老人、贫困的人、辍学的同学……当门被打开的那一瞬，他觉得自己受到了惊吓。

那是整整一屋子的猫，各种颜色、各种品种，随着房门被打开，全部向着他们聚拢过来，仿佛一张流动的大型猫毛毯子。

"没想到会见到这些吧。"何夕颖看着他受到惊吓的表情，有点得意。

回答她的是一连串的咳嗽和喷嚏声，丁一白打喷嚏打得眼泪都要出来了。在咳嗽和打喷嚏的间隙里，他终于吐出一句完整的话来："我……我对……猫毛过敏……"

丁一白咳得整个人都是一抖一抖，就差把肺咳出来了。他几乎是涕泪横流地逃出了房间，扶着走廊的墙拼命喘气。

"你还好吧？"何夕颖关切地问。

丁一白差点就要把鼻涕蹭到何夕颖脸上了："我这样，能好吗？"

"我送你去医院吧，出小区后，往北一站路就有。"

丁一白像是被吓到了："千万别……这种街上的医院八成是黑诊所，我还想多活几年参加高考呢，不然，我这么多年的作业就白做了。"

"那是三甲医院！"何夕颖举着手机给他看医院的主页。

"三甲医院也有挂靠给'莆田系'的科室的。"丁一白急了。

何夕颖冷着脸指出："你的咳嗽和喷嚏都好了。"

丁一白呆了一瞬："这不是从房里出来，离猫远了吗。"他拼命地讪笑。

何夕颖冷着脸不说话，沉默地指了指脚下。猫咪们早从开着门的房间里跑出来，围在他们的脚边，铺满了窄小的楼梯间。

丁一白一时不知道该怎么回答。

他只好继续咳嗽。

何夕颖一句话就治好了他的咳嗽："我看到你在公交车上用手机查宠物过敏是什么症状。"

丁一白的咳嗽、喷嚏不治而愈。

就不能早说吗？他想，害他白咳了这么半天。

"偷看别人看手机是不道德的。"他试图使出大招——道德绑架。

"你手机上的字太大，想不看到都不行。"

我喜欢用大屏手机，还有错了？

"你怎么知道这里有一屋子猫的？"何夕颖问。

"因为我提前看了剧透？"

那可不就是剧透，甩在他脸上的活动方案的标题就叫作《猫咪学校》。

何夕颖是从网上知道这里的，在她被学生会一月一次的活动榨干了最后一个脑细胞后，只好求助于网络。

她没在网络上找到什么有新意的活动建议，但她发现了一篇帖子，是招募义工的。

招募"猫咪之家"的义工。

她本来不想理这个帖子，不管"猫咪之家"在哪里，终归是一个和学校没什么关系的地方，没法让学生参与。也许她可以组织学生去那里做义工，但她并不喜欢这个方案，因为这样只有一部分人可以参加，而且因为活动的举办地不可能在学校，没参加的人连围观都不行。

她担心活动办完后，很多学生甚至不知道有过这么一个活动。

但她还是联系了发帖的人，根据对方留下的地址找到了这里。和她想的不一样，这里只有一名老太太，以及她自己收养的猫咪。

老太太说自己姓黄，一个人住，退休后收养了许多流浪猫，但一个人照顾不过来，经常在网上招募义工帮忙。

她一边听，一边帮黄奶奶把饼掰碎，放在用碎肉和鱼杂炖的汤里。

这些是猫咪们的伙食。

"我的退休金可不算多。"黄奶奶说，"全吃猫粮我负担不起。吃这些也很好，能吃饱，还有肉味，也有营养。"

猫咪们在她们脚下绕着叫，竖着尾巴等着开饭。

"这些都是我一只一只捡回来的。"黄奶奶指着地上的猫咪们，一只一只地叫出它们的名字，"它们很多是被人扔掉的，在小区里吃垃圾。我最早也没想养它们，我房子不大，退休金也不多。开始就只是在院里见有几只猫在翻垃圾桶，我觉得它们可怜，便做点吃的放在楼下。没想到，来吃东西的猫越来越多，天也越来越冷了……"

何夕颖明白，猫只要有吃的，在户外也能活得不错，但天冷之后就不行了。寒冷对所有动物都是一种考验，尤其是在冬天的夜里。

她曾在网上看过一张动图——一只猫不断地搓爪，因为地面实在是太冷了。

所以，黄奶奶打开房门收留了这些猫咪，让它们在一个能遮挡风寒的地方过冬。冬天过后，她本该送这些猫离开，就像她开门迎它们进来时打算的那样。但她打开门后，这些猫并没有离开的意思，最多溜达到楼梯间，在房门晃动、有一点关门迹象的时候，立刻就窜了回来，然后在厨房里转来转去，喵叫着要求吃午饭。

黄奶奶忽然就舍不得它们走了……习惯了她每天定时定量地喂食，再出去饥一餐饱一餐的，它们还习惯得了吗？而且她已经习惯了房子里每天有此起彼伏的猫叫声，习惯了脚边有猫咪绕来绕去，甚至是蹭来蹭去。要是没了这些猫，她一个人住在这房子里，是不是太空旷了？

"它们好可爱。"何夕颖蹲下来抚摸猫咪。有些大爷似的猫一般给她一张高冷的脸，在她摸到之前就跳开了；有些却主动蹭过来，伸着脖子让她挠。

她抱起最听话的一只，那小东西乖巧地在她怀里蹭来蹭去。她用指腹蹭它的脸，它配合地发出舒服的喵叫声。

她忽然觉得全天下的事情都不重要了。活动、方案什么的又有什么大不了的，所有的烦心事都被这几声猫叫治愈了。

她在猫叫的间隙中抬头，看到微笑着看着自己，连眼里都含着笑的黄奶奶。那是一种满足，甚至有些骄傲的笑，那是一种对亲人的笑。

"所以，……你是她失散多年的家人？"丁一白打断何夕颖的讲述。

"我说的是黄奶奶看猫的眼神。"何夕颖发誓，以后和丁一白在一起，手里一定要有东西，好随时糊在他脸上。

也许，她该把她的活动方案拿回来？

那方案还在丁一白手上，被他翻来翻去地看。

"既然你说黄奶奶这么喜欢这些猫，为什么你还要提出'猫咪学校'的活动？"他指着方案中"活动目的"那条——本活动旨在增强学校同学的爱心，并且提高流浪猫的领养率。

"因为黄奶奶已经没法再养这些猫了。"

何夕颖叹气。

黄奶奶告诉她，这房子是她租的，因为养的猫太多，相应的噪音也就多。不是每个人都希望不断听到猫叫的，而这种老房子的确不怎么隔音。于是，就有邻居敲门来投诉，要她把猫都送走，或是搬到别的地方去住，甚至有邻居去找了房东，要求房东不要再把房子租给她。

房东被说动了，要求黄奶奶搬走，因为猫会在墙上和家具上留下抓痕。

"黄奶奶没办法搬走，因为很难再找到那么便宜的房子了，小区周围的菜也便宜，而且黄奶奶年纪也大了，也确实没精力再照顾这么多猫了，便想给它们安排好归宿，找到收养它们的人。"

所以，何夕颖想到了这个"猫咪学校"的活动：把黄奶奶收留的猫咪引进校园，办校园开放日，让学生家长来参观，也许还有其他听到消息来参观的人。那些猫咪那么可爱，总会有人愿意收养的，说不定还会有人争抢呢。

"但这计划都被你毁了。"何夕颖指控。

房东给的期限是这个月底，所以等不到学生会下个月办活动了。

"所以……我帮你把活动再办起来就行了吧。"丁一白不以为然。

这有什么难办的？丁一白想，反正学校每月都要办活动呢，偶尔提前一次也无所谓吧，也就只提前了将近一个月嘛。

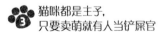
猫咪都是主子，
只要卖萌就有人当铲屎官

"这真是个好主意。"校长看过丁一白递

上去的活动方案后说，"富有爱心，具有社会影响力，而且能够提高学生的责任心。"

丁一白在心里给自己点了个赞。

"但我不能批准。"

请您再好好想想爱心、影响力、责任心什么的。

"我们是学校，要对学生和家长负责，不能办不可控的活动。猫是动物，没法控制，你很难保证它们在学校里会做出什么来。而且那些都是被人丢弃过的猫，可能心里很敏感，就这么放到学校里，放到这么多人的活动上，可能对它们也并不好。"

校长的态度很坚决，他说这是他深思熟虑过的。

方案是我十分钟前才给你的好不，校长您深思熟虑得够快的。丁一白在心里吐槽。

"这方案前些天何夕颖给我看过啊。"

她又不早说……

他早该想到的，何夕颖怎么可能不找校长就直接来找他。她可是学生会会长，在校长面前，她当然比他更有面子，要是找校长就有用的话，她何必等着他去找？

"只要帮这些猫找到新家就好，也不见得一定要在学校办活动的。"何夕颖安慰他。

丁一白有种黄鼠狼吃鸡之前，安慰鸡不要担心自己的肉不够可口的感觉。

"那还有什么办法？"他问。

"当然有！"何夕颖一脸明媚地说，自信挂在脸庞上，仿佛大卜没有难得到她的事。

她一掌拍在丁一白的肩膀上："否则，我干吗要来找你呢？"

哦，是啊，否则她干吗要来找自己的麻烦呢？

"在网上发个帖子，说有大量萌猫求包养，不就是了？"丁一白出主意。这两年网上的猫奴多得跟什么一样，天天都在网上po猫主子的照片，一听说有这么多猫咪陷于危难之中，还不分分钟冲过来解救。

"黄奶奶在网上召义工都没什么人来呢，那还是只用来一天就可以见到一群猫的机会呢，更别说这是把猫领回家，要养一辈子的，要管吃、管拉、管看病、管除虫的……"何夕颖无情地指出。

听起来还真麻烦，难怪都叫猫主子呢。

丁一白把黄奶奶发的帖子刷了两遍，发现了其中的问题："这样发帖当然没人理了，里面连张照片都没有。在网络时代，没有图的微博是没有人转发的，否则你以为那么多铲屎官转的只是猫这个字吗？算了，黄奶奶不知道这个也不奇怪，毕竟年纪大了嘛。"他不怀好意地冲何夕颖笑，"没想到你也不知道这点。"

何夕颖开始四下寻找可以用来糊在丁一白脸上的东西。

她很快发现不用了，因为丁一白被糊了一脸的猫。

那是一只小猫，有着黄色和白色相交的毛。不知是因为好奇，还是什么原因，它本来在桌子上玩得好好的，突然就跳起来，向丁一白扑了过去，正扑在他的脸上。丁一白被扑了个猝不及防，整个人向后倒去。

"别摔着猫！"何夕颖惊呼。

这种赤裸裸的种族歧视让丁一白心寒无比。

猫当然没摔着了，因为有他做肉垫。

"洁洁，别闹，快过来。"黄奶奶喊。小猫立刻从丁一白脸上跳了下来，扑进了黄奶奶的怀里。

为什么朝他扑的时候，它瞄准的就是脸？

"它叫洁洁？"何夕颖问。这名字给人的感觉像是白猫，但这猫是黄白相间的，"是因为这只猫特别爱干净吗？"

"不，是因为我捡到它的那天刚买了洗洁精。"

这命名方式……是不是有点简单粗暴？

"这么多猫，我也想不出那么多名字。捡到它们的那天买什么，就用什么做名字了。"解释完，黄奶奶问她怀里的猫，"你觉得这名字好不好？"

这猫居然还喵了一声，表示回答。

"看，它也觉得很好呢。"黄奶奶满意地道。

不，它只是听不懂人话而已。

"那这只呢？"丁一白指着一只黄猫。

"土豆。"

"这只呢？"

"菠菜。"

……

丁一白总算明白为什么那只叫"洁洁"的猫觉得它自己的名字还不错了。

"那只您是买什么东西的那天捡到的？"他指着角落里的一只猫问。那是一只长毛白猫，落在猫群的最后，他只看得到它撅起的屁股和尾巴，看着它努力地想要挤进猫群，却似乎总是不得要领。

黄奶奶回答了他："西红柿。"

"三个字做一只猫的名字会不会有点长？"丁一白想也许这只猫的名字是番茄。

黄奶奶表示同意："所以它的名字是柿子。"

奶奶，您真是不喜欢按常理出牌……

丁一白赶开猫群，看到了被挤在角落里的柿子。他发现它的眼睛是闭着的，在他走向它的时候，凭着声音冲他仰起脸，寻找他。

他小心翼翼地抚了抚它的头顶，动作谨慎得仿佛在排除炸弹。

"它不会咬你的。"何夕颖语气中带着鄙夷，丁一白到现在还没抱过一只猫呢，他甚至连摸一下都是小心翼翼的。

"我只是不想把猫毛蹭到身上，我妈会说死我的。"

柿子在他的抚摸下，发出小小的叫声，那叫声那么小，几乎听不到。

它似乎享受着抚摸，却浑身紧绷着，仿佛丁一白的手是种威胁，它随时准备着逃离。

"他的眼睛怎么了？"

黄奶奶叹了口气："是被人戳瞎的。"

丁一白的手抖了一下，柿子被吓到躲开，但眼睛看不到，它没躲出多远。

"我不知道是谁干的，我捡到它时，它就已经是这个样子了。我带它去看兽医，兽医说它眼睛是被戳瞎的，恐怕是人干的。因为如果是它自己不小心，恐怕不至于同时被戳到两只眼睛。真的是，很可怜啊……"

这里的猫，并不都是活力旺盛，不依靠人也能活得很好。

柿子逃开后没听到动静，怀疑并且重升希望般地抬起头，冲着它认为是丁一白的方向，试探性地轻叫了一声。

丁一白看出来了，它在犹豫着要不要回来。

它纵使被人伤害，也还是渴求着人类的关爱。

他过去抱起了它，一下一下地摸着它的背，感受它从紧张、紧绷到享受、放松，最终在他怀里睡去，轻轻地打着呼噜。

他胸前和胳膊上都是猫毛了，但他不在乎。

自己悄悄洗一下就是了，能有多麻烦。

🐾 方案永远都会有第二种

学校严禁带宠物，对此，丁一白的理解是"只要进校门的时候不被看门大爷发现就可以"，于是，他把洁洁藏到了书包里。

他和何夕颖走进校长办公室，刚掏出包里的猫，就看到校长铁青着脸冲他们说："学校严禁带宠物。"

丁一白想也没想就回了句："这不是宠物，我一点也不宠它。"

何夕颖捂脸："你能别用网络段子吗？"

会长大人的关注点似乎有点不大对的样子。

还好校长关注到了正确的点。校长说："我记得我否决了你们'猫咪学校'的方案。"

丁一白捧着猫站到了校长旁边："那只是方案一，现在是方案二。"

"还有方案二？"校长开始有不好的预感。

"想要方案，10086都有。"丁一白冲校长扔出手里的猫，同时拼命闪到一旁。

洁洁扑到校长的肩上，仿佛很熟悉一般。何夕颖抓准时机，拍下洁洁站在校长肩膀上那一瞬的画面——那花猫抓着校长的肩膀，神情骄傲得仿佛在傲视它的疆土。

何夕颖给校长看照片："我们想让这只猫给学校做代言。"

他们不只是想让洁洁给学校做代言，他们想要黄奶奶的猫全给学校做代言。把猫咪打扮成老师和学生的样子，拍摄教室主题、操场主题、升旗仪式主题……通过照片打造出一座猫咪的学校。

而站在真校长肩上傲视群雄的洁洁，就是这猫咪学校的校长。

他们是控制不了一堆猫，但一次只带几只猫进学校的话，还是可以的。他们可以在上午放学后带猫咪进来，用中午的时间拍照，因为中午，老师和学生都会去吃饭，学校里几乎空无一人，他们帮猫咪拍照就不会打扰到任何人。

只单纯地发萌猫的照片，未必会有多少人关注，这两年各种猫主子的照片在网上都快泛滥了。但"猫咪学校"这种主题还从没人发过，而且学校里那么多学生呢，他们中应该会有不少人愿意转发以自己学校为背景的猫咪照片。

就连校长也不得不承认他们的方案可行性很高，他只提出了一个要求：别用刚才那张照片。

他抱起洁洁，神色端庄地要何夕颖重拍。

丁一白知道了，校长不喜欢刚才那张照片。

太好了，以后可以用那张照片威胁校长了。

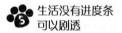 **5** 生活没有进度条
可以剧透

"猫咪学校"的系列照片在网络上获得了大量的关注，几乎刷爆了微博首页。那些或高冷，或软萌的猫咪在操场的跑道上追赶，在黑板前玩粉笔，在课桌上煞有介事地研究一本翻开的课本……五位数，乃至六位数的人边喊"犯规"，边转发帖子，甚至不断有人寄猫粮到黄奶奶家，其中还有不少进口货。

这些猫咪小红了一把，连它们堪称随意

的名字都成了萌点。这让丁一白感慨，现在人的萌点全长歪了，而这其中最红的却不是"校长"洁洁，而是瞎眼的柿子。

本来他们是不想让柿子上镜的，但他们觉得柿子天天窝在房子里太可怜。于是，一次拍照的时候，他们带它来了学校，让它也在操场的跑道上晒晒太阳。

虽然眼睛看不见，但柿子可以感受到太阳的温暖。

一次，他们无意中拍到了柿子，手机里的照片太小，他们当时都没有注意到。等把照片发到网上，刷爆了首页，他们才发现它在一张照片的角落里——它侧脸享受着阳光，虽然眼睛睁不开，但深刻地让人感受到，它一脸向往。

它那混杂着脆弱、享受与向往的神情，唤起了无数人的母性与怜惜。

不只柿子红了，那些猫也成了网红猫，影响力一度突破了网络上的其他养猫者，甚至还有报社的人来采访黄奶奶。随之而来的，是如洪水一般的微博私信，要求领养猫咪。

丁一白和何夕颖背着黄奶奶找到房东，希望房东能延迟处理猫咪的最后期限。房东在他们的劝说下很容易就同意了，丁一白将其总结为"网红的影响力"。

似乎一切都很顺利，猫咪们会被人领养，黄奶奶能继续留在她住习惯了的小区。

可惜生活并不像电视剧，当一切顺利的时候，总有意外发生，还不能像看电视剧那样，拉一下进度条就知道会不会有意外。

意外发生于一个毫无征兆的课间，丁一白又在操场上晒太阳，何夕颖火急火燎地找到了他。

丁一白那时候还不知道出了什么事，于是，他满心伤痛，为他微小的愿望再次破灭。

"你忘了这样会显得腰上有赘肉吧。"他冲弯腰的何夕颖说。

和上次一样的话，得到了和上次一样的结果——何夕颖将一张纸甩在他脸上。

那是一张报纸，其中一篇报道被笔圈了出来，丁一白看到"猫咪学校"几个字出现在了标题中。

丁一白匆匆扫了一遍，放下心来："这新闻通篇都在说猫咪可怜又可爱，黄奶奶富有爱心，'猫咪学校'的爆红唤醒了人们心底的怜惜……每一个字都是妥妥的正能量。"

但何夕颖看他的眼神还是"我就知道不该相信这家伙"。

"再仔细看！"她压着火气说。

丁一白恬不知耻地塞给她一支笔："画个重点？"

何夕颖在四个字下狠狠地画了两道横线，力气大得差点戳透报纸。

那四个字是"黑心房东"。

这篇新闻报道可怜猫咪，赞扬黄奶奶的同时，谴责了黄奶奶的房东，谴责房东不许黄奶奶收养猫，谴责房东甚至要把黄奶奶赶出门。

"房东也看到了报道，她非常生气，要求黄奶奶立刻搬出去。不只等不到月底，就算黄奶奶不养猫了，房东也不让奶奶再住下去了。"

她瞪着丁一白，近乎指控："记者为什么会知道这些？是不是你说的？"

丁一白只用一句话就成功摆脱了嫌疑："我这么怕麻烦的人，像是会去找记者说这个的吗？"

怕麻烦，居然还有理了。

知道房东要求黄奶奶处理猫咪的人不多，他们也没对媒体说过。丁一白和何夕颖没说，黄奶奶自己当然也不会说，就只可能是其他知情人了。

其他知情人……丁一白摸着下巴想："那不就只剩房东了？是房东自己跟记者说的？"

何夕颖满脸"我为什么要有这种猪队友"的嫌弃表情。

好吧，一般确实没人会想给自己扣上"黑心"的名声，但丁一白是真的希望是房东，因为这样比较不麻烦。

黄奶奶之前说过，有邻居不断向房东投诉，才让房东下了最后通牒。

能被猫的叫声影响的，除了黄奶奶那一层，至少还有上下两层。从这十几户人家中找出哪个才是投诉的邻居……光想想就好麻烦。

"直接去问不就好了！"何夕颖依旧如女王那般霸气。

"去问房东？"丁一白尽量不让自己的鄙视露得太明显，他不想再有什么被甩到脸上了。房东现在可是处在暴怒状态，愿意搭理他们才怪。

他又得到了一个"我为什么要有这种猪队友"的嫌弃表情。

"去问黄奶奶啊，黄奶奶说的话你没听过吗？有人向她抱怨过猫太吵。"

我为什么要听。丁一白想，不是有你呢吗？

当然，他没敢说。

 故事终于
出现了坏人

黄奶奶告诉他们，是有一个邻居敲过她

的门几次，就是紧挨着她的那户。

"那小伙子好像姓张，也不知道是做什么的，从来没见他上过班，每天都待在屋里。"

"所以……是失业青年？"丁一白猜测。

"也许是自由职业者。"何夕颖反驳。

不管这个姓张的邻居是失业青年，还是自由职业者，他和别人不一样，他白天不需要出门。所以他非常讨厌黄奶奶的猫，因为白天此起彼伏的猫叫声。

就像漫画里出现了一个坏人，主角们只要打倒这个坏人，就能获得大团圆结局。但生活不是漫画，坏人不是要夺人性命，毁灭世界，他们不是在战场、竞技场，甚至是体育场，他们要如何才能"打倒"他？

丁一白想得很简单——去找他谈谈。

"谈谈能有用？"何夕颖不屑，要是只靠谈谈就能解决问题，邻居和黄奶奶谈了那么多次，最终不还是用了这么不光彩的办法。毕竟邻居想要的是猫白天不叫，而这么一屋子猫，白天怎么可能不叫？

"可以试试啊。"至少他们现在也只能试试这个，而且运气好的话，也许他有漫画主角特有的口遁技能呢，就是光靠嘴就能说得让灭世Boss放下屠刀，立地成佛的那种。

"张先生，你好。"他们敲开了邻居的门，丁一白露出他最友好的笑容，广告里露八颗牙齿的那种。

"对不起，你们认错人了。"邻居伸手就想关门，仿佛迟一点就会被人强迫购买保险。

这是什么眼神！有这么青春无敌的保险推销员吗？

门眼看就要被关上，何夕颖眼明手快地采取了行动——她狠狠地推了丁一白一把，用他的肩膀卡在门缝间。

"张大哥。"她甜甜地喊，笑得让人不忍

拒绝。

邻居脸上的表情立刻变成了"我真的不认识你，但我真的好想假装认识你"。

他犹豫着问："请问……你是？"

笑容在何夕颖脸上继续绽放："能进去说吗？"

丁一白对此非常赞成——他的肩膀还被门夹着呢。

邻居说自己叫张宁，是个画插画的。他再三强调自己不讨厌小动物，说了至少五遍他其实是很喜欢猫的，但他真的很需要安静的环境，那些猫白天吵得他没法专心画画。

"我的思路都被吵没了，就像有人不断戳你一样。你们明白那种感觉吗？"他抱怨。

丁一白拼命点头："我在操场上晒太阳有人来打搅时，就是这种感觉。"

何夕颖在张宁看不到的地方，狠狠地戳了一下丁一白的腰。

"自从我住到这里之后，我每天都只能半夜赶稿。"张宁继续抱怨，"但还是不行，晚上那些猫是安静多了，但我白天必须补觉啊，白天它们还是吵得我睡不着。"

说话间，他们不断地听到隔着墙传来的猫叫声，听久了，的确有点烦。

"我整天被这些猫叫声烦，却看不到猫卖萌。这就像你有一个邻居，他每天做饭香飘四邻，但你就是吃不到！"他控诉。

丁一白顿时觉得此人无比可怜，值得同情。

"也许你能搬到别的地方住？"丁一白建议，问题和矛盾的根源似乎只是小区的墙隔音效果不好。

张宁给了他一个"开什么玩笑"的表情，然后道："这里房租便宜，菜也便宜，我为什么要搬走？而且……为什么是我搬走，影响到别人的又不是我！"

　　果然，终于出现了丁一白最怕看到的局面——没有坏人。

　　生活又不是小说或漫画，哪有那么多"黑心"的坏人，有的只有立场不同的人。

　　丁一白突然想放弃了。他没法处理这个，他没法处理这种没有坏人的局面，他觉得自己做不到让每个人都满意，但每一个人，他都不想伤害。

　　猫咪是很可怜，被吵得没法工作的邻居也很可怜。也许不管站在谁的立场上，都觉得对方是"坏人"。

　　张宁坚持黄奶奶才是那个"坏人"："你们真以为那个老太太是好人？她一个老太太，又没多少退休金，养这么多猫就是因为有爱心？她一月的退休金才多少？"

　　张宁的话让丁一白隐隐不安，何夕颖问张宁说这话是什么意思。

　　"你们拍的照片在网上红了之后，有不少人捐猫粮吧。她给它们吃了吗？为什么我天天闻到的还是肉汤味儿？她不会给它们喂的还是肉汤煮馍吧。"

　　那些猫吃的的确还是肉汤煮馍或是煮米饭，他们两人甚至还帮黄奶奶煮过汤、泡过馍、喂过猫，但他们一点也没想过，为什么不喂捐来的猫粮？

　　"那些猫粮都被她卖了啊，我见买家到她家里来取过，不止一次。猫粮有不少是进口高档货吧，估计能卖不少钱。"

　　看着他们目瞪口呆的样子，张宁满意地补刀："你们就一点没想过，她本来说的是不养这些猫了，求领养，怎么现在这么多人想领养猫，她却只送走了几只，甚至还要房东宽限日子？她真不是为了用这些猫再多骗别人的捐赠？"

　　"现在的老太太都很贼的，你们的岁数和人家差得太多，上当不丢人。"张宁安慰般地拍了拍丁一白的肩膀。

　　真好。丁一白安慰自己，终于还是有了个坏人。

　　他对自己连说了三遍，一点也没得到安慰。

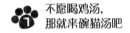

不愿喝鸡汤，那就来碗猫汤吧

　　连说三遍就能强迫自己相信的话，果然是骗人的。

　　丁一白在操场上躺了一个课间才想起来，那句话应该是：重要的事情说三遍。

　　难怪一点用也没有呢。

　　他居然自言自语地把这句话说出了口。

　　"喵……"

　　回应他的，是一声猫叫。

　　他顺着声音扭头，一只猫扑到了他脸上。

　　如此驾轻就熟，并且扑得如此准确无误，显然是洁洁了。

　　像是奖励他猜对一样，洁洁的前爪踩在他脸上，趾高气扬地叫了一声"喵"。

　　丁一白真想答上一句"谢主隆恩。"

　　"你也不相信黄奶奶是坏人，对吧？"他握着猫主子的前爪，把它从自己的脸上扒下来。

　　"喵。"

　　"她一定是有苦衷的，对吧？"

　　"喵。"

　　"我看她对你们也挺好啊，至少没让你

们饿着。"

"喵。"

"你说她到底是不是在利用你们赚钱呢？"

"喵。"

……

"和你聊天真愉快。"

"喵。"

"你能回答点别的吗？"

"喵喵。"

"……谢谢。"

他抱着猫从地上坐起来："你也真小气，我问了这么多，你一个回答都不给。"

何夕颖从主席台后面走出来，洁洁当然不会自己跑到学校来，是她带来的。她走到他身边，微微弯腰。

"你……"

他刚吐出一个字就被何夕颖打断了："你再敢说我这样显赘肉试试！"

丁一白立刻改口："太后吉祥！"

"喝鸡汤吗？"她在他旁边坐下。

他把她浑身上下打量了一遍，态度坚决地回答："不。"

她身上不像能藏下一罐，甚至只是一碗鸡汤的样子。那她说的就只能是心灵鸡汤了。

可惜，丁一白从来不喜欢心灵鸡汤，因为，心脏不属于消化系统。

何夕颖抱起洁洁，摸着它的毛。它眯起眼睛，发出舒服的声音。

"那来碗猫汤怎么样？"

也不怎么样。丁一白想，猫不适合炖汤，否则像中国人这种全部天赋都用在"吃"上的种族，在几千年前就开始炖猫汤了。

何夕颖不理他，直接说自己想说的，她就不信丁一白还能捂住耳朵不听。

"其实，和猫处久了，是能从它们身上学到很多的。比如，不要理那些对你不好的人。"

这算什么心灵鸡汤，猫咪高冷如主子一般，还有人百依百顺的，那是因为它们萌啊！萌即是正义啊……哦，该死，他突然站起来，他明白何夕颖是想对他说什么了。

猫咪从来不理那些对它们不好的人，但它们围着黄奶奶的脚一圈一圈地打转。

至少它们清楚，她是对它们很好的。

黄奶奶如果只是为了钱，怎么可能真心对它们好？

"你觉得卖猫粮能赚多少钱？"何夕颖给他看网购价钱，"黄奶奶养猫都多少年了，要是就为这点卖猫粮的钱，赔得也有点厉害了吧？"

仔细算账的话，好像的确如此。

"所以……卖猫粮是你张大哥造谣的？"他满怀希望地问。

他得到的答案是，何夕颖缓缓地摇了摇头。

也是，不管猫粮是不是真的被卖掉了，没给猫咪们吃，可是事实。

"黄奶奶说她卖猫粮，是因为她买不起猫粮。她养的猫太多，长期吃猫粮她受不了，她怕猫咪们吃惯猫粮后，就不愿再吃肉汤煮馍了，而那些捐猫粮的好心人基本上是一时兴起，不可能长期捐的，不如换成钱，还能抵几个月的口粮。"

"至于那么多人求领养，但还圈着满屋子的猫不送走，是因为黄奶奶需要考察每一个申请领养猫的人，而那是非常非常花时间的。她要保证那是会养它们一辈子的人，不是心血来潮，不是靠它们在网络上的热度另有所图。"

为了那些猫能有一个真正的家，为了它们不会遭到再一次丢弃的伤害。

丁一白又躺回到操场上，他突然放松了下来。

生活果然不是小说或漫画，哪里真有什么坏人。

又回到没有坏人的局面了。真的是……太好了。

连洁洁又踩到他的脸上，他也觉得可爱了。

不，一点也不可爱。这只猫怎么长的，光吃肉汤还这么沉！

何夕颖接了个电话，告诉他一个可怕的消息："是黄奶奶打来的，说她邻居——你知道是哪个——要去相关部门告她，说她非法饲养大量动物。"

可惜，在那两个邻居看来，对方还是坏人。

"有关部门"离学校倒也不算远，何夕颖借了辆自行车就带着丁一白冲了过去。

这个"带"的意思是，她骑着自行车，后座上带着丁一白。

没办法，丁一白宣称自己不会骑自行车。

请正确理解"宣称"这个词的意思。

张宁就在"有关部门"大楼门口，正向大楼走，只差十几二十米，何夕颖和丁一白的自行车和他也就差这么远。

何夕颖却突然犹豫了，他们就这么骑着冲过去，和人说什么呢？就只说"你别进去"？

"当然不行了。"丁一白在后座上说，"连个'请'都没有，多没礼貌。"

何夕颖开始觉得带来他是个错误。

"要不你就直接拦下他呗。"丁一白继续出主意。

拦下他容易，可要说什么呢？

"'要想打此过，留下买路财'如何？"丁一白做山大王状。

"这话留着你下次收班费的时候说吧。"

"想过去，除非踏过我的尸体？"

就这，还号称自己平时不看小说呢。

"要不你就威胁他，要是他敢过去，你就用车撞他。"丁一白拍了拍自行车座，"别忘了，你可是有车的人。"

何夕颖一个突然加速，让丁一白闭上了嘴。

她骑车挡在张宁面前，张宁因为她的突然出现吃了一惊："你们有什么事？"

丁一白从车上下来溜到她身后，等着看她怎么说。

女王大人指着他："你说。"

他终于后知后觉地明白为什么何夕颖要带他来了，绝对不是为了给自行车增加载重。

在他们两个人、四只眼睛的盯视下，丁一白压力真的很大。于是，他只好硬着头皮说："你为什么不画猫？"

盯着他的两个人都是一脸茫然，仿佛看电视剧时缺了一整季，还是没有前情提要的那种。

丁一白对张宁解释："你不是画插画的吗？为什么不画猫咪？我们就只是拍了些猫咪的照片放在网上，就有很多人看。"

张宁的脸色难看了起来，丁一白知道他猜对了。

张宁说过，他不愿搬离这个小区是因为房租和菜价便宜，恐怕他画插画的收入是不高的。之前他只是找黄奶奶投诉，找房东投诉，怎么突然就上升到向有关部门举报的高度了？

怎么早没举报？要说是终于忍无可忍，无

须再忍，但房东已经坚定地下了最后通牒，他又何必多此一举？

他这种赶尽杀绝一般的"只有你不痛快，我才能开心"的行为，总觉得好像与黄奶奶有多大仇一样。

也许，只是单纯的妒忌吧。

自己辛辛苦苦画的画，比不上几个中学生不专业的拍照，和几只猫咪随意的卖萌。

"它们不是随意卖萌的。"丁一白说，"它们一直是恶意卖萌的。"

请说点对现在情况有帮助的话。何夕颖捂脸想。

"你知道全世界有多少画师想靠画猫咪出名，又有多少真出了名吗？"张宁反问。

丁一白满脸求知欲："有多少？"

张宁噎住了，因为他也不知道。

张宁这么问只是想表达画猫咪是不会成功的。谁不喜欢看猫咪卖萌？谁想不到画卖萌的猫咪来博人眼球？

大家都想得到的，代表着惨烈的竞争，与大批大批人的不成功。

丁一白一个动作就让张宁把这些话都咽了回去，他举着手机，让张宁看"猫咪学校"系列的点赞、评论和转发量。

张宁被实实在在地噎到了，被一个学生轻轻松松就取得了他得不到的成就的事实。

"也不是轻轻松松啦。"丁一白说，"不过是好运气，加上独特的选题而已。"

张宁好想揍丁一白，怎么办？揍未成年人会不会被判刑？

"所以，你也可以画'猫咪学校'啊。"

一束光在张宁心里亮了起来，仿佛黑暗中骤然亮起的火把，以燎原之势在心里疯狂燃烧，然后蓦然熄灭。

他要是画猫咪学校的主题，一定会被戴上模仿者的帽子，会有无数人嘲笑他、鄙视他，甚至他自己也会。

这下丁一白也没辙了，但何夕颖有了办法："你可以炖猫汤啊。"

他们和猫咪在一起这么长时间，有时候，真是能从这些恶意卖萌的小东西身上学到点什么的。

就像他们学到"不要理那些对你不好的人"一样。

也许可以为这些感悟配上图。张宁想，然后做成一个"从猫咪那里学到的"系列。

不，这个名字不好。既然是从猫咪那里学到的，猫咪就像老师一样，那么一群猫咪的话——为什么不直接再用"猫咪学校"的名字呢？

他为这个想法激动了起来，无数草稿在脑子里飞转，却没有一张猫咪的形象固定下来，也没有一句完整的话浮现出来。

"别着急。"丁一白自来熟地拍了拍张宁的肩，"你需要的只是养只猫，或者多去养了一群猫的邻居那里串串门。"

丁一白等着张宁说会常去黄奶奶家串门的，然后，大家的矛盾与纠纷就此解决，皆大欢喜，没想到，却看到张宁瞬间变了脸色。

那是一种面无血色，突然想到什么可怕事情的面无血色，以及愧疚、自责、与后悔。

"我很抱歉。"他的声音里有着一点点的颤音，"但我已经举报过了。"

他不是正要到楼里去，他是已经去过了。他们看到他向楼里走，是他出来后发现落下了东西，要回去取。

"有关部门"受理了他的投诉，表示黄奶奶饲养的猫咪数量的确超标，他们会尽快处理。

"有关部门"很快便进行了处理——黄奶奶养这满屋子的猫违反了什么城市限制宠物饲养的规定，她只能留下两到三只，剩下的必须送到动物救助站去。

救助站的人来领猫的那天，丁一白、何夕颖、张宁也来了，甚至还有许多通过网络知道消息的网友们。许多网友当场提出领养猫咪，但被救助站的工作人员拒绝了。

"我们有非常严格的领养程序，以及对领养人的要求。请到救助站来申请，我们会对您的情况进行考察、评估。"救助站的人说。

"好像似乎也不错。"何夕颖说，若有所思。

仔细想想，似乎困扰他们的问题都得到了解决。救助站对领养人的考察更严格，评估更完善，效率也更高，更能保证猫咪被合适的人领养。而猫咪被救助站领走，也解决了猫咪吵闹和损坏家具的问题，在救助站的协调下，房东同意把房子继续租给黄奶奶。猫咪在救助站的时候，黄奶奶也可以随时去看它们，那些申请领养的人也表示将来会经常带猫咪回来看她。黄奶奶留下了洁洁和柿子，她养猫已经养习惯了，没有猫的房子空落落的。张宁也经常过来帮黄奶奶，观察猫咪，体验生活，也能给她做个伴，至少让她有个说话的人。

不只所有的问题得到了解决，似乎所有的事情也都在变好。

于是，张宁画了他"猫咪学校"系列的第一个故事，从猫咪的视角看这一连串的事件，从起因、危机到转折、结局。最后一格是一群猫咪在救助站里，被一群专业的工作人员喂

饭、洗澡、除虫……最上方是一句话——

别太为危机担心，也许只是多了铲屎官。

"有时候糟糕的事情，也许会有出人意料的转机，不是吗？"何夕颖说，嘴角带笑。

丁一白没有回答她，他的脸上正糊着一只猫。

那是洁洁，那当然是洁洁。它一看到丁一白就扑了上去，准确无误地糊在他脸上。

丁一白忙着把洁洁从脸上揭下来的时候，何夕颖偷偷拍了张照，作为"猫咪学校"系列照的最后一张。

各位读者，大家好，我是次元君，第一次跟大家见面，我的心情是万分激动的，犹如滔滔江水奔腾不息！真的很开心，欢喜！"喜羊羊、美羊羊、懒羊羊……"

众人晕倒

鹿茸：你的歌真是"如雷贯耳"……

嗯，歌唱完了，就给大家介绍一下我自己哦！"我头上有犄角，我身后有尾巴，谁也不知道，我有……"

不二心：别唱了！还能不能正经点了？
大喵：你这就是噪音污染，严重抗议。

哼，既然你们欣赏不了人家动听的歌声，那我还是来介绍自己吧！

粉肠与茂利：赶紧的，我这儿还有一千万的大单子等着我去签。

请各位读者看着我优美、婀娜的身姿，我身体的每一部分都是精雕细琢的哦！俗话说，多一分太胖，少一分太瘦，说的就是我啦！

不二心：咱们组个团去打他吧……
鹿茸：赞成！
大喵：同意！
粉肠与茂利：加我一个！
……

嫉妒，你们就是嫉妒……我要举报：因嫉妒其俊美的外表、婀娜的身姿，某编辑部成员蓄意殴打某男士。

粉肠与茂利：我快控制不住自己了……

哼，还是向我可爱的读者做自我介绍！读者们看我这么年轻……没错，我就是一套年轻的丛书。当然，我还有一个伟大的理想，做最"腻害"的次元杂志，满足每个少年、少女的次元幻想！啦啦啦啦啦啦……无论是燃烧的成长史，还是暖萌的爱情，抑或是新奇的脑洞、快意的江湖，我都有哦……

别乱插嘴，我还没说完呢！请读者看，我的身体是由七个部分组成的哦！首先看我的眼睛，它的名字叫**"另一个世界"**。在这里，有异世大陆的少年，他或天资聪颖，也可能后来居上，但他总会战胜困难。异世少年面对的不仅仅是强大的敌人，还有难以逾越的自己……哎呀，说得我都有些感动了……

不二心：别自我感动了，再不介绍，读者都要走完啦！
大喵：杂志赔钱了找他！
别急嘛，接下来就是我的鼻子，它的名字叫**"武侠也好玩"**，这是一个不一样的武侠世界。在这里，你可以看到武侠，也可以看到令人猝不及防的脑洞，武侠也能一路升级打怪，大开金手指。当然，热血也是我们绝对少不了的一个因素。没错，就是这么有趣的武侠。

①

粉肠与茂利：居然没有超能力，漫威迷表示不服！
怎么可能，这么英俊完美的我怎么会没有超能力呢！看我的嘴巴，我把它命名为**"超能世界"**。在这里，你可以看到各种脑洞，慵懒的废柴少年突然拥有了各色各样的超能力，你可以看到各种正能量热血的段子，或抽风搞笑，或激情燃爆。

②

举手。
不二心：大喵，他连推理都没有，他还好意思说自己完美？
众人疑惑的眼神。
你们也太小看我了！看见没，看见没？看我的小手，它们的名字叫**"脑子要烧掉了"**。在这里，你就可以看到中国版的"名侦探柯南"，看到不一样的推理小说、不一样的悬疑世界，这里最燃的就是少年们解开一个个扑朔迷离的谜团，让真相大白。

③

粉肠与茂利：我最喜欢运动了，次元君，你有没有让人热血澎湃的竞技啊？
当然有啦，我可是全能的运动达人！想当年，我可是获得过羽毛球、篮球、乒乓球……
鹿茸：闭嘴，还能不能好好聊下去了？
哼，人家只是想跟你们展示一下人家是运动属性的嘛！接下来就是我矫健的双腿了，我把它们命名为**"燃魂竞技"**。在这里，你可以看到足球、篮球、围棋、花滑、排球……这是一个少年竞技，热血燃魂的世界……唉，当少年遇上运动，真滴是岁月静好。

④

鹿茸：跟着我左手右手一个慢动作，左手右手慢动作……
茸茸真是人家肚子里的大肥虫，你怎么知道人家要讲青春啦，你是不是暗恋我……
鹿茸：你是肥虫，你全家都是肥虫！
接下来要说的就是肚子啦，我把肚子取名为**"青春少年"**。每个人都有一段青春的岁月，这里有曾经懵懂的岁月和喜欢的女孩，那些懵懂青涩的青春我都有哟。说到喜欢的女孩，我的初恋——隔壁班的阿花，不知道她现在在哪儿，过得好不好……

⑤

众人：滚……
不二心：你说了这么多，都是男孩子喜欢的，难道都没点小仙女们喜欢的东西吗？
好的，接下来重磅推出我的小脚**"萌"**，这可是专门为小仙女们打造的哦。这里拥有各种幻想治愈系的奇幻故事，包你治愈到心底哦！
众人打着哈欠走开……

⑥

好了，我也介绍完自己了，是不是觉得人家超级完美呢？

有一种萌叫次元萌

各位旅客大家好，欢迎乘坐次元号列车！我是你们的导游鹿茸……

关于"萌"，大家应该都很熟悉。"萌"这个字可以用来夸人可爱，还可以代表对某个人的喜欢，总之，"萌"能表达的意思太多太多了。
但是今天，我们的次元萌可不太一样哦！

次元萌想带给你们的，是一种由内心萌生出的共鸣，不论是成长还是治愈，催泪还是搞笑，我们……都想让你一起感受到！
来吧，现在，跟着我一起进入次元萌的世界！

第一站：宠物联盟站

这里有来自《夏目友人帐》里的嘴硬、心软、孩子气、傲娇、爱卖萌的猫咪老师！在这里，我们有一项专属旅游项目哦——听猫咪老师喝醉酒之后举办的音乐会！（听说非常非常非常"悦耳"哦……）

这里有来自《魔卡少女樱》里的贪吃贪、睡超级自恋的小可，有来自《魔法少女小圆》里的外表可爱的魔法使者丘比。小可会选择你成为库洛·里多的继承人吗？丘比会实现你的愿望吗？好像都不一定呢！快来和他们偶遇一下吧！

这里还有来自《甜甜私房猫》里的黑灰斑纹猫猫小起、来自《龙猫》里的只有好孩子才能看见的多多洛、来自《哆啦A梦》里的有万能口袋的哆啦A梦……超多可爱猫咪等你来吸……

第二站：甜味CP站

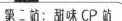

前方高甜，各位旅客做好准备……

首先，我们要参观的是《元气少女缘结神》里的5A景点：御影神社。在这里，你可以看到傲娇腹黑的神使巴卫和奈奈生的日常拌嘴、护短、吃醋的萌趣生活。

然后，我们要参观的是《徒然喜欢你》里的4A景点。这里的CP多种多样，一对比一对甜……有一个比一个能憋的让人着急组；有完全不懂你在说什么，但又能撩到你的钢铁直男高甜组；有两个人配合得喜笑颜开的戏精相声组；有一起长大，但就是不捅破窗户纸的青梅竹马组……

最后，我们要见的是来自《境界的彼方》的眼镜美少女栗山未来和眼镜控半妖神原秋人……还记得那句"没有未来的未来不是我想要的未来"吗？

感觉空气都是齁甜齁甜的呢，请大家观看时保持距离，防止糖分摄入过量……

终点站：少女的幻想站

当当当……进入终点站啦！在这最后一站，我们要体验的项目是"少女的幻想AR实感体验"。你，就是我们的主角！

你能体验到像《未闻花名》里那样的纯真感动，它或许会让你潸然泪下，但一定会成为你坚定的力量！

你能体验到像《四月是你的谎言》里那样的成长、温暖和遗憾，像主角们一样为梦想前进吧！不要害怕任何阻碍！

你还能体验到像《你的名字》里那样的梦幻邂逅，让你的思念穿过世界线！

在这里，你的所有幻想我们都能带你体验哦……

本次的旅行到这里就结束啦！次元萌的世界欢迎你的下次光临……

PRODUCER

出品

大周互娱

大周互娱

DA ZHOU HU YU

总策划　　　周政

出版监制　　杨翔森　曾筱佳

项目策划　　大周互娱·图书

责任编辑　　钟一丹

特约编辑　　许逸　陆嵘　陈心

封面设计　　彭意明

版式设计　　刘志豪

封面绘制　　BD

重磅推出

图书在版编目（CIP）数据

燃烧吧！少年！ / 萧十一狼等著. -- 武汉：长江出
版社，2018.9
ISBN 978-7-5492-6022-5

Ⅰ.①燃… Ⅱ.①萧… Ⅲ.①故事—作品集—中国—
当代Ⅳ.①I247.81

中国版本图书馆CIP数据核字（2018）第222707号

燃烧吧！少年！ ／ 萧十一狼等 著

出　　版	长江出版社
	（武汉市解放大道1863号　邮政编码：430010）
项目策划	大周互娱·图书
市场发行	长江出版社发行部
网　　址	http://www.cjpress.com.cn
责任编辑	钟一丹
封面设计	彭意明
印　　刷	湖南凌宇纸品有限公司
版　　次	2018年9月第1版
印　　次	2018年10月第1次印刷
开　　本	787mm×1092mm　　1/16
印　　张	18
字　　数	390千字
书　　号	ISBN 978-7-5492-6022-5
定　　价	29.80元